Sabrina Capitani
Das Spiel der Gauklerin

PIPER

Zu diesem Buch

Leipzig im Jahre 1573: Die 17-jährige Fiedlerin Pauline Schwan lebt in einer Zeit des Umbruchs. Spielleute und Gaukler haben es schwer in den sittenstrengen protestantischen Ländern. Strikt unterscheidet man in gute, wertvolle Musik von Gelehrten einerseits und schlechte, zur Unzucht anregende Melodien ungebildeter »Fidelbanden«. Festangestellte Stadtpfeifer und neue Instrumentenbauerzünfte drängen sich ins Revier der Fahrenden. Frauen ist das Musizieren in der Öffentlichkeit ohnehin versagt – es sei denn, es handelt sich um Kurtisanen. Wie soll eine Hochbegabte von niedrigem Stand unter diesen Umständen ihr Glück und ihre Berufung finden, angefeindet von denen, die sie lehren könnten? Eines aber hat Pauline den Gelehrten voraus: Während die Komponisten des 16. Jahrhunderts die menschlichen Gefühle gerade erst entdecken, können Straßenmusiker sie längst spielen – das schließlich ist ihr eigenstes Geschäft. Willkommen in der Welt der Spielfrau Pauline Schwan, einer Welt voll Armut und Gefahr, aber auch voller Sinnenfreude und Klang!

Sabrina Capitani, geboren 1953, studierte Germanistik, Publizistik und Kunst in Berlin und arbeitet seit zwanzig Jahren als Autorin für Hörfunk und Fernsehen. Sie schrieb Drehbücher für deutsche Kinderserien, Hörspiele für den SFB, für Radio Bremen und RAI und ist außerdem als freie Malerin tätig. »Das Spiel der Gauklerin« ist ihr dritter historischer Roman.

Sabrina Capitani

Das Spiel der Gauklerin

Historischer Roman

Piper München Zürich

Mehr über unsere Autoren und Bücher:
www.piper.de

Von Sabrina Capitani liegen bei Piper vor:
Das Buch der Gifte
Das Spiel der Gauklerin

Originalausgabe
Dezember 2010

Umschlagkonzept: semper smile, München
Umschlaggestaltung: Hauptmann & Kompanie Werbeagentur, Zürich
Umschlagmotiv: akg-images
Satz: Kösel, Krugzell
Papier: Munken Print von Arctic Paper Munkedals AB, Schweden
Druck und Bindung: CPI – Clausen & Bosse, Leck
Printed in Germany ISBN 978-3-492-25825-8

1. BÖTTCHERWOCHE

»Jetzt ist es genug! Ich gehe zu Fuß weiter«, sagte Pauline, als der Reisewagen nach nur wenigen Radumdrehungen schon wieder zu einem ächzenden Halt kam. Ein paar der Kisten drinnen rumpelten mit dumpfem Ton aneinander. Die zwei kräftigen Kaltblüter im Joch standen still und bliesen weiße Atemwolken in die klare Winterluft.

»Ein letztes Lied, wünscht euch etwas«, rief Pauline den Gören auf dem Karren vor ihnen zu. Ein Honighändler aus dem Holsteinischen war es mit seiner Familie. Drei rotbackige und rotzverschmierte Kinder saßen hinten auf den Fässern und ließen die Beine baumeln: »Das Bärenlied! Das Bärenlied!«, forderten sie.

Noch einmal setzte Pauline die kleine Flöte aus Buchsbaum an, wiegte den Oberkörper dazu, langsam und tapsig wie das Tier selbst.

Sie selbst war klein und zierlich. Ein blasses herzförmiges Gesicht besaß sie, dazu ein spitzes Kinn und hohe Wangenknochen. Der Mund war zu breit, um als hübsch zu gelten, aber wie zum Lachen gemacht. Die Haut war rau vom Leben unter freiem Himmel. Aschblondes, auf Kinnlänge abgesäbeltes Haar stand struppig nach allen Seiten ab, als sie den formlosen Filzhut abnahm und ihn schwenkte. »Das war's, ihr Schratze.«

»Pauline! Noch ein Lied! Pauline«, bettelten die Gören, aber die Spielfrau ließ sich nicht erweichen.

»Schluss. Alles hat einmal ein Ende, nur die Wurst hat zwei. Jetzt könnt ihr wieder eure Eltern quälen. Adieu, gehabt euch wohl!«

Sie bückte sich und zog einen abgeschabten Ledersack unter dem Kutschbock hervor, in dem sie das Instrument sorgsam verstaute.

»Ah, lässt du mich im Stich, undankbare Dirne. So sind halt die Weiber. Solange du hast, was sie brauchen, sind sie dir gut.«

Halb im Scherz, halb im Ernst war das gesagt. Das letzte Stück des Weges war sie mit diesem Wundermann gereist, Jacobus von Antwerpen, einem buckligen Zwerg und Besitzer einer fahrenden Wunderkammer. An den Seiten seines Wagens war sein größtes Kuriosum abgebildet: der Kopf eines Einhorns, ein schneeweißes Pferd mit silbernem Horn. Genau genommen besaß er nur das Horn, doch die Leute drängten sich, es zu sehen, wie er Pauline verraten hatte.

»Es ist jetzt gut verpackt, aber besuch mich, wenn ich mich eingerichtet habe. Dann zeig ich dir alles.«

Er war ein guter Reisegefährte gewesen. Gewöhnlich zögerte die Spielfrau, mit alleinstehenden Männern zu fahren. Doch dieser hier war ein Zwerg, ein freundlicher, gebildeter Mann, und sie hatte von ihm nichts zu befürchten. Von ihm selbst hatte sie wenig erfahren. Wie auf Verabredung hatten beide es vermieden, etwas über sich zu erzählen, und sich stattdessen über ihre Abenteuer unterhalten und über die Erwartungen, die sie an die Leipziger Neujahrsmesse knüpften.

»Was zum Teufel machen die denn da vorn? Soll das etwa bis zum Stadttor so gehen? Da fängt die Messe ja ohne uns an!«, rief hinter ihnen ein junger Kerl ungeduldig. Von Stralsund kam er mit einer Ladung gesalzener Heringe, das hatten sie früher schon erfahren. Man unterhielt sich von Wagen zu Wagen und nachts an den Feuern. Immerhin reiste man seit Tagen in derselben Reihung hintereinander.

»Hat keine Ahnung, was ihn erwartet, der junge Spund; ist seine erste Messe«, raunte Jacobus seiner Begleiterin zu.

Er drehte sich halb um auf der hölzernen Bank, rief über die Schulter: »Besser, du übst dich in Geduld, mein Freund! Das ist wegen der Kontrollen. Und das wird so weitergehen, lang nachdem die Messe schon angefangen hat. Pech für alle, die sich zu spät auf den Weg gemacht haben!«

»Was für Kontrollen?!«, brüllte fragend der von hinten.

»Was für Kontrollen? Ha! Jede Art von Kontrollen! Sie sind große Freunde von Kontrollen und von Papieren, die in Leipzig! Wirst schon sehen! Und besser, du machst ein freundliches Gesicht dazu. Geduld! Geduld!«

Pauline schaute ihn fragend von der Seite an, und Jacobus erläuterte es ihr: »In Leipzig wird man zuerst am Tor angehalten und muss sich erklären. Dann geht es quer durch die Stadt zum Rathaus. Dort ist die Waage, da heißt es, alles abladen und vorzeigen. In jedes Fass stecken sie ihre krummen Nasen hinein, und wehe, das Fass hat die falsche Größe! Ja, heutzutage bestimmt Leipzig die Maße, die alles haben muss. Dann wird gewogen und gesiegelt. Danach die Güte festgesetzt und der Preis bestimmt, den die Händler höchstens nehmen dürfen. Und festgestellt, ob man auch das Geleit korrekt bezahlt hat und nicht etwa unerlaubte Nebenstraßen gefahren ist, um Geld zu sparen. Ja, ja! Alles das und noch viel mehr. Endlich kriegen sie ihre Papiere, dürfen alles wieder aufladen, wieder zurück durch die engen Gassen, zum Stand, zum Gewölbe oder zu dem Kunden, den sie beliefern sollen. Dann noch einmal abladen, noch mehr Papiere, Unterschriften, Siegel – das müssen sie alles vorzeigen, wenn sie mit ihrem Wagen wieder hinauswollen. Es könnte ja sein, dass so ein kleiner Wicht ein paar Brocken Wachs oder ein paar Ellen Tuch unter der Hand verkauft und der Stadtkasse vorenthält. Ein melancholisches, weltweises Lächeln. »Stimmt schon: Zu Fuß bist du hier besser dran.« Mit einer weit ausholenden Geste wies er auf die lange Reihe von Fuhrwerken, die sich vor und hinter ihnen stauten, von den Pfaffendorfer Feldern durch die Hallische Vorstadt: die langen Frachtwagen, Kutschen, Ochsen- und Handkarren, dazwischen ein paar Karriölchen, zweirädrige Wagen mit erwartungsfrohen Schaulustigen, die im Tross gefangen waren wie alle anderen. Einzelne Reiter und Wanderer schoben sich an ihnen vorbei.

»Ja dann adieu und gute Geschäfte!«, wünschte Pauline und sprang behände vom Wagen. »Reich mir mein Rebec herunter, sei so gut! Vorsicht! Vorsicht! Lass es nicht anstoßen!« Sie nahm das birnenförmige Instrument entgegen, als handele es sich um ein Kind. Fast zärtlich strichen die Fingerspitzen über das dicke untere Ende, eine irgendwie beruhigende Geste, bevor sie sich den Sack über die Schulter warf und begann, in Richtung der Stadt auszuschreiten.

»Ich habe mich im Goldenen Rad auf dem Brühl eingemietet«, rief Jacobus ihr eindringlich nach. »Das ist eine ordentliche Herberge und nicht teuer. Komm doch auch dorthin!«

Ein wenig sehnsüchtig blickte er ihr nach. Die Spielfrau winkte, ohne sich umzuschauen.

Einer nach dem anderen rollten die Wagen wieder an. Geduldig senkten die Ochsen den massigen Schädel und legten sich ins Geschirr. Schmatzende Geräusche drangen vom Weg herauf, wo sich die Räder aus dem halb gefrorenen Matsch lösten wie die am Gaumen klebende Zunge eines zahnlosen Essers. Nachts war der Lehm gefroren, tags drauf wieder weich getreten. Holz schlug an Holz, Riemen knarrten, Peitschen knallten. Ho! Ho!

Rechts und links der Straße ging es schneller voran. Ein steter Strom von Bauersleuten zog dort vorbei, die Kiepen hoch beladen mit Viktualien aller Art; Korn, Zwiebeln, Winteräpfel; andere trieben fette Schweine vor sich her. Esel gingen bepackt mit Reisig für die Öfen der Bäcker. Dazwischen die Hausierer, die hofften, sich auf der Messe mit Waren einzudecken. Gedämpfter Hufschlag, beständiges Schluffen von Schuhen im niedergetretenen Gras, Gemurmel, gelegentlich Rufe, das Grunzen von Schweinen, ein Esel, der stocksteif stehen blieb und seinem Missvergnügen Luft verschaffte. Niemand schenkte Pauline einen zweiten Blick, in lose Männerkleidung gehüllt, wie sie war, den formlosen Filzhut tief in die Stirn gezogen, graubraun und matschbespritzt bis zur Hüfte wie all die anderen Leute um sie herum. Nur ein paar bunte Bänder und Flicken kennzeichneten sie als Gauklerin, unehrlich, vogelfrei.

Rasch hatte Pauline das lichte Wäldchen hinter sich gelassen. Wiesen und Felder breiteten sich vor ihr aus. Frisch umgepflügte Schollen glänzten speckig feucht und weiß bereift an den Bruchkanten. Dies war gute, schwere Erde, reiches Schwemmland. Hier und da schauten noch die alten Stoppeln aus den Furchen, vereinzelt standen sogar noch Kohlköpfe in den Reihen. Weiter vorn krochen Nebelschwaden aus den Senken, wo Wasserläufe das Land durchschnitten, Elster, Parthe und Pleiße, ihre kleineren Zuflüsse und zahlreiche Kanäle dazwischen. Im Frühjahr würden sie ihre liebe Not haben mit dem Wasser. Sumpfig mochte es wohl sein. Im Sommer war es hier vor Mücken wahrscheinlich kaum auszuhalten.

In der Ferne nahm sie die hohen, schmalen Umrisse zweier Mühlen wahr. Obstbäume streckten ihre schwärzlichen Skelettarme in den niedrigen taubengrauen Winterhimmel.

Die Flickenlandschaft von Feldern und vereinzelten Gehöften begann sich zu Vorstädten zu verdichten, wo Tagelöhner, kleine Handwerker und all jene lebten, die sich keinen Grund innerhalb der Stadtmauern leisten konnten – und die im Kriegsfall ohne jeden Schutz blieben. Das war die Hallische Vorstadt, wusste Pauline. Womit man da sein tägliches Brot verdiente, konnte jeder riechen, sogar trotz der herrschenden Kälte. Aus den angelehnten Türen der Schuppen stank es durchdringend nach Urin und fauligem Fleisch. Hunde und verwilderte Katzen balgten sich an Abfallhaufen, aus denen sie Knochen, Hautstücke und wabernde Fetzen hellen Fettgewebes fortschleppten. Vor den Häusern prangten Gestelle aus Weidenruten mit aufgezogenen Fellen: Wappen und Aushängeschild des Gerbergewerbes.

Und dort erhoben sich die Mauern der Stadt selbst, einer berühmten und mächtigen Stadt, von einem Reichtum, dessen sich nur wenige Städte rühmen durften: Hamburg und Lübeck, Magdeburg vielleicht, Dresden, ja – Frankfurt an der Oder war ein Provinznest dagegen. Pauline trat aus der Reihe heraus und blieb im Windschutz einer Scheune stehen, um in Ruhe das Bild zu betrachten, das sich ihr bot:

Hoch und fest die Wälle aus gebackenen Steinen, aus denen mächtig die Bastionen hervorsprangen wie die Rümpfe steinerner Riesenschiffe; Zinnen und Tore, davor würde wohl der weite Graben sein, von dem sie gehört hatte. Dahinter schwamm im nachmittäglichen Dunst ein Meer von roten Ziegeldächern, überragt von den Turmspitzen. Ein plötzlich durch die Wolken fallender Sonnenstrahl beschien goldene Kugeln und Kreuze. Saatkrähen ließen ihre misstönenden hölzernen Schreie hören, weithin hallend, klarer, kalter Winterklang. Die Wolkendecke schloss sich, und es war wieder düster und Einerlei. Pauline schauderte. Es war nicht die Jahreszeit, ohne Obdach zu sein.

Die Leipziger Neujahrsmesse. Ihre letzte Gelegenheit, sich die Taschen zu füllen und den Winter unbeschadet zu überstehen. Danach kam nur noch Fastnacht, und dann die lange, karge Zeit, wenn alles aufgefressen war. Sie hatte es dem Zwerg nicht auf die Nase gebunden und auch sonst niemandem, wie schlecht es ihr ging. Das behielt man für sich in ihrem Gewerbe. Wer hungerte, der taugte nichts, so dachten ja alle. Drei Jahre war es her, dass sie die Truppe verlassen hatte, im Zorn und stolz. Sie war überzeugt gewesen, sich mit ihrer Kunst allein durchschlagen zu können. Doch die Dinge waren nicht gelaufen, wie sie es sich vorgestellt hatte. Zwei magere Jahre, dann ein schlechtes. Die Bauern waren ausgepresst und hatten nichts zu geben. Und in den Städten waren die freien Spielleute immer weniger gern gesehen, seit man sich allerorten Stadtpfeifer leistete. Nun, so leicht würde sie nicht aufgeben.

Pauline zog ihren Umhang über der Brust und am Hals zusammen und reihte sich wieder unter das Fußvolk. Im Gehen wurde es ihr wärmer.

Das Hallische Tor rückte heran. Die Viehtreiber bogen ab, um entlang des Grabens zu den Schlachthöfen zu gelangen.

Einzelne nasse Flocken rieselten, als Pauline die Durchfahrt erreichte. Vor ihr drückte sich eine Bäuerin an den Karren vorbei, einen Buckelkorb mit Eiern auf dem Rücken, in jeder Hand einen Strauß an den Füßen zusammengebundener Kapaune. Man schien sie zu kennen, ein Nicken, ein knapper Gruß, und sie war durch. Flink wollte Pauline ihr folgen. Eine harte Hand legte sich ihr auf die Schulter.

»Halt, nicht so rasch, Bürschchen!«

Der Mann zwang sie, stehen zu bleiben und sich zu ihm herumzudrehen. Ein kräftiger, untersetzter Kerl in weiten Kniehosen, ledernem Kürass und bauschigen Ärmeln, auf dem Kopf ein Barett mit Federn, ein Hiebmesser im Gürtel, einen Katzenbalger auf dem Rücken: Stadtwache. Sie blickte in ein hartes Gesicht, das aber nicht unfreundlich wirkte. Eine rote Narbe teilte die rechte Augenbraue in zwei Hälften, zeichnete rötlich das Augenlid. Die Nase musste mehrmals gebrochen gewesen sein. »Nein, schau an! Kein Bursche, ein Weibsstück in Männerkleidern.« Der harte Griff lockerte sich ein wenig. »Wie heißt du, zu wem gehörst du, und was hast du vor, hm?«

»Pauline Schwan heiß ich. Gehör zu niemandem als zum Herrgott und zu mir selbst. Spielfrau bin ich, und ich hoffe, auf der Messe einen Patron zu finden.«

Er ließ ein kurzes ungeduldiges Schnauben hören: »Herrje! Noch ein Singemädchen?« Er beugte sich vor und musterte sie eindringlicher. »Brauchst mir nichts vorzulügen. Mir ist es gleich. Nur wenn du anschaffen willst, dann gehört auf die Flasche das rechte Etikett! Du musst ein gelbes Band gut sichtbar an der Kleidung tragen.«

»Wie meinst du? Was?! Hältst du mich etwa für eine Hübschlerin?«

»Na was denn sonst? Dieser Tage gibt es genug von euch Nymphchen und Saloppen.« Grinsend legte er seine Pranke unter ihr Kinn: »Bist ja keine Schönheit, aber jung. Wirst schon auf deine Kosten kommen. Auf der Messe findet alles seinen Käufer.«

Empört schlug Pauline ihm die Hand herunter. »Werd nicht frech, Flegel! Ich bin keine Messehure! Ich verkaufe nur meine Musik und sonst gar nichts!«

»Das kannst du halten, wie du willst, kleine Kratzbürste. Aber sag nicht, ich hätte dich nicht gewarnt. Bei uns in Leipzig muss alles seine Ordnung haben, und die verkappten Hürchen werden eingesammelt. Geldstrafe, zum Medicus und dann zum Stadttor hinaus. Denk dran.«

»Aber ich bin nicht so eine! Wollt Ihr etwas hören zum Beweis?«

Pauline ließ den Riemen von der Schulter gleiten und machte Anstalten, ihr Instrument auszupacken.

»Na, was denn! Als ob wir Zeit hätten, uns ein Ständchen anzuhören! Siehst du nicht, was hier los ist? Woher stammst du?«

»Aus Haldensleben. Frei geboren.«

Der Wachmann wandte den Kopf zu einem Schreiber, der neben ihm in einer Nische am Pult stand: »Pauline Schwan, Hübschlerin ... verzeiht: Spielfrau aus Haldensleben«, rief er ihm zu und reichte der jungen Frau dann eine gestempelte lederne Marke: »Heb das gut auf und zeig es vor, wenn dich jemand danach fragt. Das ist deine Berechtigung, auf den Straßen und Plätzen von Leipzig zu spielen und deinen Hut auszulegen. Aber nur für einen Tag! Danach musst du dich im Rathaus melden und eine dauerhafte Genehmigung erwerben. Lässt du dich ohne erwischen, heißt es wieder: Geldstrafe und zum Tor hinaus!«

»Ho! Ihr seid aber schnell hier mit dem Einsacken, Herr Soldat«, versetzte Pauline. »Atmen darf ich aber umsonst, oder nicht?«

»Atmen darfst du, glotzen frei, singen, so viel du willst, aber nicht Geld verdienen, ohne Steuern und Abgaben zu zahlen. Auch betteln nur mit Genehmigung! Also: weitergehen! Und mach keine langen Finger, Kleine.«

»Ja, ja, Geldstrafe und zum Tor hinaus!«

»Nein, dafür verlierst du die rechte Hand.«

»Bettler, Diebe, Huren ... Das scheint mir ja eine lustige Stadt zu sein!«

»Es ist Messe«, antwortete er achselzuckend, als sei das schon Begründung genug.

Pauline schüttelte den Kopf und tauchte ein in die Geräusche der Enge.

Die Straßen waren verstopft von Menschen und Fuhrwerken. Es war kaum ein Durchkommen. Die Wände hallten wider vom Hufschlag der Pferde und Lasttiere und vom Rumpeln der Räder auf dem Pflaster. Pauline machte einen Satz, als das Hinterrad eines Karrens auf den Kopfsteinen ins Rutschen kam und funkenschlagend gegen einen der höheren Trittsteine krachte.

Fieberhaft wurden Waren entladen und in die Verkaufsgewölbe geschafft. Nicht enden wollende Reihen von Männern standen an den Ladeflächen an und ließen sich Kisten, Säcke und Ballen auf den Buckel packen, bis von ihnen kaum mehr zu sehen war als ein Paar Beine unter der aufgetürmten Last. Hier waren zwei Fuhrwerke ineinander verkeilt. Die Fuhrleute standen mit hochroten Köpfen und bedrohten sich lautstark. Dort brüllten ein paar Ochsen, die ihren Karren widerstrebend rückwärts aus einem Hof setzen mussten. Händeringend flehte ihr Treiber die Vorbeiziehenden an: »So macht doch Platz, ihr guten Leute, und haltet keine Maulaffen feil! Ich muss den Karren wenden und aus der Stadt hinaus! So geht doch beiseite!« Doch selbst als die Leute stehen blieben, kam das Unternehmen nicht voran, weil die anderen Fuhrleute auf der Straße ihm keine Lücke ließen. Jeder hatte es eilig, ans Ziel zu kommen, und jeder war auf seinen eigenen Vorteil bedacht. Um jeden Zoll Straße wurde gerungen. Peitschen knallten, Flüche gellten.

Pauline überquerte den Brühl mit seinen Gasthäusern und Ausspannen und ließ sich die Ritterstraße entlangtreiben. Die Häuser waren mit Immergrün und Bändern geschmückt.

›Eine reiche Stadt‹, dachte sie zufrieden, als sie ihre Augen über die Fassaden und Menschen schweifen ließ. Da waren Kaufherren aus Mecklenburg, Preußen und aus dem Süden. Dänen, Niederländer, Welsche, polnische Juden mit spitzen Hüten; sogar ein paar russische Pelzhändler mit Bärenfellmützen konnte sie ausmachen. Manche wachten mit Argusaugen über das Entladen ihrer Waren, andere standen schon in Grüppchen beisammen und verhandelten. Hier musste das Geld doch locker sitzen. Sogar die kleinen Handwerker und Viktualienhändler waren wohlgenährt und gekleidet wie die Herrschaften. ›Und schau erst einmal diese schönen Häuser: Da ist ja keines unter drei Stockwerken hoch, das Erdgeschoss aus Stein und gut gemacht, feine Steinmetzarbeit an den Simsen und Erkern, geschnitzte und bemalte Wappen über den Pforten, Ziegel auf den Dächern, kaum Strohdächer zu sehen! Vielleicht, wenn es hier gut läuft, kann ich mir für den Rest des Winters ein warmes Stübchen mieten.‹

Die Spielfrau musste husten. An den Rauch so vieler Herdfeuer musste sie sich erst wieder gewöhnen. Je weiter sie sich von der Stadtmauer weg ins Innere bewegte, desto höher und prächtiger wurden die Häuser. Inzwischen war sie auf den Vorplatz einer Kirche gelangt, der Niklaskirche, wie sie von einem Nachbarn im Gedränge erfuhr. Auf dem Vorplatz wurde eifrig gehämmert, und in großer Eile wurden die letzten Verkaufsbuden errichtet. Einige waren auch schon geöffnet. Böttcher und Weißküfer hielten ihre Waren feil, Fässer – nach Leipziger Maß zweifellos –, Bütten und Zuber, Schaffeln und Eimer, Spankörbe, Schachteln, Truhen und allerlei Hausrat. Pauline blieb einen Augenblick stehen und sog den Duft des Holzes ein. Hier wären wohl Späne und Bruchstücke einzutauschen. Sie würde bald einen neuen Steg brauchen für ihre Fiedel.

Vom anderen Ende des Platzes drang der Duft von Gebratenem herüber und stach ihr in die Nase. Der Speichel lief ihr im Mund zusammen. Außer einem altbackenen Stück Fladen am Morgen hatte sie noch nichts in den Magen bekommen. Unwillkürlich richteten sich ihre Schritte nach der Quelle des appetitlichen Geruchs, doch gleich hielt sie inne und wandte sich in entgegengesetzte Richtung. Ihre Mittel waren bedenklich gering, und ein zusätzliches Essen, Fleisch gar, kam nicht infrage.

Sie lief noch ein wenig müßig in den Straßen umher, bis sie glaubte, sich einigermaßen zurechtzufinden, fand auch das Rathaus, scheute sich aber, ihre versteckte Barschaft anzugreifen, um die Gebühr zu bezahlen. Ich habe ja noch einen Tag Zeit, dachte sie. Auch hatte es heute wenig Zweck, sich zum Spielen hinzustellen. In diesem Gewühl würde niemand ihr zuhören. Also kehrte sie um und machte sich daran, eine Unterkunft zu suchen. Im Gehen betrachtete sie die Gasthöfe.

Zu luxuriös, dachte sie bei dem einen. Die Kundschaft hier ist verwöhnt und wahrscheinlich geizig. – Zu ärmlich, schätzte sie eine zweite Herberge ein. Aus einer dritten schaute ihr schon an der Tür ein anderer Musikus entgegen und zischte sie argwöhnisch an: »Troll dich, das ist meine Beiß!«

Hinter ihm drangen überlaute Stimmen und Gelächter eine Steintreppe herauf. Weinstuben mochte sie ohnehin nicht. Da konnte man zwar gut verdienen, aber man hatte immer nur dieselben alten Sauflieder zu bedienen, und nach dem dritten Becher bekamen die Kerle mehr Arme als ein Seeungeheuer.

Zurück am Brühl, musterte sie die Herbergen. Am Ostende waren Pelzgeschäfte und die besseren Gasthöfe. Nach Westen zu, zwischen Stadtmauer und Brühl, lagen die Ausspannen mit ihren Innenhöfen und Stallungen. Ausspannen waren immer gut. Die Geschäftsleute, die hier abstiegen, waren meist kleine Händler, die selbst auf ihrem Wagen mitfuhren; nicht so wohlhabend, dass sie hochnäsig wurden, und nicht so arm, dass sie nicht eine Münze entbehren konnten. Der mittlere Stand war am großzügigsten und am ehesten gewillt, die zu bezahlen, die ihm Vergnügen bereiteten.

Zu einer der Ausspannen zog es Pauline hin. Sie hätte nicht genau zu benennen vermocht, woran das eigentlich lag, aber sie hatte gelernt, ihrem Gefühl zu trauen. Ein zweistöckiges Haus und niedrige strohgedeckte Quergebäude bildeten die Form eines Hufeisens, zur Straße hin mit einer dicken Mauer und einer breiten Durchfahrt. Darüber hing ein gelb bemaltes Wagenrad. Das musste wohl die Herberge »Zum Goldenen Rad« sein, die der Wundermann erwähnt hatte. Die Flügel des hölzernen Tores standen weit offen. Im Hof herrschte emsiges Treiben. Ochsen und Rösser wurden ausgespannt, Karren rumpelnd zusammengeschoben. Es dämmerte bereits. Aus den

Fenstern drang ein einladender Schein und spiegelte sich auf den vereisten Kopfsteinen. Pauline wich einem Haufen Pferdeäpfel aus, stieg ein paar Stufen hoch, zog die Eingangstür auf und stand in einem weiten, niedrigen Schankraum. Er wirkte sauber und anheimelnd. Als die Tür hinter ihr zufiel, nahmen die Geräusche gleich eine samtige Beschaffenheit an. Zinnbecher und Steingut auf Holz, Löffel, die an irdene Schüsselränder stießen, ruhige Männerstimmen. Die Streu auf dem Boden schien frisch zu sein, und die Tische waren mit Sand zu einem seidigen Glanz gescheuert. Ein Kachelofen verbreitete Wärme, aber keinen Rauch. Aus der Küche roch es nach gebratenem Speck und nach Zwiebeln. Eine Wirtschaft, in der es gut roch, war vertrauenswürdig – wo man gut aß, war sie noch nie schlecht behandelt worden.

Die Stube begann sich zu füllen. Gepäck stapelte sich neben dem Eingang, ankommende Gäste stampften sich Schnee und Straßendreck von den Schuhen, andere saßen schon um dampfende Schüsseln und schaufelten gierig Getreidebrei in den Mund. Pauline legte ihr Bündel auf eine leere Bank und rieb sich die steif gefrorenen Hände. Ein hübsches blondes Mädchen kam mit Bierkrügen beladen aus der Küche, die Wangen hochrot, feinen Schweiß auf der Stirn. Flink bediente sie eine Gruppe Reisender, wich grapschenden Männerhänden aus, sprach an der Tür mit den Neuankömmlingen: »Willkommen im Goldenen Rad, meine Herren. Wollt Ihr nur essen und trinken, oder braucht Ihr auch eine Unterkunft?« – »Einen Augenblick bitte, macht es Euch doch bequem. Meine Mutter wird sich sofort um Euch kümmern.« Die Männer zogen die Hüte und Kappen vom Kopf, öffneten ihre Mäntel, setzten sich unter großer Geräuschentfaltung auf die ihnen zugewiesenen Plätze und bestellten Bier. Auf dem Weg zur Küche kam das Mädchen an Pauline vorbei. Von Nahem wirkte sie noch jünger, trotz des streng um den Kopf geflochtenen Haares. Weiche, kindliche Züge hatte sie, eine Stupsnase und ein schüchternes Lächeln, das Grübchen in ihre Wangen zeichnete. »Und was kann ich für Euch tun?« Und als Pauline es ihr erklärte, antwortete sie: »Oh, da werdet Ihr meine Mutter fragen müssen! Sie ist oben, um das Herrichten der Schlafplätze zu überwachen. Sie wird gleich kommen.«

Das Mädchen ging zur Treppe, die im hinteren Teil des Raumes, zwischen Kamin und Küchentür, nach oben führte und rief: »Mutter? Mutter, noch mehr Gäste, die Unterkunft brauchen! Und ein Musikus!« Und wieder auf dem Weg zur Küche, raunte sie Pauline ein wenig atemlos zu: »Ich hoffe, dass sie Euch bleiben lässt. Ich liebe Musik doch so sehr!«

Schon klapperten Füße in Holzpantinen die Treppe herunter. In den Holzpantinen steckten kräftige Beine mit rundlichen Waden unter einem weiten rotbraunen Rock und gestreifter Schürze; die Frau hatte ein üppig ausgestattetes Mieder und ein rundes Gesicht unter einer ehrbaren Haube: eine ältere Ausgabe des Schankmädchens, aber ohne das Lächeln und ohne die Grübchen. Tatsächlich hatte sie einen gehetzten Gesichtsausdruck. Die Haube saß ihr ein wenig schief auf dem Kopf. Eine Haarsträhne hatte sich hervorgestohlen und ringelte sich vorwitzig an der Wange entlang. Ungeduldig fing sie die entkommene Strähne ein und stopfte sie wieder unter das gestärkte Leinen. Das musste wohl die Wirtin sein, sie hatte einen Satz Schlüssel am Gürtel und die Ausstrahlung einer Respektsperson Jetzt holte sie tief Luft, bemühte sich offensichtlich, ihre Zornesfalten zu glätten und nicht ganz so grimmig dreinzuschauen.

Flink glitt ihr Blick durch die Schankstube; sie teilte die Wartenden in dringende und weniger eilige Fälle ein, begrüßte neue Gäste, umarmte gute Bekannte, teilte Tische und Schlafplätze zu, lief zur Küche, rief etwas hinein, hielt das junge Mädchen an und flüsterte ihr ins Ohr – dann hastete sie wieder zur Treppe. »Anna? Anna! Ist das grüne Zimmer fertig?« Endlich wandte sie sich Pauline zu.

»Guten Tag, junger Herr, Ihr sucht auch einen Platz? Einzelkammern hab ich keine mehr frei, das sag ich Euch gleich, nur noch einen Strohsack im Schlafsaal« – ein kurzes Abschätzen von Paulines schäbigem Mäntelchen bis hinunter zu ihren krumm gelaufenen Stiefeln. »Ich nehme an, das wird Eurer Börse auch eher entsprechen. Auf Eure Sachen müsst Ihr selber aufpassen. Für die meisten Gäste kann ich mich verbürgen, aber ich kann schließlich nicht überall zugleich sein. Also, wollt Ihr bleiben?«

Pauline räusperte sich. »Das kommt drauf an ...« Nein, es war sicher besser, gleich mit den Tatsachen herauszurücken.

Diese Dame schien ja eine von der praktischen und kurz angebundenen Sorte.

»Ich bin Spielfrau und such eine Bleibe für die Zeit der Neujahrsmesse. Ich spiele Flöte, Schellentrommel und Rebec, und wenn Ihr mich abends in der Schankstube fiedeln lasst und erlaubt, dass ich den Hut herumreiche, dann will ich Euch gern am Gewinn beteiligen. Oder habt Ihr schon jemanden?«

Die Wirtin schaute nun näher hin und erkannte ihren Irrtum: »Ach herrje! Eine Frau in Hosen!« Sie schnalzte missbilligend mit der Zunge und schüttelte den Kopf.

Pauline ließ sich nicht entmutigen. »Männerkleidung ist sicherer auf der Landstraße. Aber wenn ich im Schankraum spiele, kann ich ein Kleid anziehen.« Sie wies auf ihr Bündel, das sie auf einer der Bänke abgelegt hatte. »Gut spielen tue ich auch, es hat sich noch niemand beschwert«, setzte sie nach. »Die Leute trinken mehr, wenn sie lustig sind, und bleiben länger.«

Die rundliche Frau runzelte wieder die Stirn. »Ach was, Musik!«, rief sie, die Arme in die Seiten gestemmt. »Was mir fehlt, sind noch ein paar Hände! Die Betten in den guten Räumen müssen noch bezogen werden, die Strohschütten aufgefüllt, Gemüse geputzt, das Badehaus beheizt; im Bad und in der Küche fehlt es an Wasser! Wir haben fünfmal so viele Gäste wie sonst. Ich weiß nicht, was ich zuerst tun soll. Ich habe jetzt keine Zeit, hier herumzustehen und mit einer ... einer Gauklerin zu verhandeln.«

Es war Pauline klar, dass sie zuerst einen anderen Ausdruck hatte gebrauchen wollen: Tagediebin, Herumtreiberin? Es gab nicht viele dieser Ausdrücke, die sie noch nicht zu hören bekommen hatte: Harfenhure, Ziehgaunerin, Diebin, Wanderratte, Geschmeiß. Beschimpfungen dieser Art kamen meist von Frauen, von braven Bürgerinnen, die selbst im Warmen saßen und auf jene herabschauten, denen das nicht gelungen war. Diese hier machte sich die Mühe, ihr ein Mindestmaß an Höflichkeit entgegenzubringen. Auch das sprach für das Haus.

»Komm morgen wieder«, sagte die Wirtin und horchte dabei unruhig auf ein Poltern aus dem ersten Stock. Ein wenig spröde und protestantisch säuerlich wirkte sie, aber nicht ohne Wärme, nur sehr in Eile und angestrengt. Pauline unternahm noch einen Anlauf: »Und wenn ich mit anpacke?«

»Du – willst arbeiten«, fragte die andere mit zweifelndem Gesichtsausdruck.

›Ja, glaubst du denn, musizieren sei keine Arbeit?‹, dachte Pauline. »Warum denn nicht?«, sagte sie schließlich. »Ich tue alles, was nötig ist, ich putze, hole Wasser, helfe in der Küche; was du willst ... jedenfalls heute mal, weil du in der Klemme bist. Aber sonst bin ich Spielfrau und nichts anderes.«

Die Wirtin musterte Paulines Gesicht prüfend. Eigentlich gefiel ihr, was sie sah. ›Hm – Spielleute haben wir schon gehabt, früher, aber noch nie ein junges Weib. In Hosen! Wenigstens stellt sie sich nicht zur Schau. Merkwürdig ist das schon, dass eine Frau so allein durch die Lande zieht. Kann ich ihr vertrauen? Ach, warum nicht? Ich denke nicht, dass sie die Gäste bestehlen wird, und was kann sie schon für Schaden anrichten außer eine Schüssel zerbrechen oder zwei. Hauptsache, ich überstehe diesen Tag.‹ »In Gottes Namen! Na schön, versuchen wir's. Nicht, dass ich keine Hilfe gebrauchen könnte. Die Ankunftstage bei den Messen sind immer die schlimmsten!«

Die Eingangstür wurde wieder geöffnet, und schwere Stiefel polterten herein. Ein kalter Zug fuhr durch die Gaststube.

»Mach's Brett zu!«, schrie es von den drinnen Sitzenden.

»Wirtschaft! Schlafplätze für drei, zuerst aber heißen Gewürzwein und was zu essen, rasch«, blökten die Hinzugekommenen.

»Da hörst du's. Gleich, mein Herr! Also dann gib mir dein Bündel, ich bewahre es in der Küche auf. Geh nach oben und hilf Anna dabei, noch mehr Strohsäcke in die Schlafräume zu legen. Dann kannst du Wasser holen und es in die Badestube bringen! Wir haben einen eigenen Brunnen im Hof. Und heiz den Badeofen ein. Wenn kein Holz da ist, dann frag Lukas, das ist der Stallknecht. Er hinkt, daran erkennst du ihn. Dafür kriegst du zumindest eine Mahlzeit und einen Schlafplatz am Herd – für die Nacht. Über das Musizieren reden wir später.«

»Schon recht«, nickte Pauline und drückte der Wirtin ihr Bündel in die Hand. »Vorsicht mit dem Sack, da ist mein Rebec drin. Bitte stellt das Instrument nicht zu nah ans Feuer und so, dass niemand drüber stolpert!«

»Ja, ja, keine Sorge. Ich passe auf«, sagte die Rundliche nicht unfreundlich. »Ich heiße übrigens Ottilie. Ottilie Weidemann.«

»Pauline Schwan.«

Die Spielfrau legte ihren Umhang ab, krempelte die Ärmel hoch und wollte schon zur Treppe gehen, da hielt Ottilie sie am Ellenbogen fest. »Du hast doch Hunger, nicht wahr?« Sie hatte die violetten Schatten unter Paulines Augen und Wangenknochen wahrgenommen und die spitzen Schultern. ›Arme kleine Straßenkatze!‹, dachte sie. ›Das ist auch kein leichtes Leben.‹

»Lass dir von Margot zuerst eine Schüssel Suppe geben. So viel Zeit muss sein. Dann geh hinauf zu Anna. Die sagt dir, was zu tun ist.« Sie gab Pauline ihr Gepäck zurück und schob sie zur Tür neben der Treppe.

Pauline stieß die Tür zur Küche auf. Hitze schlug ihr entgegen und rhythmisches Hacken eines Messers auf Holz. An einem Tisch in der Mitte stand eine dunkelhaarige ältere Frau und schnitt Kohl in atemberaubender Geschwindigkeit. Sie schaute hoch, ohne das Schneiden und Hacken zu unterbrechen. »Ja, ja, ich mache schon so schnell, wie ich kann. Was … ach, wer bist denn du?«, fragte sie mit französischem Akzent.

»Pauline heiß ich. Die Patronin sagt, ich darf was zu essen haben, bevor ich mit der Arbeit anfange.«

Die Köchin nickte kurz und wies mit dem Kopf auf ein offenes Regal, in dem irdene Schüsseln gestapelt standen. Pauline verstaute ihr Gepäck in einer Ecke zwischen Brotkorb und Butterfass, nahm sich ein Essgeschirr und füllte es aus dem Kessel, der am Haken nahe beim Feuer hing: gute, sättigende Getreidesuppe mit Steckrüben. Sogar ein paar Speckstückchen schwammen darin. Sie zog ihren Hornlöffel aus der Gürteltasche, setzte sich auf einen Schemel und begann gierig zu essen. Inzwischen sah sie sich weiter um. Auch hier machte alles einen anheimelnden und wohlgeordneten Eindruck. Das junge Mädchen kam herein, nahm einen Fladen aus dem Korb, legte ein Stück Braten darauf und eilte wieder hinaus. Ein milchgesichtiger junger Mann rollte vom Hof her ein Fass Bier herein, hievte es auf ein Holzgestell und zapfte es an. Er brachte kein Wort heraus und beobachtete Pauline nur unter halb gesenkten Lidern. Begegneten sich ihre Blicke, schaute er rasch fort.

»Gibt's hier keinen Wirt?«, fragte die Spielfrau zwischen zwei Bissen, als der Junge wieder draußen war.

»Madame ist Witwe«, sagte die Köchin. Sie schien nicht sehr gesprächig zu sein.

Eine Weiberwirtschaft also, dachte Pauline. ›Na, das passt ja. Das sagen sie auch vom sächsischen Hof. Wie der Herr, so's G'scherr!‹ Eigentlich kam sie mit Männern besser zurecht; die ließen sich leichter lenken. Andererseits – und das war auch ein Vorteil – stellten Frauen keine Ansprüche persönlicher Natur.

Pauline wischte die Schüssel mit dem letzten Stück Brot aus, wusch sie im Zuber ab und stellte sie wieder ins Regal.

»Danke. Ich geh dann an die Arbeit«, sagte sie zu der Köchin. Die brummte nur etwas Unverständliches.

Pauline stieg die Treppen nach oben und folgte den Geräuschen. In einer der Kammern fand sie eine ältere Frau über eine Bettstatt gebeugt, wo sie ein Leintuch auf der strohgefüllten Matratze ausbreitete. Ihre Bewegungen waren langsam. Sie richtete sich auf und sah Pauline entgegen. »Eine Hilfe? Dem Himmel sei Dank!«

Paulines flinker Blick erfasste rasch die krummen Finger und die geschwollenen Knöchel. »Lass mich das machen!«

Sie nahm der Magd das Leintuch aus der Hand, zog es glatt, stopfte, was überhing, unter das Stroh, legte die Decken darüber, sodass alles sauber und einladend aussah. »Was nun?«

Die Magd hatte ihr zugesehen. »Dich schickt der Himmel, Mädchen! Die zweite Magd hat sich's einfallen lassen, zur Unzeit schwanger zu werden, sodass sie kurz vor der Messe niederkam. Und zu dieser Zeit ist ja kein Ersatz zu finden. Anna heiß ich. Kannst du Wasser holen? Der Brunnen ist vorn auf dem Hof. Die Waschkrüge müssen gefüllt werden. Dann der Zuber in der Badestube. Die ist im Keller. Und der Badeofen muss angeschürt werden. Kannst du das?«

»Sicher. Die Wirtin hat's mir schon erklärt.«

»Wenn kein Holz da ist, frag Lukas, das ist der Stallknecht, ein breiter, großer Kerl. Du erkennst ihn daran, dass er hinkt.«

Der Arme, dachte Pauline. *Er hinkt.* Ist das alles, was über ihn zu sagen ist?

Sie schoss die Treppe wieder hinunter, fand zwei hölzerne Eimer in der Küche und lief hinaus zum Brunnen. Hinauf und hinunter ging es, wieder und wieder, dann war die Badestube dran. Eine feine Sache, das leisteten sich längst nicht alle Gasthöfe. Ein großer Zuber, in dem zwei Leute Platz hatten, ein kupferner Badeofen; Holz war genug da. Pauline füllte den Kessel, fand Zunderbüchse und Kienspäne und hatte bald ein hübsches Feuer in Gang gebracht. Unwillkürlich kratzte sie sich den Kopf. Ob sie den Zuber nutzen dürfte, wenn die Gäste in den Betten waren?

Stunden vergingen, so schien ihr, Ärmel und Hosensäume tropften, die Arme wurden ihr schwer. Ottilie fing sie ab, als sie die Treppe wieder hinaufwollte, um Anna zu suchen. »Genug! Es ist alles gerichtet. Du hast gut gearbeitet.«

Wie betäubt schaute Pauline sich um. Und wirklich: Der Schankraum hatte sich gefüllt, warm von den vielen Körpern und vom Essensdunst, alle Tische besetzt. Es summte wie in einem Bienenkorb. Ausschließlich Männer waren da, Kauf- und Fuhrleute, die über den Bierkrügen und Weinbechern hockten und sich unterhielten: über Preise, Gebühren und den Zustand der Wege.

Pauline holte ihr Instrument aus der Küche und setzte sich auf einen Schemel in eine Ecke nahe am Kachelofen. Das war das Gute an Kachelöfen, dass sie eine gleichmäßige Wärme abgaben, die ihrem Instrument nicht schadete. In den einfachen Herbergen unterwegs hatte es meist noch offene Feuerstellen gegeben, die für Darmsaiten so gefährlich waren. Während sie die Saiten stimmte, betrachtete sie die Gäste. Sie waren allesamt erschöpft, aber angespannt und in froher Erwartung, vielleicht auch ein wenig ängstlich, ob ihre Mühen sich lohnen würden. Mancher mochte Heimweh haben nach seinem Liebchen.

Sie würde nichts einnehmen heute, aber sie spielte dennoch ein paar Lieder, langsam und unaufdringlich, Lieder, die das Herz beruhigten und zuversichtlich stimmen sollten. Die Gesichter um sie herum hellten sich auf, entspannten sich.

»Da! Magst du Zider, er ist ganz frisch. Wir machen ihn selbst.« Das junge Mädchen war zu ihr getreten, stellte ihr einen Krug vergorenen Most hin und setzte sich neben sie. »Es ist doch gleich angenehmer mit Musik in der Gaststube.« Ihre Augen wurden groß: »Oh, das ist aber eine schöne Fiedel! Darf ich mal sehen?«

»Aber ja, bitte.« Pauline reichte sie ihr. »Es ist nicht wirklich eine Fiedel. Man nennt es Rebec, ein arabisches Instrument, der

Laute verwandt, nur dass es gestrichen anstatt geschlagen wird.«

Die Hände des Schankmädchens strichen bewundernd über den bauchigen Körper, den Pauline mit Leinöl zu einem seidigen Glanz poliert hatte. Der abgewinkelte Hals endete in einem Tierkopf mit zierlichen Ohren, einem aufgesperrten gebogenen Raubvogelschnabel mit einer Zunge aus Elfenbein.

»Oh, wie hübsch, was soll das vorstellen?«

»Einen Greif. Das war der Vogel des Apollon, des griechischen Gottes der Weissagung und der schönen Künste.«

»Ach! Na, das passt ja!« Ein letzter bewundernder Blick. Sie gab das Instrument zurück und sprang auf. »Aber jetzt komm mit in die Küche. Die Gäste sind versorgt und gehen bald schlafen. Da, siehst du, die ersten gehen schon. Jetzt essen wir.«

Pauline verstaute sorgsam Rebec und Bogen, streckte sich, ließ die Fingergelenke knacken und folgte dem Mädchen.

In der Küche saßen sie um den großen Tisch. Ottilie wies auf einen Schemel, und als Pauline erstaunt guckte, sagte sie: »Setz dich, wir essen hier alle zusammen. Das da ist meine Tochter Albertine. Anna und Margot kennst du schon. Das ist Lukas, der Stallknecht. Und das ist Gottlieb, mein Sohn.« Ein Platz war leer.

»Wir sprechen das Tischgebet!« Auf Ottilies Zeichen hin standen alle auf und fassten sich an den Händen.

»Vater, segne diese Speise, uns zur Kraft und dir zum Preise …«

Mit viel Stuhlrücken und Scharren setzten sich alle wieder und langten zu. Und, oh, hier würde sie gut essen! Ordentlich Speck anfressen könnte sie sich! Die Kornsuppe, von der sie vorhin bekommen hatte, schien nur ein einfaches Gericht für die weniger wohlhabenden Gäste zu sein. Für die Familie wurde mit Kümmel gestoßenes Schweinefleisch aufgetragen, drei Stunden in Brühe gekocht. Pauline schmeckte Butter, Pfeffer, etwas Essig und Zucker und Zwiebeln heraus. Das war eine angenehme Überraschung. Ein Korb mit Brotfladen stand auf dem Tisch, und ein Krug Dünnbier kreiste, schwach vergorener Gerstensaft von klarer Farbe und von reinem, hefigem Geruch, nicht wie die trübe Brühe, die in Gasthäusern oft zu haben war. Pauline ließ sich nicht bitten, lud sich die Schüssel voll, nahm zweimal von dem Fleischbrei und aß, bis sie glaubte, sich nicht mehr erheben zu können. Wann immer sie den Blick von der Schüssel hob, sah sie, dass der junge Mann, Gottlieb, sie begaffte. Ab und zu standen Anna und Albertine auf und warfen einen Blick in die Gaststube, um zu sehen, ob dort etwas gebraucht wurde.

Die Hintertür flog auf, und ein kleiner Junge kam ungestüm hereingesprungen. Empört drehte Ottilie sich nach ihm um: »Moritz! Wo warst du? Wo hast du dich wieder herumgetrieben? Wie oft habe ich dir gesagt, bei Einbruch der Dämmerung hast du im Haus zu sein!«

Ohne das geringste Anzeichen von Reue setzte der kleine Stromer sich auf den letzten leeren Stuhl; eben dass sein Kopf über die Tischkante lugte. Er mochte sechs oder sieben Jahre alt sein, mit einem blassen runden Gesicht, strohblond wie seine Geschwister, und er hatte hellwache blaue Augen. Die Nase war rot gefroren, und er strahlte.

»Mutter, Mutter! Auf dem Marktplatz bauen sie eine Theaterbühne auf! Und ein Seiltänzer soll vom Rathausturm zu Lotters Haus laufen!«

Pauline zuckte zusammen. Die anderen schienen es nicht zu bemerken.

»Darf ich gehen, darf ich hin?«

»Nicht, wenn du dich weiter herumtreibst! Wehe, wenn du ab jetzt nicht rechtzeitig zu Hause bist! Ich sag's dir zum letzten Mal! Eigentlich solltest du ohne Essen ins Bett!« Sprach's und stellte ihm eine volle Schüssel hin.

Margot kniff die Lippen zusammen und verdrehte die Augen. Moritz entdeckte die Fremde am Tisch. »Wer bist denn du?«

»Ich bin Pauline, eine Spielfrau.«

»O fein, spielst du mir was vor?«

Pauline lachte und nickte. Der Kleine war schon wieder bei einem anderen Gedanken: »Mutter, darf ich Müller werden?«

Lukas lachte. »Er war heute Morgen mit mir zum Malzmahlen«, erklärte er in Paulines Richtung. »Das Räderwerk und die Muskeln der Mühlenknechte haben ihn beeindruckt.«

»Müller, was denn gar«, sagte Ottilie verächtlich. »Das ist doch nichts. Wir haben eine Herberge, da wirst du gebraucht.«

»Ich will aber Müller werden.«

»Sei still und iss ordentlich.« Ottilie wandte sich an den jungen Mann, Gottlieb.

»Ist das Heu gekommen? Ist genug Gerste da für all die Pferde?«

»Ja, Mutter. Ich habe auch schon Nachschub bestellt und ein Fuder Stroh.«

»Doch nicht wieder bei Christian Apel? Aber nein! Das letzte, was er geliefert hat, war faulig!«

»Nur zum kleinen Teil, und er hat sich dafür entschuldigt. Er kann ja auch nicht in alle Ballen hineinsehen. Er hat versprochen, diesmal Besseres zu liefern.«

»Nichts da! Morgen gehst du zu ihm und bestellst das ab. Ach, Junge! Wenn ich nicht überall gleichzeitig bin! Kannst du denn nichts richtig machen?«

Auf dem Gesicht des jungen Mannes erschienen rote Flecken, und er machte Anstalten aufzuspringen. Pauline sah, wie der Stallknecht ihm beschwichtigend die Hand auf den Schenkel legte.

»Lass nur, Ottilie«, sagte Lukas. »Wir werden diesmal genau hinschauen, was er bringt, und er muss uns einen Nachlass gewähren.«

Die Gastwirtin erwiderte nichts mehr, schnalzte aber missbilligend mit der Zunge und schüttelte den Kopf. Danach drehte sich das Gespräch um die Messe und die zu erwartenden Schauspiele und Genüsse.

Nach dem Essen nahm die Wirtin Pauline beiseite: »Ich habe dich spielen hören. Versteh zwar nicht viel von Musik, aber es hat mir gefallen. Es kommen so viele und behaupten, Musikanten zu sein, und kratzen und plunkern, dass das Bier sauer wird. Aber du kannst was, denke ich. Also, von mir aus darfst du bleiben. Du hilfst morgens in der Küche und wo wir dich brauchen können, abends spielst du in der Gaststube, bis alle Gäste im Bett sind. Dafür bekommst du einen Schlafplatz und eine warme Mahlzeit am Tag. Ich krieg die Hälfte deiner Einnahmen.«

»Ach, liebe Frau Wirtin. So wird das nichts mit uns. Wie du gehört hast, bin ich kein einfaches Singemädchen, sondern eine kunstfertige Spielfrau. Die gibt es nicht umsonst. Da musst du mir schon bessere Bedingungen bieten: Magddienste mach ich nicht. Ich spiele abends von Garaus bis Mitternacht. Und du kriegst ein Viertel aus dem Hut.«

»Das hör sich einer an: Magddienste macht sie nicht! Was sind wir hoffärtig. Sei froh, dass du ein Dach über dem Kopf hast und ein anständiges dazu! Eine Magd brauchen wir dringender als eine Fiedlerin. Und außerdem spielst du so langsam. Da schlafen die Gäste ja ein, statt etwas zu verzehren!«

»Nicht langsam – ruhig! Und das war ich nur heute, weil sie müde waren und in Gedanken bei den Geschäften, die sie erwarten. Sie waren nicht in der Stimmung für Ausgelassenheit. Das muss man achten. Eine gute Spielfrau richtet sich nach den Bedürfnissen ihres Publikums und macht, dass es sich wohlfühlt. Wirst sehen: Wenn sie den ersten Messetag hinter sich haben, dann spiele ich munter genug, und sie werden saufen und ihr Geld ausgeben, dass es eine Freude ist.«

Eifrig feilschten und stritten sie eine Weile, dann gab Ottilie nach. »Gut, also ein Drittel für mich, eine Mahlzeit nach Wahl für dich, mittags oder abends, und dazu noch Brot und Milch am Morgen. Das wird mich teuer zu stehen kommen, denn ich habe gemerkt, dass du frisst wie ein Holzfäller. Von mir aus. Aber du spielst bis zwei nach Mitternacht. So lange ist hier immer Betrieb.«

»Aber ich mach Pausen. Und ich krieg Wein aufs Haus, sonst wird meine Kehle zu trocken zum Singen. Und wenn mir die Gäste zu trinken spendieren, wird es von deinem Anteil abgezogen, denn daran verdienst du ja.«

»Was?«, brauste Ottilie auf, doch dann lächelte sie zum ersten Mal an diesem Tag, und Pauline sah, dass auch sie Grübchen bekam, wie ihre Tochter.

»Zu trinken sollst du haben, so viel du willst, und was man dir austut, will ich dir anrechnen, aber nur was es mich kostet, nicht, was der Gast bezahlt. Wein kommt nicht infrage. Wasser kannst du haben.«

»Gänseplemps«, rief Pauline verächtlich.

Die Wirtin lachte laut auf. »Gut, Most oder Dünnbier.«

»Abgemacht«, rief Pauline und gab ihr die Hand. »Ich helfe schon, wenn ich sehe, dass Not ist, aber es ist nicht meine Pflicht. – Ah, ich bin müde wie ein Ackergaul. Wo soll ich schlafen?«

»Kannst es dir aussuchen: Auf dem Boden vorm Küchenherd oder auf einer Bank in der Gaststube.«

»Ach was«, sagte Anna, die unbemerkt hinzugetreten war. »Da wird sie doch um sechse wieder geweckt. Das arme Kind soll spielen bis um zwei, da muss sie doch ausschlafen können. Sie kann zu mir in die Kammer. Das Bett ist breit genug, und wenn man zu zweit ist, dann hat man es wärmer.«

Ottilie sah sich stirnrunzelnd um und wusste nicht recht, was sie höflicherweise dagegen vorbringen konnte. ›Verflixt, nun ist die Straßenkatze doch oben bei den Gastzimmern! Was, wenn sie lange Finger macht? Oder sich heimlich zu den Männern schleicht? So etwas will ich hier nicht haben. Hier unten hätte Margot sie im Blick, aber oben? Anna ist zu gutmütig, und vermutlich schläft sie wie eine Tote.‹

Pauline grinste sich eins: ›Die hat ja keine Ahnung. Wir klemmen nie da, wo man uns bezahlt und wo wir selber wohnen.‹

Die Entscheidung wurde Ottilie aus den Händen genommen. Anna zog Paulines Sachen hinter dem Butterfass hervor und drückte sie ihr in den Arm. »Nimm dein Zeug und komm! Ich bin hundemüde!«

Pauline warf einen vorsichtigen Blick in Ottilies Richtung. Die zuckte die Achseln. Und so folgte die Spielfrau der Magd die Stiege hinauf, vorbei an den guten Zimmern im ersten Stock, vorbei an den Schlafsälen im zweiten und schließlich über eine roh gezimmerte Hühnerleiter in eine winzige Kammer unter dem Dach.

Eisig kalt war es hier. Einen Ofen gab es nicht. Nur eine Truhe, einen wackeligen Waschtisch mit Krug und Schüssel, dafür aber ein breites Bett.

»Hu! Schnell unter die Decken«, rief Anna, band die Haube ab, ließ Rock und Mieder fallen und kroch in Unterkleidern und Strümpfen unter die Decken.

Pauline wusch sich Gesicht und Hände, reinigte sich die Zähne mit einem Hölzchen und kam nach.

Zitternd zog sie sich ihren Teil der Decken bis über die Nase und wartete darauf, dass ihre Körper den Strohsack zu wärmen begannen.

»Ich schlaf nicht gern allein«, sagte Anna nach einer kleinen Weile.

»Ich bin's nicht gewohnt, zu zweit zu schlafen«, antwortete Pauline.

»Stört es dich?«

»Nein.«

Sie schwiegen, und Pauline lauschte auf Annas rasselnde Atemzüge. Die alte Magd roch ein wenig streng, aber Pauline beklagte sich nicht. Vermutlich roch sie selbst ziemlich reif. Sie hatte eine feste Unterkunft ergattert, zwei Mahlzeiten am Tag, einen Platz in einem richtigen Bett. Das war schon gut.

»Schläfst du schon?«, fing Anna wieder an.

»Nein«, sagte Pauline. »Ich bin müde und schwer wie ein Wackerstein. Aber zum Teufel – ich kann nicht schlafen. Mir schwirrt so viel im Kopf herum.«

Anna ließ ein leises Lachen hören. »Das ist das Messefieber, das packt uns alle – jedes Mal, nach all den Jahren noch! Na, dann unterhalten wir uns noch ein bisschen, wenn es dir recht ist, ja?«

»Dann sag mir doch gleich: Wie lange ist der Wirt schon tot?«

»Lass mal sehen«, die Bettdecke raschelte, und Pauline spürte, wie die alte Magd an den Fingern abzählte. »Im April sind es drei Jahre, dass Heinrich unter ein Fuhrwerk geraten ist. Ein Gespann ist durchgegangen, und er hat versucht zu helfen. Dabei ist er umgekommen. Tja. Fast drei Jahre ist Ottilie nun Witwe.«

»Sie ist jung. Warum hat sie nicht wieder geheiratet?«

»Weiß nicht. Über so was redet sie ja nicht mit unsereins. Sie wollte halt nicht. Wahrscheinlich vermisst sie ihn. Es war eine gute Ehe.«

»Was war denn der verstorbene Herr für ein Mensch?«

»Heinrich Weidemann? Der war Gastwirt mit Leib und Seele! Ein fröhlicher Mensch, zupackend, dabei immer gut gelaunt. Es hat ihm Freude gemacht, für andere zu sorgen. Den Gästen sollte es an nichts fehlen. Mit jedem hat er geschwatzt, sich an alles erinnert: woher einer kommt, wie viele Kinder einer hat, was für ein Geschäft – und wenn einer nur eine einzige Nacht hier verbracht hat, Heinrich hat sich an ihn erinnert. Ein unglaubliches Gedächtnis. Und lustig! Ach, war das manchmal eine Stimmung im Schankraum: oft Musik, gutes Essen, Wein.«

»Und Ottilie?«

»Es fällt ihr nicht so leicht, zu jedem freundlich zu sein, nicht so wie ihrem verstorbenen Mann. Nicht, dass sie schlechter für die Gäste sorgen würde oder ihr weniger an ihnen läge. Ihr fehlt einfach seine Leichtigkeit.«

»Das findet man bei Frauen oft.«

»Ja, und es wird nicht besser dadurch, dass sie sich ständig wehren müssen. Ottilie ist arg bedrängt worden! Lang bevor die Trauerzeit vorbei war, haben sie sich schon die Klinke in die Hand gegeben: all die Nichtsnutze und Faulpelze, die sich gern ins gemachte Nest gesetzt hätten. Es war manchmal schwer. Heinrich hat in der Wirtschaft gefehlt, und manche Stammgäste sind ausgeblieben. Aber jetzt scheint Ottilie langsam darüber hinweg zu sein, und es geht wieder besser. Du musst wissen, dass du der erste Musikus bist, den sie seit Heinrichs Tod hier eingelassen hat.«

»So? Welche Ehre. Dann muss ich mir wohl besondere Mühe geben, damit sie es nicht bereut.«

Die Unterlage nahm langsam Körperwärme an, und Pauline begann es sich bequem zu machen.

»Wo kommst du her?«, fragte nun ihrerseits Anna. »Ach, wahrscheinlich von nirgends und überall, oder? Bist du im Wagen geboren?«

»Nein, das nicht, aber ich bin von Fahrenden aufgezogen worden. Sie haben mich gefunden, als ich sieben oder acht Jahre alt war. So hat man es mir zumindest erzählt.«

»Gefunden? Wohl eher gestohlen!«

»Ach, ihr Wurzelfüße glaubt immer, dass sie Kinder stehlen, aber warum sollten sie? Sie haben doch selbst Kinder genug. Nein. Sie haben mich halb verhungert auf der Straße gefunden, bei sich aufgenommen, genährt und erzogen, so gut sie es verstanden. Ich hege nichts als Liebe und Dankbarkeit für sie.« Pauline kreuzte Mittel- und Zeigefinger.

»Aber was war denn vorher? Das musst du doch wissen. Mit sieben erinnert man sich doch an was.« Anna gab ihrer Bettnachbarin einen Stoß mit dem Ellbogen. »Na komm schon, lass dich doch nicht so bitten. Das hört sich nach einer feinen Geschichte an.«

»Also gut.« Pauline seufzte. »Ich erzähle ungern davon, aber schließlich will man ja wissen, mit wem man das Bett teilt, also gut, also gut.«

Anna richtete sich kurz auf, puffte das Kissen zurecht und legte sich auf den Rücken in gespannter Erwartung. Fahles Mondlicht schimmerte durch die Ritzen des Daches, wo einige Ziegel verschoben waren. Irgendwo im Gebälk raschelten Mäuse oder vielleicht ein paar Spatzen, die sich zur Nacht hereingezwängt hatten.

»Willst du hören, wie die Gaukler mich erzogen haben, oder von Anfang an?«

»Von Anfang an«, sagte die alte Magd.

Pauline nahm verschwommen wahr, wie sie mit einem langen Finger zwischen ihren Zähnen bohrte.

»Meine Kindheit – hm. Du wirst vielleicht enttäuscht sein, denn ich erinnere mich kaum daran. Da sind nur Bruchstücke, einzelne Bilder, Klänge, Gerüche. Ich weiß selbst nicht, was sie zu bedeuten haben.«

Pauline machte eine dramatische Pause und gab vor, nachdenklich in die Dunkelheit zu starren. Endlich begann sie: »Was ich am deutlichsten vor Augen habe, das sind die Hände meiner Mutter. Sie herzte mich und drückte mich oft an sich. Sie gab mir Süßigkeiten zu essen und spielte mir auf der Laute vor. Ich höre manchmal ihre Stimme, weißt du? Ganz gläsern hell und wie von weit her. Und sehe ihre Hände über den Saiten, schmale Hände, lange weiße Finger, eine Haut, so weich und so zart wie der Teig von dreifach gesiebtem Weizenmehl, wie feines Kuchenbrot. Sie roch immer gut.«

Pauline erwärmte sich für die Geschichte. Fast konnte sie es selber vor sich sehen und riechen: »Sie roch nach Äpfeln und Rosen.«

»Sie muss eine Dame von Stand gewesen sein«, vermutete Anna. »Und was noch? Wo war das? Kannst du dich nicht an den Ort erinnern?«

»Nur an riesig hohe Räume. Die Decken müssen bemalt gewesen sein, denn da waren Wolken und rosige Strahlen um Gottvater, um den Heiligen Geist und das Kind. Ich wusste lange nicht, dass es gemauerte Decken eines Gewölbes gewesen sind, sondern dachte immer, ich wüchse unter freiem Himmel auf. Ich erinnere mich an Säulen aus farbigem Stein, an einen

Springbrunnen, dessen Wasserspeier die Gestalt eines Schwanenkopfes hatte.«

»Nennst du dich deshalb ›Schwan‹ mit Nachnamen?«

»Ja, deshalb«, bestätigte Pauline. »Da muss ein Garten gewesen sein. Es gab regelmäßig angelegte Beete, von niedrigen Zäunen aus geflochtenen Weidenzweigen eingegrenzt, und darin Pfingstrosen, Minze, Salbei und Kamille.«

»Ein Heilkräutergarten? Warst du gar in einem Kloster?«

»Nein, nein, kein Kloster. Da waren Männer in bunten Kleidern, da war oft Musik und Tanz. Und es gab Stallungen mit schönen Pferden.«

»Ein Schloss!«, rief Anna aufgeregt. »Dann bist du vielleicht adelig geboren!«

»Ach«, wehrte Pauline bescheiden ab. »Das kann nicht sein. Sieh mich doch an. Ich bin doch nur ein ganz gewöhnliches Mädchen. Schreiben und lesen kann ich nicht, das hätte ich doch gelernt haben müssen!«

»Nicht so früh, nicht unbedingt. Oder du hast es wieder vergessen.«

»Ach, ich weiß nicht. Nein! Eher bin ich das Kind einer Bediensteten.«

»Aber dann hätte dir die Dame doch kaum auf der Laute vorgespielt.«

»Sie könnte eine Hofdame gewesen sein. Dann war da noch ein Mann, der mich manchmal hochhob und hoch durch die Luft wirbelte. Er hatte dunkles Haar und einen rabenschwarzen Bart. Ich erinnere mich an seine weiten Ärmel aus weißem Leinen und an goldene Tressen auf dem Wams.«

Sie schwieg eine Weile und begann dann von Neuem.

»Aber weißt du, was eigenartig war?«

»Was?«

»Den Mann – meinen Vater, glaube ich –, den sehe ich unter Bäumen, auch hoch zu Ross mit Wind im Haar und Sonne auf dem Gesicht, aber meine Mutter – die sehe ich immer nur im Halbdunkel. Sie war sehr bleich, und ich glaube, sie ist nie bei Tag hinausgegangen.«

Anna sog den Atem mit einem scharfen Zischen ein. Pauline lächelte in sich hinein. Sie wusste schon, was die andere jetzt dachte: eine weise Frau, eine Fee oder eine Hexe – nein, in diese

Richtung sollte sie lieber nicht weiterdenken. Die Protestanten waren mit dem Hexenverbrennen noch schneller bei der Hand als die Papisten.

»Vielleicht hat sie aber auch nur ihre weiße Haut schonen wollen.«

»Dann war sie ganz sicher keine Magd. Und wie kamst du dann vom Schloss zu den Gauklern?«

»Das ist es eben, was ich nicht weiß. Da war nur … eines Nachts Feuerschein auf den Säulen, und, weißt du, das ist seltsam: Ich kann nichts hören. Nur das Flackern der Flammen. Roter Schein am Himmel und der Geruch von Asche. Hände, die mich hastig anziehen, mir einen warmen Umhang umlegen, ein Beutelchen um den Hals hängen. Sie ist in Eile, zerrt an meinem Handgelenk. Durch dunkle Gänge zieht sie mich zu einer Hintertür. Ich falle, weine, sie hebt mich auf und rennt weiter mit mir auf dem Arm. Sie schiebt mich durch die Hintertür der Küche, dort, wo die Abfälle hinausgetragen wurden. Hinter uns das Knistern der Flammen, geschwärzte Balken fallen, an denen Flämmchen entlanglaufen wie Ameisen auf einem Baumstamm. Aber ich höre immer noch nichts. Der Himmel ist dunkelrot, die Wolken von unten erhellt, als hätte das Christkind seinen Backofen angeschürt. Sie küsst mich, gibt mir einen Schubs. Und ich laufe und laufe.«

»Sicher ist das Schloss deiner Eltern geplündert und angezündet worden. Aber – wie alt bist du denn? Sechzehn? Siebzehn? Da war kein Krieg, soweit ich mich erinnern kann. Entlassene Söldner? Raubritter? Oder hat sich dein Vater etwa gegen seinen Herrn aufgelehnt?«

»Ich weiß es nicht, Anna.«

»Hat dir denn niemand was erzählt, später? Was war denn in dem Beutel, den deine Mutter dir um den Hals gehängt hat?«

»Der war dann fort. Die Gaukler haben mir gesagt, dass sie mich schlafend am Straßenrand gefunden haben. Von einem Beutel oder irgendwelchen Papieren wussten sie nichts.«

»Sie werden dich bestohlen haben. Bestimmt war Gold in dem Beutel oder Schmuck – ein Hinweis auf deine Herkunft.«

»Ach, wenn mich jemand bestohlen hat, dann gewiss nicht die Fahrenden. Sie waren gute Leute so weit und haben mich immerhin aufgenommen. Sie hätten mich ja dort liegen lassen können. Ein Maul mehr zu stopfen haben sie sicher nicht brauchen können.«

Pauline hielt inne und lauschte auf die Nachtgeräusche. Halb offen war es hier, die Klänge heller, das leise Prasseln des Strohs unter ihren Körpern, von draußen metallisch abgehackt das Schlagwerk vom Rathausturm; Wind, der durch die lückenhaften Ziegel fuhr, ein Hauch nur.

»Ich habe gehört, dass solche Leute Kinder zum Betteln abrichten und zum Kunststückemachen.«

›Solche Leute …‹, dachte Pauline. »Natürlich haben sie mir ihr Handwerk beigebracht«, erklärte sie geduldig, »so wie es in jeder Familie geschieht. Man kann nur an die Kinder weitergeben, was man selbst beherrscht. Schließlich muss jeder zum Verdienst der Truppe beitragen. Und denk bloß nicht, dass alles Betrug und Luftwerk ist, was du da auf den Marktplätzen siehst. Lustig Pfeife spielen, Trommeln schlagen, ein bisschen tanzen, nein, so einfach ist es nicht. Ich musste sofort anfangen zu lernen: jeden Tag jonglieren, Gleichgewichtsübungen, meinen Körper verbiegen wie eine Brezel. Ich war ja schon fast zu alt dafür. Die Kinder der Gaukler lernen, sobald sie aufrecht stehen können. Manchmal haben meine Glieder geschmerzt. Aber ich habe mir nichts anmerken lassen, denn ich wollte so gut sein wie jeder von ihnen. Am Ende konnte ich Rad schlagen, durch einen brennenden Reifen springen, auf einem Seil tanzen.«

»Warum bist du nicht bei den Gauklern geblieben, wenn sie so gut zu dir waren?«, fragte Anna.

Pauline verschloss sich. »Darüber möchte ich nicht reden.«

»So?« Anna wartete noch eine Weile, und als nichts mehr kam, schlief sie ein. Ihr Gesicht schlafweich, füllte sich die Mundhöhle mit Atem, bis die Lippen nachgaben und die Luft leise blubbernd entließen wie ein gärender Brotteig.

Pauline hätte es ihr gern gleichgetan, aber wie immer, wenn die Rede auf ihre ehemaligen Gefährten kam, begannen ihre Gedanken sich zu drehen wie ein Mühlrad.

Sie war nicht wie die anderen Kinder gewesen. Zu still, zu traurig. Sie hatte nie so recht dazugehört. Dann hatte Melchior sich ihrer erbarmt. Er hatte ihr erst das Flötenspiel, dann das Fiedeln beigebracht. Und was für eine Entdeckung, was für eine Befreiung war das gewesen! Von nun an war die Fiedel ihre

Stimme geworden. Alles, was sie nicht sagen konnte, hatte das Instrument für sie gesungen, den Schmerz, den Verlust, die wiederkehrende Lebensfreude und zum Schluss auch die Scham. Ja, die Scham. Wie gerne hätte sie das, was dann kam, ungeschehen gemacht. Doch Scham und Schuld würden bleiben bis an ihr Lebensende.

2.
JAHRESENDE

Sonnenstrahlen drangen durch die Ritzen der Ziegel, vorbei an den hölzernen Balken, als sie erwachte. Spatzen tschilpten auf dem Dach. Der Platz im Bett neben ihr war leer und bereits kalt. Anna musste schon lange vor ihr aufgestanden sein.

Pauline rekelte sich – wie lange hatte sie in keinem richtigen Bett mehr gelegen? –, schlug endlich die Decken zurück und stand auf. Zitternd griff sie nach Kittel und Hose, doch gleich ließ sie das schmutzige Zeug angewidert fallen. Nein, darin mochte sie sich nun wirklich nicht mehr sehen lassen, obwohl – einen Augenblick lang überlegte sie, ob ihr das nicht ein paar Münzen mehr eintragen würde. Nein, sagte sie sich. Hier brauche ich kein Mitleid, hier will ich zeigen, was ich kann.

So kramte sie in ihrem Bündel nach ihren restlichen Sachen und zog schließlich alles übereinander an: wollene Strümpfe, Unterkleid, darüber beide Röcke, einer blau, einer von ausgewaschenem Rot, Bluse, Mieder und noch eine Bluse. Einen bunten Webgürtel mit Quasten. Sie kletterte über die Leiter hinunter – die Ledersohlen machten schabende Laute auf den Sprossen – und fiel beinahe über zwei Wassereimer. Anna kam aus dem größeren der Schlafsäle mit Krug und Schüssel in den Händen. Das Waschwasser der Gäste war auszuleeren, sicher auch das Nachtgeschirr, Decken schütteln, Streu nachlegen.

»Ich geh zum Abort. Soll ich gleich das Nachtgeschirr mitnehmen?«, fragte Pauline.

»Ist schon erledigt. Aber wenn du frisches Wasser holen könntest?«

»Mach ich.« Pauline nahm Anna die Schüssel ab, in der eine braune Brühe schwappte. In den Eimer damit. Hinaus zum Abort, das Brauchwasser in den Garten geleert. Auf dem Rückweg durch die Gaststube lief sie Ottilie in die Arme. Die Tür zum Hof und alle Fenster standen weit offen, um den Dunst der letzten Nacht hinauszulassen.

»So, Frau Musikantin. Haben wir ausgeschlafen? Aber ich sehe, du machst dich nützlich.«

»Guten Morgen, Frau Wirtin. Frohes Fest! Und was für ein herrlicher Tag es ist.«

»Voller Arbeit und Mühe wie jeder andere.«

Vor sich hin trällernd und kopfschüttelnd über Ottilies säuerliche Miene lief Pauline zum Brunnen im Hof. Als alle Krüge gefüllt waren, ging sie in die Küche, um sich ihr Brot und Milch zu holen. Margot nickte ihr nur zu und knetete wortlos einen Teig, schnitt Trockenfrüchte, hackte Nüsse. Gewürzkuchen – Pauline schnappte sich eine halbe getrocknete Birne zum Fladen. Ob man ihr von dem Kuchen abgeben würde?

Gottlieb kam durch die Hintertür, die Arme voll fein gespaltener Scheite, und machte sich am Herd zu schaffen. Albertine steckte den Kopf durch die Tür zur Gaststube, sah die Spielfrau und lächelte sie an.

»Margot, hast du schon Kuchen fertig? Der Quartiersmeister ist da!«

Die Französin ging zur Speisekammer und brachte eine dicke Scheibe Kuchen, mit kandierten Früchten gespickt. Albertine füllte einen Krug mit gewärmtem Wein aus einem Topf, der am Rand des Herdes warm gehalten war, und trug beides hinaus.

»Soûl comme une bourrique à dix heures du matin«, murrte die Köchin, besoffen wie ein Esel um zehn am Morgen!

Die Spielfrau trug ihre Schale Milch und das Brot hinaus und setzte sich auf die Bank am Kachelofen, der zu dieser Tageszeit nur lauwarm war. Mit den Fersen stieß sie gegen etwas, das unter die Bank geschoben worden war, und sah nach. Es war ein kleines Stoffbündel, aus dem eine Schiefertafel ragte.

Albertine hatte einen Mann im blauen Mantel bedient, der in einer Ecke saß. Als sie an Pauline vorbeikam, raunte sie ihr zu: »Man muss den Quartiersmeister bei Laune halten während der Messe. Sonst zeigt er uns an, weil zu viele Karren auf der Straße stehen. Unsere Gäste müssten sie vor dem Tor abstellen, aber wer will das schon? Da würden sie vielleicht gestohlen oder beschädigt werden. Also lässt man den Quartiersmeister, der vom Rat beauftragt ist, die Straßen freizuhalten, trinken und essen, damit er woandershin schaut.«

»Und den Gassenmeister und den Marktvogt, die Büttel, den Dreckinspektor …«, schimpfte Ottilie leise, die neben ihnen auftauchte. »Zum Glück verteilt es sich auf alle Wirtschaften, so ist es zu ertragen.«

›Und die Kosten werden auf die Gäste umgelegt, das wett ich‹, dachte Pauline. ›Die sind froh, dass sie ihre Wagen unter den Augen haben. So ist jeder zufrieden.‹

»Darf ich die Badestube benutzen?«, fragte sie.

»Von mir aus. Aber es wird noch alles schmutzig sein von gestern. Der Badeofen ist aus und bleibt's auch bis heute Abend. Wegen einem kann ich kein Holz verfeuern. Und du musst deine eigene Seife bringen. Ich kann dir nicht auch noch Seife abgeben«, sagte Ottilie über die Schulter. Pauline ging nach oben, um ein paar notwendige Dinge zu holen, und hörte noch Ottilie fragen: »Wo ist Moritz?«

»Er ist in die Schule gegangen«, antwortete Albertine.

Das bezweifle ich, dachte Pauline und grinste in sich hinein.

Oben steckte ihr Anna ein Stück Seife zu. »Da, nimm! Und gib mir deine schmutzigen Kleider, ich wasch nachher sowieso.«

Als Pauline in die Badestube kam, war Gottlieb schon da. Er kniete vor dem Badeofen und stopfte Reisig hinein. »Mit Reisig wird das Wasser schnell warm. Du wirst doch ein warmes Bad zu schätzen wissen nach der langen Reise.« Er stotterte ein wenig und wurde rot, als ihre Blicke sich trafen. Ein netter Junge, weiche, blasse Haut, nur wenige Pockennarben, ein paar Pusteln, ein wenig Flaum am Kinn und auf der Oberlippe. Er sprach leise, wahrscheinlich, um das Kippen seiner Stimme zu vermeiden.

Im Zuber stand schmutziges Wasser, auf dem graue, erkaltete

Seifenreste schwammen. Trockentücher hingen über dem dafür vorgesehenen Holzgestell oder lagen auf dem nassen Fußboden herum. Pauline musterte Gottlieb und entschied dann, dass von ihm keine Gefahr ausging. Sie bückte sich und begann die schmutzigen Tücher aufzusammeln.

Gottlieb half ihr, den Zuber zu leeren, und zusammen gingen sie mehrmals hinauf und hinunter, trugen das Schmutzwasser in den Küchengarten, holten Wasser aus dem Brunnen, bis alles wieder reinlich und bereit war.

Pauline legte eine Hand an den Kessel. Inzwischen war das Wasser warm geworden. Eigentlich könnte sie nun baden, aber der Sohn der Wirtin stand immer noch im Raum herum.

»Das sollte genügen. Ich dank dir schön für deine Hilfe, Gottlieb! Das war sehr freundlich von dir«, sagte sie und blieb abwartend stehen.

Der Junge starrte, begriff den Wink, wurde rot und zog sich zur Tür zurück.

»Ja ... dann ... Du kannst die Tür von innen verriegeln, siehst du. Hier. Dann bist du ganz ungestört.« Er ergriff die Flucht.

Pauline grinste, verschloss die Tür und begann ihr Mieder aufzunesteln. Sie füllte das heiße Wasser in den Zuber, gab einen Eimer kaltes dazu und ließ sich seufzend vor Vergnügen hineingleiten.

Oh, das war gut! Welch ein seltener Luxus. Die Gasthäuser, in denen sie gewöhnlich spielte, hatten keine eigenen Badestuben, und die öffentlichen Häuser mied sie, mehr noch um Zudringlichkeiten zu vermeiden denn aus Sparsamkeit. Das letzte hastige Bad hatte sie vor zwei Wochen in einem eisigen Bach genommen.

Sie wusch ihr kinnlang abgehacktes Haar und rieb es, bis es nach allen Seiten abstand. Dann weichte sie, bis das Wasser zu kalt wurde.

Und so trat eine gute Stunde später eine rosig geschrubbte und zufriedene Pauline auf die Straße, ein buntes Tuch um die Schultern geknotet und den Spielfrauenhut stolz auf den noch feuchten Haaren. Sie trug ein kühnes Gebilde, einen hohen Filzhut, an dessen Seiten sie Schwanenflügel befestigt hatte.

Es war ein Geschiebe und Gedränge, ärger noch als am vorigen Tag. Ein Fleischer verhandelte mit einem kräftigen jungen Tagelöhner, der ihm die Schleife ziehen sollte. Bewundernd blieb Pauline stehen und betrachtete die schwellenden Muskeln, die durch zerschlissene Ärmel zu sehen waren.

»Fünf Groschen für den Tag«, verlangte der Bursche, und der Fleischer war einverstanden. Gerade wollten sie sich die Hände reichen, um es zu besiegeln, da drängte sich ein magerer kleiner Junge unter dem Arm des Tagelöhners hindurch.

»Ich mach's für drei«, zwitscherte er und bekam die Arbeit.

Fäusteballend blieb der junge Bursche zurück. »Drei Kopfnüsse kriegst du, wenn ich dich erwische, aber gewaltige«, zischte er hinter dem Jungen her.

Alle hatten es eilig, ihre Gewölbe zu füllen, die Stände zu beziehen, und doch lag eine Jubelstimmung in der Luft, eine solche Vorfreude, sodass Pauline unwillkürlich in einen Hüpfschritt verfiel. Hier und da standen kleine Gruppen von Jungen vor den Türen der besseren Häuser und sangen; das musste der berühmte Thomanerchor sein. Pauline blieb stehen und hörte ihnen wohlgefällig zu. Hübsche junge Stimmen, von jener engelhaften Klarheit, die sich mit dem Heranwachsen meist verlor. Gut geschult.

Eine neue Stadt, noch dazu Bürger mit Musikverstand. Pauline verspürte große Lust zu spielen, obwohl in diesem Gedränge nicht viel zu erwarten war. Die Schwanenflügel zogen die Blicke auf sich, die Leute deuteten und lachten, doch sie hatte es nicht eilig, sich aufzustellen. Zuerst ging sie ins Rathaus, um ihre Spielerlaubnis zu erwerben. Es war doch besser, das nicht aufzuschieben, sonst würde sie an einem guten Tag ihre Zeit dafür vergeuden müssen.

»Wo ist dein gelbes Band?«, fragte barsch der Schreiber, als sie endlich an die Reihe kam.

»Ich brauch kein gelbes Band, weil ich nicht anschaffen geh. Ich bin Musikantin und nichts anderes.«

Er sah von seinem Buch hoch, in das er Namen, Beschäftigung und Gebühren eintrug, und musterte sie.

»Na schön. Wie du willst. Aber gib acht: Wenn die Häscher dich beim heimlichen Huren erwischen, musst du …«

»… Strafe zahlen, zum Medicus und zum Tor hinaus«, vollendete Pauline den Satz. »Ich weiß.«

Er verzog keine Miene und erwiderte ihr Lächeln nicht.

»Das macht dann fünf Groschen.«

»Für die Messewoche?«

»Nein, für den Tag.«

Pauline riss die Augen weit auf. »Ich hab keine vierzig Groschen, und das ist auch viel zu viel! Fünf Groschen kriegt ein Kärrner für einen ganzen Tag Schufterei. Und Ihr wisst, ich kann nur nachmittags etwas verdienen.«

»Der Bärenführer, der vor dir war, hat acht versprochen.«

»Ja, mein lieber Herr, ein Bärenführer! Der verdient viel mehr als ich. Was glaubt Ihr denn, was ein einzelnes Spielmädchen einnehmen kann! Erbarmen, Herr, lasst mir auch noch was zum Leben! Leipzig ist teuer, hier wird man arm für ein Stück Brot und ein Linsengericht.«

»Du spielst doch sicher nicht nur auf der Straße, sondern abends noch in einem Gasthaus oder in einer Weinstube! Besser, du gibst gleich alles an, denn wir erfahren es ohnehin. Die Wirte müssen alles melden.«

»Nun ja, ich spiel im Goldenen Rad.«

»Das ist eine gute Herberge, da wirst du schon auf deine Kosten kommen. Du zahlst fünf Groschen sofort und den Rest, wie du kannst, spätestens am Ende der Messe. Und wenn du vorhast, wieder einmal zur Messe nach Leipzig zu kommen, dann versuch besser nicht, dich ohne abzurechnen zum Tor hinauszudrücken.« Er schlug mit der Hand auf die offenen Seiten. »Wir halten alles fest und vergessen nichts und niemand.«

Er ließ nicht mit sich handeln. Pauline leerte ihren Beutel, zählte die ersten fünf Groschen hellerweise vor und malte mit saurer Miene ihr Zeichen ins Buch. »Ihr habt mich ausgeraubt, Herr Schreiber!«, sagte sie.

»Das glaube ich nicht«, antwortete er ungerührt. »So wie ich euch Fahrende kenne, hast du noch Geld im Rocksaum eingenäht.« Pauline sah ihn erschrocken an und machte sich rasch davon. Plötzlich kam es ihr so vor, als ob jeder sehen müsste, wie schwer ihr Rocksaum schleifte.

»Und gib acht, was du spielst«, rief der Mann hinter ihr her. »Drehtänze sind verboten!«

Sie ließ sich durch die Gassen treiben auf der Suche nach einem vielversprechenden Platz und bewunderte dabei die Waren, die sich nach und nach in den Auslagen zu türmen begannen: Pelze gab es im Hallischen Viertel. Da wurde abgeladen, da wurden Ballen geöffnet, prüfende Hände strichen über glänzendes dunkles Marderfell, vergruben sich in Biber, Zobel, Bärenhaar, hielten getupfte Hermeline ins Licht und allerhand Getier, das Pauline noch nie gesehen hatte. Hans, der Honighändler, hatte nicht übertrieben. Sehnsüchtig befühlte sie eine dunkelblaue Schaube für Damen, gefüttert und mit einem dichten, schimmernden Pelzbesatz. Oh, wie warm das aussah! Ein paar Gassen weiter wurde über eine Lieferung belgischen Tuches verhandelt; ein Blick durch die geöffnete Tür ließ Samt und Seide ahnen, Taft, Bänder und Spitzen. Und Farben, Farben ließen die Deutschen sich nicht nehmen, obgleich die vorherrschende spanische Mode doch düstere Töne vorschrieb. In den Auslagen sah Pauline rosenfarbenen und weißen Samt, pflaumenfarbenen und karmesinroten Atlas, grüne und zimtfarbene Seide.

Hinter dem Naschmarkt roch es durchdringend nach Muskat, Kardamom, Zimt und Nelken, dort kitzelte Pfeffergeruch sie in der Nase. Da waren die Gewürzhändler zu Hause, und dahinter wieder befanden sich die Fleischbänke und die Bäcker. Im Petersviertel bei den Goldschmieden wurde sie vertrieben: »Geh weiter, Harfendirne! Geh zum Markt, zu deinesgleichen. Wir brauchen dein Geklimper nicht!«

Schließlich fand sie sich wieder auf dem Niklaskirchplatz neben einer Waffelbäckerin. Angenehm warm war es da nahe beim Ofen.

»Ist es dir recht, wenn ich hier spiele?«, fragte sie.

»Ja, mach nur«, war die Antwort. »Solange deine Kundschaft mir nicht den Zugang verstellt.«

Ja, das kannte Pauline. Man musste oft den Platz wechseln. Wenn man eine Menge um sich versammelte und die Käufer nicht zum Stand durchkamen, dann wurden die Händler schnell ungehalten.

Die Nachbarin zur Rechten war eine Höke, eine von den Kleinhändlerinnen, die den täglichen Bedarf deckten. Sie bot aus einer Kraxe Butter und Topfkäse an.

»Kennst du ›Es freit’ ein wilder Wassermann‹?«

»Aber ja«, sagte Pauline, während sie ihr Rebec aus dem Kasten holte und es stimmte. »Ich spiel es später für dich.«

»Auwei! Was schabst du denn so lang herum. Das klingt ja scheußlich. Spiel doch«, schimpfte die Butterhöke.

»Wart einen Augenblick, es wird dir schon noch gefallen. Jedes Werkzeug will gepflegt sein.«

Endlich war das Instrument zu Paulines Zufriedenheit gestimmt. Sie hob das Tamburin hoch in die Luft, ließ die Schellen erklingen. »Hei! Neue Tänze aus fernen Ländern hab ich!«, rief sie mit heller Stimme, und die Leute wandten sich nach ihr um. Rasch legte sie die Schellen beiseite, hob das Rebec an die Schulter und spielte einen doppelsaitigen Brummton, der seine Wirkung nie verfehlte. Die ersten blieben stehen.

»Ich hab gehört, ihr seid verwöhnte und gebildete Leute hier in Leipzig. Da will ich euch nicht mit gewöhnlichem Zeug langweilen.«

»Woher kommst du denn?«, fragte einer.

»Zuletzt? Da hab ich für eine Fürstin in Thule gespielt, hoch im Norden. Die wohnte in einem Palast aus Eis und war ganz in silberne Fischschuppen gekleidet. Zu essen gab es da Krebse in Eisweinsud, Schneeknödel und Graupen und zum Nachtisch Eiszapfentorte.« Die Zuhörer lachten. »Und weil man in einem Eispalast kein Feuer machen kann, hielten sie stattdessen eine ganze Schar von uns Musikanten, in jedem Raum einen. Wir mussten Tag und Nacht spielen und die Leute zum Tanzen bringen, damit sie warm blieben. Und die Eiskristalle klirrten ...« Sie schüttelte die Ringe an ihrem Bogen.

Ein weiteres Paar war stehen geblieben. Dann ein paar pflichtvergessene Dienstmädchen, ein Student und eine Kinderfrau mit zwei Mädchen, an jeder Hand eines. Pauline lächelte die Frauen an. Vor den Herren schlug sie die Augen nieder und beugte sich zu den Kindern vor. »Wenn ich euch die Lieblingsmusik der Eisprinzessin vorspiele, wollt ihr dann für uns tanzen?«

Die beiden kleinen Mädchen nickten eifrig und ernst. Pauline setzte die Fiedel an die Hüfte und begann einen Schreittanz mit viel Ringgeklapper, Schlagen auf dem Griffbrett und Zupfen der Saiten. Ein paar Schritte und Drehungen, und die Kinder begannen mitzuhüpfen. Als das Lied zu Ende war, zog eines der Mädchen die Amme am Mantel und flüsterte ihr etwas zu. Die Amme nickte. Das Kind zog ein Säckchen mit Konfekt aus dem

Mantel, von dem es schon die Hälfte gegessen hatte, und legte es auf das Seidentuch, das Pauline vor sich auf den Boden gebreitet hatte.

»O fein! Dank dir!«, sagte Pauline. »Wie gern esse ich Konfekt, und ich bekomme es so selten.« Und setzte zum nächsten Stück an, einem gesungenen Lied.

»Was gibt es Neues? Wo warst du zuletzt?«, wollten einige Marktfrauen wissen.

»Von Berlin und Cölln her komm ich. Dort hat man die Juden wieder vertrieben, diesmal für alle Ewigkeit. Der kurfürstliche Münzmeister, ein Jude namens Lippolt, war bei den Leuten sehr verhasst. Er soll ein Zauberer gewesen sein und den alten Kurfürsten Joachim vergiftet haben. Da haben sie ihm den Prozess gemacht und sich gleich seiner ganzen Mischpoche entledigt.«

»War der Hofjude nicht Joachims Liebling?«, fragte ein Kaufmann.

»So heißt es. Auch sagt man, dass der neue Kurfürst Johann Georg viel Schulden bei ihm hatte.«

»Die ist er nun los«, lachte der Kaufmann höhnisch.

Ein junges Mädchen mit rot gefrorenen Wangen mischte sich unter die Zuhörer. Die Frauen warfen ihr einen Blick zu und rümpften die Nase. Die Männer schauten aufmerksam. Sie trug ein gelbes Band am Kragen, eine Hübschlerin, eine von denen, die offen arbeiteten.

Pauline zwinkerte ihr zu und stimmte ein neues Lied an: »Bei meines Buhlen Kopfe, da steht ein güldner Schrein, darin da liegt verschlossen das junge Herze mein ...« Pauline hatte eine erstaunlich laute und klare Stimme, dafür, dass sie so klein war und zart. »Wollt' Gott, ich hätt' den Schlüssel, ich würf' ihn in den Rhein ...«

Ein bitteres Lächeln spielte um die Mundwinkel der jungen Hure. Doch sie blieb nicht lange stehen. Sie mochte wohl die bösen Blicke der braven Bürgerinnen nicht aushalten, denn sie legte eine Münze auf das Tuch und entfernte sich still. Ein ganzer Groschen, schau an! Pauline lächelte dankbar und ließ dann die Blicke auffordernd über ihr Publikum schweifen. Man musste die Leute immer direkt anschauen, damit sie nicht glaubten, dass sie sich unbemerkt davonmachen konnten. Und jeden abschätzen, ohne es merken zu lassen. Der da, der würde doch gewiss Silber geben …

Nach einer Stunde setzte sie den Bogen ab und schüttelte die Handgelenke und die Finger aus. Zu ihren Füßen lagen ein paar rote Heller, zwei kleine Silbermünzen und das halbe Säckchen Konfekt. Pauline hob eine der Silbermünzen auf und zeigte sie der Waffelbäckerin.

»Ein Erfurter Sargpfennig«, bemerkte diese. »Die haben sie aus dem Silber von Heiligensärgen und geplünderten Monstranzen geschlagen. Sind selten geworden. Ist aber ordentliches Silber.«

Eine gut angezogene Frau näherte sich Pauline.

»Du spielst gut, hast eine schöne Stimme.«

»Ihr seid zu freundlich. Seid bedankt!« Pauline verneigte sich anmutig und musterte dann ihr Gegenüber. Die Dame war in einen langen, offenen Mantel aus grünem Samt gekleidet und trug einen Hut, der noch einmal so hoch aufragte wie ihr Kopf. Der Pelzkragen wies sie als Dame von Stand aus, und die reich bestickten Ärmel zeigten Wohlhabenheit. Sie war recht hübsch, auf eine ernste, leicht verhärmte Weise, hatte zarte Haut, einen zierlichen Rosenmund, doch die Mundwinkel wiesen bereits eine unzufriedene Neigung nach unten auf. Die Augen aber waren warm und von einem außergewöhnlichen goldenen Braunton. Pauline schätzte sie auf mindestens Mitte zwanzig.

»Kannst du nur Volkslieder, oder spielst du auch noch etwas anderes?«

»Ich kann auch feinere Musik, höfische Tänze, provenzalische Lieder und eigene Melodien.«

»Wie ich sehe, hast du heute noch nicht viel eingenommen.« Die Spitze eines guten, aber nicht übertrieben modischen Schuhs berührte leicht das Betteltuch.

»Nein. Heut wird's noch nichts, ab morgen wird es besser.«

»Dann hast du vielleicht nichts dagegen, heute bei mir zu spielen? Ich zahl dir fünf Meißner Groschen.«

Pauline dachte an den mageren kleinen Jungen, der für einen ganzen Tag Knochenarbeit drei Groschen bekommen würde.

Die Dame legte ihr Zögern offenbar falsch aus und setzte nach: »Mehr kann ich dir nicht geben, aber ich sehe, dass du keinen warmen Mantel hast. Da ließe sich vielleicht etwas machen. Ich könnte dir einen aus unserer Kleiderkammer geben.«

Paulines Augen leuchteten auf, doch dann fiel ihr etwas ein. »Aber ich bin abends schon im Goldenen Rad verpflichtet«, sagte sie bedauernd.

»Nun, das macht nichts. Ich habe ein paar Freundinnen auf den Nachmittag eingeladen, um das alte Jahr angenehm ausklingen zu lassen. Komm in einer Stunde zum Markt 11 und spiel für uns. Wenn es dunkel wird, kannst du gehen.«

»Einverstanden«, rief Pauline. Was für ein Glück! Und das gleich am ersten Tag! Es war doch ein guter Einfall gewesen, nach Leipzig zu kommen.

»Das war Susanna Salet«, bemerkte die Butterliese, als die feine Dame gegangen war. »Ihr Bruder ist Franz Benedict Salet, Ratsherr und einer der reichsten Kaufleute in der Stadt.«

»O ja«, ließ sich höhnisch lachend die Waffelbäckerin vernehmen. »Das sieht den Salets wieder mal ähnlich! Mieten sich eine Singdrossel von der Straße, um das Geld für einen Stadtpfeifer oder für einen studierten Musikus zu sparen! Entschuldige, ich mein's nicht bös'. Du hast deine Sache schon recht gemacht, aber so ist es nun einmal.«

»Das macht ja nichts. Für mich ist es ein ausgezeichneter Handel. Der warme Mantel, den sie mir versprochen hat, ist weitaus mehr wert als die paar Groschen!«

Sie tauschte zwei Kupferstücke gegen eine zerbrochene Waffel und einen Becher heißen Most und gab sich gerade dem Genuss und der Vorfreude auf einen lohnenden Nachmittag hin, als ein Geschrei vom Schustergässgen her ertönte: »Ein Zwerg! Ein Zwerg!«

Alles drängte zur Schustergasse hin. »Halt! Junger Herr! Ihr habt nicht bezahlt!«, schrie die Waffelbäckerin hinter einem jungen Gecken her, der die Gelegenheit benutzt hatte, sich zu einer kostenlosen Waffel zu verhelfen. »Studenten!«

Pauline reckte sich, um einen Blick zu erhaschen, doch sie war zu klein. Ein Rudel Straßenkinder huschte an ihr vorbei und stürzte sich ins Gewühl am Durchgang zum Platz. Man hörte Gelächter, Pfiffe, Klatschen. Und gerade als die Spielfrau ihr Rebec in das Tuch gewickelt und sich den Ledersack über die Schulter gehängt hatte, löste sich ein zweirädriger Karren aus der Menge, von einem zotteligen kleinen Pferd gezogen. Auf dem Kutschbock hockte der Zwerg, Jacobus von Antwerpen, aufgeputzt wie ein vornehmer Herr. Die Kinder verfolgten ihn mit Gejohle und bewarfen ihn mit Kotbrocken, die sie von der Straße auflasen. Er duckte sich, sodass sein Kopf fast ganz zwischen den Schultern verschwand, versuchte mit der einen Hand die stinkenden Geschosse abzuwehren, mit der anderen hielt er die Zügel und hatte seine liebe Mühe, das Pferd am Durchgehen zu hindern. »Halt!«, rief er, »halt, hört auf, ihr Rangen, jetzt habt ihr euren Spaß gehabt, so lasst mich doch in Frieden!« Er hielt das Karriölchen vor einem der Gewölbe an, sprang ab, flink wie ein Wiesel, und klatschte wütend in die Hände, sodass die Gören kreischend auseinanderstoben, nur um gleich wieder hinter ihm aufzutauchen, ihn an der Schaube zu zupfen, ihm auf den Buckel zu schlagen und wegzuspringen, mal von der einen, mal von der anderen Seite. Die Menge lachte und gaffte, ohne dass einer dem Armen zu Hilfe gekommen wäre. Sie hielten es für einen Heidenspaß.

Pauline wollte sich einmischen, doch man ließ sie nicht durch.

»He!«

»Gemach! Da hättest du schneller sein müssen.«

»Wollt ihr wohl aufhören, ihr Flegel, ihr dreimal verfluchten Rotzbengel! Ihr habt euren Spaß gehabt, jetzt geht und lasst mich in Frieden!«, schrie der Zwerg in seiner Not. »So habt doch Erbarmen!«

Doch die Rangen, von dem beifälligen Gelächter so recht angestachelt, trieben es nur noch ärger. Einer schlug ihm sogar den Hut vom Kopf.

Da hatte der Zwerg genug. Sein Gesicht färbte sich dunkelrot vor Wut. Wie der Blitz schoss er herum und bekam einen Jungen am Kragen zu fassen, den langsamsten und kleinsten. Pauline erkannte Moritz Weidemann, den Sohn ihrer Wirtin, und drängte sich ohne Rücksicht nach vorn.

Außer sich vor Ärger schüttelte der Zwerg den Jungen durch, der fast größer war als er selbst. Doch hatte der Zwerg breite Schultern und die Muskeln eines ausgewachsenen Mannes. Moritz fing an, laut zu heulen, während der Zwerg weiterbrüllte: »Dir werd ich's zeigen, du Unflat, du gemeine kleine Schmeißfliege. Dich versims ich! Wartet nur, ich krieg euch alle, und dann brat ich euch und fress euch zum Abendbrot!«

Die Umstehenden hörten auf zu lachen. Pauline hatte es endlich geschafft, zu dem Wütenden durchzudringen, und legte ihm die Hand auf die Schulter: »He! Aufhören! Jetzt ist es aber genug, Herr Zwerg. Siehst du denn nicht, dass es nur ein dummer kleiner Junge ist, ein Kind?«

Der kleine Mann hielt inne. Die Wut schien aus ihm herauszurieseln wie aus einem aufgeschlitzten Sack. »Mein Gott, was tue ich da nur«, rief er aus. Er setzte Moritz sanft auf das Kopfsteinpflaster und tätschelte ihm den Kopf. »Verzeih, Söhnchen, hör auf zu heulen, ich hab dir doch nicht wehgetan? Entschuldige! Ich habe es nicht so gemeint.«

Doch der heulende Kleine duckte sich und nahm die Beine in die Hand. Im Nu waren die Straßenkinder verschwunden.

»Kinder, kommt doch zurück! Ich geb euch Zuckerzeug«, rief jetzt der Zwerg. Und: »Ich bin doch kein Ungeheuer«, murmelte er so leise, dass nur Pauline ihn verstand.

»Ja, schon gut, du hast ein wenig die Fassung verloren. Das ist ja auch kein Wunder, so wie die Rangen dich geärgert haben.«

Die meisten Gaffer begannen sich bereits wieder zu zerstreuen und neue Vergnügungen zu suchen. Der Zwerg suchte in seinen Taschen, bis er den Schlüssel zu einem der Gewölbe fand.

»Ich danke dir, Jungfer Schwan – du hast mich in zweifacher Hinsicht gerettet: vor den Gören und vor meinem eigenen Zorn.«

»Schon gut. Nichts zu danken.«

»O doch! Sieh, da drüben habe ich ein schönes Gewölbe gemietet. Willst du nicht kommen und einen Schluck mit mir trinken auf den Schrecken? Ich zeige dir gern meine Sammlung.«

Das Schlagwerk der Turmuhr vom Markt her schlug drei.

»Oh!«, rief Pauline aus. »Keine Zeit. Ich hab eine Verabredung! Morgen gern. Gehab dich wohl, Herr Zw… Jacobus. Und mach dir wegen der Kinder keine Sorgen. Ich kenne den Kleinen, den du durchgeschüttelt hast, und werde mit ihm sprechen.«

Pauline packte ihren Beutel und rannte zum Markt, so rasch sie durch das Geschiebe kommen konnte. Wie gut, dass ich heute gebadet habe, dachte sie. Ich muss mein Bestes geben! Wenn der Dame mein Spiel gefällt, dann lässt sie mich vielleicht den Winter über bleiben. Vielleicht hat sie Kinder, die ich unterrichten kann, ja sicher, sie ist in dem Alter, in dem man Kinder hat. Und Pauline sah sich schon in einem Kreis wonniger Engel, die kleinen Mädchen am Virginal oder der Laute, die Jungen mit Blasinstrumenten. Im Geiste ging sie ihr Liedgut durch, plante die Reihenfolge der Stücke vor wie ein gutes Gastmahl, sauer auf süß, fruchtig zu herb, Gaumenkitzel und Überraschung, doch immer in Harmonie, eines musste das andere fortführen.

Auf dem Marktplatz vor dem Rathaus, ein schönes neues Rathaus im italienischen Stil, erst kürzlich fertiggestellt, schaute Pauline sich vorsichtig um. Nein, da war zwar eine hölzerne Bühne, aber kein Seil droben zwischen den Dächern gespannt und niemand zu sehen, den sie kannte. Auch hier herrschte geschäftiges Gedränge. Tannengeschmückte Buden standen dicht an dicht. Auf den Stufen des Richtplatzes saßen die Höken, verkauften Äpfel, Birnen, Zwiebeln und Speckpfannkuchen.

Die Läden hier am Markt waren die feinsten in der Stadt, so hatte Pauline gehört, doch sie hatte jetzt keine Zeit zu schauen! Eilig suchte sie nach der Nummer elf. Doch zwischen Buden und Hauseingängen war so wenig Platz, dass man sich kaum zurechtfinden konnte.

Als sie das Haus entdeckte, musste sie lachen. Es war hoch, ganz aus Stein; nur die Balken, der Türsturz, die Fensterflügel und die Dachträger waren aus Holz und prachtvoll bemalt in Schwarz, Grün und Gelb. Unten aber an der Grundmauer, rechts neben dem Eingang zum Verkaufsgewölbe, war mit Kreide ein Zinken angebracht, ganz unauffällig: ein kleiner Kreis mit einem Kreuz darin. »Hier sind sie fromm, aber sie geben wenig.«

Sie streckte ihren Kopf durch den Eingang des Gewölbes. Der Verkaufsraum war im hinteren Teil von Kerzen erhellt, es duftete nach teurem Bienenwachs. In dem weichen gelben Licht schimmerten kostbare Stoffe, dazu Gold- und Silberzeug und funkelnde Pokale aus venezianischem Glas. An den Wänden machte sie schwere Teppiche aus. Ein paar Herrschaften standen im Gespräch, die Dame betrachtete ihren geschmückten Hals in einem Handspiegel. Doch schon war Pauline entdeckt worden. Ein eilfertiger Unterling kam auf sie zugeschossen: »Sch! Sch!«, machte er, als sei sie eine Gans oder ein Schwein, das sich verirrt hatte. »Raus! Hier gibt es nichts für dich.« Aber er beschimpfte sie in gedämpftem Ton, damit die Herrschaften nichts mitbekämen. Pauline hatte nicht übel Lust, eine kleine Szene zu machen, besann sich aber eines Besseren: »Spar dir die Puste, Ladenschwengel. Sag mir lieber, wie ich zu Frau Salet komme. Ich soll für sie und ihre Gäste spielen.«

Er sah einen Augenblick lang so aus, als sei er gegen ein unsichtbares Hindernis gelaufen. Ungläubig musterte er ihre schäbige Kleidung. Dann wies er mit einem spitzen Finger hinaus. »Da hinten herum und über den Hof. Melde dich am Gesindeeingang!«

»Verbindlichsten Dank«, flötete Pauline und hörte ihn, als sie sich abwandte, noch raunen: »Hat Frau Susanna wieder einen Straßenköter aufgelesen! Na, das wird was geben, wenn Herr Salet es herauskriegt!«

›Straßenköter?‹ Sie drehte sich um und imitierte mit dem Mund ein Furzgeräusch. Der Ladenschwengel machte ein böses Gesicht und verschwand.

Pauline fand den bezeichneten Eingang, wurde eingelassen, gemustert und in einen Salon geleitet, in dem Susanna Salet und mehrere Damen um einen Tisch herumsaßen, Gebäck aßen und Süßwein aus gläsernen Pokalen tranken. Festliche Girlanden hingen an Fenstern und Türrahmen. Paulines flinker Blick glitt über die kostbaren Möbel, über die Täfelung, die Gemälde und die Uhren. Wozu brauchten die nur all dieses Zeug? Susanna Salet stand auf, kam auf Pauline zu und begrüßte sie freundlich.

»Fein, dass du da bist. Jetzt, bitt ich, stell dich da drüben ans Fenster und spiel etwas in einer freudigen Stimmung, dem Fest angemessen. Aber sing nicht zu laut, wir wollen uns noch unterhalten.«

Einige der Damen betrachteten Pauline neugierig, als sie ihr Rebec auspackte und sorgfältig stimmte.

»Ach, eine Fiedel«, sagte eine, »wie gewöhnlich. Ist das nicht ein Instrument für Bauerntänze?«

»Mir gefallen Bläser ja besser, die haben so etwas Erhabenes«, sagte eine andere.

»Aber wenn Susanna die Kleine anschleppt, dann muss sie es wohl wert sein, gehört zu werden.«

Das stach. ›Na warte‹, dachte Pauline, setzte das Rebec an die Schulter und stürzte sich, ohne lange nachzudenken, in eine verschlungene höfische Komposition, die sie nur einmal gehört hatte. Eigentlich hätte sie in consort gespielt werden müssen, in einer kleinen Gruppe. So ein Musikstück stellte einen Einzelnen vor erhebliche Schwierigkeiten, aber es hatte ihr so gut gefallen damals, dass sie geübt und probiert hatte, bis es ihr gelungen war, es auf ihre Weise wiederzugeben. Sie musste die Melodie der ersten Stimme mit Verzierungen umranken und die zweite Stimme singen. Schon nach der ersten Strophe stand ihr feiner Schweiß auf der Stirn, die Finger waren eigentlich noch nicht warm und geschmeidig genug, aber sie ließ sich nichts anmerken und lächelte, während der Bogen einen wahren Teufelstanz vollführte. Die Ringe hielt sie mit dem Daumen fest, da Schlagwerk in der höfischen Musik verpönt war. Es gelang ihr, hinreichend anmutig durch das Stück zu kommen. Sie selbst hatte ein oder zwei schiefe Töne bemerkt, wenn auch nicht ihre Zuhörerinnen. Susanna nickte ihr anerkennend zu. Ermutigt lächelte Pauline zurück und begann gleich ein Sonett, das ein englischer Lautenspieler ihr erst im Herbst beigebracht hatte. Sie hatte es sich für das dreisaitige Rebec umgeschrieben und fand, dass es für ein Streichinstrument weitaus besser geeignet war als für ein gezupftes, ja es hätte sogar ganz ohne den Gesang auskommen können.

»*O weh, mein Lieb, tust Unrecht mir,*
so lange hielt ich treu zu dir.
Greensleeves war all meine Freud',
Greensleeves mein ganzes Entzücken,
Greensleeves war mein goldenes Herz,
wer außer meiner Lady Grünärmel?«

Es war eine schmerzliche Melodie, man fühlte die Leiden des verlassenen Liebhabers, aber dennoch hatte das Lied auch eine

Süße, die das Herz ruhiger schlagen ließ. Es war die demütige Annahme des Leidens um der Liebe willen.

So muss es sein, wenn man wirklich liebt, dachte Pauline. Es brachte sie zum Staunen, dieses Gefühl. Sie konnte es nachempfinden allein durch das Lied, obwohl sie es selbst nicht erlebt hatte. So etwas sollte ihr niemals geschehen, nahm sie sich vor. Wenn jemand leiden musste, dann lieber die anderen. Aber welches Wunder, dass Musik in der Lage war, etwas so wahrhaftig wiederzugeben, wozu Worte nie imstande gewesen wären.

Pauline beobachtete die Damen aus den Augenwinkeln. Hatten sie zunächst noch steif und kerzengerade dagesessen, die Köpfe stolz und misstrauisch erhoben, bereit, Fehler zu hören und zu tadeln, so schienen sie sich jetzt zu entspannen. Die Schultern sanken herab, die Damen lehnten sich zurück, die Wangen röteten sich, und das nicht nur vom Gewürzwein, wie Pauline hoffte. Sie wurde sicherer und erinnerte sich an das, was sie sich vorgenommen hatte. Sie spielte nun ihr ausgewogenes Menü, meist festliche instrumentale Stücke in verschiedenen angenehmen Stimmungen.

Während der Bogen sanft über die Saiten glitt, hatte sie Muße, die Damen, insbesondere Susanna Salet, eingehender zu betrachten. Ihr Kleid war teuer, doch schlicht und allzu vernünftig, aus dunkelgrünem flämischen Tuch, soweit Pauline das beurteilen konnte, und sicher von elegantem Schnitt. Aber es machte sie blass und ernst.

Die meisten der Stücke waren Pauline so in Fleisch und Blut übergegangen, dass sie nebenher den Gesprächen am Tisch lauschen konnte. Zuerst wurden die neuesten Kleiderschnitte und Moden besprochen, wie viel Ellen auf den Ärmel des Unterkleides, Verzierungen, Stoffpreise und Qualität. Als Nächstes wurde über Abwesende gelästert mit erstaunlicher Boshaftigkeit, woran Frau Salet sich nicht beteiligte. Die Namen sagten Pauline jedoch nichts.

»Habt ihr schon gehört«, fragte eine schließlich. »Hieronymus Lotter verkauft alle seine Grundstücke in Leipzig! Er schämt sich wohl für seinen Misserfolg.«

»Wer hoch hinaus will, fällt tief! Es hat ihm ja nicht genügt, nach all diesen Türmen und teuren Befestigungen uns dieses

Ungetüm von Rathaus nach italienischer Manier hinzusetzen, nein, auch die Pleißenburg musste er in die Hand bekommen!«

»Ja, da war der Kurfürst schon unzufrieden. Und mit der Augustusburg hat Lotter sich nun endlich verspekuliert. Vater August ist eben sparsamer, als sein Bruder es war. Das hätte er bedenken müssen!«, ereiferte sich die Dame, die sich so abschätzig über die Fiedel geäußert hatte. Sie war mit Schmuck überladen, und ihre Ärmel waren dick mit Goldfäden bestickt, dass sie kaum den Arm heben konnte, um sich noch ein Stück Gebäck in den verkniffenen Mund zu stopfen.

»Er soll ja ganz aus Leipzig fortziehen müssen. Angeblich hat er noch einen kleinen Besitz im Erzgebirge.«

»Ich finde es schade. Herr Lotter hat unserer Stadt viel Gutes getan. Er hat es nicht verdient, dass man ihn so fallen lässt nach all den guten Jahren. Er soll ja eigenes Geld in den Bau geschossen haben, und nun ist er ruiniert. Denkt doch, wie bitter das sein muss. Die Jugend und die Manneskraft verblüht und keine Gelegenheit mehr, das Verlorene zurückzuholen«, sagte Susanna.

»Ja, das ist wahr. Man sollte eben rechtzeitig aufhören.«

»Wie Euer Vater? Wie alt ist er jetzt – siebenundachtzig?«

Gelächter folgte, woraus Pauline schloss, dass der alte Herr die Zügel noch fest in der Hand hielt. Das mit Hieronymus Lotter würde sie sich merken, denn der Handel mit Tratsch und Neuigkeiten war Teil ihres Geschäfts. Von dem, was sie in Leipzig aufschnappte, würde sie den Rest des Winters zehren.

»Na, ab jetzt dürften sich einige Bürger in Acht nehmen!«, bemerkte wieder die Boshafte. »Besonders die Doctores. Unter Hieronymus Lauscher, unserem neuen Bürgermeister, ist es vorbei mit ihrem Einfluss im Rat! Dann lenken endlich allein die Kaufleute die Geschicke der Stadt. Das wird auch dieser elenden Melanchthonisierung ein Ende bereiten.«

»Ob das nur gut ist, liebe Freundin? Melanchthon und seine Nachfolger von der Universität wollen doch nur Frieden und Ausgleich. Das kann für den Handel auch nicht schlecht sein.«

»Ach was, Ihr seid immer so gutmütig, Susanna! Aber mein Mann sagt, mit dem Kryptocalvinismus und all dieser Nachlässigkeit muss man aufräumen. In Glaubensdingen kann es nur einen richtigen Weg geben.«

Im Laufe der nächsten Stunde kamen mehrere Jungen herein, vom jungen Herrn bis zu einem kleinen Knirps, wie Moritz einer war, ein oder zwei Jahre jünger als dieser vielleicht, ein entzückender Junge mit honigblonden Locken und puttenhaftem Pausgesicht, der die Damen verzauberte.

Das konnten aber kaum alles ihre Söhne sein? Susanna kam und stellte den Kleinen als ihren jüngsten Bruder vor, Daniel. Er ließ sich drängen, »Es stehen drei Sterne am Himmel« zu Paulines Begleitung zu singen. Pflichtschuldigst leierte er das Liedchen herunter, und beim Text musste Pauline immer wieder einspringen. Musik schien ihm nicht zu liegen, aber Susanna war des Lobes voll: »Hat er nicht eine Stimme wie ein kleiner Engel? Wunderbar, ach wunderschön, mein Liebling, mein Herzchen!« Sie küsste ihn und lud ihm die Hände mit Süßigkeiten voll. Die älteren Brüder verjagte sie dagegen gutmütig: »Du meine Güte! Geht es denn nicht zwei Stündchen ohne mich? Nein, Finger weg, holt euch etwas aus der Küche! Fort mit euch, stört uns nicht länger. Heute will ich auch einmal mein Vergnügen haben.«

Nach und nach vergaß Pauline Zeit und Ort. Die Wärme, das Schimmern der Gläser im Kerzenlicht, die reichen Farben der Gewänder und der Duft teuren Riechwassers versetzten sie in einen Traumzustand. Die Stimmen der Frauen verebbten zu einem weit entfernten Murmeln und vermischten sich mit dem Klang der gläsernen Trinkbecher und dem Rascheln seidener Unterkleider. Das Klappern ferner Türen schien den Takt zu geben. Sie spielte, ohne nachzudenken, und verfiel in eigene Variationen zu Psalmen, die sie in der Kirche gehört hatte. Ihre Augen wurden weit, Arm, Finger und Instrument verschmolzen.

Sie fuhr zusammen, als Susanna sie sanft an der Schulter berührte. Ihre Augen fanden die Susannas, und da war ein Moment der Freude, der Vertrautheit, ein verwandter Geist.

»Wir haben dich schändlich ausgebeutet, lang über die ausgemachte Zeit hinaus. Aber du hast so schön gespielt, dass wir dich nicht unterbrechen mochten! Es ist schon dunkel. Soll ich dir einen Diener mitgeben, damit er dich zu deiner Herberge zu geleitet?«

»Nicht nötig, vielen Dank. Ich bin es gewohnt, allein zu gehen. Und es werden ja noch viele Leute auf der Straße sein.«

»Wie du willst.« Susanna drückte ihr noch einmal anerkennend die Hand und eilte zurück zu ihren Gästen.

Nach einem festen Engagement konnte sie hier und jetzt allerdings nicht fragen. Pauline würde ein anderes Mal wiederkommen. Oder vielleicht würde Frau Salet nach ihr schicken lassen? Sie musste wohl mehr als zufrieden gewesen sein, denn auf dem Silberteller, den Susanna am Tisch herumgereicht hatte, lagen acht Groschen statt der versprochenen fünf! Und an der Hintertür überreichte eine Magd ihr den versprochenen Mantel, eine gute wollene Schaube, deren Pelzfutter und Pelzkragen man abgetrennt hatte. Doch der Mantel reichte ihr bis zu den Kniekehlen und hatte Schlitze, durch die Pauline die Arme würde stecken können, um vor dem Wetter geschützt zu fiedeln. Mit dem bunten Tuch darüber würde man den fehlenden Kragen fast nicht bemerken. Ach, Lipsia, ach, Leipzig, jubelte Pauline bei sich, ich lieb dich wie Silber, ich lieb dich wie Gold!

Ein Blick über den Marktplatz zeigte, dass das nächtliche Treiben gerade erst anfing. Die Karren und Schleifen, die Esel und Pferde waren aus dem Weg. Stattdessen kamen ihr vergnügungslustige Herren entgegen mit Frauen am Arm, die keine Damen waren, auch etliche Studenten, denen sie wohlweislich aus dem Weg ging. Das Tuch tief in die Stirn gezogen, die Schultern hochgezogen und den Kopf gesenkt, vermittelte Pauline den Eindruck eines alten Weibes, das da ging, und man ließ sie in Ruhe.

Aus allen Fenstern schimmerte Kerzenlicht, und etliche der abendlichen Bummler trugen Handlaternen, um sich den Weg notdürftig zu erhellen.

Pauline war es gewohnt, sich auch im Dunkeln sicher zu bewegen. Kurz vor dem Böttgergässgen verspürte sie ein Prickeln zwischen den Schulterblättern, als ob ihr jemand folgte. Sie sah sich rasch um, konnte aber niemanden entdecken, der in ihre Richtung sah. Doch im Laufe der Jahre hatte sie gelernt, auf solche Empfindungen zu achten und Ärger aus dem Weg zu gehen. Blitzschnell bog sie in die Gasse ein, wo es dunkler war und stiller. Dort drückte sie sich in einen Toreingang und wartete. Ein gut gekleideter Herr ging eilig vorbei, blieb stehen, zögerte – und kam wieder zurück. Sein Gesicht konnte sie nicht erkennen. Er trug einen hohen schwarzen Hut mit einer Feder, schwarze Handschuhe, schwarze Stiefel. Eine prachtvolle weiße Halskrause stach hell dagegen ab. Silberfäden und Schnallen blitzten von seiner Kniehose. Ein eleganter Mann. Aber es ging ein unangenehmer Odem von ihm aus, kein Geruch eigentlich, ein Gefühl eher, etwas Dumpfes, Bösartiges. Doch er verschwand, und sie spürte ihn nicht mehr.

Gerade wollte sie ihren Weg fortsetzen, da sah sie aus entgegengesetzter Richtung zwei angetrunkene Männer kommen. Sie stützten sich gegenseitig, torkelten und lachten überlaut. Einer der beiden Säufer zog ihren Blick auf sich. Diese Schultern, die Art zu gehen wie ein läufiger Kater und die Haltung des Kopfes! Ihr Herz begann zu hämmern. Jetzt hielt der eine an und beugte sich über die Gosse. Pauline drückte sich wieder in den Mauerbogen und beobachtete angeekelt, wie er sich geräuschvoll übergab. Anschließend wischte er sich den Mund mit dem Handrücken ab, lachte und verkündete: »So, jetzt ist wieder Platz, es kann weitergehen, Kumpan!«

Die Stimme! Sie hätte sie unter Hunderttausenden wiedererkannt. Ein Schwall kalten Ärgers stieg in ihr auf und eine ungewisse Sehnsucht.

Sie folgte den Männern in sicherem Abstand, lauschte auf ihre Schritte, die von den Hauswänden widerhallten, auf ihren betrunkenen Gesang.

»Joijoijoi! Halt, Kamerad! Hier war es, hier wohnt das Honigtöpfchen«, flüsterte ihr alter Bekannter. Er zog etwas aus dem Wams und machte sich damit an einer Haustür zu schaffen. »So find ich's später wieder, wenn ich ein Schlückchen aus ihrem Kelch nehmen will. Erst will ich was zu fressen und mich stärken. Dann werd ich sie mit meinem Amorstab beglücken.«

Der andere entgegnete etwas Unverständliches.

»Das wett ich, dass eine junge Rute ihr besser dient als der dürre Stöpsel ihres klapperbeinigen Ehegatten.«

›Er hat sich kein Stück geändert, der Mistkerl‹, dachte Pauline. ›Hinter jedem Rock her, und was dann mit den Frauen geschieht, ist ihm gleich. Die Sorte, die sich auch noch mit Eroberungen brüstet! Ein Unglück für jede ehrliche Frau, die auf süße Worte und ein hübsches Gesicht hereinfällt. Na warte, dir werd ich helfen!‹

Ein Haus weiter ging oben ein Fenster auf, und eine knarzige Stimme ließ sich vernehmen: »Schaut, dass ihr weiterkommt, ihr liederlichen Saufbrüder! Lasst einen Christenmenschen in Ruhe schlafen.«

»So schlaf doch, alte Zarre!«, schallte es von der Straße zurück. »Und träum von mir, denn ich fürchte, beim Träumen wird es bleiben.« Er gluckste noch eine Weile und ergötzte sich an seinem eigenen Witz.

Pauline wartete im Dunkeln, bis sie weitergewankt waren. Dann ging sie zu der betreffenden Haustür. Ach, hatte sie es sich doch gedacht: zwei Hühnchen übereinander. Sie rieb die Kreide mit dem Ärmel ab, zog selbst ein Stück hervor und malte das gleiche Zeichen eine Tür weiter auf. Kichernd rannte sie davon.

Der Brühl war besser beleuchtet. An den Toren der vielen Herbergen hingen Rübenöllaternen. Ihr schwachgelber Schein reichte zwar nicht weit, doch da es ihrer viele waren, konnte man seinen Weg von einem Lichttümpel zum nächsten finden.

Die Wirtsstube war zum Bersten voll, als sie hineinging. Anna kam ihr entgegen und rollte die Augen. Ottilie warf ihr einen scharfen Blick zu: Es war schon eine Stunde nach Garaus, doch sie sagte nichts. Pauline legte ihren neuen Mantel über eine Bank und eilte in die Küche, während sie das Rebec auspackte.

»Guten Abend, Margot. Hast du eine Zehe Knoblauch für mich?«

»Was du willst mit einer Zehe Knoblauch?«

»Ich brauch's für mein Instrument. Vorhin hab ich gemerkt, dass eine Saite quietscht.«

Margot brach eine Zehe aus einer Knolle, reichte sie Pauline und sah neugierig zu, wie sie die misstönende Saite damit einrieb. »Und das hilft?«

»Ja, nicht für lange, aber ...« Pauline strich die Saite an, und der Klang war wieder sauber und hell wie Schlehensaft. »Da, hörst du!« Sie spielte die erste Strophe eines französischen Volksliedes und verfügte sich rasch in die Gaststube, um ihrer Aufgabe nachzukommen.

Es war lebhafter als gestern. Das Brodeln der Stimmen und aufschallendes Gelächter wurden von der niedrigen Decke zurückgeworfen, Zinnhumpen und Steinzeug stießen aneinander. Hinter ihr in der Küche ertönte scharfes Töpfeklappern. Albertine rannte beinahe und setzte die Krüge hastig ab. Anna war langsamer beim Bedienen, doch hatte sie ein freundliches Wort für jeden Gast. Das Entladen und das Bestücken der Buden und Gewölbe war inzwischen abgeschlossen. Nun verglichen die Männer ihr Angebot mit dem der Konkurrenten, kalkulierten den Gewinn. Hier und da saß mancher schweigend da, den Blick verträumt in die Ferne gerichtet. Die wären zum Fest lieber bei ihrer Familie gewesen.

Pauline spielte Stücke voller gespannter Erwartung, sang Weihnachtslieder, um den Mut ihrer Zuhörer zu heben, tanzte zwischen den Bänken mit wiegenden Bewegungen. Die Blicke folgten ihr, man rief ihr Wünsche zu, und sie erfüllte sie einen nach dem anderen.

Aus einer der hinteren Ecken erklang raues Gelächter, ein Tumult. Als Pauline sich danach umdrehte, sah sie, wie ein kräftiger Fuhrmann Albertine packte und auf seinen Schoß zog. »Einen Kuss! Einen Kuss! Gib's ihr richtig, so ein hübsches Ding!«, feuerten seine Kumpane ihn an. Mit drei langen Schritten war Pauline schon da. Albertine war hochrot im Gesicht und strampelte, doch die Arme des Mannes hielten sie fest wie eiserne Zangen. Je heftiger sie sich wehrte, desto toller lachten die Kerle. »Borsdorfer Äpfel und Leipziger Mädchen werden erst rot, wenn man sie aufs Stroh legt!«

»Nicht doch, Ihr Herren! Der Apfel ist noch grün und sauer! Nehmt Ihr es mit einer richtigen Frau auf?« Pauline beugte sich lächelnd zu ihnen hinunter und strich eine scharfe Quinte auf leeren Saiten, das Versprechen einer Melodie. Unwillkürlich richteten sich die Blicke auf Pauline. Einen Wimpernschlag lang war Albertines Quälgeist abgelenkt, sein Griff lockerte sich, und Pauline zog das Mädchen mit einem Ruck von ihm fort. Und während sie weiter die Eröffnungstöne eines Tanzes spielte, prickelnd und herb wie Hirschbraten mit Preiselbeeren, fragte sie: »Nun, was soll es sein, meine Herren?«

Sie lachten gutmütig. »Etwas Lustiges! Schluss mit den frommen Liedchen! Tanz! Tanz!«, forderten sie. Pauline spielte eine flinke Branle und ließ die Ringe des Bogens scheppern. Albertine hatten sie schon vergessen.

Plötzlich sah Pauline eine unverwechselbare Figur: »Herr Zwerg!«, rief sie und ging, während sie spielte, langsam zu ihm hin. Er saß in der dunkelsten Ecke und hatte trotz der Wärme den Hut tief ins Gesicht gezogen.

»Verehrte Trobairitz«, begrüßte er sie und verzog seinen Mund zu einem breiten Grinsen. »Mach mir die Freude deiner Gesellschaft und trink ein Glas Wein mit mir.«

Pauline schaute sich nach Ottilie um, die nicht zu sehen war. Sie glitt in die Bank und legte das Rebec zur Seite. »Nur einen Augenblick.«

»Komm, so streng wird es hier doch nicht zugehen! Du hast jetzt geschlagene zwei Stunden gespielt. Da musst du doch heiser sein und durstig!« Er winkte Albertine: »Noch einen Krug vom besten roten Wein und einen Becher für Terpsichore!«

Albertine rannte, brachte das Verlangte und einen Teller mit Neujahrskuchen dazu.

»Danke«, flüsterte sie Pauline ins Ohr. »Wir haben schon gegessen, als es noch ruhig war. Mutter sagt, du sollst dir von Margot etwas geben lassen, wann immer du willst.« Und eilte schon wieder davon, weil man vom anderen Ende der Stube nach ihr schrie.

Pauline ließ sich nicht lange bitten und biss in ein Stück Kuchen. Gut war er, der Neujahrskuchen, körnig und weich wie das Schnurren der Basssaite, schwer von Butter und Honig, mit Nüssen und Früchten gespickt.

Am Nachbartisch hatten zwei junge Männer beobachtet, wie Pauline sich zu dem Zwerg setzte. »He! Schöne! Was willst du denn bei dem? Hierher!« Es folgten ein paar zotige Bemerkungen, doch als Pauline abwinkte, ließen sie die beiden in Ruhe.

»Welch eine Freude, dich so bald wiederzusehen«, sagte der Kleinwüchsige und schenkte den Wein in die Becher. »Es freut mich sehr, dass du meiner Empfehlung gefolgt bist. So habe ich das Vergnügen, dich jeden Abend spielen zu hören.«

Pauline hatte Muße, ihn genauer zu betrachten. Gekleidet war er wie ein Stutzer oder wie ein Edelmann, da war an nichts gespart worden. Am Gürtel trug er eine zierlich in Silber gefasste Sanduhr. Kurze Arme, aber schöne Hände besaß er, das fiel Pauline auf, ein überlanges Gesicht, die breiten, vollen Lippen eines Genießers und kluge Augen. Er hatte ein schiefes, ein trauriges Lächeln, das Pauline ans Herz rührte.

»Ich hoffe, die Kinder haben dich nicht allzu sehr gekränkt?«

»Nur meinen Stolz, und davon ist auch nicht viel übrig.«

Da waren bittere Linien um seinen Mund, eine Verhaltenheit in seinem ganzen Ausdruck, die nicht zu den launigen Bemerkungen passte. Er hatte etwas Abwartendes an sich.

»Du wirst sicher oft gehänselt ...«

»Weil ich so klein bin? Ach nein, woher denn! Es ist ja nur meine nachlässige Haltung. Wenn ich mich gerade aufrichte, sehe ich fast aus wie alle anderen.« Er reckte den Hals, bis er aussah wie ein Puter. »Nun? Habe ich nicht eine feine, zierliche Gestalt? Die Weiber verzehren sich nach mir. Ich mach mich nur so klein, damit sie mich in Ruhe lassen.«

Pauline lachte. Nun, so musste jeder auf seine Art mit dem fertig werden, was der Herrgott ihm aufgebürdet hatte. Wenigstens schien er Geld zu haben; so ließ sich alles besser ertragen.

»Erzähl mir von dir! Und von deiner Heimat.«

»Ich war lange nicht dort«, winkte der Kleinwüchsige ab.

»Du nennst dich Jacobus von Antwerpen. Dann bist du dort geboren?«

»Geboren und aufgewachsen – nun ja ... gewachsen nicht allzu viel, aber ich hatte mehr Glück als andere meiner Art. Meine Eltern haben sich meiner nicht geschämt.« Er gab ein kurzes, abgehacktes Lachen von sich. »Dass ich anders war, habe ich erst begriffen, als der Nachbarsjunge, der so alt war wie ich, angefangen hat, mich zu verprügeln. Ach, aber der Hafen! Schöner kann man es als Knabe nicht haben! Mein Vater makelte am Hafen, Pfeffer und Silber hauptsächlich. Er vermittelte die Ladungen der Schiffe aus Genua, aus Venedig und der Neuen Welt. Sehr früh schon hat er mich mitgenommen. Nach und nach übernahm ich den Beruf von ihm. Jeden Tag musste man da am Hafen sein, möglichst als Erster auf die großen Schiffe kommen, wenn sie anlegen, den hölzernen Wanst voller Schätze. Da ist es ein Vorteil, wenn man klein ist und flink! Und da mein Vater mich bei den Kapitänen schon gut eingeführt hatte, machten sie auch gern Geschäfte mit mir, obwohl Fremde mir wegen meiner geringen Größe oft nichts zutrauen. Und die Seeleute, die sind nicht so verschlossen wie die

Stadtbürger. Die haben alle möglichen Merkwürdigkeiten in der Welt gesehen, wilde Menschen, Löwen, Papageien, Zwerge, das macht für sie keinen Unterschied. Es war ein gutes Leben, das ich hatte.«

Pauline hörte im Geist das kabbelige Glucksen der kleinen Wellen, die vor den gewaltigen Rümpfen gegen die Hafenmauern gedrückt wurden, das Singen der Taue und das Knattern schlaffer Segel und die hohen Schreie weißer Vögel, die klangen wie die harten Töne einer Buchsbaumpfeife. Aber war Antwerpen nicht geplündert worden vor ein paar Jahren? Ja, sie erinnerte sich, die Nachricht war durch Europa gegangen wie ein Lauffeuer: Der grausame Herzog von Alba, Statthalter Seiner sehr katholischen Majestät Philipps von Spanien, hatte seinen Truppen freie Hand gelassen in der Stadt. Zehntausend Bürger erschlagen und ersäuft an einem einzigen Tag. War Jacobus dabei gewesen? Wenn ja, wie war es ihm gelungen, seine Schätze zu retten?

Sie entdeckte etwas, und ihre Augen wurden weit: Jacobus' Buckel erschien Pauline noch größer und schiefer, als sie es vom Tage in Erinnerung hatte, ja, er hatte einen ganz merkwürdigen Auswuchs auf der ihr zugewandten Schulter. Sie wollte schon höflich den Blick abwenden, da bewegte sich der Buckel auch noch. Ihr blieb der Mund offen stehen vor Erstaunen und Schreck. Jacobus lachte auf und griff unter den Umhang. Er zog etwas Braunes, Haariges hervor, ein Tier mit dünnen, langen Gliedern und einem menschenähnlichen Gesicht, einen kleinen Affen, mit einem safrangelben Brokatjäckchen bekleidet. Die Umsitzenden lachten und zeigten mit den Fingern.

»Felix! Begrüß die Dame!« Das kleine Tier sprang mit einem Satz von der Schulter auf den Tisch, wobei es seinen langen Schwanz als Ruder zu benutzen schien. Dort schlug es zwei, drei Purzelbäume und langte nach den Kuchenresten. Lachend brachte Pauline den Weinbecher in Sicherheit.

»Er stammt aus der Neuen Welt. Ich habe ihn von einem portugiesischen Seemann gegen eine Flasche Branntwein eingetauscht.« Er kraulte den Affen am Hals. »Ja, damals wurde meine Leidenschaft für exotische Güter und Raritäten geweckt, in früher Jugend! Und eine teure Leidenschaft, fürchte ich! Aber zu meinem Glück habe ich einen Weg gefunden, dem Plaisir zu frönen und dennoch damit mein Brot zu verdienen.«

»Und wie?« Pauline streckte vorsichtig die Hand nach dem Tier aus. »Kann ich es berühren, oder beißt es?«

»Felix, mach das Kind«, befahl Jacobus, und das Äffchen legte sich vor Pauline auf den Tisch. Er war wirklich ein winziger Gesell, kaum zwei Handspannen lang, braunhaarig und mit einem runzligen schwarzen Gesichtchen. Vorsichtig fuhr sie mit den Fingerspitzen über sein Fell. Es fühlte sich ein wenig fettig und borstig an.

»Ich betreibe eine fahrende Wunderkammer. So kann ich meine liebsten Stücke gegen Geld herzeigen und sie doch behalten. Natürlich muss ich auch verkaufen, rare Gegenstände aus fernen Ländern, seltene Bücher, kunstvoll illuminierte Handschriften. Der Buchdruck ist zwar ein Segen gewesen, aber die reichen Leute suchen immer das Einzigartige, das, was sonst niemand hat. Und das war natürlich ein Vorteil der handgeschriebenen Bücher. Jedes von ihnen existiert nur einmal auf der ganzen Welt. In den reformierten Ländern lassen sich derzeit billig Stundenbücher aufkaufen. Die verkauf ich dann teuer in den katholischen Gegenden.«

Bücher hatten für die Spielfrau nur wenig Bedeutung. »Was hast du denn sonst noch an Merkwürdigkeiten?«, fragte sie neugierig.

»Komm morgen in meine Wunderkammer, dann wirst du ja sehen.«

Pauline entdeckte Ottilie. »Dank dir für den Funkel – den Wein meine ich.« Sie nahm ihr Instrument und drängte sich durch die Bänke zu der Wirtin hin.

»Auf ein Wort, Frau Wirtin!«

»Komm in die Küche! Margot sagt, du hast dein Essen noch nicht gehabt.«

Gut gelaunt zog Ottilie die Spielfrau in die Küche, in der es heiß war wie im Fegefeuer. Pauline suchte ein kühles Eckchen für ihr Instrument.

»Komm, iss! Wer für mich arbeitet, soll das nicht mit leerem Magen tun! Abends haben wir immer zwei Gerichte: eine Suppe für den schmalen Geldbeutel und ein Fleischgericht.«

»Das riecht aber gut«, staunte Pauline.

»Sie hat geschmortes Rind gemacht zur Feier des Jahreswechsels, aber es ist nicht so, wie sich's gehört«, ein Blick zu Margot, halb streng, halb belustigt. Da waren sie wieder, die Grübchen. »Die Hugenottin kocht, wie es ihr gefällt, ich weiß nie, was sie reintut in die Gerichte. Wein muss es auf jeden Fall sein, Wasser genügt den Franzosen nicht mal zum Kochen, kann man so was glauben? Sächsische Küche ist das nicht mehr! Aber den Gästen gefällt es.«

Pauline kostete, nahm auch von den mit Honig glasierten Zwiebeln. »Das ist gut! Und zart! Wie bereitet man das Gericht zu?«, fragte sie die Französin.

»Du weichst ein Fleisch in Wein und Essig während drei Tage. Dann nimmst du es heraus. Du trocknest und reibst ein mit Muskatnuss und Nelken. Dann du lässt schmoren in Ofen in eine Topf mit Teig verschlossen fünf Stunden.«

Solch aufwendige Küche würde sie unterwegs nicht betreiben können, aber sie hörte die Kochrezepte genau so gern wie Geschichten.

Erhitzt fühlte sie sich und ein wenig betäubt von Jacobus' Wein. Ihr Kopf war wie innen mit Samt ausgekleidet.

»Ottilie, hat Moritz erzählt, was heute auf dem Niklaskirchplatz vorgefallen ist?«

»Kein Wort. Jetzt, wo du's erwähnst, fällt mir auf, dass er heute Abend ungewöhnlich still und brav war. Er ist sogar ohne Widerrede ins Bett verschwunden. Wieso? Hat er was angestellt?«

»Wie man's nimmt. Der Zwerg da draußen ...«

»Herr Jacobus? Ein guter Kunde, er hat ein schönes Einzelzimmer gemietet und für die ganze Messewoche im Voraus bezahlt. Er isst und trinkt nur vom Besten, was wir haben.«

Der Braten war ausgezeichnet. »Die Kinder haben ihn mit Dreck beworfen und ihn gepiesackt, bis er wütend geworden ist.«

»Die Kinder? Was für Kinder?« Ottilie hieb mit der flachen Hand auf den Tisch, dass die Schüsseln hüpften. »Ich verstehe! War er doch wieder mit den Gossenspatzen unterwegs, obwohl ich ihm das ausdrücklich verboten habe! Na, dem werde ich das Fell gerben!«

»Ich fürchte, das ist schon geschehen. Jacobus hat den Kleinen zu packen gekriegt und ihn ordentlich durchgeschüttelt in seinem Zorn. Er wusste sicher nicht, dass das dein Sohn ist, und weiß es – scheint's – immer noch nicht. Sei ihm nicht gram. Sie haben es wirklich arg getrieben!«

»Gram? Einem guten Gast? Nein, er war ja völlig im Recht. Gleich gehe ich hinaus und entschuldige mich bei ihm!« Die Gastwirtin sprang auf, ergriff einen der bereitstehenden Weinkrüge und eilte hinaus. »Um Moritz kümmere ich mich gleich morgen früh!«

»Der arme Kleine«, murrte die Köchin in sich hinein. »Was er kann dafür, dass keiner hat Zeit für ihn.«

Ottilie kam wieder herein und ließ sich schwer auf die Bank fallen. Sie stützte die Ellbogen auf den Tisch, rieb sich die Hände und schüttelte den Kopf. »Ich weiß, ich müsste mich mehr um ihn kümmern. Er ist ein bisschen wild. Aber was soll ich tun? Seit sein Vater gestorben ist, lastet alles auf meinen Schultern.« Sie sah Pauline an: »Und Albertine: Ich habe wohl gesehen, was vorhin passiert ist. Ich versuche schon darauf zu achten, dass ich kein grobes Volk aufnehme. Aber Männer sind eben Männer, allein und in der Fremde, was kann man da erwarten?«

»Albertine ist zu jung für die Gaststube«, sagte Margot vom Herd her unvermittelt.

»Was soll ich denn machen!«, rief Ottilie und hob hilflos die Hände. »Ich weiß es ja, aber ich brauche sie doch hier. Anna ist nicht mehr so kräftig wie früher. Sie kann nicht die Zimmer machen und noch die halbe Nacht bedienen. Und wir können uns nun mal nicht noch ein Schankmädchen leisten.«

Margot sagte nichts darauf, doch sie rührte so heftig die Suppe um, dass Tropfen herausspritzten und auf dem heißen Herd zischten.

»Was?! Wirfst du mir etwa vor, dass ich eine schlechte Mutter bin? Ich muss doch dafür sorgen, dass meine Kinder zu essen und ein Dach über dem Kopf haben. Und ich kann nicht überall gleichzeitig sein.«

»Gottlieb kann mehr übernehmen«, sagte Margot.

»Gottlieb!«, rief Ottilie ungeduldig. »Der ist doch auch noch ein Fohlen, ein grüner Junge. Sein Name steht zwar auf dem Papier, aber er kann das Gasthaus doch noch lange nicht allein führen. Ach, diese Ungerechtigkeit, dass sogar Krämerinnen geschäftsfähig sind, aber eine Wirtin oder eine Handwerkerin nicht!«

»Was ist das mit den Krämerinnen?«, fragte Pauline .

»Letztes Jahr hat Kurfürst August eine Verordnung erlassen, dass Krämerinnen voll geschäftsfähig sind. Das ist ja auch vernünftig, denn diese Kleinhändlerinnen werden für den täglichen Bedarf gebraucht, und wie soll man mit ihnen handeln, wenn sie nicht einmal wechsel- und schuldfähig sind? Das hat sicher Mutter Anna ihm eingegeben. Warum konnten sie das nicht gleich für alle Geschäftsfrauen gelten lassen, das frag ich! Aber nein, ich muss meinen Milchbart von Sohn als Wirt eintragen lassen und darf die Wirtschaft nur behalten, weil ich sie für ihn führe. Ungerecht ist das!«

»Krämerei, das bringt ja nicht viel«, sagte Pauline. »Die großen Geschäfte, Grundbesitz, alles was lohnt, haben die Männer sich vorbehalten. Für uns bleiben die Krümel von ihrem Tisch.«

»Da hast du recht«, stellte Ottilie fest, und sogar Margot nickte.

Pauline hob ihren Becher. Sie war zu Most zurückgekehrt. »Aber es ist, wie es ist, und wir müssen damit zurechtkommen. Wünschen wir uns für das neue Jahr, dass es nicht schlechter wird, als das alte war. Zufriedenheit und gute Gesundheit!«

»Darauf trinken wir!«

3.
NEUJAHRSMESSE, ERSTER TAG

Als Pauline in die Gaststube kam, saß der kleine Moritz in seinen besten Kleidern bei Jacobus in der Ecke und spielte mit dem Affen. Sie hatte ihn bereits von der Treppe aus lachen und quietschen hören.

Anna fegte die Gaststube aus, Albertine wischte die Tische, auch sie beide waren im Sonntagsstaat. Eine festliche Stimmung lag über dem ganzen Haus.

»Na, die beiden verstehen sich ja prächtig«, bemerkte Pauline, als sie die Tür zur Küche aufstieß, um sich ihren Milchfladen zu holen. Sie bekam ein großes Stück Neujahrskuchen stattdessen.

»Ja«, antwortete Ottilie in bester Laune. »Moritz hat sich in aller Form entschuldigt, und der Affe hat sein Übriges getan, um die beiden zu versöhnen. Ach, nun wird er mir ein Jahr lang in den Ohren liegen, dass ich auch ein solches Tier anschaffen muss!«

»Mutter, kommst du? Wir werden zu spät zum Einläuten kommen«, rief Gottlieb ungeduldig. Stattlich sah er aus in seinem engen Wams und den hellen gestrickten Strümpfen, die weiten Hosen modisch über dem Knie gebunden. Es betonte seine breiten Schultern und die wohlgeformten Beine.

Er wird bald einem Mädchen den Kopf verdrehen oder mehr als einem, dachte Pauline und lächelte ihn an. Gottlieb wurde rot und schaute weg. ›Das muss er sich aber noch abgewöhnen!‹

Ottilie machte keine Anstalten, die Schürze abzulegen: »Ach, Firlefanz, dafür hab ich keine Zeit! Die Glocken höre ich auch hier. Geh du nur schon mit Moritz und Albertine! Und pass ja auf, dass der Lümmel sich auf dem Markt nicht wieder davonmacht. Für ihn ist Schule wie an jedem anderen Tag. Du lieferst ihn ab!«

»Ja, Mutter. Aber du solltest auch kommen und dir ein wenig Ablenkung gönnen.«

»Ja, ja, ich gehe dann später mit Anna, wenn ihr zurück seid. Jemand muss schließlich für die Gäste da sein.«

Pauline nahm ihr Stück Kuchen und die Schale Milch und setzte sich zu Jacobus und dem kleinen Jungen. Der Affe erbettelte sogleich ein paar Nüsse von ihr. Sein Köpfchen bewegte sich unaufhörlich. Mit kleinen ruckenden Bewegungen musterte er ständig seine Umgebung. Die leicht hervorstehenden Augen glänzten.

»Ach, ist der putzig«, sagte Moritz. »Und ich darf wirklich meine Freunde mitbringen, damit sie ihn sich anschauen?«

»Aber ja«, nickte Jacobus. »Sie brauchen keine Angst vor mir zu haben. Ich zeige ihnen meine ganze Sammlung, gratis natürlich.«

Felix richtete den Blick unverwandt auf Pauline und ihren Kuchen. Moritz zog eine silberne Halskette aus seinem Wams und ließ den glitzernden Anhänger über dem Affen baumeln, um dessen Aufmerksamkeit zurückzugewinnen. Blitzschnell griff das Tier zu und riss ihn dem Jungen aus der Hand.

»Na, na, Felix«, tadelte Jacobus und gab dem Jungen seine Kette zurück. »Ein Kreuz? Ich dachte, so etwas trägt man nicht mehr in protestantischen Landen.«

»Nun ja«, erklärte Albertine, die an Gottliebs Arm hinzutrat. »Man darf die Bilder und Zeichen nicht anbeten. Aber die meisten Leute mögen deshalb doch nicht auf ihren Schutz verzichten. Soll man die schönen Sachen etwa einschmelzen lassen? Da hebt man sie doch lieber auf und nennt es Familienerbstücke.«

»Auf! Nicht trödeln, komm schon, Moritz«, rief Gottlieb.

»Ich komme mit, wenn es den jungen Herrschaften genehm ist«, sagte Jacobus. Dabei schaukelte er mit seinem langen Oberkörper hin und her, bis er das Ende der Bank erreichte, und ließ sich dann mithilfe der Arme von der Bank gleiten.

Ein schöneres Wetter hätte man sich für den Eröffnungstag nicht wünschen können. Der Himmel leuchtete in einem harten Blau. Es war kälter geworden.

Sie traten auf den Brühl hinaus, der kaum zu überblicken war vor lauter abgestellten Wagen, wanden sich an den Karren vorbei, an Fuhrwerken, Pferden und durch die Menschenmenge, bis sie auf dem Marktplatz ankamen.

Da war es so voll, dass man nicht hätte umfallen können, wenn man sich Mühe gegeben hätte. Jacobus, der auf seinen kurzen Beinen gerade mit Moritz hatte Schritt halten können, hüpfte ein paar Male höchst würdelos in die Höhe, um einen Blick auf das Treiben zu erhaschen.

»Komm hoch«, sagte Gottlieb und hob seinen kleinen Bruder auf die Schultern.

»Da schau, da oben, das ist unser neuer Bürgermeister, Hieronymus Rauscher!«

In diesem Augenblick begannen alle Glocken der Stadt zu läuten. Der Strohwisch wurde von der Stange genommen, der Handel war eröffnet.

Ein Raunen und Klatschen hob an, vereinzelt flogen Hüte in die Luft, Hurrarufe waren zu hören. Pauline betrachtete die Menschen um sich herum. Welch ein Aufwand. Nicht zu Unrecht waren die Sachsen im ganzen Reich als putzwütig verschrien. Die Schneider, Schuster und Putzmacher dieser Stadt mussten wohl die glücklichsten Menschen auf der Welt sein! Etwas Schöneres hatte sie auch in Dresden nicht zu sehen bekommen: ehrbare Bürgerinnen in bodenlangen plissierten Mänteln, innen mit Seide und Pelzwerk gefüttert. Die jüngeren und wagemutigen Damen trugen trotz klirrender Kälte die neuen spanischen Mäntelchen, die kaum die Taille bedeckten, dazu Krösen, steife Halskrausen aus Taft und Spitze. Sie hatten die Haare hochgesteckt und darauf dänische Kappen oder spanische Toquen gesetzt, die klein, doch sicherlich umso teurer waren. Männer wie Frauen trugen Sorge, ihre Ärmel durchblitzen zu lassen, steif von Stickereien, mit Rüschen und Puffen verziert, von Bordüren, Gold- und Silberfäden durchzogen, durchbrochen und farbig unterfüttert, die Säume mit Flussperlen abgesetzt. Hüte und Kappen gab es in allen Formen, vom Barett bis zum Zuckerhut.

Keine Narrheit, die sie ausgelassen hätten. Pluderhosen nach spanischer Mode, doch ohne die Ausstopfungen getragen, Schlumperhosen genannt. Um Kleiderordnungen und Verbote kümmerte sich hier niemand: Marderpelz war reichlich zu sehen.

Und da war auch Susanna Salet, elegant wie unbequem gekleidet. Sie sah aus wie zwei mit den Spitzen aufeinandergesetzte Kegel und nickte ihr freundlich zu – die Bürgerin einer einfachen Straßenmusikantin.

Es herrschte eine so angenehme und erwartungsfrohe Stimmung, dass man nicht einmal den Huren böse Blicke zuwarf, rosigen jungen Weiber in kurzen wollenen Röcken, wie es die Ordnung vorschrieb, und Kurtisanen, die sich darum nicht scherten und die Mäntel ebenso lang und kostbar trugen wie ehrbare Bürgerinnen.

Und nun spielten die Stadtpfeifer vom Rathausturm, schön, doch ein wenig bieder, wie Pauline fand. Es war eine solche Stimmung von Wohlwollen und Prosperität, alles schien möglich jetzt und in dieser Stadt. Sollte sie gleich zu Frau Salet hinüberdrängen und sie um eine Anstellung fragen? Nein, besser in Ruhe und in Abgeschiedenheit. Ein anderes Mal. Doch Pauline fühlte ihren Mut wiederkehren und die Lust am Leben. Das Brausen und Summen der Menschenmenge, die Musik; die sich mischenden Düfte von warmen Leibern, Rauch, Schmalzgebackenem, von Süßem und Deftigem stiegen ihr zu Kopf. Albertine schien es auch zu spüren, denn sie wandte sich zu Pauline um. »Wie ich es mag, wenn so viele Menschen beisammen sind, und alle so herrlich gekleidet!«

»Ja, vor allem die Schuhe und Strümpfe sind prachtvoll«, bemerkte Jacobus von unten her.

Die Stadtpfeifer hatten ihr Lied beendet. Die Menge begann sich zu zerstreuen, um die Läden und Auslagen der Buden zu mustern. Kaufleute lenkten ihre Schritte zielstrebig dorthin, wo sie erste Geschäfte zu machen hofften.

»Albertine, du gehst besser zurück, damit Mutter auch ihre Runde machen kann«, sagte Gottlieb. »Ich bringe Moritz zu Sankt Thomas.«

Moritz zog einen Flunsch. »Kaufst du mir erst eine Waffel?«, bettelte er.

»Gut, aber dann heißt es, ab in die Schule.«

Jacobus begab sich nach Sankt Niklas, um sein Gewölbe aufzusperren. Pauline blieb auf dem Marktplatz. Sie fand eine Lücke zwischen zwei Buden und packte ihr Instrument aus. In diesem Gedränge entschied sie sich für Einhandflöte und Tamburin. Sie pfiff, tanzte und schüttelte die Schellen. Als hätte das Abnehmen des Marktwisches auch die Börsen geöffnet, flossen heute die Gaben reichlicher. Immer wieder bückte sich Pauline und nahm ein paar Münzen vom Tuch herunter. Etwas Silber ließ sie liegen, nicht so viel, dass man denken könnte, sie habe genug; und nicht so wenig, dass es schien, als sei sie nicht gut. Kein Kupfer, denn es zog weiteres Kupfer an. Silber sollten die Leute geben!

Ein junges Paar stand vor ihr.

»Oh, was für eine hübsche Braut Ihr habt, junger Herr«, sagte sie und war sorgsam darauf bedacht, das junge Mädchen anzulächeln und nicht ihn, um deren Eifersucht nicht zu wecken. »Ein Ständchen für Euer Liebchen?«

Er nickte. Sie sang mit heller, klarer Stimme und schlug nur sacht das Tamburin dazu:

»Mein Gemüt ist mir verwirret, das macht ein Jungfrau zart;
bin ganz und gar verirret, mein Herz das kränkt sich hart.
Hab Tag und Nacht kein Ruh, in Trauer schier verzag!
Reichlich ist sie gezieret, mit schöner Tugend Schein;
Höflich, wie sich's gebühret, ihr Gleichen ist nit ein …«

Dankbar und stolz lächelte das Mädchen sie an; ein flaches, rundes Gesicht und Augen wie ein Fisch hatte sie, doch sie war jung und sehr verliebt. Das machte sie schön genug.

Flink hielt Pauline dem Jungen die offene Hand hin, sobald sie geendet hatte. Am meisten gaben die Männer immer, wenn das Liebchen zusehen konnte. Nur nicht zu lange zögern!

Stirnrunzelnd durchforschte der junge Mann seine Gürtelbörse und trennte sich mit einem fast hörbaren Seufzer von einem guten Meißner Groschen. Sein Mädchen sah zufrieden aus.

»Da ist sie, die freche Fiedeldirne«, hörte die Spielfrau plötzlich eine Männerstimme unter den Zuschauern rufen. Eine kleine Gruppe wohlgekleideter Männer war hinzugetreten. Sie trugen kostbare Blechinstrumente und silberbeschlagene Zinken: die Stadtpfeifer!

»Weißt du nicht, dass allein wir das Recht haben, in den Bürgerhäusern aufzuspielen? Was erdreistest du dich, Schlampe, deine Schand- und Schlämmlieder im Hause eines Ratsherrn hören zu lassen!«, rief einer von ihnen, ein sauertöpfischer Mann von gelblicher Gesichtsfarbe.

»Du hast wohl Angst vor Wettstreit«, gab Pauline flink zurück.

Die Umstehenden lachten.

»Angst? Vor einem kunstlosen Weib? Ebenso gut könnte ich mich auf einen Wettstreit mit einem Esel einlassen.«

Pauline grinste und strich eine übel klingende Dissonanz. Jetzt wurde der Stadtpfeifer erst recht gereizt.

»Still!« Er versuchte ihr das Rebec aus der Hand zu schlagen. »Bist du tatsächlich so ungebildet, dass du's nicht weißt: Solch teuflische Intervalle sind verboten – Diabolus in musica!«

Die Spielfrau wich ihm aus: »Ein Missgriff! Ach vergebt mir, edler Herr. Was kann man denn von einer kunstlosen Fiedeldirne Besseres erwarten?«

Das Publikum lachte und klatschte ihr Beifall. Empört zogen die Stadtmusikanten ab.

Pauline wechselte den Standort und stellte sich auf den Naschmarkt. Ein paar der Kinder von gestern drückten sich dort herum, argwöhnisch beobachtet von den Budenbesitzern, die um ihre Ware fürchteten. Die Kinder hofften auf Gelegenheitsarbeit und auf heruntergefallene Birnen.

Pauline stellte sich zu ihnen: »Möchte eines von euch sich etwas Geld verdienen?«

»Ja!«, riefen sie sofort. »Was sollen wir tun? Hier, Stinker ist der Stärkste von uns! Der kann ziehen und tragen wie ein Großer. Und das ist der Wanzenkönig, der ist der Geschickteste. Schnack wie a Kekerak!«

So, der Wanzenkönig war der geschickteste Taschenräuber, diebisch wie eine Elster? Pauline ließ die Blicke über die Kinder schweifen. »Ich werd es mir merken. Aber heute brauch ich jemanden, dem die Leute freiwillig geben.«

»'nen Bimmler? Da nimmste am besten die Wanda.« Alle Augen richteten sich auf ein mageres kleines Mädchen, dessen dunkle Augen riesig wirkten in dem blassen Gesicht.

»Lass mich das machen, Mutter!« Es schaute vertrauensvoll und hungrig zu Pauline hoch, sodass ihr die Hand unwillkürlich nach der eigenen Börse zuckte. Doch im nächsten Augenblick grinste die Kleine so zahnlückig und durchtrieben, dass Pauline lachen musste.

»Gemacht! Ich gebe dir einen Groschen am Tag dafür, dass du herumgehst und meine Zuschauer abkassierst; wenn es gut läuft, mehr.«

Wandas Gesichtchen hellte sich zu einem echten Lächeln auf.

»Aber vorher gehst du zum Brunnen und wäschst dir Gesicht und Hände.«

Das Lächeln verschwand.

»Lass es dir von mir gesagt sein. Saubere Bettler mögen die Leute lieber als dreckige. Und lächeln, nicht grinsen! Du musst tapfer lächeln, ein armes gottesfürchtiges Kind, das seine Mutter unterstützt, so ist es richtig! Ein trauriges Gesicht bringt weniger ein als ein freundliches, glaub mir. Bitte in Bescheidenheit, und sie geben. Lass einen Vorwurf spüren, und man wendet sich von dir ab. Danke mit Würde. Zu viel des Elends will keiner sehen, verstehst du?«

»Von der kannste was lernen«, sagte der Junge, den sie Stinker nannten, anerkennend.

Wanda lief ohne ein weiteres Wort zum Marktbrunnen und tat, wie ihr befohlen. Pauline erinnerte sich an die halbe Tüte Konfekt, die sie in ihren Ledersack gesteckt hatte, und verteilte die Süßigkeiten unter den Kindern.

»Gut. Aber jetzt muss ich euch noch etwas sagen: Ihr habt gestern den armen Zwerg zu sehr geärgert.«

»Na und?«, sagte trotzig der Wanzenkönig. »Die hässliche Missgeburt. Der ist ja kleiner als ich!«

»Kleiner ja, aber viel schlauer als du! Er ist ein Fahrender, einer von uns, und ein guter Kerl. Wir kleinen Leute müssen doch zusammenhalten. Necken ist in Ordnung, aber ihr habt es zu arg getrieben. Dennoch: er lässt euch was ausrichten. Er will euch seine Sammlung zeigen. Es kostet euch nichts. Sicher hat er in Essig eingelegte Ungeheuer, einen Schädel als Trinkgefäß und lauter solche Sachen. Und er hat einen Affen!«

»Einen richtigen, lebendigen Affen?« Sie blickten Pauline mit leuchtenden Augen an.

Es waren eben Kinder, trotz allem.

»Und was will er von uns?« Das waren sie nicht gewohnt, dass es etwas umsonst geben sollte.

»Nichts.« Pauline lachte: »Seine Ruhe haben vor euch. Er will gut Freund mit euch sein. Und vielleicht hat er den einen oder anderen Auftrag für euch – wenn ihr Freunde seid.«

Ja, sie würden es später mal bucheln, es einmal ausprobieren, wenn dem Kleinen denn so daran läge, sagte er großzügig. Die Jungen sprachen ein Gemisch aus Sächsisch und Rotwelsch, der Geheimsprache der Gauner und Fahrenden, um zu beweisen, was sie für harte Burschen waren. Die Spielfrau lächelte traurig. Kinder wie diese gab es in jeder Stadt.

»Dann bis später. Komm, Wanda.«

Als Pauline ihr Instrument aus dem Sack zog, fiel ein bernsteinfarbener Block auf das Pflaster. Blitzschnell bückte sich Wanda danach, hob ihn auf und roch daran.

»Kann man das essen?«

Pauline streckte die Hand danach aus. »Nein, das ist Geigenharz. Man verwendet es, um die Rosshaare des Bogens anzurauen, siehst du, so!« Sie zog die Rosshaare etliche Male über den Harzblock und zupfte oben an den Haaren, um den Abrieb zu entfernen. »So, meine Kleine, jetzt geht es los. Du musst flink sein, wenn ich einen Satz Lieder beendet habe. Die Leute drehen sich rasch um und sind weg, wenn es ans Spenden geht!«

Nach weiteren drei Stunden zählte Pauline zufrieden ihr Geld.

»Wir machen eine Pause. Hast du Hunger?«, fragte Pauline. Wanda nickte eifrig. Sie folgten dem Duft zur Garküche. Dort kaufte Pauline für jeden eine Schüssel Erbsenbrei und Kraut.

»Lehm und Stroh«, sagte Wanda. Sie setzten sich auf eine der langen Bänke neben ein paar Handwerker und Tagelöhner. Pauline nahm ihren Hut mit den Schwanenflügeln ab, zog die Handschuhe mit den abgeschnittenen Fingern aus und legte beides auf den Lederbeutel neben sich.

»Ah, die Fiedlerin, Pauline Schwan aus dem Brandenburgischen! Du scheinst ja ein gutes Geschäft zu machen. Das freut mich.«

Pauline schaute hoch. Vor ihr stand der Wachmann vom Tor. Wanda war mitsamt ihrer Schüssel verschwunden.

»Ja, das mache ich, danke.« Sie wischte sich mit dem Handrücken über den Mund und lachte. »Der erste Tag sollte auch besonders gut sein. Die Leute sind gut gelaunt. Ein bisschen Aberglauben ist auch dabei. Mit einer Spende für Bettler oder Fahrende hoffen sie, das Schicksal günstig zu stimmen. Und wie geht es am Tor – wie heißt du eigentlich?«

Er setzte sich ihr gegenüber und begann hungrig sein Mittagsmahl zu löffeln.

»Martin«, stellte er sich vor, um einen Löffel Kraut herum. »Und ich bin nicht mehr am Tor. Jedenfalls nicht während der Messe. An den Toren geht alles seinen Gang, aber in der Stadt ist allerhand Gaunervolk unterwegs. Da hat man die Zahl der Häscher erhöht.«

»Und ist schon etwas Ernsthaftes vorgefallen?«

»Nein, nur die üblichen Taschendiebereien. Eine Messerstecherei in Auerbachs Keller. Ein paar Kleinigkeiten von einem Wagen gestohlen. Wir vermuten aber, dass der Besitzer den Wagen nachts an die Freudenmädchen vermietet hat; da soll er uns nicht der Pflichtvergessenheit beschuldigen.«

»Natürlich: Huren stehlen auch«, sagte Pauline, nicht ohne eine gewisse Schärfe in der Stimme.

»Manche schon. Nicht die Mädchen aus dem hiesigen Haus. Die kennen wir. Aber es sind viele fremde Huren in der Stadt. Messehuren, die von einem Ereignis zum anderen ziehen. Da mag ein Freier sich schon zärtlich ausgeplündert finden. Ach und – kennst du den Schausteller Emmanuel Mohn?«

Pauline errötete leicht und schüttelte heftig den Kopf. »Nein! Wie soll der heißen?«

»Mohn, Emmanuel. Ein Seiltänzer.«

»Was hat er angestellt?«

»Ist nachts bei einer Frau ins Schlafgemach eingestiegen, wo er nicht erwünscht war.«

»Ach!«

Ein breites Grinsen überzog das Gesicht des Büttels. »Nimmt mich allerdings wunder, er sieht nicht aus wie einer, der Gewalt anwenden muss, um bei den Weibern zum Stoß zu kommen – verzeih das offene Wort. Warum er sich aber das älteste und zänkischste Weib im ganzen Böttgergässgen ausgesucht hat, das war uns ein Rätsel! Sie hat jedenfalls derart die Nachbarschaft zusammengeschrien, dass der Nachtwächter ihn gleich fassen konnte, als er wieder aus dem Fenster steigen wollte. Man hat ihn eingesperrt.«

Pauline musste sich alle Mühe geben, um nicht laut loszulachen. Sie hielt sich die Hand vor den Mund.

»Aber er ist heute Morgen gegen Zahlung einer Geldstrafe wieder auf freien Fuß gesetzt worden.«

Pauline ließ die Hand sinken.

»Der Richter fand es glaubwürdig, dass er sich im Fenster geirrt hat, obwohl die junge Dame ein Haus weiter Stein und Bein geschworen hat, sie kenne ihn nicht. Es war allerdings ihr Gatte zugegen.«

Martin lachte laut heraus, Pauline stimmte ein, wenn auch ein wenig säuerlich. »Auf freien Fuß gesetzt? Da ist er leicht davongekommen. Wie hoch war denn die Strafe?«

»Fünf Gulden hat er zahlen müssen.«

»Ho! Eine Menge Geld!« Paulines Laune besserte sich schlagartig. Von fünf Gulden konnte man ein ganzes Jahr lang Brot kaufen.

Martin wischte seine Schüssel mit Fladenbrot säuberlich aus, dann leckte er den Löffel ab, wischte ihn an seiner Jacke trocken und steckte ihn wieder ein. Er stand auf und deutete eine spöttische Verbeugung an.

»Nun, Jungfer Schwan, ich muss weiter. Ich hoffe allerdings, dass du mir bald eine Probe deiner Kunst gibst!« Er lupfte das Barett.

Pauline fand ihn ansehnlich trotz seines vernarbten Gesichts. Er hatte etwas Verwegenes an sich, und doch schien man ihm trauen zu können. »Du kannst ja bleiben. Ich fang gleich wieder an zu spielen.«

»Keine Zeit. Dafür bezahlt man mich nicht. Aber vielleicht komme ich mal einen Abend ins Rad.« Er salutierte spöttisch, drehte sich um und drängte sich durch die voll besetzten Bänke hinaus.

Pauline leckte sorgfältig das Fett von ihren Fingern und trocknete sie an ihrem Rocksaum, als neben ihr Wandas zerstrubbelter Kopf wieder auftauchte.

»Isser weg?«

»Ja, warum fürchtest du ihn denn?«

»Hab keine Angst vor dem. Aber die Torwachen versuchen

immer, uns draußen vor der Stadt zu halten. Und wenn sie uns in der Stadt erwischen, dann befördern sie uns raus. Sie sagen, wir klauen.«

»Tut ihr doch auch.«

»Klar. Aber das bisschen, das schadet doch nicht. Und draußen halten können sie uns doch nicht.«

Pauline zauste der Kleinen den Kopf. »Lass uns weitermachen. Wir haben noch ein paar Stunden, bis es dunkel wird.« Sie war entschlossen, diesen guten ersten Tag bis zur Neige auszunutzen. Sie standen auf und gaben ihre Schüsseln ab. Als sie die Tür nach draußen öffneten, verwandelte sich der austretende Dunst sogleich in Reif. Sie spielten sich durch das Salzgässgen und über die Reichsstraße zur Niklaskirche und zu ihrem angestammten Platz.

Eine Stunde später, als Pauline gerade eine besonders lustige Menge um sich versammelt hatte und ein ziemlich grobes Liedchen zum Besten gab, entstand oben in der Rittergasse ein Tumult. Ein Raunen ging durch die Gaffer und durch die Reihen der Buden: »Die Kurfürstin! Die Kurfürstin kommt! Mutter Anna besucht die Messe!« Einige Büttel und bewaffnete kurfürstliche Garden liefen voraus und drängten die Schaulustigen zurück. »Weg da! Macht Platz! Platz da für die Kurfürstin!«

Paulines Publikum wurde auseinandergetrieben. Sie selbst trat einen Schritt zurück und gleich wieder vor.

Eine Gruppe von Hofleuten schritt heran, gleich zu erkennen an ihrer kostbaren Kleidung und den berechneten, künstlichen Gesten. In ihrer Mitte Mutter Anna, Prinzessin Anna von Dänemark. Sie ging zu Fuß und warf Blicke rechts und links in die Auslagen, blieb auch stehen und wechselte höfliche Worte mit den Händlern.

Als sie näher herankam, konnte Pauline sie genauer in Augenschein nehmen: Eine Frau, die hochgewachsen wirkte, obwohl sicher nur mittelgroß, so stocksteif und kerzengerade ging sie, die Schultern zurückgenommen, das Kinn erhoben. Sie war schwarz und weiß gekleidet, in scharfem Kontrast, und trug nur ein Barett von bescheidenen Ausmaßen auf einem Haarnetz von Perlen. Einen Eindruck von Eleganz und Zurückhaltung zugleich vermittelte sie. Streng und ein wenig verhärmt wirkte ihr Gesicht, fast schulmeisterlich.

Pauline ging im Geiste ihr eigenes Äußeres durch: Waren ihre Kleider in Ordnung? Sie sah an sich hinunter: bunt und abgetragen, aber sauber.

Unwillkürlich stimmte sie ein Kirchenlied an, gerade als Mutter Anna gemessenen Schrittes vorüberging. Sie spielte es einen Hauch schneller, als es gewöhnlich vorgetragen wurde, und mit dem Geklapper der Kupferringe bekam es etwas durchaus Weltliches. Einer der Höflinge erkannte es und runzelte die Stirn. Kurfürstin Anna nickte der Sängerin zu. Sie beugte sich zu einem der jungen Pagen hin und gab ihm etwas in die Hand. Der kam zu Pauline und warf es ihr hin. Als Wanda sich danach bückte und es Pauline mit aufgerissenen Augen hinhielt, sah sie, dass es ein Dreiheller war. Die Kurfürstin wurde nicht zu Unrecht für sparsam gehalten.

»Sie geht doch tatsächlich zu dem Zwerg!«, raunte die Waffelbäckerin neben ihr und reckte den Hals über den Tisch ihrer Bude, um das Geschehen besser verfolgen zu können. »Da kommt er schon herausgeschossen! Sieh bloß, er macht Kratzfüße, und wie er sich bei ihr einschmeichelt! Und jetzt geht sie in seinen Laden hinein. Zu den ehrbaren Kaufleuten ist sie nicht hineingegangen«, bemerkte sie mit einem gekränkten Unterton.

»Tatsächlich? Wanda, meinst du, du könntest hingehen und mir hinterher berichten«, fragte Pauline, »ohne dass dich die Büttel erwischen und zum Tor hinausbefördern?«

Das Mädchen nickte und flitzte los. Nach einiger Zeit kam es atemlos zurück: »Das wirst du nicht glauben, Mutter! Sie hat sich all seine Sachen angesehen und hat in einen schwarzen Kasten geguckt. Und über den Affen gelacht.«

»Die Kurfürstin hat gelacht! Mutter Anna hat gelacht«, ging es raunend durch die Menge. Das kam offenbar nicht häufig vor. Danach war eine ganze Weile lang kein Durchkommen mehr zu Jacobus' Laden, denn nun wollten alle sehen, worüber die Kurfürstin sich so belustigt hatte.

Pauline wechselte erneut den Platz, spielte am Zeughaus und vor Sankt Thomas. Als es fünf Uhr läutete und zu dämmern begann, entließ sie ihre kleine Helferin.

»Da hast du zwei Groschen. Das hast du gut gemacht.«

»Brauchst du mich morgen wieder?«, fragte die Kleine hoffnungsvoll.

»Ja, sicher. Komm morgen Mittag zum Niklaskirchplatz. Da fangen wir die Runde an. Und wenn sie dir am Tor Schwierigkeiten machen, dann kannst du ja vorbringen, dass du Arbeit hast. Schließlich zahle ich Steuern an die Stadt. Da werde ich ja jemanden beschäftigen können.«

»Mach dir keinen Kummer, Mutter. Ich komm schon rein, wenn ich will.«

»Kein Zweifel«, lachte Pauline.

»Und danke für das Geld. Da kann ich meiner Alten Gickes bringen, dann lässt sie mich in Ruh.«

Sie würde also einen Teil des Geldes für Schnaps verwenden, um ihre Mutter ruhig zu stimmen. Pauline war bereits im Zweifel, ob sie der Kleinen nicht mehr gegeben hatte als notwendig. Nur damit es die Kehle irgendeiner Säuferin hinunterrann. Hatte sie sich wieder einmal von ihrem weichen Herzen hinreißen lassen! Sie schüttelte den Kopf, packte ihre Flöte in den Ledersack, klemmte sich das Tamburin unter den Arm und ging zu Jacobus.

»Ich muss doch auch mal sehen, was es hier so Wunderbares gibt«, sagte sie, als sie über die Schwelle trat.

Das Gewölbe war geschickt beleuchtet, bemerkte Pauline. Manches trat hervor, anderes lag im Schatten und wurde dadurch nur umso wirkungsvoller. Sie fuhr zurück, als sie gleich neben dem Eingang auf einen ausgestopften Vogel stieß, den Schnabel geöffnet zu einem stummen Schrei. Daneben prangte ein Geweih an der Wand, wie sie noch nie eines gesehen hatte.

»Komm und schau dich satt«, lud Jacobus sie ein. »Hier habe ich die Naturalia. Das sind Dinge tierischen oder pflanzlichen Ursprungs. Und dort sind die Artificialia, von Menschenhand Geschaffenes.«

Im flackernden Schein der Öllampen sah Pauline perlmuttern schimmernde Schnecken, größer als ihre ausgestreckte Hand, ein kunstvoll graviertes Ei, in das ein ausgewachsenes Huhn leicht hineingepasst hätte.

»Das Ei des Vogels Roch, das jedenfalls erzähle ich neugierigen Besuchern. Es soll im fernen Orient einen Vogel geben, der so groß ist, dass er Menschen entführt und sie seinen Jungen als Nahrung ins Nest bringt.«

Pauline erschauerte.

»Dir kann ich aber verraten, dass es sich um einen Straußenvogel aus Afrika handelt, nicht weniger wunderbar: ein Vogel, der nicht fliegen kann, der dafür aber schneller läuft als ein gutes Rennpferd. Und hier schau: Das sind Kokosnüsse.«

Borstige braune Kugeln, so groß wie ein kleiner Kürbis – von so einer Nuss konnte man wohl eine Woche leben oder länger. Da war ein mürber weißer Stein, der sah aus, als ob sich lauter blutige Würmer aus ihm herauswinden wollten. Doch als sie genauer hinsah, erkannte Pauline, dass es lauter rote Zweiglein waren, Korallen. Da waren spitze Kristalle, durchscheinend oder farbig; ein Becher aus Amethyst geschnitten, mit einem Deckel aus Email und Gold.

»Ein junger Drache«, verkündete Jacobus und hob ein Glas in die Luft. Ein weißlich-weiches Geschöpf schwebte darin, ausgeblichen, Gespenst seiner selbst, eine Echsengestalt mit langer Schnauze und ledernen Flügeln, die traurig ziellos in der Flüssigkeit waberten.

»Ach, das ist doch nur eine große Eidechse mit angenähten Fledermausflügeln«, versetzte Pauline. So etwas hatte sie schon gesehen, ebenso wie Kälber mit zwei Köpfen. Weitaus mehr fühlte sie sich zu den Steinen von auffallend regelmäßiger Form hingezogen, zu Sternen, Schnecken und Muscheln.

»Was ist das?«, fragte sie. »Sie sehen aus wie Tiere. Hat man sie aus Kalkstein geschnitzt?«

»Nein, das sind die Körper von Tieren, die schon so lange tot sind, dass sie zu Stein wurden. Diese hier sind ausschließlich Meerestiere. Man findet sie manchmal auf Bergen, ist das nicht merkwürdig?«

»Wie sind sie dahin gekommen?«

»Ha!«, rief Jacobus, »eine gute Frage, nicht wahr? Die offizielle Lehrmeinung will, dass sie einst von der Sintflut dort hinaufgetragen und tot hinterlassen wurden.«

»Du glaubst aber etwas anderes.«

»Versuch es dir doch einmal vorzustellen: Fische, ja, die könnten hinaufgetragen worden sein. Man findet aber meistens Schalentiere, die doch nicht schwimmen, sondern sich im Schlamm vergraben. Gut, mögen die wütenden Wogen das eine oder andere von ihnen mit sich reißen, aber doch nicht so viele. Es erscheint mir nicht logisch. Ich meine, dass die Berge, auf denen man sie findet, einst Meeresboden waren und dass ein chaotisches Ereignis die Welt an dieser Stelle aufgewühlt und neu gestaltet hat.«

»Wie ist das möglich? Gott hat doch die Welt erschaffen, so wie wir sie heute sehen, mit Berg und Tal, Flüssen und Weltmeeren, Menschen und Tieren darauf!«

»In sieben Tagen, ich weiß, ich weiß! So will man es, doch wer die Augen aufmacht und den Verstand benutzt, der wird klar sehen, dass es nicht so sein kann. Nimm zum Beispiel die Vulkane – hast du je einen Vulkan gesehen?«

»Nein. Aber ich habe gehört, dass es Löcher in der Erde sind, die geradewegs in die Hölle führen.«

»Ach was! Der Teufel ist überall, er hat seinen Platz in jedem Menschenherzen. Er sitzt uns auf der Schulter und flüstert uns seine Versuchungen zu. Er schwimmt im Weindunst, reitet auf Lanzenspitzen. Sein feuriges Augenlicht blitzt aus dem Golde uns entgegen. Glaubst du, er hat es nötig, so ein billiges und offensichtliches Schauspiel zu liefern, wie heiße Grütze aus einem Berg zu speien? Und warum nur dort?« Der Zwerg legte Pauline eine warme Hand auf den Arm und flüsterte eindringlich: »Ich habe gesehen, was sie wirklich sind. Ich war auf dem Vesuvius am Golf von Neapel. Vulkane speien Gestein, welches so heiß ist, dass es geschmolzenem Metall gleicht, und spritzt wie ein überlaufender Brei aus dem Kochtopf. Es faucht und zischt, aber vom Teufel keine Spur! Kommst du nach einiger Zeit wieder an dieselbe Stelle, so ist aus dem rot glühenden Brei fester schwarzer Stein geworden, der sich kaum mit dem Hammer abschlagen lässt! Und der fügt seine Masse zu dem, was vorher an Berg vorhanden ist, neu hinzu. Mehr Berg und mehr Stein entsteht, der vorher nicht vorhanden war. Weißt du, was das bedeutet? Dass es auf der Welt noch Unfertiges gibt! Dass Gott sein Werk noch gar nicht vollendet hat!«

Pauline schwieg und versuchte es sich vorzustellen. In ihrem Kopf hörte sie feurige Klänge. Ein basso ostinato bildete polternd die schwarzen Steine nach.

»Ach, meine Kleine«, sagte Jacobus. »Du solltest es mit eigenen Augen sehen! Das ergäbe eine Musik! Ich würde es dir so gern zeigen. Doch andererseits vergisst du es lieber, es könnte dich in Schwierigkeiten bringen. Ich erzähle auch den anderen

Besuchern brav die Geschichte von der Sintflut.« Er zog sie weiter. »Da drüben, schau, da sind Menschenwerke, nicht weniger erstaunlich und bewundernswert!«

Da gab es einen Globus mit den Routen der Seefahrer, astrologische Geräte, Münzen, Masken, Tonkrüge mit grotesken Gesichtern, eine aus schwarzem Holz geschnitzte Menschengestalt, lang gestreckt und von fremdländischem Aussehen. Und Bücher. Pauline beugte sich über einen besonders prächtig illuminierten Band und befühlte den Rand der aufgeschlagenen Seite. Sie war schwer und hart. Die Tinte glänzte wie Lack.

Er nötigte sie, sich zu setzen, und gab ihr einen Becher Wein.

»Haben die Kinder dir einen Besuch abgestattet?«

»Ja«, lachte Jacobus, »diese Rangen! Sie haben sich alles genauestens angeschaut. Ich habe ihnen Zuckerbrot zu essen gegeben und ein paar Kreuzer, damit sie meine Werbezettel verteilen. Jetzt werden sie mich wenigstens in Ruhe lassen, wenn sie mich auch nicht achten.« Er lachte. »Ich fürchte, der Größte von ihnen, Stinker, der hat mich zu seinem Schützling erklärt. Es macht ihn stolz, dass er größer ist als ich, obwohl ich älter bin und mehr Geld habe.«

»Und was hat denn nun die Kurfürstin mit dir zu reden gehabt?«, fragte Pauline. »Erzähl mir nur alles recht genau, damit ich es später weitergeben kann. An solchen Dingen sind die Leute immer interessiert!«

»Sie hat sich meine Sammlung angeschaut. Die Naturalia haben sie weitaus stärker angezogen als das Kunsthandwerk. Nun, sie hat sicher bessere Stücke als das armselige Zeug, das ich in meinem bescheidenen Laden führe. Aber dennoch: Es kam mir so vor, als hätte sie an edlen Metallen, Silber, Glas und Edelsteinen ohnehin weniger Freude als an praktischen Dingen. Ein tragbarer Destillationsapparat hat sie interessiert, astrologische Gerätschaften. Über Strauße wollte sie alles wissen: ob deren Eier essbar seien und ob man die Vögel wohl hier in Sachsen halten könne. Und auf die Fossilien, Quarze und besonders auf das Einhorn hatte sie ein Auge geworfen.«

»Und hat sie etwas gekauft?«

»Nein. Das Horn des Einhorns hätte sie wohl gern gehabt. Ich konnte ihr ja nicht ins Gesicht sagen, dass ich es ihr nicht verkaufen wollte. Also habe ich ihr einen sehr hohen Preis genannt, da hat sie Abstand genommen davon. Jede andere Fürstin hätte sich selbstverständlich gekauft, was ihr gefälllt. Sie aber gibt sich keinen leichtfertigen Vergnügungen hin. Eine gute Haushälterin soll sie sein, soll selbst buttern und weben. Ja, sie betreibt sogar Landwirtschaft in ihrem Vorwerk bei Dresden, brennt Aquavit und experimentiert mit Kräutern. Eine ganz erstaunliche Fürstin. Sachsen kann sich glücklich schätzen.«

»Wo ist es denn?«

Jacobus zeigte nach oben.

»Ihr da! Zwerg! Habt Ihr es noch?«, erscholl eine herrische Stimme vom Eingang her. Ein vornehm gekleideter Höfling mit schwarzem Bart drängte sich an Pauline vorbei, ohne sie weiter eines Blickes zu würdigen. »Ihr müsst es mir verkaufen und keinem anderen, hört Ihr?«

»Es tut mir leid, mein Herr! Aber das Horn des Einhorns kann ich nicht verkaufen. Es ist das wertvollste Stück meiner Sammlung.«

»Die Kurfürstin hat sich dafür interessiert. Ich will es für sie. Ihr wart so unverschämt, Ihrer Hoheit einen Wucherpreis zu nennen. Allein dafür sollte man Euch mit Ruten streichen! Eine Ehre ist es, dass sie überhaupt einen Fuß in Eure schmierige Gauklerbude gesetzt hat!«

»Ich weiß, ich weiß! Aber das Horn kann ich wirklich nicht verkaufen, Ihr habt ja keine Ahnung, welche Mühen es mich gekostet hat, eines zu bekommen! So etwas findet man nicht an jeder Ecke! Es ist das Herzstück meiner Sammlung; Straußeneier und Weltkugeln hat doch jeder.«

»Ihr wollt doch nur den Preis hochtreiben, schlimmer als ein Jude!«

»Wenn Ihr der hohen Dame eine Freude machen wollt, so kann ich Euch den Zahn eines Drachen bieten oder das Ei des Vogels Roch, zierlich in Gold gefasst, Riesennüsse von den glücklichen Inseln, einen Brocken Bernstein mit einer Libelle darin, ein sehr seltenes Stück. Da will ich Euch auch gern entgegenkommen. Hier, nehmt«, stieß Jacobus hervor. Ängstlich darauf bedacht, seinen Besucher nicht zu verärgern, drückte er ihm nacheinander Dinge in die Hand, perlmutterne Schneckenhäuser, eine Schale in der Form eines Fisches, aus Achat geschnitten, einen Fächer aus Elfenbein. Aber der Höfling ließ sich nicht beschwichtigen noch von seinem Ziel abbringen. Wütend schleuderte er den Fächer auf den Boden. »Behaltet den Tand. Ich will dieses Horn. Ich muss es haben, versteht Ihr! Nennt mir eine vernünftige Summe, und haltet mich nicht hin!«

»Bedaure, nichts zu machen.«

Der Besucher packte den Zwerg grob am Wams und zog ihn hoch, sodass er nur noch auf Zehenspitzen stehen konnte.

»Lasst mich herunter, Grobian«, schimpfte Jacobus. »Das Einhorn ist nicht zu verkaufen. Wenn ich es nicht hätte, wer würde dann noch Eintritt für meine Sammlung bezahlen?« Er schlug mit den flachen Händen auf die Oberarme und die Brust seines Peinigers ein. »Helft! Zu Hilfe! Räuber! Diebe!«, begann er zu schreien. Der Höfling zischte und ließ ihn ein Stück herunter, hielt ihn aber weiter am Wams fest.

»Sei still, elende kleine Kröte! Ich lasse Euch vorerst in Ruhe. Bis morgen habt Ihr Bedenkzeit. Dann nennt mir einen vernünftigen Preis, oder Ihr werdet es bereuen. Und lasst Euch nicht einfallen, es jemand anderem zu geben. Ich biete in jedem Fall mehr!«

Damit ließ er Jacobus los und stieß ihn so grob von sich, dass dieser hintenüber fiel und mit einem dumpfen Laut auf dem Boden landete, wo er weiter zeterte und schrie. »Marktvogt! Wache! Wache! Wo sind die Kerle, wenn man sie braucht? Muss ein ehrbarer Kaufmann sich so behandeln lassen!«

Pauline, die während des Streits zurückgewichen war, stürzte zu ihm hin und half ihm auf.

»Kannst aufhören zu brüllen wie am Spieß«, sagte sie beruhigend, während sie ihm den Staub von den Kleidern klopfte. »Der Kerl hat sich getrollt. Warum verkaufst du ihm nicht, was er haben will? Er will doch offenbar sein Geld loswerden. Was hat es denn überhaupt auf sich mit dem Horn?«

Jacobus ergriff eine Lampe und leuchtete zur Gewölbedecke empor. Pauline folgte dem Lichtstrahl mit dem Blick: Dort oben hing ein schlankes, gerades Horn von mindestens vier Ellen Länge. Die raue Oberfläche schimmerte silbrig und wirkte wie gedrechselt.

»Ist es echt?«, fragte sie.

»Nun, es stammt nicht wirklich von einem Einhorn, so wie aus dem Märchen, also von einem gehörnten Pferd. So etwas gibt es nicht. Aber ja, es ist echt. Es stammt von einem Riesenfisch, einem Einhorn der Meere. Die Kurfürstin hat es bewundert. Wie gut es sich in der Naturaliensammlung ihres Gemahls ausnehmen würde, hat sie gesagt. Aber sie, sie hat nicht versucht, mich zum Verkauf zu zwingen wie diese brokatbehängte Vogelscheuche! Niemals soll er es haben, der nicht!«

»Aber er will doch augenscheinlich jeden Preis bezahlen!«

»Sagt er! Aber warte nur. Ich kenne die Adligen. Sie wollen alles haben, nur wenn es ans Bezahlen geht, dann sind sie um Ausflüchte nicht verlegen. Adlige haben ihr Geld auf den Knochen zu hängen, aber sie haben leere Taschen, merk dir das. Ich mache keine Geschäfte mit diesem Volk«, ereiferte sich der Kleinwüchsige. »Und weißt du was? Ich schließe den Laden für heute zu. Es ist genug. Und das Einhorn nehme ich mit. Der bringt es fertig und stiehlt es in der Nacht.«

So gingen sie der Herberge zu. Jacobus, der das Horn mal im Arm, mal über der Schulter schleppte, musste sich nicht wenige anzügliche Bemerkungen anhören dafür. »Das ist nur mein Zahnstocher«, rief er allen zu, die sich im Gastraum des Goldenen Rades danach erkundigen wollten. Er stellte es in die Ecke hinter sich und brütete anschließend finster über seinem Weinkrug.

Anna war nirgends zu sehen. Aber ein neues Mädchen bediente in der Schankstube. Albertine stellte sie einander vor: »Das ist Walpurga, unsere neue Magd.« Sie lächelte das neue Mädchen an, das aber die Freundlichkeit nur knapp erwiderte. Sie war ein gewöhnliches kleines Ding, hatte ein verkniffenes Gesicht und eine großporige, fettige Haut wie ein Pfannkuchen.

»Und das ist Pauline, eine Spielfrau. Tags spielt sie auf der Messe und abends hier bei uns«, fuhr Albertine fort. »Sie ist sehr gut, und seitdem sie hier ist, sind die Gäste besser gelaunt. Wirst sehen: Die Arbeit geht viel leichter von der Hand, wenn sie spielt.«

»Sauf- und Tanzlieder«, versetzte die Neue verächtlich.

»Was hast du gegen Tanzlieder?«, fragte Albertine.

»Ich hoffe, sie spielt hier nicht so, wie es auf den Dörfern üblich ist. Gegen einen wohlanständigen Schreittanz ist nichts einzuwenden, aber hast du je gesehen, was diese Fiedelbanden anrichten? Oh, sie lieben es, ihre gleichförmigen und aufhetzenden Weisen so arg zu treiben, dass jegliche gute Sitte vergessen wird! Man wirft die Bauernweiber dermaßen herum, dass sich ihre Röcke heben und man nicht nur die Knie, sondern noch viel mehr sehen kann. Pfui, ehrlos sind die Spielleute, Gaukler und Zauberer!«

»Du wirst schon hören, dass ich ordentliche Musik spiele. Siehst du hier etwa Bauernweiber durch die Lüfte wirbeln?«

»Na, das wär was«, kicherte Albertine hinter vorgehaltener Hand. »Sie spielt rechte Musik, unsere Spielfrau. Sieh: Die da hinten hatten an allem was auszusetzen und haben gestritten, bis sie zu spielen angefangen hat. Danach sind sie ruhiger geworden, und jetzt unterhalten sie sich ganz freundschaftlich.«

Walpurga ließ sich nicht überzeugen. »Nur Kirchenmusik ist Gott wohlgefällig. Alles andere ist Eitelkeit und kommt vom Teufel.«

Albertine blies die Wangen auf und verdrehte die Augen.

»Warum schmähst du samt und sonders die weltliche Musik?«, sagte Pauline ruhig. »Herr Martin Luther selbst hat sie hergenommen, um Kirchenlieder darauf zu dichten. Die Musik macht die Leute sanftmütiger, sittsamer und vernünftiger, hat er gesagt und dabei keinen Unterschied gemacht zwischen weltlicher und kirchlicher Musik – und du hast doch eben gehört, dass es sogar hier in der Gaststube gesitteter zugeht, weil meine Musik die Gemüter erfreut.«

»Mag sein, dass du dich hier ein wenig zurückhältst, da du unter Frau Weidemanns Aufsicht bist. Doch auf der Straße spielst du Spottlieder und solche, die anständigen Leuten die Sinne verwirren, ziehst Gottes Gabe in den Dreck, ich habe dich wohl gehört. Überhaupt soll sich wohl so eine gemeine Gauklerin nicht mit einem Kirchenmusicus vergleichen!«

›Kommst du mir heilig, dann will ich dir in gleicher Münze auszahlen‹, dachte Pauline. »Herr Luther hat gesagt: ›Wer sich die Musik erkiest, hat ein himmlisch Werk gewonnen; denn ihr erster Ursprung ist von dem Himmel selbst genommen, weil die lieben Engelein selber Musikanten sein.‹ Wo man Musik spielt, hat für ihn keinen Unterschied gemacht, und gegen ein wenig Lustigkeit hat er auch nichts gehabt. Hat er doch ein lustiges Weib geheiratet.«

»Hört auf zu streiten, ich jedenfalls tanze gern. Spiel mir noch einmal den brabantischen Tanz, liebe Pauline, da schwebe ich nur so durch den Raum«, rief Albertine. Und als die Neue naserümpfend gegangen war: »Mach dir nichts draus, sie ist ein wenig sauertöpfisch, eine richtige Betschwester. Normalerweise hätten wir sie nicht genommen, aber Mutter musste ja froh sein, dass sie irgendeine Hilfe bekommen hat.«

Pauline nahm den Bogen in die Hand und fiedelte, was das Zeug hielt. Sogar Jacobus vergaß seine Sorgen und sang mit – er hatte einen erstaunlich tiefen Bass. Er trommelte auf den Tisch und klopfte mit dem Messerrücken gegen den Krug, sodass bald die ausgelassenste Stimmung herrschte.

»Sag mal, hat deine Mutter nicht gestern erst gesagt, dass sie sich keine zweite Schankmagd leisten kann?«, raunte Pauline der Wirtstochter zu, als die ihr einen Krug Most hinstellte.

»Ach, bei meiner Mutter weiß man nie so genau, was kommt. In einem Augenblick ist sie geizig und harsch. Im nächsten großzügig über die Maßen. Aber wenn es Not hat, dann tut sie schon das Richtige.«

Nach ein oder zwei Stunden riss Pauline die Quintsaite. »Zum Teufel!«, schrie sie. »Gestern hab ich sie noch geschmiert, mistiges Biest!«

Walpurga hörte es und tadelte sie: »Da! Jetzt fluchst du auch noch, pfui über dich!«

»Lass ihn fluchen, der Herr hat's ihn geheißen!«, gab Pauline zurück. »Zweites Buch Samuel.«

»Komm her! Komm und leiste mir Gesellschaft!«, schrie Jacobus aus seiner Ecke. Er war inzwischen reichlich voll. »Her mit dir!« Pauline lachte, packte das Rebec fort und setzte sich zu ihm.

»Sie haben eine französische Köchin hier!«, brüllte er weiter durch den ganzen Gastraum, als ob das nicht alle wüssten. »Ich hab sie gebeten, mir was besonders Feines zuzubereiten, aber allein schmeckt's mir nicht! Du sollscht, du sollscht …«, die Zunge war ihm schwer, »Verdammich! Du sollscht mir Gesellschaft leisten.«

»Aber Herr Zwerg! Was wird die Wirtin sagen? Ich soll doch für die Gäste aufspielen und nicht tafeln.«

»Ist mir gleich. Du bleibst hier!« Ottilie steckte den Kopf aus der Küchentür, um zu sehen, was es da für ein Geschrei gab. ›Bleib nur bei ihm‹, bedeutete sie Pauline, ›beruhige ihn, wenn du kannst.‹

Margot und Albertine trugen gerade ein kleines Festmahl auf: geröstete Erdnüsse mit Orangen, danach sauer eingelegten Weißfisch, gefolgt von Hirschbraten mit Pflaumensoße. Pauline kam selten genug zu solchen Genüssen und ließ es sich schmecken. Der Affe Felix stopfte sich mit Erdnüssen voll und rollte sich schließlich im Schoß seines Herrn zusammen. Pauline bediente sich aus dem Weinkrug.

»Sag mal, Jacobus. Eins verstehe ich nicht: Du bist fein gekleidet, isst wie ein Fürst, säufst wie ein Landsknecht, leistest dir ein gutes Zimmer im Gasthaus, in anderen Worten: du hast teure Gewohnheiten, mein Freund. Und bist angeblich ein Händler, einer, der Sachen verkauft. Aber wenn dir jemand viel Geld für ein Stück von all dem Gerümpel bietet, dann gibst du es nicht her.«

Albertine brachte zwei Schüsseln Mohnstippe. Das reichliche Essen hatte Jacobus wieder etwas nüchterner werden lassen. »Ich verkauf schon Sachen«, sagte er verschmitzt. »Teuren Firlefanz. Was die Leute so brauchen, um sich vor ihren Nachbarn großzutun. Aber ich gebe zu: Bei den wahren Schätzen fällt es mir manchmal schwer, mich zu trennen.« Er nahm das Horn in den Arm und streichelte es.

»Aber von irgendwas musst du doch leben? Was hast du denn zum Beispiel heute verkauft?«

»Na, dies und das.«

»So! Dies und das? Und das reicht für ein solches Festmahl?«

Jacobus rülpste. »Ich komm schon zurecht«, sagte er lallend. »Ich komme schon auf meine Kosten. Und jetzt, verehrte Terpsichore, entschuldige mich. Wir haben noch was vor.« Er klopfte auf seine linke Schulter. »Komm, Felix, der Abendspaziergang!« Der Affe erwachte und sprang Jacobus auf den Buckel. »Gehab dich wohl. Gute Nacht!« Er nahm sein Einhorn, stützte sich darauf wie auf einen Spazierstock und wankte hinaus.

Kopfschüttelnd folgte Pauline ihm mit Blicken.

Sie kehrte auf ihren Platz am Ofen zurück. Eine neue Saite aufzuziehen, dazu verspürte sie wenig Lust. Stattdessen spielte sie Flöte und Schellentrommel und sang, bis die letzten Gäste schlafen gingen.

Jacobus war noch nicht zurückgekehrt.

»Mein Abendessen ist heute von einem Gast bezahlt worden, das hast du gespart«, rechnete Pauline der Wirtin vor. »Das muss von deinem Anteil abgezogen werden!«

»Kommt gar nicht infrage«, rief Ottilie entrüstet. »So haben wir nicht gewettet. Du hast ein warmes Essen frei. Wenn du dich stattdessen von einem Gast einladen lässt, dann ist das deine Sache.«

Sie rechteten eine Weile hin und her.

»Du bist geldgierig«, warf Ottilie der Sängerin vor, aber man merkte ihr an, dass sie solch wirtschaftliche Denkweise durchaus für eine Tugend hielt.

»Und du geizig«, gab Pauline zurück und erwartete es nicht anders. »Dann behalt das Geld und gib mir morgen für die Mittagszeit einen Brotfladen und Käse mit.«

»Einverstanden«, sagte Ottilie.

Oben in der Dachkammer lag Anna schon im Bett. Die Neue, Walpurga, stand am Waschtisch und drehte sich um. »Was willst du denn hier?«, fuhr sie Pauline an.

»Ich schlafe hier«, erwiderte die überrascht.

»Ich hab's dir ja gesagt«, ließ Anna sich matt aus dem Bett vernehmen.

»Das kommt nicht infrage! Ich schlafe nicht im selben Raum wie die.«

»Dann geh runter und leg dich an den Herd.«

»Sie geht runter! Das ist nur ein hergelaufenes Singmädchen, eine Ziehgaunerin oder etwas Schlimmeres! Wer weiß, ob sie nicht eine Krankheit hat. Ich bin eine angestellte Magd. Ich habe das Recht auf einen Platz im Bett.«

»Was regst du dich auf? Es ist ja breit genug«, lachte Anna. »Komm, Pauline, mir ist kalt.«

»Was, jetzt soll ich auch noch mit der in einem Bett schlafen? Aber damit bin ich nicht einverstanden.«

»Ist uns wurscht!«

»Vielleicht sollte ich doch lieber hinunter in die Küche ziehen«, sagte Pauline vorsichtig. »Es macht mir nichts aus, wirklich nicht.« Sie würde ja in einer Woche spätestens von hier fort sein. Aber Anna musste dann weiter mit der Neuen auskommen. Sie wollte nicht für böses Blut sorgen.

Anna wollte davon nichts hören. »Ich kann dich gut leiden und will dich hier haben. Und ich habe nun mal die älteren Rechte hier. Sie ist neu und muss nehmen, was da ist.«

Walpurga spülte sich geräuschvoll den Mund aus und spuckte in den Nachteimer.

»Ja, älter bist du, alt sogar. Deswegen haben sie mich ja geholt. Wir werden ja bald sehen, wer von uns beiden für Frau Weidemann mehr wert ist. Dir gibt sie doch sowieso nur noch das Gnadenbrot.«

»Ich bin nicht alt«, zischte Anna wütend.

»Nicht? Und wer ist heute Nachmittag zusammengebrochen und konnte seine Arbeit nicht erledigen?«

»Eine kleine Schwäche, weiter nichts.« Anna begann zu weinen.

Pauline stieg zu ihr ins Bett und nahm sie in den Arm. »Das war gemein, Walpurga«, sagte sie. »Du willst doch so ein guter Christenmensch sein. Und nun hör auf zu stänkern und komm unter die Decke. Es ist ja nur für ein paar Nächte, dann bist du mich los.«

Walpurga stand unentschlossen in Hemd und Strümpfen herum. Sie hörten ihre Zähne aufeinanderschlagen. Endlich blieb ihr nichts übrig, als sich zu den anderen zu legen. Sie sprach mit lauter Stimme ein Gebet. Ein langes. Pauline dachte schon, sie würde niemals fertig werden.

»Amen!«, sagte Anna. Dann war Ruhe.

Pauline lauschte auf Annas Schnarchen, Walpurgas leise Atemzüge. Reif knisterte auf dem Dach. Ein paar Häuser weiter rutschte ein Ziegel ab und kam klirrend auf dem Pflaster auf.

4. ZWEITER TAG

Pauline erhob sich übellaunig, was bei ihr selten vorkam. Zuerst hatte sie kaum schlafen können, zwischen der schnarchenden Anna und dem neuen Mädchen, das die Decken an sich zog und um sich stieß im Schlaf. Und dann hatte diese Walpurga auch noch Sorge getragen, sich recht geräuschvoll anzuziehen und mehrmals gegen das Bett zu rumpeln, als die beiden Mägde bei Tagesanbruch aufgestanden waren. Ein Blick in den Wasserkrug bestätigte ihre Befürchtung: Das frische Wasser war aufgebraucht und die Schüssel voller Schmutzbrühe. Eine dünne Eisschicht hatte sich darauf gebildet. Pauline zerschlug das Eis und schüttete das Schmutzwasser in den Nachteimer zu dem anderen Unrat. Sie ergriff ihn und kletterte rückwärts durch die Luke und die Leiter hinunter.

Bei den Schlafsälen traf sie auf Anna, die schwer atmend an der Wand lehnte. Vor ihr auf dem Boden lag ein Strohsack.

»Wo soll der hin?«, fragte Pauline und setzte den Eimer ab.

»Dort, in den zweiten Raum. Da muss noch für einen Platz gemacht werden. Es kommen immer noch Leute an. Geh nur, ich mache das schon.«

»Nein, lass mich.« Pauline bückte sich, packte den schweren Sack und schleifte ihn zu dem bezeichneten Zimmer. Anna stieß sich von der Wand ab und kam hinterher.

»Nicht doch! Geh weg! Plötzlich will mir jeder einreden, dass ich zu alt bin, mein Tagwerk zu verrichten! Geh weg, ich kann das, ich brauche euch nicht!«

»Anna«, sagte Pauline beruhigend. »Es sieht uns ja niemand. Und es ist doch keine Schande, wenn man älter wird. Das geht doch jedem so. Hat dir die Neue so was ins Ohr gesetzt? Mach dir nichts draus, was die schnell ist, das machst du doch mit Erfahrung wett.«

»Erfahrung – ja, von wegen! Altern ist keine Schande. Das sagt sich leicht dahin, wenn man selber noch jung ist. Aber warte nur ab! Es ist eine Strafe, älter zu werden, das glaub mir! Da ist nichts Schönes dabei. Weisheit, Würde, alles Unsinn! Deine Knochen werden weich, die Zähne fallen dir aus, du vergisst alles. Nein, besser wäre es, beizeiten die Stiege hinunterzufallen!«

Pauline ließ den Sack los und nahm Anna in den Arm. Die wehrte sich zuerst, doch dann ließ sie es sich gefallen.

»Hast du denn keine Kinder, die dich aufnehmen können?«

»Nein. Meine Söhne sind beide zu den Soldaten gegangen, als sie uns von unserem Hof vertrieben haben. Ich habe sie seit Jahren nicht gesehen. Wenn sie überhaupt noch am Leben sind. Eine Tochter hab ich, die, von der ich dir erzählt habe. Sie hat einen Bauern geheiratet. Aber zu der kann ich nicht. Sie hat doch andere Sorgen. Die hat schon für sechs Kinder und für ihren Schwiegervater zu sorgen, und mit ihrem Mann hat sie's auch nicht leicht. Ich kann auch noch ganz gut arbeiten.«

Damit machte sie sich los, wischte sich mit dem Handrücken über die Augen.

»Wenn du mir das dorthin legst? Schieb die anderen Strohsäcke mit dem Fuß etwas zusammen, da in der Mitte kann noch einer liegen. So, dank dir. Und wehe, du sagst unten was.«

»Kein Wort.«

Pauline brachte das Abwasser in den Garten und ging auf den Abort. Aus der Küche erklang Töpfeklappern. Aus den Ställen kamen Pferdegeräusche, Schnaufen, Wiehern, Hufklang, das Schaben schwerer Leiber gegen die hölzernen Wände und das Rumoren von Schweinen. Von der anderen Seite des Hofes erklangen Axthiebe und splitterndes Holz. Pauline füllte den Eimer am Brunnen und blickte sich um. Niemand außer ihr war im Garten. Sie stellte sich zwischen Abort und Stall und wusch sich ziemlich oberflächlich. Die Axtschläge hatten aufgehört. Brrr, schnell wieder in die Kleider! Gerade war sie dabei, sich das Mieder wieder zuzuschnüren, da blickte sie hoch und sah einen blonden Schopf hastig hinter der Hausecke verschwinden. Gottlieb! Er musste sie beobachtet haben, na schön, nicht zu ändern. Es war ja alles noch dran! Brummend trug sie den Eimer und den frisch gefüllten Wasserkrug nach oben.

Als Pauline ihren Ledersack auspackte, um eine neue Darmsaite herauszunehmen, stellte sie fest, dass sie keine dünne Saite mehr besaß. Sie verfluchte ihre mangelnde Weitsicht, erinnerte sich daran, dass sie mit ihrem Vorrat einem anderen Fahrenden ausgeholfen hatte, und verfluchte noch mehr ihr weiches Herz. ›Dummes Luder‹, beschimpfte sie sich, ›da reist du tagelang, um auf einer großen Messe viel Geld zu verdienen, kaufst dir bunte Fetzen und Schwanenfedern für den Hut – und vergisst das Wichtigste!‹ Nun, sie würde sich eben behelfen müssen. In einer Stadt wie Leipzig gab es alles, nur wo und zu welchem Preis?

In der Küche lag ein Haufen kleiner Vögel auf dem Boden, die Margot zu Pasteten verarbeiten würde; winzige gelbe Schnäbel klafften anklagend, braune Federn trieben über den Steinboden. Pauline nahm ihr Stück Brot entgegen und wärmte sich die Finger an der Milchschale.

»Habt ihr Moritz gesehen?«, fragte Ottilie, die vom Hof hereinkam. Sie roch nach Hefe, offenbar war sie beim Bierbrauen gewesen.

Margot schüttelte den Kopf.

»Da siehst du«, sagte Ottilie zu Pauline. »Man muss manchmal ein wenig Strenge zeigen mit den Kindern. Ich denke, Moritz hat Vernunft angenommen und ist heute mal freiwillig und zur rechten Zeit in die Schule gegangen.«

»Dann er hat aber nichts gegessen«, bemerkte Margot.

»Warst du denn die ganze Zeit über hier?«

»Nein, ich war auf die Straße eine kleine Weile. Ich habe gekauft von die Vögel für der Pastete.«

»Siehst du. Da wird er sich einfach etwas genommen haben. Ohne zu essen, geht mein Moritz nicht aus dem Haus. Da!« Ottilie hatte das Leintuch von einem Kuchenblech gezogen: »Da ist ein großes Stück Neujahrskuchen abgebrochen. So ein Spitzbube!«

Margot zuckte die Achseln, bückte sich nach den toten Lerchen, warf sie in einen Korb und ging in den Hof, um sie zu rupfen.

»Kannst du mir sagen, wo ich Geigensaiten bekommen kann? Mir ist gestern meine Chanterelle gerissen.«

»So? Was weiß ich, woher Musikanten ihre Saiten besorgen. Fangt ihr nicht wilde Katzen ein und nehmt ihr Gedärm?«

Pauline lachte. »Katzendärme? Nein, die kann ich nicht brauchen. Därme von Fleischfressern sind zu kurz. Wir brauchen die langen Därme von Pflanzenfressern. Wo sind denn die Schlachthäuser?«

»Die Schlachthäuser sind vor dem Ranischen Tor. Du könntest aber auch erst bei den Fleischbänken hinterm Markt fragen.«

Pauline trat auf die Straße und sah zum Himmel auf. Er war dick wie Graupensuppe. Die Wolken ballten sich violettgrau und schwer, an den Rändern hell verwischt. Hol's der Teufel! Es wird schneien, stellte Pauline fest. Dann kann ich weder Fiedel noch Schellentrommel brauchen. Beide vertrugen keine Feuchtigkeit. Das Rebec verstimmte und verzog sich, und das Trommelfell wurde schlaff oder konnte reißen.

Nur mit der Flöte allein war kaum Geld zu verdienen, das sah nach Betteln aus.

Ein Drecksammler kam mit seinem Karren vorübergetrottet und bückte sich, um mit der Schaufel einen Haufen Pferdemist aufzuladen. Zwei Häuser weiter leerte eine Magd Unrat in die Gosse. ›Kann sie nicht warten, bis ich komme, die quiekende, neun Mal geschwänzte dürre Stadtsau«, schimpfte er vor sich hin.

Hauptsächlich Dienstmädchen und Fuhrleute waren auf der Straße unterwegs. Sie beeilten sich, ihre Aufträge zu erledigen und wieder ins Warme zu kommen.

Höken schrien ihre Waren aus: »Eier, frische Eier!«

»Käse, wer braucht Käse? Guter gelber Käse, der zergeht auf der Zunge!«

»Kastanien, süße Esskastanien, sättigend und gesund, kauft Esskastanien!«

Wasserträger rannten mit ihren Eimern von den zahlreichen öffentlichen Brunnen zu den Häusern.

Die von der Stadt bezahlten Drecksammler schienen nicht nachzukommen. Sie mochten auch nicht allzu eifrig sein. War der Karren voll, so hatten sie ihren Lohn verdient und gingen nach Hause. Die Gosse jedenfalls war knöcheltief von Küchenabfällen und dem Inhalt der Nachtgeschirre bedeckt, eine träge, halb gefrorene Masse. Darunter mischte sich Tierkot. Und überall zwischen und hinter den noch geschlossenen Buden sah man die Ergebnisse guter Verdauung der Messefremden.

Paulines Stiefel hatten Löcher, und sie hielt den Blick auf den Boden gerichtet und setzte die Füße achtsam auf. Unversehens prallte sie gegen eine breite Brust. »Verzeiht«, rief sie und blickte hoch.

Es war Martin von der Stadtwache.

Das Zweite, was sie bemerkte, war ein hübsch blauviolett schillernder Hof um sein rechtes Auge. Müde sah er aus. Die Falten um die Augenwinkel und zwischen Mund und Nasenflügel erschienen tiefer, trotz des weichen, ungewissen Lichts. Er hielt sie einen Augenblick bei den Schultern, damit sie nicht strauchelte – länger, als nötig gewesen wäre. Es war ihr nicht unangenehm. Dann ließ er sie los, blieb aber mitten auf dem Weg stehen und sah auf sie herab.

»Wohin so früh am Morgen?«

»Ich hab was zu besorgen«, antwortete Pauline kurz angebunden. »Aber du hast ja offenbar eine lustige Nacht gehabt.«

»Wie immer. Jetzt geht es richtig los. Diebereien in den Messeniederlagen. Ein Kaufmann ausgeraubt, eine Hure erwürgt, Raufereien in den Weinkellern. Wir haben zu tun.«

›Eine Hure erwürgt‹, dachte Pauline. ›Das sagt er so nebenbei. Aber Huren und Fahrende gelten nicht viel. Einer mehr oder weniger, es kommt nicht drauf an, und es wachsen ja genug solche nach.‹

»Habt ihr den erwischt, der das Mädchen umgebracht hat?«

»Nein. Wir haben sie erst heute Morgen gefunden. Da war sie schon ganz steif gefroren«, antwortete er gleichmütig, aber als Pauline sich an ihm vorbeidrückte und weitergehen wollte, hielt er sie am Arm fest. »Ich bin froh, dass du kein gelbes Band trägst. Gib acht, dass du bei Einbruch der Dunkelheit in deiner Wirtschaft bist. Da ist es besser für junge Dinger wie dich.«

Schon war er weiter. Pauline sah ihm nach und überlegte, wie das wohl wäre: sich prügeln und schlagen für anderer Leute Sicherheit? Was für ein Schlag Mensch mochte das sein? Die Fahrenden hatten viele Namen für Wachleute und Polizeidiener, darunter wenig Schmeichelhaftes: Fänger, Fauler, Greifer, Huscher, Viechler, Ganzschattniger, Spießkaffer, Zänker, Iltis. Wählten sie das Handwerk, weil sie es mochten, Gewalt über andere zu haben? Weil sie zu heißes Blut hatten und ihrem Drang anders keinen einigermaßen ehrbaren Auslass verschaffen konnten? Oder waren es doch gute Leute, denen Recht und Ordnung so wichtig waren, dass sie dafür täglich Leben und Gesundheit aufs Spiel setzten?

Martin bog um eine Ecke, und Pauline setzte ihren Weg fort. Als sie zum Markt kam, stand dort schon viel Volk. Aller Augen waren nach oben gerichtet. Vom Rathausturm quer über den Platz hinüber zu einem der Patrizierhäuser wurde ein Seil gespannt. Noch hing es schlaff herab wie eine Wurst. Aus dem Dachfenster des Hauses beugten sich Männer und zogen es zu sich herauf. Ein paar Studenten machten sich einen Spaß und stellten sich auf das Seil. Doch als die Umstehenden sich beschwerten, weil es nicht weiterging und weil die Gaukler keine Anstalten machten, sich auf eine Prügelei einzulassen, gaben sie das Seil endlich frei.

»Morgen Schlag zwölf will einer den Platz auf dem Seil überqueren«, hörte Pauline jemanden sagen. »Und dann jeden Mittag, solange die Messe währt.«

»Ob er wohl herunterfallen wird?« Fast hoffnungsvoll klang das. »Es heißt, dass er ohne Netz arbeitet. Er setzt jedes Mal sein Leben aufs Spiel – steht hier!«

Pauline kicherte in sich hinein: Als ob er etwas riskieren würde, zu hoch schätzte er den Wert seiner erlauchten Person.

»Er soll ja sehr geschickt sein! Bleibt auf der Mitte vom Seil auch noch stehen und vollführt allerhand Gaukelwerk«, gab eine der Marktfrauen zum Besten. »Meine Schwester hat ihn letztes Jahr gesehen.«

»Und ich habe gehört«, sagte ein anderer, »dass dieser Mohn schon in Meißen und in Dresden vor dem kurfürstlichen Hof aufgetreten ist! Mutter Anna will es sich vom Amtszimmer des Bürgermeisters aus ansehen.«

Da sollte mir doch auch etwas einfallen, dachte Pauline, als sie durch den Rathausdurchgang und zu den Fleischbänken auf der Rückseite weiterging. Dort fand sie eine lange Reihe von hölzernen Verschlägen, in denen die Metzger und Fleischhauer ihre Waren anboten. Rinderkeulen und Schweinehälften, Rippenstücke und Schinken hingen an eisernen Haken herab, weißes Fett auf rotem Fleisch. Auf dem Dachvorsprung saßen Krähen und warteten auf ihre Gelegenheit. Vor dem Kuttelhäuschen, in dem Innereien verkauft wurden, standen zwei Metzgergesellen, die Arme vor der blutigen Schürze verschränkt.

»Habt ihr ein paar gut getrocknete Saitlinge für mich?«, fragte Pauline. »Schafsdärmen würde ich den Vorzug geben, aber ich nehme auch Rind oder notfalls Ziege, wenn sie nur fein genug gezogen sind.«

»Leider nein, alles ausverkauft. Es sind so viele Musiker in der Stadt und solche, die es vorgeben zu sein. Wir haben viele Würste für die Messe hergestellt, und was wir an Därmen noch haben, das ist unbehandelt.«

»Schade. Das kann ich nicht gebrauchen. Ich habe hier keine Gelegenheit, lange mit Säure, Asche und Schwefel zu hantieren.« Walpurga würde ihr schön was erzählen, wenn sie es sich einfallen ließe, in der Kammer Därme zu zwirbeln und zum Trocknen aufzuspannen! Und es dauerte auch zu lange.

»Nicht einmal, wenn du ein Stadtpfeifer wärest, könnte ich dir was geben«, antwortete ihr der nächste Fleischer, bei dem sie es versuchte. »Aber versuch es draußen in den Schlachthäusern. Die Weiber da draußen machen immer ein Nebengeschäft aus dem Därmeziehen, wenn sie nicht alles für Würste verbrauchen.«

Ein weiterer Blick hinauf zu den Wolken, die von Augenblick zu Augenblick schwerer zu werden schienen. Es half nichts. Saiten brauchte sie, notfalls metallene, aber die waren teurer als Därme, und ihr Klang war dünn.

Von der Fleischergasse war es nicht weit bis zum Ranischen Tor. Vorbei an den Schuh- und Beutelmachern. Vor der Auslage eines hugenottischen Handschuhmeisters blieb sie stehen: weiche Kalbshäute, gewichst, geraut und gefärbt; wie weich die sein mussten! Ach, damit könnte man die Finger gut bewegen und es dennoch warm haben, aber – oh – die Preise, die Preise!

Am Ranischen Tor stauten sich die Karren: Abfallsammler, die hinauswollten; Bauern und Metzger drängten herein. Anstehen, anhalten und die Fragen der Torknechte beantworten, den

Ledersack öffnen und sie darin herumstöbern lassen. »Hast du unverzolltes Wachs?« Nein, warum sollte sie Wachs haben? In einer Stunde würde sie zurück sein, dafür musste sie doch keinen Torgroschen bezahlen?

Dann war sie hindurch und blieb einen Augenblick auf der Brücke stehen, wo die Luft gleich einen anderen Klang hatte und wo es nach Erde roch und nach altem Laub statt nach Rauch, Schweiß und Exkrementen. Das schlammige Wasser im Graben war wie von silbrigen Borten und Klöppelwerk gesäumt. Es fror vom Rand her zu. Nur dort, wo durch Auslässe der Straßenschmutz an der Mauer hinunterrann, da tummelten sich noch ein paar Enten. Ihr leises Quaken erinnerte an die tieferen Töne der Schalmei.

Ein junges Mädchen in einem gelben Mantel ging vorbei, den Kopf in Wolltücher gehüllt. Nur die Nasenspitze schaute hervor. Sie musste einem Fuhrwerk ausweichen und rempelte Pauline an. »Verzeihung«, kam es unter dem Tuch hervor. Pauline schaute sich um. Ein Windstoß blies eine Ecke des Tuches hoch, und sie erkannte die Hübschlerin wieder: Es war dieselbe, die in ihrem Publikum gestanden hatte. Ihre Wange war fleckig verschwollen, und die Augen waren verweint.

»Die Hübschlerin, die es heute Nacht erwischt hat – hast du sie gekannt?«, fragte Pauline.

Das Mädchen blieb stehen. »Ja, sie war eine von uns. Und so eine Liebe, Gute! Sie war beliebt und hatte mit niemandem Streit. Wie jemand so etwas tun kann …«

»Dann hat sie doch im städtischen Hurenhaus gearbeitet. Wie kann es da sein, dass man sie umbringt und keiner was merkt?«

»Das ist es ja! Sie hätte im Haus sein müssen. Den ganzen Abend über bin ich ihr immer wieder begegnet. Wir sitzen zusammen in der Stube, trinken Wein mit den Kunden, spielen Karten, hören Musik. Wenn der Kunde so weit ist, dann gehen wir mit ihm in unsere Kammer und kommen danach wieder herunter. Irgendwann in der Nacht habe ich sie nicht mehr gesehen. Hab mich schon gewundert, dass sie so früh Schluss gemacht hat. Wir haben viel zu tun jetzt während der Messe. Besonders Lotte, sie war bei den besseren Herren sehr gefragt. Sie muss auf die Straße gegangen sein, vielleicht wollte sie noch ein wenig frische Luft schnappen …« Sie schluchzte auf, schnäuzte sich geräuschvoll in einen Zipfel ihres Kopftuchs.

»Es tut mir leid«, sagte Pauline hilflos.

»Dafür danke ich dir. Da sind nicht viele in der Stadt, denen eine Hure leidtut, das kannst du mir glauben.«

»Wenn du mich nachher auf dem Niklaskirchplatz antriffst, dann spiele ich dir jedes Lied, das du willst.« Das war alles, was die Gauklerin zu geben hatte. »Wohnst du hier draußen?«

»Nein, ich wohne im Hurenhaus hinterm neuen Markt. Ich besuche meine Eltern in der Vorstadt. Mein Vater ist Schlachter.«

Schlachter, ein unehrlicher Beruf, ebenso wie Gaukler und Henker, unehrlich geboren, die Kleine, wie sie selbst. Überzählige Töchter wurden oft ins Hurenhaus gegeben.

»Ich heiße Kathrin.«

»Hör mal, ich bin auf der Suche nach jemandem, der mir Darmsaiten für meine Fiedel verkaufen kann. Weißt du vielleicht, wo ich welche kriege?«

»Aber ja, da kommst du am besten mit mir. Meine Mutter macht oft welche, wenn sie vom Wursten welche übrighat.« Sie lächelte. »Früher musste ich ihr immer beim Drehen und Ziehen helfen. Ich habe das gehasst, den Blutgestank vom Schlachthaus und die glitschigen Därme!«

Die beiden gingen einträchtig nebeneinander her. Die Landstraße führte vorbei an gefrorenen Feldern und Teichen zur Ranischen Vorstadt, wo die Fleischer wohnten.

»Haben deine Eltern dich in ein öffentliches Haus verkauft?«

»Ja«, antwortete das Mädchen. »Was hätte ich denn auch für eine Zukunft gehabt. Ich hätte ja nur einen Schlachter heiraten können, und für das Geschäft hatte ich keinen Sinn. Schon das Angstgebrüll von da drüben den ganzen Tag! Und was meinst du, wie es hier im Sommer riecht. Die Männer zu bedienen, macht mir nichts aus, meistens jedenfalls. Es ist immerhin keine harte Arbeit. Die Sache kann ich ganz gut leiden. Ich krieg schöne Kleider, hab zu essen und sitz im Winter warm und trocken. Was will man mehr?«

Pauline schüttelte sich. Es ekelte sie, wenn sie daran nur dachte: das feiste Grinsen, die fremden Hände, die sie überall berührten, die ihre kleinen Brüste kneteten und grob die Finger in ihre Muschel stießen. Die Beiläufigkeit des Akts, als sei sie ein Gegenstand, schlimmer noch, ein Nachtgefäß, in das man sich entleerte, ohne Achtung, ohne Gefühl. Ihre Wangen begannen zu brennen, als sie daran dachte.

»Darf ich dich etwas fragen … etwas …«

Kathrin sah die Röte auf Paulines Wangen und lachte: »Ja, frag nur. Ich muss ja nicht antworten, wenn ich nicht mag.«

»Du musst doch so tun, als ob es dir gefällt?«

»Natürlich. Darin sind wir Gauklern und Schauspielern ähnlich. Man erwartet schließlich mehr von uns, als einfach nur die Beine breit zu machen. Sonst wäre man ja nicht besser als ein bloßes Gefäß, in das die Kerle sich erleichtern.«

»Ah!«, machte Pauline noch einmal, diesmal mit mehr Nachdruck.

»Das ist eben Handwerk wie jedes andere auch. Die Kunden wollen eine schöne Zeit haben mit uns. Sie wollen ihre Sorgen für kurze Zeit vergessen. Vielleicht haben sie zu Hause ein mürrisches Eheweib, das ihnen das Leben zur Hölle macht. Oder einen schlimmen Meister oder Dienstherrn. Oder sie fühlen sich als halbe Männer. Wenn dem Kunden nachher besser ist und er meint, er sei ein toller Hengst gewesen, dann hast du deine Arbeit gut gemacht. So macht es eine Hure, die Ehre im Leibe hat.«

›Ist keine Arbeit für mich. Ich würde zugrunde gehen daran‹, dachte Pauline.

Da waren auch schon die Schlachthäuser mit ihren Viehkoppeln. Eine Elster saß auf dem gefrorenen Boden; ihr Gefieder war rötlich gefärbt von Blut. Krähen flogen auf, Schlachtabfall im Schnabel. Die Frauen machten einen weiten Bogen darum. Pauline versuchte die Ohren vor dem angstvollen Brüllen zu verschließen, vor dem Quieken und den beinahe menschlichen Schreien der Schweine, die dort drüben gerade abgestochen wurden, dem Krachen der Äxte und dem Bersten kleiner Knochen. Nun, man wollte schließlich essen, oder nicht? Aber die Angst der Kreaturen schnitt ihr in die Ohren.

In einer niedrigen strohgedeckten Hütte aus Knüppelholz empfing Kathrins Mutter die beiden Frauen mit Wärme.

»Kathrin! Und eine Freundin hast du mitgebracht. Bist du neu in dem Haus?«

»Ich bin nicht … ich bin Musikantin.«

»Sie fiedelt um Geld auf dem Marktplatz, aber ihr ist eine Saite gerissen. Du hast doch hoffentlich noch welche?«

»Ja, sicher, aber setzt euch doch erst einmal. Das Geschäftliche besprechen wir später.«

Zwei jüngere Mädchen hockten an einem wurmstichigen Tisch und zogen Fleischstücke auf Schnüre, die sie in der Esse zum Räuchern aufhängen würden. Pauline musste sich auf die Bank setzen und bekam heißen Most zu trinken. Auf dem Boden spielte ein Kleinkind mit Knöchlein. »Das da ist meins«, sagte Kathrin, hockte sich sogleich zu dem Krabbler hin, hob ihn auf und herzte ihn. »Na, mein Süßer, guguguh!«

»Was brauchst du denn?«, fragte Kathrins Mutter, nachdem sie Neuigkeiten ausgetauscht hatten, an Pauline gewandt.

»Saitlinge in vier Stärken. Am liebsten Schafsdarm, aber ich nehme auch Ziege oder Rind«, sagte Pauline.

»Ach was, Ziege oder Rind, das gebe ich dir nicht. Für eine Freundin meiner Kathrin ist das Beste gerade gut genug. Warte, ich zeig dir, was ich fertig habe.«

Am Ende bekam Pauline einen Vorrat Schafsdärme für einen sehr guten Preis und für ein Lied auf der Flöte.

Sie bedankte sich und wandte sich an die junge Hure: »Dank dir, was für ein Glück, dass ich dich getroffen habe. Sag den anderen mein Beileid.«

»Würdest du …«, Kathrin zögerte. »Würdest du auf ihrem Begräbnis spielen? Wir können dich bezahlen.«

Natürlich: Niemand sonst würde so eine Leichenfeier begleiten. So wie sie ja auch keinen Platz auf dem Kirchhof bekommen, sondern vor der Stadtmauer verscharrt würde. »Ja, das will ich gerne tun, wenn es innerhalb von sieben Tagen geschieht. Nach der Messe ziehe ich weiter. Und zahlen müsst ihr dafür nicht.«

»Ich weiß noch nicht, wann man sie beerdigen kann. Sie bewahren sie vorerst im Beinhaus auf, bis der Boden genügend auftaut.«

»Na, dann mag es zu spät sein, und ich bin weg. Aber du findest mich tagsüber in der Stadt und abends im Goldenen Rad, wenn es doch noch dazu kommt.«

Pauline zog die Tür hinter sich zu. Nach der Wärme drinnen fror sie jetzt draußen erbärmlich. Den Ledersack über dem Rücken, die Hände unter die Achseln geschoben, um die Finger zu wärmen, lief sie rasch zurück in die Stadt, durch das Tor, wo man sie erkannte und nachlässig durchwinkte. Die Geschäfte schienen anzuziehen trotz der ungemütlichen Witterung. Aufkäufer bevölkerten das Lederviertel, standen im Türbogen, betasteten die Ware und hielten sie prüfend gegen das graue Tageslicht, rechneten mit dem Abakus. Kleine Geldsummen wechselten sofort die Hand. Größere Posten würden erst in der Zahlwoche geregelt, die auf die Messewoche folgte. In einer Ecke des Marktes entdeckte Pauline eine alte Frau, die mit gebrauchtem Putzwerk handelte. Die Spielfrau erstand eine Handvoll bunter Bänder, nur wenig ausgebleicht und nicht allzu schmutzig. Sie trug Sorge, dass nur kein einziges gelbes darunter war. Zufrieden über den Fang, bahnte sie sich ihren Weg durch das Salzgässgen, wo der Duft von Gewürzen ihr prickelnd in die Nase stach. Am Niklaskirchplatz wurde sie von der Butterliese begrüßt.

»He! Schwanin! Hast du auch endlich aus den Federn gefunden? Komm und spiel. S'ist langweilig ohne dich.«

»Dein Bettelkind ist auch schon da. Sie hat versucht, mir eine Waffel zu klauen«, murrte die Waffelbäckerin. »Da hinten hockt sie.«

Wanda saß auf dem Brunnenrand, winkte, traute sich aber nicht herüber.

»Sie riechen aber auch zu verführerisch, deine Kuchen! Gib ihr einen, oder nein: zwei.« Sicherlich hatte das Kind kein Frühstück bekommen. »Ich zahle«, sagte Pauline lachend.

»Geh und hol dir Waffeln ab«, begrüßte sie das Straßenkind. »Ich hab sie für dich bestellt. Aber geklaut wird nicht, solange du für mich arbeitest, merk dir das. Ärger mit den Höken kann ich nicht gebrauchen.«

»Schon recht, Mutter.«

»Ich muss noch neue Saiten aufziehen, bin bei Jacobus im Laden.«

Pauline ging zum Gewölbe des Raritätenhändlers. Hier draußen wurden ihr die Finger zu steif für die kniffelige Arbeit. Als sie durch die offene Tür in das Gewölbe stieg, erblickte sie Jacobus. Er war halb nackt, nur in Beinkleidern, das plissierte Hemd war heruntergeschoben und hing ihm um die Hüften. Bei ihm stand ein vornehm gekleideter Mann mit spanischem Bart und Augengläsern, der seinen Buckel betastete. Pauline hielt inne und konnte die Augen nicht abwenden. Wachsbleich erhob sich der verwachsene Hügel dieses Rückens, die Wirbelsäule in eine verdrehte Schlangenlinie gezwungen, die eine Schulter hochgezogen wie in einer Geste äußerster Abwehr, die andere Schulter tief, als hielte der Arm ein Zentnergewicht. Der gebogene Hals entsprang der Brust wie der eines gerupften Enterichs, dünn und erbarmungswürdig.

Jacobus entdeckte sie und zog sich hastig das Hemd über seine Blöße. Pauline schlug die Augen nieder und wollte sich davonmachen.

»Bleib nur«, sagte Jacobus. »Wir sind beinahe fertig mit unserem Geschäft.« Er bückte sich, um das Wams aufzuheben, das am Boden lag. »Vielleicht würdest du die Güte haben, mir behilflich zu sein?«

Er zupfte an den Bändern, die Hose und Wams zusammenhalten sollten. Pauline setzte den Ledersack ab und kam ihm zu Hilfe.

»Nun, immerhin. Ich danke Euch für diesen Einblick«, sagte der Besucher ernst. »Wenn Ihr in Sachsen sterben solltet, dann hätte ich gern Euer Skelett.«

»Wenn ich sterbe, dann könnt Ihr Euch gern bedienen. Zahlt mir jetzt zehn Gulden, und ich erwähne es in meinem Testament.«

Der Besucher lachte leise. »Ein zweifelhaftes Geschäft bei einem Fahrenden. Wie sollte ich da zu meinem Recht kommen? Doch wenn Ihr krank werden solltet, so kommt nach Wittenberg. Ich will Euch umsonst behandeln, und dafür könnt Ihr mir Eure Überreste vermachen.«

»Ich werde dran denken.«

»Und seid Ihr ganz sicher, dass Ihr das Einhorn nicht veräußern wollt? Ihr versteht doch, wie wichtig das für meine Partei wäre.«

»Ich bedaure. Euer Anliegen ist mir zwar ungleich angenehmer als das jenes anderen Herrn. In meiner Lage hat man für solch verknöcherte Sturheit wenig Verständnis. Und ich lasse mich auch nicht gern beleidigen und anschreien. Nein, wenn ich verkaufen würde, dann an Euch. Ich würde Eure Sache gern befördern, lieber Herr, aber das würde mich doch eines großen Vorteils berauben. Lasst Euch etwas anderes einfallen, um Eurer hohen Dame zu gefallen.«

Sein Gegenüber verbeugte sich. »Wie Ihr beliebt. Ich muss Eure Entscheidung wohl oder übel anerkennen. Guten Tag!« Er zog andeutungsweise seinen Hut vor Pauline, ein altmodisches, bescheidenes dunkles Barett, das ihn als Universitätsangehörigen auswies.

»Lässt du gegen Geld deinen Buckel sehen?«, fragte Pauline, als der Herr gegangen war. Irgendwie verstimmte es sie. Sie mochte den Kleinwüchsigen, und sie verstand nicht, dass er sich zur Schau stellte wie ein wildes Tier.

»Warum denn nicht? Ab und zu mach ich's. Jeder trägt zu Markte, was er eben hat. Das eben war übrigens Caspar Peucer, der Leibarzt des Kurfürsten. Er hat mich also nicht aus Lust am Schaurigen angesehen, sondern aus wissenschaftlichem Interesse.«

Er bückte sich und zog seine Seidenstrümpfe glatt. »Du wirst es nicht glauben, aber auch er will unbedingt das Horn haben, obwohl ich ihm gesagt habe, um was es sich tatsächlich handelt. Das hat ihn nur noch begieriger gemacht.«

»Und der andere, war der noch mal da?«

»Ja. Aber ich habe Sorge getragen, dass ich nicht allein im Laden war. So konnte er nicht wieder handgreiflich werden. Unangenehmer Mensch. Ein rechter Flegel für all sein Geld und die goldenen Knöpfe!«

Habe ich recht gehört: Sie wollen sich damit bei der Kurfürstin Anna einschmeicheln?«

»Richtig. Es geht dabei um einen Streit zwischen Melanchthon-Anhängern und der hartleibigsten, staubtrockensten Fraktion von Pharisäern, die man je gesehen hat. Lutheraner nennen sie sich! Herr Luther dreht sich gewiss im Grab um, dass so was sich auf ihn beruft! Sie hängen einen anderen Christen lieber auf, als dass sie mit ihm reden!«

»Und was hat das alles mit Mutter Anna zu tun?«

»Was glaubst denn du? Jeder möchte natürlich die Kurfürstin auf seiner Seite haben, weil man hofft, dass sie dem Herrn die gewünschte Entscheidung eingibt. Nach außen entscheidet er, aber jeder weiß, wer da die Hosen anhat. Man nennt den sächsischen Hof ja auch die Gynäkokratie – eine Weiberherrschaft.«

Pauline hatte sich auf eine der Bänke gesetzt, die entlang der Wände aufgestellt waren. »Von mir aus, Amen. Du hast doch nichts dagegen, wenn ich mich eine Weile hierher ins Warme setze, um mein Rebec neu zu bespannen?«

»Nein, mach nur.« Er setzte sich neben sie und beobachtete, wie sie die gekauften Därme hervorholte und nach der richtigen Stärke suchte. Sie entschied sich nach Augenschein für einen dünnen Saitling, zog ihn probehalber auf und strich den Bogen darüber. Nicht übel.

»Hast du dein Instrument selber gemacht?«, fragte er. »Es ist sehr hübsch. Was für Holz nimmst du dafür?«

»Wir nehmen, was wir kriegen können. Ich hätte lieber Pappel gehabt, weil das weiches Holz ist und sich leicht aushöhlen lässt. Hab aber grad nur Ahorn bekommen. Das war eine ganz schöne Viecherei, zumal der Block auch noch Verwachsungen aufwies. Aber die Mühe reut mich nicht, siehst du?« Stolz hob sie den Bauch des Instruments näher ans Licht der Öllampe. »Ich habe geschmolzenen Bernstein an den Lack gegeben, das hat ihm eine schöne rotgoldene Färbung verliehen, und die Verwachsungen geben dem Holz eine ungewöhnliche Maserung. Es sieht aus, als hätte man Rahm und Honig verrührt. Das Griffbrett ist aus Birnenholz. Das Bein für die Wirbel und für die Einlegearbeiten habe ich von einem Knochenschnitzer geschenkt bekommen, als ich auf seiner Hochzeit gespielt habe.«

»Man sieht ja keine zwei gleichen Instrumente«, bemerkte Jacobus. »Du hast es aber doch bestimmt nach einem Vorbild angefertigt?«

»Ich hatte einen Meister, der mir alles beigebracht hat. Nach seinem Instrument hab ich gebaut, aber dann habe ich angefangen zu experimentieren. Zum Beispiel habe ich den Steg höher und runder gemacht, um eine größere Tragweite des Tons zu erreichen. Dann habe ich, weil die Decke unter dem Zug der Saiten einzusinken drohte, ein bisschen mit Stützen herumprobiert und festgestellt, dass der Klang fülliger wird, wenn ich ein viereckiges Hölzchen zwischen Decke und Boden setze. Da, schau hinein!«

Er blickte in den Bauch und entdeckte, dass das Holz innen ganz rau war, grob mit dem Beitel abgestochen, während die Erbauerin viel Mühe darauf verwendet hatte, es außen glatt zu schaben.

»Leider verrutscht das Hölzchen immer wieder, weil der Boden eben gebogen ist. Da muss mir noch etwas einfallen. Aber der Unterschied ist gewaltig. Es ist, als ob das Instrument plötzliche eine Seele bekommen hätte.«

Sie hatte die neuen Saiten aufgezogen, stimmte sie und lauschte prüfend auf den Klang. Die erste Saite war wie saure Äpfel, die dritte wie Mostrich.

»Weißt du, die Idee gefällt mir, dass so ein Instrument ein lebendiges Wesen ist, dass es menschliche Gefühle ausdrücken kann. Hör!« Sie strich den Bogen, und das Instrument schluchzte und heulte herzzerreißend.

Wanda hatte sich hereingeschlichen und klopfte mit den Fingern gegen die Gläser, in denen Fische, Würmer und Drachenembryonen schwammen.

»Jetzt bist du traurig gestimmt. Und jetzt ...«, sie ließ die Fiedel jauchzen, »... möchtest du nicht lachen und tanzen? Wird das Herz dir nicht leicht? Aber so darf ich nicht überall aufspielen. Die einfachen Leute mögen es, aber wenn Herrschaften zuhören, verlangen sie ein gesittetes Spiel.«

»Hm«, machte der Kleinwüchsige. »Ich verstehe, worauf du hinauswillst. Nun, vielleicht müssen sich die Leute erst daran gewöhnen. Sie lassen sich nun mal nicht gern unter die Röcke gucken. Das menschliche Gefühl spielt ja noch nicht lange eine Rolle in der Musik. Früher hat man ja sogar gedacht, dass sie nur dazu dient, den göttlichen Lauf der Gestirne nachzubilden und dass sie ihren harmonischen Klang aus der Vollkommenheit der Zahlen bezieht.«

»Sicher haben die Harmonien zahlenmäßig erfassbare Gesetze, an die man sich zu halten hat. Sonst erzeugt man Dissonanzen. Aber dazu brauche ich keine Mathematik. Das hört man doch, wie es sein muss. Und was der Mond und die Sterne damit zu tun haben sollen, verstehe ich schon gar nicht«, sagte Pauline zweifelnd. »Erklär es mir!«

»Nun, die Alten sagen ja«, meinte Jacobus versonnen, »dass Musik zuerst als musica coelestis existiert, also die Musik, die entsteht, wenn die Maschine der Himmelskörper sich um die Erde bewegt nach göttlichem Plan. Diese Musik hören wir nicht mit unserem menschlichen Ohr. Aber sie sei die Musik des Ursprungs aller Dinge. In anderen Worten: Da sie Gottes Schöpfungsakt entstamme, sei sie die verklanglichte Ordnung, reine Zahl. Gott ist Perfektion, der Teufel ist Chaos. Um Gott nahe zu sein und vom Teufel loszukommen, sollten Sänger wie Instrumentalisten die Reinheit der Zahl anstreben, kommst du so weit nach?«

Pauline nickte, doch diese Theorie behagte ihr nicht, das war ihr anzusehen.

»Nun hat man aber in den vergangenen Jahrzehnten begonnen, auch dem Menschen als Abbild Gottes einen eigenen Wert zuzugestehen. Er ist nicht mehr nur Geschöpf, sondern selbst zum Schöpfer geworden. Für die Musik bedeutet das: Man ist nicht mehr unbedingt dazu gehalten, Formeln und Zierrat abzuspulen, nur nachzuempfinden, was man doch gar nicht hören kann. Hast du je von Johannes Tinctoris gehört?«

»Nein.«

»Du kannst vermutlich nicht lesen. Auch keine Noten?«

»Wozu brauche ich das? Ich habe alles auswendig gelernt. Es genügt, wenn ich eine neue Melodie ein- oder zweimal höre, und schon kann ich sie nachspielen, auch nach meinem Geschmack verändern. Aber erzähl mir mehr von diesem Tinctorus!« Pauline entdeckte eine schwache Stelle an der mittleren Saite und entschloss sich, diese auch gleich zu ersetzen.

»Also, Tinctor*is* schrieb, er glaube nicht, dass die Himmelskörper Klänge erzeugten. Sondern es sei nur das als Musik zu bezeichnen, was von der menschlichen Stimme und realen Instrumenten erzeugt wird. Musik ist daher ein Geschenk, das allein der Mensch Gott darbringt. Gott wünscht, dass die Menschen singen und musizieren. Er hat ihnen diese ihm wesensverwandte Gabe eingeflößt. Und das lässt sich aus der Bibel belegen: Salomon, zweiter Gesang des Hohen Liedes: ›Möge deine Stimme lieblich in meinen Ohren klingen.‹«

»Dann darf die Musik ja menschlich sein, und damit ist der Spielmann nicht weniger wert als der gelehrte Musicus.«

»Ich denke schon, aber bei den heutigen Gelehrten wirst du da wohl auf Widerspruch stoßen. Tinctoris, der Sohn eines einfachen Färbers, macht keine solchen Unterscheidungen. Er sagte: Musik vertreibt den Teufel – was übrigens auch Herr Luther gelehrt hat. Musik löst die Härte des Herzens. Musik lockt die Liebe an und vergrößert die Freuden des Gelages.«

»Ho!«, lachte Pauline. »Die Freuden des Gelages! Jetzt haben wir uns aber weit von deiner erhabenen Planetenmusik entfernt! Also ist doch alles erlaubt?«

»Nicht alles! Der Affektgehalt der Musik ist immer noch umstritten, doch wenn es zum Guten führt – wer will etwas dagegen sagen? Darin ist der Musikant nicht anders als ein geschickter Redner: Er kann sowohl Gefühle abbilden als auch sie hervorrufen: seine Zuhörer zur einen oder auch zur anderen Seite hin beeinflussen. Und nun zerbrechen sich die Gelehrten die Köpfe: Mit welchen Klangkombinationen, welchen Harmonien und Melodien ruft man welches Gefühl hervor? Man sucht die Formel des Affekts.«

Pauline hatte die Saiten fertig aufgezogen und stimmte sie in Quinten. »Dazu braucht es keine höhere Rechenkunst«, murmelte sie verächtlich. »Nur ein gutes Ohr.«

»Oh, meine Liebe! Vor, sagen wir, fünfzig Jahren wärst du dafür verbrannt worden, für eine solch ketzerische Bemerkung.«

»Ketzerisch, warum?«

»Wegen des autonomen Ohrs!«

Pauline runzelte die Stirn; sie verstand das Wort nicht. Machte er sich über sie lustig? Jacobus kicherte in sich hinein, sagte dann aber begütigend: »Ich lache nicht über dich, sondern über die Aufgeblasenheit der Doctores, und wie du ihr Gebäude mit einem Hauch aus deinem zarten Mund hättest einstürzen lassen, ein simples Mädchen, das nicht lesen oder schreiben kann. Eine Jeanne d'Arc der Musik! In der Tat, das menschliche Ohr allein entscheidet darüber, ob eine Konsonanz oder Dissonanz vorliegt, doch das wollte man lange nicht wahrhaben.«

»Und wo ist bei dem Ganzen Gott?«

»Gott hat uns die Musik geschenkt, und er ist, so denke ich, weitaus weniger beckmesserisch als die Menschen. Er verlangt lediglich, dass die Musik zum Guten führt. Dann erfreut sie ihn, und die schöne Gabe ist recht verwendet.«

»Genug, genug! Mir schwirrt der Kopf! Ich will doch nur Musik spielen.«

Wanda zupfte Pauline am Ärmel: »Lass uns gehen, Mutter. Von kochem Truschen kommt nichts zu spachteln«, mahnte sie: Mit klugem Gerede verdient man kein Brot.

»Wie sieht es denn draußen aus?« Pauline steckte den Kopf aus dem Eingangsbogen. »Ah! Besser als erwartet. Noch ist es trocken. Wird aber nicht so bleiben. Dann lass uns arbeiten, solange es noch geht.«

Sie hatte den hohen Filzhut mit den Schwanenflügeln angelegt und begann mit einem Lied auf dem Pfeifchen. Wanda tanzte dazu wie ein Irrlicht und schwenkte das Tamburin. Bald begannen Schaulustige sich um die beiden zu versammeln.

»Ein Meidlein zu dem Brunnen ging, und das war sauberlichen …« Sie sang die erste Strophe, wie ein Jüngling sich in das hübsche Ding verliebt hatte: »Ihr seid mir nit unmähre, tretet here, tretet here!«

Dann folgte die zweite Strophe: »Das Meidlein hat Pantöffel an, darein tut's einherschlappen; wer ihm nit recht zu sprechen kam, dem schneidt es bald ein Kappen …« Und sie sang und erzählte davon, wie aus dem freundlichen Meidlein im Handumdrehen ein Hausdrachen wurde.

»Sagt, sie wollt nimmer unser sein, hat einen andern Knaben: Lass traben, lass traben!«

Die Menge lachte, am lautesten der Gatte. Die Matrone plusterte sich auf wie ein Spatz im Schnee. Flink sammelte Wanda Kreuzer und Silberstücke in ihrem Röckchen ein.

Pauline spielte noch gute drei Stunden, während sie vom Niklaskirchplatz durch die Niklasstraße an den Buchläden vorbeizogen.

Pauline warf immer wieder einen besorgten Blick an den Dachtraufen vorbei auf den schweren Himmel. Als sie gerade am unteren Ende der Ritterstraße waren, wo ein paar freigebige englische Tuchmacher sie für »Greensleeves« mit Münzen überschütteten, öffneten sich die Wolkensäcke. Nicht Schnee war es, der sanft herabrieselte, sondern ein eisiger Graupelschauer, der sie an den Armen und im Gesicht beutelte wie ein Geschosshagel. Pauline packte im Laufen das Rebec in den Sack und versuchte es unter dem Mantel zu schützen. Wanda hielt sich an ihrem Rocksaum fest, um sie in dem dichten Weiß nicht aus den Augen zu verlieren.

»Zu Jacobus!«, schrie Pauline.

Durchnässt und zerrupft trieb es sie zu dem Wundermann ins Gewölbe. An Paulines Schwanenflügeln hatten sich Eisklümpchen gebildet. Schuhe und Strümpfe waren durchnässt. Wanda zitterte in ihrem abgeschabten Mäntelchen. Sie zogen die nassen Mäntel aus und hängten sie um eine Kohlenpfanne, die Jacobus hatte aufstellen lassen. Die Wolle begann zu dampfen und einen Geruch abzugeben wie nasses Hundefell. Sechs, sieben Besucher drängten sich im Gewölbe, teils um die Schaustücke zu bestaunen, teils um vor dem Wetter Schutz zu suchen.

»Darf ich hier noch ein wenig spielen?«, fragte Pauline.

»Aber ja, ich habe mich vorhin schon über mich selbst geärgert, dass ich es nicht angeboten habe. Du kannst hier spielen, sooft du willst.«

»Dann brauchst du mich wohl heute nicht mehr«, ließ sich Wanda enttäuscht vernehmen.

Hier drinnen wäre kaum Geld einzunehmen. Man würde annehmen, dass der betreffende Kaufherr sie bezahlte.

»Das ist leider wahr. Für heute ist es vorbei.« Pauline erinnerte sich an das Stück Brot und den Käse, den sie heute mitbekommen hatte. Sie war nicht sehr hungrig.

Wanda nickte zufrieden, als sie zu ihrem Groschen noch zu essen bekam. Mit der Beute zog sie sich in ein warmes Eckchen zurück.

Pauline untersuchte zuerst die Schellentrommel, ob das Fell auch nicht nass geworden war, dann das Rebec. Sie hatte ihre liebe Mühe, das Instrument zu stimmen.

»Nun, süßes Kind«, hörte sie eine männliche Stimme an ihrem Ohr, so nahe, dass der Atem ihr die Wange wärmte. »Wo ist denn hier das Hinterstübchen?«

»Wie meint ihr?«

»Du spielst die Unschuldige? Wie reizend! Ich meine: Wo ist denn dein Stübchen, liederliche Musentochter, auf dass wir den

Kampf der Liebe ausfechten können. Komm, hübsches Luder, ich besitze ein recht bewegliches Bogenholz, damit will ich dir zum Tanz aufspielen, in me tota ruit venus!« Er züngelte an ihrem Ohr. Sie zuckte zurück.

»Ich muss Euch leider enttäuschen, mein Herr. Eine echte Spielfrau bin ich und an keiner anderen Musik interessiert. Besser, Ihr fragt nach dem Haus am Neuen Markt oder sucht ein Singemädchen mit gelbem Band, wenn ihr auf tiefergehende Vergnügen aus seid«, gab Pauline nicht unfreundlich zurück. Sie blickte sich nach Wanda um, doch die war verschwunden.

Noch mehrmals bekam sie Angebote. »He, Liebchen! Willst du dir ein Flötengeld verdienen?« »Ich hab ein warmes Zimmerchen, magst du mich nicht begleiten?« Oder sehr viel deutlicher: »Lass mich in den Schacht meiner Wünsche fahren, ich geb dir fünf Groschen dafür.«

Von Frauen, die in Gewölben aufspielten, glaubte offenbar niemand etwas anderes, als dass es Hübschlerinnen sein mussten. Was sollte sie nur daraus machen? Die Kerle, die kein Musikverständnis hatten und kein gelerntes Ohr, wie sollten die auch zwischen einer echten und einer falschen Musikerin unterscheiden? ›Eigentlich bin ich ja dafür, dass jeder nutzt, was er oder sie hat, um sich zu erhalten. Man muss schließlich essen.‹ Doch diese Singemädchen und Harfenbuhlen begannen sie ärgerlich zu machen. ›Ist es etwa dein eigenes schlechtes Gewissen, das dich gegen diese Mädchen aufbringt?‹, fragte sie sich selbst. ›Da wärst du ja wohl die Falsche! Aber nein, hier geht's nicht um Moral. Es macht mir mein Geschäft sauer! Das stört mich daran.‹ Na, draußen war's schlecht, drinnen schlechter, nichts zu ändern! Besser, sie ginge zur Herberge zurück.

Man saß schon um den Tisch, als Pauline in die Küche der Herberge trat. Sie war früh zurückgekehrt. Die Gaststube roch durchdringend nach Zwiebeln, doch es war ein appetitlicher Duft. Walpurga warf ihr einen giftigen Blick zu, aber Anna schubste die Neue mit ihrem breiten Hinterteil ein Stück beiseite, sodass eine Lücke entstand.

»Du kannst Zwiebelsuppe haben oder Geflügelpastetchen und dazu Kraut«, sagte Ottilie.

»Aber ich muss dich warnen. Es musste natürlich wieder auf welsche Art zugerichtet werden. Sie hat es mit Wein aufgekocht und Rosinen hineingetan. Und Nelken, glaube ich! Was es mich kostet, das kümmert sie nicht!«

»Mir schmeckt die welsche Küche. Ich nehm Pastetchen und Kraut«, antwortete Pauline. Suppe und Kornbrei konnte sie schließlich immer haben. Sie nahm sich eine Schüssel, setzte sich und bediente sich.

»Was essen denn die Fahrenden unterwegs?«, wollte Albertine wissen.

»Kalt, Brot und Speck wahrscheinlich«, vermutete Ottilie. »Oder, Pauline?«

»Ihr würdet euch wundern! Wir Fahrenden essen gern gut und betreiben allerhand Aufwand.«

»Womit denn?«

»Wir kaufen von den Bauern, was wir brauchen: Korn, Speck, Kraut. Fladen kann man ebenso gut in der Glut eines offenen Feuers backen wie in der Röhre. Wo es geht, stellen wir Fallen auf. Dann gibt's Kaninchen oder Igel, gebratene Vögel oder Fische.«

»Sie wildern und stehlen«, murmelte Walpurga. Niemand beachtete sie.

»Und ihr röstet alles einfach bloß so über dem Feuer?«

»Oft, ja. Wenn Zeit ist und das Wetter gut und wenn mehrere beisammen sind, dann geben wir uns viel Mühe. Man kann aus Wildgemüse und Beeren sehr leckere Speisen bereiten. Wir packen das Wildbret in Lehm und lassen es in der Glut schmoren. So bleibt es saftig und bewahrt seinen Geschmack, wie in der feinsten Brotkruste. Aber hier bei euch esse ich besser«, sagte Pauline. »Das weiß ich wohl zu schätzen.«

»Könntest es ja immer so haben, wenn du dich zu einer regelmäßigen Arbeit bequemen würdest«, bemerkte Ottilie.

Pauline führte mit der Hand ein Stück Fleisch zum Mund, und Ottilie schob ihr über den Tisch eine Gabel hin. »Hier! Wir essen gesittet, schneiden das Fleisch und führen es mit der Gabel zum Mund.«

Die Spielfrau wischte sich die Finger am Rock ab, zerteilte das Fleisch mit ihrem Messerchen und mühte sich mit den Zinken ab.

Anna grinste. »Noch so eine welsche Neuerung! Das hat Margot hier eingeführt. Und ich hab auch eine Weile gebraucht, mich daran zu gewöhnen. Wozu das allerdings gut sein soll, das geht mir nicht in den Kopf. Ob man sich nachher die Hände wäscht oder die Gabel, das ist doch gleich. Und man macht sich Flecken aufs Kleid, weil doch immer etwas herunterfällt.«

Ottilie stocherte lustlos in ihrem Kraut herum. Wenig später warf sie gereizt die Gabel auf den Tisch. »Wo bleibt er denn nur? Ich kann einfach nicht glauben, dass er mir immer noch nicht gehorcht, obwohl ich ihm eine Tracht verabreicht und ihm so lange ins Gewissen geredet habe!« Sie lief zur Hintertür, schaute hinaus und verschwand dann in den Gastraum.

»Moritz ist noch nicht nach Hause gekommen«, raunte Anna.

»Wenn er heute morgen überhaupt da war«, bemerkte Margot. »Ich habe gleich gesagt: Er hat nicht gefrühstückt. Wer von euch war an dem Kuchen?«

Gottlieb wurde rot. »Ich habe in der Nacht Hunger bekommen.«

Lukas stemmte sich am Tisch hoch: »Wie? Niemand hat ihn heute Morgen gesehen?« Kopfschütteln in der Runde. »Ja warum sagt mir denn keiner was? Ich habe doch glauben müssen, dass er in die Schule gegangen ist, wie immer.« Auch er sprang auf und hinkte Ottilie hinterher.

»Er hat an dem Kleinen einen Narren gefressen«, meinte Anna. »Es würde ihn hart treffen, wenn ihm etwas zugestoßen wäre.«

»Sei still!«, schrie Albertine. »Sag doch so etwas nicht! Bestimmt hat er sich wieder mit den Straßenkindern herumgetrieben. Das wäre ja schließlich nicht das erste Mal. Er wird schon noch kommen!«

Ottilie und Lukas kehrten zurück und setzten sich schweigend an den Tisch.

Pauline legte die Gabel beiseite und aß mit Löffel und Fingern weiter. Sie hatte es plötzlich eilig, in die Gaststube zu kommen und mit ihrem Spiel zu beginnen.

Albertine und Walpurga eilten zwischen Küche und Gaststube hin und her wie Bienen beim Honigeintragen, schwer beladen mit Krügen und Schüsseln. Anna half Margot, und Ottilie machte ihre Runde bei den Gästen.

»Danke, aber ich habe schon mit den Wirtsleuten gegessen«,

antwortete Pauline, als Jacobus sie wieder zum Essen einladen wollte. »Aber ich will gerne eine Pause einlegen und dir ein wenig Gesellschaft leisten.«

»Unsere Frau Wirtin scheint etwas geistesabwesend heute Abend«, bemerkte er. »Ist etwas vorgefallen?«

»Der kleine Junge, Moritz, ist noch nicht daheim. Er ist aber ein Herumtreiber. Du hast ja gesehen, welche Gesellschaft er der Schule vorzieht.«

»Ungewöhnlich für ein Bürgersöhnchen.«

»Sein Vater ist gestorben, und seitdem scheint er seiner Mutter ziemlich auf der Nase herumzutanzen. Du siehst ja, wie es hier zugeht. Da hat keiner so richtig Zeit, sich um ein kleines Kind zu kümmern. Das nutzt er natürlich weidlich aus.«

»Hätte ich auch so gemacht«, sagte Jacobus. »Aber ich hatte einen strengen Vater. Damals wär's mir lieber gewesen, ich hätte mehr Freiheit gehabt. Aber heute weiß ich zu schätzen, was er an mir getan hat.«

Pauline sagte nichts dazu. Ihre Kindheit war ohnehin ganz anders verlaufen.

»Und wie war dein Tag?«

»So so«, sagte er, während er ein Stück Braten kaute. »Du hast es ja gesehen: viele Gaffer, aber nur wenige Käufer darunter. Immerhin: Ein reicher Mann interessiert sich für eine von den Handschriften, und ein paar kleine Fossilien bin ich losgeworden.«

»Ich habe darüber nachgedacht, was du über die Gelehrtenmusik gesagt hast.«

Ein paar Männer zwei Tische weiter winkten und riefen: »He! Zwerg! Du kannst unsere hübsche Fiedlerin nicht für dich allein haben. Hierher, Mädchen! Hier gibt's auch Wein und was zu schnappen!«

»Komm schon noch zu euch«, winkte Pauline zurück.

»Und? Zu was hat das Nachdenken geführt?«, wollte der Kleinwüchsige wissen.

»Zu gar nichts. Es scheint mir alles eine einzige Windbeutelei zu sein. Viele große Worte für das, was wir Spielleute ohnehin immer schon tun: Wir spielen nach Gefühl, wie ich schon gesagt habe. Auf einem Begräbnis musst du Trauer ausdrücken, auf einer Hochzeit soll es fröhlich zugehen. Spielst du für ein Liebespaar, dann sollst du süßen Schmerz erzeugen. Und was die Formeln angeht, so scheren sie mich nicht einen Deut. Ich lass mir von keinem vorschreiben, wie ich spielen soll.«

Jacobus hieb mit der flachen Hand auf den Tisch und lachte laut heraus.

»So ist es richtig. Nur keine falsche Ehrfurcht. Aber«, und er wurde wieder ernst, »wäre es nicht besser, genau zu verstehen, was du tust? Würdest du denn gern komponieren lernen? Noten lesen und schreiben?«, fragte Jacobus, anknüpfend an ihr früheres Gespräch.

Paulines Gesicht verdüsterte sich: »Ja glaubst du denn, ich würde nicht lernen wollen? Ach, wie gern möchte ich das Äußerste aus meinem Instrument herausholen, aber immer und immer stoße ich an Grenzen. Manchmal treffe ich einen, der mir etwas zeigt, und dann komme ich wieder ein Stück voran. Aber es ist so wenig und die Zeiten dazwischen lang! Wie oft habe ich mir gewünscht, Noten lesen und schreiben zu können! Manchmal kommt mir eine Melodie in den Kopf, und ich möchte weiter daran arbeiten, aber am nächsten Tag habe ich sie vergessen. Dann zerquäle ich mir ganz den Kopf und habe das Gefühl, ich hätte etwas Kostbares verloren. Es ist so, als würde meine eigene Stimme mir nicht recht gehorchen.«

»Kannst du nicht Unterricht nehmen?«

»Ich? An den Armenschulen bringen sie den Mädchen zwar das Singen bei, aber ach! Das könnte ich besser als die Kantoren. Und wer sollte mich lehren? Die angestellten höfischen Musiker vielleicht? An den Universitäten gibt es keinen Platz für Frauen, selbst wenn ich lesen und schreiben könnte und Geld genug hätte.«

»Was ist mit den Stadtpfeifern? Du bist doch sehr begabt. Jeder, der Musik liebt, muss das erkennen. Hast du schon mal einem von ihnen vorgespielt?«

»So weit würde ich bei denen gar nicht kommen. Die würden mich schon vorher auf die Straße befördern mitsamt meiner Fiedel! Die nehmen zwar Gesellen, aber nur Männer und nur die von ehrlicher Geburt. Es ist ihnen sogar ausdrücklich verboten, solche wie mich zu unterrichten. Und kaum darf sich so einer zur Bürgerschaft rechnen, wird er auch schon hochnäsig und vergisst, dass die Musik allen gehört. Gestern in der Ritterstraße hat mich einer von den hiesigen Pfeifern angehalten und beschimpft, weil ich bei Susanna Salet gespielt habe. Er hätte das alleinige Ausübungsrecht in der Stadt. Eine Frechheit hat er es genannt. Stümperhaft und unzüchtig sei ich. Na, mir egal, was so ein schmerbäuchiger, glattmäuliger Hans Eselsohr von mir denkt.«

»Wie kommt es dann, dass du nicht nur einfache Volkslieder und Tänze kennst?«

»Warum sollte ich mich denn so beschränken? Unsereins hat überall die Ohren offen. Manchmal triffst du die besseren Musikanten in Gasthäusern unterwegs. Und ab und an setzt man sich zusammen und spielt etwas. Sie zeigen dir was und du ihnen, obwohl sie das Letztere nie zugeben würden.« Pauline kicherte spöttisch. »Sie tun dann so, als seien sie aus rein wissenschaftlichen Gründen interessiert – als seiest du ein Studienobjekt. Als Lehrling nehmen sie dich nicht, eher als kommode Geliebte, wenn du hübsch genug bist.«

Sie leerte ihr Glas und erhob sich. »Zurück an die Arbeit, wenn es auch die Frau Wirtin nicht so nennen mag. Einen gesegneten Appetit noch, Jacobus!«

Während sie spielte, sah Pauline, wie Ottilie immer wieder in den Hof hinauslief und erst nach einiger Zeit wieder zurückkam.

»Dem Kleinen wird doch nichts geschehen sein«, meinte Albertine, als sie sich in der nächsten Spielpause zu Pauline auf die Ofenbank fallen ließ.

Pauline nahm einen tiefen Zug aus dem Mostkrug. »Ach, warum denn? Er scheint sich doch schon öfter herumgetrieben zu haben. Wird schon nach Hause kommen, wenn er Hunger hat.«

Ottilie kam wieder herein.

»Noch immer nichts?«, fragte Albertine.

»Nichts. Lukas und Gottlieb haben sich Laternen genommen und sind ihn suchen gegangen. Wehe, wenn ich das Bürschchen in die Finger kriege!«

»Das wird er ahnen«, murmelte Pauline.

Ottilie hatte es gehört.

»Du meinst, er traut sich nicht nach Hause? Hm! Möglich wäre es. Vielleicht hat er was angestellt und wartet, bis wir schlafen gegangen sind, um sich dann heimlich hereinzuschleichen. Das sähe ihm ähnlich! Oh, dieser Bengel macht mir graue Haare.«

»Vielleicht ist er schon im Bett«, rief Albertine, sprang auf und lief rasch nach hinten, wo die Familie ihre Wohnstube hatte.

»Du warst nicht verheiratet oder etwas Ähnliches«, fragte Ottilie.

»Nein.«

»Bist ganz und gar frei und ungebunden, kannst gehen, wohin es dir im Augenblick gefällt.«

»Ja«, antwortete Pauline einsilbig. Manchmal, abends, wenn in den Fenstern die Lichter angingen, dann dachte sie daran, wie es wohl wäre, mit einer eigenen Familie in einer Stube zu sitzen, um eine Schüssel mit Brei herum, den sie selbst gekocht hatte. Und dann die Kinder ins Bett zu bringen und dann ... Ein festes Dach über dem Kopf zu haben, Schutz, Wärme, etwas zu essen – und das verlässlich, jeden Tag. Zumindest im Winter träumte sie manchmal davon. Kam das Frühjahr, dann verflogen diese Träume, und es kribbelte sie in allen Gliedern, wieder auf Wanderschaft zu gehen.

»Nein, er ist nicht da«, rief Albertine, als sie wieder zurückkam.

»Nun, er wird schon kommen, wenn er Hunger hat«, wiederholte Ottilie tonlos Paulines Worte. Wird schon. Wird schon. Sie erhob sich, legte die Hand an den Kachelofen, eilte in die Küche, um von dortaus Holz nachzulegen, lief hin und her wie eine geschäftige Amsel.

Lukas und Gottlieb kamen herein und löschten ihre Laternen. Sie hatten den Jungen nicht finden können.

»Sicher ist er bei einem seiner kleinen Kumpane untergekrochen. Er wird ja nicht draußen bleiben bei der Kälte«, sagte Lukas. »Noch sollten wir uns nicht allzu sehr sorgen. Es ist noch viel Volk in den Straßen, und der Nachtwächter dreht seine Runden.« Ungeschickt klopfte er Ottilie auf die Schulter. »Ich werde es später noch mal versuchen. Jetzt muss ich die Pferde füttern gehen.« Gottlieb folgte ihm, wie gewöhnlich.

»Ja, Lukas, geh nur. Sicher machen wir uns ganz umsonst Sorgen. Ach, dieser kleine Lümmel!«

Der Gastraum hatte sich geleert, der Kachelofen war nur mehr lauwarm, als auch Jacobus sich erhob. »Komm, Felix! Abendspaziergang!« Jacobus zog den Mantel an, der Affe hüpfte ihm auf seinen gewohnten Platz auf dem Buckel, und die beiden gingen hinaus.

Nach kurzer Zeit aber kam Jacobus wieder herein und machte Pauline ein Zeichen.

»Was ist denn?«, fragte sie. Sie packte die Fiedel ein und schüttelte Schultern und Handgelenke aus.

»Das hat mir einer auf der Straße zugesteckt!« Er reichte ihr einen Zettel. »Kannst du damit etwas anfangen?«

Es war einer der Werbezettel von ›Mohns acrobatischem Circus‹. Eine Reihe von Zeichen waren mit Kohle auf die Rückseite gemalt. Pauline besah ihn sich und pfiff beunruhigt durch die Zähne. »Doch nicht weggelaufen!«

»Geht es um den kleinen Moritz?«

»Möglich.«

»Dann sollten wir es der Wirtin zeigen.«

Pauline drehte den Wisch in den Fingern und betrachtete ihn noch einmal genau. »Irgendetwas stimmt daran nicht. Aber zeigen müssen wir ihn ihr wohl. Komm.«

Jacobus ließ den Mantel von den Schultern gleiten und legte ihn auf seinen Platz.

Felix, das Äffchen, das sich vor der Kälte im Ausschnitt seines Wamses verkrochen hatte, steckte den Kopf heraus.

»Ottilie, wir müssen dir etwas zeigen. Am besten, wir gehen in die Küche! Albertine und Gottlieb sollten es auch sehen.«

Ottilie packte Pauline am Arm. »Etwas mit Moritz?!«

»Das ist nicht sicher.«

In der Küche war Margot schon dabei, Fladenteig für den nächsten Morgen zu kneten. Sie hielt inne. »Habt ihr ihn endlich gefunden? Non?«

Pauline ging zum Tisch, wischte mit dem Handrücken das Mehl ein wenig beiseite und legte den Zettel hin. Alles starrte auf die Kohlezeichen: eine menschliche Figur in einem Kreis, ein Strichmännchen nur, dann ein offenes Dreieck mit einem Strich darüber, eine waagerechte Hand mit ausgestrecktem Zeigefinger, durchgestrichen, und dazu ein paar kleinere Kreise.

Ottilie schlug vor Schreck die Hand vor den Mund.

»Was hat das zu bedeuten?«, fragte Gottlieb.

Pauline erklärte: »Das sind Gaunerzinken. Das Männchen in dem Kreis kann bedeuten: Sie haben das Kind. Auf jeden Fall haben sie einen Menschen eingefangen. Das Dreieck bedeutet: Sie haben ihn eingesperrt oder in Verwahrung. Die durchgestrichene Hand heißt, dass man nichts verraten soll, also nicht die Häscher oder die Stadtwache verständigen. Na, und die Bedeutung der kleinen Kreise ist dann ja wohl klar: Das sollen Münzen sein.«

»Man hat mir meinen Moritz entführt? Und will Lösegeld?«

Pauline zuckte die Achseln. »So würde ich das lesen. Aber ganz sicher bin ich mir nicht.«

»Aber wir sind doch keine reichen Leute!« Ottilie ließ sich auf einen Stuhl sinken und griff mit zitternden Fingern nach dem verschmierten Wisch. »Jemand soll Lukas holen!«

Als der Stallknecht kam, mussten sie es ihn noch einmal erklären. Und noch einmal für Anna.

»Und du verstehst diese Zeichensprache?«

»Alle Fahrenden verstehen sich darauf«, antwortete Lukas für sie. Er warf ihr einen forschenden Blick zu. »Und Ihr, Herr Zwerg? Wie kommt es denn, dass man gerade Euch die Nachricht – hm – zugesteckt hat?«

Alle Augen sahen auf Jacobus, den man bislang vergessen zu haben schien. Klein und verlegen stand er da, ein Stück weit weg vom Tisch und von der Familie. Erschrocken hob er die Arme. »O nein! Ihr werdet doch nicht denken, dass ich mit der Sache zu tun habe? Nein, nicht doch! Man hat mich nur benutzt, um euch die Nachricht zukommen zu lassen. Sie konnten ja schließlich nicht einfach in die gute Stube marschiert kommen und ihr Gesicht sehen lassen. Jeder weiß, dass ich abends regelmäßig meinen Spaziergang mache!«

»Das stimmt«, warf Albertine eifrig ein, die den Zwerg gern hatte.

»Vielleicht ist es ja auch nur ein böser Streich der Straßenkinder. Sie kennen diese Zeichen auch. Und hast du sie nicht schon oft verjagt?«, sagte Pauline.

Gottlieb wandte sich an seine Mutter. »Ja, Mutter, das hast du! Und du hast ihnen unmissverständlich gesagt, dass sie Moritz in Ruhe lassen sollen, dass sie nicht gut genug sind für ihn.«

»Und ob ich das habe! Diebische kleine Elstern und Schmutzfinken. Ich kann sie hier nicht dulden. Schließlich bin ich für das Hab und Gut meiner Gäste verantwortlich.«

»Heute wird sich das alles kaum mehr klären lassen«, ließ Lukas seine tiefe Stimme wieder hören. »Ottilie, willst du nicht schlafen gehen? Gottlieb und ich werden hier unten wachen, falls Moritz sich doch noch nach Hause traut. Und damit sich niemand davonmacht, der besser bliebe.«

Jacobus hatte den Kopf gesenkt, murmelte etwas, das wie Bedauern klang, und schwankte auf seinen kurzen Beinen hinaus. Draußen musste er mit Walpurga zusammengerumpelt sein. Sie stieß einen spitzen Schrei aus. Steinzeug zerklirrte auf dem Boden. Sicher hatte die neue Magd mit dem Ohr an der Tür geklebt. Sie hörten Jacobus' mühselige Tritte auf der Treppe nach oben und Walpurga, die schimpfend die Scherben aus der Streu las.

»Ich mache noch eine Runde durch die Stadt. Gottlieb, passt du so lange in der Gaststube auf?« Lukas nahm eine Laterne vom Haken und zündete sie mit einem Kienspan aus der Feuerstelle an. »Ottilie«, man sah ihm an, dass er nach Worten suchte, um sie zu beruhigen. »Du solltest noch nicht an das Schlimmste denken. Wir sind hier schließlich in Leipzig. Die Stadt ist voller Menschen, sie ist wohlgeordnet und gut bewacht. Da verschwindet niemand so einfach. Kommt der Morgen, klärt sich vielleicht alles.«

Pauline verdrückte sich. Im Gehen sah sie, wie Ottilie den Zettel ergriff, ihn zerknüllte, ihn fortwarf, dann wieder aufhob und glatt strich.

»Das hat man davon, wenn man sich solches Gesindel ins Haus holt«, kommentierte Walpurga oben in der Mägdekammer, »Gaukler und Missgeburten!«

»Sei still«, sagte Anna.

Pauline spülte sich den Mund und kroch ins Bett. »Du glaubst doch nicht, dass Jacobus etwas damit zu tun hat?«

»Nein«, antwortete Anna. »Er hat den kleinen Moritz doch richtig gern, das konnte doch jeder sehen. Überhaupt macht er mir den Eindruck, als ob er keiner Fliege was zuleide tun kann.«

»Das denke ich auch.«

»Ist doch ganz klar, dass die da auf seiner Seite ist«, mischte sich die Neue wieder ein. »Wahrscheinlich sind sie Komplizen. Es traf sich doch zu günstig, dass sie zur Stelle war, um die Nachricht gleich zu übersetzen.«

»Jetzt halt endlich dein gottloses Maul«, knurrte Anna wieder. »Sonst schläfst du auf dem Fußboden.«

5. DRITTER TAG

Sie kuschelte sich in die Kuhle, die ihr Körper im Stroh gemacht hatte, noch halb im Traum. Was für ein herrlicher Traum. Sie lächelte, Sonnenlicht hinter den geschlossenen Lidern, Farben, Musik, Glück. Tauben gurrten auf dem Dach.

Harte kleine Hände rissen die Decken fort und rüttelten sie an der Schulter. »Auf! Auf, Gauklerin! Ein Büttel ist da und will dich vernehmen!«

Pauline öffnete die Augen und blickte in das schadenfrohe Gesicht von Walpurga.

»Was, wer? Was faselst du da?«, gurgelte sie schlaftrunken, ärgerlich, aus dem schönen Traum gerissen zu sein. Oh, ein Publikum in feinen Kleidern, das sie mit Blumen, Konfekt und Gold überschüttete. Ein Fürst, ein hübscher junger natürlich, der ihr eine goldene Kette um den Hals legte und Tränen in den Augen hatte über ihr virtuoses Spiel.

»Von wegen faseln, jetzt wirst du's kriegen, du und dein feiner Kumpan! Los, steh auf und komm herunter, ehe sie dich holen und im Hemd auf die Straße schleppen.«

Hämisch stand die Magd da und sah zu, wie Pauline aus dem Bett sprang und in die Kleider fuhr. »Spute dich!« Im Hinausgehen trat sie gegen den Ledersack mit dem Rebec. »Das kannst du hierlassen, du wirst es kaum mehr brauchen!«

Wie der Blitz war Pauline bei ihr. Sie packte sie bei den Handgelenken, stieß sie so hart gegen die Wand, dass ihr der Kopf dagegenschlug, und sagte leise, aber mit scharfer Stimme: »Du magst eine böse Zunge haben. Das muss ich mir gefallen lassen. Aber wenn ich dich noch einmal dabei erwische, dass du dich an meinem Instrument vergreifst, es auch nur schief anschaust, dann kriegst du die Prügel deines Lebens, das schwöre ich dir!«

Mit verkniffenen Lippen und weiß im Gesicht riss Walpurga sich los und polterte die Leiter hinunter.

Pauline stieg ihr nach. Anna schaute aus einem der Gastzimmer.

»Immer noch keine Spur von dem Jungen?«, fragte Pauline.

Anna schüttelte den Kopf.

In der Gaststube am Ofen saß Martin. Er hatte seinen Hut und den Umhang abgelegt. Die Beine streckte er weit von sich und hatte es sich bequem gemacht. Pauline atmete erleichtert auf, das konnte so schlimm nicht werden. Ottilie war bei ihm, Schatten unter den verweinten Augen.

»Was wirft man mir vor?«, fragte Pauline misstrauisch. Walpurga machte sich an einem der Tische ganz in der Nähe zu schaffen.

»Das reicht. Du scheuerst ihn ja noch durch«, versetzte Ottilie barsch. »Ab in die Küche! Margot soll dir sagen, was sie braucht, dann gehst du zum Markt und kaufst ein. Und lass dir ja nicht einfallen, zu tratschen!«

Wütend warf Walpurga den Lappen auf den Tisch und verschwand.

»Niemand wirft dir etwas vor – vorerst«, antwortete Martin bedächtig. »Setz dich her, Jungfer Schwan. Du sollst nur ein paar Fragen beantworten. Das kann Frau Weidemann billig verlangen.«

»Dazu hätte es keines Büttels bedurft«, wandte sich Pauline an ihre Wirtin.

Ottilie hob die verweinten Augen: »Er ist ja nicht deinetwegen hier. Bitte, ich beschuldige dich doch gar nicht. Ich denke ja gar nicht, dass du meinem Sohn etwas getan hast, nur …«

»Schon gut. Ich will ja alles tun, um zu helfen, wenn ich kann. Ich fürchte nur, das wird nicht viel sein, ich bin doch fremd hier. Gibt es denn nichts Neues?«

»Nein. Ich habe die ganze Nacht auf ihn gewartet. Lukas ist heute Morgen schon in aller Frühe zur Thomasmühle hinausgefahren, für den Fall, dass Moritz dorthin weggelaufen ist. Weil er doch gesagt hat, er will Müller werden.« Sie brach ab.

»Und das kann ja immer noch der Fall sein. Wer weiß, was so ein Junge sich in den Kopf setzt«, sagte Martin. »Der Zettel, diese Nachricht, kann auch ein dummer Scherz sein. Bist du dir sicher wegen der Bedeutung, Schwanin? Woher kennst du überhaupt die Gaunerzeichen?«

»Die kennt doch jeder Fahrende. Nur, ganz sicher kann ich mir nicht sein. Es ist ja keine feststehende Sprache, sondern nur eine lose Übereinkunft. Der eine gebraucht sie so, der andere so, je nach Vermögen und Vorstellungskraft.«

»Du hast gestern schon gesagt, dass du dir nicht ganz sicher bist«, sagte Ottilie fast flehentlich.

»Ja, weil die Zeichen mir ungeschickt angeordnet erscheinen, wie von jemandem, der von der Sprache der Zinken weiß, sie aber nicht ganz richtig beherrscht.«

»Das habe ich auch schon gedacht«, bestätigte Martin, den Zettel in der Hand. Natürlich, als Soldat und Polizeidiener war auch er damit vertraut. »Was die Ankündigung auf der Vorderseite betrifft, so werden wir auch noch die Schausteller befragen. Sie lagern vor der Thomaspforte. Ich glaube zwar nicht, dass sie so dumm wären, ihre eigenen Werbezettel zu solchen Zwecken zu verwenden, aber man soll uns keine Nachlässigkeit vorwerfen. Kennst du die Truppe?«

»Ich hatte früher mal mit ihnen zu tun«, antwortete Pauline ausweichend. Ein lang verhaltener Ärger stieg ihr in die Kehle. Die Versuchung war groß, ihnen mit einer hingeworfenen Bemerkung oder auch nur mit ihrem Schweigen Schaden zuzufügen, doch sie brachte es nicht fertig. »Es sind so weit anständige Leute. Tänzer und Akrobaten, die nicht schlecht verdienen. Erpressungen sind nicht ihre Sache.«

»Und was ist mit dem Zwerg? Hast du den schon vorher gekannt? Man sagt, du bist gut Freund mit ihm.«

Paulines Herz begann zu hämmern. Sie hatte niemandem erzählt, dass sie ein Stück des Weges mit dem Schausteller gefahren war. Zum Glück, wie sich jetzt erwies. Hoffentlich hatte Jacobus selbst auch den Mund gehalten. Es war nicht so, dass sie ihn verleugnen wollte, aber wenn er in Schwierigkeiten kam, wie schnell würde man ihr Komplizenschaft andichten!

»Freund – ja, ich würde ihn schon als einen Freund betrachten, obwohl ich ihn erst hier kennengelernt habe. Ganz sicher ist er ein guter Mensch, einer, der selbst Leid erfahren hat, und ein gelehrter Mann. Mehr kann ich über ihn nicht sagen. Aber ihr werdet ihn doch nicht verdächtigen? Nein, bei ihm bin ich mir ganz sicher. Er ist nicht die Art Mensch, dem so etwas zuzutrauen wäre.«

»Und wenn du dich in ihm täuschst und er doch mit der Sache zu tun hat?«, sagte Ottilie.

»Niemals! Ottilie, das kannst du nicht glauben von ihm! Er ist doch dein Gast!«

»Ja, eben«, rief Ottilie heftig. »Wer hatte denn bessere Gelegenheit, Moritz' Vertrauen zu erschleichen, ihn im Dunkeln abzupassen? Moritz war ja ganz verrückt nach dem Affen, den er hat. Schon allein deshalb wäre er ihm überallhin nachgelaufen!«

»Und wo ist er dann hin mit ihm? Er ist doch gleich zurück gewesen von seinem Abendspaziergang, kaum ein paar Augenblicke war er fort. Hat man denn schon eine Summe gefordert?«

»Nein«, sagte Martin. »Das ist ja so eigenartig. Ich denke immer noch, Moritz ist weggelaufen, und einer seiner kleinen Spießgesellen hat sich einen Scherz erlaubt. Jeder weiß schließlich, dass Ihr ihn wenig beaufsichtigt und dass er sich oft in schlechter Gesellschaft zeigt. Das muss auch bedacht werden.«

»Ich habe ihn so gut beaufsichtigt, wie ich kann«, rechtfertigte Ottilie sich heftig. »Gut, manchmal treibt er sich herum, geht nicht so regelmäßig in die Schule, wie er sollte. Aber er ist noch nie nachts ausgeblieben!«

»Mag sein, aber es gibt immer ein erstes Mal. Der Marktvogt meint, wir sollten ein paar Tage warten. Man ist hier schließlich nicht in der Wildnis, sondern in einer Stadt. Wer weiß, was er angestellt hat. Hier gibt es viele Winkel, wo ein abenteuerlustiger Junge sich verstecken kann. Und je länger er wartet, je mehr wird er Angst haben vor Eurem Zorn. Am Ende aber kommt er sicher zurück! Schließlich hat er es gut hier; nicht so wie die anderen Straßenkinder«, bemerkte Martin. »Die haben wenig

Grund, sich daheim sehen zu lassen. Bei Eurem Jungen liegt die Sache doch wohl anders.«

»Abwarten? Was soll das heißen?«, rief Ottilie anklagend. »Ist ein kleines Kind Euch nicht wichtig genug? Zahl ich nicht die Steuern, von denen man Euch entlohnt?«

Der Wachmann ließ sich nicht aus der Ruhe bringen. »Frau Weidemann, niemand hält Euch hin. Die Häscher und die Gassenmeister kriegen alle Bescheid, und dich, Jungfer Schwan, bitte ich, dass du mit den Straßenkindern sprichst. Du arbeitest ja mit einem von ihnen.« Hatte er es also doch bemerkt. »Sie sehen manches, was unsereinem verborgen bleibt. Aber das sind schließlich alles nur Vermutungen. Wir können nicht die Stadtwache damit beschäftigen, dass ein kleiner Herumtreiber den Weg nach Hause und zur Rute nicht findet. Es ist Messe. Die Stadt ist rappelvoll. Wir haben alle Hände voll zu tun mit Taschendieben und anderem Gesindel, Betrügern, Zuhältern und fremden Huren, Glücksspielern, Betrunkenen. Und selbst die Leipziger Bürger lassen sich davon anstecken. Alle sind wie im Rausch! Heute Nacht erst wieder hat ein Student einen Handwerker mit dem Messer verletzt. Ihr seid nicht die Einzige, die sich beklagt. Wenn Ihr gegen irgendeine Person einen Beweis habt oder wenn eine fassbare Forderung vorliegt, dann meldet Euch, und wir wollen gerne Maßnahmen treffen. Aber nur so aufs Geratewohl können wir nicht die Stadt umkrempeln und das Messegeschäft stören.« Er erhob sich. »Es ist immerhin gut, dass wir von der Stadtwache Bescheid wissen.« Dann wandte er sich wieder an Ottilie. »Mut, Frau Weidemann, schließlich kann sich alles noch als dummer Streich herausstellen. Gehabt Euch wohl.«

»Gar nichts werden sie tun«, zischte Ottilie wütend. »Auf ihren faulen Ärschen werden sie sitzen bleiben!«

»Aber es kann doch wirklich sein, dass dein Sohn etwas ausgefressen hat und sich nicht nach Hause traut. So etwas kommt vor«, wollte Pauline trösten.

»Und was verstehst du denn von Kindern«, gab Ottilie kratzbürstig zurück. »Welchen Vorteil man aus ihnen ziehen kann, das weißt du wohl! Ich habe gehört, solch Volk, wie ihr es seid, ihr lasst Kinder für euch arbeiten. Hast du nicht selbst so ein Straßenkind, das für dich Geld erbettelt, weil die Leute es bemitleiden? Volk wie ihr, ihr nutzt doch alle Schliche, um an unser Geld zu kommen.«

›Ihr‹ hieß es da. ›Plötzlich bin ich nicht mehr Pauline, die Musikerin, die sie kennt. Plötzlich ist da ein Graben zwischen ihr und mir. Ich werde in einen Topf gesteckt mit Leuten, mit denen ich nichts gemein habe, als dass wir kein Dach über dem Kopf haben.‹ Pauline schluckte ihren Zorn herunter und legte Ottilie besänftigend die Hand auf den Arm. »Du bist aufgeregt und ängstlich wegen deinem Sohn. Ich will dir deine harten Worte nicht verübeln. Aber lässt denn nicht auch du deine Kinder mithelfen, sobald sie dazu in der Lage sind? Und liebst sie darum nicht weniger? Und nutzt nicht jede kluge Wirtin und jeder geschickte Kaufmann alle Möglichkeiten zu seinem Vorteil? – Aber wir wollen nicht streiten, Ottilie. Ich kenne in der Tat einige der Straßenkinder von Leipzig. Ich werde sie suchen und sie fragen, ob sie Moritz nicht gesehen haben. Möglicherweise hat er sich bei einem von ihnen verkrochen.«

»Mein Sohn hat keinen Grund, mich zu fürchten«, rief Ottilie und schüttelte Paulines Hand ab.

Die Tür ging auf. Sonnenstrahlen und Schneekristalle drangen mit Lukas in die Stube. Ottilie stand auf und sah ihm entgegen. »Hast du ihn gefunden?«

»Leider nicht. Der Müller und seine Gesellen wollen ihn nicht mehr gesehen haben, seit wir vorgestern dort waren. Die Torwachen auch nicht, aber das hat natürlich nicht viel zu sagen. Bei dem Gedränge witscht ein kleiner Junge schnell durch. War der Marktvogt da? Hast du schon etwas Neues gehört?« Lukas stand mitten in der Gaststube, schwer und ein wenig linkisch. Er knetete seinen Hut in den großen Händen. Gern hätte er wohl eine bessere Nachricht gebracht.

»Nein. Auch nichts. Einen von der Stadtwache hat er mir geschickt, einen Untergebenen. Es war ihm, scheint's, nicht wichtig genug, sich selber herzubemühen.« Ottilie wandte sich wieder an Pauline. »Also wenn du die Gören fragen willst, dann wäre ich dir dankbar.« Man sah ihr an, dass ihr die Worte fast in der Kehle stecken blieben. Sie richtete sich auf und strich sich die Schürze glatt.

»Lasst uns an die Arbeit gehen. Das Haus ist voll, und es gibt mehr als genug zu tun!«

Lukas zuckte hilflos die Achseln, drehte sich um und humpelte hinaus. In der leeren Stube brachten seine Stiefel den geziegelten Boden zum Klingen. Unwillkürlich lauschte Pauline auf den eigenen Rhythmus seines Schritts, ungleich den Schritten eines Unversehrten, doch regelmäßig auf seine Art, wie der Beginn eines bedächtigen Schreittanzes.

So müde, wie sie war, würde sie doch nicht mehr einschlafen können. Sie wusch sich in der Badestube, aß ihr Frühstück und setzte sich dann an den Ofen, um ihre Strümpfe zu flicken und die Bänder als Mantelschließe anzubringen. Ja, so sah es besser aus. In einer Stadt, so bunt und so vergnügungssüchtig wie diese, da konnte sie nicht wie eine brave Dienstmagd daherkommen.

Merkwürdig war das mit dem kleinen Jungen! Wer um alles in der Welt würde denn das Kind einer Gastwirtin entführen? Wer Lösegeld wollte, der hielt sich doch wohl eher an die Verwandtschaft von Reichen, Pfeffersäcken oder Adligen. So viel konnte doch eine Ausspanne nicht abwerfen – oder doch? Hatte sie sich von Ottilies Geiz und dem ständigen Gejammer über Steuern und Preise täuschen lassen? Sie hielt den Mantelkragen hoch, biss einen Faden ab und bewunderte ihr Werk. Alle Farben – das war ein Sinnbild für ihre Ungebundenheit von Stand und Gewerbe, das war wie ihre Musik, ein wenig von jeder Art.

Margot stampfte Fleisch. Im ersten Stock füllten sie Wasser aus dem Eimer in die Waschkrüge. Vom Hof her ertönte Gottliebs Stimme: »Du musst mich nicht beaufsichtigen, Mutter. Ich habe das schon tausend Mal gemacht!«

Alltagsgeräusche. Na, der Moritz, der würde schon wieder auftauchen. Draußen schien hell die Sonne; besser, den Tag nutzen als hier drin am Ofen grübeln!

Nachdem sie den geschenkten Mantel auf diese Weise für sich passend gemacht und ihren Hut mit den Schwanenflügeln aufgesetzt hatte, erinnerte sie sich an die Spenderin. Sie musste sich immer selbst einen kleinen Stoß geben, um nach einer Anstellung zu fragen. Auf der Straße oder in einer Menge zu spielen, das machte ihr Freude, und es ging ganz von allein, sobald sie den Bogen ansetzte. Aber zu einem feinen Haus zu gehen und sich auszuloben, das fiel ihr schwer.

Geh schon, dumme Gans, bring es hinter dich. Fragen kostet nichts. Warum sollte Frau Salet dich nicht brauchen können? Dein Spiel hat ihr doch gefallen. So redete sie sich selbst zu. Die Stadtpfeifer bekamen für einen Abend vier Taler, hatte sie in Erfahrung gebracht. Dafür würde sie gern einen ganzen Monat lang spielen, nur um aus der Kälte zu sein.

Die Leute waren wieder besser gelaunt, wie immer, wenn nach einem schlechten Tag die Sonne schien. Auf der Reichsstraße war bereits ein lebhafter Stoff- und Tauschhandel im Gange. Krämerinnen breiteten Seide zweiter Wahl und Meißner Samt über umgedrehte Bretterkisten, um sie gleich wieder aufzunehmen und im Licht zu bewegen, wo sie erst ihr volles Farbleben entfalteten. Weich wie gute Butter fielen die Stoffe. Ein abgedankter Soldat bot Vorübergehenden seine Pistole an. Dort hielt ein russischer Händler Silberwaren feil, ein Riese in langem Rock und Stiefeln, eine hohe Pelzmütze auf dem Kopf. Zwei Studenten standen bei einem Bilderhändler, der seine Ware an einer Schnur aufgeknüpft trug wie Wäsche auf der Leine. Was zog denn die jungen Herren derart an? Pauline blieb stehen: Es waren Zeichnungen von jungen Mädchen, was sonst!

Am Markt 11 schaute Pauline zuerst in das Verkaufsgewölbe, um den Ladenschwengel zu ärgern. Sie streckte ihm die Zunge heraus, als er sie entdeckte, und lief lachend in den Hof, um am Kücheneingang zu klopfen.

»Ich möchte bitte Frau Salet sprechen«, sagte sie, als eine Magd ihr öffnete. Die musterte sie, vom Hut mit den Schwanenfedern über die bunten Bänder am Hals bis hinunter zu den schief getretenen Stiefeln.

»Ich weiß nicht – erwartet sie dich? Ach, aber bist du nicht die Spielfrau, die neulich bei uns war?« Sie wich aus dem Türrahmen zurück, sodass Pauline eintreten konnte.

Es war zum Ersticken heiß in der Küche. Ein riesiger Herd glühte schon so früh am Tag, dazu stahlte die Heizöffnung eines Kachelofens aus dem angrenzenden Zimmer Hitze ab. Sie hatten sogar einen eigenen Brotofen.

»Wir haben dich bis in die Küche gehört! Schön war das. Schade, dass du nicht einmal hier bei uns unten spielen kannst.«

»Warum nicht. Vielleicht tu ich's, wenn es mir draußen zu

kalt wird. Wenn ihr mir dafür Essensreste gebt?« Sie dachte an die Straßenkinder.

»Damit soll es keine Not haben. Hier bleibt immer was übrig, und für die Schweine ist es zu schade«, sagte eine andere, die dabei war, Würste zu stopfen.

»Ich frage, ob Frau Susanna Zeit für dich hat«, sagte die Erste wieder und eilte davon.

Pauline legte den Mantel ab; ihr war heiß geworden. Die Mädchen arbeiteten in dünnen Sommerkitteln, und dennoch stand ihnen der Schweiß im Gesicht.

»Du sollst kommen«, rief die Magd ihr zu, als sie wieder in die Küche kam. »Da hoch und dann in die Schreibstube!«

Pauline ging noch einmal ihre Argumente und die Anstellungen durch, die sie vorweisen konnte, so wie sie es schon auf dem ganzen Herweg getan hatte. Je öfter sie sich ihre Laufbahn und ihr Repertoire vor Augen hielt, desto selbstgewisser wurde sie: Das ließ sich doch vorzeigen, das war doch nicht so schlecht für eine Straßenkatze.

Die Magd klopfte an die angelehnte Tür und schob Pauline hinein. Flink ließ sie ihre Augen durch den kleinen Raum schweifen. Weniger auf Wirkung eingerichtet war es hier, eher auf Behaglichkeit: Ein Virginal, ein schöner Teppich auf dem Boden, ein Lehnstuhl und Bücher in Regalen an den Wänden. So viele Bücher hatte Pauline noch nie gesehen. Eine Kohlenpfanne verbreitete mäßige Wärme.

»Herein, komm nur her zu mir«, rief Susanna Salet, die nahe beim Fenster an einem Schreibpult stand und etwas in ein Buch eintrug. Pauline trat zaghaft näher. Susanna Salet schrieb die Zeile zu Ende, legte die Feder beiseite und streute Sand über die feucht glänzenden Tintenschnörkel.

»Pauline Schwan, nicht wahr?« Sie erinnerte sich an ihren Namen, das war ein gutes Zeichen. »Was kann ich für dich tun?«

Pauline erläuterte ihr Angebot: »Ich suche eine Stellung für den Winter, Frau Salet. Ihr habt mich ja spielen hören. Den letzten Winter habe ich bei einem Kaufherrn in Magdeburg verbracht, zu seiner Zufriedenheit, und davor …«

Doch Susanna Salet unterbrach sie mit bedauernder Miene: »Es tut mir leid, liebes Kind. Ich würde dich gern nehmen. Ja, ich weiß, du spielst gut, und sicher kämst du nicht teuer, aber leider – mein Bruder erlaubt uns den Luxus eines hauseigenen Musikanten nicht.«

»Ich kann viel mehr als nur aufspielen. Ich könnte die jungen Herren unterrichten.«

»Sie lernen das Singen in der Lateinschule.«

»Ich kann ihnen aber auch Instrumente beibringen. Laute spiel ich, Harfe, Flöten, Pfeifen, Sack...«, nein, ganz sicher keine Sackpfeife hier, »... Schalmei – was immer Euch beliebt und was Ihr im Hause habt, kann ich auch spielen.«

»Kannst du Noten lesen?«

»Nein, aber ...«

»Wie willst du dann unterrichten? Oder die Werke von Glareanus und Desprez spielen? Und das wäre hier gefragt.«

»Ich kann ›El Grillo‹ spielen!«

»›Die Grille‹? Das kann jeder! Ein nettes Liedchen, eine kleine Laune. Aber ich spreche von der hohen Musica. Und da wirst du kaum standhalten. Nein, ich bedaure. Und ich fürchte sehr, du wirst in ganz Leipzig keine solche Anstellung finden. Wir sind mit den Stadtpfeifern und ihren Gesellen gut versorgt. Ich habe dich spielen lassen, weil – ehrlich gesagt, der Neuheit wegen. Ich wollte einmal etwas anderes hören, und das können wir gern wiederholen. Aber ein festes Verhältnis würde mein Bruder nie gestatten, auch nicht für den Winter.«

Das musste man ihr nicht näher erläutern, Pauline hatte es oft genug gehört. Sie dankte enttäuscht, aber höflich und stand auf, um zu gehen.

»Wo hast du denn sonst den Winter verbracht?«

»In Wirtschaften, bei wohlhabenden Kaufleuten, wie gesagt, zwei- oder dreimal auf einer Burg im Brandenburgischen. Dort habe ich sehr wohl die Kinder unterrichtet und abends beim Essen aufgespielt.«

Man sah Susanna an, wie sie die Unterhaltung auf Burgen einschätzte. »Und warum bist du diesen Winter nicht dort?«

Verlegen sah Pauline fort. »Weil ... ich hatte schon einen Platz für diesen Winter, früh im Jahr sogar. Aber der ... der Sohn des Burgherrn ...« Trotzig reckte Pauline das Kinn und sah Susanna voll ins Gesicht. Hatte sie sich denn etwas zuschulden kommen lassen? Sollte die feine Dame ruhig erfahren, wie es zuging in der Welt! »Er meinte, ich müsste für Kost und Logis auch noch sein Bett wärmen. Er hat mich nicht in Ruhe gelassen, ist mir überall nachgestiegen und hat mich bedrängt. Es war nur eine Frage der Zeit, bis er mich allein erwischt hätte. Und Gnade mir Gott, wenn er mich geschwängert hätte. Dann wäre es meine Schuld gewesen, und man hätte mich schwanger auf die Straße geworfen.«

»So.« Jetzt war es an Susanna, verlegen zu sein. Rasch wechselte sie das Thema. »Wie geht es den Weidemanns?«

»Nicht gut. Der kleine Moritz wird seit gestern vermisst. Es scheint, man hat ihn entführt, um Lösegeld zu erpressen.« Pauline erzählte ihr alles, was vorgefallen war.

»Nein«, rief Susanna, »nein! Die Zeiten werden immer schlimmer! So wichtig, wie die Messen für unsere Wirtschaft sind, so schlecht sind sie für die Sitten. Abends kann man als anständige Frau kaum das Haus verlassen. Muss man jetzt auch noch um die Kinder bangen?«

Kopfschüttelnd brachte sie Pauline hinaus und rief nach der Magd. »Bitte richte der Wirtin mein Mitgefühl aus. Ich werde beten, dass der kleine Junge bald gefunden wird. Ach, ich hoffe doch, es erweist sich alles als Irrtum und dummer Kinderstreich!«

Die Magd, die Pauline hereingelassen hatte, erschien.

»Die Spielfrau soll einen von den kleinen Kuchen erhalten, die heute Morgen gebacken wurden«, wies Susanna Salet diese an. Sie griff in die Gürteltasche und gab Pauline einen Groschen. »Hier. Und alles Gute!«

Was soll's, tröstete sich Pauline, als sie wieder auf dem Straßenpflaster stand. Ich hab es versuchen müssen, nun hat es eben nicht geklappt. Ich werde auch anders über die Runden kommen.

Aber sie ertappte sich dabei, wie sie doch mit finsterer Miene durch die Gassen lief, den Rücken gebeugt, die Hände unter die Achseln geschoben.

Irgendwie war sie bei einer Kirche gelandet, die sie bislang noch nicht gesehen hatte. Durch die angelehnte Seitentür drang Orgelmusik. Sie ging hinein, setzte sich auf die hinterste Bank und hörte zu. Jemand übte. Körperlich und greifbar schien die Musik der Orgel, wie sämige Linsensuppe. Das schnaufende

Anblasen der Bälge, das Klappern der Register und Balgtreter, das Schnarren und Fiepen des Pfeifenwindes hatte etwas durchaus Diesseitiges, während die Töne sich mühevoll himmelwärts kämpften. Selten war ihr so deutlich gewesen, wie weit der Abstand war, den man zu überwinden suchte, wollte man Gott erreichen. Wie war das mit der musica coelestis, die Jacobus erwähnt hatte – ja, die musste wohl schwerelos sein und völlig frei. Das hier, das war nur allzu menschlich; Erde klebte an den Tönen.

Immer wieder brach das Spiel ab. Jetzt – jetzt aber hatte der unsichtbare Spieler seinen Fluss gefunden. Pauline schloss die Augen und vergaß die Zeit. Wie die Töne unter dem hohen Steingewölbe an Fülle gewannen! Noch das feinste Wispern tausendfach zurückgeworfen von den Simsen und Bögen, Steinklang, rau und kühl, wie Wasser aus einem Bergbach im Winter. Raschelnder Flügelschlag einer Taube im Gebälk. Und die Säulen, ob sie wohl wirkten wie das Hölzchen, das sie immer wieder vergeblich in den Korpus ihres Rebec einzupflanzen suchte?

Er spielte gut, mehr als gut, wer immer da oben auf der Westempore saß. Pauline wurde von einer großen Sehnsucht erfasst. Wenn sie doch auch solche Musik hervorbrächte, so kraftvoll, würdig, von den Engeln selbst gehört zu werden. Was waren denn ihre Lieder und Improvisationen dagegen? Lächerlich!

Kannst du Noten lesen? Wie willst du dann unterrichten? Oder die Werke großer Komponisten spielen?, hallte Susannas Stimme in ihrem Kopf nach. Ach, wie weit hatte sie sich verstiegen! Und wie hatte doch eine schlichte Übung an der Orgel genügt, um ihr die Luft herauszulassen.

Der Organist spielte dieselbe Melodie noch einmal und wieder. Pauline ertappte sich dabei, wie sie die Töne mit den Fingern in der Luft griff, wie sie die Harmonien für ihre Fiedel bereits umformte. Doch nein. Das hier war nicht ihre Welt. Leise, um den Künstler da droben nicht zu stören, stand sie auf, schlich sich aus der Bank und zur Tür hinaus. Sehnsüchtig blickte sie zurück, als sie auf der Straße stand, und atmete die gedämpften Töne ein. Mutlos ließ sie den Kopf hängen.

Närrin, beschimpfte sie sich. Es hat keinen Sinn, seine Wünsche auf etwas zu richten, was man nie erreichen kann! Bist du nicht warm angezogen und hast du nicht den Bauch voller Milch und Brot? Geht es dir nicht um so viel besser als anderen? Hast du nicht gesunde Glieder und einen klaren Verstand? Vergib mir meinen Hochmut, Herr, betete sie still, den Blick auf die Kirche gerichtet. Du hast mir so viel gegeben.

›Aber auch so viel genommen!‹, meldete sich der Teufel in ihr. ›Und das, was er gegeben hat, ist wie Salzwasser auf der Zunge eines Durstigen. Ein Knauser ist er, der dich den Himmel hören, aber nicht betreten lässt!‹

›Nein, nein! So darf ich nicht denken‹, wies sich Pauline erschrocken zurecht. ›Ich habe kein Recht, etwas von Gott zu fordern. Es ist uns aufgetragen, hier auf Erden zurechtzukommen mit dem, was wir haben. Jeder an seinem Platz. Und hab ich nicht meine Kunst, die mich ernährt?‹

›Aber das ist nicht genug!‹, flüsterte das Teufelchen.

»Sei still!«, rief sie laut, sodass die Leute sich nach ihr umschauten, und hielt sich die Ohren zu. Das Teufelchen schwieg höhnisch.

In der Zeit, die sie in der Kirche verbracht hatte, war es noch kälter geworden. Ein eisiger Wind pfiff um die Hausecken und wehte ihr einen schmutzigen Zettel unter die Sohlen, wo er kleben blieb. Pauline bückte sich und hob ihn auf. Sie betrachtete ihn. Ein breites, aber unfreundliches Lächeln zeigte sich auf ihrem blassen Gesicht. Das Schlagwerk vom Rathaus läutete – noch zwei Stunden bis Mittag. Sie knüllte den Zettel zusammen und warf ihn zurück in die Gosse.

Auf dem Naschmarkt blieb sie stehen und schaute sich um. Mägde standen in kleinen Gruppen zusammen und tratschten. Handwerkerfrauen schritten mit prüfendem Blick die Reihen der Höken ab, bückten sich, um die Ware zu befühlen, kosteten Käse, zwickten gerupfte Gänse, um festzustellen, wie fett sie waren. Fast in jedem Haus waren Gäste zur Messe. Die Bauern konnten ihre Waren kaum so schnell in die Stadt tragen, wie sie ihnen aus den Händen gerissen wurden. Aus den Gewölben und Arkaden dufteten exotische Früchte, Gewürze und Wein.

Ein halbwüchsiger Junge trug Wurstringe, auf einer Holzstange aufgereiht. »Wurst! Kooft Wurst!« Er fror erbärmlich n seinem Kittel, und der Verkauf ging ihm nicht schnell genug. »Da, nehm Er doch eine! Er kann sich eine rechte Güte tun damit«, rief er und hielt einem vorübergehenden Herrn lockend die Räucherware vor die Nase.

Am Rathaus hockte eine Greisin auf den kalten Stufen, vor sich einen Buckelkorb: »Fische! Kreeeeebse! Krebse, jute!«

Pauline entdeckte den Wanzenkönig, den sie schon gesucht hatte, und legte die Finger zu einem durchdringenden Pfiff an die Lippen. Eine Bürgersfrau musterte sie streng.

»Fiedlerin!« Der Wanzenkönig ließ flink eine Orange vorn in seinem Kittel verschwinden. »Wie geht's?«

»Haste was für uns?«, fragte Stinker, der sich dazugesellte.

»Ja«, sagte Pauline und kramte nach dem Groschen, den Susanna ihr gegeben hatte. Es juckte sie, ihn auszugeben, und sie wusste schon eine gute Verwendung dafür. »Aber zuerst sagt mir: Wisst ihr, wo Moritz Weidemann ist?«

»Wieso soll'n wir denn das wissen«, sagte Stinker abwehrend. So hatten sie also schon von der Sache gehört.

»Na, weil er euer Freund ist, denke ich doch.«

»Der ist nicht unser Freund«, sagte der Wanzenkönig. »Das ist doch bloß so'n Bürgersöhnchen, das uns auf der Pelle klebt.«

»Ach, und ich dachte, ihr wäret befreundet.«

»Nee. Mit so einem doch nicht. Außerdem ist er viel zu kleen für uns«, merkte Stinker an. »Na ja, lustig ist er ja. Drolliger kleiner Mops. Aber – du verstehst doch: Der ist einfach anders als wir. Geht zur Schule und so. Abends nach Hause zu Mama und in sein vorgewärmtes Heiabett.«

Wanzenkönig stieß ihm den Ellenbogen in die Rippen. »Nu mach ihn mal nicht mau. Ist halt ein jondeftiger Schratz. Bringt uns aber oft was zu spachteln. Klemmt für uns bei der Beißersmusch. Feine Sachen: Schmierling, Mack, paar Säckel und so.« Für ein unerfahrenes Kleinkind hielten sie ihn, aber er klaute offenbar zu Hause in der Küche für die Bande, der Moritz. Ließ mal einen Käse, Speck oder ein Paar Würste für sie mitgehen. Das hielten sie ihm zugute.

»Zu Neujahr hat er uns zwei Flaschen Funkel gebracht!« Stinker lachte wie ein Alter. »Beschickert war'n wir wie Studenten. Und der Kleene, der ist rumgetorkelt wie 'ne Butze!«

So betrunken waren sie also gewesen – dass Moritz gewatschelt war wie eine Gans.

»Na schön«, sagte Pauline. »Selbst wenn er nicht zu euch

gehört, so kann er euch aber wohl nicht völlig gleichgültig sein. Und wenn er Hilfe braucht, würdet ihr ihn doch nicht im Stich lassen?«

Ernst schüttelten sie die Köpfe. »Nee! Aber wir wissen doch nichts. Ehrlich! Bei uns isser nicht aufgetaucht seit – seit wann, Stinker?«

»Seit Neujahrabend haben wir ihn nicht mehr gesehen.«

»Vielleicht hatte er Angst, nach Hause zu kommen …«

»Kann sein, so voll, wie der war. Aber trotzdem. Bis heute früh spätestens wär er nach Hause gekrochen«, stellte Stinker fest. »Der is' 'nen vollen Wanst gewohnt. Und in irgendeinem Schuppen schlafen, das kennt der nicht.«

»Stimmt«, pflichtete Pauline ihm bei. »Ihr könnt euch ja ein bisschen umschauen nach ihm. Vielleicht ist er in Schwierigkeiten. Und wenn ihr ihn findet, dann lässt Frau Weidemann sich sicher nicht lumpen. Sie macht sich große Sorgen um ihn.«

»Klar, wird gemacht. Wenn wir ihn sehen oder was von ihm hören, dann stecken wir es dir. Oder wir bringen ihn nach Hause. Wo er hingehört. Is' nix für den, die Straße.«

»Stimmt genau. Einstweilen könnt ihr aber noch was anderes für mich tun.« Sie zog den Groschen heraus und tuschelte eine Weile mit den Jungen. Erst hörten sie zu, dann fingen sie an zu lachen.

»He! Bollerchen!«, rief Stinker einen kleineren Jungen zu sich heran. »Sag Wanda und den anderen Bescheid. Sie sollen einen Sack Schwankert einfangen für die Nettel hier. Gibt einen Kreuzer für jedes Vieh! Kommt in einer Stunde zum Markt. Das wird ein Spaß!«

»Au wei! 'ne wütende Nettel ist schlimmer als ein ganzes Dutzend Greifer«, grinste abgeklärt der Wanzenkönig. »Was hatter denn gemacht?«

»Geht dich nichts an«, sagte Pauline. »Kommt ihr nun oder nicht?«

Sie ließen den Markt hinter sich und bogen ins Thomasgässgen ein, vorbei am ehemaligen Kloster und an der Kirche. Der Organist hatte seine Fingerübungen beendet. Die Seitentür war geschlossen. Wie ein Loch war die Stille von Sankt Thomas inmitten des Messelärms, eine Stille, die sich in Paulines Magengrube unbehaglich spiegelte. Rasch ging sie weiter.

Der Torknecht drohte den Jungen mit der Faust, als er sie vorbeiflitzen sah. »Ihr Lumpenpack!«

Pauline erklärte, sie wolle Freunde besuchen, und wurde durchgelassen.

Die Wiesen vor dem Tor waren weiß bestäubt wie mit Pfeilwurzpulver. Und wie verändert sah die Gegend aus, sobald ein wenig die Sonne schien, ganz golden und sepiafarben. Zwei Knaben spielten auf dem zugefrorenen Stadtgraben. Ihr Jauchzen hallte weit im klaren Blau.

»Still jetzt!«, sagte Pauline mahnend zu den Jungen, die hinter dem Tor auf sie gewartet hatten. »Dort drüben, das müssen sie sein.«

Zwischen den Gräben, nur einen Steinwurf von der Stadtmauer entfernt, hatten die Gaukler ihr Lager aufgeschlagen. Drei Planwagen waren so aufgestellt, dass sie ein Hufeisen bildeten. An der offenen Seite hatte man zum Schutz gegen schlechtes Wetter eine Leinwand gespannt. Die zottigen kleinen Pferde grasten in einiger Entfernung am Ufer der Pleiße, wo noch Grün zu finden war. Bunte Narrenkleider hingen von niedrigen Baumasten, wo man sie zum Trocknen aufgehängt hatte. Zwei Frauen machten sich an dem erloschenen Feuer zu schaffen. Ein Scheppern klang über die Wiesen, als eine von ihnen einen großen Wasserkessel an ein Dreibein hängte.

»Die pennen ja noch«, sagte Stinker. »Mensch, Gaukler müsste man sein: keene Maloche; Weiber und Gickes jede Nacht und dann in den Tag schnarchen. Und den Kies kriegste nur so nachgeworfen.«

»Das ist kein so angenehmes Leben, wie du dir vorstellst«, murmelte Pauline.

»Ach, kasper nicht rum. Ich hör doch von Wanda, wie dein Geschäft brummt!«

»Ja, jetzt, weil Messe ist. Auf Jahrmärkten, da läuft es. Aber zwischendrin gibt es lange Zeiten, wo du gar nichts einnimmst. Da schläfst du oft mit leerem Magen ein.«

»Na und?«, sagte der Wanzenkönig leichthin. »Da geht's dir nicht anders als uns. Mal hat man was, mal hat man nichts. Aber du bist frei, und keiner kann dich rumkommandieren oder verprügeln.«

»Gut. Dann überleg dir, was du machen willst: Geschichten

erzählen, singen, ein Instrument lernen, jonglieren, einen Bären führen ...«

»Singen kann ich nicht«, sagte Stinker. »Aber so einen Bären hätte ich gern. Ich wette, ich könnte fertig werden mit so einem Vieh. Da würden die Weiber gucken! Aber ich soll Hufschmied werden wie mein Alter. Bloß dass meine Brüder die Schmiede erben, und ich bin bloß ihr Knecht.«

Sie waren nah genug. »Was jetzt?«, fragte der Wanzenkönig.

»Jetzt schleicht ihr euch zu dem linken Wagen da, dem mit den Bildern drauf, und seht zu, dass ihr zu fassen kriegt, was ich euch beschrieben habe. Passt auf und lasst euch nicht erwischen!«

Pauline wanderte am Graben entlang, als suchte sie etwas. Unschuldig schlenderten die beiden Jungen zu den Wagen. Stinker lenkte die beiden Frauen ab. Pauline sah ihn gestikulieren, weiß der Himmel, was er den beiden erzählte.

Wanzenkönig war hinten am linken Wagen und lupfte vorsichtig die Plane hoch. Jetzt entblößte Stinker die Arme und ließ seine mageren Muskeln spielen. Das Gelächter der Frauen klang bis zu Pauline herüber. Sie wagte einen längeren Blick über die Schulter. Ja, Henrike erkannte sie an ihrem roten Haar. Und das da musste Auguste sein, die kleine Auguste, zwei Jahre jünger als sie. Hübsch war sie geworden, das war damals schon abzusehen. Kein Wunder, dass Emmanuel sie für sich genommen hatte. Hatte er Auguste dieselben Lügen erzählt wie ihr?

Nicht lange, und der Wanzenkönig war zurück. »Ist sie das?«, fragte er und zog unter seinem Kittel eine zusammengeknüllte burgunderrote Trikothose hervor.

Pauline entrollte sie und lachte, als sie die stark aufgepolsterte Schamkapsel entdeckte, gelb gestreift und, oh, mit himmelblauen Bändern verziert!

»Genau, das ist sie. Schau sich das einer das an. Es hat ihm immer schon gefallen, sein Gemächt herumzuzeigen!«

»Dir hat er es wohl auch gezeigt«, grinste der Junge. »Hat er dich gepimpert? Bist du deshalb sauer auf ihn?«

Pauline gab ihm einen Puff. »Halt's Maul«, fuhr sie ihn an. Dann holte sie aus ihrer Gürteltasche das Messerchen hervor, mit dem sie gewöhnlich ihre Saiten und die Bespannung des Bogens zurechtschnitt, und machte sich ans Werk: Jede dritte

Naht trennte sie auf. Es sollte schließlich nicht zu früh passieren. Fertig! Sie prüfte ihr Werk – nichts zu entdecken, schon gar nicht für einen Kerl, der die Pflege seiner Kleidung den Frauen in der Truppe überließ.

»Jetzt bring's zurück, ohne dass er was merkt. Kannst du das?«

Der kleine Dieb zuckte verächtlich die Achseln, rollte das Stoffbündel zusammen und rannte über die Wiese, flink wie ein Hase. Gerade als er am Wagen angekommen war, stieg vorn der Besitzer herunter. Halb nackt war er, gähnte, reckte sich und kratzte sich sein reichliches Brusthaar. Er schien etwas zu der jüngeren Frau zu sagen. Die drehte sich halb zu ihm um und antwortete etwas. Maulend verschwand er daraufhin wieder in seinem Wagen. Pauline musste sich die Hand vor den Mund halten, als sie beobachtete, wie der Junge das Bündel hastig hinten unter der Plane durchstopfte und sich aus dem Staub machte. Stinker verabschiedete sich offenbar höflich. Pauline sah ihn eine Verbeugung machen und die Kappe lupfen. Die Frauen lachten, und eine gab ihm einen Klaps aufs Hinterteil.

»Ich hab sie gefragt, ob sie mich haben wollen«, sagte er ein wenig missmutig, als er zurück war und die drei auf das Stadttor zugingen.

»Und?«

»Nee, kein Bedarf. Ich muss mindestens sechs Äpfel jonglieren können oder Feuer schlucken lernen oder irgend so einen Kram. Oder schauen, dass ich ein Pferd hochheben kann. Dann würden sie mich nehmen. Vielleicht, hat sie gesagt. Ist doch Quatsch, das kann doch keiner, oder? Wie soll ich denn ein Pferd hochheben?«

»Du musst eben üben. Fang mit Mehlsäcken an, oder arbeite bei deinem Vater in der Schmiede. Da wirst du schon richtige Muskeln kriegen.«

»Schinageln!«

Dass er arbeiten sollte, davon war er wohl nicht begeistert.
»Ich hab es dir gesagt. Lernen musst du überall.«

»Stimmt. Sogar als Dieb«, fügte der Wanzenkönig altklug hinzu. »Ich mache jeden Tag Fingerübungen und passe auf, dass ich beweglich bleibe. Meinem Altlatz musste ich jeden Tag was aus der Tasche zupfen. Wenn er's gemerkt hat, hat er mich verdroschen. Am Ende war ich besser als er. Ihn haben sie aufgehängt. Ich sag's ja: üben, üben, üben!«

Gut gelaunt spielte Pauline auf dem Naschmarkt, obwohl ihr die Kälte unter die Röcke zog und in die Fingerkuppen biss. Als die Rathausuhr Mittag schlug, hatte sie vier Heller, fünf Pfennige, einen churischen Batzen und eine geräucherte Wurst eingenommen.

»Hast du was zu tauschen? Ich geb dir Meißner Währung und mach dir einen besseren Kurs, als du im Rathaus kriegst«, bot eine der Höken ihr an. Das Wechseln unter der Hand war zwar verboten, aber wer scherte sich schon darum.

»Gib mir meißnische Heller für den Batzen«, forderte Pauline, ließ sich die Münzen in die Hand zählen und ließ sie in der Börse verschwinden, die sie unter dem Rock trug.

Die Kinder warteten am Brunnen auf sie.

»Willste die essen?«, fragte Wanda, als sie ihr einen ausgedienten Rübensack hinhielt, in dem es raschelte und gurrte. »Ist aber nicht viel dran an den ollen Viechern. Im Winter sind se mager!«

»Wart's ab!« Pauline verteilte die Heller, schulterte den zappelnden, raschelnden Sack und ging hinüber zum Hauptmarkt. Der Platz hatte sich gefüllt. Die Gaffer standen dicht an dicht. Vom Rathausturm zum Bürgerhaus auf der anderen Seite war das Seil straff gespannt. Im oberen Stock des Rathauses ging ein Fenster auf. Die Leute klatschten und jubelten. Die Kurfürstin war erschienen.

Musik setzte ein. Auf der kleinen hölzernen Bühne, die außerhalb der Marktzeiten als Richtstätte diente, stand ein alter Mann im bunt geflickten Wams und spielte Sackpfeife. Pauline hielt einen Augenblick inne und hörte zu. Sie hatte es immer geliebt, wenn Melchior dieses Instrument spielte, und fand es zu Unrecht verachtet. Es hatte die Kraft und die Weite der Berge, und es verfehlte nie, das Fernweh in ihr zu wecken. Aber im Augenblick stand ihr der Sinn nach einer schärferen Würze.

Aus einem Fenster des Turms lugte ein Mann heraus und sah abschätzend auf die Menge herunter. Pauline erspähte einen Hauch Burgunderrot und weite gelbe Ärmel. Eine von Mohns

Frauen streifte Pauline, und sie bückte sich rasch, wie um etwas aufzuheben. Schon war die andere weiter mit dem Klingelbeutel. Zu dritt würden sie abkassieren, wenn die Vorstellung oben losging. Die Menge wurde unruhig.

»Los, anfangen!«

»Rauf mit dem Seiltänzer, mach los!«

»Ob er wohl heute runterfällt?«

»Er soll ja ohne Sicherheitsleine arbeiten!«

Dann ein Trommelwirbel. Das musste der Kleine von Henrike sein. Jeh! War der in die Höhe geschossen. Und dann kam er aus der Turmluke herausgestiegen, blendend in rot und gelb wie ein Paradiesvogel, wippende Federn am Hut. Die enge Trikothose ließ nichts zu raten übrig, nicht einmal aus der Entfernung. Die Menge wurde still, alle Augen waren nach oben gerichtet. Die Füße in den weichen Stiefeln bogen sich um das Seil, ein paar tastende Schritte, eine Verbeugung, ein Sprung und – die Menge stöhnte auf –, er schien zu straucheln, flüchtete sich zurück zum Fenster. Doch nein, ein Scherz, er neckte sie. Ein neuer Anlauf, erleichtertes Lachen ging durch die Zuschauer wie ein Wind durchs Kornfeld. Leichtfüßig hüpfte er zur Seilmitte, machte einen Handstand, schlug ein Rad und noch eins, zog aus einer Gürteltasche nach und nach glänzende Bälle und begann zu jonglieren.

Während die Zuschauer nur Augen für den Seiltänzer hatten, zwängte sich Pauline, klein, wie sie war, durch die Menge, bis sie unmittelbar unter dem Seiltänzer stand. Sie öffnete den Sack, hob ihn an und schüttelte. Mit mächtigem Flügelrauschen flogen die befreiten Tauben in die Luft, streiften, flatterten um den Tänzer herum. Überrascht hielt er inne, ein Ball fiel, dann der nächste. »Ah!« und »Oh!« stöhnte die Menge unten. Einen Wimpernschlag lang schien der Seiltänzer zu schweben, schwerelos, atemlos; dann begann er zu kippen. Er breitete die Arme aus, ruderte, versuchte das Gleichgewicht wiederzufinden und – stürzte. Unwillkürlich streckten sich Hände nach oben, ihm entgegen. Eine Frau kreischte auf. Doch jäh wurde sein Fall gebremst. Mitten in der Luft blieb er hängen, kopfunter baumelnd. Nur sein schöner Federhut segelte kreiselnd herab.

»Betrüger!«

»Pfui!«

»Buuuuh!«

Das Rathausfenster schloss sich. Die Kurfürstin verschwand.

»Er hat sich ja doch festgemacht«, rief jemand.

Und wenn schon. ›Mindert das etwa seine Leistung?‹, dachte Pauline verächtlich. ›Faules, sattes Bürgerpack! Seid erst zufrieden, wenn Hirn vom Pflaster spritzt. Dann habt ihr etwas für euer Geld, nicht wahr? Wie könnt ihr dann mit wohligem Schauer der heimischen Stube zustreben und euer Bier so recht genießen.‹

Emmanuel Mohn hing an einem Lederriemen wie ein Huhn, das zum Schlachter getragen wird. Er begann zu schwingen, angelte mit dem anderen Fuß nach dem Seil, endlich bekam er es mit den Händen zu packen und zog sich behände wieder nach oben. Schon wollte er sich fangen und mit leichter Geste, mit ein paar Scherzen die Gunst der Menge zurückgewinnen, da erklang ein helles Geräusch über den Platz, in der erwartungsvollen Stille deutlich zu hören, ein Reißen von Stoff und Platzen von Nähten, Gelächter brandete auf: Gerettet war er, doch mit nackter Kehrseite!

Sieh an, ist auch älter und fetter geworden, dachte Pauline. Wenn er so weitermacht, hält es ihn bald nicht mehr auf dem Seil. Den Sack ließ sie fallen und stahl sich zufrieden davon.

Die Straßenkinder standen am Rand der Menge und johlten. Hinter sich hörte Pauline, wie Sackpfeifer und Trommler sich mühten, die Menge abzulenken, und wie der Gaukler auf dem Seil versuchte, dem Ganzen eine komische Seite abzugewinnen!

»Komm, Wanda«, sagte Pauline. »Wir haben zu tun.«

»Wolltest du ihn kappore machen?«, fragte das Mädchen gespannt.

»Ach was! Ich wusste ja, dass er sich immer sichert.«

Die Kleine warf Pauline einen schlauen Blick zu. »Dann stimmt es, was der Wanzenkönig sagt. Du hast mit dem geschumpelt.«

»Nein, ja – na und? Was wisst ihr denn schon davon?«

»Eine ganze Menge«, behauptete Wanda würdevoll. »Wir wissen, wie das geht. Die Jungs jedenfalls. Die gehen manchmal zum Hurenhaus und linsen durch die Scheiben, ja, machen die. Aber ich darf da nicht mit.«

»Besser so.« Pauline sah zu der Kleinen hinunter. Sollte sie ihr Vorhaltungen machen? Das wäre wohl kaum angebracht, und sie war ganz sicher nicht die Richtige dazu. Wahrscheinlich hatte sie auch schon ihre Eltern dabei gesehen. Wo alle im selben Raum schliefen, blieb ja kaum etwas verborgen.

»Ist das schön, das Schumpeln?«

»Es kann schön sein.« Sie blickte auf und überlegte, ob sie weiterreden sollte. »Aber vorher lass dir von einer Hebamme erklären, wie du es machst, dass du nicht schwanger wirst, hörst du? Kennst du eine?«, sagte sie dann leise.

»Meine Tante ist Hebamme.«

»Fein, dann frag die.«

In ausgezeichneter Stimmung spielte Pauline hier und dort, und schließlich landeten Wanda und sie auf dem Niklaskirchplatz an ihrer gewohnten Stelle.

»Grüß dich, Fiedlerin!« Die Butterliese wies mit dem Kinn auf Jacobus' Gewölbe. »Dein Freund hat sich in seine Wunderkammer verkrochen und steckt den ganzen Tag keine Nasenspitze vor die Tür!«

»Eine Schande, dass er immer noch frei herumläuft! Erpresser und Kinderschänder, der er ist«, fügte die Waffelbäckerin Trude hinzu. »Der arme kleine Moritz Weidemann! Arme Ottilie!«

»Aber was redet Ihr da? Jacobus hat nichts Unrechtes getan, und woher wisst Ihr denn überhaupt davon?«

»Na, die neue Magd vom Goldenen Rad, die hat heute früh bei mir Butter und Rahm gekauft.«

Walpurga! Das Miststück! Hatte sie nichts Besseres zu tun gehabt, als doch die Neuigkeiten herumzutratschen. War ihre Einkaufsrunde genügend groß gewesen, dann wusste es jetzt die ganze Stadt.

»Es ist wahr, dass Moritz vermisst wird, aber niemand hat Jacobus deshalb beschuldigt. Nicht einmal Ottilie.«

Energisch tauchte die Waffelbäckerin das Waffeleisen ein, sodass das Fett spritzte und Rauchschwaden von der Holzkohle aufstiegen. »Zu vertrauensselig ist sie, das habe ich ja immer schon gesagt. Als Gastwirtin muss man Leute wohl bis zu einem gewissen Maß mögen, aber ein wenig Menschenkenntnis sagt einem doch gleich, was der da für einer ist.«

»Wir haben auch gleich dem Marktvogt berichtet, was wir

gesehen haben«, schwatzte die Butterliese eifrig. »Wie er die braven Kinderchen beschimpft und den Moritz verprügelt hat, ja, und bedroht hat er ihn! Haben wir ihm alles gesagt.«

»Brave kleine Kinder«, schnaubte Pauline. »Seid ihr es nicht, die sie sonst gern als Diebsvolk, Flegel und Galgennachwuchs bezeichnen? Nie habe ich ein gutes Wort über sie gehört, und plötzlich sind sie arme Kinderchen. Freche Rotzgören sind es, entschuldige, Wanda! Sie haben den guten Jacobus bis aufs Blut geärgert, das habt ihr doch genau gesehen. Warum verbreitet ihr jetzt solche Dinge über ihn?«

»Weil er anders ist. Unheimlich ist er, eine Missgeburt«, antwortete die Butterliese giftig. »Vor so was sollte man sich besser in Acht nehmen. Es würde mich nicht wundernehmen, wenn er ein Zauberer wäre und Kinderblut für seine teuflische Kunst gebraucht. Und dass du es nur gleich weißt: Wenn du dem seine Freundin bist, dann brauchst du hier gar nicht weitermachen. Dann wollen wir dich hier auch nicht haben.«

Kopfschüttelnd brach Pauline ab.

»Na dann nicht«, sagte sie. »Wir können auch da drüben am Brunnen spielen. Komm, Wanda, da ist die Luft besser.«

»Und er war's doch!«, rief Waffeltrude hinter ihr her. »Der kleine Moritz war ja noch am Abend allein bei ihm! Hineingehen haben wir ihn sehen, aber nicht herauskommen!«

Pauline fuhr herum: »Was sagst du da?«

»Du hast mich gehört: Er hat den Moritz allein zu sich gelockt. Und dann hat er ihn verschwinden lassen. Aber die Bußherren sind schon in Kenntnis gesetzt, und jetzt werden sie ihn sich bald schnappen«, verkündete Trude triumphierend. »Und uns verdankt man, dass man den Schuft fassen wird. Pass du nur auf, Ziehgaunerin. Die Magd hat gesagt, dass du auch Dreck am Stecken hast. Was auch zur Messe alles in der Stadt rumlungert: Schalksnarren, Krüppel, Zwerge, Lottergesinde!«

Pauline wandte ihr den Rücken zu. Üble Nachrede, das war es. Und es schien, dass der Rat der Stadt solches Geschwätz wohl einzuschätzen verstand. Jacobus jedenfalls war in seinem Gewölbe. Ganz unbehelligt ging er seinen Geschäften nach, komplimentierte reiche Schaulustige hinein und hinaus, zeigte seine Schätze und seinen Buckel.

Die Dämmerung fiel rasch. Sobald die letzten Sonnenstrahlen die Hauswände hochgewandert und über den Dächern verblasst waren, wurde die Kälte unerträglich. Pauline sah auf die zitternde Wanda hinunter und beschloss, zu Jacobus ins Gewölbe zu gehen.

Dort setzte sie sich still in eine Ecke, zählte ihre Einnahmen und zahlte Wanda ihren Anteil aus. »Hier hast du. Schluss für heute.«

»Hast du nichts Wärmeres anzuziehen?«, fragte Jacobus, der hinzugetreten war, die Kleine. Wanda schüttelte den Kopf.

»Wenn ich dir drei Groschen gebe, versprichst du mir dann, dass du dir einen Mantel beim Kleidertrödel kaufst, heute noch?«

Wanda sah ihn überrascht an und nickte.

»Aber ich will den Mantel morgen an dir sehen.« Pauline hob mahnend den Finger. »Du sollst das Geld nur dafür verwenden und für nichts anderes!« Dem Kleinwüchsigen raunte sie zu: »Sonst nimmt ihre Alte ihr das Geld ab, und es rinnt doch bloß durch deren Kehle.«

Jacobus durchsuchte gerade seine Gürteltasche nach den passenden Münzen, als am Eingang Lärm entstand.

»Jetzt holen sie ihn! Jetzt packen sie den Zwerg!«, hörte Pauline johlen, sah auf und erblickte einen Gerichtsdiener und drei Marktknechte. Jacobus' Kunden zogen sich flink von ihm zurück und blieben im Eingang stehen.

»Jacobus von Antwerpen? Ihr seid der Entführung und der Erpressung beschuldigt. Der Rat der Stadt Leipzig hat angeordnet, Euch bis auf Weiteres in den Kerker zu bringen.«

Zwei der Knechte packten den Kleinwüchsigen derart grob bei den Armen, dass sein Gewand an der Schulter riss und er in die Luft gehoben wurde. Er begann zu strampeln und zu schreien. Die Zuschauer lachten.

»So lasst ihn doch herunter!«, rief Pauline und trommelte abwechselnd dem einen und dem anderen Knecht auf den Rücken. »Herr Büttel, es ist doch wohl nicht nötig, mit solcher Grobheit vorzugehen. Das ist alles ein Irrtum! Kommt in Leipzig die Strafe vor dem Urteil?«

»Lasst mich herunter! Ich komme ja freiwillig«, schrie Jacobus. »Aber ich habe nichts getan. Ich bin unschuldig!«

»Das wird sich weisen«, sagte der Büttel, doch er wies die Knechte an, den Zwerg auf den Boden zu stellen.

»Wie ich das hasse!«, rief Jacobus. Er zupfte gereizt an seinem zerrauften Wams. »Dass sie mich immer hochheben müssen! Je größer die Kerle, desto mehr Freude haben sie daran. Als ob nicht jeder sehen könnte, dass ich viel kleiner bin als sie! Lümmel!«, fauchte er den Knecht an. »Das ist doch keine Art!«

»Pass auf, wen du einen Lümmel nennst. Du hast wenig Grund, den Schnabel aufzureißen«, murrte der Angesprochene. Der Büttel wandte sich zum Gehen und winkte den Häschern.

»Abführen! Platz da!«

Schwere Hände legten sich auf Jacobus' Buckel und schoben ihn zur Tür. Die Schaulustigen wichen weiter zurück und bildeten eine Gasse, die jedoch gerade so weit war, dass die Männer sich durchdrängen konnten. Niemand wollte etwas versäumen.

»Wartet!«, rief Jacobus, als er schon halb über die Schwelle war. »Ich muss doch meine Angelegenheiten regeln. Pauline, da, nimm den Schlüssel. Ich bestimme die Spielfrau Pauline Schwan zu meiner Bevollmächtigten!« Er nestelte an seinem Gürtel und drückte Pauline ein kleines Bund mit Schlüsseln in die Hand. »Schließ alles gut ab, und nimm das Einhorn in die Herberge mit! Ich ahne schon, wer mir was anhängen will. Aber das Horn soll er nicht haben!«

»So, das genügt. Jetzt kommt!« Sie zerrten an ihm, doch wieder sperrte er sich.

»Pauline! Du musst auch Felix versorgen! Versprich mir das!«

»Ja, ja!«, rief Pauline. Der Affe war hinter einen Schaukasten geschlüpft. Nur sein Kringelschwanz lugte hervor. Sie zog vorsichtig daran. »Komm, Äffchen, komm!«

»Halt!«, rief wieder der Zwerg. Er stemmte seine Stiefel in den Boden wie ein bockiger Esel.

»Was, zum Henker?« Der Büttel wurde ungeduldig.

»Das Tier wird ihr nicht gehorchen, wenn ich es ihm nicht befehle.«

»Was geht das mich an?«

»Es ist ein wertvolles Tier. Wenn er verhungert und verkommt, mache ich Euch dafür verantwortlich.«

Der Büttel schüttelte den Kopf und schlug vor Überdruss die Hände zusammen.

»Soll ich ihn wieder loslassen?«, fragte der Knecht, der den Kleinwüchsigen am Kragen gepackt hatte. »Vielleicht versucht er nur zu fliehen?«

»Nun stellt Euch nicht so an«, Pauline brach in spöttisches Gelächter aus. »Was glaubt Ihr denn wohl, wie schnell er laufen kann auf seinen kurzen Beinen?«

»Vielen Dank«, zischte Jacobus.

Der Knecht nahm seine Hände von ihm.

»Hier, Felix, hier, komm!« Jacobus rief und schnalzte nach dem Affen. Der aber wollte sein Versteck nicht verlassen. »Komm zu Jakob, komm! Kss, kss!«

Dem Dritten der Marktknechte, einem dümmlichen Kerl, der bislang tatenlos dabeigestanden hatte, dauerte es zu lang. Er stocherte mit dem Spieß nach dem Tier, woraufhin es wie ein Blitz hervorgeschossen kam und einen Samtvorhang hinaufkletterte, von wo es herunterkeckerte und seine winzigen, aber spitzen Zähne bleckte. Der Knecht langte nach ihm und zog mit einem Aufschrei seine blutende Hand zurück.

»Weg, Grobian! So geht das nicht. Herr Büttel, wenn Eure Männer das Tier jagen und verängstigen, kommen wir bis morgen früh nicht hier heraus.«

Mit einer Handbewegung befahl der Gerichtsdiener seine Männer zur Tür.

Jacobus fasste in ein Säckchen an seinem Gürtel, zog ein paar Nüsse hervor und hielt sie dem Affen entgegen. Der schaukelte unentschlossen, kam aber schließlich und griff nach den Leckerbissen.

Jacobus gab Pauline das Säckchen und setzte ihr dann den Affen auf den Arm: »Bleib bei Pauline, Felix! Bleib!«, befahl er ihm. »Du musst ihn streicheln und füttern, damit er dich als seine Beschützerin anerkennt.« Und während Pauline noch in dem Säckchen nach einer getrockneten Dattel fischte, waren die Häscher schon mit dem Zwerg hinaus. Sie blieb zurück mit dem verängstigten Affen und fremden Schlüsseln in der Hand. Draußen erhoben sich ein großes Geschrei und Gejohle. Hände griffen nach dem Kleinwüchsigen, schlugen ihn und stießen ihm den Hut herunter. »Kinderschänder!«, »Bestie!«, brüllten sie und spuckten ihn an. Sicher hätte man ihn ganz zu Schanden geprügelt, wäre er nicht von den Marktknechten umgeben gewesen.

Schnell genug erinnerten sich einige der findigeren Marktbesucher an das nun herrenlose Gewölbe. Pauline sah sie kommen und konnte gerade noch die Läden des Gewölbes von innen schließen und den Riegel davorfallen lassen. Fäuste hämmerten von außen gegen das Holz. Die dünnen Läden krachten und bogen sich unter dem Ansturm. Der Affe drückte sich an ihre Brust wie ein Säugling.

Nach einiger Zeit hörte das Hämmern auf, die wütenden Rufe verstummten.

Im Schatten hinter dem großen Globus tauchten ein paar Kinderaugen auf. »Sind sie weg?«

»Ja«, antwortete Pauline. »Aber es wird besser sein, wenn wir eine Weile abwarten, bevor wir hinausgehen.«

»Was werden sie nun mit ihm machen?«

»Keine Ahnung. – Wie ist hier das Gefängnis?«

»Is 'ne schlimme Keuche. War mein Alter schon mal drin. Kalt isses, und zu fressen kriegste nischt, wenn de keene Asche hast.«

Nun ja, die Stockmeister kriegten Geld von der Stadt, mit dem sie die Gefangenen nach ihrem Gutdünken zu verköstigen hatten. Je weniger die armen Luder verzehrten, desto mehr blieb für den Stockmeister übrig.

»Ich würde ja morgen hingehen und Geld bringen, aber wo hat er es denn nur versteckt?«

Felix zupfte an Paulines Ärmel, bis sie in das Beutelchen griff und ihm noch eine Nuss gab. Als er ihr keine weiteren Süßigkeiten entlocken konnte, kletterte er auf ihre linke Schulter und klammerte sich an ihrem Hals fest.

Pauline hob eine Öllampe aus einer der Nischen und leuchtete im Gewölbe umher. Verzerrte Schatten ausgestopfter Tiere und fremdartiger Skulpturen huschten über die Wände. Kristalldrusen glitzerten auf. Masken aus schwarzem Holz starrten aus leeren Augenhöhlen.

»Hier vielleicht.« Wanda hob den Deckel einer eisenbeschlagenen Truhe und fuhr mit einem Aufschrei zurück: Knochen lagen darin. »Ist das der Junge, den sie suchen?«, flüsterte sie.

»Ach nein, du Dummerchen.« Pauline hob das Ding hoch und zeigte es ihr.

Die Knöchelchen waren mit Drähten zusammengehalten und

klapperten hohl. Es mochte ein Hund gewesen sein oder ein kleines Schwein. Der Schädel fehlte.

Sie durchsuchten das ganze Gewölbe, Truhen und Laden nach Münzen, doch sie fanden nichts. »Irgendwo muss er doch seine Barschaften haben«, sagte Pauline. »Ob er alles in der Herberge gelassen hat? Das glaube ich nicht! Sein Geld hat man doch bei sich! Und angeblich verkauft er ja auch Dinge hier ...«

Ihr Blick fiel wieder auf die Truhe mit den Knochen. Darin war nichts von Wert, nichts, dem ein Dieb Beachtung schenken würde. Sie klappte den Deckel noch einmal auf, griff hinein und tastete den Boden ab. Richtig! »Da schau, der Boden ist nicht so tief, wie die Truhe hoch ist. Sie hat einen doppelten Boden!«

Wanda kauerte sich davor und ließ die Finger über die Beschläge wandern. Da: eine bewegliche Verzierung. Sie zog daran. In der Truhe war ein Schnarren und Schnappen zu hören. Etwas rastete vernehmlich ein. Eine Klappe fiel herunter und gab eine Öffnung im doppelten Boden der Truhe frei. Ehe Pauline etwas sagen konnte, hatte Wanda mehrere Beutel mit Münzen herausgezogen, dazu allerhand Frauenschmuck und eine Taschenuhr in Muschelform in einem Säckchen aus feinstem gefärbten Leder. Felix, vom Glitzern angelockt, sprang auf den Boden und grapschte nach einem Ring mit bunten Steinen.

Wanda stieß einen Pfiff aus: »Der ist aber schnell!«

»Na, na!«, sagte Pauline und brachte die Juwelen vor dem Affen in Sicherheit. »Nicht, Felix! Komm bloß nicht auf Gedanken, Kleine! Das kann ihm alles rechtens gehören. Er handelt mit kostbaren Sachen, das hat er mir gesagt.« Aber sie machte sich schon ihre Gedanken. Rare Stücke waren das nicht, eher protzig, aber gewöhnlich. Nun, vielleicht gaben manche Kunden so etwas in Zahlung.

Sie schob den Schmuck und die Uhr wieder in ihr Versteck und zählte die Münzen sorgfältig. »65 Gulden; den da kenn ich nicht, aber«, sie biss darauf, »das Gold ist gut; 27 Joachimstaler, 9 Spanisch Fünfteil Taler, 19 Niederländische Taler und 33 Groschen, 11 Pfennige. Ich nehme nur, was er für die Aufbesserung seiner Kost und für kleine Bestechungen brauchen wird: zehn Taler und das Kleingeld, du bist mein Zeuge.«

»Kann ich die drei Groschen haben?«, fragte Wanda sehnsüchtig. »Für den Mantel? Er hat sie mir doch geben wollen.«

Pauline pickte die Groschen heraus. »Hier hast du. Sicher ist er damit einverstanden, dass ich sie dir gebe. Und nun lass uns sehen, dass wir in aller Stille rauskommen.« Sie ließ die Geldkatze in ihrem Ledersack unter dem Rebec verschwinden, Das Horn des Narwals hängte sie von der Decke ab und packte es wie einen Spieß. Notfalls würde sie sich damit verteidigen können.

Sie gingen zur Tür, hoben den Riegel hoch und schoben die Läden einen winzigen Spalt weit auf. »Die Luft ist rein«, flüsterte Wanda.

Pauline schob die hölzernen Läden weiter auf und ließ die Kleine hinaus. »Dann lauf und komm wieder wie üblich. Und morgen will ich dich im Mantel sehen! Sonst zieh ich das Geld von deinem Lohn ab.«

»Schon recht, Mutter.« Die Kleine war in der Dunkelheit verschwunden. Pauline folgte ihr nach draußen und schauderte. Schneidend kalt war es geworden. Der Affe kroch unter ihren Mantel. Sie fühlte das Tier zittern. Nur noch das Kettenschloss vor die Läden gehängt. Ein paar Versuche brauchte sie, um den richtigen Schlüssel zu finden. Jedes Mal, wenn die Schlüssel gegen die eiserne Kette schepperten, schaute sie sich hastig um. Die meisten der Budenbesitzer hatten schon zusammengepackt und ihre Stände verschnürt. Die Waffeltrude schüttete altes Schmalz und verkohlte Teigreste auf die Straße. Im Nu waren die wilden Katzen da und balgten sich darum. Die ersten Nachtschwärmer strebten mit Laternen in der Hand den Weinstuben zu.

»Sie haben Jacobus in den Kerker geschleppt! Bist du nun zufrieden?«, fragte sie Ottilie in der Küche des Goldenen Rades.

»Ich habe ihn nicht angezeigt. O nein. Aber andere waren wachsamer als ich. Hoffentlich unterziehen sie diesen Unmenschen noch heute Nacht der peinlichen Befragung, damit er preisgibt, wo er meinen armen Moritz gefangen hält!«

»Aber Ottilie, sie haben den Falschen! Niemals hat Jacobus deinem Jungen etwas angetan. Und wer weiß denn, ob es sich wirklich um eine Erpressung handelt.«

»Oh, das wissen wir inzwischen nur zu genau.«

Margot schlug heftig die Suppenkelle auf dem Topfrand ab. »Là! Ich gefunden an die Tür der Küche!« Sie wies auf einen

Stofffetzen, der auf der Bank lag. Pauline nahm ihn in die Hand. Es war der Ärmel eines Kindergewands – sie hatte ihn selbst an Moritz gesehen. Ein weiterer Zettel lag auf dem Tisch, mehlbestäubt, von Flüssigkeit aufgequollen und gewellt.

Ottilie fing wieder an zu weinen. »Fünfhundert Goldgulden wollen sie haben! Ach, mein armer Liebling, wo soll ich nur so viel Geld hernehmen?«

Sie entriss Pauline den Ärmel, sank auf der Bank zusammen und schluchzte heftig.

Pauline nahm den Teller Suppe, den die Köchin ihr hinhielt, und ging schweigend in die Gaststube damit. Heute Abend war mit Ottilie gewiss nicht zu reden. Sie klammerte sich so sehr daran, man könnte den Schuldigen gefasst haben, dass sie keiner anderen Erklärung zugänglich war.

Albertine brachte ihr einen Krug Most wie gewöhnlich und setzte sich einen Augenblick zu ihr an den Ofen. Auch ihre Augen waren verquollen, die Nase rot.

»Glaubst du, dass es Jacobus war?«, fragte Pauline das Mädchen.

»Ich weiß nicht recht. Eigentlich nicht. Er ist so ein freundlicher Herr, ja, ein Herr, obwohl er ein Zwerg ist. Ich will nicht, dass ihm etwas zustößt. Aber ich will auch, dass mein Bruder gefunden wird.«

Pauline legte den Mantel ab, und der Affe kam zum Vorschein. Doch er war immer noch verängstigt und klammerte sich so fest an Paulines Haar und Hals, dass es sie würgte. »Es ist ja gut, Felix, ist gut.« Sie versuchte die Greifhände des Affen ein wenig zu lockern. »Da siehst du es! Das arme Tier ist noch ganz verschreckt, weil man ihm seinen Herrn weggeschleppt hat. Was soll ich nur mit ihm anfangen? Ich weiß nicht einmal, was es frisst.«

»Aber ich!« Albertine sprang auf. »Ich hab dem Herrn jeden Tag ein Körbchen mit Futter fertiggemacht, nach seinen genauen Anweisungen. Warte nur, ich bring dir etwas.« Sie schoss in die Küche und war kurz darauf mit einer irdenen Schüssel zurück. Felix lockerte seinen Griff. Sein Köpfchen ruckte aufmerksam.

»Rüben, Äpfel, Trauben oder Rosinen, Nüsse, Wintersalat oder Kohl – aber vom Letzteren nicht zu viel. Obst und Grünzeug, und alles in kleine Stücke geschnitten, sodass er sie fressen kann. Altes Brot mag er auch gern, nicht wahr, Felix?« Sie kraulte ihn am Hals und stellte die Schüssel auf die Ofenbank. Der Affe kletterte von Paulines Schulter und angelte sich einen Apfelschnitz.

»Noch eins, Albertine. Jacobus hat mir den Schlüssel für sein Gewölbe anvertraut und mich gebeten, auf seine Sachen achtzugeben. Ich habe etwas mit hierhergenommen, damit es nicht abhanden kommt. Kannst du das für mich sicher verwahren? Ich möchte es nicht in der Dachkammer lassen, während ich untertags fort bin.« Sie deutete mit einer Kopfbewegung auf Walpurga, die neugierig und missgünstig zu ihnen herübersah.

»Die guckt nur, stehlen tut sie bestimmt nicht. Aber gut, wenn du dich dann wohler fühlst. Das lange Horn? Von was für einem Tier ist das denn?«

Pauline hatte den Mund voll, und sie hatte auch keine Lust, es zu erklären. Sie drückte es Albertine in die Hand.

»Ich bringe es gleich in unsere Schlafkammer und verstecke es unter dem Bett. Du kannst ganz unbesorgt sein.«

Albertine verschwand, und Pauline konnte endlich in Ruhe ihre Suppe essen.

Später, während sie spielte, ließ sie die Blicke über die Gäste schweifen. Die meisten Gesichter kannte sie inzwischen: Da war der Fuhrmann, der eine Ladung rheinischen Wein gebracht hatte und nun auf die Felle wartete, die sein Herr einzukaufen gedachte. Er hatte ein grobes Gesicht, und seine Nase war vom übermäßigen Weingenuss blaurot verfärbt. Er betrog beim Würfeln, das hatte Pauline schon bemerkt, aber es ging sie nichts an, und es hieß auch nicht, dass er sonst ein schlechter Mensch war.

Ein Glashändler aus dem Böhmischen saß mit seinen zwei Jungen an einem Tisch. Nein, wer selbst Kinder hatte, kam dafür nicht in Frage, entschied Pauline.

Der dort vielleicht? Ein abgerissen aussehender Bursche, der nur trockenes Fladenbrot gegessen hatte und sich seit Stunden an einem Krug Dünnbier festhielt. Aber er hatte den leeren, freundlichen Gesichtsausdruck eines Schwachsinnigen, unfähig, einen verwickelten Plan zu fassen und durchzuführen, nein.

Der Hausierer mit dem Gesicht eines Frettchens, flink und

ein wenig bösartig? Aber sicher konnte er nichts für den Gesichtsausdruck; es lag an der spitzen Nase und an den vorstehenden Zähnen. Wahrscheinlich war er ganz harmlos. Neben den Hausgästen gab es auch solche, die nur zum Essen herkamen. Die welsche Köchin im Goldenen Rad war stadtbekannt. Und manch gut gekleideter Herr schlug sich hier den Wanst voll, weil die Speisen schmackhaft und doch preiswert waren. Irgendwie konnte sich Pauline bei keinem von ihnen vorstellen, dass er sich Moritz geschnappt hatte und dann in aller Seelenruhe wiederkam, um sich noch an Ottilies Angst zu weiden. Ottilie versuchte tapfer, sich nichts anmerken zu lassen, sooft sie in der Gaststube war, doch die meisten der Gäste wussten Bescheid. Sie tuschelten hinter vorgehaltener Hand, wenn die Wirtin vorbeiging, und steckten die Köpfe zusammen. Ja, es schien, als sei die Stube heute noch voller als sonst.

6.
MORITZ

Der kleine Junge erwachte in vollständiger Dunkelheit. Sein Gesicht war klebrig von Staub und getrockneten Tränen. Er hatte sich in die Hose gemacht. Zu einem Knäuel zusammengerollt musste er lange gelegen haben. Arme und Beine kribbelten, der Rücken schmerzte von der ungewohnt harten Unterlage. Er versuchte, sich auf die Seite zu drehen, den rechten Arm auszustrecken, und schlug mit dem Handrücken hart gegen eine Wand. Eine unnachgiebige Holzwand, Bretter auf allen Seiten, oben, unten; Enge. Jetzt fiel es ihm wieder ein: Sie hatten ihn in eine Truhe gesperrt.

Als er seinen schmerzenden Handrücken beleckte, kam ein feines, süßliches Puder herunter. Er leckte noch einmal, kostete, ließ es sich auf der Zunge zergehen: Mehl. Die ganze Kiste roch wie Margots Küche am Backtag. Nur dass er sich beschmutzt hatte. Das überdeckte den appetitlichen Brotgeruch; es stank, und er schämte sich. Der Hosenboden fühlte sich nass und kalt an.

Vorsichtig, um sich nicht wieder zu stoßen, betastete er seine Umgebung, erforschte die Größe seines Gefängnisses. Es war gerade so groß, dass er mit angewinkelten Beinen auf der Seite liegen konnte. Sobald er versuchte, sich aufzusetzen, stieß er sich die Stirn. Die Bretterwände fühlten sich glatt an und beinahe seidig von dem Puder, das überall eingedrungen zu sein schien. Es klebte an seinen Fingern, in den Haaren, an der Kleidung. Es schwebte in der Luft. Auf dem Boden der Kiste lag eine ganze Schicht davon, besonders in den Ecken. Eine Mehlkiste war es.

Der Deckel war nach oben gerundet wie ein Gewölbe, und er war mächtig schwer. Mit den Händen ließ er sich ein winziges Stück weit hochschieben, aber nicht einmal genug, um hinauszuschauen; dann ging es nicht weiter. Mit einem Schnappen und einem metallischen Quietschen fiel der Deckel wieder zu. Dicke Bretter, schwerer Deckel, ein Vorhängeschloss, um das Ungeziefer fernzuhalten. Moritz geriet in Aufregung. Er legte sich auf den Rücken, zog die Beine an und trat mit ganzer Kraft von unten gegen den Deckel, wieder und wieder und wieder, sodass der Deckel krachte und knallte und das Schloss schepperte.

»Raus, raus! Ich will raus! Lasst mich hier raus, hört mich denn keiner? Hilfe!«, schrie er, schluckte Mehlstaub dabei, hustete, lag einen Moment lang still da und rang mit weit geöffnetem Mund nach Atem. Dann schrie er nur noch schriller.

Er war schon ganz heiser, die Stimme überschlug sich, er brüllte aus Leibeskräften und trat immer wieder gegen den Deckel. So betäubt war er von seinem eigenen Gebrüll und seiner Angst, dass er die eiligen Schritte nicht hörte, die eine Steintreppe herunterpolterten, den Schlüssel nicht wahrnahm, der im Schloss gedreht wurde, und das Quietschen der selten benutzten und ungeölten Scharniere.

Mit einem Ruck wurde der Deckel aufgerissen. Das Licht einer Handlaterne blendete ihn. Doch die Gestalt dahinter erkannte er sofort, rollte sich unwillkürlich zusammen, hob die Hände vor das Gesicht. Sein Schreien riss ab.

»Sei still, du Satansbraten, sonst dreh ich dir den Hals um. Das macht mir gar nichts aus, nicht mehr als bei einer Gans«, zischte die verhasste Stimme. Eine Hand packte ihn am Kragen und zerrte ihn hoch. So verkrampft waren seine Beine, dass er zuerst nicht stehen konnte. Schluchzend fiel er mit dem Oberkörper vornüber, über den Rand der Kiste, und wurde wieder hochgezerrt.

»Hör auf zu heulen, und hör mir genau zu: Wenn du dich ruhig verhältst und tust, was man dir sagt, dann passiert dir nichts. Du brauchst also keine Angst zu haben. Deine Mutter wird Lösegeld zahlen, und in ein paar Tagen bist du wieder bei ihr.«

Mutter! Moritz konnte ein Aufschluchzen nicht verhindern und rang nach Luft. Die Gestalt gab ihm eine Ohrfeige, allerdings wohl eher, damit er sich beruhigte, nicht so grob wie die Hiebe, als sie ihn gefangen hatten. Der Schluchzer ging in einen heftigen Schluckauf über.

»Pfui Teufel, du stinkst ja. Hast du dich eingepisst?« Ein kupferner Wasserkrug wurde vor ihn hingestellt. Der Boden verschlang das Metallgeräusch. »Da, zieh die nassen Buchsen aus und wasch dich, nein, trink zuerst. Ich werde deinetwegen nicht dauernd die Treppe rauf und runter galoppieren, Bürgersöhnchen. Los, mach schon!«

Moritz fühlte, wie seine Beine zu kribbeln aufhörten. Seine Füße trugen ihn wieder. Mit zitternden Händen pellte er das schmutzige Kleidungsstück von seiner Haut und warf es auf den Boden. Er nahm den Krug und hob ihn mit Mühe an den Mund, ein schwerer Krug, zum Waschen gedacht, nicht zum Trinken. Während er gierig schluckte, liefen Bäche kalten Wassers an seinen Mundwinkeln hinunter, über Kinn und Brust. Den Rest des Wassers goss er sich über Bauch und Beine, reinigte sich, so gut er es vermochte. Zitternd stand er auf der gestampften Erde.

»Musst du noch einmal? Benutz den Eimer!«

Ein Holzeimer in der Ecke. Gehorsam stolperte der Junge hin und entleerte sich mit krampfendem Gedärm.

»Rein da!« Die Gestalt wies auf die Kiste.

»Mir ist kalt«, sagte Moritz zaghaft. Leise. Er hatte die Prügel noch zu gut in Erinnerung.

»Das nächste Mal, wenn ich komme, kriegst du eine Decke. Rein da, los!« Moritz stieg wieder in die Mehlkiste und duckte sich. Etwas wurde in die Kiste geworfen, dann schlug der Deckel zu. Atemlos lauschte er, wie das Schloss wieder vorgelegt wurde und einrastete.

Ein Tritt gegen die Kiste: »Und verhalte dich still. Wenn du gehorchst, dann komm ich wieder. Wenn nicht, wenn ich nur einen Piepser höre von dir, dann werfe ich den Schlüssel weg und vergesse dich, hast du verstanden?«

»Ja«, zwang Moritz sich zu antworten. »Ja.«

Er hörte, wie die Schritte sich entfernten. »Übrigens hört dich sowieso kein Mensch«, sagte die dumpfe und leiser werdende Stimme. »Du kannst dir also die Puste sparen. Nur mich ärgerst du mit deinem Geplärr – und das würde dir schlecht bekommen.«

Noch zwei, drei schlappende Schritte auf dem tauben Boden, dann Schritte auf Stein – Stufen? –, eine Tür öffnete und schloss sich wieder, eine schwere, klobige Brettertür, wie die Tür zum Vorratskeller im Goldenen Rad. Der Vorratskeller, in den er nie gern ging, weil es so dunkel war und weil da Ratten waren.

Was hatte man ihm in die Kiste geworfen? Tastend bekam er einen ledrigen Gegenstand zu fassen. Fladenbrot. Hungrig biss er hinein. Wenn er sich ein wenig zurechtrückte, konnte er einigermaßen erträglich liegen, auf dem Rücken, die Beine angezogen. Das raue Holz drückte gegen seine nackte Haut, und er versuchte, das Hemd unter sein Hinterteil zu ziehen. Immerhin war es wärmer in der Kiste. Draußen hörte er Stroh knistern und das eilfertige Trippeln winziger krallenbewehrter Pfoten. Ratten.

7.
VIERTER TAG

Das Rathaus der Stadt Leipzig war prachtvoll, und dennoch ging Pauline nur ungern dorthin. Allzu feist und selbstgefällig beherrschte es den Platz, fein ausgeführt, gewiss, in gelbem Putz und rotem Porphyrtuff, mit seinen verzierten Gauben und Dreiecksgiebeln, dem Ebenmaß der Fensterreihen, den Säulen der Arkaden. Nicht ganz mittig saß der achteckige Turm – im Goldenen Schnitt, wenn Pauline davon etwas verstanden hätte. Achteckig hatte man ihn gestaltet mit Bedacht: achteckig wie den Felsendom in Jerusalem, Acht, die heilige, die glückliche Zahl des Neubeginns und der geistigen Wiedergeburt – aber bei aller Philosophiererei krönte er doch nur einen Tempel der Händler. Die Gaffköpfe über dem Portal stellten keine Heiligen dar, sondern den Baumeister und dessen Helfer. Die Kirchen hatte man ihres Schmuckes beraubt; umso prächtiger strahlten die weltlichen Bauten.

Pauline drängte sich, das Äffchen auf der Schulter, durch eine Gruppe von Fremden, die das Rathaus bestaunten. Zuerst hinauf zum Marktschreiber und ihre Gebühr bezahlen, fünfzehn Groschen zählte sie hin, und es tat ihr bitter weh. Sie setzte ihr Zeichen ans Ende der Zeile, wo er es ihr bedeutete.

»Und, habe ich es dir nicht gesagt? Du wirst gutes Geld verdienen.«

»So gut nun auch wieder nicht«, murrte Pauline. »Hältst du mich für eine Kramerin?«

»Ach was«, entgegnete der Schreiber gut gelaunt. »Jeder zieht seinen Nutzen aus der Messe, vom Kaufherrn bis zu den Bettlern. Wenn es denen oben gut geht, dann fällt für die unten auch etwas ab. So war es immer, und so wird es immer sein. Und wie ich sehe, hast du dir einen Affen zugelegt. So was zieht immer. Ich hab dich spielen hören, und es hat mir gefallen.

Auch wenn der Stadtpfeifer Lebzelter sich über dich beschwert hat, weil du in Privathäusern spielst.«

»Einmal nur, und ich habe nicht gewusst, dass es nicht erlaubt ist.«

»Nun, während der Messe drücken wir ein Auge zu. Und wer sollte den Salets auch etwas verwehren? Ich wünsche dir weiter gute Geschäfte, Mädchen, und wenn du mich vorbeigehen siehst, dann könntest du mir eine Freude machen, wenn du ›Weiß ich mir ein Blümlein blaue‹ für mich spielst.«

»Und Ihr könntet mir eine Freude machen, wenn Ihr mir einen von meinen Groschen wiedergebt bei der Gelegenheit«, gab Pauline zurück, doch sie zwinkerte ihm zu dabei.

»Einen Groschen gleich? Wir werden sehen.«

»Sagt mir, Herr Schreiber, wie komme ich zum Kerker?«

»Andere sind froh, wenn sie's nicht wissen. Warum willst du dorthin?«

»Ein Freund von mir ist dort. Ich will sehen, ob er etwas braucht.«

Die Schweinsäuglein des Schreibers verengten sich noch mehr in dem wohlgenährten Gesicht: »Wer ist es denn?«

»Jacobus von Antwerpen.«

»Wer? Ach, du meinst den Zwerg.« Sein eben noch so onkelhafter Gesichtsausdruck war augenblicklich kühl und streng geworden. »Den nennst du *Freund*?«

»Ja, das tue ich, ganz gleich, was Ihr auch denken mögt. Er ist unschuldig.«

Der Schreiber ließ ein hüstelndes Lachen hören. »Sind das nicht alle die Galgenvögel da unten?«

»Er hat den kleinen Moritz Weidemann nicht entführt. Sicher wird sich seine Unschuld rasch erweisen, und dann wird der Rat sich bei ihm entschuldigen müssen.«

»Das glaube ich kaum. Und außerdem handelt es sich nicht nur um den Sohn einer Gastwirtin, nein, schließlich ist auch der Bruder des Ratsherrn, Franz Benedict Salet, entführt worden!«

»Wie? Wann denn? Und welcher von ihnen?«

»Der Kleinste von ihnen, Daniel, eine hübscher Junge und Frau Susannas Augapfel. Gerade mal fünf Jahre ist er alt. Ach, was ist das nur für eine Kreatur, die sich an kleinen Kindern vergreift? Dafür wird dein Freund aufs Rad geflochten, und das wäre noch eine leichte Strafe für ihn. Mit eisernen Ruten sollte man ihn streichen vorher, in siedendes Wasser tauchen …«

Pauline schüttelte sich und unterbrach ihn, ehe er seine Rachephantasien weiter vor ihr ausbreiten konnte.

»Dazu muss ihm erst seine Schuld nachgewiesen werden, und das wird nicht geschehen, weil er es nämlich nicht war. Man muss ihn gehen lassen!«

Der Schreiber grinste herablassend. »Du hast sicher ein weiches Herz, wie es Weibern eben ansteht. Aber von Gerichtsbarkeit verstehst du nichts. Rechne lieber nicht mit seiner baldigen Freilassung, es sei denn, er gesteht, oder die Jungen werden gefunden. Besser, er gesteht bald, sonst wird man sich auf eine Weise mit ihm beschäftigen, die ihm nicht behagen wird. Und überhaupt, da fällt mir auf …« Er warf noch einmal einen Blick in sein Buch und begann die Spielfrau zu betrachten wie eine Katze einen Topf Sahne. »Bist du nicht im selben Gasthaus wie dein feiner Freund? Ihr seid beide im ›Rad‹, und der Moritz verschwindet. Du spielst bei den Salets, und Daniel wird vermisst … Wissen das die Bußherren?«

»Warum denn nicht. Ich habe nichts zu verbergen«, antwortete Pauline ärgerlich. »Nur weil man zufällig am selben Ort war, muss man noch kein Verbrecher sein. Im Goldenen Rad gehen jeden Tag hundert Leute aus und ein und bei den Salets nicht weniger, mit dem Ladengewölbe im selben Haus. Also, wie komm ich zum Kerker?«

»Du gehst die Treppe wieder hinunter, die du gekommen bist, und dann links an den Wohnungen der Büttel vorbei, da findest du eine weitere Treppe, die hinabführt. Dort stößt du auf einen vergitterten Durchgang, bei dem Wachen stehen. Die fragst du nach dem Stockmeister. Der entscheidet dann, ob du zu deinem feinen Freund darfst oder nicht.«

Pauline bedankte sich höflich und eilte die Stufen hinunter, bis sie zu dem bezeichneten Gitter kam.

»Ich möchte einen der Gefangenen besuchen.«

»Dort hinein, zum Stockmeister!« Der Wachmann, ähnlich gekleidet wie Martin, in blau und gelb mit Helm und einem schäbigen, gebrauchten Brustpanzer, wies auf eine kleine Seitentür, und Pauline klopfte.

»Herein!«, rief es. Drinnen saß ein kleiner, verhutzelter Mann über einer Schüssel Suppe. Als Pauline eintrat, unterbrach er sein Schlürfen und betrachtete seine Besucherin näher.

»Einen Groschen, wenn du ihn sehen willst.« Gier glänzte in seinen Augen. Pauline holte das Verlangte aus der Gürteltasche und legte es auf den Tisch. »Was hast du in dem Korb?«

Pauline deckte das Tuch ab und ließ ihn hineinsehen. »Hui! Weißes Brot, eine gebratene Wachtel und Wein?« Er pfiff durch die Zähne, stand auf und hielt seine lange Nase über die Sachen. Das Brot nahm er heraus und drückte es, sah nach, ob nichts darin versteckt sei. Er roch an dem Wein und nahm einen langen Zug. Kennerisch schnalzte er mit der Zunge. »Kein übler Tropfen! Dein Freund ist wohl ein verwöhnter Herr? Hätte ich mir denken können bei der feinen Kleidung, die er trägt. Nun, dann kann er für seine Verpflegung auch angemessen zahlen. Lass mir zehn Taler da für den Anfang, dann soll er so gut essen, wie er's sich nur wünschen kann.«

»Zehn Taler sind zu viel.« Tatsächlich war es über die Maßen unverschämt. »Herr Jacobus ist aber nicht geizig denen gegenüber, die ihn mit dem gebührenden Respekt behandeln. Ich werd ihn selbst fragen, was er für seine Bequemlichkeit ausgeben möchte. Lasst mich zu ihm.«

»Nicht so eilig. Zeig erst, was du in dem Ledersack hast.« Pauline musste den Sack ausleeren und ihre Instrumente, die zusammengerollten Ersatzsaiten und das Geigenharz vorzeigen. »Du willst denen doch nicht etwa was vorspielen?«

Daran hatte sie gar nicht gedacht, aber der Einfall war gar nicht übel. »Warum denn nicht? Herr Luther hat gesagt, dass Musik die Menschen bessert. Sie vertreibe Zornanwandlungen, Hochmut und Gier.«

»Nun gut, wenn das so ist. Ein wenig Besserung könnten die da drinnen wohl gebrauchen. Aber dass ich keine unzüchtigen Lieder höre. Dann fliegst du sofort hinaus! Und was ist das?« Er wies mit spitzem Finger auf Felix, der daraufhin die Zähne bleckte und zischte. »Den könnt ihr keinesfalls mit zu dem Gefangenen hineinnehmen!«

»Er gehört ihm. Aber gut, wenn Ihr es wünscht, dann lasse ich ihn hier«, antwortete Pauline gelassen und machte Anstalten, das Tier von ihrer Schulter zu pflücken. »Ich muss Euch allerdings warnen. Der Affe ist so undicht wie ein Säugling, und er beißt und spuckt, wenn er Angst hat.«

Erschrocken hob der Mann die Hände: »In Teufels Namen, nimm das Vieh mit hinein! Aber du bürgst mir dafür, dass es kein Unheil stiftet und mich nicht in Schwierigkeiten bringt. Ich weiß nicht, ob das erlaubt ist. Es scheint mir doch alles sehr ungewöhnlich.«

»Macht Euch keine unnötigen Sorgen. Felix wird froh sein, seinen Herrn wiederzusehen. Bei ihm ist er friedlich, ein richtiger kleiner Engel.«

Der Stockmeister warf dem Affen einen misstrauischen Blick zu, doch er führte die Spielfrau zu den Gefangenen.

Ach! Mochte das Rathaus oben auch schön sein und neu, hier unten hatte man gespart. Pauline spähte im Halbdunkel durch die Eisenstäbe. Die Zelle war kalt und feucht. Nur wenig Tageslicht und Luft drangen durch eine winzige unverglaste Öffnung in der Mauer, hoch oben auf der Höhe des Straßenpflasters. Die Stimmen der Marktleute wurden übertönt vom Lärm eines vorüberrollenden Gefährts. Es stank nach fauligem Stroh, Urin und Angst. Drei Kerle saßen darinnen, einer trug Jacobus' Hut, ein zweiter sein Mäntelchen, ein dritter seine Schuhe. Von Jacobus selbst sah sie keine Spur. »Wo ist er denn?«

»Zwerg!« Einer der Gefangenen trat gegen einen Strohhaufen. Der Haufen bewegte sich, und der Kopf des Kleinwüchsigen erschien, mit Halmen besteckt.

»Oh, welche Freude, Terpsichore!« Er rappelte sich auf und verbeugte sich.

Die rohen Kerle lachten: »Was für eine Hure?«

»Terpsichore, die Reigenfrohe, Muse der Lyrik und des Tanzes. Verzeih, liebste Troubairitz, ich bin nicht passend gekleidet, um Damenbesuch zu empfangen, und die Herberge ist mehr als trostlos.«

Felix erblickte seinen Herrn und kreischte aufgeregt. Er ließ Paulines Haar los, sprang durch das Gitter und kletterte an Jacobus hoch wie an einem Baumstamm. Zärtlich gurrend drückte er sich an ihn. »Es ist ja gut, sei ganz ruhig, fein, fein«, murmelte der Kleinwüchsige und fuhr ihm mit der Hand über das borstige Köpfchen.

Jacobus zitterte in seinem dünnen Hemd und den Strümpfen.

»Sie haben ihn bestohlen«, rief Pauline empört zu den Wachen hin. »Und Ihr duldet das?« Die wandten sich achselzuckend ab. Sollten sich die Kerle da drinnen doch untereinander bekriegen. Das kümmerte sie nicht.

»Ach nein, nicht doch, ich habe den Herren freiwillig von meiner Kleidung etwas abgetreten, wie der heilige Martin. Im Gegenzug behandeln sie mich mit vorzüglicher Höflichkeit …«

»Was babbelst du da von einem Heiligen? Die sind abgeschafft«, unterbrach ihn einer der Galgenvögel.

»Hier schon. Woanders sind sie noch in Ehren. Man wird sie ja wohl noch erwähnen dürfen.«

»Frag ihn nach dem Geld«, zischte der Stockmeister Pauline zu.

»Ja sicher. Lasst mich ein wenig mit ihm allein. Ich brauche seinen Rat und muss seine Angelegenheiten für ihn regeln.« Sie machte eine reibende Geste mit Zeigefinger und Daumen, die der Beamte zu seinen Gunsten deutete. Er verschwand.

»Sie darf bleiben und mit dem Gefangenen sprechen«, hörte sie seine Anweisung zu den Wachhabenden. »Aber habt ein Auge auf das Weib.«

»Wie geht es dir?« Sie reichte Jacobus das Brot und die Flasche zwischen den Gitterstäben durch. »Pfoten weg!«, schrie sie einen der Kerle an, der gleich versuchte, es dem Kleinen wegzuschnappen.

Jacobus hob den Krug an den Mund und nahm einen langen, langen Zug, bevor er ihn schicksalsergeben an seine Zellengenossen weiterreichte. Er riss ein Stück von dem frischen Brot ab. Die anderen verfolgten jeden Bissen mit den Augen.

»Ein halbes Brot für meinen Mantel«, bot er. »Ich friere.« Der Mantel kam geflogen. Das halbe Brot wechselte den Besitzer. Pauline reichte auch die gebratene Wachtel durch die Gitterstäbe. Gierig riss Jacobus ein Beinchen herunter und begann es abzunagen. Der Affe war inzwischen an seinen gewohnten Platz auf den Buckel geklettert.

»Erlaube, dass ich mich setze«, sagte Jacobus kauend. Er ließ sich in den Schneidersitz nieder und schaute düster auf seine schmutzigen, aufgeschlagenen Knie. »Eine Schande ist das. Das sind Strümpfe aus feinstem Seidentrikot, ich habe sie eigens aus

Belgien kommen lassen. Es hat mich …«, ein Seitenblick zu den Genossen, »ähem, arg viel gekostet. Und hast du das Gewölbe ordentlich abgeschlossen?«

»Ja, habe ich.«

»Und das Horn?«

»In Sicherheit.«

Er schob sich im Sitzen nah an das Gitter heran. »Hör einmal: Ich werde Geld brauchen. Bin aber mit nur wenig in der Gürteltasche hergeschleppt worden, und das haben sie mir auch schon abgenommen – für Kost und Logis.«

Pauline tappte mit der Hand auf ihre eigene Börse, die einen satteren Klang gab als gewöhnlich. Jacobus' Augen wurden groß, sein Mund stand offen.

»Na, na, was denkst du von mir? Ich beklaue dich doch nicht! Aber mir war klar, dass sie dich hier für jede Erleichterung und Annehmlichkeit bezahlen lassen. Hab selbst schon mal gesessen.«

»Ich wollte dich auch nicht beleidigen. Natürlich vertraue ich dir.« Aber er war dennoch ein wenig weiß um die Nasenspitze, als er wisperte: »Du hast mein Versteck gefunden?«

»Wanda hat es gefunden. Das war nicht weiter schwer. Aber wir haben nur zehn Taler, 33 Groschen und das Kupfer entnommen. Die stehen zu deiner Verfügung. Wenn du mehr brauchst, kann ich es holen, aber du willst ja wohl hier kein Geld bei dir tragen. Was soll ich also damit tun? Der Stockmeister sagt, er würde dich gern besser verköstigen, wenn du es bezahlst. Soll ich ihm was geben?«

»Himmel nein – ja! Überlass die Verköstigung bloß nicht ihm! Du hast ihn ja gesehen. Nein, wenn ich hier schon in Dreck und Elend sitze, dann will ich wenigstens gut essen und trinken. Gib ihm einen Taler, damit er zufrieden ist, und dann soll man mir aus dem ›Goldenen Rad‹ jeden Tag ein warmes Essen bringen und einen Krug roten Wein.« Ein Blick über die Schulter: »Lieber zwei Krüge, dass die Kerle auch was haben«, sagte er lauter, sodass sie es hörten. »Ach, und bring auch zu essen für die da mit, sonst habe ich ja doch keine Ruhe.«

»Hört, hört«, riefen die Kerle.

»Ach, und kannst du mir einen kleinen Gefallen tun? In meinem Zimmer in der Gastwirtschaft befindet sich ein Manuskript, auf das der Drucker Ernesto Vögelin dringlich wartet. Er wohnt in der Niklasstraße. Von dem, was er dir dafür gibt, kannst du meine Verpflegung bezahlen und was noch anfallen wird. Ich hätte gern einen ordentlichen Strohsack zum Liegen und eine Decke für die Nacht.«

»Wo finde ich das Manuskript?«

»Unter der Matratze im Bett.«

»Merkwürdiger Ort für ein Schriftstück.«

»Ja, hm, es wäre besser, wenn es sonst niemand zu Gesicht bekäme.«

Pauline grinste schlau: »Botendienste kosten extra, besonders, wenn sie Schweigsamkeit erfordern.«

»Einen ganzen Taler für dich, wenn du es rasch erledigst.«

»Was werden sie jetzt mit dir anstellen?«, fragte Pauline leise. »Weißt du, dass noch ein anderer Junge verschwunden ist, Daniel Salet, fünf Jahre alt …«

»Sie haben mich nach ihm gefragt, aber wie soll ich was von ihm wissen. Ich habe den Jungen ja nie gesehen.«

»Haben sie dir auch gesagt, dass er der Sohn eines Ratsherrn ist? Das kann gefährlich werden für dich.«

Der Kleinwüchsige hatte Wachtel und Brot gegessen und jedes Restchen Fleisch von den Knöchelchen gesaugt. Er wischte sich den Mund, als wäre er in feiner Gesellschaft. »Hör auf damit, es drückt mir nur aufs Gemüt. Was kommt, wird kommen, ich kann es doch nicht ändern. Spiel mir lieber etwas vor, damit ich mein Unglück für eine Weile vergessen kann.«

Er legte sich auf den Rücken ins Stroh und faltete die Hände unter dem Kopf.

»Was soll das werden?«, fragten die Wachen misstrauisch, als sie zu spielen begann. »Hat der Stockmeister das erlaubt?«

»Ja, das hat er. Es dient der Besserung der Gefangenen.«

»Spiel: ›Herr Wirt, uns dürstet‹!«, brüllten die drei Galgenvögel.

»Gebt Ruhe, sonst gehe ich«, drohte Pauline. Das wollten sie auch wieder nicht.

So wählte sie zuerst eines der Klagelieder des Jeremias, für das sie sich eine Melodie ausgedacht hatte. »Ach, Herr, siehe doch, wie bang ist mir, dass mir's im Leibe davon wehe tut! Mein Herz wallet mir in meinem Leibe; denn ich bin hochbetrübt.«

Sie spielte auf der Flöte, eine einsame und traurige Melodie, und siehe da, die Kerle wurden still. Die Wachen waren beruhigt, es ging offenbar alles sittsam zu.

Pauline legte die Flöte weg, weil sie den armen Jacobus nicht allzu traurig stimmen wollte, und spielte auf dem Rebec ein paar Psalmen voller Hoffnung und Gottvertrauen.

»Nicht zu Unrecht habe ich dir den Namen einer Muse angehängt, liebste Pauline. Wie du die Gefühle nachbilden und auch«, ein Blick zu den Kerlen, »hervorrufen kannst, das ist schon bemerkenswert. Und das ohne jede Schulung und Theorie! Ich frage mich, wozu du in der Lage wärest, wenn man dich in den Stand versetzte, deine Musik durch Kunst zu polieren?«

Pauline dachte an die Abfuhr durch Frau Salet und an die Orgelübung in der Thomaskirche. Übellaunig legte sie das Rebec fort. »Es ist aber nicht möglich, dass ich die höheren Künste lerne, weil mich nun mal keiner lehren wird. Und wenn dir meine Musik nicht gut genug ist, dann kannst du ja den Spatzen lauschen, die oben vor dem Fenster tschilpen – die tragen den Himmel in der Kehle, hat Herr Luther das nicht gesagt?«

»Warte«, rief Jacobus.

»Ich muss arbeiten gehen, auch wenn ich nur für das einfache Volk spiele und niemand meine Tätigkeit als Arbeit betrachten will. Aber ich werde deine Aufträge besorgen und morgen wiederkommen. Gehab dich so wohl, wie es unter den Umständen möglich ist. – Und ihr da!«, rief sie den Kumpanen im Stroh zu. »Lasst ihn in Frieden, sonst gibt es keinen Wein für euch. Verstanden?«

Der eine von ihnen rülpste frech. Doch sie wusste, die Aussicht, von dem Kleinen zu schnorren, würde sie ihm vom Leibe halten.

»Da, sei so gut und nimm Felix mit. Ich würde ihn gern bei mir behalten; sein Anblick freut und tröstet mich, aber den Kerlen da ist nicht zu trauen. Geh zu Pauline, Felix! Geh zu Pauline!«

Gehorsam ließ das Tier seinen Herrn los und turnte durch die Gitterstäbe. »Er hat gelernt, Geld einzusammeln. Du musst ihm nur deinen Hut geben und auf die Leute zeigen. Das versteht er. Und anschließend bekommt er eine Leckerei. Kauf ihm Nüsse,

Datteln, getrocknete Feigen – du wirst sehen, er wird sich nützlich machen.«

»Gut.« Sie ließ den Affen an ihrem Arm hochklettern und wandte sich noch einmal zu Jacobus um. »Du willst dein Zimmer im ›Goldenen Rad‹ behalten?«

»Ja! Es sind ja meine ganzen Sachen dort. Und im Übrigen habe ich es für sieben Tage im Voraus bezahlt.«

»Kann ich darin schlafen? Du brauchst es ja nicht.«

»Aber ja, aber ja. So hat wenigstens einer was von dem weichen Bett.«

Pauline handelte mit dem Stockmeister aus, dass der Zwerg täglich eine warme Mahlzeit gebracht bekäme, sei es durch sie oder durch jemand anderen vom »Goldenen Rad«. Sie gab ihm einen Taler, für den er gar nichts leisten musste, was ihn sehr freute. Er ließ die Münze so flink verschwinden wie ein geübter Gaukler, machte eine höhnische Verbeugung und zeigte sein braunfleckiges Gebiss: »Immer gern zu Diensten.«

Pauline atmete erleichtert auf, als sie wieder im Licht und in der klaren Luft auf dem Marktplatz stand. Am Morgen hatte sie nichts gegessen, um Ottilie aus dem Weg zu gehen. Es war Mittag vorbei, und sie verspürte ein forderndes Ziehen in der Magengrube. Sie kaufte sich ein Stück Fladen, mit Speck und gerösteten Zwiebeln gefüllt, und einen Becher Wein dazu. Er war nicht halb so gut wie der, den sie Jacobus gebracht hatte, trüb und mit dem Saft von Speierling vermischt, doch er wärmte ihre Eingeweide. Bei einem Gewürzhändler erwarb sie einen Vorrat an getrockneten Früchten und bei einer Höke ein halbes Pfund Haselnüsse. Das Futter für den Affen, stellte sie grimmig fest, war teurer als ihr eigenes. Nun, solange Jacobus dafür zahlte, sollte es ihr recht sein.

Solchermaßen gestärkt nahm sie Aufstellung bei den Buchhändlern in der Niklasstraße. Die Geschäfte dort schienen noch besser zu gehen als bei allen anderen Gewerben. Pauline staunte über die Berge von Büchern, die sie in den Gewölben liegen sah: auf dem Boden, auf Tischen und Stühlen. Sie sog den scharfen Geruch nach frischer Druckerschwärze und den süßlichen Geruch von Papier ein. Wie konnte man nur solche Berge von Buchstaben entziffern oder sich gar ausdenken und niederschreiben? An den aufgeklappten Läden hingen lange Angebotslisten mit Preisen. Die meisten Kunden schienen Wiederverkäufer zu sein. Sie nahmen keine Bücher mit, sondern gaben lediglich Bestellungen auf, die später abgerechnet und geliefert würden. Ein paar Leute kauften einzelne Exemplare, standen an den Türen im Licht und blätterten lange, ehe sie sich entschieden.

Pauline nahm an einer sonnenbeschienenen Wand Aufstellung, wegen der Wärme und weil sie den Klang zurückwerfen und verstärken würde. Sie suchte in ihrem Gedächtnis nach passenden Stücken für solche gelehrten Leute und begann schließlich mit ein paar alten Minneliedern aus dem Languedoc, gefolgt von Variationen auf das »Doulce mémoire« Pierre Sandrins:

»*Doulce mémoire en plaisir consommée,*
o siècle heureulx que cause tel scavoir,
La fermeté de nous deux tant aymée,
qui à nos maulx a sceut si bien pouvoir,
or maintenant a perdu son pouvoir ...«

Die Münzen begannen vor ihre Füße zu tröpfeln. Den Affen hatte sie ganz vergessen. So gut ging ihr die Musik heute von der Hand, dass sie sich ganz vergaß und zu improvisieren begann. Ihre Augen wurden weit, und sie nahm ihre Umgebung nicht mehr wahr.

Als sie wie aus einem Tagtraum erwachte, war ihre rechte Schulter steif, und das Handgelenk schmerzte. Eine Menschentraube hatte sich um sie gesammelt.

»Sieh an«, dachte Pauline erfreut. »Bin ich doch nicht so ganz ohne Kunst! Das sind gewiss keine dummen Leute, und sie mögen meine Musik.«

Rasch verbeugte sie sich und erinnerte sich an Felix. Sie setzte ihn auf die Erde, nahm ihren Hut ab und hielt ihn dem Affen hin. Als hätte er nur darauf gewartet, ergriff er den Hut. Viel zu ausladend war er für das nur katzengroße Tier. Der Affe packte ihn und zog ihn hinter sich her. Die Leute lachten und suchten in ihrer Börse nach Münzen, ja sie schienen erpicht darauf, etwas zu geben, nur um den drolligen kleinen Kerl berühren zu können. Was für ein gewiefter kleine Bettler war er doch, trippelte von einem zum anderen. Und wie zutraulich seine braunen Augen schimmerten. Kaum einer konnte ihm widerstehen.

Pauline hatte sich inzwischen die Hände und die Gelenke ausgeschüttelt und die Schulter gelockert. Sie wollte eben das Instrument wieder ansetzen, da zupfte jemand sie am Ärmel. Es war Wanda. Sie hatte tatsächlich einen Mantel an, doch konnte er höchstens einen Groschen gekostet haben, so zerschlissen war er. »Ich kann doch nicht in guten Sachen betteln, dann gibt mir ja keiner was«, verteidigte sie sich gegen Paulines abschätzigen Blick. »Aber ein warmes Unterkleid hab ich mir gekauft.« Jetzt hatte sie den Affen entdeckt. »N' Morsopp! Da brauchste mich wohl nich mehr?«, fragte sie enttäuscht. Pauline überschlug ihren Gewinn und sagte dann großmütig: »Wir wollen mal sehen, wie das weitergeht mit dem Tier. Du sollst trotzdem deinen Groschen haben. Willst du versuchen, die Schellentrommel zu schlagen, solange Felix das Geld einsammelt?«

Wanda erwies sich als geschickt. Sie war tatsächlich imstande, den Takt zu halten.

Nach kurzer Zeit wurde sie sogar mutiger und variierte nach Gefühl. Pauline begann zu lächeln. Sie fühlte sich in alte Zeiten versetzt. So spielten sie sich durch das lateinische Viertel.

Am Gewandhaus hatten sie wieder ein ziemlich großes Publikum angelockt. Der Affe hatte kassiert und schleppte den gefüllten Hut zurück. Er sprang Pauline auf den Arm, fiepte und ließ ihr etwas Schweres in die Manteltasche gleiten. Sie zog es heraus. Zu ihrem Schrecken war es die perlenbesetzte Börse einer Dame. Ihr Herz begann zu hämmern. Himmel, was nun? Gleich würde es ein Geschrei geben. Wenn man sie mit Diebesgut erwischte, konnte es sie die rechte Hand kosten!

Da sie nicht weiterspielte, begannen die Leute sich zu zerstreuen. Rasch trat Pauline vor und tat so, als bücke sie sich. Sie richtete sich wieder auf und hielt die Börse hoch. »Halt, ihr Leute! Jemand hat seine Börse verloren! Wer vermisst sein Geld?«

Einige blieben stehen, betasteten ihren Gürtel und ihre Tasche. Eine ältere Dame stieß einen spitzen Schrei aus und kam auf Pauline zu.

»Ich! Oh, ich habe meine Börse verloren! Gutes Kind, eine ehrliche Gauklerin! Das soll belohnt werden.« Sie war in einen bodenlangen dunklen Samtmantel gehüllt. Violettes Seidenfutter schimmerte auf, als sie nach der Börse griff und darin nach einer passenden Münze suchte. »Da hast du!«

Pauline streckte die Hand aus und empfing ein ungewöhnlich schweres Silberstück. Sie dankte und besah es sich genau: Ein französischer Dickpfennig, sieben meißnische Groschen wert!

»Es lohnt sich, ehrlich zu sein«, lachte neben ihr eine tiefe Männerstimme. »Mach nur aus dem Finden keine Gewohnheit, Jungfer Schwan. Es wäre wohl besser, den Affen an eine Kette zu nehmen.«

Der Wachmann Martin! Warum musste er denn dauernd seine Nase in ihre Angelegenheiten stecken? Sie wusste nichts zu erwidern. Ärgerlich nahm Pauline ihren Ledersack auf und schulterte die Fiedel. Wanda war verschwunden, wie immer, wenn Martin auftauchte.

»Hier, Felix!«, rief sie und gab dem Tier eine Dattel.

Die Wintersonne war bereits ermattet, und am eisblauen Himmel begannen die Wolken rosenfarben zu glühen. Das Publikum wechselte: Statt der ernsthaften Kaufleute und wohlanständigen Bürger kamen nun die Bummler und Amüsierwilligen heraus, kichernd, herausgeputzt und von schweren Parfüms umnebelt. Trink- und Liebeslieder waren nun gefordert. Aus den Hauseingängen wisperte es, und an allen Ecken standen geschminkte und aufreizend bekleidete Mädchen, die vorgaben, mit der Harfe oder mit der bunt bemalten Laute zu hantieren. Die meisten gaben sich damit zufrieden, nur eine oder zwei Harmonien anzuschlagen und dabei mit leisen Stimmen Kunden zu locken. Als Pauline zur Niklaskirche gelangte, fand sie ihren üblichen Platz besetzt. Ach herrje, schon wieder so eine! Ein rosiges Weibsbild in kurzen Röcken und Seidenstrümpfen, die Taille geschnürt und mit Bändern umwunden; das spanische Mäntelchen trotz der Kälte einen Spalt weit offen, sodass die bis unter die Brustwarze entblößten Speckbuchteln zur Schau gestellt wurden. Ach und ach, eine Schweizer Pfeife hatte sie beim Wickel. Sie hielt die schlanke Querflöte an ihre rot geschminkten Lippen, spitzte das Mündchen und veranstaltete allerhand Verrenkungen dabei. Das alles sah ganz niedlich aus, doch es quietschte zum Steinerweichen. Pauline knirschte mit den Zähnen. Die Art, wie diese Weiber Frau Musica malträtierten, juckte sie wie ein ganzes Rudel Flöhe im Pelz!

»Au!, Au!«, schrie sie, die Hände über die Ohren gelegt. »Lass das sofort bleiben, hör auf mit diesem jämmerlichen Katzengebeiß!«

Erschrocken ließ das Mädchen die Schalmei sinken. »He, Schwester, was hab ich dir denn getan?«

»Du vergreifst dich an einem Handwerk, für das du nicht das geringste Geschick hast. Frau Musica missbrauchst du für deine Zwecke, das hat sie nicht verdient! Welcher Schweinehund hat dir nur ein Instrument in die krummen Pfoten gegeben?!«

»Was willst du denn von mir? Ich geh hier friedlich meinem Gewerbe nach ...«

»Gewerbe, das ist es ja eben. Welches Gewerbe? Du tust, als seist du eine Spielfrau, und willst doch nur deine Äpfel zu Markte tragen. Niemand hat was dagegen, wenn du verkaufst, wonach nun mal Bedarf besteht. Aber es ist falsche Münze, mit der du handelst, das ist es!« Sie redete sich in Rage. »Eine elende Betrügerin bist du! Ich hätte nicht übel Lust, dir deine Flöte in den Schlund zu stopfen!«

»Geh doch weiter, dann hörst du es ja nicht«, pöbelte die andere jetzt zurück.

»Nein, du gehst weiter! Ich hab es satt, dass keiner mehr eine echte Spielfrau von einer falschen unterscheiden kann. Verhökere deine Giftgrotte gefälligst, ohne dabei die Musik in den Dreck zu ziehen!«

»Musik, Musik, ich furze auf deine Musik«, schrie die junge Hure und spuckte Pauline vor die Füße.

»Kreuzelendes Luder, vermaledeites!« Pauline begann die andere vor sich herzuschubsen und an den Haaren zu ziehen. Felix kreischte und schimpfte von ihrer Schulter herab. Einige Passanten waren stehen geblieben und erfreuten sich an der Rauferei.

»Zwei Huren, die sich prügeln«, rief einer seinem Kumpan zu. »Komm rasch! Gleich kratzen sie sich die Augen aus!«

Sofort ließ Pauline von dem Mädchen ab. »Lass uns denen kein Schauspiel liefern«, sagte sie etwas ruhiger. »Entschuldige.

Ich bin dich zu hart angegangen. Aber du spielst nun mal scheußlich, und bei Musik verstehe ich keinen Spaß.«

»Hab ich gemerkt«, sagte das Mädchen, immer noch rot vor Ärger. »Aber es scheint ja ohnehin dein Platz zu sein. Ich räume das Feld.«

»Hierher!«, rief einer der Umstehenden, ein großer Kerl mit einem Wanst wie ein Fass und einem struppigen Waldgebüsch auf seinem borstigen Kopf. »Komm mit mir, Süße, auf meiner Flöte kannst du spielen, wie du es dir beliebt.«

Unter dem Gelächter der Gaffer warf das Mädchen den Kopf in den Nacken und stolzierte am Arm des Fasswanstes davon.

»Steh du dir nur weiter nach Hellerlein die Füße in den Bauch«, warf sie Pauline hin. »Mein Publikum ist großzügiger als deins, darauf kannst du wetten – stimmt's nicht, mein Schatz?«, gurrte sie in das Ohr ihres Freiers. »Und drinnen zu arbeiten macht ohnehin mehr Spaß als draußen.«

Da musste Pauline ihr recht geben. Sie ging ins »Goldene Rad« zurück.

In der Gaststube war es noch ruhig. Ein paar Kaufleute saßen zusammen, noch in Verhandlungen vertieft. Ein Schreiber trug Bestellungen und Außenstände in sein Buch ein. Aus der Küche klang emsiges Pfannengeklapper, und als Pauline den Kopf durch die Tür steckte, schlug ihr ein so anregender Duft entgegen, dass sie nicht widerstehen konnte.

Margot stand am Tisch, bis zu den Ellbogen mit Mehl bestäubt, und zog einen Teig von einem Ende zum anderen, bis er so dünn war, dass man das Holz darunter zu erkennen meinte. »He!« Ehe Pauline sich's versehen hatte, war Felix mitten auf den Teig gesprungen, griff nach etwas und schwang sich mit seiner Beute zu den Dachbalken hoch.

»Du gib acht auf deine Tier!«, schimpfte Margot. »Schweinerei, das!« Sie wies auf die Abdrücke der Affenpfoten im Teig. »Jetzt ich kann zusehen, wie ich kriege das wieder glatt!«

»Lass sie drin, und benenn den Kuchen um«, rief von der Feuerstelle her Gottlieb, der mehrere Bratspieße drehte. »Affenkrapfen! Das wird eine neue Mode in Leipzig.«

Pauline stellte den Ledersack hinter das Butterfass und kam näher. »Ah, das sieht aber lecker aus! Womit füllst du deine Krapfen?«

»Mit Quittenmus, Feigen, Pistazien und Mandeln, dazu Zucker, Zimt, kleine Rosinen und Muskatblüten, auch ein paar gequirlte Eier«, knurrte Margot. »Hände weg vom Teig! Da im Korb es gibt geröstete Brot, wenn du es kannst nicht mehr aushalten bis zum Essen.«

»Komm her, du kannst einmal den gerösteten Aal versuchen, das kleine Stück da ist schon gar«, rief Gottlieb. Pauline ging zu ihm hinüber und empfing ein knuspriges Stück Fisch aus seiner Hand. Schüchtern lächelte er, als sie sich bedankte. »Und – gut?«

»Oh, ein Gedicht! Über dem Feuer gebraten, das kann ich unterwegs auch machen, wie ist das zubereitet?«

»Sie zieht den Aal ab, schneidet ihn in Stücke, salzt ihn und lässt ihn liegen. Danach füllt sie jede Portion mit einer Mischung aus Ingwer, Butter, Pfeffer und grünen Kräutern; ein Blatt Salbei, mit einem Zwirn darumgebunden, damit die Füllung beim Braten nicht herausfällt – fertig!«

»Das war sein Einfall, das mit die Salbei! Er ist geschickt in die Küche«, ließ Margot sich hören. »Du solltest kochen lernen, Gottlieb, ich könnte dich alles lehren.«

Gottlieb errötete vor Freude über das Lob. Pauline setzte sich zu ihm ans Feuer. Ach, war das schön warm nach einem Tag auf der Straße. Sie fühlte förmlich, wie ihre Gesichtszüge auftauten und die Wangen sich röteten. Flink mauste sie noch ein Stück Fisch vom Spieß.

»Sie ist Gourmande, die da; wo sie tut das nur hin?«, sagte Margot. »Dabei sie ist dürr wie ein Rohrstock. Sieht man gar nicht, das ist ein Frau.«

»Ich finde sie gerade richtig«, sagte Gottlieb schüchtern und war wohl selbst überrascht über seine Kühnheit. Pauline lächelte ihn an. Eigentlich ein netter Junge, wenn er einmal nicht so steif war, vor lauter Sorge, etwas falsch zu machen.

»Was möchtest du denn tun, wenn du eines Tages die Wirtschaft übernimmst?«

»Ich würde gerne die Ställe verkleinern und das Geschäft mit den Fuhrwerken anderen überlassen, die ihre Herberge vor den Toren haben. Wir sollten nur noch Platz für die Reittiere besserer Gäste bieten. Ich würde die Küche vergrößern, mehr Gerichte und eine größere Auswahl an Weinen anbieten. Dann würden wir auch zwischen den Messen verdienen. Und wenn man jeden Abend den Gastraum voll hätte, dann würde es sich auch lohnen, eine Musikerin anzustellen …«

Pauline lachte zurück. »Ich bin interessiert, besonders wenn der Wein gut ist.«

»Ah, mein Herr Sohn ist wieder einmal dabei, alles umzustellen nach seinem Geschmack. Na, damit hat es Zeit, bis ich unter der Erde bin«, rief Ottilie von der Tür her. Gottliebs Gesicht verschloss sich. »Walpurga soll den Spieß drehen, dich braucht Lukas sicher im Stall. Walpurga!«

»Das kann ja was werden, wenn die sich mit den guten Esswaren befasst«, murmelte Pauline und warf Gottlieb einen schelmischen Blick zu. Er grinste ein wenig wehmütig, überließ die Aalstücke sich selbst, stand auf und ging durch die Hintertür hinaus. Pauline benutzte die Gelegenheit, um sich noch ein drittes Stück einzuverleiben.

»Diebin!«, schrie Walpurga, kaum dass sie herein war. »Sie klaut! Ich hab's gesehen!«

Pauline grinste und leckte sich die Finger. Ottilie betrat die die Küche, das Gesicht ernst und düster.

»Ich war heute bei Jacobus, Frau Wirtin«, sagte Pauline leise.

Ottilie schwieg. Man sah ihr das schlechte Gewissen an.

»Es geht ihm gut so weit«, fuhr Pauline mit gesenktem Kopf fort, »nur dass er friert und Hunger hat und dass seine Zellengenossen rohe Kerle sind, die ihn verprügeln und ihm seine Kleider gestohlen haben.«

»Oh, mon Dieu, die arme Mann«, rief Margot.

Pauline berichtete, was Jacobus ihr aufgetragen hatte. »Und ich kann in seinem Zimmer schlafen, während er fort ist, hat er gesagt.«

»So?« Ottilie zog die Augenbrauen hoch.

»Das denkt sie sich aus«, behauptete Walpurga, die ebenfalls in die Küche gekommen war, böse.

»Keineswegs. Und du solltest froh sein: Es enthebt dich meiner Gegenwart in der Kammer oben.«

Anna gesellte sich dazu. Bald würden die Familie und das Gesinde ihr Abendessen einnehmen. Sie stellte sich ans Feuer und wärmte sich die Hände.

»Anna, Jacobus hat mir erlaubt, seine leer stehende Kammer

zu nutzen. Er hätte sicher nichts dagegen, wenn du auch dort schläfst.«

»Das geht jetzt aber zu weit«, rief Ottilie.

»Das glaube ich nicht«, antwortete Pauline. »Der Herr Jacobus ist ein großzügiger und freundlicher Mensch. Er hilft anderen, wo er kann. Und für Anna wäre es gut, wenn sie ein paar Tage aus der Kälte käme. Schließlich hat der Herr auch für die Wärmpfanne bezahlt. Wäre doch schade, das nicht zu nutzen.«

Die sparsame Wirtin kniff die Lippen zusammen. Die Kohle hätte sie wohl gern behalten. Anna sagte nichts, rieb nur ihre schmerzenden Hände. Die Knöchel waren geschwollen und die Finger so verkrümmt, dass sie die Hand gar nicht mehr ganz öffnen konnte. Ottilie war das auch nicht entgangen.

»Von mir aus«, gab sie schließlich nach.

Das gemeinsame Essen verlief still. Jeder versuchte den Anblick von Moritz' leerem Platz zu meiden, doch es schlug ihnen auf den Appetit. Nur Pauline aß reichlich und beeilte sich mit dem Essen, um in die Gaststube zu kommen. Dort spielte sie zwei Stunden, bevor sie das Rebec an die Wand stellte und sich streckte.

»Du legst eine Pause ein«, stellte Albertine fest. »Dann soll ich dich von Martin fragen, ob du dich zu ihm setzen magst.« Sie wies zu dem Tisch neben der Tür, wo der Wachmann saß, vor sich einen Krug und zwei Becher. Er winkte ihr. Pauline erhob sich und ging zu ihm hinüber. Sie ließ sich ihre Zeit damit, hielt hier und da, wie sie von Gästen angesprochen wurde. Manche äußerten Musikwünsche für später, manche drückten ihr Münzen in die Hand. Einer versuchte sie zu sich herunterzuziehen und sie auf den Mund zu küssen. Lachend wehrte sie ab und trat zu dem Wachmann an den Tisch.

Martin runzelte die Stirn. »Du solltest nicht gar so freundlich sein. Dann würde so etwas nicht passieren«, sagte er, als sie sich zu ihm setzte.

»Es wird von mir erwartet, dass ich freundlich bin. Das gehört zu meinem Geschäft«, gab sie zurück.

»Wein?« Bevor sie antworten konnte, hatte er ihr schon den Becher voll gegossen und schob ihn zu ihr hin.

Sie dankte und kostete. Es war guter Tropfen aus dem katholischen Süden, von tiefem herbstlichen Gold, mit einem Nachgeschmack von Laub und Birnen. Martin hatte sich nicht lumpen lassen. »Ein guter Wein.«

»Soldaten kennen sich da aus.« Ein schiefes Lächeln, das seine Narben verzog.

»Man hat mir gesagt, du hast deinen Freund, den Zwerg, im Gefängnis besucht.«

»Ja. Er hatte Hunger und fror. Die anderen Halunken da drinnen hatten nichts Eiligeres zu tun, als ihn auszurauben. Ist das die Gerechtigkeit von Leipzig, dass man die Schwachen den Starken ausliefert und sich nicht darum kümmert, was dann geschieht?«

Martin zuckte die Achseln und fütterte den Affen mit Brotkrumen.

»Sei froh, dass man ihn nicht in eine Einzelzelle gesteckt hat. Dort werden die meisten rasch schwermütig und verlieren den Verstand.«

»Lassen sie ihn bald frei?«

»Sicher nicht. Aber man muss auf eine schnelle Lösung drängen, um vielleicht die Jungen noch retten zu können.«

Das klang nicht gut. »Er ist unschuldig. Was hat man denn anderes gegen ihn in der Hand als vage Beschuldigungen und Vermutungen?«

»Das ist es ja gerade. Wenn keine wirklichen Beweise oder Zeugenaussagen vorliegen, dann schreibt das Gesetz die peinliche Befragung vor. Und damit werden sie nicht lange warten, da sei gewiss.«

»Aber sie dürfen doch einen Krüppel nicht foltern!«

»Ich habe im Rathaus sagen hören, dass man ihn nicht als Krüppel anerkennen will. Ihm fehlt kein Glied, und er bewegt sich ja geschickt genug. Nun, das ist vielleicht Ansichtssache. Aber es handelt sich ja um ein Kind aus einer der vornehmsten Familien der Stadt. Herr Salet wird schon dafür sorgen, dass man die Wahrheit aus dem Gefangenen herauspresst.«

Daraufhin wurde es Pauline flau in der Magengegend, und sie musste einen tiefen Zug aus dem Becher nehmen.

»Die Wahrheit? Was für eine Wahrheit? Lieber Jesus! Er wird gestehen, damit sie aufhören, und er wird ihnen doch nicht sagen können, wo die Kinder sind. Sucht man denn nicht anderswo?«

»Wo denn? Wir haben keinen anderen Anhaltspunkt. Hast du deine Straßenkinder schon befragt? Mit uns reden sie ja nicht.«

»Sie wussten nichts, aber sie werden suchen. Ich habe ihnen eine Belohnung in Aussicht gestellt. Das wird sie hoffentlich beflügeln. Jacobus ist unschuldig!«

»So unschuldig auch wieder nicht. Wusstest du, dass er in der Nacht, in der die Hure Lotte ermordet wurde, im Haus am Neuen Markt war?«

Pauline hob überrascht den Kopf. Er hatte wohl Bedürfnisse wie jeder andere Mann. »Und jetzt soll er alles auf einmal getan haben: die Kinder entführt, die Hure ermordet, die mindestens doppelt so groß und schwer war wie er selber? Ich wette, er war nicht der einzige Mann dort.«

Martins Augen verengten sich, und er musterte Pauline mit scharfem Blick. »Nein, das wohl nicht«, sagte er dann.

»Betrachtest du ihn denn als einen Mann?«

»Warum denn nicht?«

Martin war der Gedanke unbehaglich, das sah sie ihm an. Nun, dann mochte er ruhig einmal darüber grübeln. »Was macht denn einen Mann aus, in deinen Augen? Muss er groß und stark sein?«

»Ja ... irgendwie habe ich es so gemeint ...«, murmelte Martin verlegen. »Na ja, ein ganzer Kerl eben, nicht so eine halbe Portion. Er ist ja nur so groß wie ein zehnjähriges Kind.«

»Ein Kind, Martin? Er ist ganz und gar erwachsen, er hat den Körper eines ausgewachsenen Mannes, breit und kräftig, wenn auch die Beine zu kurz geraten sind und alles ein wenig verschoben erscheint. Der Buckel, nun gut. Niemand würde ihn als wohlgestalt bezeichnen. Und doch! Hast du sein Gesicht genau betrachtet? Er hat ein angenehmes Gesicht, schöne Augen. Und wenn er spricht, oh, er ist gebildet, feinsinnig, klug und lustig ...«

»Man könnte meinen, der Zwerg sei nach deinem Geschmack«, bemerkte Martin finster.

»Vielleicht ja. Vielleicht mag ich große, starke Männer nicht, weil sie immer so viel voraussetzen. Weil sie meinen, die Frauen müssten ihnen zu Gefallen sein, allein weil sie so herrlich sind. Gottes Meisterwerke. Vielleicht habe ich einfach genug von großen, starken Männern.« Pauline trank ihren Becher aus und erhob sich. »Danke für den Wein, Herr Wachmann. Ich muss jetzt weiter meine Pflicht versehen. Wünsche einen angenehmen Abend und eine gute Nacht.«

Sie nahm ihr Spiel wieder auf. Plötzlich war sie in einer wagemutigen, beinahe halsbrecherischen Stimmung, wie berauscht. Irgendetwas brachte sie dazu, jetzt gerade mit den anderen Gästen zu schäkern, mit ihnen zu scherzen und zu lachen, ohne zu Martin hinzusehen. Überrascht beobachtete Pauline sich selbst und konnte doch nicht an sich halten. Sie tanzte durch die Gaststube, wiegte sich in den Hüften, ließ das Rebec jauchzen und schluchzen. Als sie wieder zu seinem Platz sah, war der Soldat verschwunden.

Albertine beugte sich zu ihr und raunte: »Seid ihr verliebt ineinander?«

Pauline spürte, dass ihre Wangen gerötet waren und die Augen glänzten. »Verliebt, ich und ein Kerl von der Stadtwache? Wie kommst du denn darauf?« Die Ablehnung kam etwas zu laut und zu heftig, ihre Stimme klang schrill, das konnte sie selbst hören. »Büttel und Fahrende, die sind wie Feuer und Wasser.«

»Gestritten habt ihr aber wie zwei Verliebte«, lachte das Schankmädchen. »Er ist eifersüchtig!«

Später in der Nacht gelang es Pauline, die Wirtin allein anzutreffen.

»Willst du nicht ins Rathaus gehen und ein gutes Wort für Jacobus einlegen?«, fragte sie.

»Warum sollte ich?«, gab Ottilie tonlos zurück.

»Weil du genau weißt, dass er es nicht getan hat. Genauso gut könntest du mich verdächtigen. Ein Schreiber dort hat es heute gesagt: Ich war sowohl hier als auch im Hause Salet. Ich könnte also sehr wohl etwas mit der Sache zu tun haben.«

Ottilie fuhr fort, Stühle auf die Tische zu stellen, Becher und Krüge einzusammeln. »Das glaube ich nicht. Dazu sind Frauen nicht fähig.«

»Es gibt Frauen, die ihre Ehemänner vergiften und ihre eigenen Kinder zu Tode bringen, die lügen, stehlen, betrügen.«

»Ja, aber so etwas nicht. Das ist kein Frauenwerk.«

Pauline nahm Ottilie beim Arm und zog sie neben sich auf eine leere Bank.

»Du nimmst es so tapfer. Ich wünschte, ich könnte helfen. Alles, was in meinen Kräften steht, um dein Kind wiederzufinden, das will ich tun!«

Ottilie, die sich bis dahin hart und steif gehalten hatte, sank auf der Bank in sich zusammen und schlug die Hände vors Gesicht. »O Gott, o Gott! Ich habe solche Angst! Was werden sie nur mit meinem armen Moritz tun? Ich sehe ihn immerzu vor mir, wie er weint und Angst hat. Wenn sie ihm wehgetan haben! Was, wenn sie ihn schon längst …«

»Daran darfst du nicht denken, Ottilie! Ich habe schon von etlichen solcher Fälle gehört in anderen Städten. Man hat die Kleinen eingesperrt, um Geld von den Eltern zu erpressen. Aber sie sind alle wohlbehalten zurückgegeben worden, sobald die Summe gezahlt worden war.«

Es war eine barmherzige Lüge. Ottilie klammerte sich daran.

»Meinst du? Ja? Aber ich kann es nicht zahlen. So viel Geld besitzen wir nicht«, brachte Ottilie zwischen zwei keuchenden Atemzügen hervor. »Das ist eine irrsinnige Forderung, da müsste ich die Herberge verkaufen, und was würde dann wohl aus uns allen werden? Den halben Tag bin ich heute von einem Geldverleiher zum nächsten gerannt. Ich habe alles von Wert verpfändet und überschrieben, meinen Schmuck, das Zinngeschirr, Schweine, Pferd und Wagen, die Obstbaumwiese vor dem Tor – und es reicht immer noch nicht! Was soll ich nur tun?«

»Vielleicht geben sie sich mit dem zufrieden, was du auftreiben kannst. Wie sollst du denn mit ihnen in Verbindung treten?«

»Ich soll, wenn ich das Geld zusammenhabe, einen Trockenblumenstrauß ans Tor hängen. Dann wollen sie mir weitere Anweisungen geben.«

»Dann häng den Strauß doch auf. Gib, was du zusammenbekommen hast. Leg einen Brief dazu und erkläre die Situation. Vielleicht sind sie zufrieden damit. Sie sehen daran ja deinen guten Willen.«

Pauline selbst glaubte nicht daran, dass solche Schufte sich mit weniger zufriedengäben, als sie gefordert hatten, doch es würde ihre Gier anstacheln, und sie könnten damit Zeit gewinnen. Laut sprach sie weiter: »Und wenn du das Geld übergibst, dann lassen wir den Ort von den Straßenkindern überwachen. Derjenige muss es ja holen, und dann sehen sie, wohin er geht, und wir haben ihn.«

»Besser, die Stadtwache wartet auf ihn!«

»Das glaube ich nicht. Die sind viel zu auffällig. Am Ende bleibt der Kerl dann fort, und das wäre nicht gut für Moritz.«

»Ich werde es mir überlegen.«

»Und Jacobus ...«

»Erwähne ihn nicht in meiner Gegenwart!«, schrie Ottilie. Sie sprang auf, die Fäuste derart geballt, dass die Fingerknöchel weiß wurden. »Ich habe solch einen Hass in mir! Wenn ich mir vorstelle, dass man meinem Kind etwas antut, dann möchte ich wild um mich stechen und schlagen, ich möchte jemandem wehtun, ich möchte morden! Ich kann dir gar nicht sagen, was in meinem Kopf vor sich geht. Nein, erwarte von mir kein Mitleid mit anderen. Ich will nur meinen Moritz wiederhaben. Und es ist mir ganz gleich, auf welchem Wege sie das erreichen. Ich werde dulden, dass du sein Zimmer bewohnst, ihn besuchst und zu ihm hältst. Ich werde dulden, dass Margot für ihn kocht und ihr ihn im Gefängnis wohl haltet. Aber verlang nicht von mir, dass ich mich auch noch für ihn einsetze!«

Seufzend erhob sich Pauline. »Ich hoffe das Beste für beide, für ihn und für dein Söhnchen.« Wohlfeile Worte vom Für-sie-Beten und dem Hoffnung-nicht-sinken-Lassen blieben ihr im Halse stecken.

Sie pfiff nach Felix. »Abendspaziergang!« Das sollte sie nicht vergessen, hatte Jacobus ihr eingeschärft. Der Affe hatte sich auf der Ofenbank in Paulines Mantel zusammengerollt. Schläfrig öffnete er die Augen. Er gähnte weit und ließ seine spitzen Reißerchen sehen. Dann sprang er auf ihren Arm. Pauline seufzte und gab sich einen Ruck. Sie hatte ein schlechtes Gefühl. Irgendetwas stimmte hier nicht. Ganz und gar nicht.

Sie legte ihren Mantel um, warm vom Ofen und vom Körper des kleinen Tiers.

Vor dem Tor blieb sie stehen, um ihre Augen an die Dunkelheit zu gewöhnen. Die meisten Öllampen an den Türen der

Herbergen waren erloschen. Eine große graue Stille hatte sich über die Stadt gebreitet. Vereinzelt waren von fern betrunkene Stimmen zu hören, das Rascheln und Huschen kleiner Nager und Aasfresser im Unrat der Gosse, der Flügelschlag eines Nachtvogels.

Straße und Häuser begannen Gestalt anzunehmen, klobig zeichnete sich die Stadtmauer vor dem Sternenhimmel ab. Pauline ging einige Schritte und setzte den Affen nieder, damit er sein Geschäft für die Nacht verrichten konnte. Nach dem langen Aufenthalt in der warmen Gaststube war ihr jetzt bitterkalt. Sie schnalzte mit der Zunge, um ihn anzutreiben, und streckte die hohle Hand nach ihm aus. Da sprang er auch schon davon. »Warte! Felix, halt!«, rief sie ihn. Doch er war über eine Mauer geklettert und verschwunden.

»Oje! Nun habe ich den Affen entlaufen lassen! Das dumme Tier? Wo ist er nur hingelaufen? Er wird doch hoffentlich nicht versuchen, zum Gefängnis zu gelangen? Das findet er nie, es ist viel zu weit.«

Aufgeregt rannte sie die Straße entlang in die Richtung, die das Tier genommen hatte. »Komm, Felix! Hier! Komm zurück!« Sie suchte mit Blicken die Dächer und Fassaden ab, schaute in die Höfe, unter die Karren, die am Straßenrand abgestellt waren. Nichts. Kein Felix. Nur eine grau getigerte Katze, die Pauline anfauchte, als sie sich nach ihr bückte. Über ihr klapperte ein Fensterladen, als plötzlich eine Brise aufkam.

»Was tue ich nur, wenn ich ihn nicht wiederfinde«, überlegte Pauline fieberhaft. »Wie kann so ein zahmes Tier im Winter überleben, allein? Was wird Jacobus sagen, wenn sein Affe fort ist?«

Sie hätte sich nicht sorgen müssen. Gerade als sie die Suche aufgeben wollte, kam etwas aus dem Schatten gehüpft. Plumps, spürte sie sein Leichtgewicht auf ihrer Schulter. Mit aufgeregten Fieplauten hielt er ihr etwas entgegen. Es glomm in der Dunkelheit und fühlte sich kuhl an.

Sie ging an eine der Laternen nahe dem Stall und hielt das Ding ins trübe Licht.

Es war eine goldene Halskette, schwere Glieder, die mit hellem Klang aneinanderschlugen. Die Glieder waren mit einem Muster graviert, und als Mittelstück war ein mugeliger Stein eingelassen. ›Das kann ich weder behalten noch irgendwo einlösen‹, dachte sie mit Bedauern. Sie ließ das Geschmeide durch ihre Finger rinnen, kühl und dickflüssig wie halb gefrorenes Wasser. Einstecken konnte sie es nicht. Niemand würde ihr glauben, dass sie die Kette gefunden oder ehrlich erworben hatte. Doch zurückbringen konnte sie das Geschmeide auch nicht, so wie die Börse.

Paulines Herz schlug einen Wirbel. Männerschritte im Gleichtakt näherten sich. Sie hörte das Knirschen der Stiefel im überfrorenen Harsch und das rhythmische Klopfen der Hellebarden auf dem Pflaster: Der Nachtwächter und seine Häscher machten ihre Runde. Wehe ihr, wenn man sie mit Diebesgut erwischte! In hohem Bogen warf sie die Kette in die Richtung, aus der Felix gekommen war. Sie drehte sich, leuchtete kurz auf im silbrigen Sternenschein und war verschwunden. Pauline hörte es klirren, entsetzlich laut in der Stille, dann waren die Männer herangekommen.

»Guten Abend«, grüßte Pauline mit zittriger Stimme. Die Männer mochten es der Kälte zuschreiben. Martin war nicht unter ihnen.

»Guten Abend, Jungfer, und gute Nachtruhe«, wünschten sie höflich und waren schon vorbei. Pauline wurden die Knie weich. Doch niemand schrie: »Zu Hilfe! Diebe! Diebe!«, wie sie fast schon erwartet hatte. Vielleicht würden sie die Kette am Morgen im Hof finden und denken, dass die Besitzerin sie verloren hatte. Nur Felix schnatterte unzufrieden, weil er für seine Tat keinen Lohn bekommen hatte.

»Dich nehm ich an die Leine, du kleiner Spitzbube! Und deinem feinen Herrn werde ich morgen den Marsch blasen! Es scheint, dass er doch nicht zu Unrecht sitzt, wenn auch aus den falschen Gründen.«

Bevor sie die Tür der Herberge gegen die Nacht schloss, hörte sie noch das Stundengeläut von der Niklaskirche.

»Und du glaubst wirklich, dass es Herrn Jacobus recht ist, wenn wir in seiner Kammer schlafen?« Anna stand neben dem Bett und betrachtete es zweifelnd.

»Aber ja. Er hat es mir gesagt. Bestimmt! Du kannst ja ein neues Leintuch aufziehen, bevor er wiederkommt.«

»Kommt er denn wieder?«

Pauline zog ihre Röcke, Mieder und Blusen aus und ließ sich im Unterkleid auf die strohgefüllte Matratze fallen. Sie klopfte mit der Hand auf den Platz neben sich.

Der Affe hatte sich am Fußende zusammengerollt. Anna zögerte immer noch.

»Komm schon, oder willst du lieber wieder zu Walpurga hinauf?«

»Bloß das nicht. Wie ein so junger Mensch so griesgrämig sein kann, das nimmt mich wirklich wunder. Vielleicht machen ein paar Nächte allein da oben sie menschenfreundlicher.«

»Woher kommt sie denn? Hat sie Familie in der Stadt?«

»Und ob. Ihr Vater ist Geselle beim Stadtpfeifer Lebzelter.«

Pauline legte sich auf den Rücken und verschränkte die Arme unter dem Kopf. »Da wird er aber lange Geselle bleiben, wenn nicht etwas Unerwartetes geschieht. Der Stadtpfeifer erschien mir nicht alt. Und solche wie er haben die Stelle auf Lebenszeit. Oder nicht?«

Eine Anstellung auf Lebenszeit! Pauline ging es nicht in den Kopf, dass so etwas möglich war. Was trieb so einen denn noch? Mussten sie nicht faul werden, wenn keine Notwendigkeit bestand, Neues zu lernen, wenn kein Fehler ihren Dienst beenden konnte?

»Doch, doch«, bestätigte Anna. »Deshalb muss Walpurga sich auch als Magd verdingen. Ein Geselle verdient kaum etwas. Sie hätte ja selber gern Musik erlernt, aber es heißt, dass ihr Gesang sich schlimmer anhört als eine Schar Krähen. Herr Lebzelter hat es abgelehnt, sie zu unterrichten, ja er hat ihr das Singen in seinem Hause ganz und gar verboten.«

Fast tat das Mädchen Pauline leid.

»Sie missgönnt dir dein Talent«, fuhr Anna fort. »Das sieht ihr ähnlich: Was sie selbst nicht besitzt, soll auch kein anderer haben, schon gar keine andere Frau.«

»Missgunst ändert nichts und macht Falten«, sagte Pauline leichthin, dann wurde sie wieder ernst. »Sag mal, Anna, hast du nicht eine Ahnung, wer Ottilie schaden will? Hat sie einen Feind, der die Herberge begehrt, oder gibt es einen abgewiesenen Bewerber, der sie zum Aufgeben und zur Ehe zwingen will?«

»Ich weiß nicht«, murmelte Anna bedächtig. »Hier kennt

man sich doch untereinander. Da ist niemand, dem ich etwas so Bösartiges zutraue. Bewerber, ja, da gab es ein paar. Wer würde nicht gern in so ein Geschäft einheiraten? Du glaubst doch nicht, dass einer diese Entführung vortäuscht?«

»Ich glaube jedenfalls nicht, dass die Dinge so sind, wie sie scheinen.«

»Ach, ich glaube, sie hat Gefallen daran gefunden, die Dinge selbst in der Hand zu halten. Tüchtig ist sie! Man hat einigen Druck auf sie ausgeübt. Eine Zeit lang riss der Strom der Bewerber nicht ab, Witwer, zweite und dritte Söhne aus anderen Wirtschaften ... Der Rat hat verlangt, dass ein Mann ins Haus muss. Da ist sie auf die Sache mit der Vormundschaft verfallen.«

»Eines Tages wird Gottlieb die Wirtschaft sicher übernehmen wollen.«

»Ja, und vor dem Tag fürchtet sie sich jetzt schon!«

8.
IN DER MEHLKISTE

Inzwischen hatte er gelernt, seine Bewacher schon am Schritt zu unterscheiden, wenn sie zu ihm herunterstiegen. Das eine war ein Mann. Das andere war eine Frau. Vor dem Mann fürchtete er sich mehr als vor der Frau. Der sprach kaum, und wenn, dann nur, um ihm zu drohen oder ihn zu verhöhnen, wenn er sich auf den Eimer hockte. Die Frau hatte ihm eine Decke gebracht und eine weite Bauernhose, die ihm viel zu groß war und nicht viel besser roch als die, die er eingepisst hatte. Aber sie war trocken und warm. Die Frau hetzte ihn nicht. Sie ließ ihm Zeit, zu trinken und sich ein wenig zu strecken. Beinahe meinte er so etwas wie Mitgefühl bei ihr zu spüren.

»Bitte lasst mich doch gehen. Meine Mutter wird sich erkenntlich zeigen, und ich werde Euch auch nicht verraten. Ich verspreche es«, bat er sie. Aber da schüttelte sie nur den Kopf und sah ängstlich über die Schulter zur Tür hin, legte einen Finger auf die Lippen. Sie fürchtete sich offenbar genauso vor dem Mann wie er.

Abwechselnd kamen sie zu ihm herunter, morgens sehr früh und in der Nacht. Das wusste er, weil man die Kirchenglocken von Sankt Niklas durch die Mauern hörte. Die von Sankt Thomas klangen weiter entfernt, aber er erkannte sie dennoch. Früher einmal hatten sie für ihn das Gefängnis bedeutet: Schule, endlose Stunden in der Bank sitzen, Latein und Schreiben üben, wenn doch die Feder sich in einen Vogel verwandeln und zum Fenster hinauswollte. Und endloses Sitzen in der Kirchenbank, geschrubbt und unbequem angezogen, zwischen Albertine und seine Mutter gezwängt, die ihm strenge Blicke zuwarfen, wenn er beim Singen hinterherhing oder während der Predigt Fliegen jagte, die sich auf seinem Knie niederlassen wollten.

»Lieber Gott, errette mich! Hilf mir, lieber Jesus, und ich will auch immer in die Schule gehen. Ich schwöre es.«

Wäre er nur nach Hause gegangen, als es an der Zeit war. Hätte er nur, hätte er nur … Aber sie hatten etwas getan, was verboten war. Und er hatte gestohlen. Seine Mutter bestohlen und Wein getrunken mit den Gassenjungen. Erst hatte es Spaß gemacht, und er war sich vorgekommen wie einer von ihnen, frech und mutig und unabhängig. Und dann hatte er Angst gehabt, seiner Mutter unter die Augen zu treten. Der Wein war ihm zu Kopfe gestiegen, und er hatte sich merkwürdig gefühlt. War im Stroh eines Schweinestalls eingeschlafen. Und was schwerer wog: Statt dann nach Hause zu gehen und sich seine verdiente Tracht Prügel abzuholen, war er an diesen Ort zurückgekommen.

Der Mann war gemein, die Frau war etwas freundlicher und ängstlich. Vielleicht ließ sich ein Vorteil daraus ziehen. Sie kamen und ließen ihn aus der Kiste heraus, damit er auf den Eimer gehen konnte. Dann durfte er trinken, bekam ein Stück altbackenen Fladen und wurde wieder eingesperrt. Die Stunden vergingen quälend langsam. Er fing sogar an, Lateinvokabeln vor sich her zu sagen und mit den Fingern in der dunklen Kiste Rechenaufgaben auszuknippern. Und auf die Geräusche zu lauschen. Aus dem Haus über ihm war so gut wie nichts wahrzunehmen, Gelächter von ganz weit, manchmal ein Fetzen Musik. Also, schloss er, konnte man ihn dort auch nicht hören. Aber es musste ein kleines Fenster da sein, eines, das auf den Hof hinausführte, hoch oben. Er fühlte den Luftzug im Nacken, wenn er an der Kiste stehen durfte, um zu trinken. Am Tag waren da ganz entfernt das Gackern und die schrillen Kiekser eines Huhns. Und nachts meinte er, eine Katze mache Jagd auf die Ratten.

Schritte ertönten auf der Treppe, näherten sich, leichte Schritte, das Wischen eines langen Rockes über den Boden. Das war die Frau, gut. Die Tür wurde entriegelt – das Geräusch wiederholte sich nicht. Sie schloss nie ab hinter sich. Durch einen schmalen Spalt unterhalb des Randes der Kiste nahm er den gelben Schein einer Laterne wahr. Gleich würde sie das Schloss aufschließen und den Deckel öffnen.

Der Deckel ging hoch, und wie immer konnte er zuerst nur Umrisse erkennen. Er hatte gelernt, nicht direkt in das Licht zu blicken, wenn er so lange im Dunkeln gewesen war. Sie war schmächtig, etwas gebeugt, wie jemand, der oft Schläge bekommt und gelernt hat, sich zu ducken. Halblanges helles Haar machte ihrem Gesicht einen Hof wie der Mond vorm Regen.

»Glotz mich nicht an, wenn du weißt, was gut für dich ist. Guck woanders hin. Mach schon. Geh auf den Eimer.« Es war schwer für einen kleinen Jungen, so lange seine Blase zu beherrschen, doch er schaffte es. Mit einem Seufzer der Erleichterung ließ er sich auf dem Holzeimer nieder. Als er aufstand, warf er einen Blick um die Ecke in ein zweites Gewölbe und zur Tür. Sie stand einen Spalt offen, aber die Frau verstellte ihm die Sicht. Stöhnend griff er sich an den Bauch, ließ sich fallen und rollte sich im Stroh zusammen.

»Was ist? Was hast du?«

Wie er es gehofft hatte, stellte sie die Laterne ab und kam zu ihm. Er stöhnte noch mehr. Sie hockte sich nieder zu ihm und stieß ihn mit dem ausgestreckten Zeigefinger an. »Was ist? Hast du Schmerzen?«

Blitzschnell gab er ihr einen Stoß, sodass sie auf ihr Hinterteil fiel. Schon hatte er sich aufgerappelt und die Laterne gegriffen. In ein paar Sätzen war er an der Tür, hatte sie aufgezogen und war hindurch.

»Halt! Wirst du wohl zurückkommen! Bleib da, Junge!«, schrie sie hinter ihm her. Er kümmerte sich nicht um ihr Geschrei. Schon war er fast oben, konnte die Geräusche deutlicher hören, die Musik, das Kreischen und Lachen. Da ging die obere Tür auf, und er prallte gegen einen massigen Körper. Das war der Mann!

»Da schau an. Wohin denn so rasch?« Eine Ohrfeige traf ihn so heftig, dass er halb um sich selbst gewirbelt wurde, mit dem Kopf gegen die Wand schlug und die Treppe hinunterkugelte wie ein Sack Rüben. Benommen blieb er unten liegen und schloss die Augen. Öl ergoss sich aus der Lampe ins Stroh, und Rauchfäden kringelten sich. Blaue Flämmchen blühten auf. Doch das Stroh war feucht.

»Was hast du getan? Du hast ihn umgebracht, du Narr! Jetzt ist es aus mit dem schönen Geld«, jammerte die Frau und trat die Glut aus. Ihr Gezeter brach jäh ab. Klatschende Schläge und dumpfe Tritte hallten und Schmerzensschreie.

»Verblödetes Weibsstück! Kannst du nicht einmal auf ein kleines Kind achtgeben? Hab ich dir nicht gesagt, du sollst die Tür verriegeln, wenn du ihn aus der Kiste lässt? Und den Schlüssel in der Hand behalten. Wie schwachsinnig kann man denn sein? Hau bloß ab!« Er versetzte der am Boden Liegenden einen Tritt. Sie rappelte sich hoch und floh nach oben. Moritz fühlte sich gepackt und hochgehoben wie eine Lumpenpuppe.

»Mich führst du nicht an der Nase herum.« Er wurde geschüttelt, auf den Boden gestellt und zur Kiste hingestoßen. Gebrochen hatte er sich nichts.

Er versuchte nicht zu schreien, als ihn die ersten Schläge trafen.

Schließlich warf das Vieh ihn in die Kiste. Moritz hatte gerade noch Zeit, seine Finger einzuziehen, als der Deckel herunterfiel wie ein Schwert auf dem Richtplatz. Der Schlüssel mahlte im Schloss.

»Das Brot!«, fiel ihm ein. »Ich hab noch nichts zu essen bekommen!«

Ein heftiger Tritt gegen die Kiste, sodass es den Kleinen darin gegen die Bretter warf: »Kein Brot, kein Wasser. Damit ist es jetzt vorbei. Ich habe dich gewarnt, mach uns keine Schwierigkeiten. Jetzt bleibst du in der Kiste, bis du schwarz wirst.«

Moritz rollte sich zusammen, List und Tapferkeit waren vergessen für den Augenblick. Er weinte lautlos. Nur die Lippen bewegte er.

›Hilf mir doch, lieber Gott, hilf mir doch! Mama! Albertine, Gottlieb! Bitte, bitte!‹

9. FÜNFTER TAG

He, Kleiner, hier kommt deine Teppichhure!«, riefen die Zellengenossen, als sie Pauline erblickten.

»Terpsichore.« Jacobus hob den Kopf vom Stroh und machte ein gequältes Gesicht ob des billigen Scherzes. Der Dummheit und Rohheit seiner Zellengenossen überdrüssig, ließ er einen Stoßatmer fahren. »Oh, womit habe ich das verdient? Den ganzen Morgen sind sie schon so geistreich. Wahrscheinlich hat man mich mit ihnen zusammengesperrt, um mich schon vor der Folter weichzukochen.«

»Seufze nur und verdreh die Augen, weil dir die Gesellschaft nicht gefällt«, versetzte Pauline gereizt. »Du verachtest sie, dabei haben sie nur versucht, freundlich zu sein auf ihre Weise! Schiltst du deinen Affen, weil er nicht Latein spricht?«

Jacobus schaute überrascht. Er stand auf und verneigte sich.

»Ich sehe mich zu Recht gerügt. Verzeiht, meine Dame, verzeiht, Ihr Herren.«

Die Rüpel sahen einander fragend an. Hatte man sie nun gelobt oder beleidigt? Felix löste seine Umklammerung von Paulines Hals und hüpfte schnatternd zu seinem Gebieter.

»Wie? Vergleichst du uns etwa mit dem da?« Anklagend wies einer von Jacobus' Mitgefangenen auf das Tier.

»Da täte ich dem armen Affen Unrecht«, sagte Pauline, doch sie lächelte und wies auf den Korb, den sie am Arm trug. »Zerquält euch nur nicht das Hirn. Kopfweh, das vom Wein kommt, ist besser zu ertragen, denn man hat dafür vorher wenigstens sein Vergnügen gehabt.«

Sie verteilte Wein und Fladenbrote und gab dann Jacobus das Seine.

»Margot hat sich ins Zeug gelegt für dich. Sie traut sich zwar nicht, etwas zu Ottilie zu sagen, aber sie glaubt fest an deine Unschuld. Da schau: Sie hat Pastete von dreierlei Fisch für dich gemacht und dazu noch ein Rüben …«, sie musste überlegen, wie Margot es gleich genannt hatte, »… ein Rübengratin. Das sind dieselben alten Wuken wie immer, aber mit Muskatnuss in Rahm gebacken. Und da ist noch ein Krapfen von gestern.«

»Meine Verehrung. Sie macht mir die Gefangenschaft erträglicher. Wenn man mich hinrichtet, soll sie den Becher aus Amethyst haben. So kann sie sicher sein, dass man sie niemals vergiftet in Ländern, wo man schlechter kocht als in Frankreich.«

Jacobus polkte ein paar Rosinen aus dem Auflauf und verfütterte sie an seinen Affen. »Wie macht er sich beim Spendeneinsammeln?«

»Der hätte mich fast in Teufels Küche gebracht, dein kleiner Freund.« Pauline beugte sich zum Gitter vor und raunte dem Zwerg zu: »Er stiehlt, aber das weißt du schon, nicht wahr?«

»Sicher, aber das ist nicht meine Schuld. Eine dumme Angewohnheit, die er von seinem Vorbesitzer mitgebracht hat«, sagte Jacobus ungerührt und biss in die Kruste der Pastete. »Ach, Margot! Wunderbar, wie blättrig der Teig zwischen den Zähnen bricht, um dann auf der Zunge zu zergehen.«

»Die ›dumme Angewohnheit‹ kann mich auf den Block bringen. Wenn er das nicht lässt, kann er nicht bei mir bleiben.«

»Er – hm – tut es nur, wenn du ihn auf die Erde setzt und dabei mit der Zunge schnalzt. Dazu hältst du ihm die offene Handfläche entgegen. Dann weiß er, dass er dir etwas Hübsches bringen soll. Etwas Glänzendes. Sonst ist er ganz brav.«

»Brav nennst du das? Er hat ins Bett gemacht«, setzte Pauline vorwurfsvoll hinzu. »Obwohl ich gestern Nacht noch mit ihm draußen war, wie du gesagt hast.«

»Dann hast du wahrscheinlich das Kammerfenster verschlossen. Du musst es offen lassen, dann erledigt er sein kleines Geschäft vom Fenstersims. Felix ist ein wohlerzogener Affe, kluger Felix!« Mit Vaterstolz tätschelte er das braune Tier.

»Musik! Spiel was für uns«, verlangten die Mitgefangenen. »Wir wollen gebessert werden!«

»Ja, spiel etwas, sei so gut, mach mich dieses Elend vergessen«, bat auch der Zwerg.

»Ich dachte, meine Musik sei ohne Kunst und für dich nicht gut genug«, versetzte Pauline spitz.

»Das hast du falsch verstanden. Im Gegenteil, ich habe dir meine Bewunderung ausdrücken wollen. Für jemand, der keine Noten kann und bei keinem Meister gelernt hat, bist du ganz außergewöhnlich! Ich habe mich eben nur gefragt ...« Er wagte es nicht weiterzusprechen aus Sorge, sie zu kränken.

Aber Pauline lachte bitter. »Ich weiß ja selbst, dass ich an Grenzen stoße, die ich aus eigener Kraft nicht überwinden kann. Mit meinen Ohren ist alles in Ordnung. Ich war in der Thomaskirche und habe dort jemanden spielen hören. Ach! Wenn ich nur so etwas zustandebrächte. Das ist wahre Kunst. Ich fühlte mich derart ergriffen, zum Himmel emporgetragen! Mein Herz wurde so weit, als sollte es gleich zerspringen. Und dann fühlte ich mich wieder auf die Erde zurückgeworfen und platt wie eine Wanze. Dagegen bin ich nichts und kann nichts.«

»Das ist nicht wahr. Du bist schon ungeheuer weit gekommen. Wie hast du denn überhaupt dein Handwerk erlernt?«

»Melchior hat mir das meiste beigebracht. Einer von den Gauklern, bei denen ich als Kind gelebt habe. Unterwegs habe ich mir von anderen was abgehört. Aber es reicht dennoch nicht! Wie oft habe ich Melodien im Kopf und kann sie nicht festhalten, geschweige denn verbessern, die zweite, dritte und vierte Stimme dazusetzen. Es geht nicht. Und wiederholen, was gelungen ist. Die Musik der Straße verfliegt einfach so. Man möchte manchmal verzweifeln.«

»In den Jungfrauenschulen der protestantischen Städte wird auch Musik gelehrt.«

»Frommer Gesang und feines Benehmen! Das ist nichts für mich. Die haben mir nichts beizubringen.«

»Früher wurden Begabte in Klöstern unterwiesen. Das fehlt heute bitterlich. Hast du denn den Thomaskantor gefragt, ob er nicht Hilfe weiß? Ihm untersteht alle geistliche Musik in der Stadt und auch die Schulen.«

Pauline schaute ihn an, während er seelenruhig die letzten

Krümel der Pastete mit angefeuchtetem Finger aus dem Gefäß aufpickte. Ihr stand der Mund offen ob so einer Ungeheuerlichkeit.

»Den Thomaskantor? Warum nicht gleich den Heiligen Geist?«

»Ja, warum nicht den Heiligen Geist. ›Alle Blümlein und Vögelein haben das Evangelium am Hals geschrieben.‹ Herr Luther hat sich sehr dafür eingesetzt, dass man Musik an den Schulen unterrichten soll. Jeden soll man unterweisen, der Geschick dazu beweist. Gott habe den Menschen vor allen Geschöpfen dadurch ausgezeichnet, dass er die Musica nicht nur einfach so herträllert, wie die Lerchen auf dem Felde, sondern dass er Gottes Weisheit in ihr erkennt, mehr noch: dass er selbst welche zu erschaffen weiß. Darin sind wir dem Schöpfer wesensgleich, dass auch wir Schöpfer sind, doch nicht aus Eitelkeit und um der bloßen Lust willen. Gott hat uns die Musik gegeben, damit wir sie ihm darbringen. Er fragt, und wir antworten ihm auf diese Weise.«

In Paulines Augen schimmerte es feucht. »Du meinst wirklich, ich, eine einfache Spielfrau, ich könnte solche Musik zu machen lernen, dass ich sie in der Kirche spielen kann, dass sie Gottes würdig wäre?«

»Dummerchen, du hast mich immer noch nicht verstanden. Deine Musik macht ihm jetzt schon Freude, davon bin ich überzeugt.«

»Aber der Thomaskantor!« Er war die höchste musikalische Autorität in Leipzig und weit darüber hinaus. »So einer steht doch weit über mir! Und die Kirchenleute verachten uns Fahrende.«

»Aber sie lieben doch Musik. Und es wäre falsch, falsch und geradezu verderbt, wenn man dir aus Standesdünkel das Weiterkommen verwehren wollte. Höre, wenn du den Mut nicht aufbringst, zu fragen und zu kämpfen für das, was du willst, wie kannst du dann erwarten, etwas zu erreichen? Klopf an, so wird dir aufgetan. Luther hat schon dagegen angeredet, dass man die Bildung des Volkes ganz vernachlässigen wollte, weil der Glaube genug sei. Es würde ihm nicht gefallen, zu sehen, wie Zünfte und Amtsträger die Gottesgabe Musik für sich vereinnahmen.«

Paulines Gesicht nahm wieder den gewohnten harten und frechen Ausdruck an. Sie schüttelte den Kopf und kramte ihr Rebec hervor.

»Luther ist tot. Und Gott hört mich nicht. Warum sollte er einer einfachen Gauklerin zuhören, wo er doch all diese großen Künstler hat, die ihn unterhalten. Die Zünfte reißen sich alles unter den Nagel, neuerdings sogar das Instrumentenbauen. Das sind alles Narreteien, Herr Zwerg. Und ich bleibe ja auch nirgends lange genug, um die höheren Künste zu lernen, selbst wenn sich jemand herablassen wollte, mir was beizubringen. Eine freie Spielfrau bin ich, und so lebe ich. Genug geredet. Ich spiele jetzt ein paar Lieder für Galgenvögel, das ist das Richtige für euch und auch für mich.«

Sie spielte und sang ein paar so unflätige Strophen, dass die Wachleute erst grinsten und dann besorgt zur Tür des Stockmeisters sahen. Doch der ließ sich nicht blicken.

Pauline traf Wanda auf dem Marktplatz.

»Hab ein Auge auf den Affen«, sagte sie ihr leise. »Er klaut!«

»Grandig! Duft«, antwortete Wanda hocherfreut. Großartig.

»Nein, nein, kommt nicht infrage. Wir nehmen mit dem Musizieren genug ein. Am besten, du führst ihn am Strick herum, dann macht er keine Geschichten. Und schnalze nicht!« Pauline förderte aus ihrem Ledersack ein Stückchen Hanfseil zutage und knüpfte es an Felix' Halsband fest. Er mochte es nicht und schimpfte. Nach der zweiten Spieleinlage hatte er es bereits durchgebissen.

Wanda schaute in den Bettelhut und nahm die Münzen heraus. »Nischt als Kies. Er hat blau geschnappt. Nur ein Stück Bäckerling geschnorrt. Braver Morsopp!« Nur Geld sei in dem Hut, kein Diebesgut. Ein Stück Brot habe er erbettelt. Sie nahm Felix den Hut ab und kraulte ihm das Köpfchen. »Den kleenen Moritz haben se noch nicht aufgetrieben?«

»Nein. Deine Kumpel wollten sich doch nach ihm umsehen.«

»Haben se auch. Aber blau gejatscht, nicht gefunden, will ich sagen. Und die Greifer haben die ganzen Vorstädte durchgefilzt! Mann, bei uns sind vielleicht alle ropsig.« Wütend waren die kleinen Leute. Das konnte Pauline sich denken.

»Waren sie auch bei euch zu Hause?«

»Und wie! Haben uns den ganzen Haushalt auf den Kopp gestellt, so als ob der Moritz bei uns inner Mehlkiste hoggen tät.« Wanda bohrte sich eine schwarze Borke unter einem Fingernagel vor.

»Was machen eigentlich deine Eltern?«, fragte Pauline.

»Vater is weg. Mutter wäscht – wenn sie nicht besoffen is.«

Pauline ließ Felix auf ihrer Schulter Platz nehmen, und sie wechselten den Standort. »Wäscherin ist sie? Da müsste deine Mutter zur Messezeit doch ordentlich verdienen?«

»Nee, erst hinterher. Die Leute von auswärts nehmen ihre dreckichten Sachen wieder mit und lassen zu Hause waschen. Und die Leute von hier tun's erst, wenn die Feiertage vorbei sind; bevor sie die Kluft in die Truhe packen fürs nächste Jahr. Na ja, aber sie ist schon fleißig, meine Mutter. Wir kämen ganz gut hin, wenn sie nur nicht immer so ›nen Brand kriegen würd‹.«

»Warum hilfst du ihr dann nicht?«

»Mach ich ja auch. Aber zur Messezeit verdien ich mit Betteln mehr.«

Sie hatten gerade am Pauliner Kolleg Aufstellung genommen. Pauline stimmte ihre Fiedel. Da sah sie Susanna Salet vorübergehen. Sie ging mit einer Freundin eingehakt, beugte den Kopf zu dieser hin und lachte so fröhlich, dass Pauline ihr überrascht nachblickte. Seltsam, sie war offenbar nicht zu Tode betrübt über das Verschwinden des kleinen Daniel. Wenn man daran dachte, wie Ottilie sich aufführte! Aber bei ihr handelte es sich ja auch um das eigene Kind. Das war sicher schlimmer.

Ein paar Studenten versammelten sich um die Musikanten, zu dieser Zeit durchaus genießlich und in Spendierlaune.

»Or y pensez, belle Gantiere
Qui m'escoulière souliez estre«, sang Pauline:
»Hör, hübsches Handschuhmachermädel,
und du, Schuhflickerin, nicht minder,
dass mir keine die Zeit vertrödel!
Tappt nicht durchs Leben wie ein Blinder!
Greift rechts, greift links, schnappt euch die Sünder!
Schont keinen, nehmt, was euch gehört!
Im Alter seid ihr nutzlos, Kinder.«

Die Burschen lachten, und sie griffen gleich nach einer jungen Zwiebelverkäuferin, die sich unvorsichtigerweise herangewagt hatte, um der lustigen Musik zu lauschen, und einer begann gleich einen wilden Springtanz mit ihr, sodass die Kiepe auf ihrem Rücken hüpfte und die Zwiebeln herausregneten. Sie kreischte und schimpfte.

»Schluss mit dem Unsinn! Habt ihr nicht zu lernen?«, unterbrach eine tiefe Männerstimme das Treiben. Martin drängte sich mit rauer Hand durch und trennte das Paar. »Und du bist natürlich mittendrin«, knurrte er Pauline an. Er hatte eine frische Schürfwunde am linken Wangenknochen. Das Kinn begann sich violett zu färben.

»He, Kerl! Wo bleibt deine Höflichkeit?!«

»Respekt, Soldat, ich bin von Adel!«

»Was hat dem denn den Tag verhagelt?«, hieß es, doch die Studenten machten ihm Platz und verliefen sich, nun, da man ihnen den Spaß verdorben hatte. Wanda half der Zwiebelfrau, ihre Ware wieder aufzulesen.

»Hat nicht der Zwerg dir die Obhut über sein Gewölbe gegeben?«

»Ja, schon. Was ist damit?« Sie hatte sich darum nicht weiter gekümmert. Es war geschlossen, und damit gut. Niemand verlangte doch wohl von ihr, die Wunderkammer offen zu halten?

»Es soll durchsucht werden. Die Waffeltrude hat gesagt, er hat dir den Schlüssel gegeben.«

»Das stimmt.« Pauline wühlte in ihrem Ledersack. »Hier ist der Schlüssel.«

»Dann komm. Du solltest dabei sein und darauf achten, dass es mit rechten Dingen zugeht.« Martin fasste sie am Arm und zog sie mit sich. Felix bleckte die Zähne und kreischte ihn an. »Schon gut.« Er ließ ihren Arm los. »Und übrigens solltest du in einer protestantischen Stadt lieber keine unzüchtigen Lieder singen!«

»So? Aber gerade damit verdiene ich das meiste Geld. Auch in protestantischen Städten.«

»Von mir aus«, brummte der Wachmann. »Sag nicht, ich hätte dich nicht gewarnt, wenn du Strafe zahlen musst. Und sag deinem Bettelmädchen, dass sie vor mir nicht immer weglaufen muss. Ich fresse keine kleinen Kinder.«

Pauline lief neben ihm her und musste drei Schritte machen, wo er einen tat.

Sie schaute ihn schräg von unten an. »Es tut mir leid. Ich habe mich dir gegenüber unmöglich aufgeführt«, sagte sie.

Verdutzt blieb er stehen und sah auf sie herunter. Unter seinem vernarbten Augenlied zuckte ein winziger Muskel.

»Ich ... habe mich über dich geärgert und habe ein dummes Spiel mit dir getrieben. Verzeih mir, Martin.«

Seine Züge entspannten sich. Sie blieben stehen, mitten in der Gasse, sodass Fußgänger, Pferde und Ziehkarren einen Bogen um sie machen mussten.

»Du bist eine merkwürdige Frau, Pauline Schwan. So eine wie dich habe ich noch nie getroffen. Ich dachte, du wolltest mir die Grenzen weisen und hättest recht damit. Schließlich habe ich dir deinen Umgang nicht vorzuschreiben.«

»Ich habe mich mehr für Jacobus geärgert. Dass du ihn so abtust. Dass die Welt es sich so einfach macht, einen Menschen zu beurteilen: schön, hässlich, klein, groß, stark, schwach, ehrlich, unehrlich. Als ob's nichts in der Mitte gäbe. Als ob damit schon alles gesagt wäre. Es erscheint mir so erbarmungslos. Wie schnell wird man da zum Abfall geworfen. Und was meinen Umgang betrifft: Er gefällt mir ganz gut, vor allem der derzeitige.«

Seine Mundwinkel hoben sich wie Schmetterlingsflügel. Er besaß einen schönen Mund, stellte Pauline fest. Ganz plötzlich war der Himmel heller und die Luft weniger eisig.

»Darüber sprechen wir noch. Aber jetzt müssen wir uns leider beeilen. Sonst brechen sie dem armen Zwerg, dem Herrn Jacobus, noch das Gewölbe auf.«

Sie liefen weiter. »Warum wollen sie das Gewölbe durchsuchen?«, fragte Pauline.

»Angeblich will man nach dem Kind suchen, obwohl sich die Häscher ja schon bei der Festnahme versichert haben, dass es nicht dort ist. Jetzt hofft man auf Beweisstücke irgendwelcher Art. Das alles ist ungewöhnlich. Ich habe aber reden hören, dass der Schausteller sich jemand am Hofe zum Feind gemacht haben soll. Der stecke dahinter, ein Herr von Seeheim, Hubertus von Seeheim. Kennst du ihn?«

»Nein, das kann man so nicht sagen, aber ich ahne den Zusammenhang. Ein Höfling war bei Jacobus in dem Schaugewölbe. Er wollte ihm unbedingt das Horn des Einhorns abkaufen, aber Jacobus hat es nicht hergeben wollen. Daraufhin ist dieser Herr ziemlich unflätig geworden und hat ihm gedroht.«

Sie waren mittlerweile am Niklaskirchplatz und vor Jacobus' Gewölbe angelangt. An den verriegelten Läden warteten schon eine Gruppe von Bütteln und der Marktvogt, ein vierschrötiger, grauhaariger Mann, dem die Jahre einen nüchternen, gleichmütigen Ausdruck verliehen hatten. Bei ihm stand ein Adliger in Seidenstrümpfen, weiten Kniehosen aus Brokat und kurzem spanischen Mäntelchen.

»Das ist der Kerl«, flüsterte Pauline ihrem Begleiter zu. »Da, mach du das. Es ist nicht gut für unsereins, wenn wir die Aufmerksamkeit solcher Leute auf uns ziehen. Das siehst du ja an dem armen Jacobus.«

Sie gab ihm den Schlüssel in die Hand und versteckte sich hinter Martins breitem Rücken.

»Hier ist der Schlüssel«, sagte Martin mit lauter Stimme. Sie machten ihm Platz. »Aber gebt acht, dass ihr nicht alles herunterwerft und dass nichts mutwillig zerstört wird! Der Besitzer ist zwar unter Verdacht, aber nicht verurteilt. Die Stadt will nicht zu Schadensersatz herangezogen werden, wenn sich seine Unschuld erweist.«

»Er ist schuldig, diese unnatürliche Kreatur. Durchsucht das Gewölbe. Da wird man die Beweise schon finden! Du da, Lümmel«, herrschte der Adlige Martin an. »Erdreiste dich nicht, hier Befehle zu geben, sondern tu deine Pflicht!«

Martin erwiderte nichts darauf, und die Büttel blickten finster drein. Martin war beliebt bei den Stadtknechten und hatte einen guten Ruf

Der lange Schlüssel drehte sich, ungeduldige Hände zerrten die hölzernen Läden beiseite. Wortlos schob sich Martin vor den Adligen und drängte sich an ihm vorbei.

»Erlaubt, dass wir unsere Arbeit tun.«

Zwei Büttel blieben vor der Türe stehen, um die Schaulustigen zurückzuhalten.

Pauline musste leise lachen, als sie, in die Schatten hinter der Tür gedrückt, beobachtete, wie betont vorsichtig die Büttel jeden Gegenstand hochhoben, in Kästen und Truhen, in jedes

Gefäß, sei es auch ein silberner Fingerhut, hineinlinsten. Hubertus von Seeheim platzte fast vor Ärger und Ungeduld. Er schaute hinter die Wandteppiche, rückte mit eigener Hand Schränke beiseite, zerrte an der schweren Truhe, in deren Boden Jacobus' Geld und Schätze versteckt waren. Pauline wusste, was er suchte, der feine Herr. Aber er würde es nicht finden.

Schließlich erklärte der Marktvogt die Suche für ergebnislos. Man würde das Rechnungsbuch mitnehmen und ein paar lose Briefe, die man in einer Lade gefunden hatte. »Das da wird der Bußherr studieren, ob sich Hinweise auf ein Verbrechen finden. Darf ich bitten«, er wies dem Herrn den Weg hinaus. »Wir wollen das Gewölbe wieder ordentlich verschließen, damit nichts wegkommt. In Leipzig hat alles seine Ordnung.«

Im Hinausgehen entdeckte der Höfling nun doch Pauline und warf ihr einen scharfen Blick zu. »Ich kann mich nur darüber wundern, dass dieser angebliche Wundermann vom Rat der Stadt mit Samthandschuhen angefasst wird. Und das, obwohl einer der Räte selbst betroffen ist! Dieser Jacobus von Antwerpen, oder wie er sich nennt, der ist schließlich kein ehrlicher Kaufmann, sondern ein Schausteller und Betrüger. Wann wird man ihn endlich peinlich befragen?«, hörte Pauline Herrn von Seeheim wütend zum Marktvogt sagen. »Wie lange will man die Kinder noch ihrem Schicksal überlassen? Man soll schleunigst die Wahrheit aus der Kreatur herausquetschen mit allen Mitteln, und sein Besitz gehört beschlagnahmt!«

»Darüber habe ich nicht zu befinden.«

»Und was dieses Weibsstück, seine Komplizin, betrifft …«

»Niemand hat sie beschuldigt. Habt Ihr Beweise gegen sie? Sonst schweigt«, hörte Pauline den Vogt antworten, ehe die Truppe über den Kirchplatz Richtung auf das Rathaus nahm. Martin drückte ihr den Schlüssel wieder in die Hand.

»Eigenartig ist das«, wiederholte er. »Dass sich der Hof in diese Angelegenheit drängt. Da ist doch niemand betroffen.«

»Vielleicht doch.«

»Meinst du, es ging immer noch um dieses – was war es noch? Ein Einhorn? Lächerlich. Das ist ein Ammenmärchen. Jeder Erwachsene weiß, was damit gemeint ist, mit Verlaub! Verzeih mir bitte, auch du kannst dir doch darüber nicht im Unklaren sein.«

Eine Fahrende, eine Spielfrau, die hatte wohl schon Bekanntschaft mit dem Einhorn gemacht, dachte er das? Ja, und wenn: »Greift rechts, greift links, schnappt euch die Sünder; im Alter seid ihr nutzlos, Kinder.« Pauline pfiff zwei Zeilen des Liedes von Villon.

»Nein, bin ich nicht. Dennoch ist es ein sehr rares Stück.« Sie erklärte es ihm. »Und außerdem, wenn es die Leute für das Horn eines Sagentieres halten wollen und zahlen, um es zu sehen, dann ist es wertvoll – wenigstens für Jacobus.«

»Er sollte nachgeben und es von Seeheim verkaufen. Dann hätte er ihn vom Hals. Es liegt zwar nicht wirklich etwas gegen ihn vor, und unter uns gesagt, die Leipziger Gerichtsbarkeit ist stolz auf ihre Unabhängigkeit, doch es ist nicht gut, den Hof gegen sich aufzubringen. Pauline«, er drehte sie zu sich um und fasste sie an den Schultern. »Du solltest dich von diesem Jacobus fernhalten. Gib den Schlüssel bei einem der Richter in Verwahrung. Es wäre besser, wenn zwischen dir und ihm keine Verbindung sichtbar ist.«

»Pfui, Martin! Soll ich ihm in der Not die Freundschaft aufkündigen?«

»Nein«, gab er nach, aber er schaute unglücklich drein. »Natürlich hast du recht. Und es ehrt dich. Aber ich sorge mich um dich.«

»Ach was, ich bin keines von den behüteten Bürgertöchterlein. Ich hab lange Jahre für mich selbst gesorgt und brauche niemanden.«

Er ließ sie los. »Wie du meinst, Schwanin. Ich will dir nicht zu nahe treten. Aber wenn du doch in Schwierigkeiten kommst, dann weißt du, an wen du dich wenden kannst. Einen angenehmen Tag wünsche ich!«

Kaum war er um die nächste Ecke, tauchte Wanda wieder auf.

»Haben sie die Sore gefunden?«

»Nein. Und ich will auch nicht, dass du es so nennst. Es kann ihm ganz ordentlich gehören.«

Wanda ließ ein allzu erwachsenes Gelächter hören.

»Wie auch immer. Ich habe schon genug Zeit mit all diesem Unsinn verloren. Jetzt muss ich mich um meine Einnahmen kümmern. An die Arbeit!«

In dem Augenblick winkte die Waffeltrude herüber, und die

Butterliese, ihre Freundin, rief: »Stell dich zu uns. Wir haben den Platz für dich gehalten!«

»Nun doch wieder?«, gab Pauline schnippisch zurück. Langsam ging sie zu den beiden hinüber. »Das letzte Mal hatte ich den Eindruck, dass ihr mich nicht mehr in eurer Nähe haben wolltet. Und ich bin immer noch Jacobus' Freundin.«

»Ach, das haben wir nicht so gemeint«, lächelte verschlagen die Waffeltrude. »Da, Kleine, willst du einen Waffelkuchen?« Sie neigte sich über den Stand und steckte Wanda eine frische Waffel zu, noch heiß und tropfend von Öl. Wanda ließ sich nicht lange bitten, obwohl sie Pauline wissend mit dem Ellenbogen in die Hüfte stieß.

»Wir haben deine schöne Musik vermisst. Die Zeit vergeht einfach schneller, wenn jemand singt und Geschichten erzählt«, rief die Butterliese und tat ihr Bestes, ihre Neugier zu verschleiern.

›Na, denen werde ich eine Geschichte erzählen‹, dachte Pauline. ›Gestern hatten sie schon ganz vergessen, wie ich ihnen die Kundschaft angezogen habe.‹

»Wiewohl ich arm und elend bin«, begann Pauline listig zu singen und zog den Bogen jämmerlich über die Saiten. »Viel falscher Zungen schmähen mich, ich hoff, s'wird ihnen helfen nicht; Gott ist von großer Güten; dem ich mich allezeit befehl, er wird mich wohl behüten.«

Als Pauline ihre erste Runde geendet hatte, beugte die Butterliese sich vor und flüsterte: »Was haben die Büttel denn in dem Gewölbe gesucht? Haben sie was gefunden?«

»Beweise haben sie gesucht. Gefunden haben sie natürlich nichts. Nicht einmal die Bußherren sind von der Schuld des Herrn Jacobus überzeugt. Aber er hat Feinde bei Hofe, die ihn verleumden.«

»Sag an! Was hat der Zwerg denn mit dem kursächsischen Hof zu schaffen?«, wollte die Waffeltrude wissen.

»Ich weiß nicht, ob ich das verraten sollte.« Pauline zwinkerte Wanda zu.

»Hier, Kleine, nimm noch eine Waffel«, flötete Trude. »Uns kannst du es ruhig anvertrauen, Schwanin!« Wanda nahm die zweite Waffel entgegen, unerwartetes Glück. Mit verträumtem Blick lockte sie Felix auf ihren Arm und ließ ihn daran teilhaben. Pauline blickte sich über die Schulter um, ob auch niemand lauschte, und übersah geflissentlich die Menge vor ihr.

»Nun gut, weil ihr die Ersten seid, die freundlich zu mir gewesen sind in dieser Stadt: Sagt es ja nicht weiter, es kann für euch gefährlich werden. Jacobus von Antwerpen ist gar kein einfacher Schausteller, sondern versteckt dahinter nur sein wahres Geschäft. Er ist in Wirklichkeit ein Doktor der Alchimie. Das Wasser der ewigen Jugend hat er erfunden, und das wollen sie ihm abpressen. Darum geht es! Jacobus, großherzig und uneigennützig, wie er nun mal ist, hat nur noch überlegt, wie es möglichst vielen Menschen zugutekommen könnte. Er hatte geplant, es hier auf dem Marktplatz in den Brunnen zu gießen. Aber nein, die hohen Herren gönnen unsereinem natürlich nichts. Sie fürchteten, dass das Mittel durch die starke Verdünnung seine Wirksamkeit einbüßt, und wollen es für sich allein haben.«

»Verdünnung«, sagte die Butterliese nachdenklich und strich sich unwillkürlich über das runzlige Gesicht. »Ich will ja gar nicht ewig leben. Aber so zehn oder zwanzig gute Jahre zurückzubekommen, dagegen hätte ich nichts.«

»Ich auch nicht«, bestätigte Trude. »Aber was hat der Wundermann denn nun mit den beiden entführten Jungen zu tun?«

»Gar nichts. Es ist nur ein Vorwand, um ihm seine Erfindung abpressen zu können. Den Kindern wird es nicht helfen, und der arme Herr Jacobus hat in seinem Leben schon so viel gelitten! Nun stirbt er ohne Freunde im Kerker, in ebender Stadt, die er so wunderbar beschenken wollte.«

Daran sollten sie kauen. Pauline nahm ihr Rebec wieder auf und spielte, bis ihre Finger anfingen, steif zu werden. Pauline und Wanda zogen sich von den Ständen in einen Hauseingang zurück, um ihre Einnahmen zu zählen. Felix knabberte an einer Dattel.

»Das macht zwölf, nein, dreizehn Groschen, zwei Sechslinge, einen doppelten Lübecker Schilling, sechsunddreißig Heller, fünf preußische Pfennige«, sagte Pauline. »Und drei russische Kopeken.« Wanda biss darauf. »Gutes Silber.« Pauline zahlte der Kleinen ihren Anteil aus. »Hier hast du auch eine Dattel, schau den Affen nicht so hungrig an.«

Stinker und der Wanzenkönig tauchten aus dem Halbdunkel auf. »Ssst! Schwanin!«

Pauline ließ die Münzen in ihrer prallen Gürteltasche verschwinden. »Was ist?«

»Kann sein, wir haben ihn.«

»Moritz?« Das Blut pochte ihr plötzlich im Hals. Die ganze Zeit über hatte sie kühl bleiben können und sich gegen Ottilies Angst abgekapselt wie ein eingewachsener Splitter. Warum zitterten ihre Hände? Es war doch nicht ihr Kind! »Wo ist er denn?«

»In einem Keller im Ranischen Viertel, nahe dem Badehaus.«

»Habt ihr ihn gesehen? Habt ihr mit ihm gesprochen?«

»Nee, nee. Wir haben bloß so een Tröppchen flennen hören, und die Tür ist versperrt. Wir haben gebollert und ihn angerufen. Aber er heult bloß und sagt nischt.«

»Und warum habt ihr das Schloss nicht geknackt? Wanzenkönig! Du kannst so was doch.«

Sie wanden sich verlegen.

»Da is 'ne Funkenschickse«, murmelte der Wanzenkönig schließlich verlegen. Eine Hexe wohnte dort, und sie hatten Angst vor ihr.

»Dann holen wir die Stadtwache!« Pauline machte einen entschiedenen Schritt in Richtung Rathaus, aber Stinker stellte sich ihr in den Weg.

»Nee, lass mal die Fickler, die sind unsere kockren Nöckel, die tun uns nur um die Belohnung beramschen«, zischte Stinker. Er sah die Stadtwache als seinen natürlichen Feind an und hatte Sorge, man würde ihn um seine Belohnung betrügen.

»Lass erst mal glupen, ob's auch der richtige Käfer ist«, sagte der Wanzenkönig.

»Dann kommt, ihr Spinnhasen, ihr Feiglinge! Und wenn ihr Angst vor der Hexe habt, dann zieht halt eure Jacken verkehrt rum an! Wahrscheinlich ist es aber nur ein armes altes Weib mit Warzen im Gesicht.«

»Nee, nee, das is een rüder Besen. Das ganze Viertel hat Bammel vor ihr. Sie hat mich mal beim Eierzupfen erwischt und mir gedroht: Das nächste Mal will sie mir die Pest anhexen!«

»So ein Unsinn«, schimpfte Pauline leise. »Hat sie das wirklich gesagt? Warum zeigt sie dann keiner an?«

»Sie ist Heilerin und kuriert besser als die Ärzte und die Bader. Billiger macht sie's auch. Da will sich's niemand verderben mit ihr.«

Inzwischen waren sie zum Eselsmarkt gelangt und gingen unterhalb der Stadtmauer entlang. Die Häuser waren niedriger und ärmlicher, manch eines strohgedeckt. Schweine trieben sich in den Höfen herum, Abfallhaufen lagen vor den Türen. Hier wohnten die Krauter, die kleinen Handwerker. Putzmacher, Schlosser, Beutel- und Schuhmacher lebten da in ungeheurer Enge und doch stolz auf ihre Häuschen innerhalb der Stadt. Es machte sie zu Bürgern.

Durch Butzenscheiben glomm schwach das Licht der Rübölllampen. Dort saßen sie immer noch an ihren Werkbänken oder ganze Familien um den einzigen Tisch herum, nähten, hämmerten, stickten und flochten.

»Da ist es!« Der sonst so vorlaute Stinker blieb hinter Pauline zurück. Und Wanzenkönig wies mit bangem Gesicht nach oben: »Das fuchse Licht!« Der Mond war aufgegangen. In seinem Licht, glaubten sie, hätten Zauberwesen ihre größte Macht. Jetzt blieben sie verängstigt stehen.

»Herrje, wartet.« Pauline suchte in ihrem Ledersack nach einem Beutelchen mit Kräutern, aus denen sie sich unterwegs ihren Tee zuzubereiten pflegte.

Sie entnahm ihm eine Prise getrockneter Blättchen und bestreute die Jungen und Wanda damit. »Rosen, Eisenhut und Dill, die Hexe kann nicht, wie sie will!« Eine Schwindelei, aber Hauptsache, sie glaubten daran. »So, jetzt seid ihr gefeit, und nun macht fort! Wo ist das Kind?«

Sie wiesen in einen dunklen, stillen Hof. »Das ist ihre Tür. Und da hinten im Schuppen geht es in einen Rübenkeller, da haben wir dat Tröppchen flennen hören.«

Stinker schlich sich zur Tür der Heilerin und machte sich daran zu schaffen. Pauline sah eine Klinge im Mondlicht aufscheinen. Er kam zurück.

»Was hast du da getan?«, flüsterte sie.

»Ich habe eine Klinge in ihr Schlüsselloch gesteckt. Dann kann sie nicht heraus.« Pauline unterdrückte ein Lachen. Eine Katze schlich über das Schuppendach. Aus einem der Fenster über ihnen drang betrunkener Gesang. Irgendwo stocherte jemand mit dem Schürhaken im Herd.

Vorsichtig rüttelte Pauline an der Schuppentür. Sie war mit einer Kette und einem Vorhängeschloss gesichert.

»He! Kleiner? Hörst du mich?«

Noch zweimal rief sie, so laut, wie sie es gerade wagte, dann kam Antwort: »Mama?«

»Moritz, bist du das?« Er konnte es sein. Die Stimmlage und Betonung kamen ihr bekannt vor.

»Hol mich hier raus! Ich fürchte mich«, flüsterte das Kind, die Stimme ganz piepsig.

»Worauf wartest du? Brich das Schloss auf«, forderte sie den Wanzenkönig auf. »Los, mach schon. Du hast gesagt, dass du das kannst.«

Der Junge sah sich nach der Tür der vermeintlichen Hexe um.

»Zupf Chuzpe«, befahl sie ihm in der Gaunersprache. »Die Winde ist stick und schein.« Nur Mut, das Haus ist leise und still.

Er holte aus seinem Kittel einen Satz Dietriche und machte sich an dem Schloss zu schaffen. Ein Schnappen, und die Kette löste sich. Mit einem Zischen griff Stinker danach und fing die Kette auf, ehe sie rasselnd und scheppernd auf die Erde fallen konnte. Das klirrende Geräusch, das sie machte, war immer noch laut genug. Unwillkürlich fuhren alle vier herum und suchten mit den Augen das Haus ab. Der Gesang hatte aufgehört. Stattdessen hörte man ein tönernes Gefäß zerschellen, einen klatschenden Schlag, den Schrei einer Frau, dann war wieder Ruhe.

Pauline zog die Schuppentür auf, kramte nach ihrer Zunderbüchse und entfachte einen Kienspan. Er flammte auf und warf sein kurzes Leuchten auf eine steile Treppe, die nach unten führte. Es roch schimmelig.

»Mama?«, schrie das eingesperrte Kind. Der Kienspan erlosch, kleine Füße tappten die Treppe hoch, rannten, strauchelten, und Pauline spürte, wie sich ein Körper an ihre Beine klammerte. »Mama, Mama, ich will auch gut sein! Ich tu's nie wieder!«

In diesem Augenblick ging am Haus die Tür auf, und Stinkers Klinge fiel in den gefrorenen Matsch. Eine Frau erschien im Türrahmen, die wirren Haare vom Stubenschein beleuchtet, das Gesicht dunkel. »Was soll das werden! Zu Hilfe! Diebe«, kreischte sie und setzte sich in Bewegung. Die Straßenkinder flitzten rechts und links an ihr vorbei. Sie versuchte sie zu greifen, erwischte Wanda, schrie wütend auf und beleckte ihre Hand. Wanda musste sie gebissen haben.

Unentschlossen blinzelte Pauline der Gestalt entgegen. Nun aber ließ das Kind sie los und rannte auf die Frau zu. »Mama! Bitte, steck mich nicht wieder ins Loch! Bitte, Mama, bitte!«

Die Frau versuchte, es wegzuschieben, gab ihm einen Klaps auf den Kopf. Doch das Kind ließ nicht locker. Pauline fühlte einen bitteren Zorn in sich aufschießen. Es war nicht Moritz! »Hast du etwa dein Kind in den Keller gesperrt bei dieser Lausekälte!«, schrie sie.

»Was geht's dich an? Ist meins, da kann ich mit machen, was ich will!«

»Gott sei es geklagt! Der Teufel soll dich holen, Miststück. Und eines Tages wird dein Kind erwachsen sein und sich daran erinnern, wie du es behandelt hast. Warte nur, wie es dir dann deine Güte und Liebe heimzahlt!« Pauline biss sich auf die Lippen vor Enttäuschung.

Die Frau hob die Kette aus dem Schnee. Mit einem Fußtritt schob sie die Schuppentür wieder zu und wies ihr Kind mit dem Kopf zum Haus. »Geh schon hinein. Aber nimm dich in Acht.«

»Du nimm dich in Acht«, fauchte Pauline. »Behandle dein Kind besser, oder ich melde dich beim Pfarrer.« Aber es waren leere Worte. Mit einem hohlen Gefühl im Magen ging sie auf die Straße hinaus.

»Fetz!«, jammerte der Wanzenkönig. »Das ging daneben.«

Pauline seufzte und zahlte jedem einen Groschen: »Das habt ihr trotzdem gut gemacht. Weiter so! Vergesst nicht: Der Moritz braucht eure Hilfe, und wenn ihr ihn findet, dann kriegt ihr ganz bestimmt eine anständige Belohnung von Frau Weidemann. Und wenn's rechtzeitig ist, um dem Zwerg die Haut zu retten, dann lässt der sich auch nicht lumpen.«

»Hast du gehört«, empfing Ottilie Pauline in der Herberge. »Jetzt ist die Stadtwache auf dem Plan! Jetzt durchsuchen sie die Vorstädte. Jetzt endlich hat sich der Rat dazu herbeigelassen, nachdrückliche Maßnahmen zu ergreifen. Ja, jetzt ist ja auch eines der Ihren betroffen und nicht nur irgend so ein Wirtshauskind! Und haben sie etwas gefunden? Nichts! Gar nichts!« Sie rang die Hände. Ihre Augen waren verschwollen. »Aber was erzähl ich dir denn das? Dich rührt das alles ja wenig. Du machst dir ein leichtes Leben, spielst lustige Lieder den ganzen Tag.«

»Mutter«, versetzte Albertine verlegen. Sie belud sich mit Schüsseln und Krügen.

»Ich verhalte mich nicht anders als du«, verteidigte sich Pauline. »Setzt nicht auch du den Gästen gegenüber ein fröhliches Gesicht auf? Machst du die Herberge etwa zu? Ich muss nun mal mein Brot verdienen. Glaubst du, ich weiß nicht, wie einsam man sich fühlt, wenn einem alles wehtut und die Welt um einen herum nichts davon wissen will? Aber so ist es nun einmal. Es wird gleichzeitig geliebt, getanzt, gelitten und gestorben.«

»Ich weiß es ja«, gab Ottilie ruhiger zurück. »Aber es kommt mir vor, als ob alles grau und dunkel sein müsste. Das Gelächter und die fröhlichen Lieder schneiden mir ins Herz. Aber ich sollte es nicht an dir auslassen. Du bist eine Fremde in diesem Haus, und ich kann nicht billig verlangen, dass mein Moritz dir etwas bedeutet.«

»Aber das tut er«, sagte Pauline und war selbst überrascht, dass es stimmte. »So fass doch Mut, Ottilie. So viele Leute hier in der Stadt wissen Bescheid und halten die Augen offen. Die Nachtwächter, die Häscher, die Stadtwache, alle ehrlichen Bürger. Sogar die Straßenkinder suchen nach deinem Moritz, und wir haben auch schon geglaubt, ihn gefunden zu haben.« Sie erzählte der Wirtin von ihrem Erlebnis im Ranischen Viertel. Albertine und Gottlieb, Anna und Walpurga waren hinzugetreten.

»Da siehst du, Mutter. Die Straßenkinder sind nicht von Grund auf schlecht«, sagte Gottlieb. »Nun kann es ihm vielleicht nützen, dass er sie zu Freunden hat.«

»Wenn sie ihn nicht durch ihren Umgang überhaupt erst in diese Schwierigkeiten gebracht haben!« Doch Ottilie schien ein wenig Hoffnung zu schöpfen. Sie beruhigte sich. Die Familie versammelte sich um den Tisch und aß schweigend, was Margot zubereitet hatte. Viel schmeckten sie nicht davon.

Nach dem Essen nahm Anna Pauline beiseite: »Ich habe Walpurga erwischt, wie sie Jacobus' Zimmer durchstöbert hat.«

Pauline durchfuhr ein heißer Schrecken: das Manuskript unter der Matratze. Jacobus hatte sie doch ausdrücklich gebeten, es so schnell wie möglich aus dem Hause zu schaffen und abzuliefern!

Sie rannte nach oben. Anna folgte ihr.

Das Manuskript war fort. Erschrocken sah Pauline hoch und ließ den Strohsack fallen. Anna stand schwer atmend in der Tür. »Ich weiß nicht, was es ist, aber Walpurga hat so zufrieden ausgesehen. Ich bin gerade dazugekommen, als sie es entdeckt hatte. ›Sieh an!‹, hat sie gerufen, ›Dafür wird er gehenkt‹, oder so etwas Ähnliches. Weißt du, was es war?«

»Nein. Ich kann nicht lesen«, bekannte Pauline.

»Ich auch nicht«, sagte Anna, »aber Walpurga schon, wie es scheint. Sie hat gesagt, es wär' eine calvinistische Hetzschrift. Ich habe sie ihr aus der Hand gerissen. Da ist sie hinunter zu Ottilie.«

»O Gott, die kann ganz sicher lesen!«

»Ja, aber ich kann den Herrn Jacobus gut leiden, und deshalb habe ich rasch aus einem Stapel Briefe, die ganz offen auf dem Tisch dort lagen, einen herausgenommen und ihn an die Stelle gelegt. Na, Ottilies Gesicht hättest du sehen müssen!« Anna begann zu lachen und musste sich die Seiten halten: »Zwei geriebene Ziwetnüsse, ein Pfund Ambrosiamandeln, überzogener Koriander, getrocknet Quittenmus, Negelin und Rosenwasser! Es war ein Rezept für Konfekt! Margot hatte es für ihn aufgeschrieben. Ach, war das schön anzusehen, wie Ottilie das böse Weib heruntergeputzt hat. Erstens dafür, dass sie das Zimmer eines Gastes durchschnüffelt, zweitens für die Lüge, drittens für die Dummheit und viertens weiß ich nicht mehr. Kopfnüsse hat es gehagelt. Ach, das ist ihr recht geschehen, der giftigen Natter!«

Pauline musste sich auf den Bettrand setzen. Eine calvinistische Schrift? Es waren schon Leute für weniger gestorben.

»Wo hast du das Manuskript gelassen?«

»Auf dem Abort. Ich habe es erst unter meinen Rock geschoben und dann so getan, als müsste ich mich erleichtern gehen.«

»Da ist es noch?«

»Ja, unter dem Kalkeimer, aber ...«

Pauline rannte los. »Ich bring es weg. Das darf keine Stunde mehr hier im Hause bleiben! Hier, nimm den Affen und füttere ihn. Felix – geh zu Anna!«

»Igitt!«, schrie Anna, doch Pauline war schon draußen.

Pauline fand das Bündel Papier an der Stelle, die Anna ihr bezeichnet hatte, warf sich Mantel und Tuch um und hastete durch die dunklen Straßen. Ein-, zweimal wurde sie angehalten, als Nachtbummler Röcke wehen sahen.

»Halt, wohin so eilig, Kleine?«

»Hast du was ausgefressen? Wir beschützen dich!«

Sie riss sich los und kam schließlich in die Niklasstraße. Was nun? Sie konnte die Schilder ja nicht lesen. Buchhändler und Drucker gab es hier ja viele.

»Verzeiht, mein Herr«, hielt sie einen der Nachtschwärmer an. »Könnt Ihr mir sagen, wo der Verleger Ernesto Vögelin wohnt?«

»Durch dieses Tor dort und über den Hof, da hat er seine Werkstatt!« Pauline fühlte sich unters Kinn gefasst. Eine Laterne leuchtete ihr ins Gesicht.

»Ho, was Junges! Hat der Ernst ein Glück!«

Die Spielfrau lachte und riss sich los.

Mit den Fingern tastete sie sich durch den dunklen Toreingang. Feucht hallten ihre Schritte vom Kopfsteinpflaster hoch in die steinerne Wölbung. Die Finger ertasteten eine Mauerecke. Der Durchgang endete.

Oben im Quergebäude war Licht. Pauline hämmerte mit den Fäusten gegen die Tür.

»He! Was ist denn da unten für ein Lärm? Wir haben geschlossen!« Über ihr ging ein Fenster auf, und ein Mann mit Nachtmütze beugte sich heraus.

»Geht weiter, meine Dame! Wisst Ihr nicht, was die Stunde geschlagen hat?«

»Seid Ihr der Drucker Ernesto Vögelin?«, rief Pauline hinauf.

»Ja, der bin ich. Kommt morgen wieder, so lange wird es doch noch Zeit haben.«

Pauline zog das Manuskript unter dem Mantel hervor und wedelte damit in der Luft herum. »Ich hab etwas für Euch von Jacobus von Antwerpen.«

»Still!«, schrie er. »Ich komme!« Er warf das Fenster zu.

Pauline hörte ihn drinnen eine Treppe herunterpoltern und rumoren. Dann wurde ein Riegel beiseitegeschoben, sie fühlte sich gepackt, hineingezerrt, und die Tür fiel hinter ihr zu.

»Wenn Euch nun jemand gehört hat!«

Der Drucker war ein kleiner, zierlicher Mann mit welligem Haar. Er trug einfache braune Kniehosen und Wollstrümpfe. Das Wams stand offen, und die Hemdsärmel waren hochgekrempelt. Er griff nach dem Bündel Seiten. Seine Fingerkuppen waren schwarz.

»Halt, nicht so eilig«, sagte Pauline und zog das Bündel zurück. »Jacobus hat nicht gesagt, dass ich es Euch umsonst überlassen sollte.«

»Ja, ja! Ich geb Euch ja das Geld. Aber ich muss mich schon vergewissern, dass es den Preis wert ist.« Er hielt es unter eine Lampe und überflog die Zeilen. »So! Luther hätte es nicht zu Ende gebracht? Ach! Na, das wird eine Aufregung geben.« Er schien zufrieden zu sein, wandte sich ab und kramte in einem Kasten. Pauline schaute sich um. Ein Alchimistenlabor hätte ihr nicht geheimnisvoller vorkommen können. Ein weiter, hoher Raum. Eiserne Druckerpressen nisteten im hinteren Teil, Hebel erhoben sich wie Flügel toter Vögel. Bleilettern blinkten und krabbelten wie Ameisen im flackernden Lampenlicht. Zuber und Flaschen standen dabei, die einen scharfen, doch sauberen Geruch ausströmten. Die Luft hatte einen tauben, weichen Klang. Papierene Berge, bedruckt und unbedruckt, stapelten sich entlang den Wänden und auf Tischen. Die Bücher schienen die Geräusche zu schlucken, als seien sie eifersüchtig auf das gesprochene Wort.

Der Drucker kam mit einer Rolle Münzen zurück. »Da habt Ihr zehn Taler.« Er hielt ihr die Rolle hin.

Pauline las die Unsicherheit auf seinem Gesicht. »Das ist aber nicht, was vereinbart war«, sagte sie aufs Geratewohl.

Wortlos und verärgert ging der Mann noch einmal zu der Truhe und förderte eine zweite solche Rolle zutage.

»Ist das genug?«, fragte er.

»Das werdet Ihr wissen. Es ist nicht ganz ungefährlich gewesen, das hier zu Euch zu bringen.«

Vögelin griff in seine Westentasche und reichte Pauline einen Taler: »Und das für die Überbringerin. Bist du nun zufrieden?«

Er nahm die Blätter an sich und hielt sie ins Licht.

»Exegesis perspicua et ferme integra de Sacra Coena! Das wird man mir aus der Hand reißen. Gleich morgen werde ich anfangen, es zu setzen.«

»Ist es wahr, dass es eine calvinistische Schrift ist? Wie könnt ihr es wagen, in Kursachsen so etwas verbreiten zu wollen?«

»Kannst du lesen, Mädchen?«

Sie schüttelte den Kopf. Wohl hatte sie schon öfter Flugblätter gekauft und weiterverkauft. Mit so etwas ließ sich Geld machen heutzutage. Wohlweislich hatte sie sich den Inhalt vorher vorlesen lassen. Zu Melchiors Zeiten verdienten die Spielleute auch mit der Verbreitung von Neuigkeiten ihr Brot. Heute mussten die Leute alles schriftlich haben. Eine gute Geschichte, Nachrichten von Belang wusste sie schon zu erkennen. Sie verspürte aber wenig Lust, sich mit den Zensurbehörden einzulassen, die ebenso rasch aus dem Boden schossen wie die Druckereien.

»Schade«, sprach Vögelin weiter. »Das Lesen wird die Welt verändern! Mit Luthers Bibel hat es angefangen, alle anderen Bereiche werden folgen. Und in dem Maße, wie selbst einfache Leute es beherrschen, verstehst du, werden sie sich kein X für ein U mehr vormachen lassen. Ich drucke und verlege diese Schrift, weil ein öffentliches Interesse daran besteht, zu wissen, wie andere denken. Die Leute wollen ihre Meinung nicht mehr vorgeschrieben bekommen, nein, sie wollen sich selbst ein Urteil bilden. Der Hunger nach Flugschriften, Landkarten, Büchern ist so gewaltig, dass wir kaum nachkommen.«

»Hast du keine Angst, dass sie dich dafür einsperren?«

Er ließ das Manuskript in einer ledernen Mappe verschwinden und klopfte zufrieden mit der flachen Hand darauf: »Natürlich werde ich das Druckerzeichen fälschen, sodass man es nicht zu mir zurückverfolgen kann. So macht man das. Und ist das Wort erst einmal entflogen, kann es keine Staatsmacht wieder einfangen.«

Pauline hatte gedruckte Bilder entdeckt, die stapelweise auf einem Schemel und auf dem Boden herumlagen. Eines zeigte den winterlichen Nachthimmel. Sie hob ein Exemplar auf und sah es sich genauer an. Nahe dem Sternbild Kassiopeia war ein Schweifstern mit Strahlen gezeichnet. Unten auf der Erde standen Menschen und zeigten hinauf. Dazu war ein kurzer Text gesetzt. »Was hat das zu bedeuten?«

»Es ist ein Bild des neuen Sterns am Himmel, der vor zwei Jahren im Winter erschienen ist. Du hast ihn doch sicher auch gesehen? Er hat den ganzen Winter lang geschienen, auch bei Tage. Im Frühjahr darauf sind hierzulande viele Kinder an Pocken gestorben.«

»Auch sonst überall«, sagte Pauline. »Und dieses Jahr hat es Missernten gegeben. Ich habe bloß nicht gewusst, dass es wegen dem Stern gewesen ist. Aber mir scheint, dass er jetzt langsam anfängt zu verblassen.«

»Ja, und deshalb kann ich dir ein paar von den Blättern billig lassen; die verkaufst du leicht noch für einen Groschen das Stück. So haben wir auch einen Grund, warum du zu mir gekommen bist, falls jemand danach fragen sollte.«

Sie handelten eine Weile hin und her, und Pauline kaufte zwanzig Blätter mit dem Stern, dazu einige Bilder von einer Hexenverbrennung, die Anfang Dezember stattgefunden hatte, und eine Spottzeichnung auf die calvinistischen Irrlehren.

»Damit eckst du auf keinen Fall an in lutherischen Landen«, versetzte Vögelin höhnisch.

»Es macht dir also nichts, völlig gegensätzliche Meinungen zu verbreiten. Dann tust du es also doch mehr um des Geldes willen.«

»Ja, auch; und warum nicht? Aber es reizt mich immer, wenn man versucht, den Verstand zu unterdrücken.«

Ein paar Geldstücke wechselten die Hand. Der Drucker ließ Pauline hinaus.

Pauline zog ihr Wolltuch fest um Kopf und Schultern. Aus einer Weinstube erschollen eine Sackpfeife und Gebrüll, ein Betrunkener wurde hinaus- und vor ihre Füße geworfen. Zwei Gruppen gegnerischer Studenten prügelten sich zwischen den verschnürten Buden, ein weiterer goss sich Eiswasser aus einem Brunnen über den Kopf.

Der Mond war bereits untergegangen, als sie ihren Weg durch das Goldgässgen nahm. Vom Himmel funkelte es eisig. Ein Windstoß fuhr ihr unter den Mantel und trieb sie kurz von ihrem Weg ab. Ihr Fuß stieß gegen etwas, das in der Gosse lag, etwas Großes, Weiches, in Stoff gewickelt. Der Kadaver eines Hundes, irgendeines Tieres? Sie blieb stehen und beugte sich vor, um etwas zu erkennen, da ließ der Wind ein Ende Stoff flattern, und sie erkannte ein Gesicht darunter.

Hastig richtete sie sich auf. »Hilfe! Ihr da, meine Herren, bringt Eure Laterne her. Ein Mensch liegt hier! Helft!«

Drei dunkel gekleidete Männer mit spitzen Judenhüten kamen herbei. Sie hielten ihr Licht nahe an den reglosen Körper heran.

»Die Schicksa ist kappores«, sagte einer von ihnen und drehte die Leiche auf den Rücken. Pauline schaute noch einmal hin: Es war die junge Hure mit den rot geschminkten Lippen vom Tag zuvor, die so getan hatte, als würde sie Querflöte spielen. Ganz zweifelsfrei war sie tot. Ihr Hals stand in unnatürlicher Stellung steif gereckt. Aus ihrem aufgerissenen Mund ragte zur Hälfte sichtbar die Schweizerflöte. Die Seite des Gesichts, das unten gelegen hatte, war schwarz verfärbt von gefrorenem Blut. Pauline stürzte ein paar Schritte weit fort, erbrach sich und konnte gar nicht aufhören damit, bis ihr Atem in keuchenden Stößen kam und ihr die Tränen über das Gesicht liefen. Die Flugblätter segelten in den Straßenschmutz.

»Eiwei, eiwei! Jemand hat ihre Muzyka nicht jefallen«, hörte sie sagen.

»Nachtwächter! Wache her!«

Einer der Männer kam zu ihr und legte ihr einen Arm um die Schulter. »Nun beruhigt Euch, Mädelchen. Ach ja, das ist kein schöner Anblick.« Er bückte sich und sammelte ihre Zettel auf. »Hier, Kindchen. Das hat doch bestimmt Jeld jekostet. Darf ich Euch nach Hause geleiten?«

»Nicht nötig, danke Euch. Ich habe es nicht weit.« Pauline wischte sich den Mund am Ärmel ab. »Oder meint Ihr, ich muss dabeibleiben?« Sie zitterte.

»Nein, nein. Wir bleiben da, bis die Wache kommt. Geht nur. Ihr habt sie ja nicht auf dem Gewissen.«

10.
SECHSTER TAG, FRÜH

Da war eine Melodie in ihrem Kopf. Sie lauschte mit geschlossenen Augen, während das winterliche Dämmerlicht dem Tag Platz machte. Es war der Klang einer Lira da braccio, siebensaitig mit zwei Bordunen, mehlig und ein wenig zusammenziehend wie frische Esskastanien, eine einfache Klage, süß und getragen, doch unbestimmt. Die Melodie stieg an, erzitterte. Einen Wimpernschlag lang stand sie unentschieden zwischen Himmel und Hölle. Ein Hauch von Freude schimmerte auf, von möglichem Glück – um dann in sanfte Traurigkeit zurückzufallen, sich dreinzufinden. Paulines Hände bewegten sich auf dem Leintuch.

Grünlich eingefärbt sprang das Tageslicht hinter den Butzenscheiben auf. Paulines Lider zuckten. Die Finger griffen in unsichtbare Saiten. Ein bescheidenes kleines Vibrato, oh, das Vibrato, es schnitt ihr ins Herz. Tränen liefen ihr sacht aus den Augenwinkeln, und sie hielt fest an dieser Melodie, die ihrem Leben so wesensverwandt war. Sie hätte ihr ihren eigenen Namen geben können. Aber sie würde sie »sans titre« nennen.

Wieder und wieder spielte sie das neue Stück im Geiste, horchte auf die Nuancen, veränderte und klärte. Ja, so war es gut. So war es genau richtig.

Ein Knarren der Dielen, ein Wischen langer Röcke. Jemand war im Raum. Die Melodie entfernte sich, Pauline versuchte sie zu halten, kniff fest die Augen zusammen. Sie begann zu summen, um die Geräusche im Raum zu übertönen und die Musik zurückzurufen, doch sie verblasste und war fort.

Pauline öffnete die Augen.

»Bist du endlich wach? Da, ich habe dir deine Milch gebracht, und Ottilie schickt ein Stück Ingwerkuchen.«

»Anna.« Pauline richtete sich auf. Die alte Magd setzte sich auf den Bettrand und gab ihr eine irdene Schale, aus der es dampfte.

»Wir haben dich ausschlafen lassen. Du hast ja furchtbar ausgesehen gestern Nacht. Was für ein Erlebnis, du Arme! Ein Wunder, dass du dennoch spielen konntest!«

Jetzt erinnerte sie sich wieder. Sie hatte gespielt wie ein Uhrwerk, als sie in die Herberge zurückgekommen war, wie eines dieser mechanischen Spinette, die man in Augsburg ersonnen hatte.

Dass sie dennoch hatte spielen können. Es war das Einzige, was sie aufrechthielt. Schon oft war sie für herzlos gehalten worden. Sie hatte gespielt, wenn ihr Magen leer war. Sie hatte gespielt, nachdem man ihr Gewalt angetan. Gespielt, als man ihr die Nachricht vom Tod ihres Kindes brachte. Mit dem Rebec im Arm konnte sie alles vergessen, war eins mit der Melodie, fühlte das scharfe Vibrieren des Bogens, das Brummen des Bomhart, der Basssaite, bis in ihr Rückenmark. Die Gesichter, Räume und Gegenstände um sie herum nahm sie mit großer Klarheit wahr, Lichtflächen und Schatten, Formen, Farbnuancen. Doch die Welt hatte keinen Duft, keinen Körper, war vollkommen getrennt von ihr.

Sie schloss für einen Moment wieder die Augen und widmete sich der warmen Milch, schmeckte Muskat, Kardamom und Honig.

»Margot hat sie eigens für dich gemacht, damit du wieder zu Kräften kommst. Du hast ausgesehen wie ein Gespenst.«

Pauline ließ die Schale sinken. »Weißt du, dass ich ihr genau das gewünscht habe, was ihr geschehen ist, der Hübschlerin, meine ich? Vor noch nicht einmal zwei Tagen habe ich das Mädchen angeschrien und ihr gesagt, ich hätte Lust, ihr die Flöte in den Hals zu stopfen«, flüsterte sie bedrückt. Ihre Augen waren weit aufgerissen und blickten ins Leere. »Und jetzt hat jemand genau das getan.«

»Aber, aber! Das sagt man halt manchmal so, du hast es doch nicht wirklich gewollt.«

»Nein. Sicher nicht. Aber ich fühle mich schrecklich!«

»Es ist nicht deine Schuld, was geschehen ist. Du kannst ja ein Gebet für sie sprechen, wenn du willst.« Etwas Pelziges mit langen, dünnen Armen löste sich von Annas Schulter und hüpfte auf die Bettdecke. Der Affe sah sie mit schimmernden braunen Augen so aufmerksam an, als verstünde er alles. Sein kleines Gesicht wirkte alt und weise.

»Ich habe ihn mitgenommen, damit du deine Ruhe hast. Er hat im Hof sein Geschäft erledigt und auch schon zu fressen bekommen. Hier, iss den Kuchen. Er ist noch warm. – Ah, falls du deine Strümpfe vermisst, sie waren voller Blut, der Überrock hatte auch Flecken am Saum. Ich habe beides in kaltem Wasser eingeweicht. Da liegen Strümpfe und ein Rock von mir, die kannst du so lange anziehen, wenn du willst.«

»Danke.« Anna. Was für eine gute Seele. Warum nur konnte sie nicht zu ihrer Tochter ziehen und sich ausruhen, wie sie es verdiente? So war es doch üblich. Wusste diese Tochter denn nicht, wie glücklich sie sich schätzen konnte, dass sie noch ihre Mutter hatte?

Pauline aß langsam und nachdenklich. Immer wieder musste sie an die ermordete Hübschlerin denken. So war sie also mit ihrem Instrument ums Leben gebracht worden? Und hatte sie nicht von einem ähnlichen Fall in Dresden gehört? Wann war das noch gewesen? Im Herbst, ja, im frühen Herbst. Man hatte ihr mit ihrer eigenen Harfe den Schädel eingeschlagen. Eine hübsche kleine Reiseharfe, lackiert und zierlich bemalt. Was wog so ein Ding? Sechs oder sieben Leipziger Pfund gewiss. Schwer genug und mit scharfen Kanten versehen. Gab es da einen Zusammenhang? Einmal war Zufall, zweimal Absicht, dreimal Hexerei, hieß es doch! Sie musste Martin unbedingt darauf hinweisen.

Genug gegrübelt! Sie stand auf, wusch sich über der Schüssel und spülte sich den Mund aus. Ohne einen Gedanken auf ihr Aussehen zu verwenden, zog sie sich an, fuhr sich mit den Fingern durch das vom Liegen zerzauste Haar und ging hinunter in die Gaststube.

Ottilie saß auf der Ofenbank und stopfte Socken. Sie winkte Pauline zu sich.

»Geht es dir besser?«

»Und dir?«

»Ich komme zurecht.«

Sie saßen eine Weile schweigend nebeneinander. Pauline warf einen verstohlenen Blick auf das Profil der Gastwirtin. Sie hatte die festen Lippen und die eigensinnige Kinnpartie von jemandem, der sich und anderen nichts durchgehen ließ. Andere Frauen hätten geweint und gejammert an ihrer Stelle, doch sie flüchtete sich in ihre Arbeit. Sie lud nicht zu barmherzigen Floskeln ein.

»Es ist ein gefährliches Leben, das du führst«, fing Ottilie wieder an. »Das hättest auch du sein können. Hast du keine Angst?«

»Manchmal«, gab Pauline wortkarg zurück. Meist kam es ihr nicht so vor, als sei sie in Gefahr. Sie hatte sich daran gewöhnt. Doch gestern Nacht war sie daran erinnert worden.

»Wie machst du es als Frau, so allein zu reisen?«

Wie schützt du dich vor Übergriffen, meinte sie.

»Du hast es ja gesehen. Außerhalb der Städte, unterwegs, trage ich lose Männerkleidung, um keine Begierden zu wecken. Mein Haar halte ich kurz und verstecke es unter dem Hut. Ich sehe zu, dass ich mich anderen Reisenden anschließe, die vertrauenswürdig aussehen. Man muss drauf achten, dass man nie allein ist. Und wenn doch, dann muss man die Augen eben offenhalten.« Pauline lachte freudlos. »Ich mach es wie die Hasen. Nicht rühren, nicht auffallen, wenn doch: schnell wegrennen. Versteckt im Gebüsch schlafen, in Laubhaufen vergraben, im Stroh. Auf Geräusche achten, selbst keine machen.«

›Was für ein Leben‹, dachte Ottilie. »Bist du je …«, druckste sie. »Ist dir nie …?«

»Doch, zweimal. Einmal, als ich sehr jung und unerfahren war, und einmal, als ich den falschen Leuten vertraut habe. Seither bin ich noch vorsichtiger.«

Auf der Landstraße hinter Lübeck war es geschehen. Pauline hatte sich ein paar Kaufleuten angeschlossen, die gesalzenen Fisch in den Süden brachten. Die Fuhrknechte hatten sie erwischt, als sie sich vom Feuer entfernte, um sich zu erleichtern. Zu dritt hatten die Männer sie festgehalten. Einer hielt ihr den Mund zu, während die anderen ihr die Hose aufnestelten und bis zu den Knöcheln hinunterzogen. Sie hatten sich an ihr befriedigt und sie dann laufen lassen wie ein Schaf nach dem Scheren. Und als sie sich bei den Kaufleuten beschwerte, hatten die nur gelacht. Ihre eigene Schuld sei es doch gewesen. Was treibe sie sich auch allein herum. Und Spielweiber waren doch ohnehin halbe Huren. Komm, Mädchen, stell dich nicht so an. Da ist doch nichts entzweigegangen, was vorher nicht schon gebraucht worden sei.

»Ich könnte so nicht leben«, sagte Ottilie tonlos. »Ohne Schutz, ohne Recht, ohne jede Sicherheit! Du weißt nie, ob du morgen essen wirst, wem du trauen kannst. Musst jederzeit Gewalt fürchten. Wäre es nicht besser, einer geregelten Arbeit nachzugehen? Da säßest du im Winter im Warmen, und niemand dürfte dir ungestraft etwas zuleide tun.«

»Was für eine Arbeit käme denn für mich infrage? Doch nur die niedrigste. Im Übrigen weißt du ganz gut, dass Mägde keineswegs immer Schutz genießen. Solange sie jung sind, müssen sie Übergriffe fürchten; sind sie alt und verbraucht, setzt man sie auf die Straße. Du sicher nicht, du behandelst dein Gesinde anständig. Aber es kommt oft genug vor.«

Männern musste man immer und überall misstrauen. Das war eine Tatsache. Pauline mochte nicht darüber reden. Was ging es Ottilie an?

»Und meine Musik? Wo bliebe die?«, fragte die Spielfrau. »Würde ich als Magd arbeiten, dann wäre ich abends zu müde zum Fiedeln. Ich habe es ausprobiert. Das ist nichts für mich. Man kriegt raue Hände, und zum Üben kommt man auch nicht. Dann kann man es auch gleich lassen mit der Musik.«

»Ist sie dir denn so wichtig?«

»Ja«, sagte Pauline. »Ohne Musik kann ich nicht leben.«

»Musst du denn noch üben, du kannst doch spielen?«

»Aber sicher, wie stellst du dir das vor? Man braucht ständig neue Lieder, das verlangen die Leute. Man will doch auch nicht stehen bleiben, ich jedenfalls nicht. Man muss ständig die Finger und Gelenke beweglich halten. Möchtest du einmal mein Rebec halten?« Sie legte Ottilie das Instrument an die Schulter und faltete die Finger ihrer linken Hand um den Hals.

»Du musst die Hand weiter biegen und die Finger spreizen, so! Und jetzt nimmst du den Bogen und ziehst ihn langsam und gleichmäßig durch. Den Ellenbogen höher heben, die Bewegung muss aus der Schulter kommen.«

Ottilie schrammte den Bogen einige Male hin und her, dass Pauline die Zähne schmerzten dabei. »Und das machst du jetzt, sagen wir, zwei, drei Stunden.«

Ottilie setzte das Instrument ab und gab es der Spielfrau zurück.

»Es sieht so leicht aus«, meinte sie überrascht. Zum ersten Mal wurde ihr bewusst, dass eine körperliche Anstrengung nötig war, um die lustigen Töne zu schaffen, nach denen es sich so schön tanzen ließ. »Und wie viele Lieder hast du im Kopf?«

»Ach, das weiß ich gar nicht, genug, um eine ganze Nacht zu spielen, ohne mich zu wiederholen, denke ich.«

Ottilies Achtung vor der Spielfrau wuchs.

»Dann ist es doch ein Handwerk wie jedes andere. Nur keines, das man nötig braucht. Das ist dein Pech. Musik ist schön, aber nicht notwendig.«

»Das ist wohl wahr«, seufzte Pauline. »Aber den Bauern, ohne den es kein Brot gäbe, achtet ihr Stadtleute auch gering. Und ja: Man könnte leben ohne die Kunst. Aber was für ein Leben wäre das? Wenn man nur fressen und sich fortpflanzen wollte, dann wäre man nicht besser als das liebe Vieh. Und so sorgt der Bauer für den Magen, der Künstler für den Geist, und beide sind verachtet und arme Leute.«

Ottilie nickte nachdenklich, hob den Socken, den sie gestopft hatte, an den Mund und biss den Faden ab.

»Hast du Neuigkeiten von deinem Sohn?«, fragte Pauline vorsichtig. »Habe ich nicht den Trockenblumenstrauß am Tor gesehen?«

»Ich soll das Geld heute zwei Stunden vor Tag am Hallischen Werk ablegen.«

Dort endete der Brühl, und die Einmündungen machten einen Knick. Ein unübersichtlicher Ort, wo man sich selbst leicht verstecken konnte und dabei einen weiten Blick die ganze breite Straße hinunter hatte.

»Hast du es schon der Stadtwache gesagt?«

»Das soll ich nicht tun. Und ich werd's auch nicht. Ich will meinen Sohn nicht in Gefahr bringen.«

»Dann lass mich den Straßenkindern Bescheid geben. Sie finden überall Löcher, in denen sie sich verstecken können. Sie können demjenigen folgen, der das Geld holt, und uns vielleicht zu Moritz bringen.«

»Glaubst du wirklich, ihnen ist zu trauen?«, fragte Ottilie.

»Du traust mir doch auch.«

»Tue ich das?« Ottilie sah Pauline streng von der Seite an. Die Grübchen erschienen auf ihren Wangen. »Na, ich denke schon, dass ich das kann. Du wohnst schließlich in meinem Haus, ich habe dich seit einer Woche unter den Augen. Du bist eine erwachsene Frau und hast ein Handwerk. Aber diese Gören …«

›Ach, jetzt bin ich respektabel‹, wunderte sich Pauline. ›Wann ist denn dieser Sinneswandel zustande gekommen? Doch nicht erst eben!‹ Laut sagte sie: »Die Kinder schnorren, und sie stehlen, weil sie müssen. Aber du wärst überrascht: Auch sie haben ihre Regeln und ihr eigenes Ehrgefühl. Wenn einer sie freundlich behandelt, das merken sie sich. Und ein Arbeitgeber ist heilig für sie. Wenn sie einwilligen, dir zu dienen, kannst du dich auf sie so gut oder so schlecht verlassen wie auf jeden anderen Menschen auch.«

Obwohl Ottilie immer noch Zweifel zu haben schien, murrte sie: »Ich will es mir überlegen.«

Pauline stand auf, zog einen zweiten Kittel über den ersten, darüber Mantel und Tuch. Den Ledersack hängte sie über den Rücken und steckte ihren Kopf durch die Küchentür. »Margot! Hast du das Essen für Jacobus schon fertig?«

»Hier!« Die Köchin zog einen Henkelkorb unter dem Tisch hervor. »Der Lammhirn, er ist frisch aus die Ofen. Wenn du machst schnell, er kann ihn essen noch warm! Depêche toi, allez!« Sie drückte der Spielfrau den schweren Korb in die Hand und schob sie hinaus.

Walpurga fegte den Schankraum. Lachend sprang Pauline über den Besenstiel, der unvermittelt vor ihren Füßen auftauchte.

»Hexe«, zischte Walpurga hinter ihr her.

»Ziegengesicht!«, gab Pauline zurück. ›Hexe?‹ Was sollte denn das? Man hatte ihr schon viel vorgeworfen: Faulheit, Diebstahl, liederliches Betragen, Unmoral, doch niemand hatte sie je der Zauberei verdächtigt. Sie schüttelte den Kopf und eilte über den Brühl, drängte sich durch die abgestellten Wagen, vorbei an Dienstmägden, die vor den Geschäften und Herbergen kehrten, und Jungen, die Öl in die Laternen füllten; vorbei an Pelzhändlern, die mit ihren Kunden in den Einfahrten standen, um ihre Ware bei Tageslicht vorzuzeigen. Einer schüttelte das Fell eines Polarfuchses auf, sodass es bleifarben schimmerte. Warm sah es aus! Aber verboten für arme Leute, selbst wenn sie es sich hätte leisten können. Pauline eilte weiter und zog sich ihr wollenes Tuch fester um den Hals.

In der Ritterstraße fiel ihr auf, dass Leute stehen blieben und ihr nachsahen. Sie steckten die Köpfe zusammen. Ach, das konnte doch unmöglich ihr gelten. Sie bildete sich wohl etwas ein.

»Na, Fiedlerin! Immer noch auf freiem Fuß?«, begrüßte sie der Stockmeister, als sie die Treppe zum Gefängnis hinunterging.

»Warum denn auch nicht!?«, antwortete Pauline jetzt doch ein wenig verunsichert. »Ich habe nichts getan, hab meine Abgaben bei der Stadt bezahlt, bin fest gemeldet.«

»Wenn du meinst«, versetzte der Mann mit einem hämischen kleinen Grinsen. »Aber wenn du den Gefangenen besuchen willst, dann ist das wohl noch einen Taler wert. Ich wage einiges, indem ich seine Spießgesellin zu dem da hineinlasse. Das könnte gegen mich ausgelegt werden! Vorzeigen!« Er bückte sich, durchwühlte den Korb, hob den Deckel von einem kleinen irdenen Topf: »Ah! Knoblauch und Rosmarin! Er lässt es sich ja gut gehen, die kleine Kröte. Na, er kann die Stärkung wohl gebrauchen.« Er tauchte einen schmutzigen Finger in die Schüssel mit dem Mandelpudding und leckte daran. Man sah ihm an, dass er ihn gern für sich behalten hätte. Aber er traute sich nicht, noch nicht. »Morgen bringst du mir auch einmal so etwas Feines mit! Und jetzt her mit dem Taler!«

Pauline wollte schon Widerworte geben, überlegte es sich aber anders. Wer mit einem Esel disputiert, wird heiser und hat doch nichts erreicht. Es war Jacobus' Geld. Sie suchte einen Taler heraus und ließ ihn in die ausgestreckte Hand fallen.

Der Stockmeister grinste noch breiter und rief den Wachen zu: »Lasst sie hinein!«

Pauline drückte sich durch den Spalt, den man widerwillig vor ihr öffnete. Sie trat in den dunklen Gang, von dem die Gitter zu den Zellen abgingen. Eine Ratte sprang furchtlos über ihre Füße.

»Jacobus!«, rief Pauline, und Felix sprang zu seinem Herrn,

der nahe dem Gitter im Stroh lag. Die anderen Strolche saßen in der Ecke unter dem winzigen Fenster zum Markt. Sie waren ungewöhnlich still.

Jacobus tätschelte das kleine Tier. Er hob den Kopf und drehte sich auf die Seite. Sein Gesicht war geschwollen. An der Schläfe klebte getrocknetes Blut. Der Affe begann daran zu lecken und mit beiden Pfoten die verkrusteten Haare zu putzen.

»Pauline, meine liebe Musikantin, sei gegrüßt«, sagte der Kleinwüchsige, höflich und freundlich wie gewöhnlich. »Verzeih, wenn ich nicht aufstehe. Ich bin heute nicht ganz wohl.«

»Was haben sie mit dir gemacht?«, rief Pauline. »O Gott, sie haben dich doch nicht schon gefoltert?«

»Befragt heißt das, meine Liebe, peinlich befragt.« Jacobus stöhnte leise. »Und peinlich ist es mir in der Tat, denn ich habe meine Kleidung beschmutzt.«

»Um Gottes willen«, rief Pauline entsetzt aus. »Hier ist der Wein! Trink gleich davon, das wird dir guttun.«

Pauline reichte den Weinkrug durch das Gitter. Die Schüsseln schob sie darunter durch. Während Jacobus einen langen Zug aus dem Krug nahm, kam einer der Kerle ans Gitter, um Brot, Räucherwürste und den zweiten Weinkrug in Empfang zu nehmen.

»Sie haben ihn auf den Stachelstuhl gesetzt. Er ist sehr tapfer, der Kleine! Hätte nicht gedacht, dass er es so durchsteht.« Der große Kerl beugte sich zu Jacobus hinunter und klopfte ihm auf die Schulter, eine Geste, gemischt aus Mitleid und Anerkennung.

Der Stachelstuhl! Ein Sessel, dessen Sitz, Rückenteil, Lehnen und Fußstützen mit spitzen Eisen besetzt waren. Man schnallte die Opfer darauf fest und ließ sie stundenlang so sitzen, während die Stachel sich in ihr Fleisch bohrten.

»Ein unbequemes Möbelstück und nicht einmal schön«, sagte Jacobus zwischen zwei Bissen. »Ich verstehe nicht, warum man sie herstellt. Die Zeit wird einem lang darauf. Aber wenigstens habe ich zum ersten Mal seit Tagen nicht gefroren.«

Sie hatten Feuer unter dem Stuhl angezündet und die Eisen erhitzt.

»Brauchst du einen Wundarzt?«, fragte Pauline. Sie hatte einen bitteren Geschmack im Mund.

»Nein«, sagte Jacobus matt. »Ich bin anschließend versorgt worden. Sie sind keine Barbaren hier und haben auch noch einiges vor mit mir. Wenn du mir morgen nur bitte ein anderes Beinkleid mitbringen würdest. Und ein paar wollene Strümpfe.«

»Jacobus, ich habe nachgedacht.«

Der Kleine hatte sich auf die Seite gewälzt und widmete sich seinem Mahl. »So? Und wozu hat es geführt?«

»Du solltest das Horn verkaufen, an einen dieser Herren! Ich habe gehört, dass dieser von Seeheim Druck auf den Magistrat ausübt, dich mit aller Härte zu behandeln.« Sie beugte sich vor und flüsterte: »Martin hat es mir erzählt.«

»Martin?«, fragte der Kleinwüchsige mit spöttisch hochgezogener Braue.

»Ein Soldat von der Stadtwache.«

»So so, ein Mann der Waffen, einer, der sich schlägt. Ist er stark? Ist er groß? Hat er breite Schultern?«

Ärgerlich runzelte Pauline die Stirn: »Alles das. Aber hör mir lieber zu ...«

»Ist er dein Liebhaber?«

»Was geht es dich an? Und hast du nicht andere Sorgen, als mit wem ich meine Nächte verbringe? Höre: Wenn du mich das Horn an diesen reichen Flegel verkaufen lässt, dann hat er kein Interesse mehr an dir. Und wenn der Hof sich nicht mehr einmischt, dann foltern sie dich vielleicht nicht weiter! Martin sagt, es ist eigentlich gar nicht erlaubt, Menschen zu foltern, die nicht ganz gesund sind.«

»Krüppel zu foltern, meinst du«, stellte der Zwerg gelassen fest. »Nein, das ist nach der Constitutio Criminalis Carolina verboten. Aber man hat mir erklärt, dass ich ja alle Glieder besitze und deshalb als ganz normaler Mann zu betrachten sei.«

»Alle fünf Glieder«, brüllten die Kerle vom Fenster und brachen in Gelächter aus. »Alles dran! Klein, aber fein!«

Pauline beachtete sie nicht. »Dann musst du verkaufen! Darum geht es denen doch. Martin sagt, sonst liegt gegen dich nicht viel vor. Was haben sie denn? Dass du einmal aus der Haut gefahren bist, das ist doch nichts.«

»Martin sagt! Martin sagt! Du rührst das Horn nicht an, hörst du!«, sagte Jacobus flehentlich. »Es ist Unrecht, was sie tun, und jeder weiß es. Aber ich werde ihnen nicht die Genugtuung geben, dass sie das Recht beugen können nach Belieben und damit ihr Ziel erreichen. Wenn sie mich umbringen, dann verfüge ich, dass es zu Staub gemahlen und in die Elster gestreut wird. Sollen es die Fische fressen. Und diese Schranze bekommt es nicht, der schon gar nicht!«

»Sei doch vernünftig«, bettelte Pauline. »Was nützt es dir denn, wenn du deinen Stolz und deine Schätze noch hast, aber wenn du unter der Folter stirbst? Denk lieber daran, dass du weiterleben willst, und das so gesund wie möglich!«

»Will ich das?«

Pauline starrte Jacobus an, der einen Löffel von der gestockten Mandelmilch zum Mund führen wollte, den Löffel dann jedoch wieder sinken ließ.

»Bin ich froh, dass mir das erspart bleibt. Bei mir wissen sie Bescheid. Ich kriege meine Strafe und fertig«, sagte einer der Mitgefangenen. Die anderen nickten und murmelten.

»Nicht, dass die Strafe unbedingt angenehm ausfallen wird«, meinte Jacobus.

»Was habt ihr denn angestellt?«, wollte Pauline wissen.

»Mit falschen Gewichten gearbeitet.«

»Ich war besoffen und hab einen verprügelt.«

»Halb tot geschlagen hast du ihn und weißt nicht einmal mehr, warum«, warf einer seiner Kumpane ein.

»Mir hat seine Fresse nicht gepasst.«

»Na, dafür werden sie dir jetzt deine richten.«

»Und du, was hast du angestellt?«, fragte Pauline den Dritten. Der schwieg.

»Der hat sich beim Föcken erwischen lassen mit den Töchtern seines Meisters, gleich mit beiden! Man wird ihn öffentlich auspeitschen, sobald die Messe vorbei ist, ihm seinen Gesellenbrief nehmen, ihn aus der Zunft ausstoßen und aus der Stadt jagen.«

»Das ist ungerecht! Die beiden Weiber sind doch freiwillig in mein Bett gekommen, was kann ich dafür ...«, verteidigte sich der Übeltäter.

»Du hast noch Glück gehabt, dass du ledig bist. Sonst würden sie dich einen Kopf kürzer machen. Und die beiden Weibsen werden ihres Lebens in Leipzig nicht mehr froh werden. Man wird ihnen Lastersteine umhängen und sie damit durch die Stadt treiben.«

»Jetzt habe ich genug von Gewalt und Niedrigkeiten«, unterbrach ihn Jacobus ungeduldig. »Spiel uns lieber etwas vor, ich bitte dich. Das ist mir mehr von Nutzen.« Er streichelte den Affen.

Pauline spielte eine Stunde, ohne recht wahrzunehmen, was. Ein Aufruhr tobte in ihrem Kopf. Was für ein lieber, dummer Mann dieser Zwerg war. Warum wollte er sich denn nicht freikaufen? Wie konnte man nur so an einem Gegenstand hängen? Dinge, damit behängten die Bürger sich, dafür schufteten sie und stritten sie! Haben, haben, haben. Und dann hingen diese Dinge an ihnen wie eiserne Fußfesseln. Was bedeutete ihm denn nur dieses närrische Horn? Oder war es sein Stolz? Ach, Stolz! Was war der einem denn nütze? Man bekam einen steifen Hals davon, das war alles.

Sie setzte die Fiedel ab und wühlte in ihrer Tasche.

»Ich wollte dir was zeigen. Da, schau, das habe ich deinem Drucker billig abgekauft. Er sagt, damit kann ich was verdienen, dass die Leute so was kaufen. Was meinst du?«

»Dreck! Aber so was wirst du immer los«, sagte er mit einem Blick auf die Hexenverbrennung. »Das sehen sie gern. Das Spottgedicht auf die Calvinisten, hm, ja, dergleichen ist jetzt viel im Umlauf.« Er kam an das dritte Blatt und hielt es in den Lichtstrahl, der aus dem hohen Fenster auf das Stroh fiel. »Das ist gut! Das ist etwas Besonderes, ich habe gar nicht gewusst, dass die in Umlauf sind!«

»Der Drucker sagt, es ist ein neuer Stern gewesen, der von 1572. Ich habe ihn auch gesehen, heller als die Venus hat er geschienen. Aber in diesem Winter ist er schon fast verschwunden.«

»Der tychonische Affenplanet«, Jacobus lächelte wissend.

»Ein Affenplanet? Gibt es so etwas?«

»Nein, natürlich nicht – oder jedenfalls soweit wir wissen. Es war ein neuer Stern, etwas, das es nach allgemeiner Ansicht gar nicht geben sollte. Bisher hat man Aristoteles geglaubt und gemeint, dass die Zahl und die Position der Sterne am Himmel unveränderlich seien. Demnach wäre das Licht, das wir alle gesehen haben, nur ein örtliches Phänomen gewesen, was die Leute Feuerzeichen nennen und dann viel Aberglauben daran hängen. Aber der dänischen Astronom Tycho Brahe hat bewiesen, dass es wirklich ein Stern war.«

»Wie will er denn das bewerkstelligt haben? Man sieht doch gar nichts außer einem fernen Gleißen.«

»Oh, mit Berechnungen und Instrumenten. Ich könnte dir einige davon zeigen. Ich habe solche Dinge in meiner Sammlung. Jedenfalls hat dieser Stern Herrn Brahe in ganz Europa berühmt gemacht. Er hat eine Abhandlung darüber geschrieben: ›De nova stella‹. Das hat vielen dummen Leuten nicht gepasst, und deshalb haben sie diesen Himmelskörper den tychonischen Affenplaneten genannt. Was steht hier? Zwei thüringische Astronomen wollen ihn vermessen haben und behaupten, er sei 664 deutsche Meilen groß? Was für ein Unsinn! Aber der Drucker hat recht: Man wird dir das Zeug aus der Hand reißen.«

Pauline nahm die Zettel wieder an sich und verstaute sie in ihrem Reisesack.

»Was du alles weißt! Musiktheorie, Steine und Sterne! Nun gut. Ich muss jetzt gehen. Morgen komm ich wieder. Hast du auf irgendetwas Appetit? Soll ich Margot etwas ausrichten?«

Jacobus überlegte einen Augenblick und leckte sich die Lippen dabei. »Ja, sag ihr: Kraut und ordentlich scharfe Kuttelwürste nach bretonischer Art hätte ich gern, dazu einen weißen Wein. Und nachher ein Dessert von Quitten, wenn sie hat. Und ein Säckchen Nüsse gegen die Langeweile. Und sag ihr meine Verehrung, wie gewöhnlich. Los, Felix, geh zu Pauline, hopp!«

»Wird ausgerichtet.«

Pauline ließ das Tier über ihren Arm auf ihre Schulter klettern und wollte schon gehen. Da drehte sie sich um und hockte sich nah zu ihm ans Gitter.

»Macht es dir eigentlich etwas aus, dass du ein Zwerg bist?«, fragte sie.

»Nur wenn ich verliebt bin«, antwortete er mit seelenvollem Blick.

Als sie in der Kälte auf dem Marktplatz stand, bemerkte Pauline, dass ihre Wangen brannten. Vom Ratshausturm schlug es Mittag. Eine Menschenmenge sammelte sich um das hölzerne Podest in der Mitte, auf dem sonst die Hinrichtungen stattfanden. Der alte Mann mit der Sackpfeife stand wieder darauf. Ach ja, gleich würde Emmanuel, der Seiltänzer, wieder seine

Vorstellung geben. Obwohl weniger Leute kamen, nachdem bekannt geworden war, dass er sich sicherte. Pauline schaute sich um und suchte die Menge nach bekannten Gesichtern ab, als sie vor sich eine bekannte Stimme vernahm. Da war Auguste, fein herausgeputzt wie ein Bürgermädchen. Hübsch sah sie aus und sehr zart mit ihren langen, dunklen Wimpern, dem milchweißen Gesichtchen unter der gestärkten Haube, die Wangen nur so leicht gepudert, dass die Röte frisch und natürlich wirkte.

Ein älterer Kaufmann stand neben ihr, und Pauline konnte nicht umhin, das Gespräch mitanzuhören.

»Psst, Mädchen! Psst, hübsches Ding. Willst du nicht nachher in mein Kontor kommen? Ich schenke dir ein samtenes Halsband«, raunte er mit südländischem Akzent.

Auguste senkte in gut gespielter Schüchternheit das Köpfchen. »Aber nein …«

Der Mann drückte sich an sie und berührte wie zufällig ihr Hinterteil. »Ach, komm doch. Ich zeig dir was Schönes.«

Auguste ließ die Wimpern flattern. »Vielleicht – ach, aber ich bin verheiratet.«

So? Waren sie also wieder bei ihrem alten Spiel! Das wollte Pauline ihnen gern versalzen.

»Wenn dein Ehemann ein so hübsches Weib allein lässt, dann hat er es nicht besser verdient. Er wird schon nichts merken. Komm nach der Vorstellung zu mir. Ich schließe den Laden für eine halbe Stunde, und wir amüsieren uns ein bisschen.«

Auguste kicherte zustimmend und entfernte sich.

Pauline trat hinter den Mann. »Es ist nicht alles Gold, was glänzt«, sagte sie ihm ins Ohr.

»So?« Er wandte sich zu ihr um. »Wirkt unschuldig, aber ist nicht, was sie zu sein vorgibt, meint Ihr? Keine brave Bürgersfrau?«

Pauline zuckte die Achseln. »Ich habe nichts gesagt.«

»Und der Ehemann. Gibt's den?«

Sie schaute nach oben, wo Emmanuel eben seine Vorfuhrung begann. Später würde Auguste in den Laden kommen, doch das Schäferstündchen würde jäh unterbrochen werden. Emmanuel spielte bei solchen Gelegenheiten den eifersüchtigen Ehemann, und am Ende zahlten die verprellten Liebhaber, aus Angst, in den Stock zu kommen oder Schlimmeres. Mit Ehebrechern gingen die Protestanten nicht zimperlich um. Früher war so etwas einfacher gewesen. Da kaufte man einen Ablassbrief und konnte lustig von vorn anfangen.

»Gut zu wissen, mille grazie«, sagte der Kaufmann, doch Pauline war schon verschwunden.

»Wir haben dich gesucht.« Martin tauchte neben ihr auf. Er führte Wanda an der Schulter und gab ihr einen freundlichen Schubs. »Siehst du, Kleine. Ich habe dich nicht gefressen, nicht einmal ein Stück angeknabbert.«

Wanda brachte eine sichere Entfernung zwischen ihn und sich selbst, indem sie sich hinter Pauline versteckte. »Greifer, mieser! Karengro! Spießkaffer«, schimpfte sie halblaut.

Martin lachte: »Bravo, Mädchen, einen von den Ausdrücken habe ich noch nicht gekannt. Mut hast du ja, das muss ich sagen. Aber ich kann es nicht leiden, wenn Kinder vor mir davonlaufen. Ich tu euch nichts, es sei denn, ich erwische euch beim Klauen.«

Wanda streckte ihm die Zunge heraus.

»Und du, Schwanin. Du solltest dich lieber ein oder zwei Tage rar machen. Es gibt Gerede in der Stadt. Ich weiß, ich weiß: Du kannst nichts dafür, dass du die tote Hure gefunden hast. Aber man hat sich an euren Streit erinnert. Und der Beschützer dieser Dame hat behauptet, dass du den bösen Blick hättest.«

»Will man mich verhaften?«

»Davon ist bislang nicht die Rede. Auf das Zeugnis eines Zuhälters geben die Bußherren nichts. Ottilie hat sich für dich verbürgt. Dennoch: Es gibt auch Gerede wegen deiner Musik. Dass du die Leute dazu bringst, Dinge gegen ihren Willen zu tun, dass du sie zu dir lockst und ihnen das Geld aus der Tasche spielst.«

»Das ist ja mein Beruf, oder nicht? Was ist denn daran ungewöhnlich?«

»Ungewöhnlich ist, wie gut es dir gelingt. Ich selbst glaube, dass es an der Güte deines Spiels liegt und an nichts anderem.«

Schelmisch lächelte Pauline zu ihm auf. »Vorsicht, Martin, du hast mir gerade ein Kompliment gemacht! Und wie kann mir etwas geschehen, wenn du ein Auge auf mich hast?« Martin zog die Brauen zusammen. Er missbilligte ihren leichtfertigen Tonfall. »Aber das ist doch alles Unsinn«, fuhr Pauline beschwichtigend fort. »Man hält es einem Schneider doch nicht vor, dass seine Hosen gut sitzen! Niemand schilt einen Weber, wenn seine Arbeit fein und ebenmäßig ist.«

»Sicher nicht, aber es ist etwas anderes mit Musik. Den Faden des Schneiders kann man sehen, Stich für Stich. Das Gewebe kann man anfassen. Aber Musik nicht.«

Pauline lachte ungläubig. »Ja und? Man sieht doch, wie ich die Saiten greife und wie ich den Bogen hin und her bewege. Was soll daran zauberisch sein? Sogar in Kirchen macht man Musik. Luther hat gesagt ...«

»Jeder weiß, was Luther gesagt hat. Dennoch ist ein großer Unterschied zwischen der Musik in der Kirche und der, die du spielst. Tu nicht so, als ob du das nicht wüsstest. Und wie es sich auch verhalten mag, Schwanin, das Gerücht ist nun einmal in der Welt. Man wundert sich, wie es kommt, dass – wo immer es Ungemach gibt – eine gewisse Fiedlerin nie weit ist. Pauline, ich sag es dir nur noch dies eine Mal: Manche Leute fackeln nicht lange! Und die Stadtwache kann nicht überall gleichzeitig sein. Besser, du lässt dein Gesicht nicht auf der Straße sehen.«

»Ach ja, und wie soll ich da mein Brot verdienen?«

»Das musst du wissen, was dir dein Fell wert ist.« Er packte sie am Arm. »Nun sei doch vernünftig, Mädchen! Was macht es schon, wenn du einen oder zwei Tage nicht auf der Straße spielst? Übrigens denkt der Rat darüber nach, die fremden Singemädchen allesamt aus der Stadt schaffen zu lassen.«

»Um sie zu schützen?«

»Nein. Sie fürchten, dass der Ärger mit ihnen sich schlecht auf die Geschäfte auswirkt.«

»Ach ja!«, sagte Pauline schnippisch.

»Schwanin, sie werden es nicht in die Tat umsetzen, aber ein paar ruhige Tage und Nächte könnten nicht schaden. Bleib im Haus. Du hast doch den Abend in der Wirtschaft. Reicht das nicht?«

»Nein, das reicht hinten und vorne nicht. Die Messe hat ja nur acht Tage. Wenn ich da nicht genug zusammenkratze, dann muss ich den Rest des Winters hungern. Oh, und eines ist mir eingefallen, das wollte ich dir sagen«, lenkte sie rasch ab. »Ihr gebt die Schuld an dem Ärger den Singemädchen. Vielleicht solltet ihr euch mal unter den vornehmen Gästen umsehen! Im letzten Oktober ist in Dresden eine Hure mit ihrer Harfe erschlagen worden. Ich erinnere mich jetzt genau. Es wurde darüber gesprochen, weil es eine der Kurtisanen vom Hof war, keine gewöhnliche Hübschlerin.«

Er ließ sie los. »So! Davon haben wir hier nichts gehört.«

»Man hat es eines Berichts sicher nicht für wert befunden, schließlich war es nur …«

»Lass gut sein, Schwanin, du predigst einem Bekehrten. Ich habe nichts gegen die Hürchen. Sind nette Mädchen dabei. Dresden, Dresden – eine Kurtisane, sagst du? Hm, vielleicht sollte ich eine von den niedlichen kleinen Zofen ausführen, ein paar Gläser Wein lockern ihre Zunge, und dann …« Er grinste breit. »Das hieße, die Pflicht mit dem Angenehmen zu verbinden.«

»Viel Vergnügen!« Wütend machte Pauline auf dem Absatz kehrt und ließ den Soldaten stehen. »Komm, Wanda!«

Martin ließ sie los. »Bleib von der Straße weg! Sag nicht, ich hätte dich nicht gewarnt!«, rief er ihr hinterher.

»Als ob die Wirtschaft so viel abwürfe«, murrte Pauline vor sich hin. »Und da sahnt die Wirtin auch noch ihren Teil ab.«

Sie spielten eine Stunde auf dem Naschmarkt, dann in der Grimmaischen Straße.

Wanda hatte begonnen, die Lieder, die sie kannte, mit leiser Stimme mitzusummen.

»Sing ruhig lauter, du machst das ganz gut. Lass mich hören!« Sie spielte den Anfang an.

»Es waren zwei Königskin-der, die hatten eina-ander so lieb …«

Gar nicht übel. Die Kleine traf die Töne ohne Fehler. Ihre Stimme war kunstlos, doch hell und klar, von einer scharfen Süße, wie Muskatellertrauben. Pauline hörte ihr zu und dachte über Stimmen nach, Stimmen, die Essenz menschlichen Wesens, die weder Lumpen noch Seide verändern konnten.

»Steh gerade, mach den Hals lang, sodass der Ton nicht gequetscht wird. Versuch, nicht laut zu singen, sondern lass den Ton tief aus dem Brustkorb heraus, so, hörst du?« Pauline machte es vor: »Sie konnten zusammen nicht kom-men, das Wasser war viel zu tief.«

Wanda tat es ihr nach. Ja, da konnte was draus werden. Sie schlug die Schellentrommel inzwischen sehr geschickt. Ob sie Talent zur Spielfrau hatte?

Ach was, müßige Gedanken. Die Kleine würde Wäscherin werden und wohl ihr Leben lang Leipzig nicht verlassen. Aber es klang hübsch, so zu zweit.

Zuerst nahm Pauline es kaum wahr, aber dann blieben immer mehr Leute stehen, die offenbar nicht der Musik lauschten, sondern die sie angaffen wollten. Sie schwatzten ununterbrochen. Das Gemurmel begann Pauline zu stören.

Felix schleppte den Hut herum, aber es kam deutlich weniger zusammen als in den Tagen davor.

»Wie hat die Hure ausgesehen, als du sie gefunden hast?«, rief schließlich eine Frau, die weiter hinten in der Traube stand, die sich um die beiden Spielleute gebildet hatte.

»Hat man ihr den Hals gebrochen, bevor man die Flöte hineingestopft hat?«

»Warst du nicht diejenige, die sich mit ihr so bös gestritten hat? Worum ging es denn?«

Diejenigen, die Musik hören wollten, wandten sich verärgert ab und gingen fort. Die anderen bedrängten Pauline und wollten Einzelheiten hören. Sie hätte sogar Geld dafür fordern können, doch was sie in den Augen der Umstehenden las, verursachte ihr Übelkeit.

»Ein schlechtes Weib weniger auf der Welt. War sie ganz bekleidet, als du sie gefunden hast?«

»Fragt die Nachtwache, ich kann euch nichts sagen!« Sie drängte sich mit groben Püffen durch die Menge und stürmte davon, das Instrument über der Schulter. Wanda las den Affen auf und kam hinterhergerannt.

»Warst du es? Hast du sie verflucht, das arme Ding? Was hat es denn gegeben zwischen euch«, schallte es ihr nach.

»Pack!«, schimpfte Pauline, als sie auf dem Niklaskirchplatz ankamen. Doch dort erging es ihr nicht viel besser. Die Butterliese und die Waffeltrude, die gestern noch so freundlich gewesen waren, warfen ihr finstere Blicke zu. Ja, sie ertappte sie dabei, wie sie hinter ihrem Rücken Abwehrzeichen machten.

»Man sollte dieses ganze Lottergesinde aus der Stadt jagen«, hörte sie eine Bürgersfrau betont laut zur Butterverkäuferin sagen. »Gib mir ein Pfund süße Butter. Es wird jedes Jahr schlimmer. All diese Fremden in der Stadt, Welsche, Engländer, Juden! Hast du noch von dem Topfkäse? Man hört kaum ein deutsches Wort, und unsere Mädchen können sich gar nicht mehr auf die Straßen trauen.«

»Aber meine Liebe«, mischte sich eine andere ein. »Willst du eine Messe halten ohne Waren? Die müssen doch irgendwo herkommen, und jemand muss uns unser Zeug abkaufen. Wie willst du das anstellen ohne Fremde?«

»Wohl wahr, Nachbarin, hm, die Waffeln riechen aber gut. Aber muss das denn wirklich sein, alle möglichen Leute hier hereinzulassen, die nicht einmal unsere Sprache verstehen? Die sich nicht an unsere Sitten halten? Gibt es nicht gute Waren genug im Reich? Und wäre es nicht besser, man ließe im Land fertigen, wo die eigenen Leute verdienen können, statt dass unser gutes Geld woandershin fließt?«

»Ihr kritisiert den importierten Luxus? Unser hoher Fürst wäre erfreut, das zu hören. Aber man braucht ihn ja nicht zu kaufen, wenn man nicht will. Meißnischer Samt soll angeblich ja genauso gut sein wie der welsche aus Lyon!« Spöttisch zupfte die Dame ihre Nachbarin am Ärmel, der aus den Schlitzen des Mantels hervorsah. »Aber ich sehe, Ihr bevorzugt doch auch die ausländische Fertigung. Und denkt nur an die Steuern, die der Handel mit diesen Waren in die Stadt bringt. In Leipzig wird das Geld verdient, in Dresden wird's verprasst. Nein, dafür kann man schon einmal ein paar Tage Unordnung ertragen, denke ich. Und vermietet Ihr nicht ein Zimmer während der Messe?«

»Schon«, wehrte sich die Empörte. »Das ist aber ein schwäbischer Kaufmann, der seit Jahren zu uns kommt, ein sehr netter Herr. Den kennen wir.« Ihr Blick ging zu Paulines Hut mit den abgewetzten Schwanenfedern, über die ganze schäbige Gestalt hinunter zu Wanda und dem Affen. »Igitt! Hat das Tier Flöhe?« Sie wich ein Stück zur Seite und schüttelte den Rocksaum aus. »Niemand hat ja etwas gegen geordneten Handel zwischen anständigen Leuten, aber wozu braucht man zum Beispiel all diese Schnorrer und Gaukler, Seiltänzer, fremden Huren, Missgeburten, das frage ich mich. Sie sind unmoralisch, unchristlich und liederlich!«

»Ihr habt ja so recht«, flötete die Butterliese, als sei Pauline gar nicht da.

»Musik zum Beispiel kann man jederzeit bessere in der Kirche hören«, eiferte die empörte Bürgerin fort. »Nicht dieses Eselsgehore, das einem aus jedem Gewölbe und jeder Weinstube entgegenschallt. Und überhaupt: Weiber, die öffentlich Instrumente spielen und sich zur Schau stellen, eine Schande ist das!«

Pauline hatte genug gehört. Sie spielte eine Dissonanz, sodass die Frauen am Stand erschrocken zusammenfuhren. »Schon gut. Ich krieche in mein Loch zurück! Ihr braucht euch nicht länger zu ereifern, meine Damen.«

Sie entfernten sich ein Stück weit und setzten sich auf die Stufen des Brunnens, um ihr Geld zu zählen. Viel war es nicht.

»Da hast du einen Groschen«, sagte Pauline. »Na, von mir aus zwei«, als das Mädchen ihre unendlich traurigen Augen auf sie richtete. ›Das soll ruhig der Zwerg bezahlen‹, dachte sie. ›Für all die Dienste, die ich ihm erbringe. Und schließlich spiele ich ihm täglich vor. Ich kann mir so viel Mitgefühl nicht leisten.‹

»Hast du mich wieder drangekriegt«, schimpfte sie, halb im Scherz, und versetzte der Kleinen einen sanften Nasenstüber.

Wanda grinste, keine Spur von Traurigkeit mehr. »Es wächelt löhne«, bemerkte sie. Es brächte heute nichts.

»Trennen wir uns für heute. Ich habe etwas anderes zu tun, als mich angaffen und ausfragen zu lassen.«

»Borgst du mir die Schellentrommel bis morgen?«, fragte Wanda.

»Willst du dich als Spielfrau versuchen?«

Die Kleine nickte sehnsüchtig.

Pauline reichte ihr das Tamburin: »Pass gut drauf auf, und lass sie ja nicht nass werden.«

»Kannst dich auf mich verlassen, Mutter.«

»Oh, und sag Stinker und dem Wanzenkönig Bescheid, dass ich sie brauchen kann. Sie sollen mich Schlag fünf an der Niklaskirche treffen. Kannst du das ausrichten?«

Pauline ging zur Herberge zurück. Sie war zu einem Entschluss gekommen.

»Was machst du denn schon hier?«, empfing Albertine sie. Ein paar wenige Gäste saßen in der Nähe des Ofens und aßen. Ein Fuhrmann wärmte sich mit einem Becher heißen Gewürzweins auf.

»Ich komme heute auf keinen grünen Zweig da draußen. Die Leute wollen bloß alles über die Tote hören, die ich gestern gefunden habe, wenn sie mich nicht gleich dafür verantwortlich machen. Gib mir doch bitte das Horn heraus, das du für Jacobus in Verwahrung genommen hast. Es ist doch noch da?«

»Sicher! Was denkst du denn von uns?« Albertine brachte die Bierkrüge zu den Gästen. Dann verschwand sie in der Wohnung der Wirtsleute, die an die Gaststube anschloss.

»Da ist es«, rief sie, als sie nach kurzer Zeit zurückkam. Ein wenig verlegen wischte sie die Spitze des gedrehten silbrigen Horns an ihrer Schürze ab. »Mutter hat es benutzt, um Spinnweben von der Zimmerdecke zu entfernen. Es hat aber keinen Schaden genommen.«

Pauline besah es prüfend. Alles in bester Ordnung. »Hast du etwas, worin ich es einwickeln kann?« Sie hatte keine Lust, mit dem Ding offen durch die Straßen zu laufen und sich wieder unverschämte Fragen anzuhören. Albertine holte eine Decke, und zusammen rollten sie das Horn ein, bis es aussah, als trüge Pauline einen Ballen Stoff. Das würde niemandem auffallen. Sie nahm auch die Schwanenflügel vom Hut und versteckte die bunten Bänder am Mantel unter dem Schultertuch. So manierlich und gewöhnlich, wie es ihr möglich war, erschien sie vor dem Fürstenhaus am Neuen Markt.

»Ich soll etwas für den kurfürstlichen Leibarzt, den Herrn Caspar Peucer, abliefern.« Und als schon Hände nach dem Bündel griffen: »Ich soll es persönlich abliefern. Es ist von größter Wichtigkeit. Er wartet sehr darauf.«

»Du findest ihn im Gasthaus Zum Roten Löwen. Dort hat er ein Zimmer gemietet.«

»Wohnt er denn nicht hier mit dem Gefolge der Kurfürstin?«, staunte Pauline.

»Woher denn, bei ihr sind nur ihre eigenen Leute.«

Zurück zum Brühl mit dem Einhorn über der Schulter, zum feineren Ende dieses Mal, wo nahe der Reichsstraße, gegenüber den besten Pelzhäusern, ein prachtvolles großes Gasthaus stand. Drei Stockwerke hoch war das Gebäude, aus bemaltem Fachwerk; Türen, Fenster und Dachbalken mit Schnitzereien verziert. Es gehörte zu den Häusern, wo es Pauline nie eingefallen wäre, nach Arbeit zu fragen.

»Wir kaufen nichts«, wurde sie gleich an der Tür von einem hochnäsigen Knecht abgefertigt.

»Ich habe eine Lieferung für Herrn Peucer, die er dringend benötigt«, gab Pauline ebenso hochnäsig zurück.

Er musterte sie. »Bist du sicher, dass er dich erwartet?«

»Ganz sicher.«

»Dann komm.«

Der Knecht ging voraus, eine Wendeltreppe hoch. Im ersten Stock bog er ab und brachte die Spielfrau zu einer ochsenblutfarbenen Tür, wo er verhalten klopfte.

»Wehe, wenn du gelogen hast«, drohte er ihr. »Wenn du nur betteln willst und den hohen Herrn belästigst, dann spar ich dir den Abstieg über die Treppe und werfe dich geradewegs aus dem Fenster.«

Man hörte Schritte, und die Tür wurde von innen geöffnet.

»Verzeiht die Störung, Herr Peucer. Dieses Weib behauptet, eine Lieferung für Euch zu haben.«

Verständnislos blinzelte der Mann durch seine dicken Augengläser.

»Jacobus von Antwerpen schickt mich.« Pauline drehte sich, um die lange Rolle vorzuzeigen, und stieß dabei den Knecht mit der Spitze vor den Kopf.

Peucer blinzelte noch immer unentschlossen. Der Knecht griff nach Paulines Arm.

»Das, was ihr dringend haben wolltet!« Pauline deutete mit der freien Hand ein Horn auf ihrer Stirn an.

»Ja? Ach ja, ja natürlich. Komm herein.« Er zog Pauline mit ihrer Last ins Zimmer und schloss dem Knecht die Nase vor der Tür. »Verzeih, ich habe gelesen, und da fällt es mir manchmal schwer, mich vom Text zu lösen und in die Wirklichkeit zurückzufinden. Wenn ich nach einer fesselnden Lektüre hochschaue, dann komme ich mir manchmal vor, als stiege ich aus einem tiefen Fass.« Er lachte verlegen. »Aber das verstehst du sicher nicht.«

»Doch«, antwortete Pauline. »So geht es mir oft, wenn ich mich in meine Musik vertieft habe.«

Felix kam unter ihrem Schultertuch hervorgekrochen und sah mit blanken Augen um sich.

»Musik? Ah! Dann bist du die Straßenmusikerin, die mit in der Wunderkammer war, als ich Jacobus aufgesucht habe. Bist du dieselbe, über die man in der Stadt spricht? Die mit der Fiedel und dem Schwanenhut?«

»Ich heiße Pauline Schwan und bin fahrende Spielfrau. Rebec spiel ich und alles, was man mir in die Hände gibt.« Pauline fühlte sich unwohl wegen der Aufmerksamkeit, die sie offenbar geweckt hatte. Ihr Gegenüber schien das zu merken und sagte nichts mehr darüber, obwohl sein Blick neugierig über den geschnitzten Greifenkopf glitt, der aus dem Ledersack herausschaute.

»Bitte nimm doch Platz.« Er sah sich nach einer Sitzgelegenheit im Zimmer um und nahm schließlich einen Stapel Bücher vom Stuhl herunter. Er selbst hatte offenbar im Bett gelesen. Eine Wachskerze stand auf dem Nachttisch, und die Überdecke hatte eine Kuhle. Ein Buch lag aufgeschlagen auf dem Kopfkissen.

Pauline setzte sich und betrachtete den Leibarzt des Kurfürsten. Sie war froh, dass sie sich entschlossen hatte, zu ihm zu gehen und nicht zu dem anderen. Dieser schien ein stiller und angenehmer Mensch zu sein, der seine Stellung aufgrund seiner Leistung und nicht durch Speichelleckerei oder pompöses Betragen erhalten hatte. Er war Professor an der Universität in Wittenberg.

Jetzt, da sie ihn bei gutem Licht und von Nahem sah, fand sie ihn älter, als er im Laden gewirkt hatte, müder und ein wenig bedrückt. Sie wickelte das Horn des Narwals aus dem Tuch und hielt es ihm hin. Vorsichtig, als sei es aus Glas, nahm er es mit beiden Händen, strich darüber, hielt es sich nahe vor die Augengläser, dann weiter weg. Er kratzte an dem hellen, dicken Ende, wo es einst auf dem Schädel aufgesessen hatte, und leckte daran.

»Es ist echt. Es ist zweifellos echt!« Seine Augen hinter den Gläsern bekamen einen fiebrigen Glanz. »Noch nie habe ich so eines zu Gesicht bekommen. Wie oft wollte man uns

Fälschungen andrehen, gefärbtes Holz, geleimtes Leder, geschnitztes Bein! Und nun endlich habe ich es in Händen.« Er betrachtete das Horn andächtig. »Ich würde zehn Jahre meines Lebens darum geben, den Riesenfisch zu sehen, von dem es stammt!«

»Ihr könnt es haben, aber nicht umsonst«, warf Pauline in seine Betrachtungen ein.

»Den Preis, den der Zwerg genannt hat, kann ich aber unmöglich aufbringen.«

»Das war nicht ernst gemeint. Er wollte nicht verkaufen.«

»Und nun hat er es sich anders überlegt?«

»Ja«, log Pauline. Sie hatte keinerlei Vorstellung, was man für so ein Ding verlangen konnte. »Er braucht Eure Hilfe. Ihr wisst ja, dass er im Kerker sitzt, verdächtigt, zwei Kinder entführt zu haben. Das ist völlig aus der Luft gegriffen. Nicht einmal die Mütter der Jungen glauben, dass Jacobus etwas damit zu tun hat. Dennoch beharrt man darauf, ihn festzuhalten, und schlimmer noch: Man hat ihn gefoltert.«

»Das dürfen sie nicht«, rief Peucer.

»Heute haben sie ihn auf den Stachelstuhl gesetzt. Morgen, fürchte ich, werden sie noch rücksichtslosere Behandlungsweisen anwenden, bis er schließlich gesteht, was er gar nicht getan hat.«

Peucer legte das Horn auf einen Tisch am Fenster und lief aufgeregt im Zimmer auf und ab. »Aber das ist gegen geltendes Recht! Wie können sie das nur tun? Die Leipziger Justiz hat einen guten Ruf. Stimmt das auch, was du da sagst?«

»Ja. Euer Freund bei Hofe, Hubertus von Seeheim, steckt dahinter, habe ich gehört. Sicher hofft er, dass er Jacobus' Sammlung beschlagnahmen lassen kann, wenn der Zwerg erst aus dem Weg ist.«

»O ja, und dabei würden das Horn und alle wirklich wertvollen Naturalia verschwinden. Das sieht von Seeheim ähnlich. Bei der Kurfürstin einschmeicheln will er sich.«

»Ich verstehe den Zusammenhang nicht«, sagte Pauline. »Wie kann man nur ein solches Aufheben um ein paar alte Steine und Knochen machen? Und dafür einen Menschen opfern? Und die Kurfürstin? Ich habe schon gehört, dass reiche Leute vor nichts zurückschrecken, um etwas zu bekommen, was sie unbedingt wollen. Aber sie macht mir gar nicht diesen Eindruck. Außerdem muss sie doch unendlich reich sein. Sie kann sich doch alles kaufen!«

»Das ist kompliziert. Es geht um – möchtest du das wirklich alles wissen?«

»Ja, wenn mein Freund schon in eine höfische Intrige hineingezogen wird, dann möchte ich sehr wohl wissen, worum es geht«, sagte Pauline fest.

»Die Kurfürstin hat nichts damit zu tun. Sie würde so ein Vorgehen niemals dulden. Es geht um die Versöhnung der Protestanten«, sagte Peucer langsam. »Es geht um Sympathien und Parteien, aber letztendlich geht es darum, die streitenden Brüder an einen Tisch zu bekommen, wie es mein Schwiegervater Melanchthon versucht hat. Er ist damit gescheitert. Einfach gesagt: Wir sehen, dass die Protestanten untereinander Haarspalterei betreiben, während die Papstkirche als lachender Dritter Anhänger zurückgewinnt. Die Gläubigen werden verwirrt – und schlimmer noch: Die Fürsten könnten vorgeblich religiöse Gründe anführen, um alte Feindschaften aufflammen zu lassen und Begehrlichkeiten zu befriedigen. Deshalb wollen wir erneut um Toleranz werben.«

»Worin ist man sich denn uneins? Ich gehe nicht so oft in die Kirche. Unterwegs komme ich selten dazu. Deshalb weiß ich wenig darüber, was richtig oder falsch sein soll.«

»Hast du Luthers Bibel gelesen?«

»Ich kann nicht lesen, oder wenigstens nicht gut genug für lange Texte. Wirtshausschilder und Anschläge kann ich verstehen.«

»Aber du glaubst doch daran, dass Jesus für uns gestorben ist, und daran, dass Gottes Gnade allen gilt ohne papistischen Hokuspokus?«

»Natürlich«, sagte Pauline. »Das weiß ich alles. Meine Mutter hat es mir beigebracht, als ich noch klein war. Sie hat mir auch viel aus Herrn Luthers Buch vorgelesen, aber ich erinnere mich nur an die Geschichten. Von religiösen Streitigkeiten weiß ich wenig. Dass die Lutheraner sagen, beim Abendmahl sei Jesu Fleisch und Blut tatsächlich vorhanden. Und die Calvinisten behaupten, es seien nur Zeichen.«

»Und was denkst du?«

»Ich nehme ja selten das Abendmahl, einmal im Jahr vielleicht«, antwortete Pauline vorsichtig. »Ich habe nie etwas anderes als Wein und Brot im Mund geschmeckt. Aber das macht doch nichts. Jesus ist darum nicht weniger für uns gestorben, und ich bin ihm nicht weniger dankbar dafür.«

»Da sieht man es mal wieder«, rief Peucer und hieb mit der flachen Hand auf den Tisch. »Das ist genau das, was ich immer wieder sage: Das einfache Volk glaubt. Und all diese Streitigkeiten um Jesu linken Fußnagel sind nichts als ein Zeitvertreib für Gelehrte. Und sie spielen mit dem Feuer, meine ich. Es ist unseres Herrn Jesu nicht würdig, dass sich seine Anhänger streiten und hacken wie ein Schwarm Saatkrähen um eine tote Maus. Und dass sie einen neuen Götzen aus Papier erschaffen! Und deshalb sagen wir: Lassen wir doch den Katholiken ihre Kerzen, Messgewänder und Stundengebete. Und auch unter den Protestanten, ob ein Pfarrer nun einen Chorrock trägt oder nicht – das sind alles gleichgültige Dinge.«

»Wer ist ›wir‹?«, fragte Pauline hellhörig.

»Wir, das sind die Anhänger Melanchthons – Philipp Melanchthon, der Freund und Nachfolger Luthers. Daher nennt man uns Philippisten. Die von der Gegenpartei nennen sich ›echte‹ Lutheraner, Gnesiolutheraner. Und sie wollen in allen Fragen unbedingte Klärung und Genauigkeit gemäß der Heiligen Schrift. Im Glauben gebe es keine ›gleichgültigen Dinge‹, sagen sie. Mir macht das Angst. Verstehst du mich?«

»O ja, das verstehe ich wohl. Worte kann man so oder so auslegen. Wir können nun mal nicht in den Himmel schauen, und wenn man dennoch darüber streitet, wie Gottes Thron aussieht, dann werden sie sich am Ende die Köpfe einschlagen, weil keiner seins beweisen kann und doch recht behalten will.«

»Liebes Mädchen. Wie du, ein einfaches Kind aus dem Volke, die Dinge so auf den Punkt bringst! Aber dann bist du doch so einfach nicht. Spielleute sind besondere Menschen, das habe ich schon oft bemerkt. Sie betrachten die Welt genau und sind offen für neue Gedanken.«

Pauline lächelte still. Warum waren diese Professoren immer so überrascht, wenn außer ihnen noch einer seinen Verstand zu gebrauchen wusste?

»Ich danke für die freundlichen Worte, Herr Peucer. Doch nun erklärt mir noch, warum das Horn eines Einhorns in dieser Sache hilfreich sein kann.«

Er schob ihr eine Schale mit Pfeffernüssen hin.

»Wie unhöflich, Ich habe dir noch gar nichts angeboten. Möchtest du vielleicht einen Becher Wein?«

Pauline bejahte, und er stand auf, um ihr etwas einzugießen. Es war ein hervorragender Roter, wie sie ihn sich sonst nicht leisten konnte. Sie ließ ihn sich schmecken. Der Affe kletterte hinab und stopfte sich mit Pfeffernüssen voll, eine in jede Wangentasche, zwei oder drei weitere ließ er in seinem Brokatjäckchen verschwinden. So flink war er, man konnte seinen Bewegungen kaum folgen. Der Leibarzt beobachtete ihn gebannt. Doch als er ihn zu streicheln versuchte, fletschte Felix die Zähne. Peucer zog die Hand zurück und ließ das Tier nicht aus den Augen.

»Am kursächsischen Hof haben die ›echten‹ Lutheraner den alten Streit neu angefacht. Unser gnädiger Herr, August von Sachsen, hat bislang keinen bedeutenden Unterschied zwischen einer Theologie im Gefolge Luthers und einer Theologie im Gefolge Melanchthons sehen können. Doch seine Gemahlin, Mutter Anna, ist in Glaubensdingen und auch sonst sehr streng. Sie neigt schon vom Naturell her den Gnesiolutheranern zu. Erschwerend war, dass einer der herausragendsten Männer aus unserem Kreis, der Kanzler Georg Crakov, ihr in die Quere gekommen ist. Er hat ein beim Kaiser beantragtes Verbot der Ausfuhr von Waffen an Schweden verhindert. Es ist nun mal ein einträgliches Geschäft. Die Kurfürstin aber hat es Crakov verübelt, weil Schweden wiederum mit Dänemark im Krieg ist. Das haben sich die Gnesiolutheraner zunutze gemacht, um Mutter Anna gegen uns aufzuhetzen.«

»Ah!«, rief Pauline. »Und Ihr wollt sie mit einem großzügigen Geschenk beschwichtigen.«

»Man hätte gute Aussichten. Sie ist an allem interessiert und hilft ihrem Gatten, seine naturwissenschaftliche Sammlung aufzubauen. So ein Stück für ihn zu bekommen, würde sie sicher sehr freuen. Versteht mich nicht falsch: Ich liebe und achte unsere Fürstin und bin ihr ergeben. Ihr einziger Fehler ist schließlich auch ein Vorteil für das Land: Sie ist zupackend und bestimmend. Man darf ihr nur nicht in die Quere kommen. Wenn es uns aber gelingt, sie für unsere Sache günstig zu stimmen, dann wird es mit dem Herrn keine Not haben.«

»Was ist Euch Eure Sache denn wert?«

Sie begannen zu feilschen. Pauline schwirrte bald der Kopf von den Zahlen, die da durch den Raum flogen, und sie goss sich selbst von dem Wein nach, um von ihrer Verwirrung und Unkenntnis abzulenken.

»Nun gut«, sagte sie schließlich: »Ich merke, Ihr seid ein ehrenwerter Mann und ein guter Christ. Ich will Euch einen Vorschlag zur Güte machen. Einen armen Gefangenen werdet Ihr ja nicht übervorteilen. So schätze ich Euch nicht ein. Ihr sorgt dafür, dass man Jacobus nicht weiter foltert, und legt ein gutes Wort für ihn ein. Was Ihr außerdem noch für das Einhorn zahlen wollt, bestimmt Ihr selbst.«

Überrascht und ein wenig beschämt sah er sie an. Und tat dann, womit sie gerechnet hatte. Er bot eine noch höhere Summe als vorher: »Einhundertfünfzig Goldgulden will ich dir geben. Das ist mehr, als ich mir eigentlich leisten kann. Doch ich hoffe, die anderen von meiner Partei werden mir unter die Arme greifen.« Er warf einen begehrlichen Blick auf Felix. »Du willst nicht vielleicht den Affen draufgeben?«

»Dass Ihr ihn auseinanderschneidet und präpariert? Auf keinen Fall. Einhundertfünfzig also. Und Ihr geht heute noch ins Rathaus! Wann bekomme ich das Geld?«

»Auf das Geld wirst du einen Tag warten müssen. Ich muss es erst auftreiben; solche Summen trage ich nicht bei mir. Aber für die Unversehrtheit von Jacobus werde ich sorgen. Ich ziehe mich um und gehe sofort! Freibekommen kann ich ihn aber nicht.«

»Das weiß ich, und es ist nicht nötig, weil seine Unschuld sich gewiss erweisen wird. Ah«, sie zögerte, »sprecht zu Jacobus nicht von dem Einhorn.«

»Hast du denn überhaupt das Recht, es zu verkaufen, handelst du auch gewiss in seinem Namen?«

»Aber ja«, sagte Pauline. »Er hat mir im Beisein von Zeugen die Schlüssel für sein Gewölbe gegeben und mir seine Geschäfte anvertraut. Da könnt ihr den Marktvogt fragen. Es ist nur so: Ich will ihm selbst beibringen, dass wir es hergeben mussten. Er hängt sehr daran.«

Der Leibarzt betrachtete sie mit leisem Zweifel, doch dann nickte er und streckte ihr die Hand hin, um den Handel zu besiegeln.

Pauline stand auf, und Peucer brachte sie zur Tür.

»Wie geht es der Mutter des kleinen Wirtssohnes? Du wohnst doch bei ihr?«

»Schlecht geht es ihr, weil sie die geforderte Summe nicht aufbringen kann. Sie hat alles versetzt und verkauft, was sie entbehren konnte, überall um Kredit gebettelt. Jetzt hat sie Angst, dass man ihrem Sohn etwas antut, wenn sie nicht zahlen kann.«

»Arme Frau! Wer kann denn da noch helfen? Habt ihr es denn schon bei der Kurfürstin versucht?«

»Bei Anna von Dänemark?« Pauline sah ihn entgeistert an. Das ging doch nicht an!

»Warum denn nicht? Sie ist sparsam, wohl wahr, aber sie ist doch auch eine Mutter. Zehn Kinder hat sie begraben müssen. Und derzeit ist sie ja gerade in Leipzig. Fragt sie. Am besten wäre es, man passt sie morgen früh nach der Morgenandacht ab. Das ist die letzte Gelegenheit. Danach will sie nach Dresden abreisen.«

11.

SECHSTER TAG, SPÄT

Das Tuch tief ins Gesicht gezogen, die Hände in den Ärmeln versteckt, streifte Pauline unschlüssig durch die Straßen. In dieser Aufmachung drehte sich keiner nach ihr um. Ob sie doch spielen könnte, vor einem der Kollegien vielleicht oder vor Auerbachs Keller? Studenten waren ein gutes Publikum, wenn sie auch selten viel zu geben hatten. Aber sie hatten Musikverstand und waren nicht so prüde wie die Bürgersfrauen auf dem Marktplatz. Oder ob sie vielleicht Jacobus' Wunderkammer öffnen sollte und Eintritt nehmen? Nein, lieber nicht. Sonst wurde noch etwas gestohlen, und was würde sie Jacobus dann sagen?

Eine Kinderfrau mit einem kleinen Jungen an der Hand streifte sie und fuhr sie an: »Pass doch auf, Bauerntrampel!«

Der kleine Junge war gekleidet wie ein Ratsherr in Miniatur: kostbare Trikotstrümpfe, eine weite Kniehose, aus der buntes Seidenfutter hervorlugte. Allein die Ärmel, die aus der Pelzschaube ragten, waren ein kleines Vermögen wert. Pauline wich zur Seite und starrte den beiden nach. Das brachte ihre Gedanken wieder auf den kleinen Moritz. Wo konnte der Junge bloß sein? Wer um alles in der Welt entführte denn einen Gastwirtssohn – aus einer einfachen Ausspanne noch dazu –, wenn die Stadt vor reichen Pfeffersäcken nur so strotzte? Und vor Fremden, die niemand so bald vermissen würde. Die Stadt steckte voller Gelegenheiten wie ein Neujahrskuchen voll Rosinen! Warum sich ausgerechnet eine so magere Beute suchen?

Es fing wieder an zu schneien, langsame, dicke Flocken, die auf ihrem Gesicht schmolzen, spinnenhafte kalte Berührungen. Felix haschte danach und sah gebannt zu, wie sie in seiner schwarzen Hand zergingen. Pauline zog die Nase kraus. Das passte zu diesem elenden Jahr: ein elend kalter Winter nach einem nassen Sommer und Herbst. Ob es doch an dem tychonischen Stern lag?

Sie blieb stehen, griff in ihre Gürteltasche und holte ein paar Nüsse für den Affen heraus. Selbst knabberte sie auch ein paar, nur um etwas zu tun zu haben.

Ohne es zu merken, war sie wieder am Neuen Markt angelangt. In einer Nebenstraße kamen ihr zwei Mädchen im gelben Mantel entgegen.

Etwas weiter wurde sie von oben aus einem der Fenster angerufen: »Pauline, Spielfrau!«

Sie schaute hoch und erblickte das frische, runde Gesicht der jungen Hure Kathrin.

Kathrin winkte ihr: »Willst du nicht heraufkommen und dich aufwärmen?«

Das kam gelegen. Pauline ging zur Tür des großen Hauses und drückte die Klinke herunter. Sie trat ein und folgte dem Klang weiblicher Stimmen eine Treppe hinauf. Durch eine offene Tür gelangte sie in einen weiten Raum mit mehreren Tischen, Bänken und bequemen Stühlen, die um einen kunstvoll verzierten Kachelofen herum standen. Teller mit Gebäck, Weinkrüge und gute Zinnbecher waren einladend hingestellt. Ein schwerer Duft von parfümierten Ölen lag im Raum wie eine weiche Decke.

Aus einer Gruppe junger Frauen stand Kathrin auf und streckte die Hände zur Begrüßung aus. »Das ist die Spielfrau, von der ich euch erzählt habe«, stellte sie Pauline ihren Gefährtinnen vor.

Die Fiedlerin fühlte sich umarmt und auf eine Bank gezogen, bekam einen Becher Wein vorgesetzt. Kichernd fütterten die Mädchen den Affen mit Zuckerwerk. Sie waren nicht besonders herausgeputzt, hatten hübsche, aber gewöhnliche Kleider an. Es waren wohl einfache Mädchen von hier, die sich den Beruf weder selbst ausgesucht hatten noch die Raffinesse von Kurtisanen aufwiesen.

»Spiel etwas für uns«, bettelten die Mädchen. »Ja bitte, spiel etwas!«

»Meinst du, du könntest mir ein wenig Unterricht geben?«, bat schüchtern Kathrin. »Johann, ich meine Herr Tuttenhöfer, unser Hurenwirt, vermisst Lotte. Die war unsere Musikantin und wurde von den Kunden oft mit ihrer Laute gebucht, Kunden, die es gern so haben wollten wie ein richtiger Fürst, verstehst du? Und nun will Johann, dass ich ihren Platz übernehme …«

»Kannst du denn überhaupt schon spielen?«, fragte Pauline. Eine Anfängerin einzuweisen, dazu bliebe sie nicht lange genug in der Stadt.

»Ja, aber nicht sehr gut. Vielleicht könntest du mir ein paar Griffe zeigen? Ich kann dich bezahlen.« Es würde ihren Marktwert erhöhen.

»Gut«, willigte Pauline ein. »Ich habe heute Zeit. Jetzt spiele ich erst ein paar Lieder für deine Freundinnen, und dann wollen wir sehen, was mit dir anzufangen ist. Was wollt ihr hören, das Übliche?« Sauflieder, unverschämte Verse von Villon, Tänze, die das Blut wärmen?

»Nein!«, riefen die Mädchen. »Davon hören wir den ganzen Abend mehr als genug. Spiel uns etwas Schönes, etwas zum

Träumen, von Prinzen und Prinzessinnen, Märchen, Liebesgeschichten!«

Pauline holte das Rebec hervor und stimmte es. In schneller Folge spielte sie »Es freit' ein wilder Wassermann«, »Wundergarten der Liebe« und die Ballade vom Ritter Hildebrandt. Die Mädchen nähten oder stickten dabei. Eine steckte einer anderen das Haar auf. Die Jüngste, ein halbes Kind noch, ließ Felix nach der Quaste ihres Gürtels hüpfen und lachte hellauf über die Purzelbäume und komischen Verrenkungen des Tieres.

»Was wird denn hier gegeben?«, schallte eine männliche Stimme dazwischen. »Eine Spielfrau? Du kommst mir gerade recht!« Pauline ließ den Bogen sinken und sah sich um.

»Das ist Johann Tuttenhöfer«, flüsterte Kathrin ihr zu. »Er ist vom Rat bestellt, hier die Geschäfte zu führen.«

Der Hurenwirt war ein feister Kerl mit derben Gesichtszügen und der roten Gesichtsfarbe eines unmäßigen Essers. Er gab sich freundlich, doch seine Stimme verriet Härte und Abgebrühtheit. Er war Pauline so unangenehm, dass es sie kribbelte wie Ungeziefer in der Kleidung.

»Was hast du noch in deinem eingeübten Vorrat? Dieses kindische Zeug können wir hier nicht brauchen. Die Kunden wollen was Anregendes.« Er grinste vielsagend. ›Warum müssen Männer immer dieses Grinsen aufsetzen, wenn sie ans Pimpern denken?‹, dachte Pauline gereizt. ›Sie blecken die Zähne und fangen an zu schielen. Es erinnert mich an den blöden Ausdruck eines rammelnden Katers, als ob sie sich im Handumdrehen von völlig vernünftigen Erwachsenen zu schwachsinnigen Kindern zurückentwickeln. Wie ich dieses Grinsen verabscheue!‹

Nun griff er auch noch nach ihr und zog sie vom Stuhl hoch. »Lass sehen, ein bisschen mager bist du. Herrje! Was hast du denn mit deinem Haar gemacht? Na ja, macht nichts, ich will dir gern ein Kleid leihen, damit man dich anschauen kann. Fünf Groschen vom Abend bis Mitternacht, ein Essen und Wein, so viel du willst. Was sagst du?«

Das war besser als bei Ottilie, aber Pauline verspürte wenig Lust. Sie hatte schon oft in Hurenhäusern gespielt, das war eine Arbeit wie jede andere. Gewöhnlich entschied sie nach Gefühl. Und da war etwas Brutales an diesem Mann, das sie abstieß.

»Danke, ein gutes Angebot, aber ich habe schon eine Abmachung mit dem Goldenen Rad.«

»Eine Ausspanne, Mädchen, bist du einfältig!« Er lachte dröhnend. »Was verdienst du da schon? Da hocken doch nur Kutscher, Schausteller und armselige Hausierer. Bei mir verkehren die Ratsherren und die Kaufleute, die besseren Bürger der Stadt. Wenn deine Künste ihnen gefallen, dann fällt außer meinen Groschen noch einiges mehr für dich ab!«

Er beugte sich so nah zu ihr hin, dass sie die Zwiebeln riechen konnte, die er zu Mittag gegessen, und das Bier, mit dem er sie hinuntergespült hatte. »Du kannst dein Glück machen hier. Eine Frau, die Fiedel spielt, das ist selten und sehr pikant! Komm, Mädchen, lass die schäbige Herberge sausen, schlag ein!«

»Ich überlege es mir«, antwortete Pauline, nur um ihn loszuwerden. »Jetzt habe ich erst mal Kathrin eine Unterrichtsstunde versprochen.«

»Gut. Brav, Kathrin. Wenn du gut genug wirst, bekommst du Lottes Zimmer und ihre Kleider.«

Kathrin, die Paulines Unbehagen bemerkt hatte, lächelte Tuttenhöfer leichthin an. Sie stand auf und bat Pauline, ihr zu folgen. »Dann wollen wir gleich anfangen, nicht wahr?«

Kathrins Zimmer war klein und sauber. Es gab kaum Möbel darin, nur eine Truhe und ein Bett, das fast den ganzen Raum einnahm. Auch hier wieder vermisste Pauline das anheimelnde, süßliche Dekor anderer Bordelle. Das Zimmerchen war schlicht, bis auf ein paar Bänder und Schleifen, mit dem die Inhaberin versucht hatte, es sich hübsch zu machen. Himmel, ein protestantisches Freudenhaus!

Kathrin nahm eine angeschrammte, viel benutzte Laute auf, die an der Kleidertruhe gelehnt hatte. »Die hat Lotte gehört.« Sie schlug einen Akkord an. Der Klang war angenehm tief und voll, wie kollernde Nüsse.

»Lass sehen«, forderte Pauline und nahm der jungen Hure die Laute ab: die Schale aus Eibenspänen, die Decke aus einjähriger Fichte, gleichmäßig gewachsen und mit stehenden Ringen, Hals und Griffbrett aus Ebenholz. Pauline bewunderte die Einlagen aus Bein und die filigrane Rosette des Schalllochs. Das hatte jemand gebaut, der sich darauf verstand. Ein gutes Instrument, das bessere Behandlung verdiente. »Du solltest sie einmal mit gekochtem Leinöl einstreichen, ganz dünn, und dann mit einem weichen Tuch polieren. Das wirkt Wunder!« Sie begann, die Metallsaiten zu stimmen. »Oje! Wie ist denn das passiert?« Ein Wirbel war angebrochen, und die Basssaite fehlte.

»Das muss geschehen sein, als Lotte ermordet wurde. Sie wurde mit der Saite erwürgt.« Kathrins Stimme sank zu einem Flüstern. »Er hat ihr fast vollständig die Kehle durchtrennt damit. Wie geköpft! Es war fürchterlich anzusehen! Johann hat die Saite gereinigt und sie mir gegeben, aber ich habe es nicht fertiggebracht, sie einfach wieder aufzuziehen.«

»Das kann ich verstehen. Gibt es denn keinen Ersatz?«

»Warte, hier …« Kathrin wühlte in der Truhe unter ihren Kleidern und reichte Pauline ein zusammengedrehtes Bündel Metallfäden, doch eine Basssaite war nicht darunter.

»Ich geb dir eine von meinen«, bot Pauline an. »Das wird sich ein wenig merkwürdig anhören, weil Darmsaiten und Metallsaiten unterschiedlich klingen. Metall klingt schärfer und hat einen längeren Nachklang. Hm, mich würde das stören. Was könnte man da tun?« Sie überlegte und rollte sich dabei ein Ende Kupfer um den rechten Zeigefinger. »Wir könnten versuchen, meine Darmsaite mit einem Kupferdraht zu umwickeln. Mal sehen, was das für einen Klang gibt. Es sollte die Ersatzsaite den anderen angleichen.«

Kathrin hielt den gedrehten Darm straff, während Pauline flink den Draht darumspann.

»Du weißt nicht, wer ihr letzter Kunde war, Lottes, meine ich?«

»Nein. Ich glaube, es war einer, den sie schon länger kannte. Ein feiner Herr. Er kam immer während der Messen. Aber wir haben ihn nie richtig gesehen, weil er sich nicht in die Stube unten gesetzt hat, wie es die anderen Männer tun. Er hat sein Gesicht hinter einer schwarzen Maske verborgen und ist immer sofort hoch zu ihr gegangen. Dann hörten wir sie Laute spielen, und dann, nach einer gewissen Zeit, du weißt schon. Er brauchte das wohl.«

»Mhm«, machte Pauline.

»Ach, du hast ja keine Ahnung, was so alles gefragt ist. Und Tuttenhöfer sorgt dafür, dass sie es bekommen. Nur schlagen dürfen die Kunden uns nicht. Das wäre schlecht fürs Geschäft, wenn wir tagelang ausfallen.«

Die Saite war fertig umwickelt. Pauline befestigte sie, so gut es ging, und stimmte sie.

»Ein paar Male kannst du das Instrument noch so benutzen, aber auf Dauer muss ein neuer Wirbel her. Ich kann dir einen schnitzen und bring ihn dir, bevor ich abreise. Mit der Beerdigung wird es wohl nichts?«

»Nein, alles ist hart gefroren. Und die arme Lotte auch.«

Pauline setzte sich neben Kathrin aufs Bett. Sie korrigierte ihre Haltung und ihre Fingerstellung und führte ein paar Griffe vor. Aber die junge Hübschlerin hatte nur mäßiges Geschick und, wie es schien, auch keine Leidenschaft. Sie wollte nur ihr eigentliches Handwerk aufputzen, nicht viel besser als die Flötenhure. Doch Pauline hatte einen heiligen Schrecken bekommen. Ihr schlechtes Gewissen trieb sie an, Kathrin zu lehren, so gut es ging, und ihre Zunge dabei im Zaum zu halten.

So schlugen sie die Laute eine Zeit lang und sangen ein paar Lieder dazu.

»So, das sollte fürs Erste genügen«, brach Pauline den Unterricht schließlich ab. Draußen begann es zu dunkeln. Sie wollte die Jungen an der Kirche nicht warten lassen. »Übe fleißig, was ich dir gezeigt habe. Dann wird es schon passabel werden.«

Es pochte an der Zimmertür, und Tuttenhöfer streckte seinen Kopf hinein.

»Auf, Mädchen, Kundschaft wartet!«

»Ich komme.« Gehorsam stellte Kathrin die Laute an ihren Platz und lief nach unten.

»Nun, Fiedlerin, hast du es dir überlegt?« Der Hurenwirt versperrte Pauline den Weg nach unten.

»Heute kann ich noch nicht. Ich habe Frau Weidemann den Abend fest versprochen.«

»Und was man verspricht, das hält man?« Tuttenhöfers Lachen verriet, was er davon hielt. »Wie du willst. Tagsüber spielst du auf der Straße, nicht wahr? Nun, tags ist bei uns kaum was zu verdienen, aber wenn es dich zu arg friert, dann komm ruhig her. Du bist uns immer willkommen. Wenn du gut genug bist, wer weiß, vielleicht biete ich dir eine feste Stellung für den ganzen Winter an.«

Pauline zögerte. Das war es doch, was sie gesucht hatte. Aber den Platz hatte sie sich anders erträumt. »Gut genug für so ein Haus bin ich schon lange«, sagte sie selbstgewiss – und um keine Brücke abzubrechen: »Ihr seht mich wieder.«

Damit drückte sie sich an dem massigen Kerl vorbei und lief die Treppen hinunter zur Haustür. Aus der Stube erklangen Männerstimmen und Lachsalven, Poltern und das Klopfen eines Humpens, der auf Holz gesetzt wurde.

Auf der untersten Stufe blieb sie stehen und horchte auf. Von weit weg aus dem Keller drang ein leises, metallisches Geräusch an ihr Ohr, ein sich wiederholendes Klappern. Wohin führte diese Tür dort? In einen Vorratskeller sicherlich.

»Ratten«, sagte hinter ihr Tuttenhöfer. »Mistviecher. Sie versuchen, an das Mehl heranzukommen. Das riechen sie durch die Truhenwand hindurch, und dann versuchen sie, das Schloss aufzubekommen. Ich werde gleich mal die Katze hinunterscheuchen, dass die ihre Arbeit tut!«

Noch hatten die Läden offen. Fackeln brannten. Die Gewölbe waren erleuchtet, und im Vorbeigehen erhaschte Pauline Blicke auf Männer, die wogen und feilschten und Waren prüften. Die Buden in den breiteren Straßen schienen einen schwunghaften Handel zu genießen.

»Äppel, Äppel, Borsdorfer Äppel«, rief eine Landfrau, die eine Kiepe auf dem Rücken trug. Um die Waffeltrude hing eine Menschentraube. Der Geruch von süßem Fett stach Pauline in die Nase.

Die beiden Jungen erwarteten sie am Nebeneingang der Kirche.

»Lasst uns hineingehen und aus diesem Wind kommen«, sagte Pauline. Sie folgten ihr ins Innere der Kirche. Die schwere Tür schlug mit einem quietschenden Knall hinter ihnen zu. Der Lärm blieb zurück. Flüsterstille umgab sie wie Weihrauch. Tatsächlich roch es immer noch danach, obwohl hier seit Jahrzehnten keiner mehr abgebrannt wurde. Eine alte Frau machte sich am Altar zu schaffen.

Die Spielfrau und die Straßenkinder setzten sich ans äußere Ende der hintersten Reihe.

»Was willste denn gemacht haben?«, raunte der Wanzenkönig.

»Hört zu. Heute Nacht, zwei Stunden vor Tagesanbruch, wird Ottilie Weidemann ein Bündel an der Hallischen Bastei verstecken. Das wird jemand holen kommen, und es wäre gut, wenn man herausbrächte, wer derjenige ist und wo er hingeht.«

»Das ist das Lösegeld fürs Moritzchen, stimmt's? Sollen wir ihm die Sore abhängen?« Ob sie dem Mann die Beute abjagen sollten?

»Nein, nur das nicht! Er darf euch nicht sehen. Ihr müsst nichts weiter tun, als ihm unauffällig zu folgen, und uns dann sagen, wo er hingegangen ist. Da hoffen wir Moritz zu finden. Tut um Himmels willen nichts, was ihm schaden kann. Keine Heldentaten! Habt ihr das kapiert?«

»Was springt für uns dabei heraus?«, wollte der Wanzenkönig wissen und rieb Daumen und Zeigefinger aneinander.

»Pssst! Ruhe! Ihr seid im Haus Gottes!«, zischte die Alte vom Altar her. »Das ist doch hier keine Wärmstube!«

»Einen Taler für jeden, wenn ihr nachher sagen könnt, wo der Mann hingegangen ist; mehr, wenn uns das zu Moritz führt.«

»Kannst du uns jetzt schon was geben?«, bettelte Stinker. »Wir haben heute noch blau geschnappt.« Sie hatten noch nichts gegessen.

Pauline verteilte Kupferstücke. Die alte Frau warf ihnen wieder einen strengen Blick zu, und sie gingen hinaus auf den Platz, wo der eisige Wind erneut über sie herfiel. Doch die Laternen an den Buden verbreiteten einen anheimelnden gelben Schein, und die Leute schienen sich von der Kälte nicht verdrießen zu lassen. Heißer Gewürzwein verkaufte sich schneller, als die Budenbesitzer ihn auf ihren Stövchen wärmen konnten. Wanzenkönig schielte danach, und die Faust mit den Kreuzern darin zuckte.

»Nichts da!«, mahnte die Spielfrau. »Wenn ihr euch besauft und die Sache vermasselt, dann kriegt ihr größeren Ärger, als ihr euch vorstellen könnt. Behaltet einen klaren Kopf. Heute könnt ihr mal zeigen, dass ihr zu mehr taugt, als die Leute euch zugestehen wollen. Beweist es! Und jetzt geht euch etwas Warmes zu essen kaufen. Geht in die Garküche am Naschmarkt. Da bekommt ihr eine große Portion für euer Geld und von guter Qualität. Wehe, ich rieche nachher Wein in eurem Atem. Dann setzt's was!«

»Hu, die Nettel will uns verbuttern«, spottete Stinker. Eine Frau, die uns verprügeln will! Doch sie zogen die Köpfe ein und trollten sich.

Als Pauline in den Hof der Ausspanne kam, sah sie draußen keine Menschenseele.

Sie blickte sich kurz nach allen Seiten um und bog ab in den Stall.

Hatte sie nicht einen Schimmel wahrgenommen, der dort eingestellt war? Ihr Bogen konnte eine neue Bespannung gebrauchen. Die vorige sah brüchig aus, und sie hatte schon etliche gerissene Haare abschneiden müssen. Die letzte Bespannung hatte sie sich hier und dort zusammengezupft. Reichlich buntscheckig war das Bündel geworden von fuchsrot, gelblich über braun bis schwarz. Sie sah über ihre Schulter nach der Herberge hin und verschwand dann im Dunkel des Pferdestalls.

Grasige Wärme hüllte sie ein, das Schnaufen und Mahlen der Tiere, da und dort ein kurzer Hufschlag im Stroh, Mähnenschütteln. Pauline holte ihr Messerchen hervor. Und richtig, ganz hinten sah sie im schwachen Licht der einzigen Öllampe einen weißen Schweif wischen. Herrlich! Sie schlich sich zu dem Schimmel hin und fasste sacht ein paar lange weiße Haare. Ob sie wohl alles von dem einen Tier nehmen konnte? Genau hundert Haare brauchte sie, und wie gern hätte sie eine rein weiße Bespannung besessen! Doch wenn der Schimmel entstellt war, würde es einen Aufruhr geben, und es wäre nur allzu klar, wo man den Dieb zu suchen hätte.

Vorsichtig säbelte Pauline ein kleines Büschel aus der Mitte. Das Tier reckte seinen Hals und sah sich nach ihr um. Sie trat zurück und betrachtete das Ergebnis. Ach, noch ein paar Haare, das würde schon niemand merken. In diesem Moment fühlte sie sich von hinten gepackt, festgehalten und herumgerissen. Ein feuchter Mund presste sich ungeschickt auf den ihren. Ihr Knie schoss nach oben, ein Schmerzensschrei, und der Angreifer ließ sie los.

Gottlieb! »Was fällt dir ein!«, schrie Pauline und versetzte ihm eine schallende Ohrfeige. »Glaubst du, weil ich bei euch wohne, kannst du dich einfach bedienen?«

Gottlieb richtete sich stöhnend auf, eine Hand immer noch auf sein Gemächt gepresst.

»Aber ich liebe dich«, sagte er mit überkippender Stimme.

Pauline hielt inne und starrte ihn entgeistert an.

»Ach, armer Junge!« Sie nahm ihn beim Arm, führte ihn zu einem Strohballen und drückte ihn darauf nieder. »Ich wollte dir nicht wehtun, ich habe nur so einen Schreck bekommen. Siehst du, ich bin oft allein unterwegs, und die Männer nehmen sich Freiheiten heraus. Da muss ich mich wehren.«

»Du hast Glück, dass ich dich rechtzeitig erkannt habe, sonst …« Sie hielt das Messerchen vor seine Nase. Es war zwar nur klein, konnte aber doch erheblichen Schaden anrichten.

»Oh, Pauline, aber ich dachte, du liebst mich auch. Ich weiß, ich kann dir nicht viel bieten, weil es noch lange dauern wird, bis Mutter mich die Wirtschaft übernehmen lässt. Aber wenn es so weit ist, dann will ich dich auf Rosen betten!«

›O nein, jetzt nicht lachen‹, dachte Pauline. Sie setzte sich neben ihn auf das Stroh und legte ihm freundschaftlich einen Arm um die Schulter. »Schau, Gottlieb. Damit wäre deine Mutter doch niemals einverstanden.«

»Dann geh mit mir fort – irgendwohin.«

»Das täte nicht gut. Ich bin viel älter als du …«

»Nur ein Jahr! Und du bist so schön und so klug. Und hast schon so viel gesehen. Nimm mich mit, Pauline, ich werde dich beschützen und alles tun, was du willst. Ich kann jagen und mich als Knecht verdingen oder auf dem Jahrmarkt gebratene Würste feilhalten. Und nachts am Feuer unterm Sternenschein … Stell dir nur vor, wie schön wir es miteinander haben werden!«

»Ach Gottlieb, du bist ein netter Junge …«

Wütende Tränen stiegen ihm in die Augen. »Ein netter Junge? Du nimmst mich nicht für voll! Warte nur, ich werde dir zeigen, dass ich ein Mann bin!« Und wieder versuchte er ungestüm, nach ihr zu greifen. Sie sanken ins Heu und rauften einen Moment lang, dann gelang es Pauline, sich ihm zu entwinden.

»Lass das, sonst machst du unliebsame Bekanntschaft mit meinem Messerchen. Nun hör mal zu: Du bist ein feiner, wohlgebauter Bursche mit glänzender Zukunft. Vergeude deine Gefühle doch nicht an eine wie mich. Wir passen nicht zusammen, glaub mir. Und du liebst mich auch nicht. Das denkst du nur, weil du in mir die Straße und das Unbekannte spürst. Ich bin anders als die Mädchen, die du kennst, meinst du. Wild. Es lockt dich. Du möchtest Abenteuer erleben. Aber glaub mir, das ist nichts für dich. Warte noch ein bisschen, dann wirst du ein hübsches Mädchen von hier heiraten, das keinen vor dir hatte, das dich liebt und nur dich allein. Ich bin ein Rabenaas, Kleiner. Ich würde dir nur das Herz brechen.«

»Das hast du schon«, murmelte er und befühlte seinen Schambeutel.

»Unsinn. Ich habe dir einen Gefallen getan. Doch eines muss ich dir sagen: Versuch nicht wieder, dich einer Frau roh aufzudrängen. Die meisten sind dir körperlich unterlegen, aber du willst doch keinem Menschen Leid zufügen, und das wäre es, gleich was so geredet wird. Und wenn du eine Ehefrau nimmst, das will ich dir auch sagen, dann hast du zwar die Kraft und auch das Recht, sie zu nehmen, wie und wann's dir passt. Aber dann wirst du keine gute Ehe haben. Frauen haben ihre eigenen Waffen, Tränen und Nörgeln – das wird dir bald sauer werden! Wenn du Liebe willst und ein angenehmes Leben im eigenen Haus, dann wirb mit Zärtlichkeit und Geduld. Du darfst eine Frau nicht so an dich reißen, wie ein Fresssack nach einem Schinken grapscht. Mach es sanft und geschickt. Schleich dich in ihr Herz wie eine Melodie. Reize ihre Begierde mit Zärtlichkeit. Dann wirst du bestimmt Erfolg haben.«

»Gut, aber lass mich dich noch einmal küssen. Diesmal wird es bestimmt schön! Zeig mir, wie man zärtlich ist«, bat er, doch sie wehrte ihn lachend ab.

»Das wird dir schon alles einfallen, wenn du die Richtige triffst. Verdirb es dir nicht. Warte. Freu dich darauf. Zum ersten Mal verliebt zu sein, ist das Schönste, was einem Menschen auf der Welt begegnen kann. Es ist die Seligkeit! Und es passiert nur ein einziges Mal. Verdirb es dir nicht mit billigen Tändeleien.«

Eines der Pferde schnaubte wie zur Bestätigung.

»Wenn du nicht willst …«, sagte Gottlieb seufzte, stand auf und reichte ihr die Hand, um sie hochzuziehen. Sie stand ganz nah bei ihm. Sein Kittel war verrutscht und ließ ein Stück glatten weißen Halsansatz sehen. Pauline roch seinen sauberen Jungmännerduft.

»Was hast du überhaupt hier im Stall gemacht?«, wollte er wissen und zupfte ihr ein paar Strohhalme aus dem Haar. Sie tat ihm den gleichen Dienst.

»Ich habe Schweifhaare für meinen Fiedelbogen gesammelt. Nur hier ein paar und da ein kleines Büschel, das merkt kein Mensch.«

Sie las das Büschel vom Stallboden auf, wo sie es bei ihrem Handgemenge hatte fallen lassen, und zeigte es ihm.

»Also gut, das wird man wirklich kaum merken. Ich verrate dich nicht, wenn du mich auch nicht verrätst.«

»Abgemacht.«

Ottilie schaute misstrauisch von Gottlieb zu Pauline, als diese so kurz hintereinander in die Küche traten. Pauline fuhr sich schuldbewusst mit der Hand durch das Haar, ob sich noch ein Strohhalm dort verfangen hatte.

Es war elend heiß in der Gasthausküche, weil Margot den ganzen Tag über Gänse gebraten hatte, mit Äpfeln und Kastanien gefüllt. Gottlieb setzte sich an den Tisch und aß mit gutem Appetit, aber seine Mutter schob das Essen nur mit dem Messer auf dem Teller herum.

Albertine kam dazu. Ihre Wangen glühten vor Anstrengung, die rappelvolle Gaststube zu bedienen. »Hast du gesehen, Mutter? Ich kann jetzt drei Teller auf einem Arm balancieren und mit dem anderen zwei volle Weinkrüge tragen«, sagte sie stolz.

»Hm«, brummte ihre Mutter, ohne sie anzuschauen. Albertine schossen die Tränen der Enttäuschung in die Augen.

»Du könntest sie ruhig einmal loben. Sie gibt sich solche Mühe«, sagte Gottlieb gereizt.

»Ich hab jetzt wirklich andere Sorgen als Teller und Weinkrüge!«, fuhr Ottilie hoch. »Es tut mir leid, Albertine, aber ich habe keine Kraft übrig für Nettigkeiten. Ich habe genug damit zu tun, zu gehen, zu stehen und einen Atemzug nach dem anderen zu machen. Und daran wird sich nichts ändern, bis ich mein Kind wiederhabe!«

Pauline aß auf der Bank am Ofen, wischte sich die Finger am Rocksaum gründlich ab und begann zu spielen. Und obwohl sie gedacht hatte, dass sie nach all der Unbill dieses Tages heute keine rechte Lust verspüren würde, war sie alsbald so in die

Musik vertieft, dass sie die Gaststube kaum mehr wahrnahm. Ihre Finger flogen nur so über die Saiten, schneller und schneller, der Bogen glitt wie flüssiges Feuer. Tanzlieder, Psalmen, Improvisationen, eine solche Freude lag in ihrem Spiel, dass die Leute aufhörten, zu essen, zu trinken, sich zu unterhalten. Alle Blicke waren auf ihre Fiedel gerichtet. Man klatschte und rief ihr zu. Die Münzen flogen ihr zu Füßen, ein Regen aus Kupfer und Silber. Zwei angetrunkene Hausierer standen auf und tanzten miteinander, schwer und klobig wie kämpfende Bären. Sie rumpelten dabei an Tische und Stühle unter dem gutmütigen Gelächter der Umsitzenden.

Eine Magie lag in der Luft, ein Augenblick, in dem alles gelang, in dem die Welt wie ein Uhrwerk lief. Doch er war nicht von Dauer.

»Frau Weidemann lässt dir ausrichten, du mögest sittsamer spielen.«

Pauline sah überrascht zu Walpurga hoch, die einen halben Kopf größer war als sie selbst. »Was hast du gesagt?«

»Du sollst nicht so wild spielen, sagt die Frau Wirtin! Und wie kannst du überhaupt so fröhlich sein in einem Haus, auf dem so ein großer Kummer liegt? Hast du denn gar kein Mitgefühl?«

Paulines Augen waren dunkel, beinahe violett. Ihr Blick traf den bräunlichgrünen der neuen Schankmagd.

»Es tut mir leid«, antwortete die Spielfrau langsam. »So geht es mir oft mit der Musik. Sie packt mich und reißt mich fort. Dann vergesse ich alles um mich herum, Not, Hunger, Schmähungen, ja sogar den Kummer der anderen. Eine Welt tut sich auf vor mir, tiefer als die wirkliche Welt, voller glühender Farben, von einem solchen Reichtum an Klängen und Tönen. Es ist mir, als ob ich nur dann richtig am Leben bin, wenn ich spiele.«

Walpurga schaute Pauline an, senkte den Blick, wandte sich ab und lief davon. Den Rest der Nacht sprach sie kein einziges Wort mehr mit der Spielfrau, nicht einmal, um sie zu schmähen. Sie rannte mit den Schüsseln und Krügen und arbeitete wie eine Besessene.

»Was hast du denn der Neuen an den Kopf geworfen?«, erkundigte sich Albertine später. »Sie hat geweint, nachdem ihr gesprochen habt. Ich finde es nur angemessen, dass du dich endlich einmal gegen sie wehrst, so überheblich und unfreundlich, wie sie immer zu dir ist.«

»Aber ich habe kein böses Wort gesagt«, wunderte sich Pauline. »Wir haben doch nur von Musik gesprochen.«

In der Küche ließen sie den Kachelofen ausgehen. Die Hausgäste verschwanden einer nach dem anderen in ihrer Schlafkammer. Den letzten Trunkenbold schob Lukas hinaus. »Geh nach Hause, Alter. Wir schließen.«

»Einen Wein noch, einen auf den Weg«, lallte der Betrunkene.

»Ich bringe ihn besser zu seinem Haus, es ist ja nicht weit«, sagte Lukas und zog den Mann aus der Bank. »Nicht dass er noch auf dem Weg einschläft und erfriert.« Die Tür zum Hof fiel hinter ihnen zu. Ottilie lauschte auf das Schlagwerk vom Rathausturm.

»Bald ist es so weit.«

Auf der Ofenbank lag ein Gegenstand von der Größe eines Kohlkopfes, in mehrere Lagen Stoffe gehüllt und verschnürt. Das musste das Lösegeld sein: 350 Goldgulden, ein schöner Batzen. Wie viele Jahre man davon bequem leben könnte! Pauline wandte den Blick rasch ab. Sie sollten nicht denken, dass sie Absichten darauf hatte.

»Was nun, Mutter?«, fragte Gottlieb. »Willst du wirklich allein dort hingehen? Ich bin dagegen. Lass mich mitkommen, oder warte wenigstens, bis Lukas zurück ist.«

»Niemand kann billig verlangen, dass du in der Nacht allein hinausgehst.« Pauline hatte ihr Instrument in Jacobus' Kammer gebracht und war wieder heruntergekommen. »Du willst ihnen wirklich die unvollständige Summe bringen? Willst du nicht doch lieber bis morgen warten? Vielleicht streckt die Kurfürstin dir das fehlende Geld tatsächlich vor.«

»Es muss heute sein«, sagte Ottilie. »Die Nachricht war eindeutig. Was, wenn ich sie verärgere, weil sie umsonst warten müssen? Wenn sie es dann an Moritz auslassen! Nein, nein, ich habe einen Brief dazu geschrieben und meine Lage erklärt, dass ich alles gegeben habe, was ich auftreiben konnte. Ach lieber Gott, wir sind so gut wie ruiniert. Wovon ich Vorräte, Holz und Futtermittel bezahlen soll, weiß der Himmel. Nun, vielleicht gibt man uns Kredit. Sie kennen uns ja lange genug. Wenn ich nur meinen Moritz wiederhabe!«

»Und hast du die Wachen verständigt?«

»Nein, das hat sie nicht«, sagte Gottlieb ärgerlich. »Ich verstehe nicht, warum. Du sagst, wir sind ruiniert, Mutter. Und dann wirfst du das ganze Geld einfach fort, ohne irgendeine Sicherheit. Wer sagt denn, dass sie das Gold nicht nehmen und …«

»Schweig, sei still!«, schrie Ottilie. »Ich will es nicht hören!«

Gottlieb schüttelte den Kopf. »Du bist unvernünftig, Mutter.«

»Das Wirtshaus steht ja noch. Du brauchst dir um dein Erbe keine Sorge zu machen«, gab Ottilie zurück. Gottlieb zuckte zusammen, als hätte sie ihn geschlagen. Weiß im Gesicht und mit zusammengepressten Lippen stürmte er davon. Er würde im Stall schlafen wie so oft, wenn er sich über seine Mutter geärgert hatte.

»Das hättest du nicht sagen sollen«, flüsterte Albertine. »Er meint es doch gut. Er hat seinen Bruder doch auch lieb.«

»Niemand hat ihn so lieb wie ich!«, rief Ottilie heftig. »Er ist mein Herz! Mein liebstes Kind! Nach ihm werde ich nie wieder eines haben. Wenn ihm etwas zustößt, nicht auszudenken! Er ist doch noch so klein und hilflos.«

»Lass mich mitkommen«, bot Pauline an. »Mich empfinden die Erpresser sicher nicht als Gefahr.«

Die Wirtin nahm den Packen auf und verbarg ihn unter ihrem Mantel.

»Von mir aus komm. Es ist Zeit.«

Ottilie und Pauline hüllten sich in Mantel und Tuch, bis kaum noch etwas von ihnen zu erkennen war. So stapften sie in den Hof hinaus.

»Ich begleite euch!« Lukas hatte am Stall auf die Frauen gewartet.

»Aber verhalte dich still«, antwortete Ottilie.

»Soll ich das nicht nehmen?« Er streckte die Arme nach dem schweren Paket aus, das Ottilie unter dem Umhang trug.

»Nein!«, rief sie heftig und drehte sich halb fort von ihm.

Lukas zuckte die Achseln. Er griff nach der Laterne, die an einem Haken hing, nahm sie herunter und leuchtete auf den Weg. Die Frauen folgten ihm schweigend. Felix sprang von Paulines Schulter und verschwand in einem Toreingang, kam aber rasch zurück und verkroch sich zitternd unter ihrem Mantel.

Irgendwo fauchte eine Katze. Von fern war der Nachtwächter zu hören, der den Hausmann auf Sankt Niklas anrief.

Dunkelheit drang auf die kleine Gruppe ein, groß und weit, eine Stille, die ihnen in den Ohren rauschte. Harsch knirschte unter ihren Schuhen. Dicht aneinandergedrängt liefen sie dem Ostende der Straße zu, wo die Via Regia durch das Festungswerk unterbrochen worden war. Ottilie ging gebeugt mit dem schweren Bündel unter dem Mantel. Das Schlagwerk am Markt rasselte und begann sein bronzenes Klöppeln. Ottilie drängte sich an dem Stallknecht vorbei und ging schneller.

Sie bogen um die Ecke der Vogtei. Dunkel und massig erhob sich vor ihnen die Bastion, von der aus im Kriegsfall das Umland mit Kanonenfeuer bestrichen werden konnte. Oben war alles still. Die Kasematten waren leer und verriegelt. Es war Frieden. Feuchte Ziegel und aufgeschüttetes Erdreich verströmten einen muffigen Geruch.

»Da ist ein Sims an der abgewandten Flanke, darauf soll ich mein Bündel legen«, wisperte Ottilie. Lukas machte einen Schritt in die bezeichnete Richtung, doch Ottilie sah sich ängstlich um. »Lukas, du bleibst hier. Bleibt zurück, alle! Ich will sie nicht aufbringen.« Es war, als ob sie von Dämonen flüsterte.

Ottilie verwickelte sich im nassen Saum ihrer weiten Röcke und fiel. Die Bürde entglitt ihr und schlug dumpf auf die Pflastersteine. Pauline wollte sich danach bücken, doch die Wirtin war schneller. Mit einem Aufschrei rappelte sie sich hoch, stürzte sich auf das Bündel und drückte es an sich.

»Nicht so hastig. Es wird Moritz nichts nützen, wenn du dir den Hals brichst«, flüsterte Pauline und hielt ihr eine Hand entgegen.

Ottilie zog sich daran hoch und tastete sich langsam an der Mauer entlang, bis sie um eine Ecke bog und der Schatten sie verschluckte. Lukas' Hand lag auf dem Messer an seinem Gürtel. Pauline schauerte unter ihrem dünnen Umhang zusammen. Von oben pfiff ein scharfer Wind vom Land her und riss an ihrem Schultertuch. Unter dem Vorwand, es zurechtzuzerren, schaute sie sich aufmerksam um, doch kein Mensch war zu sehen, auch nicht die Kinder. Ein Fensterladen klapperte irgendwo, flog auf und zu und wieder auf. Ansonsten war es so still, dass sie Lukas neben sich atmen hörte und ihr eigenes Herz klopfen. Der Nachtwächter musste zu dieser Zeit am anderen Ende der Stadt sein. Wer immer das hier ersonnen hatte, kannte sich gut aus mit den Abläufen.

Ottilie kam zurück. »Es ist getan. Jetzt müssen sie mir mein Kind zurückgeben. Das müssen sie doch, oder nicht? Das müssen sie doch einsehen, dass ich nicht mehr zusammenbringen kann«, sagte sie leise und dann lauter, flehentlich: »Das ist alles, was ich habe! Jetzt tut euren Teil und lasst mein Kind frei! Hört ihr! Lasst ihn gehen, er ist doch nur ein unschuldiges kleines Kind!« Sie fing an zu schluchzen und sie schwankte.

Lukas legte einen Arm um sie, drückte sie an sich und zog sie mit sich. Sie ließ es geschehen.

Pauline folgte. ›Verhaltet euch still! Lasst euch nicht blicken‹, sandte sie ein wortloses Stoßgebet an die beiden Straßenjungen, die irgendwo nahebei zitternd in irgendeinem Loch hocken mussten.

Ottilie drehte sich noch einmal um und rief: »Gebt ihn frei, ich flehe euch an im Namen Jesu, habt Erbarmen!« Ihre Stimme verklang tonlos und flach in der Kälte. »Moritz!« Dann ließ sie sich endlich fortführen.

Kurz vor der Herberge blieb Lukas mit einem Mal stehen und betastete seinen Gürtel.

»Was ist?«, fragte Ottilie.

»Ich habe mein Messer verloren. Das Messer, das du mir voriges Jahr geschenkt hast. Geht ihr schon hinein, ich gehe zurück und suche es. Hier, nimm die Lampe.«

»Nimm du sie. Wir sind ja schon fast da«, sagte Ottilie, doch er drängte ihr die Laterne auf.

»Ich brauche sie nicht. Geht nur schon hinein. Ich komme bald nach.«

»Lukas, geh nicht dorthin! Versprich mir das! Du darfst nichts tun, um mein Kind zu gefährden.«

»Ich verspreche es. Mach dir keine Sorgen, ich habe es sicher ganz hier in der Nähe verloren. Es ist mir, als sei es mir an der Ritterstraße leichter am Gürtel geworden. Ich bin gleich wieder zurück.«

Pauline musterte ihn unter halb gesenkten Lidern. Was hatte er vor? Man verliert doch ein so schweres Messer nicht, ohne dass man es gleich merkt, geschweige denn auf dem Pflaster aufschlagen hört.

Familie und Gesinde standen um den Kachelofen versammelt, als sie in die Stube traten. Nur Gottlieb war nicht dabei.

»Wie ist es gegangen, Mutter? Hast du jemanden gesehen?«, fragte Albertine. »Haben sie das Geld geholt?«

»Keine Nachricht von Moritz?«, wollten die anderen wissen.

»Meinst du, es waren Fremde, oder kamen sie aus der Stadt?«

»Es hat sich keiner blicken lassen. Sicher haben sie gewartet, bis wir fort waren«, erklärte Pauline. Ottilie hatte sich zur Ofenbank führen lassen. Der Becher Wein, den Margot ihr gebracht hatte, drohte ihren steif gefrorenen Händen zu entgleiten.

»Beten wir zum Herrn, dass er das Herz dieser gemeinen Menschen rührt«, schlug Walpurga vor, und sie beteten.

»Geht ihr nur alle zu Bett«, bat Ottilie. »Ich bleibe noch ein wenig hier sitzen. Du auch, Margot. Geh, geh! Auf deinen Brotteig gebe ich acht. Ich kann ja doch nicht schlafen.«

Pauline ging mit Anna die Treppe hoch und bog im ersten Stock zu Jacobus' Kammer ab. Walpurga sah ihnen sehnsüchtig hinterher, ehe sie sich auf den Weg in die Dachstube machte.

»Was ist denn bloß mit Walpurga los?«, sagte Anna spöttisch. »Keine Anschuldigungen, kein Abwehrzeichen gegen dich. Sie ist ja richtig milde geworden.«

»Ein paar Nächte ganz allein in der eisigen Kammer da oben haben sie wohl den Wert menschlicher Gesellschaft gelehrt. Wenn du wieder zu ihr nach oben ziehst, wird sie dich mehr zu schätzen wissen.«

»Das wäre schön«, gab Anna zurück. »Ich hab ja nichts gegen sie. Sie muss halt begreifen: Ich bin immer noch die erste Magd, und sie ist die zweite, Alter hin oder her. Hier, willst du was?« Sie hielt Pauline ein Stück Gewürzkuchen hin. »Solche

Aufregungen machen mich hungrig. Und mit vollem Magen schläft man besser ein, findest du nicht?«

Anna stieg ins Bett, wie sie war, gerade dass sie sich die Schuhe abstreifte. Pauline wusch sich hastig, löschte das Licht und kroch unter die Decken. Felix rollte sich am Fußende zusammen. Die Kohlenpfanne gab ein schwaches rötliches Leuchten ab, das sich an der niedrigen Decke spiegelte.

»Ach, ich hoffe so sehr, dass alles gut geht und sie den Kleinen freigeben«, sagte Anna.

»Ich auch«, antwortete Pauline mit vollem Mund.

»Jeder hier hat Moritz gern, auch wenn er ein verflixter kleiner Halunke ist. Hast du Kinder?«, fragte Anna.

»Ich hatte eines. Es ist tot.«

»Das tut mir leid. Na ja, ich hab Ottilie schon gesagt, dass da so was ist. Du hast so eine Art, Kinder anzuschauen.«

»Was du alles gesehen haben willst!«

Anna schwieg und kaute eine Weile geräuschvoll. Dann saugte sie sich die Reste aus den Zähnen und fing wieder an: »Du bist ja noch jung. Du wirst noch viele Kinder haben, und mit Glück werden auch ein paar von ihnen erwachsen. Willst du denn heiraten, einen Spielmann vielleicht?«

»Ich weiß nicht. Mal sehen, was sich ergibt.«

Anna gab ihr von der Seite her einen Knuff. »Besser wär's schon. Du willst doch nicht, dass deine Kinder auch Bastarde werden. Oder stimmt es, dass ihr Fahrenden Kräuter besitzt, mit denen man unerwünschte Schwangerschaften verhindern kann?«

»Was redest du da? Das wirst du doch nicht glauben. So etwas gibt es nicht, ganz gleich, was die Kräuterweiber empfehlen. Da hilft nur eine Walnuss.«

»Eine Walnuss?«

»Ja, du musst sie ganz fest zwischen die Knie klemmen.«

»Und das hilft?«

»Ja sicher, solange du sie dort behältst.«

»Ach so!« Anna brach in Gekicher aus.

»Weißt du, was? Du musst mir versprechen, es nicht zu verraten: Gottlieb hat versucht, mich zu küssen.«

Anna lachte leise auf. »Das wundert mich nicht. Er macht dir ja Kuhaugen, seitdem du ins Haus gekommen bist.«

Pauline hörte Schritte im Hof, die jedoch nicht zum Haupthaus gingen. Das musste wohl Lukas sein auf dem Weg in den Stall. Er hatte ja reichlich lange gebraucht zur Ritterstraße und zurück.

»Anscheinend bildet er sich ein, er liebt mich unsterblich. Er hat mir mehr oder weniger die Ehe angeboten, als ich mich nicht so einfach habe ins Stroh legen lassen.«

»Und du hast nicht Ja gesagt? Eine so gute Partie?«

»Bist du verrückt? Soll ich mich etwa mit so einem Milchbart einlassen? Und selbst wenn er es durchsetzen würde – Ottilie würde mir das Leben zur Hölle machen.«

»Das würde sie! Sie hat ja jetzt schon Angst davor, was wird, wenn Gottlieb einmal heiratet. Dann darf sie die Schlüssel an eine Junge abgeben und ist von der Gnade ihres Herrn Sohnes abhängig. Nicht dass Gottlieb seine Mutter nicht anständig behandeln würde. Aber sie hat eben ihren Stolz.«

»Der Junge hat es nicht leicht mit seiner Mutter.«

»Das ist schon wahr. Ottilie misstraut ihm – zu Unrecht, das kannst du glauben. Aber sie sieht es nicht. Gottlieb war seines Vaters Sohn. Die beiden standen sich sehr nah, so nah, wie es selten ist zwischen Vater und Sohn. Nachdem der Vater gestorben ist, meinte Gottlieb, seinen Part im Haus übernehmen zu müssen.«

»Und genau das nimmt Ottilie ihm übel.«

»Ja, leider. Ich wäre froh, wenn ich einen so tüchtigen Sohn bei mir hätte.«

»Der Junge scheint sich gut mit dem Stallknecht zu verstehen.«

»Lukas? Ja«, sagte Anna nachdenklich. »Wenn etwas ist, geht er zu Lukas in den Stall und nicht zu seiner Mutter.«

»Und das gefällt ihr wahrscheinlich noch viel weniger«, murmelte Pauline. »Weiß sie eigentlich, dass der Stallknecht in sie verschossen ist?«

Anna lachte leise: »Jeder weiß das, nur Ottilie nicht. Ich glaube, damals, als ihr Mann gestorben ist, da hat er sich Hoffnungen gemacht. Aber er hat sich wohl zurückgehalten, aus Taktgefühl der Witwe gegenüber. Und na, dann war der richtige Zeitpunkt irgendwie vorbei.«

»Schade. Sie würden zueinander passen, denke ich. Und Gottlieb hätte nichts dagegen.«

Sie waren schon beinahe eingeschlafen, da riss ein plötzlicher Lärm sie hoch. Fäuste hämmerten gegen die Eingangstür, Männerstimmen, der Klang von Eisen, Fackelschein im Hof.

»Nachtwache! Öffnet die Tür!«

»Einen Augenblick, ihr Herren, ich komme ja schon«, hörten sie Ottilie rufen. »Macht doch nicht so einen Lärm, ihr weckt mir ja die Gäste auf!«

Anna sprang auf und lief auf Strümpfen zum Fenster. Sie öffnete es, weil sie durch die dicken grünlichen Butzenscheiben nichts erkennen konnte, und beugte sich über das Sims.

»Der Nachtwächter und seine Häscher sind es«, rief sie aufgeregt. Sie haben zwei Kinder gebracht, zwei kleine Jungen! Moritz! Ach lieber Gott, es ist Moritz! Moritz ist wieder da, und den kleinen Daniel haben sie auch dabei! Komm!«

Sie angelte am Bett nach ihren Holzpantinen und schlüpfte hinein. So schnell, wie es ihre alten Glieder erlaubten, hüpfte und hinkte sie aus der Kammer. Pauline schlug die Decke zurück, zog sich Rock, Kittel und Schuhe an und rannte hinter ihr her. Barmherziger! Konnte das denn wahr sein? Hatte man die Jungen freigelassen? So rasch? Was für ein Glück! Nie und nimmer hatte sie damit gerechnet. So sehr freute sie sich, dass ihr Herz einen Trommelwirbel schlug. Sie konnte es kaum fassen, dass doch einmal etwas so glücklich enden sollte. Gab es tatsächlich Wunder auf dieser Welt? Sie tastete sich hastig zur Treppe vor und polterte hinter Anna die Stufen hinunter. Verschlafen blinzelte sie in das Halbdunkel der Schankstube.

Und da stand Ottilie, mitten in der Schankstube, um sie herum eine Gruppe Bewaffneter und der Nachtwächter mit seiner Laterne. Inmitten des Kreises aber standen tatsächlich zwei Kinder, halbwüchsige Jungen. Die Gesichter konnte sie nicht gleich erkennen. Sie waren von den Leibern der Erwachsenen verdeckt. Schmutziges Wasser und Schneematsch bildeten kleine Lachen um die Stiefel der Wachleute. Die Kinder schienen zu frieren. Sie standen aneinandergedrängt und gebeugt, die Köpfe gesenkt. Eisstückchen perlten von ihnen ab und schlugen mit feinem Klirren auf die Dielen. Aber warum versorgte man sie denn nicht? Warum herzte und küsste man sie nicht, hüllte sie in Decken, gab ihnen etwas Heißes zu trinken?

Sie waren zu groß, diese Jungen, älter als Moritz und viel älter als der kleine Daniel. Wie alt war er noch, fünf? Und blond – sie erinnerte sich an den kleinen Engel, der so schlecht gesungen hatte in der Salet'schen guten Stube. Diese hier hatten beide dunkleres Haar, struppig und verfilzt. Nein, Daniel war das nicht. Und auch Moritz konnte es nicht sein. Ottilies Arme hingen herab, statt dass sie ihren Sohn an sich drückte.

Pauline ahnte es, noch ehe sie ihre Gesichter sah: Stinker und der Wanzenkönig.

»Sie behaupten, in Eurem Auftrag gehandelt zu haben, Frau Weidemann!«

»In meinem ...!« Ottilie hörte die Bewegung auf der Treppe und wandte sich um. Ihr Blick fand den von Pauline. Die Spielfrau hob die Hände. Die Wirtin verstand. »Ja, das ist richtig«, bestätigte sie. »Sie sollten denjenigen verfolgen, der das Lösegeld für meinen Sohn abgeholt hat. Ich sehe, es ist misslungen.«

»Daran sind aber nur diese ganzschattnigen Arschgesichter schuld«, rief der Wanzenkönig empört. »Hätten bloß diese tofelmanischen Didel blau betune gemacht, dann hätten wir den Wipper festgenagelt! Au, lass mich los, Flötenfetzer!« Wären die verrückten Narren nicht so voreilig gewesen, dann hätten sie den Betrüger gehabt.

Einer der Häscher gab dem Jungen eine klatschende Ohrfeige. »Werd ja nicht unverschämt, Bürschchen! Wenn solche wie ihr nachts durch die Straßen rennen, was soll man denn da denken?«

»Das konnten wir ja nicht ahnen, dass Ihr, statt die Stadtwache zur Hilfe zu rufen, es vorzieht, dieses Gesindel für Euch arbeiten zu lassen«, sagte der Nachtwächter vorwurfsvoll. »Hättet Ihr uns doch nur eingeweiht! Und was habt Ihr denn gedacht, dass diese Rotzgören ausrichten könnten? Seid Ihr denn von allen guten Geistern verlassen, Frau Weidemann?«

»Das war mein Einfall!«, rief Pauline von der Treppe her. Ja, und darüber sprechen wir noch, schien Ottilies Blick zu besagen. »Sie wären ja weniger aufgefallen als erwachsene Männer, noch dazu in Rüstung. Nehmt's mir nicht übel, Ihr Herren, aber Euch hätten die Entführer doch gleich bemerkt. Wir haben gehofft, dass die Kinder ihnen unauffällig zu ihrem Schlupfwinkel folgen können.«

»Ja, wir ham ihm nachgespannt. Das hätt auch fast hingehauen. Nur die Sensschucker ham's vermasselt«, bekräftigte Stinker. Die Ratsspäher hätten alles verdorben.

»Wie hat er denn ausgesehen?«, fragte Nachtwächter, ohne auf die Vorwürfe einzugehen. »Und wo ist er hin? Und sprecht gefälligst anständiges Sächsisch und nicht dieses Gaunerwelsch. Das kann ja kein ehrlicher Mensch verstehen.«

»Wir haben sein Gesicht nicht erkennen können. Er hat doch eine Maske aufgehabt«, rief der Wanzenkönig. »Fett ist er gewesen und langsam mit den Füchsen, die er hat tragen müssen! Geschnauft hat er schon, und wir hätten ihn gleich gehabt, den Brenner. Ein gewöhnlicher Ganeff war das nicht.« Das Gold sei schwer gewesen. Sie hätten den Erpresser fast eingeholt.

»Kein gewöhnlicher Dieb? Woher willst du denn das wissen?«, fuhr einer der Männer den Jungen an.

»Na, so wie er gelaufen ist eben.« Wanzenkönig äffte den Mann nach, den sie verfolgt hatten. Er machte sich krumm, zog die Schultern hoch und sah ängstlich nach hinten. »Bomsig war er. Wenn ein Kunde sich so anstellen würde, dann wär er bald alle.« Einen Gauner, der sich so ungeschickt anstellte, würde man bald erwischen und einsperren.

»Ach was!« Die Männer taten die Vermutungen eines Straßenkindes leichthin ab.

»Er wird schon wissen, wie das ist, Angst zu haben und verfolgt zu werden«, bemerkte Pauline. ›Ein ängstlicher fetter Bürger, der keine Erfahrung in solchen Dingen hat. Das passt zu den nachgeäfften Gaunerzinken. Wer weiß, durch welchen Zufall die Kinder ihm in die Hände geraten sind. Es macht alles einen stümperhaften Eindruck.‹

»Er ist aus der kleinen Gasse an der Stadtmauer gekommen, und da ist er auch wieder hinein. Dann hat er einen Durchfahrthof genommen und ist an der Niklaskirche wieder raus«, berichtete Stinker aufgeregt. »Rattenscheiß!« Wütend ob des Missgeschicks stampfte er mit dem Fuß auf.

»Na, na«, mahnte einer der Häscher. »Benimm dich, Bursche! Versuchst du uns da nicht ein Märchen aufzutischen?« Und zu Ottilie: »An der Niklaskirche sind uns diese zwei in die Arme gerannt. Aber sonst haben wir keinen gesehen.«

»Weil ihr euch durch die Weinstuben pichelt. Um die Zeit habt ihr sie schon alle abgeklappert, das geht auf die Gucker«, murrte Stinker leise.

»Wenn es auch so kalt ist«, fing einer der Häscher an und bekam von seinem Hauptmann einen Tritt vor das Schienbein dafür.

»Diese Gören haben nachts in der Stadt nichts zu suchen«, warf einer der anderen Männer ein. »Wir konnten ja nicht anders denken, als dass sie von irgendeiner Gaunerei fortlaufen. Wer kann denn wissen, dass ausgerechnet diese zwei sich nützlich machen wollen. Was machen wir jetzt mit ihnen?«

»Ich hätte Lust, sie eine Nacht einzusperren wegen Herumtreiberei«, sagte der Nachtwächter, der die Bemerkung mit den Weinstuben übelnahm.

»Das haben sie nicht verdient. Sie haben doch nur zu helfen versucht! Sag du etwas«, bat Pauline die Wirtin.

»Lasst sie laufen. Von mir aus können sie in unserem Stall übernachten. Es ist schon spät, und draußen ist es so kalt«, sagte Ottilie. »Aber morgen seid ihr verschwunden. Habt ihr verstanden?«

»Und was ist mit unserem Taler?«, fragte Stinker. »Es ist ja nicht unsere Schuld, dass diese Blechköppe uns aufgehalten haben.«

»Was für ein Taler?«, wandte sich Ottilie an die Spielfrau. »Hast du ihnen etwa mein Geld versprochen?«

»Das können die Damen wohl untereinander klären«, grinste der Nachtwächter ein wenig schadenfroh. »Wir müssen unsere Runde wiederaufnehmen. Aber ich muss den Vorfall im Rathaus melden. Ich muss Euch bitten, Frau Weidemann, dass Ihr morgen früh dorthin geht und Eure Aussage macht.«

Margot war in die Küche gegangen und kam zurück mit zwei Schalen heißer Milch und Brot für die Jungen. »Sie müssen gemacht haben die Lauer stundenlang. Das verdient mindestens etwas zu essen«, sagte sie vorwurfsvoll zu Ottilie, »statt dass man sie verhört. Sie sind nass und haben kalt!«

»Sicher. Albertine, schau doch einmal in der Lumpenkiste nach, was wir an alten Decken haben«, wandte die Wirtin sich an ihre Tochter. Und noch immer verärgert an Pauline: »Was fällt dir ein, Gauklerin, sie hinter meinem Rücken zu beauftragen! Hatte ich nicht ganz deutlich gesagt, dass ich sie nicht dabeihaben will?«

»Wir hätten ihn doch fast gehabt«, verteidigte sich Stinker.

»Du hältst dich da raus«, befahl ihm Ottilie. »Aber ich will zugeben, dass es eigentlich ein guter Einfall war. Wenn er nur nicht gemerkt hat, dass sie ihm gefolgt sind!«

»Das hat er bestimmt nicht!«, rief Wanzenkönig kauend. »So jondeftig wähnen wir blau.« So unerfahren seien sie nun wirklich nicht.

»Das helfe Gott!«

»Aber wir wissen nun, dass die Entführer und wahrscheinlich auch die Kinder sich im Grimmai'schen Viertel befinden. Und dass sie keine gelernten Diebe und Betrüger sind.«

»Und ist das gut oder schlecht?«

Wer kann das wissen?, dachte Pauline. Es ist möglich, dass sie aus Angst und Unerfahrenheit Fehler machen zum Schaden der Kinder. Andererseits sind sie nicht so abgebrüht.

»Vielleicht haben sie ein weicheres Herz als gewöhnliche Verbrecher.«

Ottilie atmete auf. »So darf ich also hoffen! – Und diesen Strolchen soll ich jetzt auch noch Geld geben?«, fragte sie wütend gleich mit dem nächsten Atemzug.

»Du könntest dein Geld schlechter anlegen«, sagte Pauline. »Was mich betrifft, so denke ich, dass sie dir mehr nützen können als dieser trampelnde Esel von einem Nachtwächter und seine Horde von Säufern und Schlagetots.«

Der Wanzenkönig grinste.

»Ach, welche entsetzliche Enttäuschung für die arme Frau Weidemann«, sagte Anna, als sie wieder oben in Jacobus' Bett lagen.

»Ich habe nicht damit gerechnet, dass wir Moritz so schnell wiedersehen«, antwortete Pauline. »Sie werden den Rest von dem Geld auch noch haben wollen.«

»Aber Ottilie kann doch nicht mehr aufbringen!«

»Das glauben sie nicht. Das glauben solche Leute nie. Und es ist gut für Moritz, dass sie so gierig sind.«

»Du glaubst, dass sie …«

»Sag nichts zu Ottilie. Aber wenn ich vorher Hoffnung hatte, so bin ich mir jetzt sicher, dass wir Moritz nicht wiedersehen, wenn wir ihn nicht selbst finden, und zwar rasch!«

Die Strohfüllung der Matratze knisterte, als Anna sich zu Pauline hindrehte. »Oh, lieber Jesus, wie kannst du das sagen, wie kannst du so etwas wissen? Was kennst du nur für Menschen?«

»Ich habe schon einiges erlebt«, sagte Pauline und fühlte sich alt für ihre siebzehn Jahre. »Die berufsmäßigen Erpresser und Betrüger geben die Kinder immer zurück, denn sie würden sich ja das eigene Geschäft verderben, wenn sie es nicht täten. Wer würde dann noch zahlen, wenn sich so etwas herumspricht? Wenn es aber ein Bürger dieser Stadt ist, dann haben die Jungen ihn möglicherweise erkannt. Und dann, begreifst du, dann kann er sie unmöglich am Leben lassen.«

»Das scheint Franz Salet auch zu glauben«, murmelte Anna.

Jetzt war es an Pauline, überrascht den Kopf auf dem Kissen zu wenden. »Wie?«

Annas Augen schimmerten feucht.

»Hast du es nicht gehört? Es geht das Gerücht, dass er sich weigert zu zahlen.«

12. IN DER MEHLKISTE

Er hatte keine Tränen mehr. Der Durst war so übermächtig, dass er an nichts anderes mehr denken konnte. Zuerst hatte er die Stunden gezählt und auf die Schritte gelauscht, die Brot und Wasser hätten ankündigen sollen und eine kurze Befreiung aus dem Gefängnis der engen Kiste. Als sie nicht kamen und der Hunger an ihm zu nagen begann, hatte er den Mehlstaub zusammengekratzt, der sich in den Ecken der Kiste gesammelt hatte, und den gegessen. Inzwischen war sein Mund so trocken, dass er das Mehl nicht mehr herunterbrachte. Es klebte an seinem Gaumen und an der Zunge und brachte ihn zum Husten. Er hatte keinen Speichel mehr, auch keine Kraft zum Schreien.

Die meiste Zeit über dämmerte er vor sich hin. Ab und zu versuchte er, eine andere Stellung einzunehmen. Füße und Hände zu bewegen, half gegen das Kribbeln. Danach konnte er wieder weiterdösen.

Die Gebete waren ihm ausgegangen. Gott hatte ihm nicht geholfen. Wahrscheinlich sah er ihn gar nicht, hier unten in der Kiste. Oder er hatte beschlossen, ihn zu bestrafen für all die schlimmen Dinge, die er angestellt hatte: Anna geärgert, seiner Mutter nicht gehorcht, gestohlen, unzüchtige Gedanken gehabt, Unzucht mitangesehen. Die Dinge, die Mann und Frau miteinander taten.

Stinker und Wanzenkönig hatten ihn dazu angestiftet, es war doch nicht seine Schuld!

Wir wissen, wo man Blagen und Modeln beim Schiebern zusehen kann!, hatten sie gegrinst. Das sollte die Belohnung sein für den Wein, den er ihnen gebracht hatte. Wanda durfte nicht mitkommen. Das ist nichts für kleine Mädchen, hatte der Wanzenkönig bestimmt. Geehrt hatte er sich gefühlt. Nun also gehörte er zu den großen Jungs. Es war das erste Mal, dass sie ihn wirklich zu etwas mitnahmen. Da ist eine, die lässt das Fenster immer angelehnt. Da kann man zugucken, wie sie es machen. Das hast du noch nie gesehen, oder? – Klar habe ich das schon gesehen, hundert Mal!, hatte er behauptet, aber sie hatten ihn ausgelacht.

Dann waren sie zum Hurenhaus am Neuen Markt gegangen und über den Misthaufen auf das niedrige Dach des Schweinestalls gestiegen. Von dort aus erreichte man ein Fenstersims im ersten Stock. Und tatsächlich, es war angelehnt gewesen. Nur mit Mühe erreichte er das Fenster, stieß es einen Spalt weit auf und spähte hinein. Aber da ist gar niemand, hatte Moritz enttäuscht geflüstert. Warte nur, sie kommen bestimmt gleich, flüsterte Stinker. Wanzenkönig hatte von unten einen hölzernen Eimer geholt, auf den Moritz sich stellen konnte. Und richtig, bald hörte man Gelächter vom Flur her. Dann war die Tür aufgegangen. Eine der Huren war hereingekommen mit einem Kerl dabei. Sie hatten sich auf das Bett gesetzt und geschmust.

Eigentlich war es Moritz unheimlich. Was die Großen daran fanden, war ihm ein Rätsel. Der Mann hatte der Hure das Mieder aufgeknöpft, und die beiden älteren Jungen hatten sich begeistert mit den Ellbogen angestoßen: Mann, sieh nur, was für Buchteln die hat! Dann hatte er sie auf das Bett geworfen und ihre Röcke hochgeschoben, sodass man sehen konnte, wie Mädchen unten aussahen. Das war schon interessanter! Und dann hatte er seine Hose aufgenestelt und sich draufgelegt. Was genau vor sich ging, konnte Moritz nicht erkennen. Er sah nur, wie die nackten Hinterbacken auf und nieder gingen. Die beiden keuchten und stöhnten laut, als ob sie Schmerzen hätten.

Was machen sie denn da?, hatte er Stinker flüsternd gefragt, und der ältere Junge hatte es ihm erläutert. Nach einer guten Weile schrie der Kerl auf, ein hoher, schwächlicher Ton. Dann ließ er sich von der Frau herunterfallen wie eine vollgesogene Zecke. Sie schob die Röcke hinunter und bedeckte sich.

Das war's, flüsterte Stinker, und die Jungen hatten sich vorsichtig davongemacht, waren vom Dach geklettert und in die abgestellte Kutsche zurückgekehrt, wo sie den Rest des Weins genossen. Er hätte nicht zuschauen dürfen, das wusste Moritz. Den beiden anderen die Schuld zuzuschieben, das brachte nichts. Der Herrgott sieht in deine Seele, man kann ihn nicht belügen, hatte der Herr Pfarrer gesagt. Es war Unzucht und verboten, das hatte er sehr wohl gewusst, und dennoch war er später allein wieder dorthin gegangen.

Es war schon dunkel gewesen. Angetrunken und unsicher war er auf das Vordach geklettert und hatte durch den Fensterspalt hineingelugt. Und da war wieder dieselbe Frau. Ein anderer Mann war bei ihr. Sie lag halb auf der Seite, mit dem Gesicht zum Fenster. Die Brüste ergossen sich auf das Laken. Der Mann lag hinter ihr und bewegte sich auf diese merkwürdige Weise. Doch dieses Mal war etwas anders. Gebannt sah Moritz, wie der Mann den Arm hob und etwas Glänzendes um die bloße Kehle der Hure legte. Die Hure hatte die Augen geschlossen. Sie musste das kalte Metall auf der Haut gespürt haben. Plötzlich öffnete sie die Augen, öffnete den Mund, um zu schreien, doch die Schlinge zog sich ruckartig zu, schnitt in die weiße Haut, dass das Blut spritzte. Die Hure strampelte, schlug um sich.

Dann begannen ihre Beine zu zucken, dann kam ihre Zunge heraus, und sie wurde still.

Starr vor Entsetzen schaute Moritz durch das Fenster. Ein Schnaufen entfuhr ihm. Der Kopf des Mannes fuhr hoch, und ihre Blicke trafen sich. Er hatte das Gesicht gesehen und nicht wegschauen können: den schwarzen Bart, die scharfe Nase, die stechenden Augen. Augen wie der Teufel hatte er gehabt. Erschrocken fuhr Moritz zurück. Der Eimer glitt unter seinen Füßen weg, schlug um und fiel polternd vom Dach herunter. Moritz rutschte hinterher, fühlte, wie er sich im Fallen den Ärmel zerriss und den Unterarm aufschürfte. Mit einem Schmerzensschrei schlug er auf dem gefrorenen Misthaufen auf und fühlte sich am Kragen gepackt.

»Was haben wir denn da?«

Es war Johann Tuttenhöfer, der Hurenwirt, ein Erwachsener!

»Herr Tuttenhöfer, bitte, Herr Tuttenhöfer, da oben ist was Schreckliches passiert«, brachte Moritz keuchend hervor. »Ich glaube, da hat einer ein Mädchen totgemacht!«

»Was sagst du da?« Der große Mann hatte ehrlich entsetzt geklungen. Oben am Fenster erschien eine Gestalt und fuchtelte mit den Armen. »Dann komm mal mit hinein, und wir schauen nach.«

»Nein, ich will nicht!«

Er hatte sich gefürchtet vor dem, was er da zu sehen bekommen sollte. Er wand sich und versuchte loszukommen, doch der Hurenwirt hatte ihm den Mund zugehalten, ihn hochgehoben und weggeschleppt. Nicht nach oben, sondern eine Treppe hinab, in den Keller. Panik erfasste den Jungen, und er biss seinen Entführer in die Hand. Der hatte ihn so hart geschlagen, dass ihm schwarz vor Augen wurde und er einen Lichtblitz sah.

»Bitte verzeih mir, dass ich zugeguckt habe, lieber Gott. Ich will es auch nie wieder tun«, flüsterte der Junge in der Kiste wohl zum tausendsten Mal. Aber Gott war ihm böse und hörte nicht darauf.

Das Strampeln und Treten gegen den Kistendeckel hatte er längst aufgegeben, und er fiel wieder in einen Dämmerzustand zurück. Das war wohl das Sterben. So war das also. Er würde seine Mama nie wiedersehen, das spürte er. Es tut mir so leid, Mama, dachte er. Es tut mir so leid!

Und dann hörte er doch Schritte auf der Treppe. Ganz verstohlen kamen sie, leise wie Katzenpfoten. Der Riegel an der Tür wurde beiseitegeschoben. Jemand gab sich große Mühe, kein Geräusch zu machen. Er nahm es in seinem benommenen Zustand wahr und fragte sich, ob er es nur träumte. Doch die Schritte kamen näher. Etwas Blechernes wurde ins Stroh gestellt, ein Schlüssel drehte sich im Schloss der Kiste, und der Deckel ging hoch. Moritz musste die Augen zukneifen, so blendete ihn zuerst der Schein sogar der funzeligen Öllampe. Eine Hand fuhr in die Kiste hinein und rüttelte ihn.

»Bist du am Leben? Sag etwas, Kleiner, aber leise. Um Himmels willen, schrei nicht. Mein Mann erschlägt mich, wenn er mich hier unten erwischt!«

Moritz blinzelte und blickte in das verängstigte Gesicht der Hurenwirtin. Sie zerrte ihn hoch. Erst konnte er sich nicht aufrecht halten. Seine Knie versagten den Dienst. Er fiel vornüber, purzelte aus der Kiste heraus ins Stroh wie ein neugeborenes Kälbchen. Da lag er halb auf der Seite, bis das Gefühl in seine Glieder zurückkehrte. Die Hurenwirtin kniete sich zu ihm hin, hob seinen Kopf an und setzte den harten Rand eines Kruges an seine Lippen. »Trink!«

Wasser lief ihm aus den Mundwinkeln, über Kinn und Brust. Das Schlucken schmerzte, doch die Kühle des Wassers tat seiner Kehle wohl. Gierig streckte er die Hände nach dem Krug aus, richtete sich auf und hielt den Krug aus eigener Kraft.

»Nicht so hastig«, flüsterte die Frau. »Nimm kleine Schlucke, so ist es gut. Hier, ich habe dir auch etwas zu essen gebracht.« Sie hielt ihm eine Schale hin, in der ein Löffel steckte. Er konnte aus seinen verklebten Lidern kaum etwas erkennen, doch er griff danach und stopfte sich den Mund voller Brei. Kalter Getreidebrei war es, mit Honig gesüßt. Es kam ihm vor, als hätte er nie etwas Besseres gegessen.

»Möchtest du den Eimer benutzen?«, fragte sie leise. Er hatte sich längst wieder beschmutzt, und es war ihm nicht mehr dringend, doch er stolperte hinüber und verrichtete sein Geschäft.

Die Frau stellte sich zwischen ihn und den Ausgang. Immer wieder glitten ihre Blicke ängstlich zur Treppe hin, und sie zuckte bei jedem Geräusch zusammen.

»Du musst zurück in die Kiste, trink aus«, flüsterte sie. »Rasch, rasch, ehe er merkt, dass ich weg bin!«

Moritz' angstgeweitete Augen schienen sie so zu quälen, dass sie den Blick senkte.

»Ist ja gut. Ich werde wiederkommen, sobald ich kann. Hab keine Angst. Ich kann doch ein Kind nicht verdursten lassen. Ich hab bestimmt schon viel Schlechtes gemacht in meinem Leben, aber ein Kind verdursten und verhungern lassen, das kann ich nicht. Gott helfe uns beiden, Kleiner!«

»Kannst du mich nicht freilassen, bitte«, bettelte er. »Ich schwöre, dass ich nichts verrate. Oder sag meiner Mutter, wo ich bin. Sie wird solche Angst haben.«

»Es tut mir leid, Kleiner. Das kann ich nicht tun. Aber deine Mutter hat Lösegeld für dich bezahlt. Noch nicht alles, aber schon viel. Sicher kommst du bald frei. Hab nur noch ein wenig Geduld. Und sei fein still, damit ich wiederkommen kann.«

»Ja«, antwortete Moritz. Seine Stimme war winzig und piepsig wie die einer Maus.

»Ich werde brav sein. Bitte vergiss mich nur nicht! Ich fürchte mich so hier unten allein. Kommst du auch bestimmt wieder?«

»Bestimmt.«

»Versprich es!«

»Ich verspreche es. Und jetzt hopp zurück in die Kiste.«

Gehorsam stieg er in sein Gefängnis. Er legte sich auf die Seite, zog die Beine an und versuchte nicht zu schreien, als sich der Deckel über ihm schloss. Aber er fühlte sich besser. So viel besser, dass er wieder anfing, ganz vorsichtig mit den Füßen gegen den Deckel zu treten, als sie fort war. Das Geräusch machte ihm Mut. ›Ich bin noch da‹, dachte er. ›Hier bin ich!‹

Der Deckel bewegte sich ein winziges Stück nach oben und fiel wieder zurück. Das Vorhängeschloss klapperte: Klapp. Klapp. Klapp.

13.
NEUJAHRSMESSE, SIEBTER TAG

Pauline stöhnte, als Anna sie weckte. »Ach, nein, geh weg!« Sie hatte doch eben erst die Augen geschlossen.

»Du hast Ottilie versprochen, dass du mit ihr zur Kurfürstin gehst«, sagte Anna.

»Warum ich?«, stöhnte Pauline, die Augen immer noch geschlossen. »Gottlieb oder Albertine soll gehen. Was habe ich damit zu schaffen?«

Ja, jetzt fiel es ihr wieder ein, wie Ottilie sie an der Treppe abgepasst hatte.

»Willst du mich nicht zur Frühmette begleiten? Ich bitte dich herzlich darum. Ja, ich weiß, ich sollte jemanden aus meinem Haushalt mitnehmen, aber ich fürchte mich so, und sie sollen es nicht sehen.«

»Was ist denn an Eurer Fürstin zu fürchten?«

»Ich halte mich fern von Hochgeborenen, das ist besser für Leute wie mich. Es ist besser, ihr Augenmerk nicht auf sich zu ziehen. So habe ich es bislang immer gehalten.«

»Bittsteller auf Knien sieht sie Hunderte jeden Tag. Das macht dich nicht besonders bemerkenswert. Und nennt ihr sie denn nicht ›Mutter Anna‹?«

Ottilies Gesicht lag im Schatten, doch Pauline konnte am Klang ihrer Stimme erahnen, wie eingeschüchtert die sonst so beherzte Wirtin war.

»Sie ist eine gute Landesmutter, ja gewiss, doch sie soll auch streng, ja grausam sein.«

»Schlimmer als andere Fürsten kann sie ja kaum sein.«

Ottilie hatte es fast geflüstert: »Hast du nicht gehört, was sie ihrer eigenen Tochter geschrieben hat, als die ihr erstes Kind verloren hat? Lieber tot als calvinistisch! Der eigene Enkel, denk dir nur!«

Pauline hatte davon erfahren – wer nicht? »Aber hier geht es doch nicht um Religion. Du bist gut lutherisch, wie sie.«

»Sie lässt niemandem eine Schwäche durchgehen, am wenigsten sich selbst. Man sagt, dass sie, wenn sie vor der Niederkunft steht, sowohl Windeln als auch Leichentücher für das Kind zurechtlegt. Sie ist so furchtbar hart. Wie kann ich Hilfe erwarten von ihr?«

»Sie wird dich sicher nicht in den Kerker werfen lassen, nur weil du eine Bitte aussprichst. Was hast du denn schon zu verlieren? Sie kann Nein sagen, dann bist du nicht schlechter dran als vorher.«

Ottilie hatte nach Paulines Händen gegriffen, so verzagt schien sie zu sein. »Komm du mit. Du bist so mutig.«

Also schön, versprochen war versprochen. Draußen war es noch dunkel. Ein Schimmer vom östlichen Himmelsrand kündete das erste, falsche Morgengrauen an. Die Glocken von Sankt Thomas und von der Niklaskirche riefen zum Gottesdienst. Pauline drehte sich zur Seite und stieg aus dem warmen Bett. Sie fühlte sich benommen und hatte einen Geschmack im Mund wie Pferdeäpfel.

Schnatternd vor Kälte fuhr sie in ihre Kleider, die ältesten und schlechtesten zuunterst, die besten obenauf. Sie reinigte sich mit dem Hölzchen die Zähne und spülte sich den Mund.

»Du darfst dableiben, du hast es gut!«, maulte sie zu Anna. »Herrje! Ich weiß gar nicht, wie lange es her ist, dass ich in einer Frühmette war. So was ist für alte Leute, die ohnehin nicht mehr schlafen können.« Sie streichelte den Affen und warf einen letzten bedauernden Blick auf das Bett. In einem Nachgedanken bückte sie sich nach dem Ledersack und nahm ihre Flöte heraus. Sie steckte sie in ihren Ärmel. Irgendwie fühlte sie sich vollständiger auf diese Weise.

Im Haus war es noch still, die Gäste schliefen. Als sie durch den Flur und die Treppe hinunterhastete, hörte sie Schnarchlaute und das Knarzen der Strohsäcke aus dem Schlafsaal. Unten in der Küche kratzte Margot die Asche vom Rost und schürte den Ofen an.

Ottilie stand schon fertig angezogen da: »Eil dich! Wir müssen einen Platz in der letzten Bank erwischen! Hoffentlich sind nicht so viele Bettler da!«

Pauline trank ihre heiße Milch im Stehen, während Ottilie ungeduldig und ängstlich zuschaute. Sie brauchte ja nicht nüchtern zu bleiben, da Matutin keine Heilige Messe war, doch Ottilie beobachtete sie so angespannt, dass sie ihr Brot im Gehen essen würde.

Ottilie hatte ihren Sonntagsstaat angetan, einen langen dunkelgrünen Rock und ein passendes Mieder, Hut und Mantel. Schweigend liefen die beiden Frauen nebeneinander her, den langsam erwachenden Brühl entlang und die Niklasstraße hoch. Jemand leerte sein Nachtgeschirr auf die Straße, und die Frauen sprangen beiseite.

Die Glocken der Niklaskirche hatten zu läuten begonnen. Ein Seitenblick auf Ottilies ängstliches Gesicht, und Pauline griff nach ihrer Hand. Erst zuckte Ottilie zusammen, dann erwiderte sie dankbar den Druck.

Nur wenige Bürger waren um diese Zeit aufgestanden, um ihre Fürstin zu sehen. Der Kirchenvorplatz war eisig und leer, bis auf die kurfürstlichen Garden und die Kutschen, die bereits vor dem Portal warteten. Die Kutscher dösten auf dem Bock. Eines der Pferde warf den Kopf zurück und schnaubte. An seinen Barthaaren und am Zaumzeug hatte sich weißer Reif gebildet.

Die Glocken schwangen aus. Die beiden Frauen huschten in die Kirche hinein. Die Ehrenbänke der Ratsherren und die vorderen Reihen waren vom Hofstaat der Fürstin besetzt. Schwere Stoffe raschelten, und eine Wolke von Parfüm trieb durch den Mittelgang. Die hintersten Reihen waren leer. Ottilie hatte sich unnötig Sorgen gemacht. Pauline sah, dass der Platz an der Säule frei war, und nickte zufrieden. Da konnte sie in Ruhe weiterschlafen, bis der Spuk vorbei war. Ottilie warf ihr zwar einen strengen Blick zu, als sie es sich bequem machte, doch wagte sie nichts zu sagen.

Erst als die Orgel mächtig zur Schlussmusik anschwoll, bekam die Spielfrau den Ellenbogen ihrer Begleiterin zu spüren.

»Was? Wie?«, murmelte sie. »Ich komm ja.« Vorn begann ein Füßescharren, ein Knarren der hölzernen Bänke. Kleider raschelten. Die Hofdamen begannen leise, aber dringlich zu schwatzen, nachdem sie so lange hatten ruhig bleiben müssen. Die Fürstin war aufgestanden und wechselte ein paar Worte mit dem Pastor. Ottilie sprang auf, um den Mittelgang zu erreichen, ehe die Fürstin vorbei und nach draußen gelangt war. Einer der Soldaten sah es und versperrte ihr den Weg aus der Bank.

»Lasst mich durch«, flüsterte Ottilie erregt. »Ich will die Kurfürstin um etwas bitten!«

Der Mann blieb ungerührt stehen. »Niemand verlässt die Kirche vor Ihrer Hoheit!«

»Dann lasst mich wenigstens in den Gang, damit ich vor ihr niederknien kann!«

»Still, Weib. Knie hier in der Bank. Und mach keinen Aufruhr! Ich werde Ihrer Hoheit bedeuten, dass jemand sie ansprechen will. Sie allein entscheidet, ob sie stehen bleibt oder nicht. Tut sie es, dann, nur dann darfst du sie ansprechen. Hast du das verstanden?«

Ottilie nickte zitternd. Die Kurfürstin schien sich von dem Pastor zu verabschieden. Ob sie wohl stehen bleiben würde? Pauline beschloss, es nicht Zufall oder Laune zu überlassen, und zog sich an ihre Säule zurück, wo sie dem Zugriff der Garde entzogen war.

Die Flügel des Hauptportals wurden krachend aufgestoßen. Ein Schwall kalten Windes und das erste graue Morgenlicht drangen in die Kirche. Feste Schritte erklangen auf den Steinplatten des Ganges. Die hohe Dame kam, umgeben von ihren Hofdamen. Ein oder zwei der jungen Damen gähnten hinter dem Rücken ihrer Herrin und mochten die Nacht kurzweilig verbracht haben. Einige vornehm gekleidete Männer folgten in gebührendem Abstand. Nur wenige Schritte noch. Noch nie hatte Pauline Anna von Dänemark aus solcher Nähe gesehen.

Sie sah aus wie eine rechte Betschwester, fand Pauline: kerzengerade und nur allzu wach, kein Fädchen am Leibe, dass nicht genau an seinem Platze saß, die Hände immer noch gefaltet und das Gesicht erfüllt von Rechtschaffenheit. Eine kostbare Bibel baumelte an einer Kette von ihrem Gürtel und schlug bei jedem Schritt gegen die Falten ihres schwarzen Samtrockes, der so lang war, dass man ihre Füße nicht sah. Sie bewegte sich wie ein Engel, einer der strengeren, ein weiblicher Gabriel. Schon war sie auf der Höhe von Ottilie, die ihre Hände ausstreckte und stumm die Lippen bewegte. Noch ein Schritt, und sie wäre vorbei, die Gelegenheit verstrichen. Da hob Pauline die Flöte an die Lippen und spielte eine Klage. Hell klang sie in der riesigen Kirche, schlicht gegen die Fülle der verklungenen Orgel. Überrascht zögerte die Kurfürstin, sah sich nach der Quelle der unerwarteten Töne um. Der Zug hielt inne. Alle Augen richteten sich auf die beiden Frauen. Kurfürstin Anna warf Pauline einen kühlen Blick zu. Die Spielfrau endete rasch die Melodie mit einem kleinen Tremolo und ließ die Flöte sinken. Dies war eine Frau, die sich ungern am Bande führen ließ.

Mit einem leisen Aufschrei stürzte nun endlich Ottilie nach vorn und warf sich der hohen Dame vor die Füße. »Erbarmen, gnädige Kurfürstin! Ich bitte Euch, helft mir und meinem Kinde in der Not!«

Die Kurfürstin blickte hinab auf die Kniende, ungehalten zuerst, da man sie in ihrem Ablauf gestört hatte, doch dann wurden ihre Züge etwas weicher: »Sprich, Bürgerin von Leipzig. Was quält dich?«

Tränen traten Ottilie in die Augen. »Man hat mir mein Kind entführt und Lösegeld verlangt! Viel zu viel! Ich kann die verlangte Summe unmöglich aufbringen! Ach, ich habe solche Angst, dass man mir mein Kind ermordet! Niemand will mir noch Geld leihen, bitte helft, Mutter Anna!«

Erstauntes Schweigen, dann begannen die Höflinge zu raunen. Eine der Hofdamen zog ein Tuch aus dem Ärmel und betupfte sich die Augen.

»Seid Ihr nicht die Gastwirtin Weidemann?«, fragte Anna von Dänemark. So hatte sie nicht nur von der Sache erfahren, sondern sich auch noch Ottilies Namen gemerkt. Eine erstaunliche Frau. »Du hast eine Ausspanne in guter Lage, wie ich höre. Und darauf will dir keiner Kredit geben?«

»Ich habe bereits alles ausgeschöpft, was möglich war. Ich habe im vorigen Jahr das Dach neu decken lassen müssen und habe von daher noch Schulden. Und diejenigen, die mir jetzt noch etwas leihen würden, stellen unmögliche Bedingungen! Versteht mich bitte: Ich liebe mein Kind über alles. Ich selbst würde nicht zögern, alles zu verkaufen. Ja, mit Freuden würde ich mich in der eigenen Wirtschaft als Magd verdingen, um meinen Moritz freizukaufen! Aber das Gesetz erlaubt es nicht. Ich bin Witwe und führe nur die Geschäfte für meinen Ältesten bis zu dessen Volljährigkeit. Wie kann ich ihn denn seines Erbes berauben, um seinen Bruder zu retten?«, rief Ottilie. »Ach bitte, helft! Ich will es ja nicht geschenkt, nur geliehen für ein Jahr oder zwei. Lasst mich nur nicht mein Kind verlieren, ich bitte Euch! Ihr wisst ja, wie das ist.«

Die Miene der Kurfürstin wurde starr, und Pauline dachte schon, sie wären zu weit gegangen. Doch dann drehte sie halb den Kopf und schnipste mit den Fingern. Sie sagte einen Namen, den Pauline nicht kannte, und die Menge der Höflinge teilte sich, um einen Leipziger Ratsherrn nach vorne durchzulassen, einen feisten Mann mittleren Alters mit freundlichen Zügen.

Anna von Dänemark wechselte ein paar leise Worte mit ihm. »Seid unbesorgt, Frau Weidemann. Weigelius wird sich der Sache annehmen. Ich will Euch die Summe, die Ihr benötigt, aus meiner privaten Schatulle vorstrecken zu Bedingungen, die eines Christenmenschen würdig sind.«

Und ehe noch Ottilie ihren Dank stammeln konnte, war sie schon weitergegangen. Ottilie sank in die Bank zurück. »Kommt um die Mittagszeit aufs Rathaus«, raunte Herr Weigelius ihr zu.

Die Höflinge strömten vorbei und warfen Ottilie neugierige Blicke zu. Erst als die Kirche leer war, fand die Wirtin die Kraft aufzustehen.

Pauline indessen hatte unter den Höflingen Herrn von Seeheim entdeckt. Mit kalter Wut betrachtete er die Spielfrau, sodass sie nicht anders konnte, als seinem Blick auszuweichen. Verachtung und Geringschätzung war sie gewohnt, doch noch niemals war sie einem solchen Hass begegnet. Die Knie wurden ihr weich, und es wurde ihr heiß in der Magengrube. Verübelte er ihr so sehr, dass sie das Einhorn an seinen Gegenspieler veräußert hatte? Nur gut, dass er heute die Stadt verließ!

Die Spielfrau wandte sich um und flüchtete aus der Kirche, auch um dem Pastor zu entgehen, der eilig auf sie zuhielt, kaum dass der Hofstaat ihm den Rücken gekehrt hatte. Seiner Miene nach zu schließen, wollte er ihr Vorhaltungen machen, weil sie in seiner Kirche Flöte gespielt hatte. Nun, sie würde ihm einfach keine Gelegenheit dazu geben, nicht wahr? Versteckt hinter einem Mauervorsprung sah sie eben noch, wie die Kurfürstin in die vorderste Kutsche stieg, während ihre Damen sich auf die anderen Karossen verteilten. Die Herren bestiegen ihre Rösser.

Endlich erschien auch Ottilie. Wie betäubt lief sie eine Weile neben der Spielfrau her.

»Du gehst wohl nicht oft zum Gottesdienst«, bemerkte sie, als sie schon fast den Brühl erreicht hatten. Ein schwefelgelber Streifen Himmel leuchtete über den Dächern auf und kündigte nun wirklich den Tag an. Die Krämer öffneten ihre Läden. Mägde und Hausfrauen strömten herbei, um noch rasch den alltäglichen Bedarf einzukaufen, ehe die Menge der Messebesucher und Karren die Gehwege und Straßen verstopften.

»Es ergibt sich nicht immer«, entgegnete Pauline verlegen.

»Du solltest aber regelmäßig gehen!«

Fahrende waren nirgends beliebt, auch nicht in den Gottesdiensten. Gewiss, niemand verweigerte ihnen die Teilnahme, doch Pauline hatte keine Lust auf böse Blicke und Tuscheleien. Aber welchen Sinn hatte es, das einer Bürgerin zu erklären? »Ich gehe schon, wenn sich Gelegenheit bietet.«

»Gib acht, sonst passt es eines Tages Gott auch nicht, dich anzuhören«, warnte Ottilie.

»Ich habe nicht gesagt, dass ich nicht bete. Glaubst du, dass er ein Kirchendach braucht, um meine Gebete zu hören? Und ich brauche auch keins, um ihn spüren.«

»Und die Bibeltexte, die hast du nicht nötig?«

Pauline schwieg beharrlich. Ottilie gab auf.

»Aber weißt du, nun habe ich dich auf deinem Gang begleitet«, fing nun Pauline an. »Und da bitte ich dich, dass du mir den gleichen Dienst tust.«

»Wohin soll ich denn?«, fragte Ottilie misstrauisch. »Du weißt, ich habe wenig Zeit.«

»Nicht weit. Es wird dich kaum Zeit kosten. Du gehst doch heute Mittag ohnehin aufs Rathaus. Und da könntest du mit mir einmal Jacobus besuchen.«

»Wie? Im Gefängnis?«, rief Ottilie empört. »Ich?«

»Fürchtest du dich etwa, ihn zu sehen? Hast du ein schlechtes Gewissen, weil er deinetwegen unschuldig sitzt?«

»Warum sollte ich ein schlechtes Gewissen haben? Ich habe ihn nicht dorthinein gebracht. Und dass er unschuldig ist, das ist ja schließlich nicht erwiesen.«

»Gab es da nicht eine sehr bekannte Bibelstelle: vom Händewaschen? Wie war die noch? Du kennst dich doch so gut aus mit Bibeltexten.« Und als Ottilie daraufhin nichts erwiderte, fuhr Pauline fort: »Sprich wenigstens ein Mal mit ihm. Das bist du ihm schuldig, finde ich.«

»Einverstanden«, antwortete die Wirtin, doch man sah ihr an, dass ihr die Aussicht unangenehm war.

»Was hat sie gesagt?«, so prasselten die Fragen auf Ottilie ein, als die beiden Frauen im Goldenen Rad eintrafen. Margot brachte ihrer Patronin einen Becher gewärmten Wein. »Hast du wirklich gesprochen die Kurfürstin selbst?«

»Wird sie helfen?«

»Ja, Ihr werdet es nicht glauben: Sie hat dem Ratsherrn Weigelius Anweisung gegeben, mir das Geld zu leihen! Aus ihrem eigenen Vermögen soll es genommen werden, denkt euch! Der Himmel soll es ihr lohnen. Sie hat sogar meinen Namen gewusst. Was für eine gütige Herrin wir haben! Nun wird alles gut. Ich kann die geforderte Summe gänzlich zahlen, und dann müssen sie mir meinen Moritz zurückgeben.«

Margot brachte eine Schüssel Haferbrei aus der Küche und stellte ihn Ottilie hin: »Hier, iss!« Sie wischte mit dem Leintuch vor ihr über den Tisch.

Ottilie schob den Teller von sich. »Keinen Bissen bekomme ich herunter! Nicht bevor mein Sohn wieder bei mir ist. Ach, mein Moritz, mein Liebling, mein Augenstern. Ich könnte wahrhaftig keinen Tag weiterleben, wenn ihm etwas zustoßen sollte! Ohne ihn ist mir alles unwert!«

Margot wurde kreidebleich im Gesicht. Sie ballte die Fäuste.

Erst dachte Pauline, sie würde sich einfach umdrehen und in ihrer Küche verschwinden. Doch plötzlich hieb die Köchin mit der flachen Hand auf den Tisch, dass die Schüssel hochsprang und Brei auf den Tisch spritzte.

»Genug! Ich habe genug jetzt!«, schrie sie. »Wie du bist undankbar, wie du bist grausam!«

Ottilie blickte zu ihr hoch, sprachlos vor Überraschung und Schreck.

»Ich dir habe lange genug zugehört! Immer Moritz. Nur Moritz. Als ob du nicht hättest drei Kinder. Eine gute Sohn, der sich bemüht so sehr, dir gefallen! Und du, du hast nichts als der harten Worte für ihn. Nichts er kann machen recht. Du ihn beschuldigst, dass sein Erbe ihm ist wichtiger als seine Bruder. C'est affreux dire des choses comme ça! Ein hübsch Tochter hast du, die rennt und arbeitet von Morgen bis Abend. Sie ist die Seele von die Gaststube, jeder sie liebt. Nur sein eigene Mutter nicht beachtet sie. Nicht mehr als ein Dienstmagd behandelst du sie. Undankbar! Undankbar! Andere Leute haben verloren ganze ihr Familie. Sohn, Sohn, Tochter – alle weg, alle tot! Und du, du hast so viel! Hast alles noch und nicht weißt es zu schätzen!«

Sie warf das Leintuch auf den Boden und lief in ihre Küche.

Ottilie saß mit zusammengepressten Lippen da. Albertine setzte sich zu ihr und legte ihre Hand auf die ihrer Mutter. Doch man sah ihr eine gewisse Genugtuung an.

Anna und Walpurga fanden Dringendes in den oberen Stockwerken zu tun. Gottfried und Lukas standen noch eine Weile verdutzt herum und gingen dann in den Stall.

Pauline aber war Margot in die Küche gefolgt, wo die Französin lautlos weinend in einer Ecke zusammengesunken war. Schweigend zog sie sich einen zweiten Schemel heran und setzte sich zu ihr.

Nach einer Weile hörte Margot auf zu weinen und trocknete sich das Gesicht mit dem Schürzenzipfel ab.

»Ich habe verloren meine Familie in die Bartholomäusnacht.«

»Das war vor zwei Jahren, nicht wahr? War das eine schreckliche Geschichte: Es sollte doch eine Hochzeit der Versöhnung werden – zwischen der katholischen Prinzessin Margarete und dem Protestanten Heinrich von Navarra. Aber dann ließ der Herzog von Guise ein Attentat auf den Protestantenführer Coligny ausführen, und man fürchtete die Rache der in Paris zur Hochzeit versammelten Protestanten ...«

»Der Teufel soll holen den Herzog von Guise. Und er das wird auch tun, wenn Gott es ernst meint mit die Gerechtigkeit. Aber dann er müsste halb Paris geholt haben! Die Menschen, ah, die Menschen, sie sind grausam! Es braucht nicht viel, damit sie einander antun das schlimmste Leid. Du hast es nicht gesehen! Erst es waren nur Soldaten, die herfielen über die Protestanten. Dann griffen sich die Bürger, was sie fassen konnten – Schwerter, Bratspieße, Äxte, Messer –, und fielen her über ihr Nachbarn. Und da ging es nicht um Religion, glaub mir. Mordlust und Gier hatten sie erfasst. Sie plünderten und mordeten, bis noch die kleinste Gasse war nass von Blut, als hätte es stark geregnet. Man riss meinen Mann und meine halbwüchsigen Kinder aus den Betten und schlachtete sie nieder. Ich habe nur überlebt, weil ich frühzeitig hatte bekommen eine Schlag auf die Kopf und man mich ließ für tot liegen.«

»Du musst die Katholiken hassen«, sagte Pauline.

»Nein. Auch Katholiken wurden ermordet in jener Nacht. Erst ich dachte, ich hasse alle Menschen. Ich hasse sogar Gott. Nun ich weiß, es ist der Teufel, den ich hasse in jeder seiner Gestalten, überall, wo er zeigt sein dreckige Fratze.«

»Wie bist du nach Deutschland gelangt?«

»Der König gab Befehl, einzustellen das Morden. Die Mörder sich zogen zurück ungestraft. Man reinigte die Straßen und warf die Leichen in Massengräber. Das Edikt von St. Germain, das uns zusicherte Freiheit von Glauben, sollte bleiben in Kraft. Mir gleich! Ich nicht mehr konnte leben in Paris. Paris soll verfaulen! So ich bin nach Deutschland gezogen mit einer kleinen Gruppe von uns. In die Heimat von Martin Luther! In Sachsen ist es gut, man mir hatte gesagt. Ein deutsch Gast in unsere Wirtschaft. In Sachsen leben vernünftige Leute, denen Handel und leibliches Wohl ist wichtiger als Art, wie man soll beten. – So ich bin hier.«

»Hast du keine Angst, dass Ottilie dich auf die Straße setzt, so wie du sie angeschrien hast? Du hast ihr ganz schön zugesetzt. Nicht, dass es falsch gewesen wäre, was du gesagt hast. Aber immerhin ist sie deine Patronne.«

»Wenn schon.«

Doch Ottilie schien nicht die Absicht zu haben, Margot hinauszuwerfen. Wahrscheinlich würde man der welschen Köchin überall gleich eine neue Stellung bieten, vermutete Pauline. Und das musste die Gastwirtin wissen. Doch offenbar war es mehr als das.

Ottilie kam herein und begann ruhig ein paar Schüsseln für die ersten Morgengäste zu füllen. Pauline ließ die beiden allein. Sie blieb kurz an der Tür stehen und lauschte. Als dann immer noch keine lauten Worte fielen, ging sie nach oben, um den versäumten Schlaf nachzuholen. Wenn Ottilie sich das gefallen ließ, dann musste man es wohl anerkennen. Sie hatte sicher nicht das allergrößte Taktgefühl, doch einen guten Kern. Irgendwie mochte Pauline sie leiden.

Sie begegnete niemandem und erreichte Jacobus' Zimmer. Von der Tür bis zum Bett ließ sie die Überkleider und die Schuhe auf den Boden fallen. Albertine hatte dem Affen sein Futter gebracht. Pauline entfernte einen angefressenen Apfel und ein paar Gemüsereste von der Bettdecke und kroch darunter. Ein kleiner Körper plumpste vom Dachbalken. Etwas Warmes, Borstiges schmiegte sich an ihren Nacken.

Daran könnte ich mich gewöhnen, dachte sie im Einschlafen. Schon länger wünschte sie sich einen tierischen Begleiter, einen Schutzgeist und Freund. Manchmal war sie es leid, allein zu sein. Sie drehte sich um und legte vorsichtig einen Arm um den Affen. So fand Anna sie, als sie zum zweiten Mal an diesem Tage kam, die Spielfrau zu wecken.

›Sie sollte ein Kind haben, eine Familie‹, dachte Anna. ›Das Leben, das sie jetzt führt, mag erträglich sein, solange man jung ist. Aber wer will schon im Alter allein sein. Und sie sehnt sich nach einem Kind. Sie will es nur nicht wahrhaben.‹

»Pauline, wach auf!«, sagte sie laut. »Es ist Zeit. Ottilie will zum Rathaus gehen.«

Die Spielfrau gähnte und reckte sich. Anna sah die dünnen Unterarme aus dem Kittel hervorschauen. Mit dem vom Schlaf noch weichen Gesicht sah Pauline selbst wie ein Kind aus. Anna konnte sich nicht zurückhalten und fuhr ihr mit der Hand über das zerzauste Blondhaar.

Pauline öffnete die Augen ganz und lächelte. Sie richtete sich auf, griff nach Annas Händen und besah sich die knotigen Gelenke. »Wie sind deine Hände heute?«

»Besser. Es war ein guter Ratschlag, sie nachts mit Wollfett einzuschmieren. Nun auf mit dir! Ottilie ist unruhig und wird nicht lange warten.«

Pauline zog sich rasch an und lief in die Küche, um das Essen für Jacobus zu holen. Margot packte irdene Deckeltöpfe in einen Korb, sorgsam in mehrere Lagen Stoff eingehüllt, dazu Wein und Brot, wie gewöhnlich.

»Eilt euch, damit er kann essen warm«, drängte sie. Ottilie

rümpfte die Nase, doch sie hielt sich mit spitzen Bemerkungen zurück.

»Ich gehe erst zu Herrn Weigelius. Das Lösegeld für meinen Sohn ist wohl wichtiger als warmes Essen für diesen verfressenen Zwerg«, sagte sie, als die beiden Frauen am Rathaus angekommen waren. Doch wie es sich erwies, hatte der Ratsherr keine Zeit für sie.

»Kommt in einer Stunde wieder«, riet ihnen sein Schreiber.

»Er wird mich doch nicht vergessen? Es ist eine Angelegenheit von äußerster Eile, und die Kurfürstin hat ihm befohlen, mir Geld zu geben!«

»Fürchtet nichts. Ganz sicher wird er tun, was ihm Ihre Hoheit aufgetragen hat. Wir bewundern Euch alle. Wie Ihr um Euer Kind kämpft, das verdient Achtung und Mitgefühl.«

Wenig beruhigt ließ Ottilie sich hinab zu den Kerkerzellen führen.

»Sieh an! Der Zwerg ist gefragt bei den Damen«, begrüßte sie boshaft lächelnd der Stockmeister. »Nun ja, jede nach ihrem Geschmack.«

Pauline und Ottilie wurden zu den Zellen gebracht. Jacobus schien es besser zu gehen. Er stand auf und verbeugte sich.

»Frau Weidemann! Ihr hier bei mir? Darf ich hoffen, dass Ihr mich nicht mehr verdächtigt?«

Ottilie hielt sich von dem Gitter fern und behandelte ihn so kühl, als sei sie gänzlich unbeteiligt. Sie zuckte die Achseln. »Eure Freundin, die Spielfrau, arbeitet daran, mich von Eurer Unschuld zu überzeugen.«

Mit Unbehagen betrachtete sie die Umstände, in denen ihr ehemaliger Gast sich befand: das schmutzige Stroh, den kalten Stein, aus dem weißlicher Salpeter blühte; das Wasser, das von der Straße her an der Außenwand herunterlief; den Holzeimer, in den vier Gefangene ihre Notdurft verrichten mussten.

»Haben sie dich noch einmal zur Befragung geholt?«, fragte Pauline und schob ihm die lauwarmen Schüsseln unter dem Gitter durch. Einer der anderen Männer kam und nahm wortlos das Essen für sich und seine Kumpane in Empfang. Er ging zurück zu den anderen. Sie setzten sich zusammen auf den Boden, dort, wo ein Strahl Tageslicht hereinfiel, brachen das Brot und ließen den Krug kreisen.

»Nein, seit gestern lassen sie mich in Ruhe. Der Leibarzt des Kurfürsten ist höchstpersönlich gekommen, um mich zu untersuchen, und hat ihnen weitere Druckmittel verboten. Habe ich dir das zu verdanken, Terpsichore?«

Er nahm die Deckel von den Töpfchen und schnupperte zufrieden daran: »Hmm! Andouilles, Kuttelwürste, und ordentlich scharf gewürzt! Da!« Er warf zwei der Würste zu seinen Mitgefangenen hinüber und machte sich über den Rest her. »Und Kraut in Wein. Wenn ich hier jemals herauskomme, mache ich Margot einen Heiratsantrag. Dann seid Ihr sie los, Frau Wirtin!«

»Herr Peucer lief mir zufällig über den Weg«, log Pauline drauflos. »Da habe ich mich daran erinnert, dass er bei dir in der Wunderkammer war und dass er mir wie ein freundlicher, bescheidener Mensch vorkam. Ich habe ihm erzählt, dass man dich foltert. Er war sehr empört, als er es gehört hat und – nun, er hat gehandelt wie ein guter Christ.«

»Da hattest du endlich einen Gleichgesinnten, was, Zwerg!«, rief einer der Galgenvögel aus der Ecke herüber. »Ihr hättet ihn hören müssen, Ihr Damen, wie artig er da Latein schwatzen konnte! Stundenlang ging es hin und her, sie konnten gar kein Ende finden.«

Ottilie sah den Zwerg überrascht an: »Was hattet Ihr denn mit dem Leibarzt des Kurfürsten zu reden, einem Doktor aus Wittenberg?«

Jacobus biss mit großer Befriedigung von einer Kuttelwurst ab, sodass ihm rötliches Fett am Kinn herunterlief. Er wischte es mit dem Ärmel ab.

»Verzeiht das schlechte Benehmen, meine Damen. Die Umstände ... Oh, wir sind tatsächlich ein wenig ins Schwatzen gekommen. Erst ging es um das karolingische Recht, die Folter und den Sinn von Strafen. Dann haben wir uns über Aristoteles und seine Ethik unterhalten.«

»Über was?«, fragte Pauline.

»Über Ethik, das bedeutet das sittliche Verständnis einer bestimmten Gruppe oder Gesellschaft – warum man gut sein soll, um es einfach zu sagen.«

»Weil Gott es uns befohlen hat«, warf Ottilie ein. »Weil wir sonst in die Hölle kommen.«

Jacobus lachte. »Nur deshalb? Glaubt Ihr denn nicht, dass es andere Gründe geben kann, dass es dem Menschen auch ohne Befehl von oben nützlich ist, gut zu sein?«

Ottilie schüttelte verständnislos den Kopf.

»Nun, es ist der Betrachtung wert, wie ein sogenannter Heide das gesehen hat. Aristoteles lebte ja vor zweitausend Jahren, wie Ihr sicher wisst, und glaubte an eine Vielzahl von Göttern, die übrigens selber gar nicht immer gut handelten. Sie mordeten im Zorn, vergewaltigten, brachen die Ehe, waren unmäßig, verschlagen und rachsüchtig. Man hatte also gar keine guten Vorbilder. Ja, und dieser Aristoteles kam zu der Einsicht, dass gut zu sein glücklich macht.«

»Narreteien!«, brüllte einer der Kumpane aus der Ecke. »Reich sein macht glücklich!«

Seine Genossen brachen in grölendes Gelächter aus.

»Ein guter Wein, ein Weib im Arm!«

»Genug zu fressen und eine gute Verdauung«, setzten sie nach.

»All das, meine Freunde«, pflichtete Jacobus ihnen seelenruhig bei. »Doch es ist nur ein kleiner Teil dessen, was zum Glück notwendig ist. Die wahre Glückseligkeit, sagt Aristoteles, könne man nur durch Verstand erreichen – ich gebe zu, dass es euch daran mangelt. Man solle seinen Charakter bilden und nachdenken, die Gefühle und Begierden beherrschen lernen. Das ist der Weg zum Glück, dem Ziel des menschlichen Lebens.«

»Und welche Meinung hat Herr Peucer dazu?«, fragte Pauline.

»Er stimmt ihm weitgehend zu, nur muss er als Christ und Lutheraner natürlich Gott drin unterbringen in diesem Gebäude, und da sagt er, dass Aristoteles als Heide nicht so weit von uns entfernt war, wenn man nämlich, statt einfach nur über die Welt nachzudenken, seine Gedanken auf Gott den Schöpfer richten soll.«

Jacobus hatte die Würste und das Kraut vertilgt und lupfte das Tuch von der dritten Schüssel: »Quittenmus mit Zucker, Wein und Nelken! Das ist ein Glück, über dem man seine heiligsten Vorsätze vergessen könnte. Grüßt Margot und sagt ihr, ich stehe in ihrer Schuld!«

»Ich richte es aus. Sie lässt fragen, was du morgen haben willst«, sagte Pauline.

Jacobus überlegte einen Augenblick.

»Ihr habt das eine noch nicht aufgefressen und könnt schon an das nächste Festmahl denken?« Die Gastwirtin schüttelte den Kopf.

»Warum nicht? Nie lässt es sich besser über das Essen reden als beim Essen selbst«, gab Jacobus lächelnd zurück. »Jetzt hab ich's: Krebspastete mit einer Tunke aus Kresse und Löffelkraut, wenn es möglich ist. Ja, das würde mir gefallen. Den Nachtisch überlasse ich Margot.« Er tauchte seinen Löffel in das Quittenmus, führte ihn zum Munde, kostete und schloss die Augen.

Pauline hatte indes ihr Rebec hervorgeholt, stimmte es und fing an zu spielen, wie gewohnt. Durchdringend klang es hier unten, wo der Ton von allen Seiten zurückgeworfen und verstärkt wurde.

Ottilie beobachtete Jacobus nachdenklich.

»Ihr seid doch Christ, oder nicht? Protestantischen Glaubens, dachte ich«, fragte sie, als Pauline das Instrument absetzte. Jacobus nickte. »Und ein Gelehrter, wie es scheint. Wie kommt es dann, dass Ihr mit dem Wagen herumzieht als einer dieser windigen Gaukler und Schausteller?«

Zuerst dachte Pauline, dass Jacobus darauf abweisend antworten würde, so wie er es bei ihr getan hatte.

»Ich habe bei der Plünderung von Antwerpen durch die katholischen Truppen alles verloren«, erzählte er schließlich. »Das Haus meiner Eltern, das Vermögen, das sie mir hinterlassen hatten. In der Tat habe ich es kampflos preisgegeben, ich bin nun mal ein Feigling: Arm zu sein war mir immer noch lieber, als gefoltert zu werden. Sie haben reiche Beute gemacht. Das Haus haben sie mir dennoch über dem Kopf abgebrannt und hätten mich aufgespießt, wenn ich drauf gewartet hätte.«

Die kostbaren Teppiche von den Wänden gerissen und auf die Straße geschleift, wo sie achtlos in Karren und über Pferderücken geworfen wurden. Zinngeschirr, silberne Leuchter, zierliche Möbel mit Einlegearbeiten aus Perlmutt: aus den Fenstern geworfen; das Lager ausgeräumt. Mit nichts als den Kleidern auf dem Leib und dem Affen unter dem Wams war er auf die

Straße gestürzt und über seinen Nachbarn gefallen. Der Arme war halb nackt und krebsrot und wand sich schreiend auf dem Pflaster. Man hatte ihn mit siedendem Wasser verbrüht.

Jacobus schüttelte sich ob der ungebetenen Bilder in seinem Kopf und nahm einen tiefen Zug Wein.

»Wie seid Ihr entkommen?«

»Nun, wiederum ein Vorteil der Kleinheit. Ich tauchte unter den Bäuchen der Gäule und zwischen ihren Beinen hindurch und rannte um mein Leben. Und wenn sie mich aufhalten wollten, dann tat ich so, als sei ich ein Verräter: ›Mir nach, da gibt's was!‹, schrie ich. Sie folgten mir eifrig, bis ich mich in ein Abflussloch fallen ließ und sie oben über mich hinwegrennen hörte. Durch einen Abwasserkanal habe ich mich schließlich gerettet. Draußen vor der Stadt hatte ich etwas Geld und ein Wägelchen versteckt, die liebsten Stücke aus meiner Sammlung, denn die Plünderung kam ja nicht ganz unerwartet.«

»Aber wenn Ihr es gewusst habt, warum denn dann nicht die anderen Bürger? Warum sind nicht alle vorher geflohen?«

»Die meisten Leute hängen eben an ihrem Haus und an ihrer Stadt. Und reden sich ein, dass es schon nicht so schlimm kommen wird. Der Herzog von Alba war schließlich schon eine ganze Weile da. Er hatte eine Zitadelle für seine Besatzungstruppen bauen lassen, die wir Bürger von Antwerpen auch noch bezahlen mussten. Da saßen seine Spanier fest und quälten und bestahlen uns, wie sie nur konnten. Die Bürger hofften auf Wilhelm von Oranien und meinten sich mit den alltäglichen Geschenken und Bestechungsgeldern freihalten zu können, bis Hilfe kam. Die Söldner wurden aber immer frecher und gereizter, weil sie nicht bezahlt wurden. Meine Nachbarn meinten, der Herzog würde sie nicht auf uns loslassen, weil wir ja nicht offen Widerstand leisteten und weil auch viele Katholiken in der Stadt lebten. Ich aber glaube an das Schlimmste im Menschen, vor allem wenn sie in großen Massen kommen. So bin ich auf alles vorbereitet. Wie Ihr seht, hat es sich bewährt.«

Ottilie betrachtete ihn mitleidig. »Es tut mir so leid für Euch. Ich hatte ja keine Ahnung. Aber hättet Ihr nicht zurückgehen können? Der Herzog von Alba ist doch abberufen worden. Er ist in Ungnade gefallen, weil er durch seine Grausamkeit die Bürger gegen die spanische Herrschaft aufgestachelt hat.«

Jacobus schüttelte traurig den Kopf. »Die Welt ist ein Ring und Antwerpen der Edelstein darin – so hat es einmal geheißen. Doch es wird nie wieder sein, wie es war. Ich möchte es so in Erinnerung behalten, wie ich es aus meiner Jugend kenne.«

Pauline setzte das Rebec wieder an und spielte ein altes Lied aus den Niederlanden. Jacobus stand auf und blickte zu dem Fensterloch empor, um sein Heimweh zu verbergen.

Ottilie scharrte mit den Schuhen im Schmutz auf dem Gang. Als Pauline geendet hatte, sagte sie: »Ich hoffe, diese ganze Angelegenheit wird sich nun bald aufklären. Ich kann das Lösegeld bezahlen. Man wird mir mein Kind zurückgeben und Euch freilassen. Ich habe Euch niemals beschuldigt. Denkt nicht schlecht von mir, weil ich nicht mehr getan habe, Euch hier herauszuholen. Hoffentlich also auf bald, Herr Jacobus! Gehabt Euch wohl.«

Sie ging zum Durchlass und sprach mit den Wachen.

»Weißt du, wer mich heute Morgen noch besucht hat? Das rätst du nie«, wisperte Jacobus Pauline zu, die am Gitter stehen geblieben war. »Susanna Salet war hier.«

»Wollte sie von dir wissen, wo du Daniel versteckt hast?«

»Nein. Kein Wort davon. Sie wollte nur sehen, wie es mir ergeht, hat sie gesagt.«

»Merkwürdig!«

»Sie glaubt eben auch nicht an meine Schuld. Ich verstehe nicht, warum man mich überhaupt noch festhält.«

»Sie haben niemand anderen.«

Nachdenklich verließ Pauline den Kerker und stieg hinter der Gastwirtin die Stufen in die freundlicheren Gefilde des Hauses hinauf.

Aber dort erlebten die Frauen eine bittere Enttäuschung.

»Ich kann Euch das Geld nicht sofort auszahlen. So viel habe ich nicht einfach im Hause. Ich muss zum Bankier der Kurfürstin schicken. Und vorher muss ein Kreditvertrag geschrieben werden, den müsst Ihr unterzeichnen.«

»Aber das dauert alles viel zu lange! Inzwischen leidet mein Kind oder stirbt gar! So habt doch ein Einsehen! Mutter Anna hat gesagt, dass Ihr mir das Geld geben sollt, und nun verzögert Ihr es. Was hofft Ihr denn damit zu gewinnen? Das ist Verrat!«, schrie Ottilie den Ratsherrn in ihrer Verzweiflung an. Doch der sagte nur ganz ruhig: »Es ist ein ordentliches geschäftliches Verfahren. Gerade weil es sich um das Geld Ihrer Hoheit handelt, kann ich es natürlich nicht ohne Sicherheiten und Vertrag aus der Hand geben.«

»Aber es dauert zu lange! Ich will das Geld jetzt, ich muss es heute noch haben! Ihr kanntet meinen Gatten. Ihr kennt mich. Ihr müsst doch wissen, dass ich meine Schulden noch immer beglichen habe!«

»Gute Frau, beruhigt Euch. Ich verspreche, die Sache zu beschleunigen, so gut es nur geht. Kommt morgen wieder, dann will ich es Euch selbst auszahlen.«

»Morgen? Morgen kann mein Kind tot sein!«, schrie Ottilie. Sie stand so heftig auf, dass der Stuhl umfiel. Weinend rannte sie hinaus, die rosenfarbenen Sandsteinstufen hinunter. Pauline hatte Mühe, sie einzuholen.

Ottilie schüttelte ihren Arm ab. »Ach, ich habe doch gedacht, dass meine Sorgen endlich zu Ende wären! Wenn mein Kind stirbt nur wegen diesem Papierfuchser, wenn ihm auch nur ein Haar gekrümmt wird wegen dieser unnötigen Verzögerung, dann bringe ich ihn auf den Block, das schwöre ich. Oh, dieser herzlose Pfeffersack! Hat er denn keine Kinder? Ich bringe ihn um, ich erschlage ihn mit meinen eigenen Händen!«

Weinend und schreiend lief sie durch die Heustraße und über den Eselsmarkt, sodass die Leute stehen blieben und sich nach ihr umdrehten. Erst als sie die Herberge erreicht hatten, beruhigte Ottilie sich so weit, dass es möglich war, sie anzusprechen. Sie stemmte die Arme in die Seiten und atmete tief, um sich zu beruhigen. »Ich muss mich fassen. Das darf nicht sein, dass ich so die Fassung verliere!« Sie bückte sich, nahm eine Handvoll Schnee und rieb sich damit das Gesicht.

Pauline fasste einen raschen Entschluss: »Hör zu, Ottilie! Häng den Strohblumenstrauß wieder an die Tür. Ich kann dir die 150 Gulden wahrscheinlich heute noch geben.«

»Du? Wie …?«

»Jacobus wird sie dir vorstrecken.« Es war genau die Summe, die sie für das Horn zu bekommen hatte. Das musste doch ein Wink Gottes sein, oder etwa nicht?

»Du kannst … Jacobus … Er hat dir das gesagt?« Ottilie brach erneut in Tränen aus.

»Er hat Außenstände, die ich für ihn eintreiben soll. Wenn es nötig sei, so sagte er, kann ich sie dir geben. Eigentlich wollte er damit einen Doktor der Rechte bezahlen, der seine Freilassung betreiben soll. Doch das Leben eines Kindes sei wichtiger, hat er gemeint.«

»Das hat er angeordnet – in seiner Lage? Der gute Mann! Ach, und meinetwegen sitzt er im Kerker!« Sofort wollte sie umkehren und seine Freilassung beim Rat verlangen. Doch Pauline hielt sie zurück.

»Geh nicht in diesem Zustand. Sie würden dich nur für ein übererregtes Weib halten und nicht auf dich hören. Das kannst du morgen auch noch tun. Dank dem Eingreifen von Caspar Peucer ist er ja nicht unmittelbar in Gefahr. Eine Nacht mehr oder weniger dort wird ihm nun auch nicht mehr schaden.«

Sie brachte Ottilie zu Albertine und Margot in die Küche. Margot setzte sie auf einen Stuhl, beugte sich über sie und bemutterte sie wie eine Kranke. Der Streit war offenbar vergessen.

Pauline ging zum Roten Löwen. »Herr Peucer ist mit der Kurfürstin heute Morgen abgereist«, bedeutete man ihr. »Aber er hat ein Päckchen für dich hinterlassen.«

Der Wirt des Roten Löwen verschwand in seiner Stube und kam mit einem schweren Packen zurück. »Was ist denn da drin?«

»Das geht dich nichts an«, gab Pauline kurz angebunden zurück. Sie wog das Paket misstrauisch und untersuchte das Siegel auf Beschädigungen.

»Ich habe es nicht angerührt«, sagte er barsch. »Dies ist ein ordentliches Haus, nicht das, was du so gewohnt bist.« Er schob ihr ein Papier hin. »Du sollst den Empfang hier quittieren.« Pauline setzte ihr Zeichen darunter und hastete zurück zum Goldenen Rad, wo sie Ottilie das Päckchen übergab. Sie rissen es auf, fanden eine pralle Börse darin und zählten das Geld auf dem Küchentisch.

»Genau 150 Gulden! Es ist ein Wunder! Ein Wunder!« Ottilie umarmte Pauline, Margot und jeden, der ihr in die Quere kam. »Dann will ich sofort das Zeichen geben, dass ich die restliche Summe habe. Aber du musst mir versprechen, dich nicht weiter einzumischen. Sei nicht böse, ich will die Straßenkinder nicht dabeihaben. Nichts darf Moritz in Gefahr bringen, so kurz vor dem Ziel.« Widerstrebend versprach Pauline, sich zurückzuhalten.

Ottilie nahm ein paar von den Geldstücken in die Hand und ließ sie mit hellem Klang wieder auf den Tisch fallen, eins nach dem anderen. »Ich kann es gar nicht fassen, dass Herr Jacobus so großzügig ist, dass er ein solches Vertrauen zu mir zeigt! Ach, hätte ich doch auf dich gehört und mich schon früher für ihn verwendet! Was für eine gute Seele. Und ich habe nur an meinen eigenen Kummer gedacht«, packte sie wieder das schlechte Gewissen. »Wenn ich das auf dem Rathaus erzähle, dann müssen sie ihn freilassen!«

»150 Gulden, die nachher doch wieder in die eigene Tasche wandern, sind ein geringer Preis, um sich vor dem Galgen zu bewahren«, bemerkte Walpurga spitz.

Ottilie fuhr herum. »Wie meinst du das?«

»Nun, offenbar glaubst du ja nun plötzlich an die Unschuld dieses Zwerges, nur weil er dir Geld leiht. Das kann er ja so beabsichtigt haben.«

»Was hast du nur für eine Meinung von den Menschen«, schalt Anna. »Du siehst überall Schlechtes. Kein Wunder, dass du eine so sauertöpfische Natur hast.«

»Nein, nein, das ist bestimmt keine Berechnung, die ihn zu so einer großmütigen Tat veranlasst. Er ist ein guter Mensch, und ich habe es von Anfang an gespürt. Ich habe nie wirklich an seine Schuld geglaubt«, sagte schamrot Ottilie. »Aber in meinem Gram waren mir alle anderen gleichgültig. Dem Himmel sei Dank, dass der gute Mann nicht mehr zu Schaden gekommen ist!«

Pauline hatte genug gehört. Ein feines Lächeln auf den Lippen, stahl sie sich davon. Das Lächeln aber verging ihr, als sie daran dachte, wie sie das alles Jacobus wohl beibringen sollte: Das Horn war weg, das Geld dafür auch. Nun ja, es nützte nichts, sich heute die Sorgen von morgen zu machen. Vielleicht würde sich ja eine Lösung finden. Zuerst mussten die Jungen gefunden werden. Sie hatte das Gefühl, dass dafür nicht mehr viel Zeit blieb. Ob sie die Kinder wohl ordentlich versorgten? Wie lange hielt es ein Kind in diesem Alter aus ohne Nahrung, bei dieser Kälte? Eine Unruhe bemächtigte sich ihrer. Sie schickte ein Stoßgebet zum Himmel und versuchte, nicht mehr an die Sache zu denken.

Noch drei Stunden gutes Tageslicht. Die wollte sie ausnutzen. Sie schlenderte zum Naschmarkt, wo sie Wanda traf. Da stand sie, sang Kinderlieder mit dünnem Stimmchen und schlug das Tamburin dazu. Viele Leute blieben nicht stehen, um sich das anzuhören. Nur manchmal warf einer ihr eine Münze hin und eilte weiter.

»Ich weiß wohl nicht die richtigen Lieder«, begrüßte sie Pauline und wies auf das armselige Häufchen Heller und Pfennige zu ihren Füßen. »Es ist doch mehr wie schnorren, wenn ich das mache. Aber einer hat mir ’nen Bäckerling gekauft!« Man hatte ihr Brot geschenkt.

»Das wird schon werden mit der Zeit. Wenn du Musik lernen willst, dann solltest du in die Schule gehen. Dort bringen sie den Mädchen ja immerhin das Singen bei. Es gehört mehr dazu, als den Schnabel aufzusperren und draufloszuschreien. Mit einem Instrument, da wird es schon schwieriger.« Sie sagte nichts weiter. ›Soll ich etwa die Kleine ermutigen, meine Art von Leben zu führen? Sie von ihrer Mutter weglocken? Nein. Eine Mutter, selbst wenn sie trinkt und Fehler hat, ist doch immer noch eine Mutter. Sie hat ein Zuhause, die Kleine. Es ist nicht mein Kind und nicht meine Verantwortung. Ich will sie nicht ins Unglück locken.‹

»Dann komm, wir spielen zusammen.«

Pauline und Wanda suchten Plätze auf, an denen sie bislang nicht gewesen waren: den Eselsmarkt am Brühl, die Thomaskirche, die Goldschmiedegasse und die Kupferhändler im Petersviertel.

Und tatsächlich: Die Gerüchte schienen sich beruhigt zu haben. Die Leute hatten etwas anderes zu schwatzen gefunden, wie Martin es vorhergesagt hatte.

»Habt ihr gehört: Morgen Mittag wird auf dem Marktplatz ein Betrüger bestraft!«

»Was hat er denn getan?«

»Er hat mit falschen Gewichten gewogen.«

Einer von Jacobus’ Zellengenossen offenbar.

»Sie werden ihn auspeitschen und ihm die Ohren aufschlitzen«, sagte Wanda eifrig. »Gehst du hin?«

»Ich denke, nicht. Ich habe keinen Gefallen an dieser Art von Vorführung. Hast du gehört, ob ›Mohn's acrobatischer Circus‹ noch da ist?«

»Sie haben heute ihre letzte Vorstellung gegeben«, berichtete Wanda. »Schade, dass du nicht dabei warst. Sie sind wirklich gut! Der große Mann hat einen kleinen Jungen mit auf das Seil genommen und ihn auf seinen Schultern Handstand machen lassen, mitten auf dem Seil! Danach haben sie es abgehängt und fortgeschafft.«

So würde sie Emmanuel also nicht wiedersehen. Umso besser, sagte sie sich, doch es blieb ein Rest von Unzufriedenheit. Was will ich denn noch mit ihm? Ich habe doch kaum etwas zu erwarten. Es ist alles gesagt, und Schluss damit. Aber dass er sich so gar nicht gefragt hat, wer ihm hier Streiche spielt. Überheblicher Kerl! So ein Windhund! Er ist doch keinen Gedanken wert.

Es begann zu dämmern, als sie sich wieder auf dem Marktplatz einfanden.

Pauline zahlte Wanda aus und ging zur Herberge zurück.

Im Goldenen Rad herrschte ausgelassene Stimmung. Die kleinen Kaufleute, die Fuhrknechte und die Hausierer feierten ihre Abschlüsse. Pauline spielte Tänze und übermütige Lieder. Die Heller flogen ihr nur so zu. »Komm einmal zu uns nach Lübeck«, wurde sie aufgefordert.

»Nein, komm zu uns nach Oldenburg, nach Hamburg, Frankfurt, Dresden, Halle … Da kannst du gut verdienen, so eine feine Spielfrau, wie du bist«, wurde sie aufgefordert. Hamburg, vielleicht. Ich war noch nie am Meer, dachte sie, und in einer Stadt mit Hafen gibt es immer neue Lieder und Leute, die etwas zu feiern haben.

Unterdessen war Martin hereingekommen und hatte sich in seine übliche Ecke gesetzt. Pauline beschloss, eine Pause einzulegen, und setzte sich zu ihm.

Er winkte Albertine: »Wein für die Spielfrau!«

Das Mädchen brachte das Verlangte und zwinkerte Pauline zu. »Da hast du aber eine Eroberung gemacht«, flüsterte sie ihr ins Ohr.

Martin beobachtete es belustigt. Pauline fand sich seltsam

angerührt von diesem Lächeln. Er grinste nicht und öffnete den Mund nicht dabei. Nur wenig zogen sich die Mundwinkel nach oben, aber seine Augen funkelten.

»Es steht dir gut, wenn du lächelst«, sagte Pauline leichthin. »Warum tust du es nicht öfter?«

»Vielleicht habe ich selten Grund zum Lächeln«, erwiderte er und suchte ihren Blick. »Vielleicht könntest du das ändern.«

Sie fühlte sich erröten wie eine junge Gans. Was geschah mit ihr?

»Besser, du suchst dir einen anderen Grund. Sonst wirst du elf von zwölf Monaten grimmig dreinschauen. Denn ich bin ja nur zur Messe da.«

»Du hast also vor, wiederzukommen?«

»Schon. Ich habe ja ganz gut verdient, bis man anfing, mich aller möglichen Dinge zu verdächtigen. Was hat man denn eigentlich unternommen, um die Jungen zu finden? Habt ihr das Grimmaische Viertel durchsucht?«

»Der Nachtwächter hat seine Truppe verstärkt. Die Viertels- und Gassenmeister sind verständigt. Aber durchsuchen können wir nicht. Es hat sich nichts geändert: Man kann nicht die Läden, Werkstätten und Wohnungen unbescholtener Bürger auf den Kopf stellen, nur auf die vage Aussage zweier Straßenkinder hin.«

»Natürlich nicht. Straßenkindern ist ja nicht zu trauen«, sagte Pauline streitlustig. »Wenn die Stadtwache nichts unternimmt, dann werden sich wohl andere darum kümmern müssen.«

»Du hast doch nicht etwa vor, selbst nach ihnen zu suchen?«

»Und wenn doch? Ja, vielleicht werde ich mich heute Nacht selbst einmal im Grimmaischen Viertel umsehen. Irgendjemand muss ja etwas unternehmen.«

»Aber nicht du, und vor allem nicht in der Nacht.«

Er packte sie am Handgelenk und drückte es so fest, dass sie aufschrie: »Au, Grobian!«

Er ließ sie los, erschrocken über seine eigene Heftigkeit: »Ich mache mir doch nur Sorgen um dich. Lass uns unsere Arbeit tun, und tu du die deine.«

Pauline stimmte einen versöhnlichen Ton an: »Es ist ja ruhiger geworden in den letzten Tagen, oder nicht? Seitdem die Kurfürstin weg ist …«

Martin sah sie nachdenklich an und kaute an seiner Unterlippe.

»Ich muss immer wieder daran denken, wie diese Hürchen umgekommen sind. Dass eine mal zu grob angefasst wird, ja, das kommt vor. Aber so planvoll mit Instrumenten umgebracht – so etwas habe ich noch nie gehört. Jemand mag keine Musik, wie es scheint.«

»Oder er mag sie zu sehr«, gab Pauline ungerührt zurück. »Was ich da in den Gewölben und abends an den Straßenecken gehört habe, war wirklich arg.«

»Du bist ja reichlich abgebrüht. Hast du denn keine Angst?«

»Warum sollte ich? Man kann mir sicher vieles vorwerfen, aber wenigstens ziehe ich Frau Musica nicht durch den Dreck.«

»Mord aus Liebe zur Musik? Hältst du das für möglich?«

»Und wie!« Sie lachte spöttisch und machte sich los.

»Versprich mir, dass du nach Einbruch der Dunkelheit nicht allein durch die Gassen streichst«, forderte Martin.

»Ich verspreche nichts dergleichen, Herr Wachmann. Ich bin erwachsen und kann für mich selbst entscheiden. Im Übrigen: Glaubst du, dass ich hier säße, wenn ich nicht gelernt hätte, auf mich selbst aufzupassen?«

»Schwanin, ich verbiete dir …«

»Du hast mir gar nichts zu verbieten.« Sie leerte ihren Becher und sprang auf. »Danke für den Wein. Willst du etwas Bestimmtes hören?«

»Spiel: ›Schweiget mir vom Weibernehmen‹«, wünschte er sich, und da war es wieder, dieses Funkeln in seinen Augen.

»Wie der Herr beliebt.« Spöttisch verbeugte sich Pauline und setzte den Bogen an: »Schweiget mir vom Weibernehmen, Geldausgeben, Sorgen, Grämen; es ist lauter Ungemach, einmal Juch und dreimal Ach!« ›Na warte nur‹, dachte sie. ›Das zahl ich dir heim.‹ Doch alle Spottlieder auf dumme Jungen und eitle Greise, die ihr einfielen, erschienen ihr plötzlich zu grob. So begnügte sie sich darauf, mit den anderen Männern zu scherzen und recht freundlich zu sein.

Es war eine seltsame Nacht. Ottilie hatte sich verkrochen. Gottlieb ließ sich nicht blicken. Albertine lief alle paar Augenblicke vor die Tür, um zu sehen, ob vielleicht schon eine Nachricht der

Entführer eingetroffen war. Die Stammgäste beobachteten sie, hielten sie am Rockzipfel fest und versuchten, sie auszufragen. Doch wenn man auf eine Überraschung gehofft hatte, wurde man enttäuscht. Die Entführer ließen nichts von sich hören.

»Warum melden sie sich denn nicht? Haben sie doch gemerkt, dass du sie hereinlegen wolltest, du und die kleinen Rotzlöffel«, zischte die Wirtin der Spielfrau zu, als sie wohl zum hundertsten Male in den Hof gegangen war, in der Hoffnung auf neue Anweisungen. »Wenn diese Straßenkinder meinen Moritz in Gefahr gebracht haben, dann sorge ich dafür, dass sie ins Arbeitshaus kommen, und du gleich mit!«

»Gestern hast du noch ganz anders gesprochen.«

»Ja, gestern! Wenn sie sich doch nur melden wollten! Eins sage ich dir: Mach ja keine Geschichten. Dieses Mal gehe ich allein, und wehe, wenn einer von euch seine Nase zeigt oder gar die Stadtwache verständigt. Hast du mich verstanden?«

Pauline nickte und spielte weiter, während auch sie den Ausgang im Auge behielt. Ihre Gedanken drehten sich im Kreis.

Die letzten Töne verklangen. Pauline ließ ihr Instrument sinken. Die Schänke hatte sich geleert. Nur Martin saß noch in seiner Ecke. Den ganzen Abend über hatte er still an seinem Platz gesessen, den Stuhl zurückgeschoben, die langen Beine von sich gestreckt. Immer wieder setzten sich Männer zu ihm und suchten das Gespräch mit ihm. Die meiste Zeit aber saß er allein, und es schien ihm zur Unterhaltung zu genügen, dass er die anderen Gäste unter seinem Barett hervor bei ihrem Treiben betrachtete. Pauline wiederum hatte ihn im Blick behalten. Der Wachmann hatte weit weniger getrunken, als man hätte annehmen können. Stundenlang hielt er sich an einem Krug Bier auf, nahm nur hie und da einen Schluck, während seine Tischgenossen ihre Krüge und Becher in tiefen Zügen leerten. Walpurga und Albertine hatten ein Auge darauf und schenkten rasch nach. Nur Martin winkte ab. Nun stand er auf.

»Gute Nacht«, wünschte er den Mädchen und legte ein paar Münzen auf den Tisch. »Gute Nacht, Schwanin.«

Pauline nickte ihm zu und sah, wie er hinausging. Sie holte die Schweifhaare hervor, die sie im Stall gesammelt hatte, und strich sie auf der Bank neben sich glatt, machte einen Knoten an einem Ende und ließ das Büschel ein paarmal zwischen Daumen und Zeigefinger hindurchlaufen, bevor sie die Haare auf gleiche Länge schnitt. Es mussten genug sein, schätzte sie. Sie löste den Steckfrosch, schnippte das Halteklötzchen aus der Stange und nahm die alte Bespannung heraus. Sie verknotete und spannte die neuen Haare. Das Eibenholz leistete ihr zähen Widerstand. Oh, wie gern hätte sie einen dieser neuen Bögen aus Schlangenholz gehabt, wie es jetzt aus fernen Ländern eingeführt wurde, schwer und erstaunlich elastisch. Doch das lag außerhalb ihrer Möglichkeiten. Sie prüfte Spannung und Gewicht. Es war gut. Zufrieden verstaute sie das Instrument. Dann zählte sie ihr Geld und legte Ottilies Anteil auf die Ofenbank. Walpurga und Albertine sammelten die restlichen Schüsseln, Becher und Krüge ein und stellten die Stühle hoch.

»Auf, Felix! Abendspaziergang!«, rief Pauline den Affen, der sich unter den Tischen vergnügt hatte. »Wartet nicht auf mich«, fügte sie hinzu. »Ich werde einen etwas längeren Spaziergang machen.«

Erschrocken wandte Albertine sich um: »Allein? Genügt es nicht, wenn du den Affen im Hof ein wenig laufen lässt?«

»Dem Affen schon, mir aber nicht«, antwortete die Spielfrau. »Ich bin gern nachts draußen unterwegs. Ich liebe das Licht der Sterne. Und wenn es still ist, dann glaube ich fast, ich könnte sie hören.« Sie lächelte. »Mach dir keine Gedanken meinetwegen.«

»Nimm mein Rebec mit nach oben, sei so gut«, bat sie Anna. Dann hüllte sie sich in Mantel und Tuch und trat in den dunklen Hof. Als sie durch das Tor auf die Straße kam, stand Martin dort an einen Karren gelehnt.

»Wohin so spät, Jungfer Schwan?«

»Ich habe es dir doch gesagt: Ich will durchs Grimmaische Viertel gehen.«

»Bist du da nicht jeden Tag?«

»Am Tage sind zu viele Leute dort.«

»Und was hoffst du jetzt in der Nacht zu entdecken, was man bei Tage nicht wahrnehmen kann?«

»Geräusche. Ungewöhnliches.«

»Ich begleite dich«, sagte Martin in einem Ton, der keinen Widerspruch zuließ.

Schweigend gingen sie nebeneinanderher durch die Ritterstraße und kreuz und quer durch das Grimmaische Viertel. Pauline zermarterte sich den Kopf. Da war irgendeine Erinnerung, die sich ihr entzog. Ein Klang tauchte auf und verschwand wieder, bevor sie ihn zu fassen bekam. Sie hatte etwas gehört. Was war es nur? Etwas Wesentliches, davon war sie überzeugt, etwas, das ihr in dem Augenblick unwichtig erschienen war. Ein Klang. Irgendwo. Was war es nur gewesen? Doch die Erinnerung ließ sich nicht wachrufen.

»Hier haben die Jungen ihn aus den Augen verloren. Er ist in diese Richtung gelaufen. Wo mag er hin sein?«, sagte Pauline wie zu sich selbst. Sie blieb stehen und versuchte sich in die Lage des Entführers zu versetzen. War er Umwege gelaufen, um Verfolger abzuhängen? Oder hatte er aus Angst einen direkten Weg eingeschlagen? Die Jungen hatten gesagt, er habe Angst gehabt. Also wollte er doch auf dem raschesten Weg zu seinem Versteck gelangen. Sie suchte mit den Augen die Türen und Fenster ab, doch keine plötzliche Eingebung kam.

»Ich glaube nicht, dass er aus den Kollegien gekommen ist. Da sind zu viele Menschen, um einen kleinen Jungen zu verstecken«, meinte Martin. »Vom Neumarkt vielleicht oder aus einer der Gassen an der Stadtmauer.«

In der Stille und Einsamkeit der Nacht war Martins Gegenwart spürbarer als bei Tage. Wie ein Felsblock in einem Fluss, dachte sie. Aus den Augenwinkeln nahm Pauline seine ruhigen Bewegungen wahr, die weißen Wolken seinen Atems. Fast meinte sie, seine Wärme zu spüren.

Ihre Schritte knirschten sacht im frisch gefallenen Schnee. Die ganze Welt war gedämpft, wie unter einer Decke. Eine Ladung Schnee rutschte von einem Dach. Ein Hund winselte. Eine Tür schlug.

Am Niklaskirchplatz begegneten sie dem Nachtwächter und seinen Männern, die Martin ehrerbietig grüßten. Pauline glaubte ihr belustigtes Flüstern zu hören, als sie weitergingen. Nun, mochten sie doch denken, was sie wollten.

Im Gewandgässgen kamen ihnen zwei Studenten entgegen. Sie stützten sich gegenseitig. Ihr betrunkenes Gelächter hallte in der engen Gasse wider. Dann war es wieder still.

Felix war einige Male fortgehüpft und wiedergekommen, um sich unter Paulines Mantel zu verkriechen. Sie achtete darauf, ihm nicht noch einmal das verhängnisvolle Zeichen zu geben, besonders in dieser Gesellschaft. Am Freudenhaus blieben sie stehen und sahen nach oben, wo immer noch Licht aus zweien der Fenster schimmerte. Doch es war alles wie gewöhnlich. Und so schlug die Spielfrau schließlich den Heimweg ein.

Sie spürte noch, bevor sie ihn ansah, was Martin vorhatte. Unvermittelt blieb er stehen und zog sie in einen Torbogen. Er legte seine Arme um sie. Da waren der sanfte Druck seiner Handflächen am oberen Ende ihrer Lendenwirbel und die Wärme seines massigen Körpers vor ihr. Sein Geruch war berauschend, kraftvoll und süß. Sie spürte die harte Wölbung seiner Schamkapsel an ihrem Bauch und ein beinahe schmerzhaftes Ziehen in ihren Lenden.

Sie sah zu ihm hoch, und er beugte den Kopf zu ihr herab. Es war einer von diesen seltenen Augenblicken im Leben, die ihr wie Jahre vorkamen, lang gezogen und sämig wie Birnensirup. Behutsam fanden sich ihre Lippen, sehr vorsichtig tastend. Winzige Berührungen nur, wie von Schmetterlingsflügeln. Als Martin auf keinen Widerstand traf, wurde sein Kuss drängender und begehrlicher. Die Bartstoppeln kratzten sie ein wenig, doch der Kuss war gut, o ja, so gut!

»Möchtest du nicht mit zu mir kommen?«, fragte Martin mit rauer, leiser Stimme. »Bei mir ist es warm, und ich habe eine gute Flasche zurückgelegt …«

Paulines Brustkorb wurde eng. Ja, hätte sie gern gesagt, aber sie zögerte. Rasch rechnete sie im Geiste nach und fand, dass es möglich wäre. Sie hätte sich ihm ohne Gefahr hingeben können, und es wäre schließlich nicht das erste Mal. Als Spielfrau war sie freier als die Bürgerinnen und konnte sich ihr Vergnügen nehmen ohne das geringste schlechte Gewissen, wenn ihr der Sinn danach stand. Doch da war etwas an ihm, das sie scheu machte.

Sie trat einen kleinen Schritt zurück. »Besser nicht«, murmelte sie.

Er ließ sie los. »Eine keusche Spielfrau?«, spottete er.

»Das kommt vor.«

»Du weißt nicht, was dir entgeht.« Doch er bedrängte sie nicht weiter.

Zusammen gingen sie zur Herberge zurück. Er lieferte sie am

Tor ab und blieb stehen, bis sie drinnen war. Das Bild war in ihr Gedächtnis gebrannt: seine dunkle Gestalt im kalten Licht der Sterne. Sie sah es immer noch vor sich, als sie zu Anna unter die Decken kroch.

14. AUSLÄUTEN

Pauline erwachte von Kindergeschrei. Lachen, Poltern auf der Treppe, herauf und hinunter, ein Rumpeln und danach Geheul. Jetzt war wohl eines von ihnen die Treppe hinabgekugelt. Doch das Geheul klang mehr nach Wut denn nach Schmerz, und so blieb Pauline ruhig liegen, verschränkte die Arme hinter dem Kopf und dachte nach. Eigentlich dachte sie gar nichts Besonderes, starrte nur mit geöffneten Augen an die hölzerne Zimmerdecke. Gedanken kamen und gingen wie ein rasch sprudelnder Bergbach. Die Geschäftigkeit des Tages, die Kinder, Annas Stimme: »Wollt ihr wohl ruhig sein, ihr Rangen! Runter da!« Pferd und Wagen im Hof – das alles blieb zurück, und Pauline genoss die Leichtigkeit der Muße. Der Morgen war für sie die beste Zeit. Ein Tag, der noch alles versprach, eine ganz neue Melodie.

Sie empfand weder Hunger noch Durst, noch war ihr kalt. Alles war gut. Martin tauchte in ihren Gedanken auf, doch ebenfalls weit entfernt, ein schöner Gedanke, eine Wärme. Doch ohne Weiterungen. Unschuldig und verheißungsvoll war alles wie frischer Schnee, in den der Alltag noch keinen Abdruck gemacht hatte mit all seinen Anforderungen und Verwirrungen, die gewiss folgen würden. Ein Gefühl wie reines weißes Licht, Sonne hinter geschlossenen Lidern, weiter Himmel.

Natürlich konnte es nicht so bleiben. Ein leises Klopfen ertönte an der Tür. Eine Kinderstimme fragte: »Darf ich den Affen füttern?«, ein anderes: »Nein, ich will!«

Die Tür öffnete sich, und Pauline nahm den Geruch von warmer Milch wahr, hörte das Klappern einer Schale auf einem Teller. Dann war es mit der Ruhe vorbei.

»Hier ist dein Frühstück! Großmutter hat gesagt, ich darf es dir bringen«, sagte ein Kind. Eine Schale dampfender Milch und ein Teller mit Kuchenbrot wurden ihr entgegengestreckt.

»Wo ist der Affe? Wo ist er denn? Ich seh ihn nicht!«, rief eine zweite Kinderstimme, und eine dritte: »Da ist er! Da oben auf dem Balken hockt er! Komm, Äffchen, komm!«

»Er macht ja gar nichts. Ist er ausgestopft?«

»Entschuldige, ich konnte sie nicht mehr zurückhalten«, lachte Anna, die jetzt ins Zimmer trat. Die Spielfrau richtete sich im Bett auf, nahm ihr Frühstück entgegen und betrachtete die Kinderschar, die sich da in Jacobus' Zimmer drängte: drei, nein, vier, nein, fünf! Das älteste Mädchen stand in der Türfüllung, etwas schüchterner und manierlicher als die anderen. Es trug einen Säugling auf dem Arm.

»Sieh nur, Pauline! Das sind meine Enkelkinder. Meine Tochter ist mich besuchen gekommen. Das tut sie sonst immer zum Christfest. Aber diesmal waren zwei von den Kindern krank, und es musste warten. Ksch! Hinaus mit euch! Jetzt habt ihr sie gesehen und werdet warten können, bis sie sich angezogen hat und herunterkommt.«

Gehorsam liefen die Rangen hinaus.

»Wenn du ihnen nachher den Affen ein wenig vorführst oder ihnen gar etwas vorspielst, dann würden sie sich freuen. Meine Tochter auch! Sie hört so selten Musik bei sich da draußen.«

Pauline aß mit Genuss ihr Kuchenbrot, zog sich an und ging in die Gaststube.

Dort saß eine junge Bäuerin bei Anna.

»... lederne Stiefel, noch fast ungetragen, warme Jacken für die Kinder der Häusler, eine Decke aus allerlei Rauwerk für Großmutter Schmidt ...«, schnappte Pauline auf, als sie sich zu den beiden an den Tisch gesellte. Anna schaute zu ihr hoch: »Minna erzählt gerade, dass Susanna Salet am Sonntag im Dorf war und Kleidung für die Armen gebracht hat.«

»Oh, die gute Frau! Und ausgerechnet ihr muss man solchen Kummer machen«, sagte Minna. »Wir haben das vom kleinen Daniel erst gestern erfahren. So ein liebes Kind. Und Frau

Susanna! Ach, dass Gott es zulässt, dass gute Menschen so leiden müssen!«

»Kennst du denn die Salet'schen Kinder?«, fragte Pauline überrascht.

»Freilich. Die Größeren weniger. Aber den kleinen Daniel, den kennen wir alle. Er ist doch Frau Susannas Liebling und so ein hübscher Junge! Sie nimmt ihn immer mit, wenn sie auf die Güter hinausfährt. Freundlich ist er, ist sich nicht zu fein, sich mit unseren Kindern im Heu zu balgen. Wir beten alle jeden Tag, dass ihm kein Leid geschieht. Linus!«, rief sie besorgt. »Nicht auf die Straße! – Ich will nicht, dass die Kinder allein hinausgehen«, erklärte sie mit ängstlichem Blick nach dem Jungen an der Tür. »Ich weiß nicht, mir ist es nicht geheuer, wie in Leipzig die Kinder verschwinden. Alle diese Fremden hier. So etwas passiert bei uns auf dem Dorf nicht. Da kennt doch jeder jeden.«

Pauline spielte ein paar Lieder für Annas Enkel. Sie herzten und zausten derweil den Affen, bis dieser einen der kleinen Plagegeister in den vorwitzigen Finger kniff und sich ärgerlich schnatternd auf Paulines Schulter flüchtete.

»Bleibt ihr zum Mittagessen?«, fragte die Gastwirtin, die hinzugetreten war.

»Gern«, antwortete Minna. »Aber dann müssen wir zurückfahren. Ich möchte vor Einbruch der Dunkelheit wieder im Dorf sein. Hör mal, Mutter, da ist etwas, worüber ich mit dir reden muss ...«

»Gut, dann lassen wir euch allein. Du hast dir eine Pause verdient, Anna. Sprecht euch aus, wie es nötig ist. Aber am Nachmittag brauche ich dich wieder. Es ist so viel zu tun: Die überzähligen Strohsäcke müssen aus dem Schlafsaal hinausgeschafft und im Stall geleert werden, Wäsche ist zu waschen, die Vorräte sind zu überprüfen und aufzufüllen. Wir sind so gut wie leer gefressen und ausgeräumt.«

Pauline stand auf und verabschiedete sich von Minna. Zeit für ihren Besuch im Gefängnis.

Im Hof waren Gottlieb und Lukas dabei, ein Ochsengespann vor einen Wagen zu führen. In den Straßen war das Ende der Messe zu spüren. Die Karren, die man vorher zusammengeschoben hatte, zog man nun auseinander. Hier und dort wurde schon aufgeladen. Fuhrwerke wendeten und ordneten sich in den Strom ein, der die Stadt verließ. Noch war er überschaubar, und es ging gut voran. Morgen, am Freitag, würden die Straßen so verstopft sein wie bei ihrer Ankunft. In den Seitenstraßen war es ruhiger, doch Pauline sah, dass die beste Zeit für sie vorüber war. Sie hatte ihr Geld gezählt und war ein wenig enttäuscht. So gut es auch angefangen hatte, so war ihr doch in den letzten zwei Tagen einiges entgangen. Es würde wohl über den Winter reichen, aber knapper, als sie gedacht hatte.

›Salet, Salet … Wenn der kleine Daniel am Sonntag noch mit Susanna auf dem Lande gewesen war, wo und wann war er dann entführt worden? Mit wem konnte so ein kleiner Junge denn zusammengetroffen sein? So ein Kind in einem großen Haus, das wurde doch ständig beaufsichtigt, oder nicht?‹, überlegte Pauline, während sie Fuhrwerken und Trägern auswich. ›Vielleicht sollte ich heute Nachmittag das Angebot annehmen und in der Salet'schen Küche spielen, damit ich etwas erfahre.‹

In der Heustraße vor der Heuwaage war das Gedränge besonders dicht. Dort luden die Fuhrleute Fourage auf für den langen Weg, den sie vor sich hatten. Ein Paar Beine, die unter einem Kornsack dahinwankten, kamen ihr bekannt vor. Ein halbwüchsiger Junge warf keuchend seine Last auf einen Karren und trabte zurück, um die nächste Ladung zu holen.

»Stinker!«, rief Pauline. »Du hast Arbeit gefunden.«

Er blieb stehen und wischte sich über die Stirn. »Guten Tag, Fiedlerin. Noch da?«

»Ich kann doch nicht einfach verschwinden, wenn ein Freund in der Tinte sitzt. Ihr habt nichts Neues gehört wegen der Kinder? Irgendwer, der plötzlich mit Geld um sich wirft, wo vorher keines war? Alte Schulden bezahlt? Niemand, der sich seltsam beträgt?«

»Nee. Nischt. Und ich kann jetzt auch nicht blau machen. Mir wird bibberisch, und ich werd nach Reibern gelöhnt.« Stinker stieg ungeduldig von einem Bein aufs andere. Ihm wurde kalt, wenn er stehen blieb, und er wurde nach Säcken bezahlt, nicht nach Arbeitsstunden.

»Dann mach weiter. Aber hör mal: Ich denke, ich werd heute mal für Krümel spielen in einem guten Haus. Die könnt ihr haben, wenn ihr wollt.«

»Klar! Her damit!«

»Dann kommt heute Abend zum Goldenen Rad. Da geb ich euch, was ich ergattern kann.«

Auf dem Marktplatz drängten sich Schaulustige, Höken und Bauersleute ebenso wie reich gekleidete Bürger. Und viele Kinder waren dabei. Die Schausteller, Bärenführer, Seiltänzer waren abgezogen. Kein Gaukler würde diese Menge unterhalten. Die Leute machten ernste Gesichter, doch ihre Augen funkelten. Auf dem hölzernen Podest in der Mitte des Platzes stand ein Medicus und sprach mit dem Gerichtsfron. Ein Pflock war aufgestellt worden. Messer und Peitsche lagen bereit.

Pauline ging ins Rathaus und stieg die Stufen zum Kerker hinab.

»Du musst warten«, herrschte einer von den Wachen sie an. »Sie holen gerade den Wipper heraus.« Den Betrüger, der mit falschen Gewichten gewogen hatte, Jacobus' Zellengenosse. Und da kam er schon, an Händen und Beinen gekettet. Zwei Wachleute zerrten ihn an ihr vorbei. Die Kettenglieder rasselten und schleiften zwischen seinen Füßen. Der Mann bemühte sich, Fassung und Mut zu zeigen, doch es gelang ihm schlecht: Er war kreidebleich, und seine Zähne schlugen aufeinander.

»Wartet!«, rief die Spielfrau und holte rasch einen Krug aus ihrem Korb. »Lasst ihn wenigstens noch einen kräftigen Schluck Wein trinken. Dann spürt er die Schmerzen weniger.«

»Er soll sie ja spüren«, murrte einer der Soldaten, aber der Bußherr, der hinter ihnen kam, blieb stehen.

»Lasst ihn trinken«, befahl er.

»Gott vergelt's«, murmelte der Gefangene und griff nach dem Weinkrug. Er nahm einen langen Zug und taumelte ein wenig, als sie ihn weiterzerrten.

»Ich esse später«, sagte Jacobus, als Pauline ihm die Schüsseln unter dem Gitter zuschob. »Es wäre doch schade um die schöne Krebspastete, wenn sie mir gleich wieder aus dem Gesicht fiele. Aber den Wein werden wir brauchen.«

Die Zellengenossen kamen zum Gitter und holten sich ihren Anteil.

Schweigend kehrten sie an ihren Platz unter dem hohen Fensterloch zurück. Auch Jacobus und Pauline hockten stumm beisammen, getrennt durch das Gitter. Sie warteten. Es fiel ihnen nichts zum Reden ein.

Draußen erhob sich ein aufgeregtes Summen. Spottrufe und Beschimpfungen erklangen. Offenbar hatte man den Platz erreicht und die Wartenden den Verurteilten erspäht. Lauter wurden die Rufe. Die Wachleute schrien zurück. Metall klirrte. Das klang nach einem Handgemenge. Jetzt würden sie ihn vor der Menge schützen müssen. Die Leute wollten ihren Spaß haben, und wenn die braven Soldaten auch etwas abbekamen, wen kümmerte es? Das gehörte dazu.

Schwere Schritte auf hölzernen Stufen. Das Kettenschleifen brach ab. Jetzt wurde er wohl an den Pflock gebunden und das Urteil verlesen. Die Menge wurde still, dann brandete der Lärm wieder auf, und die unten hörten die ersten Peitschenhiebe klatschen. Zwei-, dreimal traf die neunschwänzige Katze den nackten Rücken, bevor der Mann zu schreien begann. Ein Kind heulte dicht am Oberlicht. Pauline streckte die Hand durch das Gitter und griff nach dem Weinkrug.

»Gib mir einen Schluck. Es geht mir durch und durch«, sagte sie.

»Kannst du nicht was spielen, damit wir es nicht hören müssen?«, fragte wild einer der Kumpane.

»Nein. Kann ich nicht«, sagte Pauline. So blieben sie still hocken und hörten zu. Das Klatschen der geflochtenen Lederschnüre verebbte, und die Schreie gingen in ein Wimmern über. Die Auspeitschung schien vorbei zu sein.

Eine Pause, ein schriller Aufschrei, noch einer. Nun hatten sie ihm wohl die Ohrläppchen aufgeschlitzt.

»Gnädiger wär's gewesen, sie hätten ihn ganz umgebracht«, sagte Jacobus. »Wovon soll er jetzt leben? Keine Zunft nimmt ihn mehr auf. Niemand wird ihm ehrliche Arbeit geben. Versucht er etwas zu verkaufen, so wird's ihm keiner abnehmen, weil man gleich sieht, dass er ein Betrüger ist. Oder dass er einer war, das spielt dann keine Rolle mehr.«

»Das hätte er sich eben vorher überlegen sollen«, meinte einer der Männer unter dem Fensterloch.

»Das müsst ihr gerade sagen«, entgegnete Pauline.

»Man meint halt, dass man nicht erwischt wird«, sagte der

andere Mitgefangene, »und macht's trotzdem. Haben sie dich erst mal, dann ist es zur Einsicht zu spät.«

Pauline lachte böse auf. »Und die Christenmenschen sind um einen Bettler reicher, an dem sie ihre Nächstenliebe beweisen können.«

»Die Lutheraner brauchen ja nun die Bettler nicht mehr für ihr Rechnungsbuch mit Gott«, bemerkte Jacobus. »Die Sünden werden vergeben allein durch Gottes Gnade. Keine Ablassbriefe, keine Almosen. Nur noch Liebe. Sind die Bettler nun eigentlich besser oder schlechter dran als vorher?«

Der Ehebrecher zuckte die Achseln. »Da musst du einen Bettler fragen.«

Der Handwerksbursche, der den Studenten verprügelt hatte, meinte: »Hier wird das Gesindel nicht mehr fett auf Kosten der hart arbeitenden Leute. Der Rat hat eine Bettelordnung erlassen, danach muss jeder seine Bedürftigkeit nachweisen, ehe man ihn in die Stadt lässt. Die faulen Betrüger kommen ins Arbeitshaus. Und Ortsfremde werden gar nicht mehr geduldet.«

»Recht so«, setzte sein Kumpan nach. »Schon Herr Luther hat gesagt, dass unter den Bettlern viel Büberei und Betrug ist. Wer nicht arbeitet, soll auch nicht essen.«

»Aber die letzte Zeile, die Herr Luther vor seinem Tod geschrieben hat, lautete: ›Wir sind alle Bettler‹«, fuhr Jacobus fort.

›Wie er das wohl gemeint hat?‹, fragte sich Pauline. »Das klingt ja, als ob er verzweifelt gewesen wäre. Als ob er es so empfunden hat, dass er nach all der Mühe und den Kämpfen seines Lebens mit leeren Händen dastand. War er denn nicht zufrieden mit dem, was er erreicht hatte?«

»Ich meine eher, dass er an Gottes Gnade gedacht hat. Dass sie uns nicht zusteht, aber dennoch gegeben wird. Wir sind Bettler vor Gott, wollte er sagen. Und der Herr versorgt uns mit allem, was wir wirklich brauchen.«

Draußen waren sie mit der Schandstrafe fertig. Pauline nahm die Fiedel aus dem Sack und strich einige tröstende Psalmen, um sich und die Männer zu beruhigen.

»Warum hast du das nicht vorhin schon getan?«, fragte einer der zwei übrig gebliebenen Galgenvögel.

»Weil meine Musik nicht dazu da ist, zu fälschen und zu betrügen und Leid zu verdecken. Glaubst du etwa, ich könnte eine lustige Weise fiedeln, nur damit man beim Schlachten nicht hört, wie das arme Schwein quiekt? Das wäre wirklich eine Höllenmusik. Dazu gebe ich meine Kunst nicht her«, antwortete Pauline ungehalten. »Kann ich dich jetzt allein lassen, Jacobus?«

»Geh nur. Ich danke dir für deine Gesellschaft, meine liebe Terpsichore. Ich hoffe, dass ich bald aus dieser Lage befreit werde. Dann werde ich nicht vergessen, wie du zu mir gehalten hast. Du bist ein wahrer Schatz von einer Freundin.«

›Hoffentlich findest du das auch noch, wenn du herausbekommst, was ich mit deinem besten Ausstellungsstück und mit deinem Geld gemacht habe‹, dachte die Spielfrau.

»Wie geht es unserer Wirtin?«, fragte Jacobus.

»Schlechter jeden Tag. Sie versucht, sich zusammenzunehmen, aber ich habe das Gefühl, dass sie nur noch aus Flicken und losen Enden besteht. Manchmal meine ich, man könnte mit bloßem Auge sehen, wie sie verfällt. Wenn der Junge nicht bald gefunden wird, dann weiß ich nicht, was sie tut.«

»Wenigstens kann sie noch Hoffnung haben«, sagte der Kleinwüchsige traurig. »Und sie hat schließlich noch zwei weitere Kinder.«

»Das hat die Welsche auch gesagt. Aber ich glaube nicht, dass man so rechnen kann.« Pauline klopfte sich das Stroh von den Röcken und wandte sich zum Gehen. »Ich bedaure nur, dass ich dir keine bessere Gesellschaft war. Heute musst du dir mit Margots Künsten behelfen.«

Draußen hatte der Medicus die Wunden des bestraften Betrügers versorgt. Gekrümmt vor Schmerz und Scham, versuchte der sich davonzuschleichen. Faules Obst und Pferdemist regneten auf ihn herunter. Durch den notdürftigen Wundverband über den Ohren sickerte das Blut. Angewidert wollte die Spielfrau schon das Weite suchen.

»Sieh doch, ist das nicht Pauline!«, hörte sie eine Frau rufen. Da stand Auguste und zeigte mit dem Finger auf sie.

»Sieh an. Dir verdanke ich das also. Man hat dich uns beschrieben, aber ich habe es nicht glauben wollen. Na warte, dir werd ich's zeigen, Flittchen!« Emmanuel Mohn, der Seiltänzer, löste Augustes Hand von seinem Arm und machte ein paar drohende Schritte auf Pauline zu. Die tastete nach dem Messer in ihrer Gürteltasche.

»Wenn du ein Flittchen suchst, dann schau dich lieber in deiner Truppe um!«

»Schlange, undankbares Luder!«, kreischte jetzt eine zweite Frau, die Ältere, Henrike. »Haben wir dich nicht von der Straße aufgelesen, dich aufgenommen und dir ein Handwerk beigebracht? Ist das der Dank? Thietmar, komm mal her!« Ihr Sohn, der zu einem jungen Ochsen herangewachsen war, seit Pauline ihn zuletzt gesehen hatte, begann die Musikerin mit der flachen Hand vor sich her zu stoßen.

»Gib's ihr! Hau ihr eine runter, aber richtig!«, schrie Auguste. »Ihretwegen hab ich bei dem Putzkrämer umsonst die Beine breit gemacht. Du Verräterin! Was ist das für eine Art, alten Freunden das Geschäft zu vermasseln?«

»Wir sind keine Freunde«, gab Pauline zurück. »Ich bin nicht befreundet mit Betrügern und Erpressern.«

Auguste stemmte die Fäuste in die Hüften: »Was geht es dich an, wie ich mein Geld verdiene? Und wer hat dich zum Moralrichter gemacht, hm? Hast du nicht selbst angeschafft, hm? War doch so, oder? Hat aber nichts eingebracht, weil du so ein farbloses, saures Dingelchen warst. Platt wie ein Brett, kein Arsch und keine Titten. Welcher richtige Kerl schaut dich schon an? Aber eine Kollegin zu verpfeifen, das ist ja wohl das Letzte!«

»Du warst das mit den Tauben!«, knurrte der Seiltänzer wütend. »Blamiert hast du mich vor der Kurfürstin und vor der ganzen Stadt! Ich hätte bei Hofe auftreten können, wenn du mich nicht bloßgestellt hättest, du …!«

»Schade, dass du dir nicht das Genick gebrochen hast.«

Pauline sah sich von den wütenden Gesichtern des ›Acrobatischen Circus‹ umringt.

Die Bürger, die nach dem Strafgericht noch auf dem Platz geblieben waren, eilten herbei, um sich nichts entgehen zu lassen.

Ein alter Mann schob sich durch die Menge nach vorn und stellte sich zwischen Pauline und den Seiltänzer. »Hört auf zu streiten, noch dazu vor dem Rathaus! Nehmt Vernunft an! Sie ziehen uns nackt aus und spannen uns vor den Kotwagen, wenn wir uns untereinander raufen. Emmanuel, du wirst wohl kaum bestreiten, dass Pauline Grund hat, dir gram zu sein.«

Emmanuel verschränkte die Arme vor der Brust und schwieg.

»Verteidige sie nur. Sie war ja immer schon dein Liebling«, murrte Auguste.

Der Alte ließ sich nicht aus der Ruhe bringen: »Pauline, willst du nicht zu uns hinauskommen und in Ruhe über alles reden?«

»Was gibt es da zu reden«, sagte Pauline bitter. »Das bringt mein Kind nicht zurück und meine Unschuld auch nicht.«

»Was willst du denn? Ich hab dir schließlich nicht gerade Gewalt angetan, es hat dir doch gefallen«, knurrte der schöne Emmanuel, der, näher betrachtet, wie Pauline feststellte, gar nicht mehr so schön aussah.

›Was habe ich nur an ihm gefunden?‹, fragte sie sich. ›Damals habe ich gedacht, er sei der ansehnlichste Mann auf Erden und dass ich keinen Tag leben könnte ohne ihn. Er hat ein Gesicht wie ein aufgegangener Brotteig, im Kopf nichts als Stroh. Eitel und selbstverliebt ist er. Warum habe ich das nur nicht gesehen?‹

»Du hast so lange mit uns gelebt«, fuhr der Alte fort. »Gut, du hast dich von uns getrennt. Aber wäre es nicht besser, wenn du deinen Frieden mit uns machst, statt uns in so schlechter Erinnerung zu halten? Wir sind ein Teil deines Lebens gewesen, oder etwa nicht? So viel Bitterkeit in einem so jungen Menschen. Pauline! Das ist nicht gut.«

Auguste sah Pauline böse an: »Von mir aus braucht die da nicht zurückzukommen.«

Aber die ältere Frau, Henrike, schob sie beiseite und machte einen Schritt auf die Spielfrau zu: »Wir haben uns Sorgen gemacht, als du so plötzlich verschwunden warst. Du musst ja nicht wieder mit uns fahren, wenn du das nicht mehr willst, aber Melchior hat recht. Komm und lass uns Frieden machen. Es hat mir leid getan, was damals passiert ist.«

»Glaubst du denn, ich habe das so gewollt?«, sagte, immer noch wütend, der Seiltänzer.

»Und ob du es so gewollt hast. Du hast mich doch dazu getrieben! – ›Schau, Paulinchen, da ist ein feiner Herr, dem gefällst du so gut. Und wenn du recht lieb zu ihm bist, dann schenkt er dir auch was‹«, äffte sie den Seiltänzer nach.

»Pauline, dies ist weder die Zeit noch der Ort«, mahnte Melchior.

Die Schaulustigen waren weitergegangen, nachdem es nun doch keine Prügelei zu sehen gab.

»Also gut«, willigte die Spielfrau ein. »Ich komme. Wie lange wollt ihr denn noch bleiben?«

»Wir wollten schon fort sein und zur Fastnacht ins Süddeutsche, aber an einem Wagen ist die Achse gebrochen, und wir müssen darauf warten, dass der Stellmacher uns eine neue einbaut. Zwei Tage noch«, antwortete Melchior.

»Ich weiß, wo ich euch finde«, sagte Pauline aufgewühlt. »Ich komme, wenn es mir passt.«

»Ph!«, machte Auguste. »Hör sich das einer an!«

»Na dann …« Die Gaukler wandten sich zum Gehen.

»Melchior!«, rief Pauline. »Willst du nicht einen Becher mit mir trinken? Ich lade dich ein.«

»Ho, sind wir großzügig! Scheinst ja gut verdient zu haben mit deiner Fiedelei«, bemerkte spöttisch Auguste über die Schulter.

Pauline verkniff sich eine Antwort, griff Melchior beim Arm und schob ihn auf die Ratsstube zu.

»Brot, Käse und Wein!«, bestellte sie und betrachtete den alten Spielmann, der ihr gegenübersaß. Er ist alt geworden. Früher habe ich das nur gedacht, aber jetzt wird er wahrlich zum Greis. Sein Gesicht war von tiefen Falten zerfurcht, die Haut schwartig, die Wangen wegen fehlender Zähne eingefallen. Das ehemals schwarze Haar war grau durchzogen.

»Wie geht es dir?«

»Könnte schlechter sein«, antwortete der Alte. »Wird schlechter werden.«

»Fällt es dir schwer, zu reisen und im Wagen zu leben?«

»Schwerer als früher«, gab er zu. »Ich komme nicht mehr so gut auf den Wagen hinauf und wieder herunter. Und die Kälte macht mir zu schaffen. Das Alter eben.«

»Hast du keinen Platz, wo du wenigstens für den Winter bleiben kannst? Die Truppe muss doch genug einnehmen, um für ihre Alten zu sorgen.«

»Schon, Emmanuel hat es mir auch angeboten. Aber ich will nicht. Ich habe auf der Straße gelebt, und da will ich auch sterben. Immer nur an einem Ort, dieselbe Aussicht oder vielleicht gar keine, sterben im Bett mit einer Kammerdecke zwischen mir und dem Himmel – das wäre nichts für mich. Aber sprechen wir nicht von mir! Wie ist es dir ergangen, meine Kleine?«

»Mal so, mal so.« Melchior gegenüber brauchte sie sich nicht zu verstellen. »Meist ging es ganz leidlich. Ich habe gut gebrauchen können, was du mir beigebracht hast.«

»Ich weiß«, grinste er.

»Wie, hast du mich denn spielen gehört?«

»Ja sicher, ich habe dich schon vor Tagen entdeckt; bei der Geschichte mit den Tauben habe ich dich gesehen, und dann habe ich die Augen offen gehalten. Es war nicht schwer. So groß ist Leipzig nicht, und die Leute haben über die Fiedlerin mit dem Affen gesprochen. Ist das deiner?«

Melchior streckte die Hand nach dem Tier aus und sprach es an. Ruhig und vertraulich kam es zu ihm, als kenne es ihn gut.

Eine Schankmagd brachte das Verlangte. Die Spielfrau und der Alte tranken und langten zu.

»Und du hast Emmanuel und den anderen kein Wort von mir gesagt?«, wunderte sich Pauline.

»Nein, warum denn? Es hat mir Spaß gemacht, ihn mal mit blankem Hintern zu sehen. Er ist ein anständiger Akrobat und hat Geschäftssinn. Es geht uns gut, seit er die Führung übernommen hat, doch er ist halt auch ein gewaltig eitler Gockel. ›Mohns acrobatischer Circus‹! In letzter Zeit hat er sich ziemlich aufgeführt. Aber er ist bei allem doch kein schlechter Kerl, Pauline.«

»Gestatte, dass ich anderer Meinung bin.«

»Rede mit ihm. Aber nun zur Musik: Ja, ich habe dir ein paar Male zugehört. Du hast mich nicht gesehen, aber ich war da. Und ich bin stolz auf dich, meine Kleine! Du beherrscht dein Instrument wie deine eigene Hand!«

Pauline errötete vor Freude. »Danke; wenn du das sagst, bedeutet es mir mehr als alles Silber im Hut. Aber ich bin nicht zufrieden mit mir. Weißt du, ich würde gerne noch mehr lernen. Ich möchte komponieren können, richtig mit Aufschreiben und für mehrere Instrumente und Stimmen! Ich hab so viel im Kopf, das ich nicht ausdrücken kann, und dann vergesse ich es wieder. Einmal möchte ich ein Stück perfekt haben, und dann soll es auch so bleiben. Stattdessen spiel ich meine eigenen Stücke jedes Mal anders. Ach, ich möchte so gern mal wieder in consort spielen, in einer Gruppe aufgehen!«

»Dann tu es doch. Was hindert dich?«

Traurig rührte Pauline mit dem Finger den Wein im Becher um. Kleine braune Stückchen schwammen darin, Zimtrinde und eine Nelke.

»Wie denn? Ja sicher, wenn man andere Musiker in den Herbergen trifft, dann spielt man ein wenig zusammen, und dann geht jeder wieder seiner Wege. Auf einer Hochzeit letzten Sommer, da saß ich mal mit vier anderen zusammen. Stell dir das nur vor: zwei Fiedeln, eine Flöte, Sackpfeife und Trommel. Hei! Das war schön! Aber auch das geht wieder auseinander, weil es zu wenige solche Gelegenheiten gibt, um eine große Gruppe zu ernähren. Einen Spielmann heiraten will ich nicht. Und in ein ständiges Orchester komme ich nicht, weil ich eben eine ungebildete Straßenmusikerin bin. So etwas haben nur Fürsten. Dafür bin ich nicht gut genug.«

Melchior lächelte schlau. »So darfst du nicht denken. Wer sich selbst schlecht macht, den achten auch die anderen gering. Du darfst nicht so bescheiden sein, Mädchen. Das ist gut und schön für Bürgertöchter, aber in unserem Handwerk erweist du dir damit einen schlechten Dienst.«

»Aber wie soll ich denn weiterkommen, wenn niemand mich lehren will?«

»Wer sagt denn das, meine Kleine? Gut, die bestallten Musikanten und die Doctores, von denen hast du nichts zu erwarten. Aber glaubst du denn nicht, dass es auch unter den Fahrenden Meister gibt?«

»Und wie finde ich die?«

»Ganz einfach, und dabei kannst du mir auch noch einen Gefallen tun. Seit Jahren versuchen wir Fahrenden, wieder einmal eine scuola abzuhalten, und nun wird es endlich gelingen: In Frankfurt am Main zu Ostern ist es so weit!«

»Was ist eine scuola – eine Schule auf Latein, das weiß ich, aber ...«

»Eine scuola nennen wir ein großes Musiktreffen der fahrenden Spielleute. Das kommt nicht oft vor, weil es so schwierig zu erreichen ist, deshalb hast du noch nichts davon gehört. Zwei setzen sich zusammen, treffen sich in einer Herberge, wie du gesagt hast; oder mehrere treffen bei einem Wettsingen aufeinander. Und dann verabredet man sich – sagen wir – für Ostern im folgenden Jahr an dem oder jenem Ort. Jeder sagt es weiter an jeden, den er trifft. Und wenn man dann Glück hat, dann finden sich Hunderte von Spielleuten an diesem Ort und zu dieser Zeit zusammen. Nur um miteinander zu musizieren und voneinander zu lernen!«

Pauline blieb der Mund offen stehen.

»Ja, und dahin kommen auch die Allerbesten von uns. Weil wir Spielleute nämlich zusammenhalten müssen. Dann tauscht man sich aus, zeigt sich neue Spielweisen, vergleicht Instrumente und Verbesserungen, die einer vielleicht vorgenommen hat. Denkst du nicht, dass du dort noch so einiges lernen könntest, auch wenn ich dir – zugegebenermaßen – nichts mehr beibringen kann?«

»Schon ...« Pauline schluckte.

»Und du kannst andere lehren.«

»Ich?«

»Aber ja, du hast da ein paar reizvolle Kniffe entwickelt.«

»Ostern in Frankfurt, sagst du?«

»Ja, und ich möchte nichts sehnlicher, als dorthin zu fahren. Aber Emmanuel will nicht. Er hat natürlich andere Vorstellungen. Tagelang festzusitzen und kein Geld zu verdienen, gehört nicht dazu. Musik bedeutet ihm nicht so viel. Und ich bin, ich sage es ganz offen, zu alt, um ganz allein dorthin zu ziehen. Willst du dich für diese Unternehmung mit mir zusammentun?«

»Ob ich will?«, rief Pauline. »Wann geht es endlich los?!«

»Nicht gleich morgen«, lachte Melchior. »Und ich habe den anderen versprochen, zur Fastnacht mitzukommen. Aber im Frühjahr sind wir wieder in Leipzig zur Ostermesse. Ich könnte eine Woche früher kommen und dich auflesen.«

»So lange wollte ich nicht bleiben«, meinte Pauline nachdenklich. »Du weißt ja: Zu lange in derselben Stadt, dann kennen sie dich, und die Spenden fallen immer geringer aus. Ich habe überlegt, an die Küste zu gehen. Aber ich kann ja auch im Frühjahr wieder herkommen.«

»Dann ist es beschlossen!« Melchior reichte ihr seine Hand über den Tisch.

»Ich freue mich so«, sagte Pauline. »Es wird schön werden, wir zwei zusammen! Wir waren immer ein gutes Gespann.«

»Und rede mit Emmanuel oder wenigstens mit Henrike. Sie hat dich wirklich gern gehabt.«

»Das werde ich tun. Und du pass auf dich auf. Dass ich dich im Frühling ja gesund wiedersehe!«

»Danke für Käse und Wein. Das hätte ich nicht gedacht noch vor ein paar Jahren, dass du mich einmal bewirten kannst. Mein Paulinchen, eine erwachsene Spielfrau! Das ist schon allerhand, was du erreicht hast. Du hast doch wirklich keinen Grund, jetzt den Mut sinken zu lassen.« Melchior erhob sich. Pauline zahlte stolz und gab sogar ein Trinkgeld, obwohl sie es sich schwerlich leisten konnte.

»Wer war denn das?«, fragte Martin, dem sie beim Hinausgehen auf der Straße in die Arme lief.

»Ein alter Freund, mein Lehrmeister.«

»So?« Martin sah hinter dem Alten her. »Höre, Schwanin. Ich kann dich heute Nacht nicht auf irgendwelche Spaziergänge begleiten, falls du wieder so etwas vorhaben solltest. Ich bin zur Begleitung des Nachtwächters eingeteilt. Versprich mir, dass du schön warm und sicher in der Herberge bleibst!«

»Das kann ich nicht versprechen«, sagte Pauline.

Martin packte sie an den Schultern und schüttelte sie: »Verflucht, Weiber und ihr Eigensinn! Reicht es dir nicht, dass hier einer herumläuft und nachts die Hürchen kappore fetzt?«

»Ich bin keine Hure.«

»Schön, aber weiß das der Mörder? Die ganze Stadt ist in Aufruhr, die besorgten Bürger sind dem Rat auf den Pelz gerückt, eine ganze Abordnung von ihnen. Die Nachtzirkler und Einläger sind verstärkt. Bewaffnete Bürger sind unterwegs und pfuschen uns ins Handwerk. Muss ich mir auch noch um dich Sorgen machen?«

»Wenn die Straßen nachts so bevölkert sind, dann kann mir ja wenig zustoßen. Finde du lieber die Jungen, und fasst endlich den Mörder, wenn deine Stadtwache was taugt.«

»Wenn meine ... du bist unverschämt! Versprich mir wenigstens, wenn du schon in der Nacht herumlaufen musst, dass du jemanden zum Schutz mitnimmst. Lukas, den Stallknecht vom

Goldenen Rad, zum Beispiel. Er war auch einmal Soldat und weiß sich zu wehren.«

»Ich verspreche, dass ich nicht allein ausgehen werde«, sagte Pauline und machte sich los. »Wenn du erlaubst, ich war jetzt lange genug müßig für einen Tag.«

Mit finsterer Miene sah Martin ihr nach.

»Kannste mich heute brauchen?« Wanda tippte sie am Arm.

»Ich fürchte, mit dem Spielen auf der Straße ist es vorerst vorbei«, sagte Pauline. »Aber du kannst mit mir zum Salet'schen Hof kommen. Ich darf dort in der Küche für Reste spielen. Da fällt für dich bestimmt was ab. Sag, hast du dir etwa die Auspeitschung angeschaut?«

»Ich konnt ja nischt glupen. Da bin ich zu fipsig. Aber ich hab geschnorrt anschließend. Nach Hinrichtungen und so geben se immer jut.«

Das macht wohl das schlechte Gewissen, dachte Pauline. »Da, du kannst den Affen nehmen.«

Auf dem Marktplatz war von der blutigen Bestrafung nichts mehr zu sehen. Die Viktualienhändlerinnen und Kramhändler mit ihren Buden bestimmten wieder das Geschehen. Ihre Lockrufe hallten über den Platz. Essensduft zog von der Garküche herüber.

Im Hof des Hauses Nummer elf war das Mittagsgeschäft vorbei. Die Küchenmägde bereiteten sich in verhältnismäßiger Ruhe auf den abendlichen Ansturm vor.

Die Küche der Salets war geräumiger als manche Tagelöhnerhütte, der Boden aus Ziegeln, die Wände bis auf Schulterhöhe gefliest und mit einer Reihe Bildwerke abgeschlossen. Alles war vom Feinsten und Besten, von den Kupferpfannen bis zum Geschirr. Gleich drei aufgemauerte Herde. Dazu hatten sie noch eine offene Feuerstelle mit einem reich verzierten bronzenen Feuerbock und sogar einen eigenen Brotofen.

Vier Tische gab es, einen, auf dem Gemüse geschnitten, Teig gerollt, Fleisch gestampft wurde; einen, auf dem Zinnteller und Schüsseln zum Anrichten standen; und einen dritten, auf dem die abgetragenen Gerichte abgestellt wurden. Auf dem vierten standen die Vorräte aufgereiht, die zur Verwendung kommen sollten: ein ganzer Strauß Fasane; einer von ihnen ließ seinen bunten Kopf über die Tischkante hängen; Pauline sah rundliche goldgelbe Brote aus Leinentüchern ragen, in die sie eingeschlagen waren; Äpfel, Birnen und Trauben, dunklen Mangold mit rötlichen Stielen, weiße Zwiebeln, einen Korb, aus dem lebende Krebse herauszuklettern suchten, und einen ganzen Schinken. Wandas Augen waren riesig in ihrem mageren Gesicht.

Eine der Mägde schlug gefüllte Eier in Teig und buk sie in Schmalz aus.

»Haben die Salets Gäste?«, fragte Pauline mit sehnsüchtigem Blick. Sie hatte zwar gerade eben Brot und Käse gehabt, doch für solche Genüsse war bei ihr immer noch Platz.

»Heute bringt Herr Salet Geschäftsfreunde mit, ein paar englische Tuchhändler, die er zu beeindrucken gedenkt. Aber sie essen auch sonst immer gut und reichlich«, antwortete die Köchin.

»Was gibt es denn heute?«

»Oh, nichts Besonderes: Kalbfleischpastete, gefüllte Eier mit Kräutersauce, eingelegte Fische, Fasan in Pfeffersauce, Erbsenmus, Rübenmus, Weichselmus, Feigenmus, Reisküchlein und Kürbistorte.«

»Wollt ihr von den gefüllten Eiern probieren? Dann könnt ihr euch da in die Nische auf den Schemel setzen und uns vorspielen«, sagte die zweite Magd.

Pauline nahm eines der appetitlich aussehenden Teigstücke in Empfang. Wanda hatte ihres gleich verschlungen, doch die Spielfrau musste es von einer Hand in die andere geben und draufblasen, so heiß war es noch. Fett lief ihr über die Finger. Sie biss hinein. Petersilie, Salbei und allerhand Gewürze waren mit dem Eigelb vermischt worden. Der Teig zerging ihr auf der Zunge. Sie seufzte auf vor Vergnügen.

Die Magd lachte, gab ihr ein zweites Stück und hielt ihr eine Saucenschüssel hin.

»Da, tauch es ein, das ist noch besser.«

»Merkt das deine Herrin denn nicht?«

»I wo! Ich rühre einfach die Sauce noch mal um, das merkt kein Schwein!«

Pauline schmeckte Rahm und Butter, Schalotten und Safran, Salz und Pfeffer.

»Ah«, sagte sie, »Himmlisch!«

»Da hört ihr's!«, rief die Magd in die Küche hinein. »Spielleute verstehen was vom Essen. Die sind nicht wie unsere Herrschaft. Die haben immer was auszusetzen, wenn sie überhaupt was sagen.«

»Frau Susanna nicht«, gab eine zurück.

»Nein, Frau Susanna nicht. Die kommt selbst herunter, bringt Rezepte und probiert Neues aus. Aber die Kinder wollen nur Süßes, und Herr Salet ist ein schlechter Esser. Er pickt in den Gerichten herum und rechnet dabei aus, was sie ihn gekostet haben!« Gelächter kam auf.

»Ja, der Herr, der wäre mit trocken Brot und einfachen Suppen zufrieden, wenn es sein Stand nur erlauben würde. Aber er hat ja seinen Ruf zu wahren, und Frau Susanna hält auf gute Küche.«

Pauline wischte sich sorgsam die Finger ab, ehe sie zu spielen begann.

»Also, was soll es sein?«

Tänze und Liebeslieder wollten sie hören. Die Spielfrau wählte einfache Lieder, die Wanda kannte, und überließ das Singen dem Mädchen. Kleine Fehler wurden ohnehin vom Klappern der Gerätschaften und vom Zischen heißen Fettes übertönt.

»Ihr müsst den kleinen Daniel vermissen«, sagte die Spielfrau in einer Pause, während Wanda sich und den Affen mit Haselnüssen und Rosinen vollstopfte.

»Das arme Kind, wir beten jeden Tag für ihn!« Eine der älteren Mägde wischte sich mit einem Schürzenzipfel über die Augen. »Er ist fast jeden Tag hier unten gewesen! Die Obstküchlein mag er doch am liebsten frisch und heiß aus dem Ofen.«

»O ja, und dann hat Frau Susanna geschimpft, weil er bei Tische nichts mehr essen wollte. Aber sie konnte ihm nichts verbieten. Niemand konnte das. Die Augen, die er immer gemacht hat. Ach, was hätte aus dem noch werden können.«

»Sei still mit deinen Unkenrufen! Kann ja noch immer, ist ja noch nicht tot«, zischte eine Jüngere sie an. Und spuckte sich über die linke Schulter.

»Aber wo doch der Herr das Lösegeld nicht zahlt. Die arme Frau Susanna hat sich fast die Augen aus dem Kopf geheult, wie sie das von ihm gehört hat. Man darf diesen Verbrechern nicht nachgeben, hat er gesagt. Für jeden, den man freikauft, entführen sie zehn weitere, hat er gesagt.«

»Wart ihr denn bei dem Gespräch dabei?«, fragte Pauline.

»Sicher, ich habe gerade den Süßwein abgeräumt beim Herrn, wie Frau Susanna hereingekommen ist. Sie haben gleich angefangen, sich anzuschreien. ›Wie kannst du nur?‹, hat die Herrin gerufen. ›Dass du die Bauern auspresst, ist schlimm genug, aber wie du dein eigenes Fleisch und Blut verkommen lassen kannst – oh, unser Vater dreht sich im Grabe um über deine Hartherzigkeit‹, hat sie gesagt, und sie hat ihn beschimpft. Und glaubst du, dass er sich was draus gemacht hat? Ein Gesicht wie aus Stein gemeißelt hat er gehabt. Er kneift den Mund ganz schmal zusammen, wenn ihm etwas nicht passt. Dann weiß man schon, dass man nicht weiterkommt bei ihm. Frau Susanna hat getobt und geweint! Ich hab mir im Zimmer zu schaffen gemacht, hab ein Mundtuch fallen lassen, damit ich ordentlich lange zuhören konnte«, feixte die Magd. »Auf unsereinen achten sie ja nicht. Da schämen und scheuen sie sich kein Stück. Ich könnt dir Sachen erzählen von dem Herrn!«

»Wie hoch sollte das Lösegeld denn sein?«

»5000 Gulden wert in Gold und Juwelen!« Die Köchin ließ zischend die Luft aus ihrem Mund entweichen ob einer solch ungeheuren Summe.

»Wäre doch ein Klacks für ihn«, versetzte die Magd, »wenn es nach Frau Susanna ginge, wäre das Lösegeld längst bezahlt.«

Da hat aber einer ganz genau Bescheid gewusst, von wem er wie viel verlangen kann, dachte Pauline. »Frau Salet soll ja sehr an ihrem jüngsten Bruder gehangen haben ...«, lenkte sie das Gespräch weiter.

»Ja, das hat sie«, antwortete die Köchin. »Die Mutter ist bei seiner Geburt gestorben, der Vater ein Jahr später. Den hat in Genua die Pest erwischt. Ist nicht zurückgekommen. Und da haben die zwei Ältesten, Franz Benedict und Susanna, die Elternstelle für ihre jüngeren Geschwister eingenommen. Ohne Susanna wäre es hier drunter und drüber gegangen mit den fünf Rangen.«

»Gut für Herrn Salet, dass er eine so tüchtige Frau zur Schwester hat.«

»O ja! Als ob er das nicht wüsste. Er hat sie ja gar nicht hergeben wollen.« Ein wenig boshaft klang das darauffolgende Gekicher.

»Ihr meint, er hat sie am Heiraten gehindert?«

»Nun ja, er hat es ihr nicht direkt verboten, das kann man nicht sagen. Aber er hatte an allen Bewerbern was auszusetzen. Inzwischen hat sie aufgegeben.«

»Vielleicht war es ihr nicht so wichtig? Versorgt ist sie ja, und nicht alle Frauen sind erpicht darauf, jedes Jahr schwanger zu werden.«

»Kann schon sein. Sie ist nicht unzufrieden.«

»Was aber, wenn Franz Benedict heiraten würde, dann müsste sie ihren Platz räumen.«

»Das wird nicht geschehen. Der heiratet nicht.«

»Warum? Er ist doch eine gute Partie!«

»Oho! Mach dir nur keine Hoffnungen! Selbst wenn du von Stand wärest und schön wie Genoveva – der schreibt Oden an das Silber und hat Augen nur für die Schönheit langer Zahlenreihen, an deren Ende ein fettes Plus steht. Ja, das wäre ein Fang, wenn es einer nur um das Geld ginge. Doch um das Bett zu wärmen, da müsste so eine sich anders behelfen.«

»Pssst, Luise«, mahnte die Köchin, aber sie lachte mit den anderen.

Pauline sang das Lied vom Geizhals, und sie fielen alle mit ein. Eine von ihnen lief zur Treppe und horchte hinauf, ob auch niemand sie hören könnte.

»Ach«, sagte Pauline nach einer kleinen Weile wieder. »Wenn Frau Weidemann so viel Geld hätte, dann wäre ihr Moritz längst frei.«

»Weidemann? Das ist die Gastwirtin, die mit der Ausspanne am Brühl, nicht wahr?«

»Kennt ihr die nicht?«

»Nein, wir haben von ihr gehört. Aber auf der Straße erkennen würde ich sie nicht.«

»Aber ihr Kind müsst ihr doch kennen, den Moritz. Er ist etwas älter als Daniel. Sind die zwei nicht befreundet?«

»Ein Kaufherrensohn, Bruder eines Ratsherrn, und ein Kneipenkind? Wo denkst du hin. Die haben wohl kaum etwas miteinander zu tun gehabt.«

Wie konnten sie das so genau wissen? Der Moritz trieb sich schließlich auch mit den Straßenkindern herum.

»Vielleicht in der Lateinschule?«

Die Mägde überlegten und tuschelten. »Nein«, war dann die allgemeine Ansicht. »Daniel hat einen Hauslehrer. Der kannte bestimmt keinen Moritz Weidemann oder irgendeinen anderen von den Jungen dort.«

Pauline spielte ein paar Lieder von Heideröschen und verführten Gänsemägden, ehe sie weiterfragte: »Und der kleine Daniel? Wie konnte er überhaupt wegkommen, ohne dass es sofort jemand gemerkt hat?« Ihre Kehle war trocken, so heiß war es hier drinnen. Sie fürchtete für ihre Fiedel. »In einem so großen Haus mit so vielen Menschen, mit eigenem Hauslehrer. Wahrscheinlich hatte er sogar eine eigene Kinderfrau?«

Eine der Mägde brachte ihr einen Becher Most.

»Nein, die hat Herr Salet entlassen, sobald der Kleine laufen konnte. Das Geld hat er sich gespart. Er meint ja, dass Kinder stille zu sitzen und zu gehorchen hätten. Davon hat der kleine Daniel aber nichts gehalten. Und seine Brüder, die sind alle viel älter als er. Die waren sich zu schade, um auf ein kleines Kind achtzugeben. Ja, und nun ist er weg. Frau Susanna konnte ihre Augen schließlich nicht überall haben. Aber ihr wird es angelastet.«

»Merkwürdig war es schon«, bemerkte die Küchenhilfe, die einen Fasan sorgfältig aus seinem bunten Federkleid herauslöste, in dem er nach dem Braten wieder aufgetragen werden sollte. »Ich wüsste nicht, wie es passiert sein sollte! Am Sonntag ist er noch mit Frau Susanna aufs Land gefahren. Abends hat sie ihn selbst ins Bett gebracht. Er hatte sich mit irgendwas den Magen verdorben, was ihm die Bauern aufgetischt haben, hat sie gesagt; wer weiß, was für ein schmutziges, grobes Zeug. Die Herrin hat ihm einen Kräutertee aus der Küche geholt …«

»Pfefferminztee mit Honig. Ich habe ihn zubereitet«, bestätigte die Köchin.

»Frau Susanna hat Kanne und Tasse selbst geholt, statt nach einer von uns zu schicken. Da kannst du sehen, wie sie ihn liebt. Und am Morgen war er nicht aufzufinden! Das Bett zerwühlt, das Fenster offen, die Sonntagskleidung fort.«

Die Küchenhilfe bekreuzigte sich. Eine der anderen schlug ihr die Hand herunter: »Lass den Firlefanz. So was machen wir hier nicht.« Und entschuldigend zu Pauline: »Sie ist aus dem Süden.«

Pauline nickte. »Meint ihr, derjenige, der ihn entführt hat, hat sich die Mühe gemacht, ihn anzukleiden?«, fragte die Spielfrau.

»Scheint doch so. Was uns hoffen lässt«, antwortete die Köchin, während sie die Fasane mit Kastanien füllte. »Arme Herrin! Als der kleine Daniel entführt war, hat sie kein großes Geschrei gemacht wie andere Frauen. Bewundernswert, wie sie die Fassung behalten und die Suche geleitet hat. Aber seit diesem Gespräch mit ihrem Bruder hat sie alle Hoffnung verloren. Sie geht herum wie ein Gespenst, isst kaum mehr und redet kein Wort. Wenn ihrem Brüderchen etwas geschieht, wird sie bestimmt vor Kummer sterben.«

›Oho, da habe ich aber etwas anderes gesehen‹, dachte Pauline. Sie hatte genug gehört. Sie spielte noch eine Weile und nahm dann ihren Abschied aus der Salet'schen Küche. »Ich will die Essensreste nicht für mich, sondern für ein paar arme Kinder«, sagte sie. »Ich weiß, es wäre Frau Salet recht, wenn ihr euch großzügig zeigt.«

Sie packten ihr einen Korb mit dem, was vom Mittag übrig war: Bratenabschnitte, Hühnerbeine, zerbrochene Pasteten und altbackenes Brot.

»Du kannst gern wiederkommen«, hieß es. »Mit Musik geht die Arbeit flink von der Hand. Man merkt die Zeit gar nicht.«

»Ich werde nicht mehr lange in der Stadt sein, aber wenn ihr wollt, kann Wanda kommen. Sie hat eine hübsche Stimme.«

»Die Sonntagskleidung«, bemerkte Wanda empört, als sie über den Hof gingen. »Man hat ihm doch nicht die Sonntagskleidung wieder angezogen!«

»Was meinst du?«

»Weil sie nicht mehr da gewesen sein wird.«

»Woher weißt du das?«

»Weil meine Mutter für Salets wäscht. Und da ist es immer so, dass am Sonntagabend, wenn die Kinder zu Bett gebracht werden, die frische Kleidung für die nächste Woche herausgelegt wird. Und die Sonntagssachen, die werden zum Waschen gegeben oder ausgebürstet und aufgefrischt und kommen in die Truhe.«

»Vielleicht war es doch so, wie die Salet'schen Mägde gesagt haben. Vielleicht hatten sie die frische Kleidung für die Woche noch nicht herausgelegt aus irgendeinem Grund.«

Wanda ließ ein verächtliches Schnauben hören. »Eher geht die Welt unter, als dass reiche Leute die Kleidung von voriger Woche tragen.«

Pauline war versucht zurückzugehen und danach zu fragen: »Hoffentlich haben sie ihn nicht im Hemd aus dem Bett gerissen. Und das bei dieser Hundekälte. Hier, nimm dir aus dem Korb, was du brauchen kannst. Den Rest habe ich Stinker und dem Wanzenkönig versprochen.«

Die Glocken der Thomaskirche begannen zu schwingen und zu dröhnen, die der Niklaskirche schlossen sich an. Die Messe wurde ausgeläutet. Nur noch wenige Kaufleute und Bürger hatten sich auf dem Marktplatz versammelt, um den Stadtpfeifern beim Abblasen zuzuhören. Es war ein würdiges Schauspiel. Fackeln waren entlang der Säulen der Arkaden entzündet worden. Einige der Ratsherren standen auf den Stufen, würdevoll in ihren pelzbesetzten Schauben. Die Glocken schwangen aus. Umrisse der Stadtpfeifer erschienen dunkel in den erleuchteten Gauben des Rathauses.

Süßsauer wie Weichselkirschen klangen die hellen Stimmen der Zinken, menschlich fast. Dann mischten sich Posaunen darunter und setzten ihnen Lichter auf, den harten Glanz von Metall.

»Die Messe ist vorbei«, sagte Wanda. Sie nahm den Affen von ihrer Schulter und gab ihn der Spielfrau zurück. »Gehst du jetzt fort?«

»Noch nicht gleich morgen, denke ich«, antwortete die Spielfrau.

»Hast du das ernst gemeint, vorhin in der Küche, dass ich eine hübsche Stimme habe?« Jetzt kam die Frage, die Pauline gefürchtet hatte: »Kann ich nicht mit dir kommen? Du machst eine Spielfrau aus mir, und ich werde dein Lehrling. Ich wasch dir die Kleider. Ich kann auch nähen und stopfen. Und ich kann dir deine Sachen tragen. Und ...«

Pauline fühlte einen kalten Klumpen in der Magengrube. Sie hockte sich vor die Kleine hin und packte sie bei den Schultern: »Hör mal zu, Wanda. Ich habe dich gern, und es stimmt auch, dass du gar nicht schlecht singen kannst. Ich will nicht sagen, dass du das Zeug zur Spielfrau nicht hättest. Aber ich kann dich nicht mitnehmen. Zum einen hast du ja deine Mutter noch. Ich kann dich ihr doch nicht einfach wegnehmen.«

»Das wäre der egal«, sagte Wanda.

»Und zum zweiten kann ich mich ja selbst kaum ernähren. Und zum dritten: Du lieber Himmel, du bist ein Mädchen! Was glaubst du denn, was jungen Mädchen auf der Straße geschieht? Niemals würde ich ein junges Mädchen diesen Gefahren aussetzen. Es ist ein hartes Leben, glaub mir.«

»Aber du schaffst es doch. Du lebst so!«

»Ich habe es mir nicht ausgesucht.« ›Ich würde es aber jederzeit tun‹, dachte Pauline bei sich. »Ach Wanda, du bist doch noch ein Kind! Es ist besser für dich hier bei deiner Mutter und mit einem festen Dach über dem Kopf.«

»Das ist nicht wahr! Du willst mich nicht bei dir haben. Sag es doch gleich! Ein Kind würde dich stören. Kinder stören immer!«, schrie Wanda, riss sich los und lief davon.

15. ACHTER TAG, SPÄT

Die Spielfrau sah hinter der kleinen Gestalt her, die in der Winterdämmerung zwischen den Häusern verschwand. Das zerrissene Mäntelchen umflatterte die dünnen Beine. Der Anblick machte sie traurig. Als sie im Hof des Goldenen Rades stand und zum gelben Schein der kleinen Fenster hochblickte, merkte sie, dass es ihr widerstrebte, dort hineinzugehen. Stattdessen bog sie ab in den Stall.

Die Tür quietschte leise, als sie sie öffnete und hinter sich zuzog. Wärme und Tiergeruch hüllten sie ein. Eine einzige Öllampe blakte in einer Nische neben dem Eingang. Sie stand und lauschte auf das Rascheln und Schaben der Hufe im Stroh, das Mahlen, Blasen und Schweifwischen. Lautlos ging sie in die dunkelste Ecke ganz hinten am Ende der Reihe und setzte sich auf einen Strohballen. Felix, der Affe, kroch unter ihrem Mantel hervor. Sein hastiger kleiner Schatten schwang sich in die Dachbalken, wo er eine Taube aufstörte. Mit raschelndem Flügelschlag irrte der Vogel unter dem Stalldach umher, bis er einen neuen Schlafplatz gefunden hatte. Die Flügel falteten sich. »Guh«, machte die Taube.

Pauline zog ihre Flöte hervor und spielte eine langsame, einsame Melodie. Eines der Pferde in ihrer Nähe, ein schwerer Brauner, bog den Hals und betrachtete sie aus feuchten, dunklen Augen. Dann schnaufte er, schüttelte die Mähne und widmete sich wieder seinem Heu.

Nach einiger Zeit begann Pauline sich besser zu fühlen und Freude am Spiel zu finden, erfand Verzierungen und Variationen.

So fand sie Lukas, der Stallknecht. Sie hörte seine ungleichen Schritte über das Kopfsteinpflaster kommen. Die Stalltür knarrte. Er nahm die Lampe aus der Nische und hinkte zu ihr hin. Pauline setzte die Flöte ab.

»Was machst du denn hier?«, fragte er nicht unfreundlich.

»Ich wollte gern allein sein«, antwortete sie. »Oder«, mit einem kleinen Lächeln wies sie auf die dunklen Tierleiber, »wenigstens in friedlicher Gesellschaft.«

Er nickte. »Das kann ich verstehen. Mir sind die Tiere lieber geworden als die Menschen. Sie fordern nichts und fragen nichts und sind mit wenig zufrieden. Ich versuche zu sein wie sie.«

»Das war wohl nicht immer so.«

»Nein.« Er hielt sich mit einem muskulösen Arm an einem Pfeiler fest, während er sein steifes Bein ausstreckte, um sich ebenfalls zu setzen. »Das war es nicht.«

»Warst du nicht Soldat? Martin hat so etwas erzählt.«

»Das ist lange her. Damals war ich ein stolzer, aufbrausender Bursche auf dem Weg nach oben, ein Offizier, kein Bauerntrampel. Ich hatte mein Latein gelernt, konnte lesen und schreiben.

Ein großer Heerführer wollte ich werden, aber warum erzähle ich dir das. Pläne schlagen fehl. So ist das Leben.« Er brach ab.

»Sprich weiter«, bat Pauline, die es gewohnt war, dass Menschen sich ihr anvertrauten.

»Warum?«

Sie lachte. »Weil ich es hören mag. Ich bin Spielfrau, erinnerst du dich? Spielleute sammeln Geschichten.«

»Meine Geschichte ist schnell erzählt. Darüber wirst du kaum ein Lied machen wollen. Ja, einmal, da habe ich davon geträumt, dass man Lieder über mich singen würde. Tapfer und edel wollte ich sein, ein Anführer, dem die Männer begeistert folgen würden. Beim ersten größeren Scharmützel war es schon vorbei. Das war die Schlacht von Sievershausen. Ein schöner Bursche bin ich gewesen, fein angetan mit glänzender neuer Rüstung. Mein Vater hatte sein Warenlager verpfändet dafür. Ellenweise bunte Seide bauschte sich aus den Schlitzen meiner Ärmel und Hosen. Ein gutes Ross. Die Mädchen schauten sich um nach mir, als wir durch die Dörfer kamen. Und dann: Hurra! Hurra! Ich ritt in der ersten Reihe mit erhobenem Säbel, ein leuchtendes Beispiel an hohem Mut und Tapferkeit, und schon lag ich blutend im Dreck, die Schulter fast entzweigehauen. Mein eigenes Pferd hat mir dann das Bein zertrampelt im Gewühl. Ein Wunder, dass ich's überlebt habe. Beschädigt. Unbrauchbar. Entlassen. Danke und adieu.«

Er schob die wollenen Strümpfe ein Stück hinunter, sodass Pauline das vernarbte Knie sehen konnte und den weißen Unterschenkel, die Muskeln geschrumpft, verdreht und kraftlos. »Nicht viel besser als ein Stück Holz.«

»Kurfürst Moritz wurde doch hinterrücks erschossen in der Schlacht?«, bemerkte sie.

»Ob von einem Feind oder einem gedungenen Verräter, das weiß niemand. Viele gute Männer sind an dem Tag gestorben. Und doch hat das Opfer sich gelohnt.«

»Meinst du?«

»Ja, allerdings. Weil die Glaubensfreiheit für uns Protestanten bewahrt wurde. Das war es wert.«

»So viele Tote. Dein Leben, deine Träume verdorben ...«

»Wer für die Freiheit nicht zu kämpfen bereit ist, hat der sie denn verdient?«

»Vielleicht nicht, aber nicht jeder hat die Kraft dazu. So hast du dich also als Pferdeknecht verdingt. Warum nicht als Schreiber? Wenn du in eine gute Schule gegangen bist, da hattest du doch sicher Verbindungen?«

»Ich hab ja schon gesagt, mir sind Tiere lieber als Menschen.«

Da steckte noch mehr dahinter als eine Kriegsverletzung. Und die allein würde ein gutes neues Lied ergeben: die Schlacht um den Glauben, der stolze junge Offizier, ein wartendes Liebchen …

»Wie lange bist du schon hier?«

»Drei Jahre. Vorher habe ich für einen Fuhrunternehmer gearbeitet. Aber der hat mich schlecht bezahlt unter dem Vorwand, dass ich ein Krüppel bin. Als ob das einen Unterschied gemacht hätte. Von Pferden verstehe ich was, und bei dieser Arbeit hat mich das Bein nie gestört. Ich war Gast hier, sollte eine Ladung Pelze abholen. Ottilies Mann war gerade gestorben. Da hat sie mich angesprochen, weil sie jemanden im Stall gebraucht hat.«

»Ottilie gefällt dir«, stellte die Spielfrau fest.

Lukas lachte kurz auf, ein Bellen. »Dir entgeht nicht viel. Ja, sie gefällt mir. Aber das muss sie nicht wissen.«

»Sie ist noch nicht alt. Es wäre gut, wenn sie wieder heiraten würde.«

»Aber nicht mich. Was will sie denn mit einem besitzlosen Krüppel anfangen?«

»Das solltest du vielleicht ihr überlassen. Frag sie.«

»Nein.« Lukas schüttelte den Kopf.

»Wer für die Liebe nicht zu kämpfen bereit ist, hat der sie denn verdient?«, fragte Pauline. Der Knecht lachte wieder.

Sie stand auf. »Ich gehe hinein. Kommst du mit?«

»Nein, ich bleibe hier bei den Pferden.«

Pauline nahm ihren Ledersack und pfiff nach dem Affen. »Ach, es kann sein, dass die zwei Jungen kommen, die neulich Abend schon da waren. Sie werden nach mir fragen. Ich habe ihnen Essensreste versprochen. Kannst du ihnen diesen Korb geben? Und frag sie bitte, ob sie auf mich warten«, setzte sie auf einen plötzlichen Einfall hin hinzu. »Ich möchte, dass sie mich nachher noch auf einen Gang begleiten.«

»Was hast du vor? Was spielst du für ein Spiel, Gauklerin?«

»Ich will nur ein wenig spazieren gehen. Hab keine Sorge. Ich werde nichts tun, was deiner Herrin schadet.«

»Das wäre auch besser für dich«, knurrte er.

»Ach, eins noch, das hab ich dich schon länger fragen wollen.« Pauline wandte sich im Hinausgehen noch einmal um: »Was hast du neulich Nacht wirklich am Brühl getrieben? Du bist viel länger ausgeblieben, als ein Gang zur Ritterstraße gedauert hätte.«

Die Laterne beschien nur seine Beine. Das Gesicht konnte sie in den Schatten nicht ausmachen.

»Denkst du, ich hätte mir das Geld geholt?«

Pauline zögerte. »Nein«, antwortete sie dann.

»Ich wollte dem Entführer auflauern.«

»Und?«

»Mir ist eingefallen, dass ich zu langsam bin, um einen gesunden Mann einzuholen. Und ich wollte nicht, dass sie es womöglich an den Kindern auslassen.«

In der Gaststube war es schon deutlich leerer als an den vorigen Abenden. Die Kleinkramer und Hausierer hatten sich bereits auf den Heimweg gemacht. Nun waren nur noch die Fuhrknechte übrig und ein paar von den Kaufleuten, diejenigen, die bis in die nächste Woche hinein auf ihre Waren warten mussten. Ein paar wenige Bürger hatten sich eingefunden, alleinstehende Herren, wie es schien, um im Gasthaus ihr Abendessen einzunehmen. Ottilie wäre gut beraten, wenn sie auf ihren Sohn hören würde, dachte Pauline. Sie könnte wirklich zwischen den Messen mehr verdienen, wenn sie sich auf das Essensgeschäft verlegen würde.

Heute hatte es Fleischklöße und Kraut gegeben. Schweigend hatte die Familie ihr Abendbrot eingenommen: Ottilie unnahbar und wie aus Eis, Albertine bedrückt und Gottlieb gekränkt.

»Meine Tochter will mich zu sich holen«, sagte Anna schließlich. »Ihr Mann ist einverstanden.«

»Das freut mich für dich«, sagte Ottilie. »Es wurde auch Zeit. Ich habe mich schon gefragt, wann sie endlich darauf kommen würde.«

»Der Schwiegervater ist älter als ich und krank. Ich soll ihn pflegen.«

»Deshalb holen sie dich«, bemerkte Walpurga.

›Kann sie nicht ein einziges Mal das Maul halten?‹, fragte sich Pauline.

»Ich bin ja froh, dass ich mich nützlich machen kann«, gab Anna ruhig zurück. »Die Arbeit wird leichter sein als in der Wirtschaft. Es kommt noch früh genug, dass ich stille sitzen muss, und das wird mir sauer werden.«

Pauline aß rasch und viel. Das Essen lag ihr im Magen wie ein Stein, als sie in die Gaststube ging und zu spielen ansetzte. Aber den Gästen schien der Sinn nicht nach Liedern zu stehen an diesem Abend. Gestern hatten sie ihre Abschlüsse gefeiert. Heute dachten sie schon an den mühseligen Heimweg. Ihr Geld hatten sie ausgegeben. Nun mussten sie hoffen, die eingekauften Waren vorteilhaft loszuschlagen. Einige von ihnen saßen beieinander und studierten Landkarten. Womöglich würden sie versuchen, zusammenzubleiben. Im Tross war man sicherer. Die Kaufleute notierten Zahlen und brüteten über ihren Büchern. Die Fuhrleute spielten Würfel und kümmerten sich nicht darum.

Pauline zog den Bogen langsamer über die Saiten als gewöhnlich. Sie spielte ruhige Lieder, Balladen und Psalmen.

»Die Messe ist vorbei«, sagte Ottilie und stellte einen Krug Bier neben sie auf die Bank. »Nun werden wir wohl wieder auf Musik verzichten müssen.« Halb Feststellung, halb Frage war es. Ein wenig Bedauern schwang darin mit. Hatte sie ihre Spielfrau doch zu schätzen gelernt? »Wann wirst du weiterziehen?«

»Ich weiß noch nicht. Willst du mich loswerden? Unsere Abmachung galt für die Messe.«

»Von mir aus kannst du bleiben, solange du willst, das sollst du wissen.«

Ottilie war bleich und hatte tiefe Schatten unter den Augen. Wahrscheinlich tat sie nachts kaum ein Auge zu.

»Im gewöhnlichen Gastbetrieb verdiene ich nicht mehr so viel«, erwiderte Pauline. »Ich würde gern noch etwas bleiben. Um zu sehen, wie es für dich weitergeht. Und für Jacobus. Ich würde leichteren Herzens abreisen, wenn ich wüsste, dass …« Sie sprach es nicht aus. Manchmal war es besser, die Dinge nicht beim Namen zu nennen, im Guten wie im Schlechten. Worte besaßen Macht, so empfand es Pauline.

Irgendwann erschien Lukas und machte der Spielfrau ein Zeichen.

»Sie warten im Stall auf dich«, sagte er, als sie zu ihm ging.

»Sag ihnen bitte, dass es nicht mehr lange dauert. Es ist nichts los heute Abend.«

Lukas nickte. Die Tür schloss sich hinter ihm.

Es war nicht lang nach Mitternacht, dass die meisten Gäste ihre Schlafkammer aufsuchten. Pauline packte zusammen und brachte ihre Instrumente in Jacobus' Zimmer.

Anna lag schon im Bett und schlief. Leise legte Pauline ihre Sachen ab und schlich auf Zehenspitzen hinaus. Die Gaststube war leer. Von der Küche her erklangen die Stimmen von Margot und Ottilie, die Ordnung machten und alles Nötige für den folgenden Tag bereitlegten.

Pauline ging über den Hof und klopfte an die Stalltür. Sie lugte hinein. Lukas saß noch an derselben Stelle wie vorhin. Er flickte an einem Zaumzeug. Im Stroh zu seinen Füßen lagen ausgestreckt die zwei Straßenkinder. Als sie Pauline sahen, sprangen sie auf und kamen zur Tür.

»Da ist der Korb, reck gefressen. Das war 'ne fitzige Kahlerei. Wo haste denn das geschnappt?« Sie hatten den Korb geleert; ein Festmahl sei es gewesen.

»Aus der Salet'schen Küche. Lasst den Korb hier stehen, ich bring ihn morgen selbst zurück.«

»Och, das können wir doch machen. Dann kann man sich gleich bedanken.«

»Betteln, meint ihr. Nein, das will ich nicht.«

»Da gehen wir sowieso einmal die Woche abkassieren. Man muss zwar schinageln dafür, aber man kriegt jedes Mal was«, verkündete Stinker.

»Man muss schmieren, ob Frau Susanna im Haus ist. Die gibt immer. Bei ihm setzt es was, wenn der einen am Haus erwischt«, fügte der Wanzenkönig hinzu.

»Auf, lasst uns gehen.«

Lukas sah von seiner Arbeit hoch: »Soll ich nicht mitkommen?«

»Danke, nicht nötig. Die zwei beschützen mich. Zum Mindesten können sie weglaufen und laut schreien, wenn etwas passiert.«

»Ich bin stark«, protestierte Stinker. »Ich hab schon mal einen erwachsenen Kerl besiegt.«

»Abgelenkt und dann in die Eier getreten hast du ihn«, sagte der Wanzenkönig. »Das war Beschiss. Von wegen besiegt.«

»Ich habe ihn besiegt«, beharrte Stinker. »Wie, ist doch gleich!«

Pauline bildete sich ein, es sei wärmer geworden. Kein Stern war zu sehen. Was an Schnee noch liegen geblieben war, fühlte sich seifig an unter ihren Sohlen. Tauwasser tropfte ihr in den Mantelkragen. Der Klang der Stadt hatte sich verändert, nasser Klang. Ihre Schritte hallten zischend von den Steinen wider.

Felix sprang von Paulines Schulter und kletterte an einer Efeuranke hoch. Sie hörten ihn oben behände über die Ziegel springen.

»Wo willst du denn eigentlich hin?«, fragte der Wanzenkönig.

»Ich weiß nicht. Mich ein bisschen umschauen, horchen. Wo habt ihr Moritz denn zurückgelassen, an dem Abend, an dem er verschwunden ist?«

»In einem Stall an der Stadtmauer hinterm Zeughaus.«

»Im Grimmaischen Viertel?«

»Ja.«

»Dacht ich's doch! Könnt ihr mich dahin führen?«

Felix kam von irgendwoher angesprungen und suchte die Wärme an Paulines Brust.

Stinker ließ ein gelangweiltes Seufzen hören: »Ach, das haben wir doch den Bütteln schon gezeigt. Da ist er nicht und auch keine Spur von ihm. Nur unsere leeren Weinflaschen haben sie gefunden.«

»Zeigt es mir trotzdem.«

Sie liefen voraus, über den nächtlichen Marktplatz, kürzten ab an Auerbachs Hof vorbei. Aus dem Weinkeller drang betrunkenes Grölen: »Setz dich doch auf das Fass und reite hinaus«, und anderer Unsinn mehr, Poltern und gräuliches Singen.

Auf der Neumarktstraße kam ihnen die Nachtwache entgegen. Sie waren weithin zu hören mit Stiefeltritt und metallenem Gerassel.

Die drei versteckten sich in einer Einfahrt und drückten sich an das Mauerwerk.

Schon war der Nachtwächter mit seinem Trupp heran. An einem der Kerle klapperte der Harnisch besonders übel. Es waren gebrauchte Rüstungen und nicht von bester Machart, wie Pauline wusste. Der Rat der Stadt gab nicht viel aus für seine Marktknechte. Und da war Martin, schneidig und leise in seinem ledernen Kürass und den hohen Stiefeln. Das musste wohl seine eigene Rüstung sein, die er sich nach Maß hatte fertigen lassen in seinen Söldnerzeiten.

Fackellicht streifte über sie hinweg. Aber sie wurden nicht gesehen und konnten ihren Weg bald unbehelligt fortsetzen.

»Hier war es«, sagte Stinker und schob mit dem Fuß eine morsche Stalltür auf. »Zu Messezeiten vermieten sie den Schuppen, um Kutschen unterzustellen.«

Drinnen standen ein Esel und eine Milchkuh angebunden. Sie verdrehten die Augen, sodass man das Weiße darin sah. Sonst war vom Inneren des Raumes kaum etwas zu ahnen. Es stank scharf nach Urin und Mist.

Pauline schloss das Türchen von außen, lehnte sich gegen die Bretterwand und verschränkte die Arme vor der Brust. Sie dachte nach.

»Wo könnte er von hier aus hingewollt haben, nachdem er seinen Rausch ausgeschlafen hatte? Nach Hause, da bin ich sicher. Wohin sollte er sonst gehen? Ich glaube nicht, dass er große Angst vor seiner Mutter hatte. Die hat ihm immer bloß gedroht, aber Ernst gemacht hat sie selten mit den Strafen. Wo wart ihr vorher noch, was habt ihr gesagt?«

»Wie – vorher?« Es schien ihnen unangenehm zu sein. Sie senkten den Blick.

»Vorher, vorher – du hörst mich doch! Bevor ihr angefangen habt, hier im Stall Wein zu saufen. Wo habt ihr Moritz getroffen, und was habt ihr gemacht?«

Die beiden Jungen sahen sich verlegen an.

»Heraus mit der Sprache! Ich ahne es schon.«

Wanzenkönig ließ den Kopf hängen und stocherte mit der Schuhspitze in einem Dreckhaufen. »Na ja, wir wollten ihm einen Gefallen tun, weil er uns doch so buchtes Zeug gebracht hat. Da haben wir ihn zur Knallhütte mitgenommen.«

»Zur was?«

»Zum Hurenhaus«, sagte Stinker. »Er hatte das doch noch nie gesehen. Konnte gar nicht genug bekommen davon.«

»Danach sind wir hierher, haben uns in eine abgestellte Kutsche gesetzt und haben getrunken. Dann ist der Kleine umgefallen und hat geratzt. Was sollten wir denn machen? Ihn nach Hause tragen?«

»Das wäre wohl richtig gewesen«, antwortete Pauline und versuchte sich vorzustellen, was ein kleiner Junge anstellen mochte, wenn er mit brummendem Schädel in einer fremden Kutsche aufwacht. Nach Hause torkeln, ja, aber was, wenn er einen Umweg gemacht hatte?

Er konnte gar nicht genug bekommen davon. Was, wenn er zum Hurenhaus zurückgekehrt war, allein? Aber das Hurenhaus war eine Einrichtung der Stadt. Der Hurenwaibel würde sich schön hüten, Bürgerkinder da hineinzulassen. Das gäbe einen Aufruhr, wenn so etwas bekannt würde. Und wenn er ihn beim heimlichen Zuschauen erwischt hätte? Eine Ohrfeige hätte er ihm verpasst und seiner Mutter Bescheid gegeben, nicht wahr?

»Lasst uns zum Hurenhaus gehen. Zeigt mir, wo ihr da immer hineinlinst.«

Sie zeigten es ihr. Da standen sie im dunklen Hof und schauten zu den Fenstern hoch. Alles war still. Auch hier war das Messegeschäft vorbei, wie es schien.

»Dort oben. Da steigen wir immer auf das Dach vom Hühnerstall. Von da aus kann man in eins der Fenster gucken.«

Pauline ging näher heran. Im Hühnerstall raschelte es. Ein Huhn gluckste verschlafen.

Und da war das Geräusch, das Pauline seit Tagen verfolgte, ja, das war es: klapp – klapp – klapp. Von weit entfernt. Von ganz tief. Aus einem Keller, das rhythmische Klappen eines Scharniers? Eines Kistendeckels?

Ratten, hörte sie im Geiste die Stimme des Hurenwirts. Mistviecher. Ich werde mal gleich die Katze hinunterscheuchen, dass sie ihre Arbeit tut!

Jetzt wusste sie, warum das Geräusch sie so verfolgt hatte.

Das waren keine Ratten. Etwas versuchte da freizukommen, ein eingesperrtes Tier oder ...

Pauline schaute sich um, ging nah an der Hausmauer entlang und versuchte das Geräusch auszumachen. Jetzt hatte es aufgehört. Sie blieb stehen. Und es begann von Neuem: klapp – Stille – klapp.

Ihr Fuß stieß ins Leere, eine Öffnung, ein kleines Kellerfenster oder eine Schütte.

Sie hockte sich hin, lockte den Affen aus ihrem Gewand und machte ihm das Zeichen: »Geh da hinein, Felix«, flüsterte sie. »Such, Felix, bring mir was Hübsches.«

»Glaubst du, er ist da unten eingesperrt?«, fragte Stinker.

»Psst! Leise«, flüsterte Pauline.

Sie schrak zusammen, als der Affe wieder auftauchte, lautlos, ein blitzgeschwinder Schatten. Er klammerte sich an ihren Hals und streckte ihr etwas entgegen, einen glänzenden Gegenstand. Sie ertastete eine Kette und ein kleines Kreuz. Pauline stand auf und lief ein paar Schritte bis zu einer Öllampe an einem der Nachbarhäuser. Diese Kette kannte sie.

»Lauft! Schnell!«, zischte sie den Jungen zu. »Sucht die Nachtwache! Bringt mir Martin! Rasch!«

»Geh lieber selber. Die hören doch nicht auf uns. Wenn die uns wieder erwischen, dann sperren sie uns ein.«

»Sagt ihnen, dass ich euch schicke, und zeigt ihnen dieses Kreuz. Es gehört Moritz, da bin ich mir ganz sicher. Sie sollen sofort kommen, und leise, leise um Himmels willen!«

Die Jungen rannten davon.

Pauline schickte den Affen wieder nach unten. »Geh zu Moritz. Mach dich bemerkbar. Damit er weiß, dass wir ihn gefunden haben. Geh zu Moritz, geh!« Sie wusste nicht, ob das Tier sie verstanden hatte. Es verschwand jedenfalls im Kellerloch. Sie hörte es schnattern. Das metallische Klappen hörte auf. Frierend zog Pauline ihren Umhang fester um sich. Im Hof auf und ab zu gehen wagte sie nicht. Und so stand sie still im tiefsten Schatten der Hausmauer. Eine Katze lief an ihr vorbei über den Hof und sprang in die Kellerluke. Sie hörte es fauchen und zischen. Schimpfend kam Felix heraus und suchte Schutz unter Paulines Mantel.

Endlich, endlich: Schritte näherten sich, das Rasseln schlecht sitzender Rüstungen, das Klopfen von Hellebarden auf dem Pflaster. Sie rannte ihnen entgegen.

»Du, Schwanin?«, rief Martin vorwurfsvoll. »Du hattest mir doch versprochen ...«

»Ich war ja nicht allein. Rasch jetzt. Ich bin sicher, da unten im Keller ist jemand eingesperrt. Gleich links neben der Eingangstür geht eine Treppe hinunter!«

Sie blieb zurück. Die Männer schlugen mit den Fäusten und traten mit den Stiefeln gegen die Tür.

»Aufmachen! Sofort öffnen! Nachtwache!«

Es dauerte so lange! Was, wenn sie die Kinder fortschafften oder Schlimmeres?

»So tretet doch die Tür ein, worauf wartet ihr denn noch?«

Ein Fenster im ersten Stock öffnete sich, und die Frau des Hurenwirts schaute heraus.

»Ja, ja, ich komm ja schon. Was wollt ihr denn? Die Mädchen schlafen«, rief sie.

Reichlich Zeit ließ sie sich. Als sie endlich herunterkam und den Schlüssel im Schloss drehte, da waren die Männer auch schon drinnen. Martin schob sie beiseite.

»Wohin führt diese Tür?«

»Nirgends hin. Da ist nichts. Nur der Rübenkeller.« Sie hatte die hohe, gepresste Stimme von einer, die sich klein machen will. Sie begann zu zittern. »Ich weiß nicht, wo der Schlüssel ist.«

»Platz da!« Martin trat die Tür ein und polterte die Stufen hinunter. Unten hörten sie ihn zu jemandem sprechen. »Da unten ist jemand. Das Weib soll sofort die Schlüssel herausgeben!«

Von der Hofseite her hörte Pauline Fensterläden klappen. Ein schwerer Körper kam auf dem Boden auf, dann eilige Schritte zur Straße hin. Sie drehte sich um und wies mit dem Finger: »Der Hurenwaibel, da rennt er!« Zwei Männer liefen hinter ihm her.

Die Frau hatte inzwischen das Schlüsselbund herausgegeben. Pauline griff es sich und eilte hinter Martin her, den langen steinernen Treppenschacht hinunter. Ein Luftzug brachte die Fackel zum Flackern. Ihre Schatten krümmten sich und flogen vor ihnen her. Eine Brettertür versperrte ihnen am Fuß der Treppe den Weg, von außen verriegelt. Pauline schob den Riegel beiseite. Leicht ging das und leise. Der Mechanismus war frisch geölt. Sie betraten eine Kellerflucht, deren Größe sie zuerst nicht ermessen konnten. Martin blieb stehen und leuchtete mit seiner Fackel. Zwei Reihen von Fässern standen an der diesseitigen Wand und an der Außenwand. Am Ende erkannten sie Stufen, die noch weiter hinabführten.

Der Affe sprang von ihrer Schulter und hüpfte voraus. Da war es wieder, das Geräusch, deutlich diesmal und ganz nah: ein schwerer Truhendeckel, der sich ein winziges Stück weit hob und wieder herabfiel. Obenauf saß Felix und kreischte aufgeregt. Ein Vorhängeschloss klapperte.

Pauline nahm die letzten drei Stufen mit einem Sprung. »In der Mehlkiste.«

Ihre Hände zitterten, als sie die Schlüssel nacheinander ausprobierte. Der sechste oder siebte Schlüssel passte, ließ sich drehen, das Schloss sprang auf. Martin hob den Deckel hoch und leuchtete mit seiner Fackel in die Kiste hinein.

Pauline meinte, ihr müsste das Herz stehen bleiben. Da lag Moritz auf der Seite, zu einem verängstigten Bündel zusammengerollt. Schwach drehte er den Kopf und blinzelte aus mehlverklebten Augen ins Licht. Seine Lippen bewegten sich, aber es kam kein Laut, nur ein trockenes Husten.

Martin gab der Spielfrau die Fackel und bückte sich. »Er ist ganz kalt!« Unendlich sanft hob er den Jungen heraus und nahm ihn auf seine Arme. »Nur der eine? Verflucht, wo haben sie das andere Kind? Pauline, schau dich noch einmal um. Ist noch so eine Kiste da?«

Pauline lief zwischen den beiden Kellerräumen hin und her, klopfte an Krüge, hob Säcke hoch, sah in die Ecken: »Nichts! Hier ist kein Platz, wo man noch jemanden verstecken könnte.«

»Er muss doch irgendwo sein!« Martin warf einen Blick auf das stille Gesicht des Kindes auf seinem Arm. »Die anderen sollen alles durchsuchen. Wir müssen uns zuerst um diesen hier kümmern.« Er packte Moritz fest und stieg mit ihm die Treppe hoch.

»Er braucht Wärme. Bring mich in die Küche, wird's bald«, fuhr Martin die bebende Hurenwirtin an.

»Ich habe doch nicht gewollt, dass ihm etwas geschieht«,

jammerte sie. »Es war mein Mann. Johann war's. Ich wollte das nicht! Ich habe ihm zu essen und zu trinken gebracht. Stimmt's nicht, Kleiner? Sag es ihnen.«

Moritz lag teilnahmslos in Martins Armen.

Einer der Männer versetzte der Hurenwirtin einen harten Schlag ins Gesicht. Blut lief ihr aus der Nase.

»Halt's Maul, Hexe! Tu, was man dir sagt.« Sie zog die Schultern ein und lief voraus, die Hand vor dem Gesicht. Blutstropfen fielen auf den geziegelten Boden. In der Küche glomm die Asche des Herdfeuers. Pauline stocherte die Asche mit dem Schürhaken auf und legte Holz nach. Sie entzündete einen Span, sah sich um, fand eine Öllampe. Der Docht fing Feuer. Licht sprang auf in einem gelben Ball, breitete sich aus.

»Branntwein!«, befahl Martin. Die Tuttenhöferin rannte und brachte eine Korbflasche. Martin zog den Korken mit den Zähnen heraus. Er schüttete etwas von dem scharf riechenden Zeug in seine rechte Hand, schob die schmutzigen Säume von Moritz' Kleidern hoch und begann Arme und Beine des Kindes einzureiben. Pauline machte sich unterdes am Herd zu schaffen, fand roten Wein, wärmte ihn, wässerte ihn.

»Habt Ihr Honig?«, fragte sie und bekam ihn. Sie rührte Honig in das Gebräu und flößte dem Jungen davon ein. Seine Wimpern flatterten. Er hustete wieder, trank mehr.

»Beweg deine Hände und Füße. Kannst du das?«, fragte Martin.

Die Glieder bewegten sich schwach.

»Mama«, murmelte Moritz heiser.

»Wir bringen dich zu ihr. Gleich, gleich. Hab keine Angst mehr. Alles ist gut!«

Martin wickelte das Kind fest ein, nahm es wieder auf seine Arme und stand auf.

»Komm«, sagte er zu Pauline.

Die Häscher packten die Hurenwirtin. Zwei von ihnen begannen die Wohnstube der Wirtsleute zu durchsuchen. Man hörte es poltern und krachen. Nicht eben sorgsam gingen sie mit den Möbeln um.

An der Treppe und im Gang oben tauchten ängstliche Gesichter auf, Mädchen in Unterkleidern und losen Mänteln. Kathrin war die Einzige, die sich heruntertraute. Mit großen Augen starrte sie die bemehlte kleine Gestalt in Martins Armen an.

»Alle einsacken. In den Kerker, das ganze Gesochs«, wollte der Nachtwächter befehlen.

»Ich glaube nicht, dass die Mädchen etwas davon wussten«, sagte die Spielfrau.

»Nein«, meinte auch Martin. »Lasst sie hier. Aber die da«, er wies auf die Wirtin, »die muss mit. Wo ist der andere, heraus mit der Sprache, Weib!«

»Welcher andere?«, schrie die Tuttenhöferin. »Ich weiß von keinem anderen!«

»Daniel Salet! Wo habt ihr ihn versteckt? Gib ihn nur gleich heraus, und spar dir Unannehmlichkeiten.« Die Nachtzirkler zerrten die Frau in ein Zimmer. Klatschend fielen Schläge.

Pauline hörte die Tuttenhöferin kreischen: »Aber wir hatten nur den da. So glaubt mir doch. Von Daniel Salet weiß ich nichts, ich schwöre es!«

Kathrin hatte Mut gefasst und näherte sich. »Mein Gott, wenn wir das geahnt hätten! Aber wir dürfen ja nicht in die Vorratskammer und in den Keller schon gar nicht. Sie teilt uns alles zu: Essen, Wein, Kleidung. Wir sind wie Gefangene hier.«

Martin nickte, kurz, kühl. Sie traten auf die Straße und schritten rasch dem Brühl zu.

»Lauft voraus«, sagte Pauline zu Stinker und dem Wanzenkönig, die es sich nicht hatten nehmen lassen, dabei zu bleiben und alles mitzubekommen. »Sagt ihnen Bescheid, dass wir Moritz bringen. Sie sollen Wasser heiß machen. Er ist unterkühlt. Und Fleischbrühe wäre gut!«

Sie sausten davon.

»Tuttenhöfer ist wohl entkommen.«

»Den werden sie bald haben, das fette Schwein«, antwortete Martin kühl. Doch es lag eine solche Wut in diesen Worten, in der Gefasstheit seiner Stimme, dass sie ahnte, was er anrichten konnte.

Ottilie lief ihnen über den Hof entgegen, als sie sie kommen sah. Lukas war hinter ihr mit einer Fackel in der Hand.

»Moritz, mein Moritz!«, rief Ottilie. »Mein Moritz!« Mehr brachte sie nicht heraus. Sie betastete ihn, küsste ihn, strich ihm über das Gesicht, während er wie leblos auf Martins Armen lag.

Martin ging mit Moritz geradewegs in die Küche, den wärmsten Raum im Haus. Ein hölzerner Zuber stand bereit. Wasser dampfte im Kessel über dem frisch angefachten Feuer. Ottilie nahm ihren Sohn entgegen. Der Kreis der Familie schloss sich um ihn.

Martin zog Pauline sanft hinaus in die Gaststube. Sie setzten sich zu Stinker und dem Wanzenkönig auf die Ofenbank.

»Das hast du gut gemacht, Schwanin«, sagte er. »Ihr auch, ihr beiden. Das wird nicht vergessen werden. Und du«, wandte er sich wieder an die Spielfrau. »Wie bist du darauf gekommen?«

»Ach, es kam dieses und jenes zusammen. Und plötzlich hat alles gepasst. Dann war da dieses Geräusch. Er hat wohl von unten gegen den Kistendeckel getreten, um sich bemerkbar zu machen. Stell dir vor: immer wieder, sechs Nächte lang. Dass er nicht aufgegeben hat!«

»Da hat er aber Glück gehabt, dass du ein so feines Gehör hast.«

»Ach, von wegen feines Gehör. Ich könnte mich selbst ohrfeigen. Ich habe das schon mal gehört, als ich vor ein paar Tagen Kathrin besucht habe. Aber ich habe nicht drauf geachtet. Ratten! Tiere machen keinen so gleichmäßigen Rhythmus, verstehst du?«

»Nein, das verstehe ich nicht. Aber die Hauptsache ist doch, dass der Junge gefunden wurde. Und wo der andere steckt, das werden sie schon bald aus der Alten herausprügeln. Sie hat keinen Grund mehr, es uns zu verschweigen. Am Galgen landet sie ohnehin.«

Er blickte zu Boden und rieb sich die Hände. »Es ist ein hässliches Geschäft, eine Frau zu foltern. Aber notwendig. Ich bin froh, dass ich das nicht tun muss.«

Abrupt stand Pauline auf. »Ich habe Lust, mich zu betrinken«, sagte sie. »Machst du mit?«

Er lupfte sein Barett. »Es sei mir eine Ehre. Ich zahle.«

»Nichts da«, sagte die Spielfrau. »Das geht aufs Haus.«

In der Küche beachtete sie niemand. Sie warf einen Blick über Annas Schulter. Moritz sah benommen aus. Sie hatten ihn gewaschen, abgerieben und warm eingepackt. Ottilie kniete neben ihm und flößte ihm mit dem Löffel Suppe ein.

»Nicht zu viel«, warnte Anna. »Sonst kann er es nicht bei sich behalten.«

Ottilie sah hoch und entdeckte Pauline.

»Bitte, kann ich Wein bekommen?«, fragte die Spielfrau.

»Alles, was du willst! Alles!«, sagte Ottilie mit Tränen in den Augen. Sie wies mit einem Kopfnicken ihre Tochter an und widmete sich wieder ihrem Sohn. Keinen Augenblick konnte sie von ihm lassen.

Albertine kam und umarmte Pauline. »Danke«, sagte sie. Sie füllte Wein aus einem kleinen Fass in einen Krug, brachte Becher, Fladenbrot und Käse zur Ofenbank.

Pauline schenkte für sich und Martin ein, reichte ihm den Becher.

»Und wir?«, fragte Stinker. Pauline zögerte, aber der Wachmann nickte.

»Macht keine Gewohnheit daraus«, knurrte Martin.

Sie stießen an, wortlos, und tranken in einem Zug aus.

16.

SABBATUM

Die Straßen waren verstopft. Fluchend und peitschenknallend bahnten sich die Fuhrleute ihren Weg aus der Stadt. Fußgänger drückten sich an die Hauswände, um nicht unter die Räder zu kommen. Festtagsschmuck hing nass und zerrissen von Türen und Gewölbeeingängen. Zeit, sie abzunehmen und dem neuen Jahr seinen Lauf zu lassen.

Es war Samstag, und in den Wirtschaften hatte ein fleißiger Kehraus begonnen. Die Wasserverkäufer rannten und schleppten. Überall sah man Mägde den Kehricht vor die Türen fegen und Eimer mit schmutzigem Wasser und Scheuersand in die Abwasserrinnen leeren.

Vom Marktplatz her klangen Hämmern und das Krachen von Brettern, die auf den Boden fielen. Die Buden wurden abgerissen und die Bretter für die Ostermesse in den Kellern des Rathauses verstaut. Vertrocknete Tannenzweige lagen zertreten im Morast.

»Und du meinst, sie lassen ihn einfach gehen?« Pauline lief hinter Ottilie her wegen der Enge. Zwei Träger mit einer Sänfte folgten ihnen.

»Das will ich ihnen geraten haben! Moritz ist wieder da, und es brauchte eine Gauklerin und zwei Straßengören, um ihn zu finden. Eine Schande für den Rat! Sie sollten sich lieber nicht noch weiter blamieren und meine Gäste einsperren.«

Energisch schritt sie die Stufen zu den Amtsstuben hoch. Doch wie sich herausstellte, war Jacobus' Entlassung bereits beschlossen.

»Auch Frau Salet hat sich für ihn eingesetzt, obwohl ihr Daniel nicht gefunden wurde«, sagte der Bußherr, der sie empfing. »Die beiden Fälle scheinen nun doch nicht miteinander in Verbindung zu stehen.« Pauline beachtete er nicht, als wäre es ihm unangenehm, dass sie die Lösung des Falles herbeigeführt hatte.

»Hat der Hurenwirt schon gestanden?«

Der Bußherr räusperte sich. »Teilweise. Es scheint, dass Euer Sohn von den Straßenkindern verführt wurde, am Hurenhaus unzüchtige Handlungen zu beobachten. Ein Siebenjähriger! Frau Weidemann, darüber wird Euer Pfarrer noch mit Euch zu reden haben.« Er schüttelte den Kopf und schnalzte missbilligend mit der Zunge.

»Ihr solltet wirklich wieder heiraten. Ein Mann muss ins Haus. Man wird darüber beraten, ob man Euch und Euren Kindern andernfalls einen Vormund stellt. Ihr seid den Anstrengungen nicht gewachsen: die Wirtschaft zu führen und die Kindererziehung! Ihr habt Euch zu viel zugemutet.«

Hoffte er sie einzuschüchtern? Da war er an die Falsche geraten. Ottilie stemmte die Arme in die Seiten: »Wie? Ein Vormund? Der Rat soll sich lieber zuerst um die Angelegenheiten kümmern, für die er zuständig ist! Es ist ja nicht gerade so, als ob diese Messe wohlgeordnet und friedlich verlaufen wäre: Diebstähle, Prügeleien, Mord und Entführung! Was ist das überhaupt für eine Stadtwache, der es nicht gelingt, zwei kleine Jungen zu finden? Kinder haben die Aufgabe für Euch erledigt. Straßenkinder und eine Gauklerin, eine Fremde, haben mehr Geschick bewiesen als Eure bezahlten Häscher, von meinen Steuergeldern bezahlt, wie ich bemerken möchte. Was tun sie denn für ihr Geld? Und die Morde! Wann werdet Ihr die aufklären? Wie steht unsere schöne Stadt da, wenn sich herumspricht, wie es hier zuging während der Neujahrsmesse? Wer wird da noch kommen wollen?«

»Mäßigt Euch, Frau Weidemann! Nun, wie dem auch sei, die Morde sind aufgeklärt. Wie ich Euch gerade sagen wollte, ehe Ihr mich so unhöflich unterbrochen habt. Euer Sohn war Zeuge, wie die Hübschlerin Lotte ermordet wurde. Der Mörder hat ihn gesehen und den Hurenwirt bestochen, damit er den Zeugen für ihn beseitigt.«

»O Gott!« Ottilie fasste sich ans Herz und sank auf eine Bank nieder. »Sie wollten ihn umbringen?«

»So hat Tuttenhöfer es gestanden. Zu Eurem Glück und zum Glück des Kindes ist er ein Gierschlund. Er hat die Summe eingesteckt, den Jungen aber behalten, um auch aus Euch noch Geld herauszupressen.«

Ottilie war kreidebleich und bebte. Pauline trat hinter sie und legte ihr die Hände auf die Schultern. »Hat dieser Mensch auch die anderen Huren umgebracht? Ihr habt ihn doch gleich eingesackt?«

Nun sah der Bußherr tatsächlich verlegen aus. »Das ist leider nicht möglich.«

Wütend sah Ottilie hoch: »Warum nicht? Er wollte mein Kind umbringen lassen!«

»Leider ist der Hurenwirt unter der Folter verschieden, ehe er den Namen seines Auftraggebers nennen konnte. Wir brauchen so schnell wie möglich die Aussage Eures Sohnes. Vielleicht kann er den Mörder beschreiben.«

»Meinen Sohn lasst Ihr vorerst in Ruhe. Er ist noch zu schwach und muss das Bett hüten.«

»Hat er nichts erzählt?«

»Nein, nichts, und ich werde ihn auch nicht drängen!«, rief Ottilie.

»Ihr werdet den Anweisungen des Rats folgen, Frau Weidemann. Wenn wir seine Aussage brauchen, dann werdet Ihr ihn zum Rathaus bringen, und damit Schluss.«

»Der Medicus hat geraten, ihn vor allen neuen Aufregungen zu schützen. Wollt Ihr gegen seine ausdrückliche Anweisung handeln? Wollt Ihr das auch noch auf Euch laden?«

Diese Kröte musste der Bußherr schlucken. Man sah ihm an, dass sie ihm nicht schmeckte.

»Nun«, sagte der Bußherr schnell, »vorerst haben wir ja noch Frau Tuttenhöfer. Sie wird heute peinlich befragt. Ich wünsche gute Genesung für Euren Sohn. Wenn er Euch irgendetwas Dienliches erzählt, dann verlasse ich mich darauf, dass Ihr es uns sofort mitteilt.« Er stand auf. Der Empfang war beendet. »Euren Gast könnt Ihr mitnehmen, wenn Euch denn so sehr daran liegt. Hier ist seine Entlassungsurkunde.« Er reichte ihr ein gesiegeltes Blatt. »Das gebt dem Stockmeister. Guten Tag, Frau Weidemann.«

Ottilies Finger zitterten immer noch, als sie die Urkunde in Empfang nahm. Pauline musste sie am Arm fassen und aus dem Zimmer führen. Der Bußherr sah ihnen mit gerunzelten Brauen nach.

Unten liefen Pauline und Ottilie Martin in die Arme. Er sah übernächtigt aus. »Schwanin.« Eine Verbeugung und dieses kleine, schiefe Lächeln, bei dem Pauline das Herz aufging. »Frau Weidemann! Wie geht es Eurem Söhnchen?«

»Er ist noch sehr schwach. Aber er wird sich erholen. Der Medicus, der heute in der Frühe bei ihm war, hat stärkende Kräuter, viel Wärme und Schonung verordnet. Ach, ich bin Euch ja so dankbar. Und dir auch, Pauline, dir besonders. Ich habe es dir noch nicht einmal richtig gesagt!«

»Ottilie ist gekommen, um Jacobus herauszuholen«, sagte Pauline. »Hier, die Entlassungspapiere.«

Ottilie hielt ihm das Dokument entgegen, und er nahm es ihr aus der Hand.

»Wenn es Euch recht ist, komme ich mit hinunter und sehe zu, dass es prompt und richtig geschieht.«

Ottilie nickte erleichtert, und sie folgten dem Wachmann hinunter in den Kerker.

Der Stockmeister nahm sich seine liebe Zeit, um Brief und

Siegel zu begutachten, ehe er mit ihnen ging und die Kerkertür aufschloss. Er hätte den profitablen Gast wohl zu gern behalten. Pauline stürzte an ihm vorbei, zog den Kleinwüchsigen von seinem Strohlager hoch und umarmte ihn.

»Jacobus, du bist frei!«

Er blinzelte überrascht. »So? Was ist denn geschehen?«

»Moritz Weidemann ist gefunden worden und der wahre Schuldige festgenommen. Komm, wir erzählen dir alles in der Herberge. Nur schnell weg hier!«

»Nichts lieber als das. Lebt wohl, Kameraden, soweit das möglich ist. Ich wünsche Euch einen milden Richter und danach ein besseres Leben mit Gottes Hilfe.« Jacobus verneigte sich vor seinen Zellengenossen, zu denen in der Nacht zwei weitere hinzugekommen waren. An ihren Blessuren und ihrer zerrissenen Kleidung konnte man ihr Vergehen erahnen: Sie hatten sich geschlagen.

Jacobus warf seine Decke einem von ihnen zu, der besonders schlecht gekleidet war, und ging am Stockmeister vorbei dem Ausgang zu. »Und Ihr, ehrenwerter Herr, Ausbund an Freundlichkeit, Vorbild des Großmuts und eifriger Nächstenliebe, gehabt Euch wohl.«

Er schwankte zur Treppe und erklomm mühevoll die hohen, glatten Stufen zum Tageslicht.

»Der Bußherr hat angedeutet, dass der Hurenmörder nicht zur Verantwortung gezogen werden kann?«, fragte Pauline den Wachmann.

»Da ist eine Schweinerei passiert«, raunte Martin ihr zu. »Der Hurenwirt wurde noch in der Nacht vernommen, angeblich wegen der Dringlichkeit, den kleinen Daniel zu finden. Dass er schon bei der ersten Befragung gestorben ist, war – sagen wir – höchst ungewöhnlich. So etwas ist noch nie vorgekommen, und der Leipziger Henker versteht sein Handwerk. Ich nehme an, er ist bestochen worden, damit Tuttenhöfer den Namen seines Auftraggebers nicht nennen kann.«

»Aber warum?«

»Ganz sicher handelt es sich um eine hochstehende Persönlichkeit, nach allem, was du mir über diese Geschichte in Dresden erzählt hast, möglicherweise um einen Adligen aus dem Gefolge der Kurfürstin. So einen kann man wegen des Todes einer Hure nicht belangen, aber wegen Kindesentführung schon. So jedoch haben wir nichts in der Hand gegen ihn.«

»Aber sie vernehmen doch noch die Frau des Hurenwirts?«

»Ja, ich komme gerade von dort. Sie weiß nichts.«

»Arme Frau. Sie hatte fürchterliche Angst vor ihrem Mann und hat sicher nur deshalb mitgemacht.«

»Das wird ihr wenig nützen.«

»Was wird mit den Hübschlerinnen?«

»Man wird rasch einen neuen Hurenwirt bestellen, und alles geht weiter wie bisher.«

»Und der Tod der Mädchen bleibt wirklich ungesühnt?«

Martin zuckte die Achseln. Sein Gesicht war hart, der Mund ein Strich. »Das Leben einer Hure gilt nichts.«

»Ebenso wenig wie das von Bettlern und Spielfrauen«, gab Pauline bitter zurück und stieg rasch hinter Ottilie und dem Zwerg her.

»Soll die etwa für mich sein!«, rief Jacobus empört, als er die Sänfte sah. »Ich kann sehr wohl auf meinen zwei Beinen gehen!« Und begann über den Marktplatz zu humpeln. Sofort liefen die Höken und die Handwerksgesellen zusammen. »Da seht den Zwerg! Sie haben den Zwerg freigelassen!«

Sie beglotzten ihn und zupften an den verschmutzten Kleidern.

»He! Wie hat Euch der Kerker von Leipzig gefallen?«

»Das wird Euch lehren, unsere Kinder zu bedrohen!«

»Wo ist dein Affe, Missgeburt?«

»Wo ist mein Affe?«, wandte sich Jacobus an die Spielfrau.

»Ich habe ihn in der Herberge gelassen, bei Moritz. Er hat ihn ja gefunden.«

»Felix hat das Kind gefunden? Ich sehe, du hast allerhand zu erzählen.« Und mit einem Blick auf die Schaulustigen: »Ich glaube, ich werde doch die Sänfte nehmen. Ich habe keine Lust, mich begaffen zu lassen wie ein Tier. Nicht, ohne dass sie es mir bezahlen.« Er ging zur Sänfte zurück, stieg hinein und zog die Vorhänge vor.

In der Herberge bestellte Jacobus ein Bad und ein Essen. Gottlieb wurde geschickt, den Badeofen einzuheizen, und Ottilie machte viel Aufhebens um den Zwerg.

»O je! Eure schönen Kleider!«, rief sie aus. »Gebt sie mir! Sie sollen sofort gereinigt und geflickt werden. Albertine kann das tun, sie ist so geschickt, dass man die Stiche mit bloßem Auge nicht sehen wird.« Sie drängte ihm gewärmten Wein auf. Margot wurde aus ihrer Küche geholt und musste Jacobus' Wünsche aufnehmen. »Alles sollt Ihr haben, was Euer Herz begehrt, damit Ihr schnell die unerfreuliche Umgebung vergessen habt!«

Margot schaute ein wenig schnippisch drein, und auch Pauline konnte sich ein hämisches Lächeln nicht verkneifen. Die gute Wirtin hatte ein schlechtes Gewissen, recht so!

»Hier sind Eure 150 Gulden zurück«, sagte Ottilie, als Jacobus sein Mahl beendet hatte. Sie ließ die schwere Börse auf den Tisch fallen, ein sattes Geräusch.

»Ich weiß gar nicht, wie ich Euch danken soll! Ich habe Euch verdächtigt und Euch im Kerker gelassen. Und Ihr habt mir auch noch Geld geliehen, um meinen Sohn freizukaufen! Könnt Ihr mir je verzeihen?«

Einen Moment sah Jacobus die Börse verblüfft an, dann Pauline, die hinter Ottilie stand und schuldbewusst dreinschaute. Es dämmerte ihm.

»Ich habe gern geholfen. Und es gibt nichts zu verzeihen. An Eurer statt hätte ich wohl nicht anders gehandelt«, sagte er großmütig. »Und jetzt würde ich gern mein Zimmer wieder beziehen. Pauline, kommst du einen Augenblick? Wir haben einiges zu besprechen.«

Als sie eintraten, fiel es Pauline auf, wie sehr sie doch das fremde Zimmer für sich eingenommen hatte. Ein Unterkleid lag zum Trocknen auf dem einzigen Stuhl ausgebreitet, wollene Strümpfe hingen über dem Gestänge des Himmelbetts. Leinölfläschchen, Lappen, Kolophonium, Messer, Nähzeug waren im ganzen Zimmer verstreut. Auf dem Tisch standen noch Essensreste der gestrigen Nacht. Wenigstens hatte Anna das Bett bereits neu bezogen.

»Wie konntest du? Habe ich nicht gesagt, dass ich mit einem Verkauf niemals einverstanden bin? Und ich habe dir vertraut!«, schrie Jacobus, kaum dass Pauline ihm gebeichtet hatte.

»Es ist ja nicht so, als ob ich dich bestohlen hätte«, gab Pauline zurück. »Ist dir ein Stück von einem Fisch etwa mehr wert als dein eigenes Fell? Wo wärst du denn, wenn ich mich nach deinen Anweisungen gerichtet hätte? Gefoltert, verkrüppelt und fürs Leben gezeichnet, wenn du nicht gar das Schicksal des Hurenwirts erlitten hättest! Ich habe dich davor bewahrt, habe mich um deine Geschäfte gekümmert und auf deinen diebischen Affen aufgepasst. Ist das der Dank?«

»Dank? Ich wüsste nicht, wofür ich dankbar sein sollte. Meine Schau unterscheidet sich nun nicht mehr von anderen. Und was soll ich mit meinem Wagen machen? Die ganze Wirkung beruht doch auf dem Einhorn!«

»Lass eben etwas anderes darauf malen.«

Der Zwerg schnaufte verächtlich.

»Kauf eine Fälschung. Du hast doch selbst gesagt, dass es davon viele gibt. Glaubst du wirklich, das einfache Volk könnte das eine vom anderen unterscheiden?«

»Die Moral einer Gauklerin!«

»Das musst du gerade sagen, du Dieb!«

Jacobus ließ sich auf sein Bett fallen und fing an zu lachen.

»Du hast ja recht, meine Terpsichore. Wenn ich mich von dem Schreck erholt habe, werde ich sicher hinreichend dankbar sein. Und dann das Geld auch noch zu verleihen!«

Pauline sagte nichts.

»Nun gut. Ich habe es ja wiederbekommen. Wie ist es dir ergangen in der Zwischenzeit? Wie ging es mit dem Spielen? Hast du so viel verdient, wie du erhofft hast?«

»Nicht ganz so viel. Zwei Tage konnte ich nicht draußen spielen wegen der ganzen Aufregung. Die Botengänge haben mich ja auch allerhand wertvolle Zeit gekostet. Und was ist mit meinem Spiel im Kerker?« Erwartungsvoll sah sie ihn an.

Er lachte, öffnete Ottilies Börse und warf ihr fünf Goldgulden zu. Mit zufriedenem Grinsen polierte sie die Münzen an ihrem Ärmel, biss darauf und steckte sie ein. Die würde sie in ihren Rocksaum nähen, nein, besser ins Mieder.

»Hast du mit dem Thomaskantor gesprochen, wie ich es dir geraten habe?«, wollte der Zwerg wissen.

»Nein«, antwortete Pauline und nahm die Strümpfe vom Bettgestell. »Es kam nicht dazu.«

»Ha!«, lachte der Zwerg. »Du hast dich nicht getraut.«

Wütend fuhr Pauline herum zu ihrem Freund, der sich auf dem Himmelbett ausstreckte.

»Und wenn schon! Glaubst du, es ist so schön, sich einmal mehr anzuhören, was für eine unwürdige Stümperin ich bin, eine Tagediebin und bessere Hure, die auf dem Instrument des Teufels kratzt?«

»Instrument des Teufels? Woher hast du denn das?«

»Das weiß doch jeder. Und ich habe es oft genug gesagt bekommen. Einmal habe ich ein Gemälde gesehen, das zeigte ein Mädchen am Virginal, wie es sich halb umwendet und einen Fiedler anschaut, der hinter ihr steht. Das bedeutet, dass sie sich von der Tugend abwendet und der Verführung zu unterliegen im Begriff ist. Das verstehe sogar ich.«

»Das Virginal«, sagte Jacobus wegwerfend. »Ein Instrument für brave Weiber. Ich habe immer gefunden, dass es kalt und einsam klingt, wie ein eingesperrter Vogel in einem Drahtkäfig.«

»Ja«, antwortete Pauline. »Ich habe es nie gemocht. Aber die feinen Damen spielen es. Elisabeth von England soll eine Meisterin sein.«

»Ja, doch für dieses unschuldige Vergnügen muss sie sich vor den Eiferern an ihrem Hof verteidigen und muss vorgeben, dass sie es zu ihrer Entspannung und Sammlung braucht. Nur nicht zugeben, dass es ein Vergnügen ist. Ach, Terpsichore. Bei Männern nimmt man hin, dass sie sich vergnügen und alle möglichen Instrumente spielen zu Gottes Ehre. Frauen aber, so glaubt man, seien zu schwach, um der verführerischen Seite der Musik zu widerstehen. Frauen wie du sind eine Bedrohung der Sitten und ein schlechtes Beispiel für unschuldige Mädchen.« Er lachte spöttisch und griff unter das Kopfkissen: »Da ist noch Unterzeug von dir!«

»Verzeih!« Sie fing es auf.

»Keine Ursache. Es ist zu lange her, dass sich Unterzeug von Weibern in meinem Bett fand.«

»Eine Bedrohung für die Unschuld bin ich also? Und da willst du, dass ich ausgerechnet zu einem Mann der Kirche gehe?«

»Die Dinge ändern sich. Und Valentin Otto ist ein viel zu guter Musiker, um nicht zu erkennen, welcher Wert in dir steckt.«

»Ich glaube nicht, dass ich ihm Gelegenheit geben werde.«

»Ich hätte dir mehr Mut zugetraut. Aber wie du willst. Nun – die Messe ist vorbei. Wann reist du ab?«

»Bald. Und du?«

»Ich denke, ich werde die Wunderkammer wieder aufmachen und noch ein paar Tage bleiben. Der Rat sollte mir die entgangenen Geschäfte ersetzen. Sicher kommen etliche Bürger der Stadt, um mich zu besichtigen. Ich bin ja jetzt eine Berühmtheit. So kann ich ein wenig von dem Versäumten aufholen. Möchtest du in meinem Gewölbe spielen? Auf der Straße dürfte jetzt kaum etwas zu holen sein.«

»Ja«, sagte Pauline. »Das kann ich tun. Ein oder zwei Tage noch. Ha! Der Zwerg und die Teufelsfiedlerin. Da haben sie so recht was zu glotzen!«

Sie sammelte ihre restlichen Sachen ein und brachte sie in die Mägdekammer. Feucht und kalt war es hier oben. Tauwasser tropfte durch die Ritzen im Ziegeldach und fiel glucksend in die aufgestellten Gefäße.

Auf dem Weg nach unten begegnete ihr Walpurga und grüßte sie freundlich.

»Nanu? Was ist denn mit der geschehen?«, fragte sie Anna.

»Du bist die Heldin in diesem Haus, weißt du das nicht? Ottilie lässt fragen, ob du hinunterkommen willst. Moritz fragt nach dir.«

In der Wohnstube hinter dem Schankraum lag der Siebenjährige in einem viel zu großen Bett. Die Federdecke sah aus, als ob sie ihn ersticken müsste. Er war bleich und hatte blaue Schatten unter den Augen. Den Affen Felix hatte er im Arm und wollte ihn nicht hergeben.

»Mutter will Jacobus das Tier abkaufen. Hoffentlich ist er einverstanden. Sonst gibt es wieder Geheul«, sagte Albertine, die bei ihrem Bruder gewacht hatte.

»Hat er erzählt, was er gesehen hat?«, fragte die Spielfrau leise.

»Nein. Er spricht kaum. Er hat nur gesagt, dass da ein böser Mann war, der einer Frau wehgetan hat.«

Der Kleine streckte eine Hand nach Pauline aus.

»Wir haben ihm gesagt, dass du und Felix ihn gefunden haben.«

»Und deine Freunde waren auch dabei. Stinker und der Wanzenkönig«, fügte Pauline hinzu. Er nickte, ohne jedoch seinen ernsten Gesichtsausdruck zu ändern. Sie setzte sich auf die Bettkante und spielte Moritz ein paar Schlaflieder vor.

Dann floh sie, um den Dankbarkeitsäußerungen der Familie zu entgehen.

Ziellos strich Pauline durch die Stadt, hielt Ausschau nach Wanda. Doch das Mädchen blieb verschwunden. ›Sie will mit mir nichts mehr zu tun haben‹, dachte sich Pauline. ›Besser so, als wenn sie sich Hoffnungen macht, die ich doch nicht erfüllen kann. Sie wird Wäscherin werden wie ihre Mutter und beim Arbeiten singen. Singen, um sich zu entspannen, und dabei der Königin Elisabeth ähneln. Nicht einmal die kann tun, was ihr passt. Die Welt ist tippelmondsch, verrückt. Ich habe es ja immer gewusst.‹

Ohne darauf zu achten, wo ihre Füße sie hintrugen, war sie wieder einmal an der Thomaskirche angekommen, die schweigend in den nachmittäglichen Winterhimmel aufragte. Graue Wolken jagten darüber hin. Pauline legte den Kopf in den Nacken. Die Zeit schien zu fliegen, Tage, Monate, Jahre, ein Leben. Winzig klein und sterblich kam sich die Spielfrau vor.

Irgendwie trug es sie wieder zu dieser Seitentür hin. Sie lauschte. Kein Laut kam von drinnen. Sie drückte die bronzene Klinke herunter. Die Tür öffnete sich schwerfällig, um widerstrebend den Weg freizugeben in das Halbdunkel voller Steinwispern und Hall, halb diesseits, halb schon eine andere Welt. Die Spielfrau lauschte wieder, sah hoch zur Westempore, wo die große Orgel stand.

Doch Stille auch von dort oben; außer dem Rascheln von Taubenflügeln kein Laut. Niemand außer ihr schien sich in der Kirche aufzuhalten. Die Kirche wartete.

Pauline schaute hoch und versuchte die Höhe des Raumes zu ermessen. Als weinrotes Netz überzogen die Kreuzrippen das Deckengewölbe. Es war sehr hoch für ein einfaches Gotteshaus. Pauline betrachtete die sieben Ebenen des Langhauses und räusperte sich. Der kleine raue Ton flog auf wie ein Vogel und vervielfältigte sich. Wie schön die Orgel hier geklungen hatte, mächtig und gleichzeitig beinahe durchscheinend.

Noch einmal schaute Pauline sich nach allen Seiten um. Dann konnte sie nicht länger widerstehen. Ein tiefer Atemzug, auch der bis zum Altar zu hören, zum Seufzer gesteigert. Sie setzte den Bogen an und spielte, was ihr angemessen schien, ein Stück von sanfter Traurigkeit, Klarheit und Unschuld, einfach und gelassen.

Als sie geendet hatte, setzte sie den Bogen ab und verbeugte sich in Richtung zum Altar.

Hinter ihr klatschte jemand ein paarmal in die Hände, nicht sehr laut. Sie sah sich um. Da stand ein Mann in mittleren Jahren und mit freundlichem Gesichtsausdruck. Er schien nicht vorzuhaben, sie zu vertreiben. Sie musterte ihn eingehender, es musste wohl der Küster sein. Er trug gute, aber bescheidene Kleidung und wollene Strümpfe, wie sie selbst. Eine wärmende Mütze hatte er auf dem Kopf. Darunter ringelte sich schütter werdendes hellbraunes Haar hervor. Er trug Handschuhe, deren Fingerkuppen abgeschnitten waren.

Als er anhob zu sprechen, wünschte sie sich alsbald, ihm zu gefallen. Er hatte eine der schönsten Männerstimmen, die sie je gehört hatte, voll und warm wie Pflaumenholz.

»Welche Frechheit, nein – Kühnheit«, sagte er, »Arrigo Tedescos ›Virgo prudentissima‹ auf einer simplen Fiedel zu spielen. Es ist sechsstimmig angelegt! Ein Meisterwerk, für Maximilians Krönung und den Reichstag zu Konstanz angefertigt, auf dem Maximilian I. seine Krönung vorbereitet hat. Eine Marienhuldigung, später zu einer Anbetung Christi umgedichtet. Wie bist du denn nur darauf gekommen?«

Doch kein einfacher Küster. Pauline sah kluge Augen hoheitsvoll auf sich gerichtet, und nun verließ sie der Mut. Von der Herkunft des Stückes hatte sie nicht gewusst.

»Ich – ich habe es wohl in einer Kirche gehört, von einem Chor gesungen. Es hat mir gefallen, und ich fand es leicht, es für mein Instrument abzuwandeln«, sagte sie und spürte, wie ihre Ohren zu glühen begannen, was ihre Verlegenheit noch verstärkte. »Ich bitte um Verzeihung, wenn ich Euch damit beleidigt haben sollte. Ich weiß nicht, ob es gestattet war, hier zu spielen.«

»Aber du hast mich nicht beleidigt«, sagte der Mann. »Noch diese ehrwürdige Kirche, noch Gott. Dein einsames Spiel mag der Anlage der Motette nicht angemessen sein, doch ist es ausgesprochen reizvoll gewesen, die Melodie auf das Wesentliche zurückgeführt zu hören. Erstaunlich! Sie hat selbst in dieser Form noch Macht. Und das beweist, was ich kürzlich gerade dem Hofkomponisten des Kurfürsten gesagt habe: Man soll die Streichinstrumente nicht verachten. Sie haben durchaus ihre Möglichkeiten, besonders, wenn es gilt, Affekte auszudrücken – Gefühle.«

»Ich dachte, die Fiedeln gälten als Teufelsinstrument?«

Er lachte. »Nicht mehr. Es ist vielleicht noch nicht an der Zeit, sie in der Kirche einzusetzen. Hier regiert die menschliche Stimme und die Orgel zu ihrer Unterstützung. Doch man beginnt, den Wert der Violen und Violinen zu erfassen. Der Geigenbau in Italien erlebt dort einen gewaltigen Aufschwung. Amati hat den Klang wunderbar entwickelt. Bei uns sind es die Werkstätten in Randeck, insbesondere die Familie Klemm, die wirklich gute Fiedeln und Geigen macht. Aber das weißt du sicher.«

»Ich habe schon einmal eine Klemm in der Hand gehabt«, antwortete Pauline. »Aber das ist nichts für unsereins. Zu teuer. Ich habe mein Rebec selbst gebaut.«

»Und sehr schön klingt es, ein wenig scharf, doch mehr kann man aus diesem Instrumententypus nicht herausholen. Man kann dir nur gratulieren. – Ich habe mich noch nicht vorgestellt: Valentin Otto ist mein Name, und deiner?«

»Pauline Schwan bin ich, Spielfrau«, sagte Pauline überrascht. Das also war der berühmte Thomaskantor, einer der einflussreichsten Musiker Sachsens. Und er sprach mit ihr fast wie von Gleich zu Gleich.

»Meister Otto«, sagte sie, ermutigt von seiner Freundlichkeit. »Ich bin leider nur eine einfache Gauklerin und nicht einmal des Lesens und Schreibens mächtig. Doch ich habe eine große Freude an der Musik, und es wäre mein Herzenswunsch, nicht immer nur so aus dem Sinn zu spielen, sondern die musica composita zu begreifen. Kennt Ihr nicht vielleicht einen, der mich lehren wollte?«

»Zu welchem Ende?«, fragte er mitleidig. »Du weißt ja, dass ein ehrliches Weib nicht öffentlich spielen darf, weder auf Plätzen noch in der Kirche. Was wolltest du also damit anfangen?

Du verdienst dein Geld doch auf Märkten und Bauernhochzeiten. Dafür bist du mehr als gut genug.«

»Ich bin damit aber nicht froh. Es ist doch ein verachtetes Handwerk.«

»Teils zu Recht, teils zu Unrecht. Ich weiß wohl, dass sich unter den gemeinen Spielleuten auch wahre Künstler befinden. Warum dein Licht unter den Scheffel stellen? Es ist wahr. Die einfachen Leute bevorzugen einfache, kurz gehaltene Lieder, die sie sich merken können. Die vornehmen Potentaten dagegen verlangen nach kunstreichen Melodien; je verzwickter, desto mehr Anmut finden sie darin. Ich bin zweierlei Sinns in dieser Sache. Die einfachen Stücke haben doch ihren Wert; hör nur die Kirchenlieder. Es muss auch eine Musik für das Volk geben, wie sollte man sie sonst erziehen und zu Gott führen?«

Pauline dachte einen Augenblick darüber nach. Es stimmte sie froh, zu hören, dass dieser große Mann die Spielleute nicht gänzlich ablehnte, wie es bei seinesgleichen üblich war. Doch sie konnte nicht anders, sie musste ihm widersprechen.

»Es freut mich, was Ihr sagt, und ich danke Euch herzlich für die guten Worte. Aber es plagt mich eine so große Sehnsucht, mehr zu verstehen. Ich habe Melodien im Kopf, die ich nicht festhalten kann. Und hat nicht Gott mir ein Talent gegeben, und verlangt er nicht von uns, dass wir damit Wucher treiben, das heißt, es vermehren nach Kräften? Warum also sollte ich mich mit weniger zufriedengeben, als ich zu leisten imstande wäre?«

Er sah sie eine Weile mit großem Ernst an. »Ich versuche zu ermessen, Spielfrau, ob du hoffärtig bist. Aber es scheint mir nicht so. Du spielst auf das Gleichnis Matthäus 25 an, das Gleichnis vom reichen Mann und den anvertrauten Pfunden. Ja, es ist richtig, damit ist das Talent gemeint, das einem jeden von uns zu geben Gott gefallen hat. Manchem viel, manchem wenig. Es ist Geschenk und Verpflichtung zugleich.« Er setzte sich in eine Bank und streckte seine langen Beine aus. »Bald kommen die Jungen vom Chor. Ich will mit ihnen etwas einüben für den Abendgottesdienst. Aber wir haben noch Zeit. Spiel mir etwas vor, etwas Eigenes, wenn du willst.«

Es nahm Pauline fast den Atem. Ihre Brust wurde eng, und ihre Arme wurden schwer. Dumme Gans, schalt sie sich. Hier ist nun deine Gelegenheit, dich zu beweisen. Nun gib dein Bestes!

Sie suchte in ihrem Gedächtnis nach den schönsten Melodien, die ihr eingefallen waren. Zuerst war ihr Spiel steif und ängstlich, dann vergaß sie die achtunggebietende Gegenwart. An immer schwierigere Passagen wagte sie sich, bis sie schließlich zu einem furiosen Ende kam, ein Stoßgebet, eine Forderung an den Schöpfer. Gib mir, hilf! Was nützt deine Gabe, wenn ich daran gehindert bin, sie auszubilden? Ohne Hilfe geht es nicht!

Valentin Otto hatte mit geschlossenen Augen zugehört. Er lauschte dem Nachklang, bis der unter dem hohen Kreuzgewölbe und in allen Ecken und Seitenaltären vergangen war. Dann nickte er bei sich selbst und öffnete die Augen.

»Es ist wahr. Gott hat dir ein außergewöhnliches Geschenk gegeben. Aber auch wenn ich einen wüsste, der dich unterrichten wollte, auch wenn ich es selbst täte – es würde doch Gerede geben und Aufstand unter den Stadtpfeifern und in den Zünften. Mindestens müsstest du dafür Bürgerin der Stadt werden. Und zuallererst solltest du die Schulbank drücken, lesen, schreiben und Latein lernen.«

»Ach, was man in den Armenschulen an Musik lehrt, das kann ich längst.«

Der Kantor runzelte die Stirn: »Denke nur nicht gering von unserer Schule. Der Rat der Stadt legt großen Wert auf die Erziehung auch der einfachsten Bürger. Und es ist nun einmal die Voraussetzung dafür, dass du Noten und Komposition lernen kannst. Am Gebrauch deiner Stimme ließe sich auch einiges verbessern. Ja, ich wäre bereit, mich für dich zu verwenden. Bleibst du denn überhaupt lange genug?«

»Wahrscheinlich nicht«, erwiderte Pauline traurig. »Wovon sollte ich denn da leben? Das Spielen auf der Straße und in den Wirtshäusern lohnt nur, wenn Messe ist, und zu hohen Festen. Und wenn ich mich als Magd verdinge, dann verderbe ich mir mit grober Arbeit die Hände. Im Übrigen ist man da abends viel zu müde, um zu lernen oder zu üben. Das habe ich schon erfahren.«

»Dann kann ich dir nicht helfen, sosehr ich es bedauere. Überleg es dir: Finde einen Weg, dich hier zu erhalten, und ich werde dich in die Thomasschule aufnehmen. Es liegt in deiner

Hand. Es spricht nichts dagegen, eine begabte Frau zu erziehen, sodass sie ihr Talent an ihre Söhne weitergeben kann. Die Schwierigkeit des öffentlichen Auftretens bliebe allerdings immer noch: Eine Bürgerin dieser Stadt kannst du nur werden, wenn ein ehrlich geborener Mann dich ehelicht. Und der wird es schwerlich dulden, dass sein Weib vor anderen Männern musiziert wie eine Kurtisane. Also, was sagst du?«

Pauline seufzte. »Ich werde es mir überlegen. Dass Ihr mich angehört habt, war allerdings schon mehr, als ich erwartet habe. Allein dafür danke ich Euch.« Sie verneigte sich und ging hinaus, als ob sie schwebte. Sie fühlte den Stein unter ihren Füßen nicht. Ihr Körper war leicht wie eine Feder. Ein paar Atemzüge von der kalten Luft brachten sie wieder zu Verstand. Die Schulbank drücken mit einem Haufen kleiner Schratze, dachte sie. Die lachen mich ja aus. Und was soll ich mit Latein? Das sind doch alles Hirngespinste. Geschieht mir recht, dass einer mir die Wahrheit ins Gesicht gesagt hat: Ich habe mich von meinen Träumen fortreißen lassen. Komm zurück auf den Boden, Pauline! Spielfrau und frei zu sein ist doch keine so schlechte Sache. Im Frühling fahre ich mit Melchior nach Frankfurt, und warum sollte ich mich nicht mithilfe von meinesgleichen weiterbilden? Die Pfeffersäcke und ihre Lateinschule soll dieser und jener holen!

Nachdem sie die erste Ernüchterung überwunden hatte, war sie plötzlich ausnehmend gut gelaunt, und ihre Finger kribbelten vor Lust am Spiel. Kein anständiges Weib, weil ich öffentlich die Fiedel spiele? Dann bin ich eben nicht anständig. Das ist ohnehin lustiger! Ich werde es euch allen zeigen.

Sie suchte sich eine windgeschützte Ecke unter den Rathausarkaden und begann zu fiedeln, was das Zeug hielt. Die Zimmergesellen auf dem Platz hielten inne, um ihr zuzuhören. Einige von ihnen griffen sich Händlerinnen und begannen einen ausgelassenen Rundtanz. Zwiebelverkäuferinnen und Bäuerinnen wurden heftig geschwenkt und begannen zu juchzen. Vorbeischlendernde Bürger schauten streng und murrten: »Schämt euch!«

Das Marktvolk aber hatte seine Freude. Geld war von ihnen nicht zu erwarten. Doch einige der Budenverkäufer, die ihre übrig gebliebenen Waren zusammenpackten, schenkten Pauline, was sie entbehren konnten: einen Apfel, ein paar zerbrochenen Lebkuchen, einen Rest buntes Tuch. Pauline lächelte, als hätte sie Gold bekommen. Das ging so lange, bis einer der Ratsherren oben aus dem Fenster schaute und sah, dass die Arbeiten fast zum Stillstand gekommen waren. Er schickte seinen Büttel, um nachzusehen, woran das lag. Und als er es erfuhr, befahl er, die Spielfrau zu vertreiben.

Sie ließ sich darüber die gute Stimmung nicht verderben und zog weiter zum Pauliner-Collegium. Bei den Studenten konnte sie einige Kreuzer verdienen. Die ganze Zeit über hielt sie Ausschau nach Wanda, doch sie konnte sie nirgends entdecken.

In einiger Entfernung sah sie einen struppigen Rotschopf. Sie ließ das Rebec sinken, setzte zwei Finger an die Lippen und pfiff gellend. Ihre Zuhörer zuckten zusammen. Einige schauten missbilligend, andere lachten, als der Wanzenkönig sich zu der Spielfrau durchdrängte.

»Wo ist dein Freund?«, fragte sie.

»Der schinagelt.« Er arbeitet.

»Du nicht?«

»Ich hab den hacken Zefir Sand verscherbelt. Ich hab die Labbe hohn!« Er habe den ganzen Morgen lang Sand ausgetragen und nun die Schnauze voll, ließ er sie wissen.

»Und Wanda, wo ist die?«

Er zuckte die Achseln. Jetzt fiel es Pauline auf, dass er ordentliche Kleidung trug, gutes Wolltuch, auch feste Stiefel. Gewaschen hatte er sich nicht deswegen.

Sie streckte die Hand aus und befühlte den Stoff. »Ne fitze Borke! Wo hast du denn die her? Doch nicht gestohlen?«

»Nee«, gab er stolz zurück, »trocken gekündigt!« Ehrlich gekauft. »Die Beißersmusch hat uns jedem fünf Taler gesteckt, weil wir das Babetuttchen gefunden haben.«

»Fünf Taler!« Pauline war überrascht. Ottilie hatte ihren Geiz überwunden und die Jungen reich belohnt.

»Na ja, einen hat sie uns gesteckt. Dafür hab ich ’ne dufte Kluft gekündigt. Den Rest wähnt sie für uns verwüsten für’n Klamm.«

Pauline lachte hell auf. »Sie will das Geld für euch verwahren, für Notzeiten? Klug von ihr. Du hättest es doch in zwei

Tagen verprasst, und wenn du es mal brauchst, dann ärgerst du dich, dass du nichts mehr hast, worauf du zurückgreifen kannst.«

»Wenn das blau Klamm is', dass ich Brand schiebe, dann weeß ich nich.« Ob es denn keine Not wäre, dass er Durst habe, wollte er wissen.

Pauline lachte wieder und zauste ihm die roten Borsten.

Sie zog weiter zum Niklaskirchplatz. Die Butterliese war schon fort. Die Waffelbäckerin war dabei, ihre Sachen in einen Buckelkorb zu verpacken. »Magst du ein paar Waffeln?« Freundlich hielt sie der Spielfrau ein paar zerbrochene Reste hin und bediente sich auch selbst. »Da, nimm auch Honig dazu. Es lohnt ja nicht, den Klacks wieder mit nach Hause zu schleppen.«

Pauline legte ihren Ledersack auf die leeren Holzplanken und half ihr, die Plane herunterzunehmen und zusammenzulegen. Kauend unterhielten sich die Frauen.

»Stimmt es, dass du Moritz Weidemann gefunden hast gestern Nacht? Wie ist das denn zugegangen?«

Pauline erzählte die Geschichte, wobei sie ihre Rolle herunterspielte und die der Stadtwache ausschmückte.

»Ich habe immer gewusst, dass der Hurenwirt ein schlechter Mensch ist«, sagte Trude. »Und sein Weib war nicht viel besser als er.«

»Woher weißt du denn das?«

»Na, wer sich für so etwas hergibt ... Ein Freudenhaus zu führen, das macht doch kein anständiger Mensch.«

»Und was sind das für Leute, die hineingehen und sich der Huren bedienen?«

»Ach, Männer brauchen das eben. Aber meinem«, fuhr die Waffeltrude auf, »meinem würde ich den Marsch blasen, wenn er sich dort erwischen ließe! Sag, dein kleiner Freund soll auf freiem Fuß sein?«

»Ja. Sie haben ihn heute Morgen entlassen, nachdem seine Unschuld ja erwiesen war.«

»Und wird er nun das Verjüngungswasser in den Brunnen schütten? Du sagst mir doch Bescheid vorher, damit ich auch ja was abbekomme!«

»Ich verspreche es«, gab Pauline zurück. »Aber ich glaube

nicht, dass er dazu jetzt noch Lust verspürt, so wie er in dieser Stadt behandelt wurde. Jetzt wird er es wohl mitnehmen und eine andere Stadt damit beglücken.«

Trude schaute enttäuscht drein, während sie die Teigkelle mit einem schmutzigen Lappen abwischte. Pauline half ihr, den schweren Buckelkorb aufzuladen. Die Waffelverkäuferin stapfte durch den Matsch davon. Ihre Gerätschaften schepperten bei jedem Schritt aneinander.

Ein grauer Tag war unmerklich in eine graue Dämmerung übergegangen. Pauline mochte noch nicht zurück ins Goldene Rad. Sie lief zum Markt und genehmigte sich im Ratskeller ein Glas guten Rheinweins. Halb hoffte sie, Martin dort anzutreffen, aber sie blieb allein. Sie setzte sich in eine dunkle Ecke und beobachtete die Gäste, während sie langsam und in kleinen Schlucken das seltene Vergnügen genoss.

»Ein junges Weib, so allein? Komm, leiste uns Gesellschaft«, hieß es von allen Seiten, doch sie wies die Angebote höflich ab, so bestimmt, dass man sie schließlich in Ruhe ließ.

Endlich erhob sie sich, zog ihren Mantel wieder an und trödelte ihrer nächtlichen Arbeitsstätte zu. Ganz in Gedanken lief sie die Heustraße entlang, als sie aus einem Torbogen bekannte Geräusche vernahm: leises Lachen, das Rascheln von Seide, Seufzer, Gemurmel. Ein Liebespaar stand dort eng umschlungen und tauschte Küsse aus. Pauline schaute rasch fort und wollte schon weiter, da meinte sie eine der Gestalten zu erkennen und blieb wie angewurzelt stehen.

Nein, war das nicht Susanna Salet? Hatte sie sich doch nicht abgefunden! Pauline lächelte in sich hinein und zog sich ein Stück zurück, um das Paar zu beobachten. Die Gesichter konnte sie nicht erkennen, doch Gestalt, Bewegung und Stimme sehr wohl. Ja, es war Frau Susanna, und in den Armen eines Handwerksgesellen, wie die Spielfrau an der Kleidung des Mannes erkannte. Und wie sie sich herzten. Zärtlich, nicht gierig. Nein, diese zwei schienen ernsthaft verliebt. Oh, das würde Franz Benedict niemals billigen.

Pauline zog sich ihren Hut mit den Schwanenflügeln tiefer ins Gesicht und hastete an den beiden vorbei. Sie waren so miteinander beschäftigt, dass sie nichts bemerkten.

»Was kümmert mich Geld, mein Lieb«, hörte sie den Burschen sagen, als sie nah an ihnen vorüberging. Sie schienen eine gutmütige Auseinandersetzung zu führen. Pauline verlangsamte ihren Schritt.

»Es steht mir zu, und ich will es haben«, hörte sie Susanna halblaut und trotzig antworten, dann war sie vorbei.

In der Herberge war noch weniger Betrieb als am vorigen Tag. Nur ein paar Händler waren da und murrten untereinander, weil sie auf ihre Lieferungen warten mussten.

»Feria quarta, am Mittwoch habe ich abgeschlossen. Jetzt sitze ich hier müßig herum! Gäule und Kutscher fressen mir derweil die Haare vom Kopf!«

»Mir geht's nicht anders, Freund. Das verdammte Bankhaus lässt mich sitzen, und ich muss einen Wechsel ausschreiben.«

Ein paar Leipziger Junggesellen genossen Margots gute Küche: Karpfen mit Kirschen und anschließend Mandelpastetchen. Pauline entschied sich für Reste vom Vortag und aß noch einmal Rindsklöße mit Kraut.

Jacobus war auf seinem Zimmer geblieben und hatte sich das Abendessen bringen lassen.

Gottlieb ließ sich nicht in der Küche blicken, sondern saß in der Gaststube mit Lukas beisammen. In einer Spielpause ging Pauline zu ihm hin.

»Bist du deiner Mutter immer noch gram?«, fragte sie.

Gottlieb machte ein finsteres Gesicht und antwortete nicht.

»Du darfst ihr die Bemerkung nicht so sehr verübeln. Sie war doch außer sich vor Sorge um den Kleinen. Da sagt man manches, was man hinterher bedauert.«

»Das habe ich ihm auch schon erklärt, aber er will nichts hören. Verstockt, wie die Jugend nun mal ist. Er redet sogar davon, sich in einer anderen Wirtschaft als Koch zu verdingen.«

»Sie wird ja doch das Zepter nicht abgeben! Soll ich denn alt und grau werden, ehe ich einmal selbst bestimmen kann?«

»Na, na! Ein paar Jährchen wird es wohl noch Zeit haben.« Lukas gab Gottlieb einen freundschaftlichen Klaps auf den Hinterkopf. Der Junge zuckte zusammen und schüttelte sich unwirsch.

»Führ dich nicht auf wie ein Kind, dann wirst du auch nicht so behandelt«, bemerkte die Spielfrau ruhig. »Niemand könnte deine Ungeduld besser verstehen als ich. Es ist schwer, wenn man will und nicht darf. Aber deine Mutter braucht deine Hilfe. Sie will es nur nicht wahrhaben. Es ist auch nicht einfach für die Älteren, wenn sie nach und nach alles abgeben sollen. Heute Morgen erst hat sie sich auf dem Rathaus anhören müssen, dass sie ihr Haus nicht im Griff hat. Sie hält die Wirtschaft doch für dich. Übernimm mehr Verantwortung, damit man ihr solche Vorwürfe nicht macht.«

»Sie lässt mich ja nicht.«

»Sie wird dich schon lassen. Du musst es eben geschickt anstellen. Nimm ihr die Dinge nicht einfach aus der Hand, sondern frag sie. Hast du mit ihr noch einmal über deine Pläne gesprochen, die Küche zu vergrößern?«

Gottlieb schüttelte den Kopf.

»Versuch es wieder. Jetzt, da dein Bruder in Sicherheit ist und sie ihr Geld wieder zur Verfügung hat, wirst du vielleicht auf offenere Ohren stoßen.«

Lukas sah Pauline anerkennend an: »Du hast viel Menschenverstand für so ein junges Ding«, brummte er.

Lachend stand Pauline wieder auf und begann ihr Spiel von Neuem. Später sah sie, wie Ottilie aus der Küche in die Wohnstube der Wirtsfamilie ging. Gottlieb folgte ihr und kam nicht zurück.

Immer wieder glitt Paulines Blick zum Eingang. Wo nur Martin blieb? Wollte er nichts mehr wissen von ihr? Gestern Nacht waren sie doch noch so einträchtig gewesen. Vielleicht nahm er es übel, dass sie ihn abgewiesen hatte, und suchte sein Vergnügen nun andernorts. So rasch gab er auf? Pauline spürte einen Stich der Enttäuschung und ertappte sich dabei, wie sie ein übers andere Lied von Verführung und Betrug sang.

›Du führst dich ja auf wie eine betrogene Braut‹, verspottete sie sich selbst. Du hast doch keine Rechte an ihm. Nun, dann ist er eben zu einer anderen gegangen. Was kümmert es mich denn? Morgen oder übermorgen bin ich fort und hab mir viel Herzeleid erspart, wenn ich ihn nicht wiedersehe. Ich bin alleine besser dran.

Aber sie konnte nicht aufhören, die Tür zu beobachten.

In etwas gedämpfter Stimmung stieg sie spät in der Nacht die Leiter zur Dachkammer hoch.

Anna und Walpurga lagen schon im Bett. Sie hatten für Pauline am Fuß der Leiter ein Licht stehen lassen. Zähneklappernd streifte die Spielfrau ihre Stiefel ab, zog das Mieder und den Rock aus und legte sich im Unterkleid zu den anderen. Am Fußende ertasteten ihre Zehen etwas Warmes. Sie zog die Füße hoch und tastete dann vorsichtig erneut: etwas Kantiges, in ein Tuch gewickelt.

»Walpurga hat ein paar Ziegel für uns am Herd heiß gemacht und mit heraufgebracht«, sagte Anna und wackelte genüsslich mit den Zehen. »Das tut gut! Ich habe das schon lange nicht mehr getan. Es war mir zu mühselig.«

»Ja, das ist angenehm. Danke, Walpurga«, sagte Pauline nachdenklich.

Es kam keine Antwort von Annas anderer Seite.

»Ist es nicht wunderbar, dass alles so gut ausgegangen ist?«, begann die alte Magd von Neuem. »Das hast du gut gemacht, Pauline. Ottilie ist des Lobes voll! Und der kleine Racker erholt sich langsam. Einen fürchterlichen Schnupfen hat er sich geholt, aber sonst ist er schon wieder ganz quietschfidel, spielt den ganzen Tag mit dem Affen und verlangt nach Zuckerwerk. Man kann Gott nicht genug danken, wie gnädig er alles gefügt hat.«

»Amen«, kam es von Walpurga.

»Amen«, fügte Pauline hinzu. »Ich bin auch froh.«

»Aber irgendwie klingst du gar nicht froh«, bemerkte Anna.

Die Spielfrau schwieg lange und presste ihre kalten Füße an den gewärmten Ziegelstein. »Vielleicht nicht«, sagte sie dann leise.

»Warum nicht?«

»Ach nichts.«

Anna gab ihr einen Puff mit dem Ellenbogen. »Komm schon!«

»Ihr wisst ja wohl, was Moritz mitangesehen hat. Und nun werden sie den Mörder der armen Mädchen niemals bestrafen. Er kommt einfach so davon! Das ist ungerecht!«

»Aber man hat doch den Tuttenhöfer verhaftet.«

»Habt ihr es nicht gehört? Er ist unter der Folter verschieden – bei der ersten Befragung! Da ist eine Schweinerei passiert. Der Rat schützt den wahren Schuldigen. Er soll von Adel sein.«

Walpurga lachte spöttisch auf: »Niemand wird einen Adligen wegen ein paar Huren belangen. Was hast du denn gedacht?«

»Nichts anderes. Aber damit muss man ja nicht zufrieden sein.«

»Um eine Hure ist es nicht schade«, versetzte die zweite Magd.

»Ich weiß nicht. Das sind doch auch Menschenkinder«, sagte Anna. »Und manche unter ihnen haben sich das Geschäft nicht einmal ausgesucht. Es sind halt Kinder aus armen Familien, Henkerstöchter, überzählige Mäuler.«

Walpurga schnalzte unwirsch mit der Zunge. »Sind trotzdem Luder!«

Pauline hätte am liebsten über Anna hinweggelangt und ihr eine Ohrfeige gegeben. »Und ich sage, es ist ungerecht! Man will sie haben. Man braucht sie doch angeblich, um anständige Frauen vor den Begierden der Männer zu schützen. Nun, wenn man sie braucht und Vorteil von ihnen hat, dann sollte man sie doch auch schützen, oder nicht?«

Walpurga antwortete nicht. Eine Weile war es still. Pauline stieß einen tiefen Seufzer aus.

»Was ist denn noch?«, fragte Anna.

»Ach, ich bin sicher selber schuld. Ich habe mir unnötige Hoffnungen gemacht, und nun habe ich einsehen müssen, dass aus meinen Träumen nichts wird. Aber das hätte ich schon vorher wissen müssen.«

»Was hast du denn getan?«

»Ich habe heute Nachmittag, als niemand da war, in der Thomaskirche gespielt … Und …«

»Frechheit«, zischte Walpurga.

»Der Thomaskantor hat es zufällig gehört, und es hat ihm gefallen, mein Spiel.«

Von der anderen Seite des Bettes erklang ein verächtliches Schnaufen.

»Er hat gesagt, ich wäre hochbegabt. Und er würde mich sogar in der Armenschule zusammen mit den anderen Kindern unterrichten, sodass ich lesen, schreiben und danach Noten lernen könnte. Aber es ist mit zu vielen Schwierigkeiten verbunden. Es wird wohl nichts draus werden. Und dann hat er mir unmissverständlich deutlich gemacht, dass ich ja gar nichts mit dem Wissen anfangen könnte. Ich dürfte als Frau niemals öffentlich spielen, und meine Kompositionen, wenn es denn dazu käme, würde niemand haben wollen. Instrumente würde kein bestallter Musicus mich lehren. Es ist so ungerecht! Warum soll ich denn nicht lernen dürfen – und zeigen, was ich kann? Ich weiß, ich sollte mehr Demut zeigen und mit dem Platz zufrieden sein, den Gott mir zugewiesen hat. Aber wisst ihr, manchmal zweifle ich daran, dass das alles wirklich Gottes Wille ist.«

»Die Frau soll in der Gemeinde schweigen«, zitierte Walpurga.

»Der Apostel Paulus hat das gesagt, nicht Gott – ein Mensch! Musik ist ein Gottesgeschenk, hat aber Luther geschrieben. Warum sollte mir Gott ein Geschenk geben und mich dann gleichzeitig daran hindern, es zu gebrauchen? Warum ist Musik, die von Männern komponiert und gespielt wird, wertvoll und wohlanständig und in den Händen, dem Mund einer Frau der Weg zur Sünde? Da wird mit zweierlei Maß gemessen. Ich kann mich damit nicht abfinden.«

Und dann überraschte Walpurga sie: »Ich verstehe dich. Mir hat man auch die Musik verweigert. Es ist bitter, und man möchte sich auflehnen. Ein bisschen Virginal durfte ich spielen im stillen Kämmerlein. Und singen gar nicht.« Sie lachte bitter: »Aus gutem Grund, wie ich zugeben will. Um mein Talent ist es nicht schade. Es ist gering. Aber du ... Na, wie du sagst: Wir werden uns dreinfinden müssen.«

Sprachlos lag Pauline noch lange da und starrte in die Dunkelheit. Erst liefen ihre Gedanken immer im Kreis herum: der Thomaskantor, die Schule, die scuola, die Noten. Musikfetzen, ein Aufruhr an Hoffnungen und Ärger tobte in ihr, bis sie meinte, mondsüchtig zu werden. Als sie sich ein wenig beruhigte, sah sie mit einem Mal wieder Susanna Salet vor sich. Sie hatte sie für streng und beherrscht gehalten. Doch wie sie sich in die Arme dieses Mannes geschmiegt hatte! Sie war ja förmlich wie Wasser durch seine Finger gelaufen. So konnte man sich täuschen. Sie wünschte ihr alles Glück.

Was kümmert mich Geld, hörte sie den Burschen noch einmal sagen, und Susanna darauf: Es steht mir zu, und ich will es haben.

Handelte es sich um eine offene Rechnung? Aber Frau Salet war doch nicht am Handel ihres Bruders beteiligt, oder doch? Ehrlich empört hatte sie geklungen. Vielleicht meinte sie ihre Mitgift? Ja, das musste es sein. Franz Benedict Salet würde einer Heirat mit einem einfachen Handwerksgesellen gewiss nicht zustimmen. Und ohne seine Zustimmung keine Mitgift! Arme Susanna.

17.
DOMINICA

»Frau Salet ist beschäftigt. Sie bedauert, aber sie hat keine Arbeit für dich«, sagte der Diener abweisend. Pauline hatte ihren besten Rock angezogen und die Stiefel geputzt. Die Federn und bunten Bänder waren verschwunden und für den nächsten Markt, die nächste Hochzeit eingepackt. Der Mantel war gut. Sie sah keinen Grund, warum man sie so abschätzig behandelte.

»Ich habe auch nicht vor, sie um einen Auftrag anzubetteln. Sag ihr, es geht um den kleinen Daniel.«

Die Augen des Dieners wurden weit. Wortlos drehte er sich um und polterte die Treppe hinauf. Neugierig schauten die Küchenmägde Pauline an: »Hast du etwa von ihm gehört? Weißt du gar, wo er gefangen gehalten wird?«

»Mag sein. Ich habe da so einen Einfall gehabt.«

»Wo denn?«

»Das werde ich Frau Salet sagen.«

»Na, das wäre ja was«, rief die Köchin, und die Mägde sagten untereinander: »Woher will die denn was wissen!« und: »So eine Gauklerin kommt ja herum. Kann schon sein, dass sie was aufgeschnappt hat.«

»Ach, lieber Gott. Wenn der Kleine nur wieder da wäre, ich tät mich so freuen«, hörte Pauline noch, als sie rasch dem Diener folgte.

Susanna hielt sich in demselben Raum auf, in dem die Spielfrau bei ihrem letzten Besuch empfangen worden war. Unwirsch schaute sie von ihrem Pult hoch, als die Musikerin sich an dem Hausdiener vorbeidrängte.

»Was willst du denn schon wieder?«, fragte sie. »Ich bedauere, aber ich habe dir doch das letzte Mal schon erklärt, warum ich dir keine Stelle anbieten kann. Dein Spiel hat mir gefallen, und ich denke doch, du wurdest mehr als angemessen entlohnt. Du bist ganz schön …«

Pauline unterbrach sie: »Es wäre besser, Ihr würdet mich anhören, Frau Salet. Ich denke, ich weiß, wo Euer kleiner Bruder ist.«

Susanna erstarrte. »Es ist gut. Lass uns allein«, sagte sie zu dem Diener. Sie legte den Federkiel weg, folgte ihm und blickte ihm nach, bis er in einen anderen Teil des Hauses verschwunden war, ehe sie die Tür schloss.

»Wenn du mich zum Besten haben willst«, sagte sie leise und scharf, »dann kann ich dich nur warnen. Was Daniel betrifft, bin ich nicht zum Scherzen aufgelegt! Also überleg dir gut, was du mir sagen willst!«

»Frau Salet, nicht ich bin es, die irgendjemanden zum Besten halten will.«

»Wie meinst du das?«

»Ist es nicht vielleicht so, dass der Kleine die gute Landluft genießt?«

Susanna wurde bleich. »Was redest du da für ein wirres Zeug?«

Jetzt war Pauline sich sicher. »Ich denke, Ihr wisst, wo Daniel sich aufhält. Wäre es nicht an der Zeit, ihn zurückzuholen und die Komödie zu beenden – bevor eine Tragödie daraus wird?«

»Du beschuldigst mich? Das ist ja ungeheuerlich! Freche Dirne!« Hoch richtete Susanna sich auf, ganz Herrin eines vornehmen Hauses. »Gleich lass ich die Stadtwache rufen. Weißt du nicht, dass du in den Block kommen kannst für falsche Anschuldigungen? Man wird dir die Schandmaske aufsetzen.«

Aber die Spielfrau blieb ruhig. »Ruft die Stadtwache. Ich bin einverstanden.«

Und siehe da: Verschwunden war die hochmütige Herrin. Susanna schwankte. Sie ließ sich auf den Sessel sinken. »Es hat wohl wenig Zweck, zu leugnen«, flüsterte sie fast. »Wie hast du es herausbekommen? Wer weiß sonst noch davon?«

»Niemand außer mir – bis jetzt. Was mich betrifft, so hat mich zuerst stutzig gemacht, was eine kleine Wäscherin mir über die Sitten in guten Häusern erzählt hat: Dass Daniel in seinen Sonntagskleidern verschleppt worden sei, hieß es. Wenn er aber ins Bett gebracht wird, dann bringt Ihr doch die Sonntagskleidung fort und legt frische für die nächste Woche hin. Ist das so?«

»Ja«, hauchte Susanna.

»Seht Ihr. Erst habe ich gedacht, nun, sie hat es eben diesmal nicht gleich getan, weil sie müde war, oder das Gesinde hat es vergessen. Und so wäre wahrscheinlich jeder darüber hinweggegangen. Auch dass Ihr Euch für Jacobus eingesetzt habt, ist mir zunächst nicht aufgefallen. Sie hat eben ein gutes und gerechtes Herz, habe ich gedacht. Aber dann habe ich Euch auf der Straße lachen und scherzen sehen, obwohl Ihr im Haus ein trauriges Gesicht aufgesetzt habt. Was man nicht wirklich fühlt, kann man auch nicht dauerhaft zur Schau tragen, wisst Ihr das nicht? Irgendwann vergisst man, sich zu verstellen. Am Freitag war die Tochter einer Magd im Goldenen Rad, um ihre Mutter zu besuchen. Sie lebt in dem Dorf, das Eurem Bruder gehört. Sie hat in den höchsten Tönen von Euch gesprochen, wie Ihr am vergangenen Sonntag Kleider für die Armen gebracht hättet. Und dass Daniel dabei war. So wusste ich von der Landpartie. Und in Eurer Küche, wo ich für Essensreste gespielt habe …«

»Wie? Mein Gesinde handelt mit unseren Abfällen? Sie sollen sie doch an die Armenküche geben!«

»Regt Euch nicht auf, Gnädigste, sie haben es ja an Arme gegeben. Ein paar Straßenkinder haben sich daran satt gegessen. Und gönnt Ihr Eurem Gesinde nicht auch einmal ein wenig Zerstreuung? Seid beruhigt. Sie haben dabei ihre Arbeit nicht vernachlässigt. Jedenfalls habe ich dort gehört, warum Ihr so lange unverheiratet geblieben seid und dass Ihr wohl aufgegeben hättet.«

»Das Gesinde tratscht über mich?«

»Habt Ihr etwa gedacht, sie schweigen über alles, was sie sehen und hören? Eines Tages wird man vielleicht Automaten für die Hausarbeit erfinden, so wie man jetzt schon künstliche Musikanten macht. Aber solange Menschen um Euch sind, müsst Ihr damit rechnen, dass sie sich menschlich verhalten. Wie dem auch sei, das alles kam zusammen. Und dann habe ich Euch zufällig gestern spät abends in angenehmer Gesellschaft gesehen. Und mir meinen Reim gemacht.«

Susanna blickte die Spielfrau feindselig an. »Ich verstehe. Du hast ein Netz um mich gesponnen. Und ich habe dich selbst angelockt! Nun? Was hast du denn aus alledem geschlossen?«

»Ganz einfach. Ihr habt Angst, sitzen zu bleiben. Ist es nicht so? Und da wolltet Ihr Eurem berechtigten Wunsch nach Auszahlung der Mitgift ein wenig Nachdruck verleihen. Nun ist die Angelegenheit leider etwas verzwickt geworden, und Ihr wisst nicht, wie Ihr da wieder herauskommen sollt.«

Susanna legte eine Hand vor den Mund, um das Zittern ihrer Mundwinkel zu verbergen. Gleich würde sie zu weinen beginnen. »Es ist nicht nur, dass ich keine alte Jungfer werden will. Ich liebe Fabian! Und er liebt mich. Aber Franz Benedict will nicht zahlen! Mein geiziger Bruder rückt nicht einen Kreuzer heraus. Der kaltblütige Geldsack, der Blutsauger! Seinen eigenen Bruder würde er lieber verrecken lassen, als sich von einem einzigen Heller zu trennen.«

»Ich wette, um Kreuzer und Heller geht es hier nicht«, sagte die Spielfrau trocken.

Susanna schüttelte den Kopf. Ein paar Tränen fielen, doch rasch fasste sie sich wieder, trocknete sich die Augen an einem parfümierten Fazittlein und ging Pauline wieder an: »Warum bist du nicht zum Rat gegangen mit dem, was du erahnt hast, oder zu meinem Bruder? Man hätte dich belohnt, belohnen müssen. Zu dumm; von mir hast du wenig zu erwarten. Mein Bruder zahlt zwar für alles, was ich brauche, aber ich habe kaum ein paar Taler für mich selbst, die ich verwenden kann, wie es mir gut erscheint.«

»Es geht mir nicht um eine Belohnung. Ich bin Euch zugetan, Frau Susanna. Ihr wart gut zu mir, und das werde ich doch nicht auf solche Weise vergelten. Ich will Euch helfen. Wollt Ihr es nicht beenden?«

Die Bürgerin sah sie überrascht an. Das hatte sie nicht erwartet. »Nur zu gern würde ich es beenden, aber wie?«

»Indem Ihr mit der Wahrheit herausrückt – Eurem Bruder gegenüber. Den Leuten erzählt man später, Daniel wäre in einem Fuhrwerk versteckt ausgerissen. Ein – hm – ein Bauer habe den kleinen Daniel in seinem Stall entdeckt, und – ach – Annas Tochter kann das gewesen sein. Sie hält große Stücke auf Euch und wird sicher zu Euren Gunsten ein wenig flunkern. Nur dass … es wird uns schon etwas einfallen! Fahrt sofort los und holt Daniel zurück. Dann geht Ihr zu Herrn Franz Benedict und zeigt ihm die Zähne. Ihr habt es gestern gesagt: Es ist Euer Recht! Nehmt es Euch!«

»Du kennst ihn nicht. Dennoch – es gibt keinen anderen Weg. Ich wollte es nur nicht wahrhaben. Du hast mich zu Verstand gebracht, Spielfrau. Würdest du mich begleiten?«

Frau Salet ließ anspannen. Als der Diener endlich kam, um zu melden, dass alles bereit sei, erlebte Pauline eine neue Art zu reisen. Eine zweispännige offene Kutsche stand bereit. Die Frauen wurden sorgsam in Pelze und Decken gehüllt, Strohballen und gewärmte Ziegelsteine zu Füßen. Zufrieden schmiegte Pauline sich in den gepolsterten Sitz, während sie zum Tor hinausrollten.

»Daran könnte ich mich gewöhnen«, sagte sie.

Langsam zockelten sie hinter den abreisenden Händlern mit ihren schweren Fuhrwerken her. Die Spielfrau betrachtete alles neugierig und fing Gespräche mit den Leuten an, die zu Fuß neben ihnen hergingen. Frau Susanna aber war schweigsam. Unter dem Pelz bewegten sich ihre Hände unruhig. »Habt Ihr Angst vor dem Gespräch mit Euren Bruder?«, fragte Pauline.

»O ja«, gab Susanna zurück. »Und wie! Du weißt ja nicht, wie er ist!«

»Den Kopf kann er Euch nicht abreißen. Und ins Kloster kann er Euch auch nicht abschieben. Die gibt's nicht mehr.«

»Da hast du recht, aber ich fürchte mich dennoch. Er kann so schrecklich wütend werden, wenn die Dinge nicht laufen, wie er es will.«

»Ja. Das ist Männerart: wüten und schreien. Frauen nörgeln und schmollen. Das Erstere verpufft, das Zweite dauert lange an. Wie lange würde er wohl ein saures und trauriges Gesicht an seiner Tafel ertragen? Oder was könnte er ausrichten, wenn Ihr – sagen wir – den Haushalt ein wenig vernachlässigen würdet?«

»Das würde ihm nicht gefallen! Da würde er mir ganz schön Vorhaltungen machen. Er ist es gewohnt, dass sein Haus läuft wie ein geöltes Räderwerk.«

»Streut Sand ins Getriebe. Eine geschickte Hausfrau kann ebenso gut für Unbehagen sorgen wie für das Gegenteil. Versalzenes Essen, angekohltes oder schlecht aufgegangenes Brot, Löcher in den Strümpfen, Krümel im Bett …«

Susanna musste lachen: »Ihr habt vielleicht Einfälle, liebe Spielfrau. Wie stellt Ihr Euch das vor? Mich kann er nicht strafen, aber das Gesinde schon. Sie kann er auspeitschen lassen. Und das will ich nicht. Im Übrigen werde ich meine Pflicht nicht vernachlässigen.«

»Hat er denn seine Pflicht an Euch getan?«

Susanna schwieg und sah zur anderen Seite. Sie beugte sich vor, klopfte dem Kutscher auf den Rücken und rief ihm etwas zu.

»Wir biegen hier ab und nehmen die Feldwege. Wir werden etwas durchgerüttelt werden, aber ich habe keine Lust, ewig hinter diesen Karren herzutrödeln.«

Auf diesem weichen Polster, fand Pauline, ließ es sich gut aushalten. Das war doch etwas anderes als die Fuhrwerke, auf denen sie sonst ein Stück weit mitfahren durfte.

»Ihr wollt Euren Willen haben. Ihr wollt Eure Pflicht nicht vernachlässigen. Streiten und kämpfen wollt Ihr nicht. Unglücklich sein auch nicht. Für etwas werdet Ihr Euch aber entscheiden müssen.«

»Du hast ja recht. Aber ich fürchte mich.«

Pauline schwieg. ›Warum glauben solche Leute, dass sie alles umsonst bekommen? Sich nicht bemühen, nichts opfern und dann jammern, dass ihre Wünsche sich nicht von allein erfüllt haben‹, dachte sie. ›Aber das kommt vielleicht vom weichen Leben. Und was kümmern mich Frau Susannas Träume. Habe ich nicht genug damit zu tun, meine eigenen Träume zu verfolgen?‹

Sie kamen durch ein Dorf inmitten gefrorener Felder, einsam und leer. Das Vieh stand im Stall zu dieser Jahreszeit. Aus den

Wirtschaftgebäuden erklangen ferne Arbeitsgeräusche, Hämmern, Sägen, das Rumpeln hölzerner Milcheimer, das dumpfe Aufschlagen von Heuballen, die vom Speicher herabgeworfen wurden. Ein junges Mädchen mit einer Schüssel Schweinefutter blieb auf dem Weg vom Haus zum Stall stehen und gaffte die Kutsche an.

»Noch ein kleines Stück«, erklärte Susanna.

Sie fuhren zu einem abgelegenen Gehöft am Rand eines Waldstücks. Zwei große schwarze Hunde kamen ihnen auf dem Weg entgegen, bellten, schnappten und sprangen an den Pferden hoch, bis der Kutscher sie mit der Peitsche vertrieb.

Die Kutsche hielt im Hof eines dreiteiligen Gebäudes, höher und besser gebaut als die Bauernkaten.

»Hier wohnt der Jagdaufseher meines Bruders. Seine Mutter war meine Amme und ist mir treu ergeben. Bei ihr konnte ich auf Verschwiegenheit rechnen. Und sie weiß mit Kindern umzugehen. Glaub nicht, dass ich Daniel auch nur einen einzigen Augenblick in Gefahr gebracht hätte.«

In diesem Augenblick trat eine alte Frau heraus, weißhaarig und krumm. Ein kleiner Blondschopf löste sich von ihrer Hand und stürzte auf Susanna zu, ohne die geringste Angst vor den Hunden zu zeigen. Schweifwedelnd standen sie dabei und gaben acht, was mit dem Kleinen geschah.

»Daniel!«, rief Frau Salet, hob den Jungen hoch und schwenkte ihn herum.

»Darf ich endlich nach Hause? Ich langweile mich!«

»Ja, ich bin gekommen, um dich zu holen, mein Kleiner.«

»Und ist dein Plan aufgegangen, Susanna?«, fragte die Amme.

Frau Salet schüttelte den Kopf. »Franz weigert sich, ein Lösegeld zu zahlen. Angeblich aus Vernunft: Weil man solche Taten damit nur ermutige, behauptet er.«

Die alte Frau schnalzte mit der Zunge. »Das sieht ihm ähnlich. Ich habe es dir gleich gesagt. Und nun willst du dem Spiel ein Ende machen? Das ist gut. Ich bin froh, dass du zur Vernunft kommst, Susanna.«

Sie bestand darauf, dass sie ins Haus kamen und etwas Heißes zu sich nahmen, ehe die Kutsche zur Stadt zurückfahren würde. Die Ziegelsteine und die Pelzdecken waren frisch gewärmt. Pauline zog sich die Decken über die Nasenspitze und hörte stumm zu, wie Frau Susanna dem Kleinen die Geschichte einzuprägen versuchte, die er erzählen sollte.

Das wird niemals gut gehen. Er wird sich verplappern, dachte sie bei sich. Und es ist nicht recht, ein Kind zur Lüge anzuhalten. Sie sollte ihre Kämpfe selbst ausfechten.

Der Wagen rollte in den Salet'schen Hof. Das Rädermahlen hallte von den Mauern wider und verebbte. Daniel, der zuerst ganz aufgeregt von Hunden und Wildtieren geplaudert hatte, war eingeschlafen. Susanna hob ihn zum Kutscher hinunter.

»Man soll sein Bett wärmen und eine heiße Suppe bereiten!«

Daniel erwachte und fing an zu greinen vor Kälte und vor Müdigkeit. Der Kutscher trug ihn hinein. Sie hörten ihn nach den Mägden rufen, und dann entstand ein großes Geschrei. Das Gesinde lief zusammen, scharte sich um Frau Susanna.

»Ist ihm etwas zugestoßen?«

»Ist er gesund und wohlauf?«, riefen sie durcheinander.

»Wo war er denn?«

»Er ist weggelaufen und bei guten Bauersleuten untergekommen. Jetzt sputet Euch und tut, was ich gesagt habe!«

»Sofort! Dem Himmel sei Dank, gnädige Frau! Ach, welche Freude.«

Und: »Jemand soll Herrn Salet Bescheid sagen.«

»Nein, das tue ich selbst«, sagte Susanna. Sie sah sich nach der Spielfrau um, die an der Tür stehen geblieben war und sich gerade zum Gehen wandte. »Pauline, bleib. Willst du nicht mit zu meinem Bruder kommen? Ich bitte dich darum.«

Die Dienstboten schauten mit großen Augen auf die Spielfrau und hätten gerne sofort erfahren, welche Geschichte sich dahinter verbarg. Gut, sie schien die Sache ja ins Rollen gebracht zu haben, aber warum tat ihre Herrin so vertraut mit einer Straßenfiedlerin? Und nun sollte sie noch dem Herrn vorgestellt werden?

»Wahrscheinlich kriegt sie eine anständige Belohnung«, flüsterte eine der Mägde einer anderen zu.

»Haha, da muss er wohl oder übel die Geldkatze aufschnüren«, antwortete die Zweite.

»Wird aber immer noch billiger, als ihn das Lösegeld gekommen wäre!«

»Viel billiger. Wahrscheinlich speist er sie mit ein paar Groschen ab.«

Pauline folgte Susanna in einen anderen Teil des großen Hauses und hinunter zu den Verkaufsgewölben der Handelsniederlassung, wo Franz Benedict Salet regierte.

Sie fanden ihn in seinem Kontor. Ein prunkvoller Raum war es, so recht dafür gemacht, um Kunden und Schuldner zu beeindrucken: die Wände mit auserlesenem Tannenholz getäfelt, Landkarten und einen Globus gab es, Uhren und vergoldete Möbel.

»Susanna!« Er sah vom Geldzählen hoch. Gold- und Silbermünzen waren in ordentlichen Reihen auf dem Tisch aufgetürmt. »Kann es nicht warten?«

»Daniel ist zurück. Diese Spielfrau hat ihn gefunden.«

Franz Benedict Salet fuhr fort, das Geld zu zählen. »Gut«, sagte er, ohne den Blick zu heben. Er war mager unter Samt und Pelz; sein Gesicht schmal und dünnlippig, die Haut wirkte papieren. Knochige Finger notierten ein paar Summen auf einem Blatt und bestreuten es mit Sand. Er legte das Geld in eine Kassette, schloss sie ab und ließ sie in einer Truhe verschwinden, bevor er seiner Schwester einen Platz anbot. Die Spielfrau musterte er kühl und beachtete sie dann nicht weiter.

»Wo war er, und wie kam es, dass er gefunden wurde?«

Susanna erzählte ihre Geschichte, die jedoch so viele Lücken hatte, dass auch ein Dümmerer darauf gekommen wäre.

Franz Benedict Salet ließ ein trockenes Lachen hören, ein kurzer, freudloser Laut. »Was für ein Märchen, Susanna. Du denkst doch nicht im Ernst, dass ich ein einziges Wort davon glaube.«

Susanna wurde blass. Ihre Finger verkrallten sich in den geschnitzten Lehnen des kostbaren Stuhls, auf dem sie saß. Wenn sie jetzt klein beigibt und sich hinter dieser lächerlichen Geschichte verschanzt, dann kann sie ihrem Liebsten gleich den Laufpass geben. Dann hat sie verloren und wird für immer hierbleiben, dessen war sich Pauline sicher.

»Nun, was immer du getan hast, Schwester. Es ist wohl besser, es bleibt verborgen«, sagte der Kaufherr. »Der Junge ist zurück, und wir wollen die Angelegenheit vergessen.« Es wurde still im Kontor. Man konnte die Mäuse in den Wänden rascheln hören. Von draußen, aus den Gewölben, drangen leise Stimmen. Ballen oder Säcke scharrten über den geziegelten Boden. Auf der Straße wurde ein Karren beladen.

»Nein«, sagte da Susanna. »Nein. In Wahrheit habe ich ihn selbst auf einen abgelegenen Hof gebracht und dort versteckt gehalten. Die Leute konnten nichts dafür. Sie haben getan, was ich ihnen aufgetragen habe. Ich hatte gehofft, das Lösegeld zu bekommen, weil ich heiraten will. Es sollte meine Mitgift werden, die Mitgift, die du mir verweigerst.«

Franz Benedict Salet sprang auf und fing an zu schreien, mäßigte aber seine Lautstärke, als ihm wohl bewusst wurde, dass seine Angestellten jedes Wort mit anhören konnten: »Pfui, schäm dich, Susanna!« Er schloss die Tür, die die ganze Zeit nur angelehnt gewesen war, von innen und sprach leiser weiter, jedoch voll eisiger Wut: »Welcher Teufel ist nur in dich gefahren?«

»Ja, ich schäme mich«, antwortete Susanna. »Aber genauso musst du dich schämen, Bruder, dass du mich so weit getrieben hast.«

»Ich sollte mich ... das ist wahrlich unfassbar. Bist du noch bei Sinnen? Du lügst und betrügst, erpresst mich, denjenigen, der für dich sorgt, dich beschützt, kleidet, ernährt?«

Susannas Augen funkelten, ihre Fäuste ballten sich. »Du sorgst für mich?«, unterbrach sie ihn. »Du? Nein, mein Lieber, es ist ganz anders: Ich sorge für dich! Ich bin es, die dein Haus sauber und angenehm hält, die sich darum kümmert, dass du gut isst, angemessen gekleidet bist, dass du deinen Gästen eine schöne Tafel bieten kannst und gute Unterhaltung dazu, wie es sich für das Haus Salet geziemt! Ich bin es, die sich um jede nichtige Kleinigkeit kümmert, die du gar nicht wahrnimmst, während du großes Geld verdienst: dass die Keller immer gefüllt sind, dass die Lebensmittelhändler dich nicht übervorteilen, dass die Dienstboten ihre Pflicht versehen, dass der Speicher regelmäßig kontrolliert wird und das Ungeziefer die Vorräte nicht frisst. Dass du Seife und Wasser hast, die Wäsche geordnet und gepflegt ist, wann immer du ihrer bedarfst; dass Brot gebacken und Bier gebraut wird, dass das Haus trocken und warm ist, dass du gegen Krankheiten gefeit bist, dass die Teppiche und Betten gelüftet, der Marmorboden gewischt und die Dielen gewachst, Staub und Spinnweben entfernt, die Ställe versorgt, Wagen und Pferde jederzeit bereit sind, der Unrat hinausgetragen, die Straße vor dem Haus reinlich gehalten ist; ja sogar darum, dass der Abort regelmäßig geleert und gesäubert wird, darum kümmere ich mich, jawohl, mein lieber Bruder! Ich, deine Schwester und Magd!«

Franz Benedict Salet sah seine Schwester mit zusammengekniffenen Augen an, so als hätte er sie noch nie im Leben gesehen. Pauline schienen die beiden ganz vergessen zu haben. Susanna hatte sich warm geredet. All ihre Angst und Zurückhaltung schien sie vergessen zu haben. ›Jetzt erst wird ihr wirklich klar, was sie all die Jahre geleistet hat‹, dachte Pauline.

»Ich, ich, deine Magd!«, schrie Susanna ohne die geringste Rücksicht auf lauschende Dienstboten und Kunden. »Und ganz umsonst, ein günstiges Geschäft für dich!«

»Wir haben für unsere Geschwister sorgen müssen, du und ich, jeder auf seine Weise«, bemerkte Franz Benedict Salet begütigend.

»Du hast getan, was du ohnehin getan hättest: Geschäfte gemacht. Ich habe sie aufgezogen. Und wenn sie aus dem Haus gehen, was wird dann aus mir?«

»Aber habe ich dich nicht immer großzügig gehalten?«, wandte Franz Benedict ein. »Habe ich dir nicht Geld gegeben, damit du dir schöne Kleider machen lassen konntest, wann immer dir der Sinn danach stand? Hast du nicht den Luxus und alle Annehmlichkeiten dieses Hauses genossen, hast du nicht Musiker und Maler beschäftigen können, hast du nicht mit Freuden bei den Gastmählern residiert wie eine Fürstin, Susanna? Was hätte ich dir denn nicht gegeben? Was hätte dir denn gefehlt?«

»Eigene Kinder, eine Familie, ein eigenes Leben«, sagte Susanna. »Du schuldest mir meine Mitgift, Franz. Wie oft habe ich dich darum gebeten, heiraten zu dürfen. Erst war ich zu jung, dann war dieser oder jener Bewerber nicht gut genug, dann warst du gerade nicht flüssig, oder du brauchtest das Geld, um es in ein dringendes Geschäft zu investieren. Und wo bin ich dabei geblieben? Ich bin älter und älter geworden. Die Bewerber blieben aus. Gib mir meine Jugend zurück, Franz!«

Der große Kaufherr und Rat der Stadt Leipzig, der mit Fürsten und Königen verhandelte, der die ganze Welt empfing in seinen Faktoreien, der über das Schicksal seiner Bauern mit einem Federstrich entschied, von dem man noch niemals ein einziges demütiges Wort vernommen hatte – er schwieg.

»Ich verlange nur, was mir zusteht«, sagte Susanna wieder ruhiger.

Franz Benedict Salet fuhr hoch: »Wie, du willst Geld? Obwohl du eben zugegeben hast, dass du mich bestehlen wolltest, wagst du es jetzt, Geld von mir zu fordern? Nein! Dieses Recht hast du verwirkt. Sei froh, wenn ich die Sache nicht vors Gericht bringe.«

Susannas rosige Wangen wurden wieder bleich.

»Herr Rat«, mischte Pauline sich ein. »Ihr werdet Eure Schwester nicht anzeigen. Das tut Ihr nicht. Denkt an die Schande. Ihr wäret jedermanns Gespött.«

»Das ist wahr. Deshalb werde ich auch schweigen über das, was sie getan hat. Aber ich werde ihr nicht freiwillig geben, was sie mit Lug und Trug von mir erpressen wollte.«

»Ich denke, das werdet Ihr doch«, versicherte Pauline. »Sonst singe ich die ganze Geschichte auf jedem Marktplatz von hier bis Nürnberg, in Dresden, Berlin, Cölln und Lübeck und selbst in Genua. Ihr habt doch eine Faktorei in Genua, oder nicht? Was werden Eure Geschäftsfreunde lachen, was für ein Narrenstreich! Wie klug ist wohl ein Kaufmann, der sich von einer Frau derart an der Nase führen lässt! Wartet nur, das wird manchen erst auf Gedanken bringen. Die eine Hälfte Eurer Partner wird versuchen, Euch zu betrügen, die andere Hälfte wird Euch für Euren Geiz und für Euren mangelnden Familiensinn verachten. Mir fallen grad die ersten Worte ein«, Pauline verfiel in einen Singsang. »War ein Kaufherr zu Leipzig, so reich und so geizig …«

»Wenn unser Vater das sehen würde, dass du mir mit dem Kerker drohst, nur um dein Geld zu sparen«, setzte Susanna wieder an.

Während des ganzen Ausbruchs hatte Franz Benedict Salet seine Schwester mit unbewegter Miene angesehen.

Was für ein kalter Fisch, dachte Pauline.

»Bist du fertig?«, fragte er jetzt.

Sie nickte atemlos.

»Es wird am Ende doch herauskommen, Susanna. Der Kleine wird den Mund nicht halten, und die Dienstboten reden. Sei's drum. Du sollst deinen Willen haben. Sag hinterher nur nicht, ich hätte nicht versucht, dich davon abzubringen. Heiraten willst du? Wen denn nur?« Er brachte es fertig, es so klingen zu lassen, als ob kein Mann auf Erden sich für seine ältliche Schwester interessieren könnte.

»Ich werde den Tuchmachergesellen Fabian van Soldt heiraten«, verkündete Susanna.

»Wie? Was? Einen simplen Tuchmacher? Einen Handwerker? Kommt nicht infrage!«

»Er hat mich gefragt, und ich habe Ja gesagt.«

»Nimm Vernunft an, Schwester! Er ist jünger als du!«

»Umso besser, so habe ich wenigstens Freude an ihm. Wenn ein alter Mann sich ein halbes Kind zur Frau nimmt, dann hat niemand etwas dagegen.«

»Du bist eine alte Jungfer! Er nimmt dich nur wegen des Geldes.«

Susanna wollte erhitzt einwerfen, dass Fabian sie auch ohne Mitgift heiraten wollte, doch Pauline stieß ihr den Ellbogen in die Seite, und sie schluckte es herunter.

»Sorge dich nicht um mein Glück, Bruder. Zücke lieber die Geldkatze.«

»Was stellst du dir vor?«

»Ich will das, was Vater mir zugedacht hat: 1000 Goldtaler und ein Haus. Das im Goldgässgen, das Hieronymus Lotter zum Verkauf anbietet, wäre mir angenehm. Du bekommst es sicher günstig.«

»Bedenke es noch einmal. Er ist weit unter deinem Stand. Die Salets sind eine der ersten Familien in der Stadt. Willst du dich wirklich so weit herablassen?«

»Herablassen? Unser Vater war ein einfacher Krämer, der mit geliehenem Geld angefangen hat. Daran ist nichts Ehrenrühriges!«

»Mag sein, aber er hat sich wenigstens nicht im Bett eines Weibes nach oben geschlafen. Ich hoffe doch, du hast dich wenigstens nicht schwängern lassen.«

Susanna wurde dunkelrot, und ihre Nasenflügel bebten

vor Wut und Demütigung. »Ich habe nicht ... wir haben nicht ...«

Pauline schüttelte den Kopf und legte ihr mahnend die Hand auf den Arm. ›Er will dich doch nur reizen, verletzen, weil du ihn besiegt hast.‹

»Hat er denn schon seine Wanderjahre hinter sich?«, fuhr Franz Benedict Salet fort.

»Nein«, antwortete seine Schwester.

Franz Benedict Salet stand auf und ging mit auf dem Rücken gefalteten Händen hinter seinem Schreibtisch auf und ab. Nach einer Weile hielt er inne.

»Dann schlage ich dir Folgendes vor«, sagte er schließlich. »Ich schicke ihn nach England mit meinen Geschäftsfreunden. Sie reisen morgen ab. Er kann viel von ihnen lernen. Englisches Tuch ist unserem weit überlegen. Ich habe ohnehin überlegt, vor den Toren der Stadt eine Manufaktur zu eröffnen. In dem Jahr, in dem er fort ist, werde ich diese Manufaktur bauen lassen, und wenn er zurückkommt – *wenn* er zurückkommt zu dir –, dann will ich ihm seinen Meisterbrief kaufen und ihn in dem neuen Werk einsetzen.«

Wie schäbig, warum tut er das? Bei jeder Gelegenheit versucht er sie zu kränken und ihr den Mut zu nehmen, erkannte die Spielfrau. Will er sie so verunsichern, dass sie von ihrem Vorhaben zurücktritt?

Doch Susanna sagte fest: »Er wird zurückkehren, verlass dich nur darauf. Wenn nicht Krankheit oder Krieg ihn mir nimmt, dann kommt er zurück und steht zu mir.«

»Gut. Wenn du dir also sicher bist ... Ich werde dir und ihm ein Haus bauen lassen und deinen Hausstand einrichten – standesgemäß. Inzwischen wirst du mir hier eine Haushälterin einarbeiten. Und nach diesem Jahr ziehst du mit deinem feinen Liebchen dort hinaus. Ich will dich keinen Tag länger als nötig unter meinem Dache haben.«

Susanna zuckte zusammen, als hätte er sie geschlagen. Ihre Augen schimmerten feucht. »Einverstanden, Bruder.« Sie hielt ihm ihre Rechte hin, und sie besiegelten die Abmachung wie zwei Fremde.

Er gewinnt dabei vermutlich einen guten Meister, der ihm hörig sein wird. Und Frau Susanna wird sich um die Arbeiter und deren Familien kümmern. Das hat er geschickt eingefädelt. Leute wie er gewinnen immer, dachte die Spielfrau.

»Oh, wie ich ihn hasse«, murmelte Susanna, als sie zurück in die Wohnräume gingen.

»Euer Bruder ist doch nicht von Grund auf ein schlechter Mensch«, sagte Pauline schließlich.

Susanna drehte sich um und starrte Pauline entgeistert an: »Du verteidigst ihn?«

»Wenigstens habe ich es immer nützlich gefunden, beide Seiten zu bedenken, wenn es Streit gab. Jeder denkt doch, er ist im Recht, und ist nur deshalb gekränkt, weil er meint, ihm sei Unrecht geschehen.«

»Ja«, gab Susanna zu. »Sparsam ist er und hart zu seinen Untergebenen. Doch er ist auch hart zu sich selbst. Er lacht selten und gönnt sich nichts.«

»Hat er nicht nach dem frühen Tod Eurer Eltern für seine sieben Geschwister gesorgt? Das muss eine schwere Bürde gewesen sein. Vielleicht hätte er sich auch ein leichteres Leben gewünscht, Unabhängigkeit, Reisen ...«

»Ja, sicher, jetzt erinnere ich mich: Als wir Kinder waren, sprach er oft davon. Er träumte, zur See zu gehen mit den Handelsschiffen. Er wollte die fernen Kolonien sehen.«

Nachdenklich führte Frau Salet die Spielfrau zurück in das Studierzimmer: »Nimm bitte Platz. Ich will nur rasch noch einmal sehen, ob Daniel gut versorgt ist, dann komme ich gleich wieder.«

Susanna verschwand. Eine der Mägde brachte Pauline gewärmten Wein und kleine Kuchen, wie einem hochgeehrten Gast. Natürlich versuchte sie, Pauline auszuhorchen, doch die gab nichts her.

Das Teufelchen hatte unterdessen wieder auf ihrer Schulter Platz genommen und hänselte sie unbarmherzig. ›Sieh an, wie gut du andere beraten kannst! *Ich habe es immer nützlich gefunden, beide Seiten zu bedenken* ... Solch eine Einstellung ist zu loben. Diese Gelassenheit. Und wie leicht du bereit bist, Menschen zu verzeihen!‹

Jetzt kam das Engelchen dazu: ›Ich muss ihm leider für dieses Mal recht geben, obgleich ich seine spöttische Art nicht gutheißen kann‹, flötete es. ›Du machst dich besser, als du bist. In Wahrheit bist du selbst hochfahrend, schnell beleidigt und verzeihst eine Kränkung in hundert Jahren nicht. Solltest du nicht deine eigenen Weisheiten anwenden und dich endlich mit Emmanuel aussprechen?‹

Brüsk stand Pauline auf und stellte sich ans Virginal, einen schmalen Kasten aus bunten heimischen Hölzern mit reichen figürlichen Einlegearbeiten. Die zierlichen Beine sahen zerbrechlich aus. Vorsichtig klappte sie den Deckel auf und ließ die Finger zart über die Tasten wandern. Sie hatte keine Übung darin. Doch das Prinzip war ihr bekannt, und sie fand schnell hinein.

»Oh, ich wusste nicht, dass du das Virginal beherrschst«, sagte Susanna überrascht, als sie zurückkam.

»Beherrschen ist gewiss übertrieben«, antwortete Pauline und schloss den Deckel wieder. »Mit solchen Instrumenten komme ich nicht oft in Berührung. Auf der Straße spielen wir ja nur, was leicht mitzuführen ist: Flöte, Sackpfeife, Fiedel, Laute, Triangel und kleine Trommeln. Schon für eine Drehleier braucht man einen Esel. Mit diesem Ding auf dem Buckel kann man nicht Tag für Tag herumziehen.«

Susanna nickte. »Darüber habe ich nie nachgedacht. Ich meinte eben, es läge an der Art der Musik, die Spielleute machen. Wie dem auch sei. Ich weiß sehr wohl, dass ich dir zu danken habe. Aber wie soll ich es dir nur vergelten? Hier habe ich 20 Taler, die habe ich beiseitegeschafft, hier und da vom Haushaltsgeld abgezwackt, ohne dass mein Bruder es gemerkt hat. Die sollst du haben.« Sie übergab der Spielfrau ein kleines Ledersäckchen. Die Taler hatten einen angenehm schweren, dumpfen Klang und klimperten nicht so wie das Kleingeld.

»Ich weiß, es ist längst nicht genug. Wenn du willst, kann ich dir auch noch Kleidung geben, nur das Beste sollst du haben. In diesen Dingen habe ich freie Hand.«

»Danke, Frau Salet. Kleidung will ich sehr gern nehmen, auch Schuhe, wenn ihr habt. Aber nichts zu Feines. Das könnte ich auf der Straße nicht gebrauchen. Da müsste ich fürchten, dass man es mir abjagt.«

Susanna schnalzte empört mit der Zunge. »So geht es also zu unter Fahrenden?«

»Nein, Fahrende halten zusammen, zumeist. Aber es ist genug Gesindel unterwegs, mit dem nicht einmal wir etwas zu tun haben wollen.«

»Ich denke doch, dass sich gute, einfache Sachen finden werden, die keinen Neid erregen.« Sie ging voraus und führte Pauline in eine Kammer, wo Stoffballen gelagert wurden und Abgetragenes aufbewahrt wurde. Es roch sauber nach Wollfett und Lavendel. Susanna öffnete eine Truhe und zog in rascher Folge Dienstbotenkleider heraus, feste, widerstandsfähige Tuche in gedeckten Farben: wollweiß, braun, manche zart gestreift. Sie waren allesamt zu weit. Pauline würde die Sachen für sich ändern müssen. Sie suchte sich zwei Röcke, passende Blusen und Mieder heraus und bat noch um eine Kniehose.

»Beinkleider willst du, aber ...«

»Auf der Landstraße binde ich mir die Brust und kleide ich mich wie ein Mann. So lässt man mich in Frieden.«

Susanna schüttelte den Kopf. »Hier sind ein Paar recht ordentliche Schuhe. Nimm alles. Kannst du das tragen? Oder soll ich einen Diener mitschicken, der dir das Zeug ins Goldene Rad bringt?«

Jetzt musste Pauline doch hellauf lachen: »Einen Diener, der mir meine Sachen trägt? Das wäre was! Doch halt – warum denn nicht? Walpurga wird Augen machen! Ja, wenn Ihr so gut sein wollt. Ich habe noch etwas zu erledigen, bevor ich zurückgehe.«

»Es soll geschehen. Brichst du bald auf?«

»Morgen, denke ich, werde ich mich wieder auf die Strümpfe machen.«

»Bei dieser Kälte unterwegs?«

»Wenn man in Bewegung bleibt, ist es nicht so schlimm. Ich will zur Küste, andere Gesichter sehen, andere Lieder hören. Ich freue mich schon darauf.«

Wenn sie es noch ein- oder zweimal wiederholte, würde sie es wohl selbst glauben.

»Meinen ehrlichen Dank!«, sagte Frau Salet zum Abschied. »Wenn du je in Schwierigkeiten kommst, dann hast du etwas gut bei mir und meinem Mann. Du weißt, wo du uns in einem Jahr finden wirst. Frag nach der neuen Salet'schen Manufaktur. Gott schütze dich!«

Die matte Sonne begann sich bereits wieder einem silbrigen Horizont zuzuneigen, als Pauline vom Thomastor über die hölzerne Brücke schritt. Sie blieb stehen und legte eine Hand über die Augen. Eine Rauchsäule stieg zwischen den Planwagen hoch. Die Pferde waren eingefangen, Emmanuel und Thietmar luden die schweren Seile auf. Alles war zum Aufbruch bereit. Sie ging zu den Wagen hin.

»Hast du den Weg zu uns doch gefunden!« Henrike richtete sich am Feuer auf, wo sie in einem großen Kessel gerührt hatte. Pauline trat zu ihr. Ohne ein Wort umarmten sich die Frauen.

»Meine Kleine, meine Kleine!« Henrike klopfte Pauline auf den Rücken. »Ich bin so froh, zu sehen, dass es dir gut ergangen ist. Erfolgreich scheinst du ja zu sein. Du ganz allein mit deiner Fiedel – ich hätte nie gedacht, dass du damit genug zum Leben verdienen kannst. Aber ich sehe, du trägst gute Kleidung und sogar neue Stiefel!« Sie befühlte den Wollmantel und strich darüber. »Setz dich zu mir und erzähl, was du gemacht hast die letzten drei Jahre. Wo bist du gewesen? Wir haben überall nach dir gefragt, wo immer wir hingekommen sind. Aber niemand hatte dich gesehen oder von dir gehört.«

»Ich habe darauf achtgegeben, euren Weg nicht zu kreuzen. Ich wollte Emmanuel nicht begegnen, ich wollte nicht an mein Kind erinnert werden.«

Auguste kam dazu. Erst schmollte sie, doch die Neugier siegte. Die Frauen saßen eine Weile beisammen und tauschten ihre Erlebnisse aus. Aus den Augenwinkeln nahm Pauline wahr, wie der kleine Junge, den sie auf dem Marktplatz gesehen hatte, Melchior vom Wagen herunterhalf. Der Alte stützte sich auf ihn, als er zum Feuer kam und sich mühselig auf einen Holzblock niederließ. Er hatte seine Fiedel mitgebracht, und sie spielten zusammen, während die Frauen sangen und in die Hände klatschten. Auguste sprang auf und begann zu tanzen. Es war eine lustige Runde, fast wie in alten Zeiten. Nur Emmanuel hielt sich abseits.

»Versteckt er sich vor mir?«, fragte Pauline schließlich. »Ich will es hinter mich bringen. Es ist nicht gut, mit so einem Ärger im Herzen herumzugehen. Das ist, als wenn man zu einem Teil gefroren wäre.«

»Hast du einen neuen Liebsten?«

»Nein, ja, vielleicht.«

»Na, was denn nun? So was weiß man doch!«, rief Auguste spöttisch.

Henrike lachte: »Emmanuel ist in seinem Wagen. Ich glaube, er hat ein schlechtes Gewissen. Er ist ziemlich übellaunig, seit wir dich auf dem Markt getroffen haben.«

Pauline gab sich einen Ruck und ging zu dem Wagen hinüber, und sie spürte Augustes eifersüchtigen Blick im Rücken.

»Emmanuel, komm heraus. Tu nicht so, als hättest du nicht gesehen, dass ich da bin«, rief die Spielfrau.

Die Plane wurde angehoben, und der Seiltänzer schaute heraus. »Und, was soll mir das?«

»Sei nicht so halsstarrig, wenn ich mich schon herbemühe. Komm, geh ein Stück mit mir. Bring mich bis zum Stadttor, und lass uns ein wenig reden.«

Missmutig griff er nach Hut und Umhang und sprang vom Wagen.

»Willst du etwa wieder zurück zu uns?«

»Nein, das ist vorbei. Aber ich will euch nicht länger ausweichen, und ich will nicht, dass böses Blut zwischen uns ist.«

»In diesem Fall ...« Er bot ihr den Arm.

»Auf Wiedersehen, Henrike, auf Wiedersehen, Melchior, Auguste, Thietmar, auf Wiedersehen, Kleiner! Wir sehen uns zu Ostern.«

»Also, was willst du von mir? Soll ich auf die Knie fallen und dich um Verzeihung anflehen? Darauf kannst du lange warten. Ich habe dir damals schon gesagt, dass es mir leid getan hat wegen deinem Kind.«

»Unserem Kind.«

»Unserem Kind, gut.«

»Wir hätten es nicht bei der Amme lassen dürfen. So eine schmutzige alte Vettel.«

»Auguste und Thietmar sind bei ihr aufgewachsen, und es hat ihnen nicht geschadet. Viele Säuglinge sterben eben noch vor dem ersten Jahr. Das ist nun einmal so.«

»Aber ich mache mir Vorwürfe deshalb. Manchmal träume ich von meinem Kind. Ich höre es weinen. Und dann denke ich, wenn wir es mitgenommen hätten und ich es selbst gestillt hätte, dann wäre es am Leben geblieben.«

»Das ist nicht gesagt. Kinder sterben jeden Tag, arme ebenso wie reiche.«

»Wie kannst du so gleichmütig sein? Es war doch auch dein Kind! Du wolltest es nicht dabeihaben. Du wolltest, dass wir es zurücklassen!«

»Ja, sicher. Wir sind eine Gauklertruppe und müssen Geld verdienen. Da wäre ein Säugling nur im Weg.«

Er scheute das Ungemach, das kleine Kinder mit sich brachten, und duldete sie nicht bei der Truppe, das hatte Pauline inzwischen verstanden. Aber sie würde ihn nicht bekehren. Jetzt legte er auch noch seinen Arm um sie und sagte in salbungsvollem Ton: »Frauen nehmen so etwas immer schwerer. Du wirst andere Kinder haben, Pauline. Ich habe immer gesagt, dass du nicht auf die Straße gehörst. Du solltest dir einen Ehemann angeln und sesshaft werden. Das wäre besser für dich.«

Pauline schüttelte unwillig seinen Arm ab. »Heiraten! Das hast du ja immer gesagt: Dass ich es nie alleine schaffe, nur mit meiner Fiedel. Dass ich angekrochen käme, wenn ich Hunger hätte.«

»Ist doch auch so, oder nicht? Ich seh doch, wie mager du bist. Du hast uns etwas beweisen wollen. Gut, meine Achtung hast du. Aber jetzt hör auf mich und mach Schluss damit.«

Wütend wandte Pauline sich ab: »Ich weiß schon selber, was gut für mich ist.«

»Fein, fein, Pauline«, antwortete er kühl. »Dann tu, was dir richtig scheint. Ist das alles, was du mir vorzuwerfen hast?«

»Nein.«

»Nein?«

»Du hast mich verführt und mich dann Männern angeboten.«

»Ha!«, rief er empört. »Verführt? Das ist mir ja neu! Du warst doch ganz verliebt in mich, hast mir schöne Augen gemacht und bist mir überallhin nachgelaufen. Beklagt hast du dich nicht, als ich dich ins Stroh gelegt habe. Und nachdem du dein Kind entbunden hattest, na, da hast du ab und zu ein bisschen Geld für die Truppe verdient. Was war denn schon groß dabei?«

Nach all den Jahren stiegen Pauline die Tränen der Scham und der Wut wieder in die Augen. Männer konnten ihr Vergnügen nehmen, ohne sich etwas zu denken dabei. Warum nur kam sie sich so schmutzig vor? Wenn sie es ihm doch nur erklären könnte. Wenn er sie doch nur geliebt hätte, dann wäre alles richtig gewesen.

»So war es nicht. Ich war doch noch ein halbes Kind, und, ja, ich habe mich in dich verguckt. Ich hatte keine Augen für irgendeinen anderen. Aber du warst doch ein erwachsener Mann. Ich habe dir vertraut. Und du hättest wissen müssen, dass ich zu jung war.«

»Ach was, du warst reif. Irgendeiner hätte dich bald entjungfert. Dann doch lieber einer, den du kennst und magst, als ein Fremder.«

Pauline ballte die Fäuste, bis ihre Knöchel weiß wurden. »Ah, ich verstehe, du hast es aus reiner Güte getan. Und dann hast du mich verkauft. Nein, es hat mir nicht gefallen. Ich war nur zu schüchtern, um zu widersprechen. Ich wollte dir doch zu Willen sein. Deshalb bin ich dann mit den Männern gegangen, die du mir geschickt hast.«

»Was ist denn dabei? Auguste tut es, Henrike tut's gelegentlich, und ich gehe auch mit reichen Frauen ins Bett, die mir Geschenke geben.«

»Es war widerlich. Du hättest mich fragen können, ob ich will.«

»Himmel, was ist es mit den Weibern? Sind sie jung, flöten sie wie die Nachtigallen. Kaum aber reifen sie heran, kriegen sie Borsten auf den Zähnen wie eine alte Wildsau.«

»Das liegt wohl am Umgang.«

Er schnaufte, ihrer Vorwürfe überdrüssig. Und sie fand ihn plötzlich der Mühe nicht wert. Er hatte sein jugendliches Aussehen eingebüßt und dafür nichts hinzugewonnen.

»Gut«, sagte Pauline. »Ich sehe, dass du mich nicht verstehen willst, vielleicht nicht kannst. Und ich will auch nicht vergessen, dass ihr mich aufgenommen und großgezogen habt. Das war allerdings nicht dein Verdienst. Wir werden uns wiederbegegnen, Emmanuel Mohn. Und wenn ich in eurer Gesellschaft kleine Mädchen sehe, dann werde ich ein Auge auf sie haben. Wehe dir, wenn ich herausbekomme, dass du sie zur Hurerei ausbildest. Du weißt, was in protestantischen Städten auf Zuhälterei steht. Ansonsten können wir uns höflich begegnen, und du hast von mir nichts mehr zu befürchten.«

»Da bin ich sehr beruhigt«, sagte er mit einem sauren Lächeln.

Sie waren am Stadtgraben angekommen. Er verbeugte sich und zog den Hut. ›Sieh an, die Haare gehen ihm schon aus‹, dachte Pauline schadenfroh.

Der Himmel hatte sich von rosa über violett zu nachtblau verfärbt. Nur oben an der Himmelskuppe leuchtete er noch in einem hellen Türkis. Ruhig war die Stadt geworden. Die meisten Gassen waren wie ausgestorben. Keine Fackeln mehr an den Türen, um den Gästen den Weg zu leuchten. Nur ein paar Handlaternen schwankten in der Dämmerung wie Glühwürmchen. Nahebei vernahm sie das schnelle, tappende Geräusch rennender Füße, etwas weiter weg den gebündelten Schritt von zwei oder drei Menschen, die gemeinsam gingen. Der warme Schein aus den Fenstern des Goldenes Rades kam ihr wie ein Zuhause vor. Doch das war es ja nicht. Morgen wäre sie wieder unterwegs. Unter freiem Himmel, wo die Luft nicht von Tausenden Herdfeuern geschwängert war. Frei vom Lärm und den Gespreiztheiten des städtischen Lebens.

Ottilie begrüßte sie herzlich, als sie die Gaststube betrat. Die Spielfrau aß mit der Familie in der Küche. Der kleine Moritz war dabei und wirkte wohlauf. Alles war gut.

»Morgen seid ihr mich los«, sagte Pauline.

Gottlieb sah enttäuscht aus.

»Schon?«, fragte Ottilie. »Willst du nicht noch ein wenig bleiben, bis die Kälte vorbei ist? Du hast so viel für uns getan, du sollst wissen, dass du hier immer willkommen bist. Ich weiß, du verdienst jetzt nicht mehr viel, aber du brauchst mir auch nichts abzugeben. Davon soll zwischen uns nicht mehr die Rede sein. Was sagst du?«

Pauline fühlte sich plötzlich beengt. Sie gehörte nicht hierher. Besser, sich gar nicht erst an diese Bequemlichkeit zu gewöhnen.

»Es ist ein großzügiges Angebot und sehr verführerisch. Aber wie heißt es doch: Wer rastet, der rostet. Nein, morgen bin ich unterwegs. Aber wenn ich zu Ostern wiederkommen darf, so werde ich mich freuen.«

»Wie du willst. Wir halten dir deinen Platz frei.«

Eines lag ihr noch auf der Seele: »Kennst du die Mutter der kleinen Wanda, eine Wäscherin?«

»Das ist die kleine Herumtreiberin, die für dich Geld gesammelt hat, nicht wahr?«

»Ja. Sie hat mir erzählt, dass ihre Mutter sich nicht um sie kümmert. Dass sie ihr gleichgültig sei.«

»So? Sagt sie das? Das glaube ich nicht. Die Egerin ist ein Schluckspecht. Sie hat es schwer, seit ihr Mann gestorben ist. Aber das glaube ich nicht, dass sie ihre Kinder nicht liebt.«

»Ihre Kinder? Sie hat mehr als das eine?«

»Aber ja. Noch einen Knaben, der bei einem Schuhmacher in der Lehre ist, und eine ältere Tochter, die ihr beim Waschen hilft. Mag sein, dass die zwei Frauen nicht viel Zeit für das Kind haben, aber dass sie ihnen gleich ist, das meint sie sicher nur. So habe ich die Egerin nicht kennengelernt.«

Pauline nickte beruhigt. So war das Mädchen also versorgt. Sie wurde nicht gebraucht.

»Darf ich nachher die Badestube benutzen?«

»Sicher«, sagte Ottilie. »Gottlieb, schau, dass genügend Holz da ist, sei so gut.«

Nach dem Essen stieg Pauline in die Dachkammer hinauf, um ihr Bündel zu packen. Sie hatte in den letzten Tagen schon nach und nach ihre Wäsche gewaschen, die Strümpfe gestopft und ihre Zunderbüchse aufgefüllt. Nun ordnete sie ihre Kleidung. Oh, Einiges war nur noch als Lumpen zu gebrauchen. Da kamen Frau Susannas Geschenke gut zupass. Zunderbüchse, Hornlöffel, Messer, Decke, ein kleiner Topf … sie war bereit. Und mit der Belohnung von Jacobus und den Salet'schen Talern würde sie sich unterwegs ordentliche Unterkünfte leisten können.

Zum Schlafen war es noch zu früh. Sie ging hinunter, um für die wenigen verbliebenen Gäste aufzuspielen, doch ihre Gedanken waren nicht recht dabei. Die Augen waren in die Ferne gerichtet. Mechanisch strich der Bogen über die Saiten.

Jacobus saß in seiner Ecke und lud sie zu sich an den Tisch.

»Du bist also entschlossen, morgen aufzubrechen?«

»Ja. Es ist Zeit.«

»Dann trink mit mir, Terpsichore. Ich werde deine anregende Gegenwart vermissen. Salut!«

»Salut! Ich deine auch. Es war schön, mit dir über Musik zu sprechen.«

»Wir wären ein gutes Gespann, meinst du nicht?«, fragte der Zwerg.

»Ein Gespann? Wie meinst du das?« Das sollte doch wohl kein Heiratsantrag werden? Pauline sah ihn verwundert an.

»Du hast mir aus meiner Notlage geholfen, und nun hab ich ein Angebot für dich«, sagte da Jacobus sehr ernsthaft: »Ich habe dir doch von meinem Freund in Prag erzählt, oder nicht?«

»Das hast du wohl vergessen.«

»Ja, siehst du: In Prag gibt es eine jüdische Musikschule von sehr gutem Ruf. Eigentlich muss man dort für das Studium bezahlen. Aber gelegentlich machen sie eine Ausnahme, wenn es ihnen lohnend erscheint. Und es ist, soweit ich weiß, die einzige Musikschule, die Frauen unterrichtet.«

Die Spielfrau setzte den Becher ab.

»Ich bin beinahe sicher, dass sie für dich eine solche Ausnahme machen würden. Außerdem ist einer der Doktoren dort ein Freund von mir – nun ja, ein guter Bekannter –, nun ja, er hat mir mal was abgekauft.«

»Prag ist weit. Es ist nicht gesagt, dass sie mein Spiel für würdig erachten. Was, wenn ich die Reise ganz umsonst mache?«

»Wo ist dein Abenteuergeist geblieben, liebe Troubairitz? Du müsstest nicht einmal zu Fuß gehen. Mich packt gerade die Lust, der Stadt wieder einen Besuch abzustatten. Sie sind katholisch dort. Ich habe noch einen Splitter vom Heiligen Kreuz und das Schlüsselbein der heiligen Reparata. So etwas lässt sich dort mit Gewinn losschlagen. Und es ist eine herrliche Stadt!«

»Gauner!«, rief Pauline und lachte. »Du willst mich in deinem Wagen mitnehmen?«

»Ja, wenn du einverstanden bist. Du kennst ja meinen Wagen. Es wäre ein wenig eng für zwei, um darinnen zu schlafen … man könnte ein Brett anfügen.«

Die Spielfrau sah zweifelnd drein.

»Ich schwöre: Du hast von mir nichts zu befürchten!«

»Das will ich dir geraten haben, lieber Jacobus«, lachte Pauline und verzog bedauernd den Mund. »Leider habe ich schon einem anderen Freund versprochen, zu Pfingsten mit ihm nach Frankfurt zu fahren. Dort findet ein Treffen fahrender Spielleute statt, wo man sich gegenseitig unterrichtet.«

»Eine Scuola? Aber das lässt sich doch nicht mit einer richtigen Musikschule vergleichen. Wenn sie dich in Prag nehmen, dann lernst du alles, was du lernen wolltest: Noten, Komposition! Und denk nur, wenn du gut bist, dann können sie dich an Fürstenhöfe empfehlen. Überleg es dir.«

Pauline war wie betäubt: ›Welch ein Reichtum an Möglichkeiten sich mir so plötzlich eröffnet‹, dachte sie. ›Als ich herkam, war ich hungrig, allein und ohne Aussicht. Und jetzt kann ich mich kaum entscheiden.‹ Das war verwirrend. ›Das Schicksal ist ein schlechter Haushälter! Mal hat es leere Hände, dann wieder überschüttet es mich.‹

»Ich möchte meinen alten Freund Melchior nicht gern enttäuschen«, gestand Pauline langsam. »Er wollte so gern, dass wir zusammen fahren.«

»Das möchte ich auch«, sagte Jacobus. »Ich bin es leid, allein zu sein.«

»Lass mich eine Nacht darüber schlafen. Und nun will ich noch einmal vor die Tür und dann zu Bett.«

»Tust du mir den Gefallen und nimmst Felix mit hinaus? Ich bin noch etwas schlecht auf den Beinen von der Leipziger Gastlichkeit.« Pauline nickte. »Ich gehe schon nach oben.« Jacobus pfiff nach dem Tier, das über die Tische gesprungen kam und sich auf die Schulter der Spielfrau schwang.

Die Gaststube war beinahe leer, kein bekanntes Gesicht war mehr da. Wie gewohnt, hängte sie sich ihren Ledersack mit den Instrumenten über die Schulter. Sie ging über den dunklen Hof zum Tor. Der Himmel war bedeckt. Das bedeutete mildere Witterung für ihre Wanderschaft. Ein, zwei Häuser die Straße hinunter, und der Affe verschwand. Während Pauline ihm nachsah, fühlte sie sich von hinten gepackt. ›Ach je! Gottlieb!‹, dachte sie noch. Da drückten kräftige Hände ihr die Kehle zu. Sie begann, um sich zu treten und sich zu wehren, doch der Augenblick war verpasst. Verzweifelt rang sie nach Luft. Lichtblitze tanzten vor ihren Augen, und sie drohte die Besinnung zu verlieren.

»Du machst es mir leicht«, raunte eine männliche Stimme in ihr Ohr. Ihr Angreifer zerrte sie in eine dunkle Lücke zwischen zwei Häusern. »Widerliches Spielweib! Warum hast du dich eingemischt in Dinge, die dich nichts angehen?« Pauline krallte und zerrte an seinen Händen. Er ließ ein wenig locker, sodass sie wieder Luft bekam. »Schrei ja nicht, sonst bist du tot.«

»Wer seid Ihr, was habe ich Euch getan?«, brachte Pauline mühsam hervor.

Er lachte bitter und schüttelte sie wie eine Lumpenpuppe. »Was du getan hast? Meine Pläne hast du vereitelt, den wahren Nachfolgern Luthers Schaden zugefügt! In Ungnade bei Hofe bin ich jetzt! Die Kurfürstin hat mir zu verstehen gegeben, dass ich mich für eine Weile auf meine Landgüter zurückzuziehen habe. In Dresden bin ich nicht mehr willkommen – ich! Und das alles wegen einer kleinen Harfenhure!«

Es war Hubertus von Seeheim. Sie hatte also in allem recht gehabt.

»Ich bin keine Hure«, presste die Spielfrau aus schmerzhaft enger Kehle.

»Nein, schlimmer noch«, gab von Seeheim so voller Gift und Hass zurück, dass Pauline glaubte, ihr Herz müsse gefrieren. Entsetzen gewann die Oberhand, ließ ihr das Blut aus dem Kopf und die Kraft aus den Händen schwinden. »Eine Hure ist wenigstens ein Weib, das seinen Platz kennt. Du aber schwingst dich zur Musikantin auf, lässt dich sogar in Kirchen hören. So sollst du denn durch das Instrument deiner Hybris sterben. Ich werde dir den Fiedelbogen durchs Herz bohren!«

Er drückte erneut zu, doch Pauline hatte ihre Geistesgegenwart zurückgewonnen. Sie machte sich schlaff und ließ sich mit ihrem ganzen Gewicht nach unten sinken, als habe sie bereits das Bewusstsein verloren. Im Fallen schlug sie mit dem Ellenbogen nach hinten, so kräftig sie konnte. Gut getroffen: Ihr Gegner ließ sie los und griff mit einem unterdrückten Schmerzenslaut an seinen Schoß. Es gelang Pauline nicht gleich, sich hochzurappeln. Mit beiden Füßen trat sie nach ihm. Er krümmte sich. Sie kroch zu einer Hausmauer, richtete sich daran auf und taumelte zurück zur Herberge. Jeder Atemzug brannte. Die Augen wurden ihr trüb. Schon hatte er sie eingeholt.

»Abschaum! Natter! Venerische Buhle!«, beschimpfte er sie und brachte sie erneut zu Fall. Tritte und Schläge hagelten auf sie ein, in den Bauch, gegen die Brust, an den Kopf. Pauline krümmte sich und versuchte, ihr Gesicht mit den Händen zu schützen. Sie hörte Holz splittern. Dann nichts mehr.

Sie hörte nicht die Kinderstimmen, die um Hilfe schrien, Schläge von kleinen Fäusten, die auf den Rücken ihres Angreifers prasselten, den hämmernden Takt rennender Füße auf dem Kopfsteinpflaster, den Hufschlag eines sich nähernden Pferdes, den lang gezogenen Schrei, der abbrach; Leute, die aus den Häusern gelaufen kamen.

18.
ZAHLWOCHE

Halbdunkel. Wärme. Rosiges Licht. Pauline versuchte die Augen zu öffnen, doch sie bekam nur eines auf. Wo war sie? In einem weichen Bett, das Tageslicht durch die Vorhänge des Betthimmels gefiltert. Schmerz setzte ein wie ein Keulenschlag. Sie versuchte sich aufzurichten und bereute es sogleich. Eine Woge von Übelkeit erfasste sie und zwang sie, sich über den Bettrand zu beugen und in hohem Bogen zu speien. Danach hing sie kraftlos und leer über dem Bettrahmen. Das Blut pochte in ihren Schläfen. Sie wünschte, sie wäre nicht aufgewacht.

Eilige Schritte näherten sich. Annas Stimme: »Ottilie, komm rasch. Sie ist wach.«

Dann: »Armes Ding, hast du dich übergeben müssen.«

Pauline stöhnte in einem vergeblichen Versuch, sich für die Schweinerei zu entschuldigen.

»Macht nichts, mach dir nur keine Sorgen, ich wische es gleich weg«, sagte Anna. Sie drückte die Verletzte zurück in die Kissen und wischte ihr das Gesicht mit einem feuchten Tuch.

Ottilies Stimme: »Bleib nur ganz ruhig liegen. Ich lege dir eine Handglocke neben das Kissen, falls du etwas brauchst. Hier – kannst du etwas trinken? Weidenrindenaufguss. Er schmeckt bitter, aber er wird die Schmerzen lindern.«

Eine Hand schob sich sacht unter ihren Kopf und hob ihn an. Der harte, kühle Rand einer irdenen Schale berührte ihre Lippen. Sie schluckte, hustete und verzog das Gesicht.

»Abscheulich, ich weiß. Trink!«

Pauline brachte nach und nach das ganze Gebräu hinunter und wandte dann den Kopf ab. Ihr Gesicht fühlte sich verschwollen an. Der rechte Arm war steif und schmerzte höllisch. Sie versuchte ihn zu bewegen. Es ging nicht. Die Glieder waren zu schwer. Die Erinnerung kam zurück. Das Geräusch splitternden Holzes.

»Mein Rebec«, sagte sie durch gespaltene, blutverkrustete Lippen.

»Deine Fiedel?« Ottilies Stimme wieder, tadelnd: »Das sollte jetzt deine geringste Sorge sein. Dein rechter Arm und zwei Rippen sind gebrochen. Dein ganzer Körper ist ein einziger großer Bluterguss! Ein Wunder, dass du überlebt hast. Die Straßenkinder haben dich gerettet. Weiß der Himmel, was sie um die Zeit da draußen vorhatten. Nichts Gutes sicher! Aber davon ist jetzt keine Rede mehr. Sie sind die Helden des Tages. Und dein Martin! Obwohl er sich verantworten muss für das, was er getan hat. Aber es war wohl ein Unfall. Es wird ihm nichts geschehen.«

»Mein Rebec!«, stöhnte die Spielfrau erneut.

»Es ist zerbrochen. Werd lieber erst einmal gesund, dann sehen wir weiter.«

Tränen drangen unter Paulines Lidern hervor.

»Du meine Güte, es ist doch nur ein Gegenstand. Fragst du gar nicht nach deinen Knochen? Nun, da kann ich dich beruhigen. Heute Morgen war ein Medicus da und hat deinen Arm geschient. Er sagt, es sei ein glatter Bruch und wird gut heilen, wenn keine Entzündung eintritt und wenn du dich vernünftig verhältst. Jetzt schlaf.«

Pauline spürte, wie ihr das Bewusstsein wieder schwand.

»Martin? Was ist mit ihm? Was …?« Was hat er getan, wollte sie fragen. Die Kinder? Aber ihr Kopf war wie mit Werg vollgestopft. Die Lippen versagten ihr den Dienst. Sie hatten ihr wohl auch Schlafmohn in den Trank gemischt. Es war ihr lieb. Sie fühlte sich zerschmettert. Nur nicht denken. Nicht mehr da sein.

Als sie zum zweiten Mal erwachte, war das Tageslicht vergangen. Eine Hand berührte zart, ganz zart ihre Wange. Sie öffnete das eine heile Auge und erblickte im Schein eines Rüböllämpchens Martins vorwurfsvolles Gesicht.

»Mein Gott, wie hast du dich zurichten lassen, Schwanin! Wie oft habe ich dir gesagt, dass du nachts nicht allein auf die Straße gehen sollst.«

»Felix war bei mir. War nicht allein«, nuschelte sie trotzig. ›Wie albern. Bin ich nicht seit Jahren allein? Wenn ich nur nicht meine Vorsicht vergessen hätte! Ich dachte einen Augenblick lang, es sei wieder Gottlieb, und wollte ihn nicht verletzen. Dann war es zu spät.‹

»Ein Affe!«, sagte Martin vorwurfsvoll. »Das ist doch kein Schutz, verflucht!«

»Ich lebe ja.« Das Sprechen fiel schwer. Ihr Mund war geschwollen.

Der Soldat schnaubte. »Wirst du nun endlich begreifen, dass so ein Leben auf der Straße nichts ist für eine Frau?«

»Ach ja? Und wie soll ich das ändern, heiraten vielleicht?«

»Ja.«

»Und wen? Dich etwa?«

»Natürlich!«

Pauline musste auflachen und zuckte zusammen, als dabei ihre Lippe wieder aufriss. »Natürlich. Au! Bring mich nicht zum Lachen. Das tut weh.«

Martin verschwand grollend. Er musste in der Nacht schon einmal da gewesen sein. Sie erinnerte sich an Arme, die sie eine Treppe hinaufgetragen hatten, Stimmen: »Warum nur habt Ihr sie allein gelassen?!«

»Sie geht doch immer allein.«

»Aber doch nicht jetzt mit diesem Mörder, der frei herumläuft!«

»Habt Ihr nicht gesagt, dass er fort sei?«

»Er ist zurückgekommen.«

»Nein, nicht da entlang. Nicht in die kalte Dachkammer in diesem Zustand. Dieses Gastzimmer steht leer, da hinein!«

Danach war alles schwarz.

Ottilie erzählte ihr endlich, was geschehen war.

»Es scheint, dein Martin hat die Straßenkinder dafür bezahlt, dass sie ein Auge auf dich haben. Jedenfalls waren sie in der Nähe, als du angegriffen wurdest. Eines von ihnen ist gerannt und hat Martin geholt. Die anderen haben den Kerl von dir abgelenkt. Mein Gott, es sind doch nur Kinder! Wenn ich mir vorstelle, dass mein Moritz auf so einen Wahnsinnigen losginge!«

»Diese Jungen sind härter als dein Kind.«

»Ja, das müssen sie auch sein. Ja, und dann hat der Kerl wohl gehört, wie die Nachtwache von der Ritterstraße her anmarschiert kam, und ist weggelaufen – genau unter die Hufe von Martins Pferd.«

»Wo kam Martin denn her und warum zu Pferd? Die Nachtwache ist doch nicht beritten. Das Reiten innerhalb der Stadtmauern ist doch nur hohen Herrschaften erlaubt.« Pauline versuchte, sich im Bett aufzusetzen.

»Warum er zu Pferd war, ist nicht ganz klar, und er wird sich dafür verantworten müssen. Der Mann, der dich überfallen hat, war ein Adliger vom Hof der Kurfürstin.«

Der Klang seiner Stimme kam zu Pauline zurück, hasserfüllte Worte: Hättest du mir das Einhorn verkauft! »Von Seeheim!«

»Ach! Hast du ihn denn erkannt?«

»Die Stimme, ja. Ist er ... ist er tot?«

»Ja«, antwortete Ottilie grimmig. »Der wird dich nicht mehr anrühren und auch kein anderes Mädchen.«

Pauline ließ sich erleichtert zurücksinken.

Die Spielfrau schlief schlecht und machte sich Vorwürfe. Hatte sie einen guten Mann ins Verderben gerissen mit ihrem Starrsinn und mit ihrer Unvorsicht? Was, wenn sie ihn seiner Stellung enthoben oder gar Schlimmeres?

»Es scheint, du hast dir Feinde gemacht in der Stadt«, sagte Martin, als er am nächsten Morgen wiederkam, stoppelig, unrasiert und müde nach seiner Nachtwache. »Die Stadtpfeifer wollen, dass man dich hinauswirft, sobald du wieder auf den Beinen stehen kannst.«

Pauline antwortete nicht darauf. »Du hast dich rar gemacht in den letzten Tagen«, murmelte sie stattdessen. »Ich hätte längst fort sein können.«

»Du bist ja noch hier. Ich hatte viel zu tun.«

»Hat man dich verhört? Martin, was hast du getan?«

»Ich bin einer Frau in Not zu Hilfe gekommen. Das ist meine Pflicht. Niemand hat mir deshalb Vorwürfe gemacht.«

»Aber das Pferd. Wie kam das, dass er unter dein Pferd geraten ist?«

»Weiß man denn, was in so einem Wahnsinnigen vor sich geht? Er ist vor der Nachtwache geflohen. Ich kam von der anderen Seite. Wir wollten ihn in die Zange nehmen. Das Pferd, nun, das stand vor einem der Gasthöfe. Es gehörte wohl einem der Kaufleute.«

Sie starrte ihn ungläubig an. Hatte er hinter der Ecke gewartet und Seeheim absichtlich niedergeritten? Es wäre die einzige Möglichkeit gewesen, ihn zur Strecke zu bringen. Man hätte ihn niemals vor ein Gericht gestellt.

»Und die Kinder?«

»Deine Freunde, Wanzenkönig, Stinker und Wanda.«

»Wanda war auch dabei?«

»Ja, sie war es, die mich geholt hat.«

So hatte die Kleine ihr vergeben?

»Wusstest du, dass es von Seeheim war?«

»Nun, sagen wir, ich habe es vermutet. Du hast mich nie gefragt, was aus meiner Verabredung mit dem Zöfchen geworden ist.«

Pauline errötete.

»Ha! Du bist eifersüchtig. Dann empfindest du also doch etwas für mich«, lachte Martin. »Nun, das Zöfchen, das ich zum Essen ausgeführt habe – nur zum Essen, und sie war sehr enttäuscht –, hat mir erzählt, dass die betreffende Kurtisane zu der Zeit oft mit Seeheim angetroffen wurde. Und dass er als gewalttätig galt. Man sagte von ihm, dass er seine Ehefrau eingesperrt hat und sie oft schlug. Danach habe ich ihn beobachtet.«

»Und hast ihm aufgelauert, oder nicht? Um mich zu schützen?«

»Lass es ruhen, Schwanin. Es ist vorbei.«

»Aber wird man dich nicht bestrafen?«

»Im Gegenteil. Man hat den Marktvogt zum Hurenwirt gemacht und mir seine Stelle gegeben.«

Pauline dachte an den ruhigen grauhaarigen Mann, den sie

bei der Wunderkammer gesehen hatte. Er hatte einen anständigen Eindruck auf sie gemacht. Die Mädchen würden es sicher gut bei ihm haben.

»Ich gratuliere.«

Vom Heiraten sprach er nicht mehr, aber er kam jeden Tag, wie sein Dienst es erlaubte.

Die nächsten Tage tat Pauline nicht mehr, als zu schlafen und zu essen.

Sie hatte vor sich hin gedöst, als ein Klopfen an der Tür sie weckte.

»Herein«, rief sie und musste fast lächeln, trotz der Schmerzen. Wie oft in ihrem Leben hatte sie die Gelegenheit gehabt, so hochherrschaftlich »herein« zu rufen?

Jacobus steckte den Kopf durch den Spalt: »Bist du wach?«

»Würde ich sonst ›herein‹ rufen?«

Er kam zu ihr und zog sich einen Schemel an ihr Bett.

»Bunt siehst du aus«, bemerkte er.

Pauline verzog das Gesicht. Sie ahnte, wie sie aussah. Ein Auge war fast zugeschwollen. Ihre linke Gesichtshälfte begann sich gelbgrün zu verfärben.

Rasch ließ er seinen Blick über den geschienten linken Arm wandern.

»Eine oder zwei Wochen dauert es, bis du wieder herumlaufen kannst, sechs, bis du wieder anfangen kannst zu spielen, sagt die Wirtin.«

Pauline versuchte die Finger zu bewegen. »Ich hoffe, ich werde die volle Beweglichkeit wiedererlangen«, sagte sie unglücklich.

»Aber ja, das wirst du sicher. Hab nur ein wenig Geduld. Ich habe auch gehört, dass du kostenfrei hier liegen und dich auskurieren darfst. So kommst du immerhin um die schlimmsten Wochen des Winters.«

»Ja«, sagte Pauline. »Immerhin.«

»Lässt sich dein Instrument wiederherstellen?«

»Nein.« Es war in tausend Splitter zertrümmert.

»Du wirst dir ein neues Instrument machen.«

»Irgendwann«, gab Pauline mutlos zurück. Ja, sicher würde sie ein neues machen. Aber im Augenblick verspürte sie wenig

Lust dazu, selbst wenn sie es gekonnt hätte. Es war ihr Meisterstück gewesen. Ihre ganze Kunst und Freude hatte sie hineingesteckt und ihm sogar einen Namen gegeben, einen geheimen Namen, der ihm Leben verleihen und es beschützen sollte. Es war ihr, als sei ein Gefährte gestorben.

»Und du bist noch hier? Doch hoffentlich nicht, um auf mich zu warten?«

»Warum nicht? Wollten wir nicht gemeinsam nach Prag? Ich kann gern etwas länger warten. Meine Geschäfte gehen ganz gut. Wie ich vermutet habe: Die Bürger sind neugierig genug, um mich sehen zu wollen, jetzt, da sie keine Messe mehr haben, um sich abzulenken.«

»Ach, Jacobus, richte dich doch nicht nach mir. Mit mir ist zurzeit nichts anzufangen. Ich bin an einem Wendepunkt angelangt. So kann es nicht weitergehen, aber ich weiß nicht, was ich tun soll. Das Schicksal beutelt mich und wirft mich herum wie einen Span im Wind. Ich weiß nicht mehr, was richtig ist und was falsch. Soll ich mich denn ewig so weitertreiben lassen? Nein, vergiss mich lieber und reise, wohin du willst.«

»Mach dir keine Gedanken um mich. Ich bin schon erwachsen, weißt du, auch wenn meine Gestalt mit meinem Alter nicht mitgehalten hat. Lass dir nur Zeit«, sagte Jacobus.

Die Zeit wurde ihr lang. Durch die trüben Butzenscheiben konnte sie nicht einmal den Himmel erkennen. Der kleine Moritz kam und versuchte, ihr Buchstaben beizubringen auf Geheiß seiner Mutter, doch beide verloren rasch die Geduld. Er war immer noch blass und in sich gekehrt. Nach seinen Freunden und deren Streichen schien es ihn nicht zu verlangen. Pauline vermutete, dass er nie wieder so unbeschwert sein würde, wie er gewesen war, und sie trauerte dem frechen kleinen Herumtreiber ein wenig nach. Sie hatten ihm sein Vertrauen in die Welt genommen. Doch auf lange Sicht mochte das kein Fehler sein. Dinge änderten sich. Menschen änderten sich. So war das eben.

Der Einzige, der ihr die Zeit so recht vertreiben konnte, war Martin, und sie wartete ungeduldig auf seine Besuche. Meist war er schweigsam und hielt nur ihre Hand. Endlich aber schien er sich zu etwas durchgerungen zu haben.

Diesmal blieb er vor ihrem Bett stehen, nahm sein Barett ab und räusperte sich verlegen. »Grüß dich, Schwanin. Wie geht es dir heute?«

»Besser mit jedem Tag. Ich halte es nicht mehr lange aus auf dem Krankenlager. Aber warum plötzlich so förmlich, Martin?«

Er räusperte sich wieder und drehte seinen Hut in seinen großen Händen.

»Pauline Schwan«, sagte er dann entschlossen. »Ich hab es neulich wohl nicht recht gemacht. Man sagt, die Weiber möchten hübsch gebeten werden. Also gut. Du weißt ja, dass ich befördert worden bin. Als Marktvogt und Hauptmann der Stadtwache werde ich ein ordentliches Einkommen haben. Da könnte man ein Häuschen an der Stadtmauer kaufen. Und vielleicht ein Gärtchen davor. Kurzum: Ich bitte dich, meine Frau zu werden.«

Pauline starrte ihn an. Er meinte es ernst mit ihr.

»Du willst nicht. Auch gut. Sag es nur gleich. Dann haben wir es hinter uns.«

»Martin, setz dich und hör mir zu. Dein Antrag ehrt mich. Aber du schätzt mich vielleicht falsch ein. Weil ich dich neulich abgewiesen habe, denkst du nun, ich sei keusch und eine Frau zum Heiraten. Aber ich bin keine Jungfrau mehr. Alles andere als das. Mit zwölf Jahren hatte ich meinen ersten Liebhaber, einen Mann aus der Gauklertruppe, die mich von der Straße aufgelesen hat. – Nein, ich muss früher anfangen, wenn du mir so lange zuhören willst?«

Er nickte.

»Meine Mutter war Großmagd auf einem Rittergut im Brandenburgischen. Sie war schön und wohl auch klug, lernte lesen, schreiben und rechnen und stieg zur Verwalterin auf. Der Herr, sein Name tut hier nichts zur Sache, wohnte in seinem Stadtpalais in Berlin und kam nur gelegentlich. Sie wurde seine Geliebte. Und dann kam ich. Der Bankert einer Ehebrecherin, und dass von mir selbst nichts Besseres zu erwarten sei, hat man mir oft gesagt. Eine Ehebrecherin. Aber sie hat ihn sehr geliebt. Da kann eine Frau schon mal einen Fehler machen. Wie er zu ihr stand, weiß ich nicht. Sie hat mir immer eingeschärft, dass ich mich nicht zu schämen brauche, obwohl die anderen Kinder auf dem Gut mich hänselten. Er habe mich lieb und hätte für uns gesorgt, sagte sie. Seine Frau sei kränklich. Und wenn sie stürbe, wolle er meine Mutter heiraten. Doch es kam anders. Er stürzte vom Pferd und kam vor seiner Zeit ums Leben. Und seine Frau, die von der Beziehung wusste, hatte natürlich nichts Eiligeres zu tun, als uns ohne einen Pfennig und ohne Zeugnis auf die Straße werfen zu lassen. Da stand meine Mutter nun mit einem siebenjährigen Kind. Es war Sommer. Zuerst hat sie sich als Tagelöhnerin verdingt und bei der Ernte geholfen. Doch danach wurde es hart für uns. Sie fand keine Anstellung. Niemand wollte eine Frau mit einem Bankert aufnehmen. Wir bettelten und standen bei den Armenküchen an. Im Winter ist sie dann gestorben, ebenso sehr an Kummer wie an Auszehrung, nehme ich an. Wie oft sie wohl auf Brot verzichtet hat und mir ihren Teil gab? Wir hatten in einem Schafstall übernachtet, der nahe einer Landstraße stand. Ich werde nie vergessen, wie ich aufwachte und sie neben mir fand, stumm und kalt. Es fällt mir immer wieder ein, wenn ich Schafe höre oder rieche. Ich lief die Straße entlang, um Hilfe zu holen. Dort fand mich eine Gauklertruppe. Sie haben meine Mutter begraben und mich mitgenommen.«

Pauline hielt inne und warf dem Wachmann einen forschenden Blick zu. Aber der hörte nur aufmerksam zu.

»Nun, sie haben mich großgezogen und waren gut zu mir, so wie sie es eben verstanden. Und ich hatte mich in den Seiltänzer verguckt, so wie ein heranwachsendes Mädchen eben von einem erwachsenen Mann schwärmt. Er nahm mich, als ich zwölf Jahre alt war. Mit dreizehn hatte ich ein Kind. Es ist gestorben.«

Martin sagte nichts. Er sah traurig aus.

»Wenn die Zeiten mager waren, boten die Frauen aus der Truppe Männern … andere Dienste an. Und das wurde auch von mir erwartet. Ich habe es ein paar Male getan, weil ich ihm zu Gefallen sein und weil ich dazugehören wollte. Doch es war mir so zuwider, dass ich die Gaukler vor mehr als drei Jahren verlassen habe.« Pauline beobachtete aufmerksam sein Gesicht. Trotzig fügte sie hinzu: »Seither bin ich allein unterwegs und habe auch noch das eine oder andere Mal mein Vergnügen genommen.« Doch sie hatte Männern seither misstraut.

Martin schwieg.

»Nun kennst du meine Geschichte, so wie ich sie noch niemandem erzählt habe vor dir. Ich schäme mich so sehr dafür und würde es gern ungeschehen machen. Aber das Huhn kann nun mal nicht ins Ei zurück. Und? Da du weißt, was ich bin und was ich getan habe, willst du mich immer noch haben?«

Martin schaute an eine Stelle am Fußende des Bettes, und sie dachte: ›Jetzt weiß er nicht, wie er von seinem Angebot zurücktreten soll, der Arme. Ich sollte es ihm leicht machen.‹ Sie wollte eben ihren Mund öffnen, um einen groben Scherz zu machen, aber er machte eine abwehrende Handbewegung.

»Ich habe nicht angenommen, dass du gelebt hast wie eine behütete Bürgertochter, und es macht mir nichts aus. Lieber will ich eine Frau heiraten, die ich kenne, als eine, bei der mir die Überraschungen nach und nach ins Haus purzeln.« Er lachte leise. Es war nicht das unbeschwerte, überschwängliche Lachen der Jugend, sondern ein Lachen, das seine Heiterkeit aus der Tiefe schöpfte, aus überwundenem Schmerz und überwundenen Zweifeln. Es zeichnete seine Augen mit einem strahlenförmigen Netz kleiner Falten. Doch es verflog.

»Wie könnte ich auf dich herabblicken, wegen dem, was du getan hast aus Unerfahrenheit, aus liebender Verblendung und um zu überleben? Ich habe mich viel schlimmer versündigt. Warum ich Soldat geworden bin, habe ich dir gesagt, aber nicht, was das für ein Leben ist. Es sind nicht alles schlechte Menschen darunter, obwohl es davon auch mehr als genug gibt. Meist sind es solche, die keine andere Wahl gehabt haben. Wie oft habe ich es erlebt, dass sich uns Bauernsöhne anschlossen, nachdem wir ihren Hof geplündert und niedergebrannt hatten. Handwerker, deren Städte geschleift waren, entlaufene Leibeigene, unehrlich Geborene. Wir alle hofften auf reiche Beute. Dann wollten wir Schluss machen damit und uns niederlassen. Aber mit dem Niederlassen ist es nie etwas geworden, weil unsere Herren uns betrogen. Der versprochene Sold wurde selten gezahlt, die Verpflegung war erbärmlich. Was blieb uns also anderes übrig, als uns an der Bevölkerung schadlos zu halten. Und das war schlecht getan. Ich will dir auch nicht verhehlen, dass ich vorm Herrgott eines Tages für vieles gradestehen muss. Ich habe gemordet in der Hitze des Augenblicks, und ich habe

Frauen vergewaltigt. Ich bin nicht stolz darauf. Wir hielten es für unser gutes Recht. Und die Pfaffen hatten uns beigebracht, dass die Weiber ohnehin darauf aus sind. Ich habe viel Unrecht getan.«

Nun war es an ihr, zu schweigen. Ja, sie wusste, dass ein Soldat solche Dinge tat.

»Jungfer Schwan, kannst du mich dennoch lieben lernen und in Ehren halten?«

»Ja, das könnte ich, und hab dich jetzt schon lieb. Aber da wäre noch etwas.«

Er nahm ihre Hand. »Was macht dir Sorgen? Ich habe eine Anstellung auf Lebenszeit, wenn ich mir nichts zuschulden kommen lasse. Mein Verdienst ist nicht übermäßig hoch, aber es wird uns an nichts mangeln.«

»Vielleicht doch. Sieh, ich bin nun einmal Spielfrau, Musikerin mit Leib und ganzer Seele. Was wird daraus?«

»Auf der Straße könntest du natürlich nicht mehr auftreten als Frau eines Hauptmanns der Stadtwache«, sagte Martin langsam. »Aber du kannst bei uns zu Hause spielen, so viel du willst. Auch bei Festen meiner Kameraden. Es sind nicht alles dumme Tiere, die nur Sauflieder hören wollen.«

»Und das soll mir genügen?«

Er zuckte die Achseln.

»Und warum muss ich wählen zwischen der Liebe und der Musik, sag mir das«, rief Pauline heftig. »Wie könnte ich so leben? Muss ich meinen Namen, meine Freiheit und die Musik opfern? Hin und wieder eine Umarmung, der Schoß voller Kinder – das soll alles aufwiegen?«

»Das ist der Frauen Los. Ich habe nie gehört, dass es sie reut«, sagte Martin ein wenig gekränkt.

»Überlege«, forderte Pauline ihn heraus: »Warum hast du dich in mich verguckt?«

»Weil du hübsch bist«, kam es schnell, zu schnell.

»Das ist nicht wahr. Ich bin nicht besonders hübsch. Denk nach! Was ist es, das dir an mir zuerst gefallen hat?«

Er legte seine Stirn in Falten. »Dein freches Maulwerk. Deine Zähigkeit, dein unabhängiges Wesen – wie eine Katze bist du, tust was dir einfällt.« Und nach längerem Zögern fügte er hinzu. »Die Leidenschaft deiner Musik hat mir gefallen. Ich habe dich spielen hören, und es hat mich zu dir hingezogen, noch bevor ich dich wiedererkannt hatte.«

»Und wenn all das nicht mehr ist – würdest du mich dann immer noch lieben?«

Er ließ ihre Hand los, die er bis dahin gehalten hatte, lehnte sich zurück und betrachtete sie mit zusammengezogenen Brauen.

»Ich denke doch«, antwortete er unsicher.

»Ah, ich soll also alles aufgeben und kann mir nicht einmal sicher sein, ob ich dafür bekomme, was du jetzt versprichst.«

Sie saßen und schauten sich an.

»Was können wir denn tun?«, fragte Martin unglücklich. »Die Sitten sind nun einmal so. Das kann ich doch nicht ändern.«

»Lass mir ein paar Tage Bedenkzeit.«

Paulines Wunden verheilten. Die Blutergüsse verfärbten sich von grün zu einem schmutzigen Gelb. Sie konnte beide Augen wieder öffnen und war froh, keines verloren zu haben. Der Arm juckte höllisch unter dem Verband. Martin blieb aus. Sicher hatte sie ihn enttäuscht. Pauline lag auf ihrem Zimmer und langweilte sich. Kurz überlegte sie, ob sie nicht nach Wanda schicken lassen sollte. Sie könnte sich mit ihr versöhnen und sie das Flötenspiel lehren. Doch nein, sie wollte dem Kind keine falschen Hoffnungen machen und es von ihrer Mutter entfremden.

»Die Schläge haben deinen Verstand getrübt«, schimpfte Ottilie. »Da will ein ehrlicher Mann dich von der Straße weg heiraten, und du lässt ihn gehen! Närrisches Luder! Was glaubst du denn, wie viele Gelegenheiten dieser Art sich dir noch bieten werden?«

»Denk an deine Versorgung! Wie lange meinst du denn, dass du so leben kannst? Was soll aus dir werden, wenn du alt bist«, mahnte Anna. »Das geht viel schneller, als du dir jetzt vorstellen kannst. Ein eigener Herd, ein Dach über dem Kopf, das kann man nicht hoch genug einschätzen!«

Albertine betrachtete die Spielfrau mit großen Augen, wann immer sie ihr zu essen brachte oder ihr half, die Verbände zu wechseln. ›Sie schwärmt für Martin, wie sicher alle jungen Mädchen in Leipzig. Ein ansehnlicher Mann, dazu noch ruhig und höflich‹, dachte Pauline. ›Es ist ihr sicher unbegreiflich, wie ich nicht vor Freude in Ohnmacht fallen kann, weil so einer mir einen Antrag macht!‹

Angewidert betastete Pauline ihr Haar und roch an ihren Achseln. »Ich fühle mich klebrig, als sei ich in Honig gefallen«, beklagte sie sich. »Nur dass es nicht wie Honig riecht.«

»Ich kann den Badeofen für dich schüren, und dann will ich dir helfen, dich zu waschen«, erbot sich Walpurga. »Nötig hast du es ja.«

Das Angebot nahm die Spielfrau gerne an. Hatte sie sich doch bereits vor zwei Wochen ein Bad gönnen wollen. Sie zog sich an und humpelte an Walpurgas Arm die Treppen zur Badestube hinunter. Durch die Zähne zischend ließ sie sich in das heiße Wasser sinken. Es biss in ihre frisch verheilten Wunden.

Walpurga ließ sie eine Weile weichen. »Tauch unter. Ich wasche dir den Kopf«, sagte sie dann.

Pauline gehorchte, kniff die Augen fest zu und ließ sich unter die dampfende Oberfläche gleiten. Dort blieb sie, bis ihr die Luft ausging.

»Halt still!«, befahl die Magd und rieb ihr den Kopf mit einem Eigelb ein.

»Au! Schrubb nicht so heftig!«

»Das muss ich aber, sonst geht der Grind nicht ab!«

»Au! Au!«

»Du wirst doch nicht so dumm sein und den Martin ziehen lassen?«, fragte Walpurga, während sie der Spielfrau das nasse Haar auskämmte.

»Jetzt, au! Jetzt fang – au! – du nicht auch noch an, mir von Versorgung und Ehrlichkeit zu reden. Au! Wenn du mir alle Haare ausreißt, hättest du dir die Mühe sparen können, sie zu waschen! Verdammt, gib den Kamm her. Das kann ich schon allein.«

Walpurga gab ihr den hölzernen Kamm in die unverletzte Rechte, stellte sich neben den Zuber und verschränkte die Arme vor der Brust. »Ich rede nicht von Versorgung oder Ehrlichkeit. Ich rede davon, dass du ihn liebst, und er liebt dich. Ich habe doch gesehen, wie ihr zwei euch begafft. Und was du für ein langes Gesicht machst, seit er nicht mehr kommt. Wenn du ihn nicht nimmst, dann wirst du es für den Rest deines Lebens bereuen.«

»Wahrscheinlich hast du recht«, antwortete Pauline kleinlaut. »Aber dann müsste ich die Musik aufgeben. Nur noch ein bisschen zu Hause für die Kinder fiedeln, was soll denn das für ein Leben sein?«

»Ein schönes. Wäre es nicht besser, für die eigene Familie zu spielen anstatt für Fremde?«

»Ich weiß nicht. Es würde mir so sehr fehlen. Wenn ich sie packe und sie anfangen, wirklich hinzuhören, wenn ich Menschen zum Lachen oder zum Weinen bringe mit meinem Spiel. Wenn sie mir nicht nur achtlos Heller und Pfennige hinwerfen, sondern in ihrer Börse nach Silber suchen, weil sie mir zeigen wollen, dass mein Spiel es wert ist. Und selbst der Thomaskantor …«

»… hat dir gesagt, dass du eine große Begabung hast, ja. Aber er hat dir auch gesagt, dass eine anständige Frau nie öffentlich spielen könnte. Du musst wählen. Aber sag mir: Dein Musikverstand und dein Spiel werden doch nicht schlechter dadurch, dass du sie nicht öffentlich ausübst. Eine Gabe Gottes ist es, hast du das nicht immer gesagt? Ist diese Gabe etwa weniger wert, weil die Menschen dir keinen Tribut zollen für deine – seine Kunst?«

Pauline gab ihr den Kamm zurück. »Du hast mich gut erkannt. Es ist eine Schwäche, dass ich mich so sehr nach Anerkennung und weltlichem Ruhm sehne. Wahrscheinlich hat Gott mich für meinen Hochmut gestraft. Es ist ein Zeichen des Himmels, dass meine Fiedel entzwei ist, und ich habe nur bekommen, was mir gebührt. Aber es fällt mir so schwer, zu verzichten, so schwer, so schwer!« Tränen traten ihr in die Augen. Ihre Nase wurde rot.

»Ach was, heul doch nicht! Den Eindruck hast du mir bisher nicht gemacht, dass du zum Flennen neigst. Nun fang gar nicht damit an. Heraus aus dem Zuber! Das Wasser ist schon ganz kühl. Wir wollen nicht, dass du zu allem noch ein Fieber bekommst. Ich habe es satt, deine Nachttöpfe auszuleeren!«

Sie half der Spielfrau aufzustehen und rieb sie mit trockenen

Tüchern ab. »Vielleicht musst du ja auf weniger verzichten, als du jetzt meinst. Gut, auf der Straße kannst du nicht mehr fiedeln, das wäre unmöglich. Aber bei Freunden und auf Hochzeiten. Ich soll nächstes Jahr heiraten. Und keiner soll für mich spielen als du! Es wird sich herumsprechen, wie gut du bist, und dann bekommst du doch den einen oder anderen Auftrag. Und wenn du erst komponieren lernst: Du könntest ja unter männlichem Namen veröffentlichen, und dann, stell dir vor ...«

»Halt, halt!«, rief Pauline lachend. »Das alles liegt in ferner Zukunft. Ich muss eben einen Schritt nach dem anderen tun. Eines ist sicher: Die Sitten ändern sich nicht von heute auf morgen, aber nichts hindert mich, auf meine Weise dagegen anzuspielen. Ganz leise und sittsam zuerst.«

»Und wie ich dich kenne, wird rasch ein wilder Drehtanz daraus, und die Röcke fliegen in der ganzen Stadt!«

Pauline griff nach Walpurga und drückte sie mit dem heilen Arm. »Ich hätte nie gedacht, dass aus dir eine Freundin wird.«

Nachdrücklich machte Walpurga sich los: »Na! Was soll denn das? Hör auf zu säuseln! Spar dir die rührseligen Balladen für betrunkene Gäste. Da, den Kittel über den Kopf gezogen! Schade, dass man den guten Ärmel hat auftrennen müssen.«

Pauline fühlte sich müde nach den Anstrengungen des Bades und ließ sich fügsam zurück in ihr Bett bringen.

Doch bereits am nächsten Abend zog sie ihre besten geschenkten Kleider an und ging hinunter in die Wirtsstube, um am Kachelofen zu sitzen und Flöte zu spielen. Martin kam spät am Abend. Er nickte ihr zu und setzte sich in seine gewohnte Ecke.

Pauline brachte ihr Lied zu Ende und stimmte ein neues an: »Schweiget mir vom Weibernehmen ...«

Martin lachte.

Da setzte sie die Flöte ab und ging zu ihm hinüber.

»Mein Herr, ist es erlaubt, dass ich mich zu Euch geselle?«

Er lachte noch mehr: »Wird aus dir doch noch eine anständige Frau, Schwanin?«

»Wenn du eine aus mir machen willst? Wenn du mich willst, Martin, so sage ich von Herzen Ja. Aber ich stelle Bedingungen.«

Seine Augenbrauen hoben sich.

»Ich will in die Jungfrauenschule gehen, lesen und schreiben lernen.«

»Was? Eine erwachsene Frau will mit Kindern die Schulbank drücken?«

»Sicher, am Anfang werden sie über mich lachen. Aber sie werden sich schon dran gewöhnen. Der Thomaskantor hat es mir angeboten, Martin, und ich will diese Gelegenheit nicht verstreichen lassen.«

»Also schön, du musst den Spott ja aushalten. Außerdem lehren sie dort auch gutes Benehmen. Das mag bei dir ja ganz nützlich sein.«

»Und dann«, setzte Pauline hinzu, ermutigt von Martins Nachgiebigkeit, »habe ich schon zugesagt, zu Ostern in Frankfurt am Main an einem Spielleutetreffen teilzunehmen.«

Martins Miene verfinsterte sich: »Und natürlich willst du allein dorthin reisen?«

»Nein, mit Melchior, meinem alten Lehrmeister. Er kann nicht mehr allein reisen, und er hat mich gebeten, ihn zu begleiten.«

»Ein Weib und ein Greis«, sagte Martin. »Das wird ja immer besser. Liegt dir denn so viel daran?«

»Ja, Martin. Im Sommer könnten wir heiraten, das wäre doch schön.«

Er stieß einen langen seufzenden Schnaufer aus. »Ich merke schon, mit dir wird es nicht einfach werden. Doch es mag gar nicht schlecht sein, wenn du einige Zeit aus der Stadt verschwunden bist. Dann würde der Staub sich legen, den du aufgewirbelt hast. Und ich habe Zeit, die Leute wissen zu lassen, dass du zu mir gehörst.«

»Und das wird helfen?«

Er grinste: »Möglicherweise. Und wenn du erst meine Frau und eine Bürgerin bist, darf niemand dich mehr ungestraft anrühren. Du wirst auch keinen Anlass geben.«

»Werde ich nicht? Willst du, dass ich meine Musik aufgebe?«

Er küsste sie. »Niemals, mein Lieb.« Er griff unter die Bank und holte einen in Lumpen eingewickelten Gegenstand von der Größe und Form einer Fiedel hervor.

»Schau, ich habe dir ein Verlobungsgeschenk mitgebracht. Ich habe es dem Stockmeister billig abgekauft. Irgend so ein versoffener Kunde hat es bei ihm gegen Branntwein in Zahlung gegeben. Glaubst du, es taugt etwas?«

Pauline packte das Ding aus und hielt den Atem an. Das war keine gewöhnliche Fiedel aus einem ausgehöhlten Holzblock. Es war eine richtige Geige, flach und zierlich mit anmutig geschwungenem Zargenkranz, und oh, was für einen tiefen Glanz sie besaß! Der Hals endete in einer Schnecke, wie die Spitze eines sich eben entrollenden Farnblatts. Die Wirbel waren aus Elfenbein. Und drinnen, ja drinnen war doch tatsächlich so ein Hölzchen, wie sie immer versucht hatte, in ihrer Fiedel anzubringen, nur verbessert, ein Stimmstock. Dies Instrument hatte gewiss ein Meister gemacht.

»Sie ist wundervoll«, hauchte Pauline.

»Ja, allerdings«, sagte Jacobus, der neugierig hinzugetreten war. »Darf ich?«

Sie gab ihm die Geige, und er betrachtete sie eingehend: »Da steht ein Motto: ›Pietate et iusticia‹ – Frömmigkeit und Gerechtigkeit. Eine Amati aus Cremona! Ein fürstliches Geschenk für eine Straßenmusikerin.« Er legte sie zurück auf ihren Schoß, wo sie leicht lag, wie eine Feder. Selbstvergessen strich Pauline über die geschwungene Form und über die Wirbel aus Elfenbein. Die Saiten hingen lose herunter. Eine fehlte ganz. Es kribbelte sie in den Fingern, die Geige auszuprobieren.

»Dann wird es wohl nichts mit Prag«, bemerkte Jacobus traurig.

»Nein. Es tut mir leid, mein Freund. Du musst ohne mich fahren.«

Martin verzog den Mund zu einem schiefen Grinsen. »Wünscht mir Glück, Herr Zwerg. Zu unserer Hochzeit seid Ihr eingeladen. Die Freunde meiner Frau sind auch meine Freunde.«

»Wann wird das sein?«

Martin schaute Pauline an: »Im Juni? Wäre dir das recht?«

»Im Juni. Ach komm doch, Jacobus, willst du nicht?«

»Ich werde es versuchen«, versprach der Kleinwüchsige.

Nach und nach erholte Pauline sich und begann, den Arm zu belasten. Sie zog neue Saiten auf die Geige und spielte jeden Tag ein wenig länger. Das Instrument hatte einen weichen Klang, süß und dunkel wie Waldhonig. Doch es würde eine Weile dauern, ehe sie beide Freunde würden.

Anna wurde von ihrer Tochter abgeholt. Ein Abschied, der Pauline unerwartet schwer ankam. Doch sie gönnte der alten Frau ihr Glück.

Ein Maurer kam, um die Küche zu vermessen. »Mutter ist einverstanden«, berichtete Gottlieb voller Jubel. »Der Brotofen wird nach draußen verlegt, und wir bekommen einen zweiten gemauerten Herd. Jetzt, wo im Stall so wenig zu tun ist, darf ich Margot in der Küche zur Hand gehen. Wir werden jeden Tag drei Gerichte zur Auswahl anbieten, auch Vorspeisen und Nachtisch. Und wenn sich herausstellt, dass es sich rechnet, dann stellen wir während der Messen eine Hilfe für Lukas ein.«

So hätte Pauline nun zufrieden sein können. ›Das Leben läuft wie eine Raupe‹, dachte sie philosophisch. Mal steht es still und holt ewig weit aus, dann wieder kommt mit einem Schwung alles in Bewegung. Aber etwas fehlte und lag ihr auf der Seele.

Eines Tages, als Pauline zum dritten Mal an diesem Tag die Tische der Gaststube wischte und sie Margot aus der Küche mit dem Maurer schimpfen hörte, ging hinter ihr die Tür. Sie drehte sich um und erwartete, einen Gast zu begrüßen. Ihr Blick glitt von der Erwachsenenhöhe hinunter, und da stand eine schäbige kleine Gestalt mit trotzigem Gesicht: Wanda. Schmelzwasser rann von ihren Schuhen und bildete eine Pfütze auf dem Ziegelboden.

»Hab gehört, dass du auf bist. Geht's wieder?«

»Danke der Nachfrage. Hast du auch gehört, dass ich Martin heiraten werde?«

»Den Spießkaffer!«

Pauline lachte. »Ich bleibe in der Stadt, Wanda. Willst du mit mir zusammen in die Schule gehen?«

Wanda zog eine Grimasse. »In die Galmegufferei? Wozu denn das?«

»Du könntest mich vor den anderen Kindern beschützen. Aufpassen, dass sie mich nicht auslachen und böse Scherze mit mir treiben. Ich muss doch gehen, und ich grause mich so davor – ohne eine einzige Freundin dort.«

Wanda scharrte mit der Schuhspitze in der Streu.

»Zum Dank könnte ich dir das Flötenspielen beibringen. Eine Hand wäscht die andere, was meinst du?«

Wanda blies die Wangen auf. »Also gut«, stimmte sie dann großmütig zu. »Man kann's ja mal bucheln.« Ausprobieren. Sie spuckte in die Hand und hielt sie der Spielfrau hin. Pauline schlug ein.

Jacobus beauftragte Stinker und den Wanzenkönig, seine Wunderkammer zu leeren und alles in den Wagen zu packen.

»Wollt Ihr den Affen wirklich nicht verkaufen?«, fragte Ottilie.

Moritz heulte und zog einen Flunsch.

»Besser nicht«, antwortete Jacobus. »Er hat schlechte Angewohnheiten. Fragt einfach einen der Kaufleute. In den Seehäfen verkaufen sie solches Getier.« Er zauste Moritz. »Kein Grund, traurig zu sein. Du bekommst deinen eigenen Affen, und pass auf: Deiner wird größer sein als dieser Winzling hier.«

»Da sei Gott vor!«, stöhnte Ottilie.

Jacobus fuhr zum Hallischen Tor hinaus. Pauline, Stinker und Wanda liefen neben dem Wagen her. Der Wanzenkönig saß bei dem Zwerg auf dem Kutschbock, ein verträumtes Strahlen auf dem schmutzigen kleinen Gesicht.

»Ich könnte einen Gesellen gebrauchen«, hatte Jacobus ihn gefragt: »Hast du nicht Lust, mit mir zu kommen und ein wenig von der Welt zu sehen?«

»Wui! In dem Steinhaufen ist es mir sowieso zu gezwickt. Auf in die grandige Luft!«, hatte der Wanzenkönig geantwortet und war ohne weitere Umstände auf den Wagen gesprungen. Die Stadt sei ihm zu eng. Auf in die große Freiheit.

»Duften Schub!« Gute Fahrt. Stinker machte ein langes Gesicht, als sie den beiden nachwinkten. Sie rannten auf die Bastion und schauten dem Wagen hinterher, bis er spielzeugwinzig war und sich in der graubraunen Landschaft verlor.

»Und du willst echt trocken werden?«, fragte der Junge Pauline. »Und immer hier hucken? Hältst du das denn aus?«

»Ich kann's ja mal bucheln«, gab Pauline zurück. Wanda kicherte. Die Straße wand sich, ein dunkles Band. Der Himmel war weit. Sie wandte die Augen von der Straße ab und ging mit festem Schritt zur Herberge zurück.

HISTORISCHER HINTERGRUND

ZEITGESCHICHTE UND RELIGION

In der zweiten Hälfte des 16. Jahrhunderts werden immer mehr Entdeckungsreisen unternommen. Man macht reiche Beute in den neuen Kolonien. Auf erste religiös begründete Kriegshandlungen folgt in Sachsen eine Periode relativen Friedens. Der Augsburger Religionsfrieden fordert, »dass niemands, um keinerley Ursach willen, auch in gesuchtem Scheyn, den anderen bevehden, bekriegen ... mit gewaltlicher That freventlich einnehmen« soll. Noch gilt das Diktum der Landesfürsten: »Wessen Herrschaft, dessen Religion«. Kaiser Maximilian II. steht im Denken den Protestanten nah, wenn er sich auch an die Familientradition hält und katholisch bleibt. Doch unter der scheinbar friedlichen Oberfläche brodelt es; protestantische Fraktionen bekämpfen einander erbittert. »Calvinist« ist in lutheranischen Ländern ein Schimpfwort. In Frankreich hat 1572 mit der Bartholomäusnacht das Blutbad bereits begonnen, das bald halb Europa verdüstern soll. Die Niederlande kämpfen gegen das spanische Joch. Tycho Brahes Supernova steht im Sternbild Cassiopeia.

Das albertinische Sachsen erlebt in dieser zweiten Hälfte des 16. Jahrhunderts eine wirtschaftliche und soziale Blütezeit. »Vater August«, der Kurfürst von Sachsen, ist Protestant lutherischen Bekenntnisses. Er begründet eine der ersten naturwissenschaftlichen Sammlungen und interessiert sich für Landwirtschaft. Seine tüchtige und praktische Frau, Prinzessin Anna von Dänemark und Norwegen, die sich nicht scheut, selbst in Garten und Küche mit anzupacken, mischt auch in der Politik so kräftig mit, dass man hinter vorgehaltener Hand über die »sächsische Weiberwirtschaft« lästert. Wahrscheinlich auf Anregung Annas erlässt »Vater August« 1572 ein Gesetz, das Kauffrauen ohne Vormund geschäftsfähig macht – fortschrittlich und fruchtbar für den Handel.

Im Jahr 1574 erschüttert eine politische Intrige den Hof. Zwei religiöse Fraktionen versuchen jeweils die Oberhand zu gewinnen: die besonders strengen und schrifttreuen Gnesiolutheraner einerseits und die Anhänger von Philipp Melanchthons toleranterer Auffassung andererseits. Der Kurfürst sah zunächst keinen krassen Unterschied und wollte den Ausgleich. Zum Skandal kam es, als sich die »Philippisten«, Kanzler Crakov und der Leibarzt des Kurfürsten, Kaspar Peucer, einen Brief abjagen ließen mit der ungeschickten Formulierung »hätten wir Mutter Annen erst, so wollte es mit dem Herrn keine Not haben«. Der Kurfürst ist gekränkt in seiner männlichen Ehre und schützt die Philippisten nicht mehr. Für zusätzlichen Zündstoff sorgt eine procalvinistische Schrift, die der Verleger Ernst Vögelin in Leipzig herausgibt. Maßgebliche Philippisten werden verhaftet. Crakov, einer der gebildetsten Männer seiner Zeit, wird grausam gefoltert und stirbt im Gefängnis. Kaspar Peucer wird erst nach dem Tod der Kurfürstin freigelassen, ein ruinierter Mann.

Leipzig – *Lipsia* –, bereits von Maximilian I. mit Niederlags- und Stapelgerechtigkeit ausgestattet, profitiert in dieser Zeit von den veränderten Weltmarktbeziehungen und Handelswegen. Nicht mehr die Seewege und die Hanse bestimmen die Binnenmärkte, sondern die von den erstarkten Landesherren bewachten und garantierten Landwege. Dort liegt Leipzig nun auf der Kreuzung der *via regia* in Ost-West-Richtung und der *via imperii* in Nord-Süd-Richtung. Metalle, Pelze, Tuche, Seide, Wein, Gewürze, Fisch, Honig – alle damals bedeutenden Warenströme laufen über Leipzig und machen seine Bürger reich. Da der Kurfürst in Dresden sitzt, kann sich hier eine stolze Bürgerkultur entwickeln. Leipzig mit seinen 10 000 Einwohnern ist tolerant und international: Ostjuden, Hugenotten, Niederländer und zugezogene Kaufleute aus Süddeutschland bringen ihre Talente und Verbindungen, ihre Sprache und Kultur auf der Habenseite ein.

Die Musik erlebt im 16. Jahrhundert, ausgelöst durch das homozentrische Weltbild der Renaissance und durch die Reformation, große Veränderungen. Versuchte man noch im Mittelalter, die Musik als zahlenhaftes Abbild der göttlichen beziehungsweise kosmischen Ordnung zu erklären, so begann man nun die affektive Seite der Musik zu untersuchen. Die Musik wird menschlich.

In der neuen Ernsthaftigkeit der Reformation schießen manche von Luthers Zeitgenossen über das Ziel hinaus und verdammen die Musik als frivolen Zeitvertreib. Luther nimmt in diesem Punkt eine eigene Haltung ein. Für ihn ist die Musik ein Geschenk Gottes, eine Gnadengabe, »weil sie die Seelen fröhlich macht« und »den Teufel verjagt«. Zwar habe Gott den Vögeln Klang und Gesang gegeben, dem Menschen aber die Kunst, seine Musica zu schärfen und polieren zu dem Zweck, ihm damit zu antworten. Luther komponiert und musiziert und weist »Frau Musica« den zweiten Rang hinter der Theologie zu. Er setzt sich dafür ein, an den Schulen das Singen zu lehren und Kirchenlieder im »Volkston« zu verfassen, damit die Gemeinde in den Gottesdiensten mitwirken kann.

In der weltlichen Musik besteht allerdings ein himmelweiter Unterschied zwischen der Musica composita, der höfischen Musik, und jener der Spielleute. Die Spielleute waren schon seit dem Mittelalter ein verachteter, vogelfreier Stand. Zeitweise mussten sie sich mit Schellen und bunter Kleidung kenntlich machen. Da sie meist keine formale Ausbildung besitzen und selten lesen oder schreiben können, sind ihnen Noten auch nicht zugänglich, und sie spielen »aus dem synn«. Zweifellos gibt es unter ihnen echte Virtuosen, denn ihr Überleben hängt ja von der Güte ihres Spiels und von der Breite ihres Repertoires ab. Weibliche Spielleute sind besonderen Widerständen ausgesetzt, weil man sie praktisch mit Huren gleichsetzt.

Anständige Frauen dürfen nicht öffentlich musizieren. Die Sorge um die Keuschheit des »schwachen Geschlechts« ist wichtiger als alles, was »pro musica« vorgebracht werden kann. Und musizieren gilt nach wie vor als Weg zur Sünde. Zwar wird das Musizieren unter Frauen im 16. Jahrhundert verbreiteter, doch nur im stillen Kämmerlein und auch nur auf bestimmten – moralisch einwandfreien – Instrumenten wie dem Virginal, einem rechteckigen Cembalo. Sogar Königin Elisabeth, die sehr gut Virginal gespielt haben soll, musste sich dafür rechtfertigen, indem sie angab, die Melancholie damit zu vertreiben. Sie sei es allerdings nicht gewohnt, vor Männern zu spielen.

In zeitgenössischen Gemälden findet sich häufig das Virginal als Symbol der Keuschheit, die Fiedel dagegen als Symbol von Verführung und Unzucht (siehe Crispijn de Passe: »Tanz im Hause eines reichen Mannes«; und Lucas van Leyden: »Musizierendes Paar«).

Mitte des 16. Jahrhunderts ist eine Entwicklung abgeschlossen, die weitere Gräben zieht. Das aufblühende Stadtbürgertum leistet sich vielerorts fest bestallte Stadtpfeifer. Wer also weder dort noch bei einem Fürsten eine Anstellung ergattern kann, ist ärmer und verachteter denn je zuvor. Die Instrumente der Fahrenden sind leicht zu tragen und meist selbst gefertigt: zum Beispiel Handtrommel, Schalmei, Laute, Fiedel, Flöte und Sackpfeife, Leier, Triangel. Die fest angestellten Musikanten dagegen bemühen sich, ihr Instrumentarium von dem der Spielleute abzusetzen.

Bis in die zweite Hälfte des 16. Jahrhunderts liebt man besonders die Blasinstrumente: Pommer (Vorläufer der Oboe), Zinke (Grifflochhorn, Cornetto), Posaune. Streichinstrumente werden gegen Ende des Jahrhunderts hoffähig. In dieser Zeit erfährt diese Instrumentenfamilie zahlreiche Neuerungen. Mit Andrea Amati beginnt in Italien die Zeit hoch spezialisierter Geigenbauwerkstätten.

ROTWELSCH

Rotwelsch, die Sprache, derer sich die Straßenkinder im Roman bedienen, war die Geheimsprache der Fahrenden. Wie alt sie ist, weiß man nicht genau. Die ersten Aufzeichnungen darüber stammen von 1342 im Augsburger Achtbuch und aus dem »Liber Vagatorum« von 1510, das 1528 von Martin Luther neu herausgegeben wurde. Die Gauner und Fahrenden wollten sich mit einer eigenen Sprache gegen den Zugriff von Außenstehenden schützen. Sie erreichten das, indem sie Ausdrücke aus dem Jiddischen, dem Alemannischen und dem Arabischen benutzten oder Wörtern teilweise eine andere Bedeutung zuwiesen. Viele der rotwelschen Ausdrücke sind heute Teil der Umgangssprache wie spinnen, spachteln, Schmiere stehen, sich graulen, sich einen Lenz machen, pennen, Kohldampf schieben, labern etc. Besonders reichhaltig ist das Rotwelschvokabular im sexuellen Bereich.

DANKSAGUNG

Ganz besonders möchte ich mich bedanken bei Dr. Annette Otterstedt vom Staatlichen Institut für Musikforschung in Berlin. Sie hat das im Roman beschriebene Rebec nach historischen Vorlagen selbst gebaut, ein wunderschönes Instrument. Ohne ihre Hilfe und ohne ihre zahlreichen Anregungen wäre dies ein anderes Buch geworden.

Inspiriert wurde ich auch durch eine CD mit Musik aus der Zeit:

»Manuscrit Susanne van Soldt, danses, chansons et psaumes des Flandres, 1599« (Alpha Production) Les witches

Außerdem herzlichen Dank an

Torsten Plate, den Leipziger Stadtführer, der meine Phantasie angeregt hat
Castus von Corvus Corax, Spielmann
Rainer Sohst, Geiger
Julia Theek, Malerin und Filmemacherin
Annabel Auras und Ursula Schuttnagies, meine Testleserinnen
Marko Kuhn vom Stadtgeschichtlichen Museum Leipzig
das Stadtarchiv Leipzig und die Deutsche Nationalbibliothek Leipzig
Professor Dr. Manfred Unger, Historiker und Stadtarchivar
Bernhard Moorbach, Moderator »Alte Musik« beim Kulturradio des rbb.

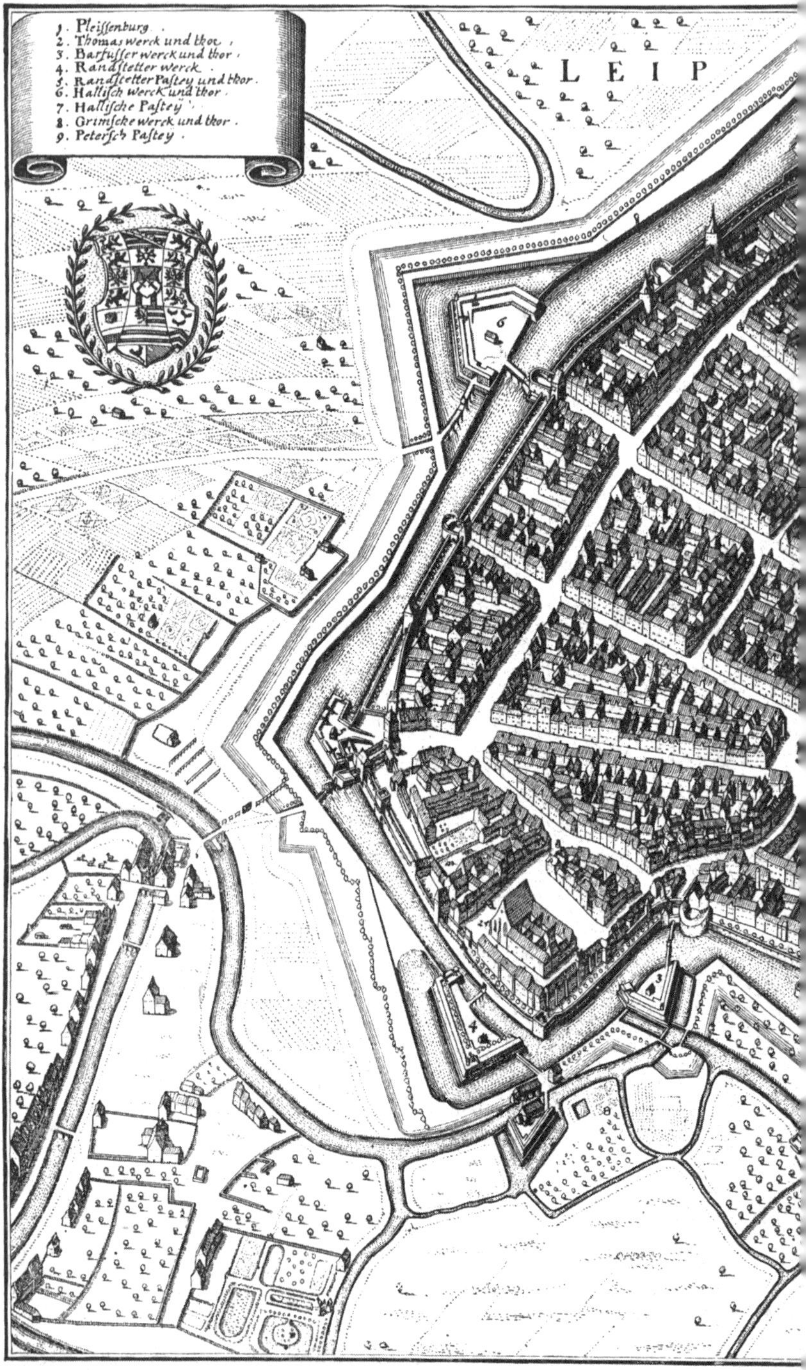
1. Pleissenburg.
2. Thomas werck und thor.
3. Barfusser werck und thor.
4. Randstetter werck.
5. Randstetter Pastey und thor.
6. Hallisch werck und thor.
7. Hallische Pasteÿ.
8. Grimsche werck und thor.
9. Petersch Pastey.
LEIP

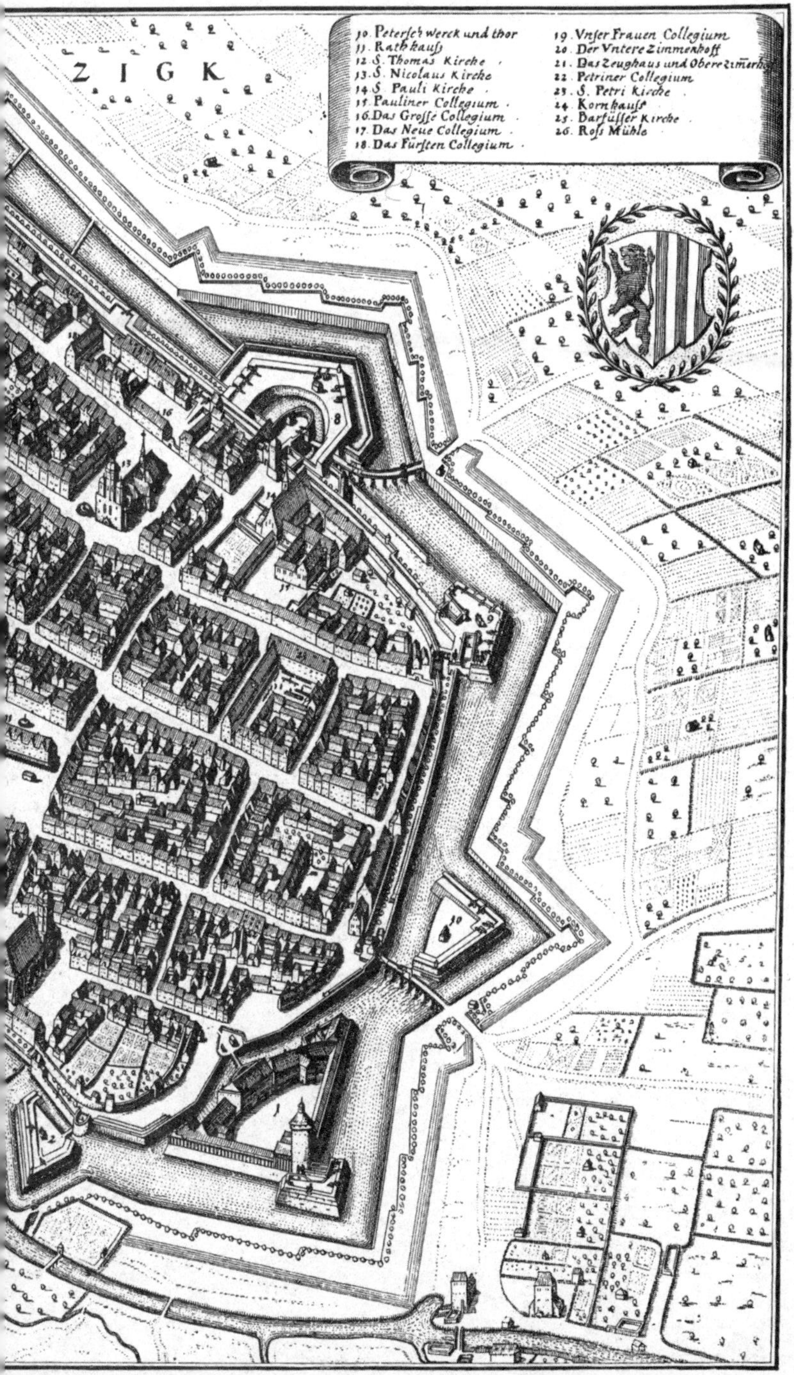
ZIGK
10. Peterscher werck und thor
11. Rathhauss
12. S. Thomas Kirche
13. S. Nicolaus Kirche
14. S. Pauli Kirche
15. Pauliner Collegium
16. Das Grosse Collegium
17. Das Neue Collegium
18. Das Fürsten Collegium
19. Vnser Frauen Collegium
20. Der Vntere Zimmerhoff
21. Das Zeughaus und Obere Zimerho
22. Petriner Collegium
23. S. Petri Kirche
24. Kornhauss
25. Barfüsser Kirche
26. Ross Mühle

Sabrina Capitani

Das Buch der Gifte

Historischer Roman. 400 Seiten. Piper Taschenbuch

Die Schriftstellerin Christine de Pizan setzt sich nach dem Tod ihres geliebten Mannes gegen alle Widerstände durch: gegen die Frauenfeindlichkeit der Kirche, gegen betrügerische Anwälte und gewalttätige Verehrer. Doch als sie den jungen Franziskanermönch Thomas kennen lernt, steht die Liebe zu ihrem verstorbenen Ehemann, dem sie Treue bis über den Tod hinaus geschworen hat, auf dem Prüfstand. Gemeinsam mit Thomas gelingt es ihr, einen rätselhaften Todesfall aufzuklären, der auf verschlungenen Wegen die wahre Vergangenheit des Mönchs offenbart … Lebendig und mit Einfühlungsvermögen erzählt Sabrina Capitani aus dem Leben der Christine de Pizan (1364–1430), einer der bekanntesten und frühesten Schriftstellerinnen Europas.

05/2053/02/L

Robert Löhr

Das Erlkönig-Manöver

Historischer Roman. 368 Seiten. Piper Taschenbuch

Im Februar 1805 setzt eine bunte Truppe im Schutz der Dunkelheit über den Rhein: Johann Wolfgang von Goethe und Friedrich Schiller, Achim von Arnim und Bettine Brentano sowie Heinrich von Kleist und Alexander von Humboldt. Ihr Auftrag: den wahren König von Frankreich aus dem französisch besetzten Mainz zu befreien. Ihr Gegner: Napoleon Bonaparte, der mächtigste Mann der Welt. Mit intelligentem Witz und fundierter Sachkenntnis beschert uns Robert Löhr einen hinreißenden historischen Roman um die Ikonen der deutschen Literatur.

»Eine Mixtur aus Fiktion und wahrer Historie, aus hochgeistigen Anspielungen und handfester Action. Unbedingt lesenswert.«
Südwestdeutscher Rundfunk

05/2437/01/R

PIPER

Tilman Röhrig

Die Schatten von Sherwood

Historischer Roman. 432 Seiten. Piper Taschenbuch

Als der Wilddieb John Little Zeuge wird, wie die Schergen des Sheriffs von Nottingham sein Dorf auslöschen, flieht er mit der einzig anderen Überlebenden: seiner Adoptivtochter, der kleinen Marian. Zusammen suchen sie Schutz im Sherwood Forest, aber auch dort lauern Gefahren: Der Räuber Robin Hood greift sie auf, doch ist er nicht der schillernde Held, für den er gehalten wird …

»Wie es Tilman Röhrig gelingt, Robin Hood Gestalt werden zu lassen, ohne ihn dem archetypischen Muster des strahlenden Helden auszuliefern, macht die Qualität dieses Buches aus.«
Süddeutsche Zeitung

»Ein fesselnder Abenteuerroman.«
Kölner Stadtanzeiger

05/2473/01/L

Sybille Schrödter

Die Lebküchnerin

Historischer Roman. 384 Seiten. Piper Taschenbuch

Nürnberg 1387 – eine der blühendsten Städte des Mittelalters, doch ein unwirtlicher Ort für eine junge Adelige, die gerade dem Kloster entflohen ist. Ihr bleibt nur eines: Sie gibt sich als Schwester ihrer Freundin aus, der ehemaligen Klosterköchin Agnes, und zieht zusammen mit ihr ins Haus von Agnes' Verlobtem, einem Bäcker. Das wiederum passt dem künftigen Schwiegervater gar nicht, bis Benedicta ihm aus seinen wirtschaftlichen Schwierigkeiten hilft. Ihr Geheimrezept für Lebkuchen, das sie einst im Kloster entwickelte, rettet die Bäckerei. Mit dem Erfolg ihrer köstlichen Benedicten-Lebkuchen macht sie sich jedoch auch Feinde. Und erkennt beinahe zu spät, dass einer es gut mit ihr meint … Sybille Schrödter zeichnet lebendig und historisch fundiert ein farbenprächtiges Bild vom mittelalterlichen Nürnberg.

05/2475/01/R

Eva Maaser

Die Rache der Königinnen

Historischer Roman. 480 Seiten. Piper Taschenbuch

Ende des 6. Jahrhunderts: Die westfränkische Königin Brunichild sinnt auf Rache, nachdem ihr Gemahl einem Anschlag seines Bruders Chilperich zum Opfer gefallen ist. Und auch ihr kleiner Sohn ist in Gefahr, denn nun steht er Chilperichs Machtstreben im Weg. Ihre gefährlichste Feindin ist jedoch ihre Schwägerin Fredegund, die unzählige Ränke schmiedet. Brunichild treu zur Seite steht ihr langjähriger Vertrauter Wittiges, der im Frankenreich zu Macht, Ehre und Reichtum gekommen ist. Dann aber entdeckt er, dass sie sich heimlich auf eine unheilige Allianz mit einem für ihr Reich höchst gefährlichen Mann eingelassen hat. Wird der enttäuschte Wittiges für seine einstige Liebe alles aufs Spiel setzen, was er bisher erreicht hat?

05/2532/01/L

Alexandra Guggenheim

Das Mönchsopfer

Historischer Roman. 304 Seiten. Piper Taschenbuch

Kloster Rheinau, 1709: Im Gebüsch neben der Kapelle wird die Leiche eines Mönchs entdeckt. Francesco Antonio Giorgioli, der die Fresken der Klosterkirche gestaltet, ist erschüttert vom plötzlichen Tod des lebensfrohen Klosterbruders. Warum wurde der Mönch vergiftet? Abt Gerold, der einen Skandal vermeiden will, verpflichtet den Tessiner, sich sogleich auf die Suche nach dem Mörder zu machen. Doch nicht nur der Auftrag des Klostervorstehers macht Giorgioli zu schaffen, sondern auch seine Herzensangelegenheiten: Johanna, eine verführerische junge Wirtin, fordert den Maler auf ganz spezielle Weise heraus …

»Ein spannender Klosterkrimi vor historischer Kulisse – man fängt an zu lesen und kann nicht mehr aufhören!«
Charlotte Thomas

05/2545/01/R